Gefährliche Erinnerung

Buch 3 der Krinar-Chroniken

Anna Zaires

Aus dem Amerikanischen
von Grit Schellenberg

♠ Mozaika Publications ♠

Veröffentlicht von Mozaika Publications, einer Druckmarke von Mozaika LLC.
www.mozaikallc.com

Lektorin: Fehler-Haft.de

e-ISBN: 978-1-63142-007-8
ISBN: 978-1-63142-008-5

TEIL I

PROLOG

Der Krinar ging die Straße in Moskau entlang und beobachtete gelassen das Gewimmel der Menschenmassen um ihn herum. Als er an ihnen vorbeiging, konnte er die Angst und die Neugier auf ihren Gesichtern erkennen, den Hass fühlen, der von manchen der vorbeieilenden Passanten ausstrahlte.

Russland war eines der Länder, die während der Großen Panik den größten Widerstand geleistet hatten – und einen dementsprechend hohen Preis dafür zahlen mussten. Die Kombination einer größtenteils korrupten Regierung und einer Bevölkerung, die Autorität generell misstrauisch gegenüberstand, hatte dazu geführt, dass viele Russen die krinarische Invasion zum Anlass nahmen, nach

Lust und Laune zu plündern und so viele Vorräte zu horten, wie sie nur bekommen konnten. Selbst jetzt, fünf Jahre später, waren einige Schaufenster in Moskau immer noch leer, und ihre zugeklebten Fenster bezeugten, wie turbulent die Monate nach der Ankunft der Außerirdischen gewesen waren.

Zum Glück war die Luft der Stadt jetzt aber besser, weniger verschmutzt, als der Krinar sie noch von vor ein paar Jahren in Erinnerung hatte. Damals hing ein starker Smog über der Stadt, der ihn unendlich gestört hatte. Nicht, dass er ihm irgendwie hätte schaden können, aber trotzdem bevorzugte der Krinar Luft, die nicht so viele Kohlenwasserstoffpartikel enthielt.

Als er sich dem Kreml näherte, setzte er sich die Kapuze seiner Jacke auf und versuchte so menschlich auszusehen, wie ihm das nur möglich war. Er achtete darauf, sich langsamer und weniger anmutig zu bewegen. Er machte sich nichts vor. Er wusste, dass die krinarischen Satelliten ihn in diesem Moment sahen, aber niemand in den Siedlungen hatte irgendeinen Grund, ihn zu verdächtigen. Er hatte es sich in den letzten Jahren zur Gewohnheit gemacht, so viel wie nur möglich zu reisen und häufig unter dem einen oder anderen Vorwand in den größeren menschlichen Städten aufzutauchen. Deshalb würden auch seine letzten Ausflüge kein Aufsehen erregen, falls sich jemand die Mühe machen sollte, ihn zu überprüfen.

Nicht, dass ihn überhaupt jemand überprüfen würde. Soweit es alle anderen betraf, waren die Krinar, die dem Widerstand geholfen hatten – die Keiths, wie sie genannt wurden –, in sicherem Gewahrsam, und der arme Saur war beschuldigt worden, ihr Gedächtnis ausgelöscht zu haben. Es hätte nicht einmal besser laufen können, wenn der Krinar es genau so geplant hätte.

Nein, er musste seine Identität nicht vor den krinarischen Augen im Himmel verstecken. Er wollte den menschlichen Kameras entgehen, die sich rund um die Mauern des Kremls befanden – damit die russischen Anführer keinesfalls aufgeschreckt werden würden, bevor er die Möglichkeit gehabt hatte, die anderen größeren Städte zu besuchen.

Mit einem Lächeln gab der Krinar vor, niemand anders als ein menschlicher Tourist zu sein, der eine entspannte Runde über den Roten Platz drehte. Die Sohlen seiner Schuhe knirschten auf dem Asphalt und hinterließen kleine Kapseln, die die Samen für eine neue Ära der menschlichen Geschichte enthielten.

Als er fertig war, begab er sich wieder zu seinem Schiff, welches er in einer der nahegelegenen Alleen zurückgelassen hatte.

Morgen würde er Mia wiedersehen. Saret konnte es kaum erwarten.

1. KAPITEL

»Oh mein Gott, Korum, wann hast du das denn alles gemacht?«

Mia schaute sich überrascht um. Die ganzen vertrauten Möbel waren weg, und Korums Haus in Lenkarda – der Ort, den sie langsam als ihr neues Zuhause ansah – ähnelte mit den schwebenden Brettern und frei von jeglicher Unordnung jetzt sehr stark einem krinarischen Heim. Das Einzige, was gleich geblieben war, waren die durchsichtigen Wände und Decken – eine krinarische Besonderheit, die Korum von Anfang an mit eingebaut hatte.

Ihr Liebhaber grinste, und das vertraute Grübchen auf seiner linken Wange kam zum Vorschein. »Es könnte sein, dass ich mich mal für eine Stunde oder so weggeschlichen habe, während du schliefst.«

»Du bist von Florida bis hierher gekommen, nur um die Einrichtung auszutauschen?«

Er lachte und schüttelte den Kopf. »Nein, meine Süße, nicht mal ich bin so engagiert. Ich musste mich um ein paar geschäftliche Angelegenheiten kümmern und beschloss, dann auch gleich eine Überraschung für dich vorzubereiten.«

»Also, das ist dir auf jeden Fall gelungen«, sagte Mia und drehte sich langsam im Kreis, um den neuen, fremden Anblick, der sie nach ihrer Ankunft in Lenkarda begrüßte, in sich aufzunehmen.

Anstelle des elfenbeinfarbenen Sofas gab es jetzt ein langes, weißes Brett, das einige Zentimeter über dem Boden schwebte. Wie Korum ihr schon einmal erklärt hatte, brachten die Krinar ihre Möbel mit Hilfe der gleichen Kraftfeldtechnologie zum Schweben, mit der sie auch ihre Siedlungen beschützten. Mia wusste, dass das Brett sich sofort an ihren Körper anpasste, sobald sie Platz nahm, und sie so bequem sitzen würde, wie es überhaupt möglich war. Weitere schwebende Bretter befanden sich in der Nähe der Wände, und einige von ihnen waren mit Zimmerpflanzen bestückt, die pinkfarben blühten.

Der Boden war jetzt auch anders – aber überhaupt nicht so, wie sie es in anderen krinarischen Häusern gesehen hatte. Sie versuchte sich daran zu erinnern, wie die Fußböden dort ausgesehen hatten, aber alles, an was sie sich erinnern konnte war, dass sie hart und blass gewesen waren, wie aus einer Art Stein gemacht. Sie hatte zu jenem Zeitpunkt allerdings auch nicht allzu sehr darauf geachtet, weil der krinarische Fußbodenbelag sich nicht sehr von einem menschlichen zu unterscheiden schien. Das, worauf sie gerade stand, fühlte sich allerdings sehr ungewöhnlich an und schien eine ähnliche Konsistenz wie ein Schwamm zu haben. Mia fühlte sich, als würde sie auf Luft stehen.

»Was ist das?«, fragte sie Korum und zeigte auf diese eigenartige Substanz.

»Zieh deine Schuhe aus und fühle es«, schlug er vor und zog seine eigenen Sandalen aus. »Es ist die neue Entwicklung eines meiner Angestellten – von der Technologie des intelligenten Bettes weiterentwickelt.«

Neugierig folgte Mia seinem Beispiel und ließ ihren nackten Fuß in den angenehmen Boden sinken. Das Material schien um ihrem Fuß zu schweben, und es fühlte sich an, als würden tausend kleine Finger zärtlich ihre Zehen, Fersen und ihren Fußrücken massieren und vollkommen entspannen. Eine Fußmassage … nur tausendmal besser. »Oh, wow«, flüsterte Mia, und ein glückseliges Lächeln breitete sich auf ihrem Gesicht aus. »Korum, das ist fantastisch!«

»Ja, nicht wahr?« Er wanderte ein wenig umher und schien dieses Gefühl offensichtlich auch sehr zu genießen. »Ich dachte mir, dass dir das gefallen würde.«

Mit ihren Füßen im Paradies, sah Mia ihm dabei zu, wie er langsam eine Runde in dem Zimmer drehte, und sein Körper sich dabei mit dieser katzenhaften Anmut bewegte, die für seine Rasse normal war. Manchmal konnte sie kaum glauben, dass dieser hinreißende, komplizierte Mann ihr gehörte und sie genauso sehr liebte wie sie ihn.

Sie war in den letzten Tagen so unglaublich glücklich

gewesen, dass es ihr schon fast Angst machte.

»Möchtest du den Rest des Hauses sehen?« Er blieb neben ihr stehen und lächelte sie warm an.

»Ja, bitte!« Mia grinste voll ungeduldiger Vorfreude, wie ein Kind im Süßigkeitenladen.

Vor drei Tagen, während einem ihrer Abendspaziergänge in Florida, hatte sie ihm gegenüber erwähnt, dass sie das Haus gerne einmal so sehen würde, wie es gewesen war, bevor er es für sie *vermenschlicht* hatte. So aufmerksam diese Geste zu diesem Zeitpunkt auch gewesen war, Mia hatte sich mittlerweile an die krinarische Lebensart gewöhnt und war nicht mehr auf eine altbekannte Umgebung angewiesen. Stattdessen wollte sie lieber sehen, wie ihr außerirdischer Geliebter gelebt hatte, bevor sie sich begegnet waren. Er hatte sie angelächelt und ihr versprochen, dass er das Haus umgehend verändern würde – und offensichtlich hatte er das auch wirklich getan.

»Okay«, sagte er und sah mit einem leicht schelmischen Gesichtsausdruck auf seinem wunderschönen Gesicht auf sie hinab. »Es gibt da einen Raum, den du bis jetzt noch nicht gesehen hast, und dabei konnte ich es kaum aushalten, ihn dir bis jetzt nicht zu zeigen …«

»Ach ja?« Mia hob ihre Augenbrauen, ihr Herz begann, schneller zu schlagen, und ihr Unterleib zog sich voller Vorfreude zusammen. Seine Augen schimmerten leicht golden, und sie nahm an, dass das, was er ihr zeigen wollte, sie bald ekstatisch in seinen Armen schreien lassen würde. Wenn es irgendetwas gab, auf das sie sich immer verlassen konnte, dann war das sein unstillbares Verlangen nach ihr.

Es spielte keine Rolle, wie häufig sie Sex hatten, er schien immer mehr zu wollen … genauso wie sie.

»Komm«, sagte er, nahm ihre Hand und führte sie zu der Wand auf ihrer linken Seite.

Als sie sich näherten, löste sich die Wand nicht auf, wie sie das für gewöhnlich tat. Stattdessen bemerkte Mia, wie sie immer tiefer in das schwammartige Material unter ihren Füßen einsank. Zuerst verschwanden ihre Füße, dann die Knöchel und die Knie. Es fühlte sich an wie Treibsand, obwohl sie sich hier im Haus befanden. Mia warf Korum einen verunsicherten Blick zu und krallte sich an seiner Hand fest. »Was …?«

»Das muss so sein.« Er drückte beruhigend ihre Hand. »Mach dir keine Sorgen.« Das Gleiche geschah auch mit ihm; sie konnte dabei zusehen, wie der Boden ihn quasi einsog.

»Korum, ich weiß nicht genau, ob mir das gefällt …« Mia war nun bis zu ihrer Taille versunken, und ihre untere Körperhälfte fühlte sich komisch an – fast gewichtslos.

»Nur noch ein paar Sekunden«, versprach er ihr und grinste sie an.

»Ein paar Sekunden?« Mia steckte nun schon bis zur Brust in diesem eigenartigen Material. »Und dann?«

»Dann passiert das«, sagte er, als sie plötzlich schneller einsanken und ganz durch den Boden rutschten.

Mia schrie und hielt sich mit aller Kraft an Korums Hand fest. Zuerst war da nur Dunkelheit und das beängstigende Gefühl von Nichts unter ihren Füßen, bevor sie auf einmal in einem sanft beleuchteten, runden Raum mit festen, pfirsichfarbenen Wänden schwebten.

Sie schwebten, so wie in *mitten in der Luft schweben*.

Mia sog Luft ein und starrte ihren Liebhaber an. Sie konnte gar nicht glauben, was gerade passierte. »Korum, ist das …?«

»Eine Null-G-Kammer?« Er grinste wie ein kleiner Junge, der sein neues Spielzeug vorführt. »In der Tat.«

»Du hast eine Null-G-Kammer in deinem Haus?«

»Das habe ich«, gab er zu und freute sich offensichtlich über ihre Reaktion. Er ließ Mias Hand los und drehte langsam einen Salto in der Luft. »Wie du siehst, kann man hier eine Menge Spaß haben.«

Mia lachte ungläubig und versuchte dann, seinem Beispiel zu folgen – aber sie konnte ihre Bewegungen überhaupt nicht kontrollieren. Sie konnte nicht verstehen, wie Korum so leicht einen Salto drehen konnte. Sie bewegte ihre Arme und Beine, aber das schien ihr nicht sehr zu helfen. Das Ganze fühlte sich an, als ob sie im Wasser treiben würde, nur ohne dabei nass zu werden.

Sie hätte auch nicht sagen können, wo oben und wo unten war; die Kammer hatte keine Fenster, und man konnte auch nicht wirklich zwischen Wänden und Boden und Decke unterscheiden. Es war, als würden sie sich in einer riesigen Blase befinden – was wahrscheinlich auch nicht so weit von der Wahrheit entfernt war. Mia war keine Expertin auf diesem Gebiet, aber sie konnte sich denken, dass es nicht besonders einfach war, auf der Erde eine Null-G-Umgebung zu erschaffen. Eine Menge komplexer Technologie musste um sie herum im Spiel sein, um die Erdanziehung außer Kraft zu setzen.

»Wow«, sagte sie leise, während sie in der Luft

schwebte. »Korum, das ist verblüffend … Haben andere Krinar das auch?«

Er schaffte es, zu einer der Wände zu gelangen und sich von ihr abzustoßen, um sich wieder in ihre Richtung zu bewegen. »Nein …« Er streckte sich, um nach ihrem Arm zu greifen, als er vorbeischwebte, »… das ist nichts Gewöhnliches, das man als Krinar einfach so besitzt.«

Mia grinste, als er sie zu sich heranzog. »Ach ja? Nur du?«

»Vielleicht«, murmelte er, legte einen Arm um ihre Hüfte und hielt sie fest an sich gedrückt. Seine Augen wurden sekündlich goldener, und die Härte, die sich gegen ihren Bauch presste, ließ auch keinen Zweifel an seinen Absichten aufkommen.

Mias Augen wurden riesengroß. »Hier?«, fragte sie, und ihr Pulsschlag erhöhte sich vor Aufregung.

»Hmm-mm …« Er hob sie schon hoch (oder war das nach unten?), um an der empfindlichen Stelle hinter ihrem Ohrläppchen zu knabbern.

Wie immer sorgte seine Berührung dafür, dass ihr ganzer Körper in Vorfreude erzitterte. Sie bog ihren Kopf nach hinten und stöhnte sanft, als flüssige Hitze durch ihre Venen floss.

»Ich liebe dich«, flüsterte er in ihr Ohr, und seine große Hand fuhr sanft ihren Körper hinunter, zog ihr Kleid dabei aus. Es trieb davon, was Mia aber kaum bemerkte, da ihre Augen an dem Mann hingen, den sie mehr liebte als ihr Leben.

Sie würde niemals müde werden, diese Worte von ihm zu hören, dachte Mia und sah ihm dabei zu, wie er sich für einen kurzen Augenblick von ihr entfernte, um seine eigenen Sachen auszuziehen. Sein Shirt war als Erstes dran, gefolgt von seinen Shorts, und dann war sein beeindruckender, perfekter, männlicher Körper völlig nackt. Die Tatsache, dass sie in der Luft schwebten, machte die ganze Situation leicht surrealistisch, und Mia fühlte sich, als habe sie einen ungewöhnlichen, erotischen Traum.

Sie streckte ihre Arme aus und ließ ihre Hände seine Brust hinuntergleiten, genoss die Glätte seiner Haut und die steinharten Muskeln darunter. »Ich liebe dich auch«, flüsterte sie und sah, wie seine Augen voller Verlangen aufleuchteten.

Er zog sie näher zu sich heran und drehte sie, bis sie im rechten Winkel vor ihm schwebte und ihr Unterleib auf seiner Augenhöhe war. Bevor sie auch nur ein Wort sagen konnte, öffnete er ihre Beine und legte ihre zarten Fältchen unter seinem hungrigen Blick frei. »So wunderschön«, flüsterte er, »so warm und feucht … Ich kann es gar nicht erwarten, dich zu schmecken …«, seinen Worten folgte ein langsames Lecken ihrer intimsten Zone, »… und dich kommen zu lassen …«

Stöhnend schloss Mia ihre Augen, und die vertrauten Gefühle bauten sich langsam in ihrem Unterleib auf. Das Schweben mitten im Raum schien außerdem alle ihre Empfindungen zu verstärken. Da es keine Oberfläche oder irgendetwas anderes gab, das ihren Körper berührte, war alles, was sie spürte – alles, auf das sie sich konzentrieren konnte – das unglaubliche Lustgefühl, welches sein Mund durch das Lecken und Knabbern an ihrer Klitoris hervorrief. Verstärkt wurde das Ganze durch seine starken Hände, die ihre Beine entlangfuhren.

Ohne jegliche Vorwarnung schoss ein heftiger Orgasmus von ganz tief innen durch ihren ganzen Körper. Mia schrie, und ihre Zehen verkrampften sich durch die Intensität der Entladung. Und dann drehte er sie herum, so dass ihr Gesicht ihm zugewandt war. Bevor ihr inneres Zucken aufgehört hatte, war sein dickes Glied schon an ihrer Öffnung und drang mit einem geschmeidigen Stoß in sie ein.

Mia schnappte nach Luft, öffnete ihre Augen und griff überrascht durch sein Eindringen nach seinen Schultern. Er hielt einen Augenblick lang inne und begann sich dann langsam zu bewegen, um ihr so die Zeit zu geben, sich an die Fülle in ihr zu gewöhnen. Mit jedem vorsichtigen Stoß drückte sein hartes Geschlecht gegen den empfindlichen Punkt tief in ihr, und sie atmete hörbar ein.

Dieses Mal schien unendlich zu sein, diese zärtlichen und zurückhaltenden Bewegungen brachten sie langsam immer näher zum Höhepunkt, ohne sie kommen zu lassen. Mia stöhnte frustriert und vergrub ihre Nägel in seinen Schultern, da sie wollte, dass er sich schneller bewegte. »Bitte, Korum ...«, flüsterte sie, da sie wusste, dass er das manchmal wollte – sie um ihre Erlösung betteln zu hören.

»Das werde ich«, flüsterte er, und seine Augen waren fast rein goldfarben. »Ich werde dich zweifellos befriedigen, meine Süße.« Er hielt sie mit einem Arm fest, fasste mit dem anderen hinter sie und berührte ihre feuchte Vagina, um ein wenig dieser Nässe an seinem Finger zu sammeln. Dann wanderte sein Finger zu ihrer

Überraschung höher, bis zwischen die weichen Halbkugeln ihres Pos, und drückten zärtlich gegen die kleine Öffnung, die sich dort befand.

Mia stockte der Atem, und sie sah ihn mit einer Mischung aus Angst und Erregung an.

»Schschscht, entspann dich …«, beruhigte er sie, und seine Stimme klang dabei wie rauer Samt. Bevor sie etwas entgegnen konnte, beugte er seinen Kopf nach unten und küsste sie innig und verführerisch, während sein Finger begann, in sie einzudringen.

Zuerst schien es wehzutun, zu brennen, und sie wollte dieses unangenehme Gefühl loswerden, indem sie erfolglos versuchte, sich aus dieser Umarmung herauszuwinden. Sein Geschlecht und der zusätzliche Fremdkörper in ihr waren einfach zu viel für sie, diese neuen Empfindungen zu fremd und beunruhigend. Als er aber seinen Finger in ihr ruhig hielt, begann das Brennen aufzuhören und wurde von einem ungewohnten Gefühl der Fülle abgelöst.

Korum hob seinen Kopf leicht an und schaute mit einem Schlafzimmerblick auf sie herab. »Alles in Ordnung?«, fragte er sanft, und Mia nickte unsicher, da sie sich nicht entscheiden konnte, ob sie dieses besondere Gefühl mochte oder nicht.

»Gut«, flüsterte er und nahm die Bewegung seiner Hüften wieder auf, ohne seinen Finger aus ihr zu entfernen. »Entspann dich einfach … ja, genau so …«

Mia schloss ihre Augen und konzentrierte sich darauf, sich nicht zu verkrampfen, obwohl das zunehmend schwieriger wurde. Dieser ungewohnte, leichte Schmerz steigerte auf seine Art die Spannung, die sich in ihr aufbaute, und jeder Stoß seines Geschlechts führte dazu, dass sich sein Finger bewegte und ihre Sinne überreizten. Er wurde immer schneller, und seine Hüften bewegten sich mit zunehmender Geschwindigkeit … bis sie auf einmal mit einem so intensiven Orgasmus explodierte, dass ihr ganzer Körper zuckte und sie danach kraftlos keuchte.

Korum stöhnte und rieb sich an ihr, als ihre inneren Muskeln rhythmisch sein Glied massierten und dadurch seinen Orgasmus auslösten. Sie konnte die warmen Entladungen seines Samens in ihrem Bauch spüren und sein schweres Atmen hören. Sein Arm war dabei immer noch um ihre Taille geschlungen und hielt sie sicher fest.

Als alles vorbei war, zog er langsam seinen Finger aus ihr zurück und küsste sie mit süßen und zärtlichen Lippen auf den Mund.

Dann ließen sie sich schweißüberströmt und eng umschlungen noch ein paar Minuten lang treiben.

* * *

Als Mia am nächsten Morgen aufwachte, streckte sie sich und brach in ein breites Grinsen aus, als sie sich an das Geschehen des vorangegangenen Tages erinnerte. Sie hatte den Eindruck, dass Korum gerade erst begonnen hatte, sie in die Welt der verschiedenen erotischen Spielereien einzuführen … und sie konnte es kaum erwarten, den Rest zu erleben, den er noch in petto hatte. Richtig oder falsch, sie war jetzt süchtig nach ihm, nach der Lust, die sie in seinen Armen empfand, und sie konnte sich nicht vorstellen, jemals mit jemand anderem zusammen zu sein – besonders nicht mit einem menschlichen Mann.

Eigentlich war es lustig, sie hatte immer gehört, dass Beziehungen im Laufe der Zeit ihre anfängliche Intensität verlieren würden, aber bei ihnen schien die Leidenschaft mit jedem Tag noch stärker zu werden. Das lag zum Teil daran, dass Korum ein unglaublicher Liebhaber war; während seiner zweitausend Jahre hatte er eine Menge Zeit gehabt, alle erogenen Zonen der Frauenkörper kennenzulernen. Aber das war nicht alles, es gab da noch etwas Undefinierbares – diese einzigartige Chemie zwischen ihnen, die von Anfang an ganz deutlich zu spüren gewesen war.

Manchmal machte es ihr Angst, wie sehr sie ihn brauchte. Dieses Verlangen ging weit über das Körperliche hinaus, auch wenn sie sich nicht vorstellen konnte, auch nur einen Tag ohne diese überwältigende Lust, die sie in seinen Armen verspürte, auszukommen. Es war, als seien sie auf einer zellulären Ebene füreinander bestimmt – zwei Hälften, die ein Ganzes ergaben.

Immer noch lächelnd, rollte Mia sich aus dem Bett. Sie nahm ihren kleinen Computer für das Handgelenk, um auf die Uhrzeit zu schauen. Zu ihrer Überraschung war es schon acht Uhr morgens, was bedeutete, dass sie nur noch eine Stunde Zeit hatte, um zu frühstücken und zum Labor zu kommen. Heute war zwar Samstag, aber da die Krinar ihren eigenen Kalender hatten, war in Lenkarda trotzdem ein ganz normaler Arbeitstag. Ihre Entsprechung einer Woche hatte nur vier Tage anstelle von sieben – drei Arbeitstage und einen freien Tag. Mia dachte allerdings immer noch im Schema des menschlichen Kalenders, da sie einfach zu sehr an ihn gewöhnt war.

Korum war schon weg, also bat Mia das Haus, ihr einen Smoothie zuzubereiten, und rannte ins Bad, um sich schnell zu duschen. Selbst das unterschied sich jetzt dank Korums Änderung der Einrichtung sehr stark von früher. Statt der Kombination aus Dusche und Whirlpool, an die Mia gewöhnt war, befand sich in dem Badezimmer jetzt eine riesige, runde Kabine, die mit der gleichen intelligenten Technologie ausgestattet war wie der Rest des Hauses. Das Wasser kam von überall und nirgends, jeder Zentimeter ihres Körpers wurde gewaschen und massiert, und der Wasserdruck sowie die Temperatur wurden immer exakt an ihre Bedürfnisse angepasst. Sie musste sich auch nicht mehr einseifen; stattdessen wurden ihre Haare und ihre Haut mit zart duftenden Seifen, Shampoos und ungewöhnlichen Ölen eingerieben. Während sie einfach nur dastand, erledigte die krinarische Technologie die ganze Arbeit für sie.

Nachdem der Duschvorgang beendet war, verließ Mia die Kabine, und warme Luftströme trockneten ihren Körper. Auch ihr Haar wurde automatisch geföhnt, und das Ergebnis waren glatte, seidige Locken, die auch nach einer Sitzung in einem schicken Frisörsalon nicht besser ausgesehen hätten. Gleichzeitig hatte sie einen frischen, sauberen Geschmack im Mund, so als ob sie sich gerade die Zähne geputzt hätte.

Als sie mit allem fertig und angezogen war, wartete auf dem Küchentisch schon ein Erdbeer-Mandel-Smoothie auf sie. Sie schnappte ihn sich auf dem Weg nach draußen und beeilte sich, zur Arbeit zu kommen.

Sie war zwar nur eine Woche weg gewesen, aber Mia hatte das Labor trotzdem schon vermisst. Sie liebte das Lernen als solches, genauso wie die Herausforderung, eine schwierige Aufgabe zu meistern, was sie noch nie abgeschreckt hatte. Teil ihrer anfänglichen Bedenken, mit Korum zusammen zu kommen, war ihre Angst gewesen, sich selbst zu verlieren, einfach nur noch ein verwöhnter Lustsklave zu sein. Aber stattdessen sah es so aus, als hätte sie einen Weg gefunden, ein sinnvoller Teil der krinarischen Gesellschaft zu werden. Indem er ihr das Praktikum besorgt hatte, hatte Korum mehr für sie getan, als nur ihren Lebenslauf aufzupolieren; er hatte ihr außerdem gezeigt, dass er sie für eine intelligente und fähige Person hielt – jemanden, den er nicht nur begehren, sondern auch respektieren konnte.

Im Labor angekommen, verbrachte Mia den größten Teil des Tages damit, das aufzuarbeiten, was sie während ihrer Woche in Florida alles verpasst hatte. Trotz ihrer nahezu täglichen Gespräche mit ihrem Projektpartner Adam fühlte sie sich immer noch so, als sei sie nicht mehr auf dem neuesten Stand der Entwicklungen. Sie hatte allerdings auch nicht viel Zeit, das alles aufzuholen, da Adam am Nachmittag zu seiner menschlichen Adoptivfamilie reisen würde.

»Wie konnte Saret da nur zustimmen?«, neckte Mia ihn. »Eine ganze Woche Urlaub? Korum musste ihn quasi zwingen, mich für so eine Zeitspanne gehen zu lassen, und dabei bist du viel nützlicher …«

Adam zuckte mit den Schultern. »Er hatte keine große Wahl. Ich habe ihm gesagt, dass ich gehen würde, und das war's.«

Mia grinste ihn an und war wieder einmal beeindruckt von dem jungen Krinar. Trotz seines menschlichen Aufwachsens – oder vielleicht gerade deshalb – konnte er mit den Besten von ihnen mehr als mithalten.

Gegen vier Uhr nachmittags gab er ihr schließlich einen Stapel Unterlagen zum Durcharbeiten und ließ sie allein im Labor zurück, um seinen Urlaub zu beginnen. Die anderen Praktikanten arbeiteten gerade an einem Gemeinschaftsprojekt mit dem Verstandeslabor in Thailand, und genau dort befanden sie sich auch gerade, um ein paar Experimente abzuschließen.

Mia verbrachte die nächsten zwei Stunden lesend und ging danach die Daten kontrollieren, die von einer virtuellen Simulation eines jungen krinarischen Gehirns generiert wurden. Es sah so aus, als sei die neueste Methode, die sie und Adam entwickelt hatten, wirklich ein Schritt in die richtige Richtung. Der Wissenstransfer fand mit erhöhter Geschwindigkeit statt und hatte weniger unangenehme Nebeneffekte. Hoffentlich würden sie es zum Ende des Sommers noch weiter verbessern können …

»Wie waren deine Ferien in Florida?«, fragte eine bekannte Stimme hinter ihr, und Mia sprang erschrocken auf.

Sie schaute sich um und atmete tief durch, um ihren rasenden Puls zu beruhigen. »Du hast mich erschreckt«, erklärte sie Saret und lächelte ihn an. »Ich wusste nicht, dass noch jemand im Labor ist.«

Ihr Chef fuhr sich mit seinen Fingern durch sein dunkles Haar. »Ich muss nur ein paar Sachen fertig machen.« Er sah ungewöhnlich angespannt aus, und Mia hatte sogar den Eindruck, dass er müde war – eine Seltenheit für einen Krinar.

»Ist alles in Ordnung?«, fragte sie vorsichtig, da sie keine Grenzen überschreiten wollte. Obwohl sie jetzt schon ein paar Wochen lang für Saret arbeitete, kam es ihr immer noch so vor, als würde sie ihn nicht wirklich kennen. Er verbrachte nicht viel Zeit im Labor, da er für sein Projekt – was auch immer das war – rund um die Welt reisen musste. Wenn er einmal im Labor war, blieb er normalerweise in seinem Büro – auch wenn sie ihn ein paar Mal dabei erwischt hatte, wie er sie beobachtete; offensichtlich behielt er ein Auge auf den einzigen Menschen, den er jemals in sein Labor gelassen hatte.

»Natürlich«, sagte Saret, seine Gesichtszüge entspannten sich, und er begann zu lächeln. »Warum denn nicht? Einer meiner Lieblingsassistenten ist zurück.«

Mia erwiderte sein Lächeln, auch wenn ihr das Ganze unangenehm war. »Danke«, sagte sie. »Es ist schön, wieder hier zu sein. Ich habe mir gerade die Daten angesehen, und es gibt da definitiv eine Entwicklung …«

»Das ist gut«, unterbrach Saret sie. »Ich hätte gerne möglichst bald einen Bericht darüber.«

»Natürlich. Ich werde ihn heute Nacht vorbereiten …«

»Nein, das ist nicht nötig. Du kannst heute früher nach Hause gehen. Du bist den ersten Tag zurück, und ich weiß, dass dein Cheren sehr unglücklich darüber wäre, würde ich dich so lange hierbehalten.«

Mia nickte überrascht. »Okay, wenn du dir sicher bist ...« Normalerweise mochte Saret es nicht, wenn seine Praktikanten nicht den ganzen Tag dablieben. Er hatte sich darüber sogar mit Korum gestritten, als Mia das Praktikum angefangen hatte. Und jetzt sah es so aus, als wolle er wirklich, dass sie für heute Schluss machte ... Aber sie würde keinen weiteren Protest einlegen, da sie sowieso vorgehabt hatte, in einer Stunde nach Hause zu gehen.

»Ich bin mir sicher.« Saret lächelte sie an. Irgendetwas an diesem Lächeln beunruhigte sie, aber sie konnte nicht genau sagen, was es war.

»Na dann, danke schön. Bis morgen«, sagte Mia und ging an ihm vorbei. Während sie das tat, hätte sie schwören können, dass er sich näher zu ihr beugte und einatmete – fast so, als würde er ihren Duft aufnehmen.

Sie sagte sich, sie habe sich das nur eingebildet, verließ das Labor und betrat die kleine Gondel, die neben dem Gebäude stand. Korum hatte sie für sie konstruiert, damit Mia sich damit in Lenkarda fortbewegen konnte. Wie das Computerarmband, welches er ihr gegeben hatte, war sie darauf programmiert, auf ihre Sprachkommandos zu reagieren. Mia, die nach dem vollen Arbeitstag erschöpft war, setzte sich auf einen der intelligenten Sitze und wies das Schiff an, sie nach Hause zu bringen.

* * *

Saret sah Mia dabei zu, wie sie ging, und seine Hände zitterten vor lauter Verlangen. Er wollte sich nach ihr ausstrecken und sie berühren.

Sie nach ihrer langen Abwesenheit so nah bei sich zu haben war eine Qual gewesen. Die leichte Süße ihres Geruchs durchzog das Labor, und er hatte es nicht unterlassen können, ihr näher zu kommen, um ihren Duft einzuatmen. Wenn sie nicht gegangen wäre, hätte er etwas Dummes getan – wie sie an sich heranzuziehen und sie zu probieren. Und er wäre nicht in der Lage gewesen, danach aufzuhören.

Als er versuchte, seine eigenen Gedankenvorgänge zu analysieren – so wie es jeder Gedankenexperte tun sollte –, fielen ihm ein Dutzend Gründe dafür ein, warum er so besessen von ihr war. Erstens deshalb, und das war auch der Hauptgrund, weil sie Korum gehörte. Schon als sie Kinder gewesen waren, hatte Saret Korums Spielzeug gewollt. Sein Feind war bereits damals erfinderisch gewesen, hatte die beliebten Spiele verbessert und etwas daraus gemacht, was besser war als die Sachen aller anderen. Saret hatte ihn damals dafür gehasst, und er hasste ihn jetzt. Natürlich hatte er sich das niemals anmerken lassen. Mit Korums Feinden nahm es niemals ein gutes Ende. Es war weitaus besser, sein Freund zu sein – oder sich zumindest so zu verhalten.

Und Mia war das beste aller Spielzeuge. So klein, so empfindlich, so perfekt menschlich. Zum ersten Mal verstand Saret, warum ihre Rasse Haustiere hielt. Ein niedliches Lebewesen zu haben, das zu einem gehörte, das man nach Lust und Laune streicheln und anfassen konnte – dieses Konzept hatte etwas unglaublich Anziehendes. Besonders dann, wenn diese Kreatur einen liebte und von einem abhängig war … Sie würde ein sehr gutes Haustier abgeben, dachte Saret ironisch, mit diesem dicken, vollen Haar, das so weich aussah und zum Anfassen einlud.

Es überraschte ihn, dass Korum ihr erlaubte, so viel Zeit von ihm getrennt zu verbringen. Saret hatte ihn getestet, darauf bestanden, Mia ganztags arbeiten zu lassen, nur um zu sehen, ob das Korum von der Lächerlichkeit überzeugen würde, einen Menschen in einem krinarischen Arbeitsumfeld zu beschäftigen. Von seinem Erzfeind hätte er niemals im Traum erwartet, dass er das Mädchen gleichberechtigt behandeln würde. Zugegeben, sie war intelligent – zumindest für einen Menschen –, aber sie war auch jung und formbar. Er würde sich nicht besonders anstrengen müssen, sie so hinzubiegen, wie er sie haben wollte. Was auch immer sie dachte, was sie gerade wollte – nichts davon war wirklich wichtig. Wenn sie sein Charl gewesen wäre, hätte er sie leicht davon überzeugen können, mit ihrer Rolle im Leben glücklich zu sein. Ihrer Rolle in seinem Bett. Es gab so viele schöne Sachen, die ein menschliches Mädchen genießen konnte: alle möglichen virtuellen und realen Spa-Behandlungen, hübsche Sachen, interessante Aufzeichnungen, unterhaltsame Bücher … Aber stattdessen ließ Korum sie pausenlos arbeiten. Kein Wunder, dass sie immer noch Einwände dagegen hatte, ein Charl zu sein. Ihr Cheren wusste einfach nicht, wie er richtig mit ihr umzugehen hatte.

Seufzend ging Saret in sein Büro zurück. Die ganze Analyse seiner Denkprozesse würde nichts daran ändern, dass er sie wollte. Und bald würde er sie haben. Er musste sich nur noch ein wenig länger gedulden.

Saret wandte seine Aufmerksamkeit wieder seiner eigentlichen Aufgabe zu und ließ eine dreidimensionale Karte von Shanghai erscheinen. China stand als Nächstes auf seiner Liste.

2. KAPITEL

»Es gibt nichts, worüber du dir Sorgen machen müsstest«, sagte Korum, um sie zu beruhigen, während er einen weißen Punkt an Mias Schläfe befestigte. »Sie werden dich genauso lieben wie ich.«

Mia spielte nervös mit einer Haarsträhne, bevor sie sie letztendlich hinter ihr Ohr strich. »Wird es ihnen nichts ausmachen, dass ich ein Mensch bin?«

»Nein, wird es nicht«, versicherte er ihr. »Sie wissen schon alles über dich, und sie sind sehr glücklich darüber, dass ich jemanden gefunden habe, der mir so viel bedeutet.«

Nachdem sie von der Arbeit gekommen war, hatte Korum sie damit überrascht, dass er sie gerne seiner Familie vorstellen wollte. Und deshalb war er gerade dabei, sie mit sich an den virtuellen Ort zu nehmen, an dem sie seine Eltern treffen würden. Die Umgebung war vermutlich ziemlich realitätsnah, und sie würde in der Lage sein, mit seinen Eltern genauso zu interagieren, als würde sie sie persönlich treffen.

Der Ort des Treffens war auf Krina.

»Bist du sicher, dass ich mich nicht umziehen sollte?« Mia wusste, sie wollte nur ablenken, aber sie hatte lächerlicherweise Angst. »Und wird deine Mutter nichts dagegen haben, dass ich eure Familienkette trage?«

»Du siehst wunderschön aus, und die Kette steht dir perfekt«, sagte er entschieden. »Meine Mutter wird sich freuen, sie an dir zu sehen; sie hat sie mir ausdrücklich zu diesem Zweck gegeben – um sie der Frau zu schenken, in die ich mich letztendlich verlieben würde.«

Mia atmete tief durch und versuchte, ihren rasenden Herzschlag zu kontrollieren. »Alles klar, dann wäre ich bereit.« Zumindest so bereit, wie sie überhaupt nur sein konnte, wenn es darum ging, die Eltern ihres außerirdischen Liebhabers zu treffen – die Tausende von Lichtjahren entfernt lebten.

Korum lächelte, und die Welt um sie herum verschwamm.

Mia wurde schwindelig, und sie schloss ihre Augen. Als sie sie wieder öffnete, stand sie in einem großen, luftigen Gebäude, welches sie vage an Korums Haus in Lenkarda erinnerte. Von innen war es komplett durchsichtig, so dass sie draußen unbekannte Pflanzen sehen konnte. Der größte Teil der Flora war in dem vertrauten Grün, aber es gab auch viel Rot, Orange und Gelb, und diese

Kombination der Farben sah einfach wunderschön aus. Die Inneneinrichtung des Gebäudes strahlte das gleiche Zen-Gefühl aus wie Armans Haus. Alles war in einem wunderschönen Cremeton gehalten, und das Sonnenlicht, welches durch die transparente Decke strömte, wurde von dem beeindruckenden Blumengebinde in der Mitte des Raumes reflektiert – dem einzigen Farbtupfer in dieser ansonsten puristischen Umgebung. Die Blumen schienen direkt aus dem Boden zu wachsen, und an den Mauern befanden sich einige der vertrauten schwebenden Bretter, die als Multifunktionsmöbel dienten.

»Es ist wirklich schön hier«, flüsterte Mia und schaute sich weiter im Raum um. »Ist das das Haus deiner Eltern?«

Korum nickte und lächelte. Er sah sehr zufrieden aus. »Das hier ist das Haus, in dem ich aufgewachsen bin«, erklärte er ihr und streckte sich nach ihrer Hand aus, um sie zu drücken.

Wie immer erwärmte seine Berührung sie innerlich, und sie staunte erneut darüber, wie real sich alles in der virtuellen Welt anfühlte. Aus irgendeinem Grund schien das hier sogar noch überzeugender als der Klub zu sein, in welchen er sie einmal entführt hatte, um ihre Fantasie zu befriedigen. Alle ihre Sinne waren angespannt, so als sei sie wirklich körperlich hier auf diesem Planeten in einer anderen Galaxie.

Mia atmete tief ein und bemerkte, dass die Luft hier ein wenig dünner war als die, an die sie gewöhnt war, etwa so, als würde sie sich in hoher Höhe befinden. Ihr war auch ein wenig schwindelig, und sie hoffte, sich schnell daran zu gewöhnen. Die Temperatur war angenehm warm, und es schien eine leichte Brise von irgendwoher zu wehen, obwohl sie sich in einem Gebäude befanden. Außerdem lag ein exotischer, aber sehr anziehender Duft in der Luft. Wahrscheinlich von den Blumen, entschied Mia. Das Aroma war fast … fruchtig. Sie hatte noch nie so etwas gerochen.

Als Mia ihre Umgebung betrachtete, löste sich eine der Wände auf, und eine krinarische Frau kam herein. Sie war groß und schlank, mit den langen Beinen eines Models und glänzendem, schwarzem Haar. Ihre Augen waren genauso warm und bernsteinfarben wie Korums. Das konnte nur seine Mutter sein; die Ähnlichkeit zwischen ihnen war nicht zu übersehen.

Als sie sie dort stehen sah, breitete sich auf ihrem Gesicht ein strahlendes Lächeln aus. »Mein Kind«, sagte sie leise, und ihre Augen leuchteten voller Liebe, als sie ihren Sohn anschaute, »Ich freue mich so sehr, dich zu sehen.« Wie bei allen Krinar war es unmöglich, ihr Alter zu bestimmen; sie sah nicht älter aus als fünfundzwanzig.

Korum ließ Mias Hand los, durchquerte den Raum und umschloss seine Mutter in einer zärtlichen Umarmung. »Ich auch, Riani, ich auch …«

Mia beobachtete ihre Vereinigung und fühlte sich dabei wie ein Eindringling in einem familiären, privaten Moment. Sie konnte sich gar nicht vorstellen, wie es für seine Eltern sein musste, dass ihr Sohn so weit entfernt lebte. Ja, sie konnten sich virtuell treffen, aber sie vermissten es wahrscheinlich trotzdem noch, ihn wirklich bei sich zu haben.

Korum drehte sich zu Mia um, lächelte sie an und sagte:

»Komm her, mein Liebling. Ich möchte dich gerne meiner Mutter vorstellen.«

Mia erwiderte sein Lächeln und ging auf sie zu. Ihr fiel auf, wie die Krinarin sie von Kopf bis Fuß betrachtete. Ihre Handflächen wurden schweißnass. Was dachte diese umwerfende Frau? Fragte sie sich, weshalb ihr Sohn bei einem Menschen gelandet war?

Mia hielt mit einem kleinen Abstand zu ihnen an und verstärkte ihr Lächeln. »Hallo«, sagte sie, unsicher, ob sie sich ausstrecken und die Wangen der Krinarin berühren sollte. Sie hatte in den letzten Wochen gelernt, dass das die normale Begrüßung unter krinarischen Frauen war.

Korums Mutter hatte keine Bedenken dieser Art. Sie hob ihre Hand und berührte zärtlich Mias Wange. »Hallo, meine Liebe. Ich freue mich sehr darüber, dich endlich kennenzulernen.«

»Riani, das ist Mia, mein Charl«, sagte Korum. »Mia, das ist Riani, meine Mutter.«

»Es ist sehr schön, Sie endlich kennen zu lernen, Riani.« Mia begann, sich wohler zu fühlen. Trotz ihrer strahlenden Schönheit und ihres jugendlichen Aussehens strahlte diese Frau etwas aus, was sehr beruhigend war. Fast mütterlich, dachte Mia und lächelte innerlich.

»Wo ist Chiaren?«, fragte Korum seine Mutter.

»Er wird jeden Moment hier sein«, antwortete sie und bewegte ihre Hand. »Er hat sich bei der Arbeit verspätet. Mach dir keine Sorgen – er weiß, dass du hier bist.«

Chiaren musste wohl Korums Vater sein, dachte Mia. Es war interessant, dass er seine Eltern mit ihren Vornamen ansprach, auch wenn es Sinn ergab. So lange, wie die Krinar lebten, waren die Grenzen zwischen den Generationen wahrscheinlich weniger deutlich als bei den Menschen. Obwohl Korum ihr einmal erzählt hatte, dass seine Eltern viel älter waren als er, schätzte sie, dass der Unterschied von zweitausend Jahren zu mehreren tausend Jahren nicht wirklich dramatisch war.

Ein leises »Wuuusch« unterbrach Mias Überlegungen. Sie drehte ihren Kopf zur Seite und sah, wie die Wand sich erneut öffnete. Ein dunkler, gutaussehender Krinar in der typischen krinarischen Kleidung kam herein. Er durchquerte schnell den Raum, hob seine Hand und begrüßte seinen Sohn, indem er mit seiner Handfläche Korums Schulter berührte.

Korum erwiderte diese Geste, schien aber sehr viel zurückhaltender zu sein, als er das bei seiner Mutter gewesen war. »Chiaren«, sagt er ruhig. »Ich freue mich, dass du es geschafft hast, zu kommen.«

Irgendetwas in seinem Ton überraschte Mia. Gab es Spannungen zwischen Vater und Sohn?

Sein Vater nickte leicht. »Das ist doch selbstverständlich. Ich würde mir doch deinen Besuch nicht entgehen lassen.« Dann wandte er seine Aufmerksamkeit Mia zu, legte seinen Kopf schief und betrachtete sie mit einem unleserlichen Gesichtsausdruck.

Mia schluckte, da sie dringend ihren plötzlich trockenen Hals befeuchten musste. Chiarens Haltung, sein leicht spöttisch verzogener Mund – das kam ihr alles sehr bekannt vor. Korum mochte zwar das Aussehen seiner Mutter geerbt haben, aber er hatte definitiv auch einige Charakterzüge seines Vaters abbekommen. Sie fand den

Krinar mit seinem kalten, dunklen Blick und dem Fehlen jeglicher sichtbarer Gefühlsäußerung ein wenig furchteinflößend. Er erinnerte sie an Korum, als sie ihm zum ersten Mal begegnet war.

»Chiaren, das ist Mia«, sagte Korum, ging zu ihr und legte besitzergreifend seinen Arm um ihren Rücken. »Sie ist mein Charl. Mia, das ist mein Vater, Chiaren.«

Der Krinar lächelte und schien plötzlich gar nicht mehr so unnahbar zu sein. »Wie schön«, sagte er freundlich. »So ein hübsches Mädchen hast du da. Wie alt bist du, Mia? Du scheinst jünger zu sein, als ich erwartet habe.«

»Ich bin einundzwanzig«, antwortete ihm Mia, die wusste, dass sie wahrscheinlich aussah, als sei sie noch keine zwanzig Jahre alt. Das war ein weit verbreitetes Problem bei jemandem, der so klein war – ein Problem, mit dem sie jetzt wohl für immer leben musste.

Chiarens Lächeln verstärkte sich. »Einundzwanzig …«

Mia errötete, als sie verstand, dass sie für ihn kaum älter als ein Kind war. Und im Vergleich zu ihm war das auch richtig. Trotzdem wäre es ihr lieber gewesen, wenn er nicht so amüsiert ausgesehen hätte.

»Mia, Liebes, erzähl uns doch ein wenig von dir«, bat Riani mit einem warmen und ermutigenden Lächeln. »Korum hat uns erzählt, dass du das Gedächtnis erforschst? Stimmt das?«

Mia nickte und wandte ihre Aufmerksamkeit Korums Mutter zu. Sie war sich noch nicht sicher, was sie von Korums Vater zu halten hatte, aber sie hatte definitiv begonnen, Riani zu mögen. »Das mache ich«, bestätigte sie. »Ich habe diesen Sommer angefangen, mit Saret zu arbeiten. Davor habe ich an einer unserer Universitäten im Hauptfach Psychologie studiert.«

»Und wie gefällt es dir bis jetzt? Dein Praktikum?«, fragte Chiaren. »Ich kann mir vorstellen, dass es sich stark von dem unterscheidet, was du davor gemacht hast.« Er schien wirklich neugierig zu sein.

»Ja, das tut es«, gab Mia zu. »Ich lerne eine ganze Menge.« Da sie sich jetzt viel mehr in ihrem Element fühlte, erzählte sie ihnen alles über ihre Arbeit im Labor, und ihre Augen leuchteten auf, als sie ihnen von ihrem Prägungsprojekt erzählte.

Danach fragte Riani sie über ihre Familie aus, wobei sie besonders an der Tatsache interessiert zu sein schien, dass Mia eine Schwester hatte. Überaus faszinierend fand sie außerdem Marisas Schwangerschaft, und sie hörte aufmerksam zu, als Mia ausführlich darüber berichtete, was für Probleme ihre Schwester gehabt hatte, bevor Ellet ihr geholfen hatte. Chiaren fragte nach Mias Eltern, ihren Berufen und wie der Beitrag eines Menschen für die Gesellschaft normalerweise gemessen wurde. Also sprach Mia eine Weile über die Rolle der Lehrer und Professoren im amerikanischen Bildungssystem.

Und in kürzester Zeit fand sie sich in einer lebhaften Diskussion mit Korums Eltern wieder. Sie erfuhr, dass sie seit fast dreitausend Jahren zusammen waren und dass Riani fast 500 Jahre älter war als ihr Partner. Im Gegensatz zu Korum, der seine Leidenschaft für technologische Entwicklungen schon sehr früh entdeckt hatte, waren Riani und Chiaren *Dabbler*, wie eigentlich die meisten Krinar. Anstatt sich auf ein bestimmtes Gebiet zu spezialisieren, wechselten sie häufig ihre Berufe und Schwerpunkte, ohne jemals irgendwo einen Expertenstatus zu erreichen. Deshalb waren sie in der Gesellschaft zwar gut angesehen, hatten es aber nie auch nur ansatzweise geschafft, in den Rat zu kommen.

»Ich bin mir nicht sicher, wie wir es geschafft haben, so ein intelligentes und ehrgeiziges Kind zu zeugen«, vertraute Riani ihr grinsend an. »Das war mit Sicherheit nicht so beabsichtigt.«

Als er den verwirrten Ausdruck auf Mias Gesicht sah, erklärte ihr Chiaren: »Wenn ein Paar sich dazu entschlossen hat, ein Kind zu bekommen, dann passiert das normalerweise sehr kontrolliert. Sie wählen die optimale Kombination der körperlichen Eigenschaften und intellektuellen Fähigkeiten aus, konsultieren führende Medizinexperten …«

»Die meisten Krinar sind Designerbabys?« Mia bekam riesengroße Augen, als ihr das klar wurde. Das erklärte auch, warum alle Krinar, die sie jemals getroffen hatte, so gutaussehend waren. Sie hatten durch diese Form der genetischen Selektion ihrer Kinder die Kontrolle über ihre eigene Evolution übernommen. Das ergab ganz eindeutig Sinn. Jede Kultur, die fortschrittlich genug war, ihren eigenen genetischen Code zu verändern – so wie die Krinar das getan hatten, um ihre Abhängigkeit vom Blut loszuwerden –, konnte mit Leichtigkeit festlegen, welche Gene sie ihrem Nachwuchs mitgeben wollte. Mia war überrascht, dass sie darauf nicht schon früher gekommen war.

Chiaren stutzte. »Dieses Wort ist mir unbekannt …«

»Ja, genau«, antwortete Korum und lächelte Mia an. »Nur wenige Eltern möchten genetisches Roulette spielen, nicht, wenn es einen besseren Weg gibt.«

»Aber wir haben es getan«, sagte Riani und schaute dabei ein wenig verlegen aus. »Ich wurde ungeplant schwanger – einer der wenigen Unfälle, die in unserer Rasse in den letzten zehntausend Jahren vorgekommen sind. Wir sprachen darüber, ein Kind zu bekommen, und setzten beide unsere Verhütungsmittel ab, da wir ein Labor aufsuchen wollten, genauso wie alle anderen Paare, die wir kannten. Statistisch gesehen liegen die Chancen, im ersten empfängnisbereiten Jahr schwanger zu werden, bei etwa eins zu einer Million. Da ich mich während dieser Zeit gerade sehr intensiv mit Musik beschäftigte und mich völlig dem Gesang verschrieben hatte, verschoben wir unseren Laborbesuch um ein paar Monate nach hinten. Und als der Medizinexperte mich endlich sah, war ich schon drei Wochen schwanger mit Korum.«

»Ich bin ein Rückschlag, wie du siehst«, sagte Korum lachend. »Sie hatten keine Kontrolle darüber, welche genetischen Charakteristika meiner Vorfahren ich erben würde.«

Mia grinste ihn an. »Na, ich denke, dass es ziemlich offensichtlich ist, von wem du das Aussehen geerbt hast.« Er hätte Rianis Zwillingsbruder sein können, anstatt ihr Sohn.

»Es ist sein Ehrgeiz, der uns irritiert«, sagte Chiaren und warf seinem Sohn einen unleserlichen Blick zu. »Der kam einfach aus dem Nichts …«

Korums Augen verengten sich leicht, und Mia spürte,

dass das wahrscheinlich der Streitpunkt zwischen Vater und Sohn war. Sie beschloss, Korum später darüber auszufragen. Jetzt wollte sie erst einmal mehr über dieses Detail wissen, das sie gerade über ihren Liebhaber erfahren hatte. »Also bist du kein Designerbaby, was?«, zog sie ihn lächelnd auf.

»Nein.« Korum grinste. »Ich bin so natürlich, wie es nur geht.«

»Na ja, du bist ja auch so perfekt auf die Welt gekommen«, meinte Mia und betrachtete seine wunderschöne, männliche Erscheinung. Sie konnte sich gar nicht vorstellen, wie er noch besser hätte aussehen können.

Zu ihrer Überraschung schüttelte Korum seinen Kopf. »Nein, das bin ich nicht wirklich. Ich habe einen kleinen Makel.«

»Was?« Mia starrte ihn entsetzt an. Dieser hinreißende Mann hatte einen Makel? Wo hatte er ihn die ganze Zeit versteckt?

Er lachte und zeigte auf sein Grübchen in der linken Wange. »Ja, genau hier. Siehst du das?«

Mia schaute ihn ungläubig an. »Dein Grübchen? Wirklich?«

Er nickte, und seine Augen funkelten belustigt. »Das wird bei den Krinar als eine Missbildung angesehen. Aber ich habe gelernt, damit zu leben. Offensichtlich mögen manche Frauen sie sogar.«

Sie mögen? Mia liebte sein Grübchen und sagte ihm das auch genau so, was ihn und seine Eltern zum Lachen brachte.

»Wir sollten jetzt wohl langsam mal gehen«, sagte Korum nach einer Weile. »Es ist Zeit fürs Abendbrot, und Mia muss noch ein wenig Schlaf bekommen, bevor sie morgen wieder früh aufstehen muss, um zur Arbeit zu gehen.«

»Natürlich.« Riani warf ihr einen warmen, verständnisvollen Blick zu. »Ich weiß, dass Menschen schneller ermüden …«

Mia öffnete ihren Mund, um zu protestieren, änderte dann aber ihre Meinung. Das stimmte ja, auch wenn sie gerade nicht besonders müde war. Stattdessen sagte sie: »Es hat mich sehr gefreut, Sie kennenzulernen, Riani – und Chiaren. Und es hat mir sehr viel Spaß gemacht, mich mit Ihnen zu unterhalten.«

»Uns auch, Liebes, uns auch.« Riani berührte wieder sanft ihre Wange. »Wir hoffen, dass wir dich bald wiedersehen.«

Mia lächelte und nickte zustimmend. »Auf jeden Fall. Ich freue mich schon darauf.«

»Es war schön, dich kennen zu lernen, Mia«, sagte Korums Vater und lächelte sie an. Dann drehte er sich zu Korum um und fügte hinzu: »Und es war auch schön, dich zu sehen, mein Sohn.«

Korum nickte leicht. »Bis zum nächsten Mal.«

Dann verschwamm wieder alles um sie herum, und Mia musste erneut ihre Augen schließen. Als sie sie wieder öffnete, waren sie schon zurück in Korums Haus in Lenkarda.

* * *

»Ich mag deine Eltern«, erklärte Mia Korum während des Essens. »Sie scheinen sehr nett zu sein.«

»Das sind sie auch«, sagte Korum und biss in ein Stück Jicama mit Granatapfelgeschmack. »Riani ist großartig. Chiaren auch, obwohl es scheint, dass wir manche Dinge aus sehr verschiedenen Perspektiven betrachten.«

»Warum?«

Er zuckte mit den Schultern. »Ich bin mir nicht sicher. Es ist schon immer so gewesen. In manchen Sachen sind wir uns sehr ähnlich, in anderen dagegen völlig verschieden. Er hat niemals verstanden, warum ich meine ganze Zeit damit verbracht habe, meine Firma aufzubauen, anstatt einfach das Leben zu genießen und eine Partnerin zu finden, so wie er das getan hat. Und er hat mir nicht wirklich verziehen, dass ich Krina verlassen habe und Riani somit ihren einzigen Sohn genommen habe, obwohl ich sie häufig in der virtuellen Welt besuche.«

Mia lächelte, da sie in diesem Punkt auch ihre eigene Familie wiedererkannte. Es war für ihre Eltern schwierig gewesen, als sie zum Studieren nach New York gegangen war; sie konnte sich gar nicht vorstellen, wie sie damit zurechtgekommen wären, wenn sie in eine andere Galaxie verschwunden wäre. Sie konnte Korums Vater nicht wirklich einen Vorwurf machen, aufgebracht zu sein, besonders dann, wenn er den Ehrgeiz seines Sohnes nicht nachvollziehen oder bewundern konnte.

Sie dachte immer noch an Korums Familie, als sie langsam ihren Eintopf aß und die Kombination der geschmacksintensiven Wurzeln und Gemüsesorten Krinas genoss. Plötzlich schoss ihr ein beunruhigender Gedanke durch den Kopf. Sie legte ihr Besteck zur Seite und schaute Korum an.

»Würdest du jemals wieder nach Krina zurückkehren wollen?«, fragte sie und zog ihre Stirn leicht in Falten. »Du musst deine Eltern vermissen, und es scheint auch sehr schön dort zu sein …«

Er zögerte einen Augenblick. »Vielleicht eines Tages«, sagte er schließlich und sah sie mit einem unleserlichen, goldenen Blick an, »aber wahrscheinlich erst einmal für eine lange Zeit nicht.«

Mia fühlte, wie sich ihre Brust ein wenig zusammenzog. »Und was ist mit mir?«

»Du wirst natürlich mit mir mitkommen«, antwortete er beiläufig und nahm einen Schluck Wasser. »Was denn sonst?«

Sie atmete tief ein und versuchte, ruhig zu bleiben. »Zu einem anderen Planeten? Alles und jeden zurücklassend?«

Seine Augen verengten sich leicht. »Ich habe ja nicht gesagt, dass wir bald gehen werden, Mia. Vielleicht nicht einmal, solange deine Familie lebt. Aber es könnte sein, dass ich eines Tages Krina besuchen muss, und dann würde ich dich gerne mitnehmen.«

Mia blinzelte und schaute weg, da sich ihr Herz bei der Erinnerung an den großen Unterschied, der zwischen ihr und dem Rest der Menschheit bestand, zusammenzog. Dank der Nanozyten, die durch ihren Körper wanderten, würde sie niemals alt werden und sterben – aber das bedeutete gleichzeitig, ihre geliebte Familie zu überleben. Es ärgerte sie wahnsinnig, dass die Krinar Mittel hatten, die

Lebensspanne eines Menschen ins Unendliche auszudehnen, sich aber dazu entschieden hatten, es nicht zu tun. Sie fühlte sich regelrecht schuldig, wenn sie über das ganze Thema nachdachte.

»Mia …« Korum streckte seinen Arm über den Tisch aus und nahm ihre Hand in seine. »Hör mir zu. Ich habe dir versprochen, für deine Familie eine Petition bei den Ältesten einzureichen, und habe auch schon mit den Formalitäten begonnen. Allerdings kann ich dir nichts versprechen, da ich noch nie von einer Ausnahme gehört habe, die für einen Menschen gemacht wurde, der kein Charl war.«

»Aber warum?«, fragte Mia frustriert. »Warum teilt ihr nicht einfach euer Wissen und eure Technologie mit uns? Warum bedeutet dieses Thema den Ältesten so viel?«

Korum seufzte, und sein Daumen strich über ihre Handfläche. »Das weiß niemand von uns so genau, aber es hat wohl etwas mit der Tatsache zu tun, dass ihr als Rasse immer noch sehr unvollkommen seid, und die Ältesten euch mehr Zeit für eure Entwicklung geben wollen …«

»Wir sind unvollkommen?« Mia starrte ihn ungläubig an. »Was soll das denn heißen? Sagst du gerade, wir weisen Mängel auf? So wie ein Autoteil, das nicht richtig funktioniert?«

»Nein, nicht wie ein Autoteil«, erklärte er ihr geduldig, und seine Finger griffen fester zu, als sie versuchte, ihre Hand wegzuziehen. »Eure Rasse ist ziemlich jung, das ist alles. Eure Gesellschaft entwickelt sich sehr schnell, was wahrscheinlich etwas mit eurer hohen Geburtenrate und kurzen Lebenserwartung zu tun hat. Wenn wir euch jetzt schon unsere Technologie geben würden, wenn jeder Mensch Tausende von Jahren leben könnte, dann würde euer Planet schnell überbevölkert sein … außer wir würden auch eure Geburtenrate verändern. Du siehst Mia, es geht um alles oder nichts: entweder wir kontrollieren alles, oder wir lassen euch im Großen und Ganzen so, wie ihr seid. Es gibt in diesem Fall keinen Mittelweg, meine Süße.«

Mia merkte, wie ihre Zähne aufeinanderschlugen. »Und warum überlasst ihr diese Entscheidung nicht den Menschen?«, fragte sie verärgert, »Warum lasst ihr sie nicht wählen, ob sie lieber sehr, sehr lange leben oder Kinder bekommen möchten? Ich bin mir sicher, dass viele sich für die erste Variante entscheiden würden, anstatt Tod und Krankheit zu begegnen.«

»So einfach ist das nicht, Mia«, entgegnete Korum und schaute sie ruhig an. »Überbevölkerung ist nicht das Einzige, worüber sich die Ältesten Gedanken machen. Jede Generation steuert etwas Neues zu eurer Gesellschaft bei und verändert sie zum Besseren. Noch vor zweihundert Jahren haben sich die Menschen in deinem Land keine Gedanken über die Sklavenhaltung gemacht. Und jetzt finden sie sie furchtbar – weil Generationen vergangen sind und sich die Werte geändert haben. Denkst du, ihr hättet die Sklavenhaltung aufgeben können, wenn die gleichen Menschen, die damals Sklaven besaßen, immer noch auf der Welt wären? Der Fortschritt eurer Gesellschaft wäre sehr viel langsamer gewesen, wenn wir einfach einheitlich eure Lebenserwartung verlängert hätten – und das möchten die Ältesten bis jetzt einfach nicht.«

»Also sind wir einfach nur ein Experiment«, sagte Mia und konnte die Bitterkeit nicht aus ihrer Stimme verbannen. »Ihr wollt einfach sehen, was aus uns wird, und es ist euch egal, wie viele von uns dabei leiden müssen …«

»Die Menschen wären überhaupt nicht hier und würden nicht leiden können, wenn die Krinar nichts gemacht hätten, meine Süße«, unterbrach er sie und war über ihren Zornesausbruch leicht amüsiert. »Du scheinst diese Tatsache immer sehr leicht zu vergessen.«

»Richtig, ihr habt uns erschaffen, also könnt ihr jetzt Gott spielen.« Sie merkte, wie ihr alter Ärger wieder hochkam und sie Lust hatte, wegen dieser Ungerechtigkeit handgreiflich zu werden. So sehr sie Korum auch liebte, manchmal wollte sie wegen seiner Arroganz einfach nur schreien.

Er grinste und war völlig unbeeindruckt von ihrer Wut. Seine Finger lockerten ihren Griff um ihre Hand, berührten sie sanft und begannen wieder, sie zu streicheln. »Mir fallen da ganz andere Dinge ein, die ich gerne spielen würde«, murmelte er, und seine Augen begannen, sich mit goldener Hitze zu füllen.

Und während Mia ihn ungläubig anschaute, schob er den schwebenden Tisch weg, der vorher zwischen ihnen gestanden hatte. Er hielt ihre Hand immer noch fest und zog sie zu sich, bis ihr nichts anderes übrig blieb, als sich rittlings auf seinen Schoß zu setzen.

»Denkst du, dass Sex alles besser machen wird?«, fragte sie und ärgerte sich darüber, dass ihr Körper wie immer unvermeidbar auf seine Nähe reagierte. Egal wie wütend sie auf ihn war, alles, was er tun musste, war, sie auf eine bestimmte Art und Weise anzuschauen, und sie war völlig verloren, nur noch ein Häufchen Verlangen.

»Hmm-mm …« Er beugte sich gerade nach vorne, um ihren Hals zu küssen, und sein Mund fühlte sich heiß und feucht auf ihrer nackten Haut an. »Sex macht immer alles besser«, flüsterte er und knabberte an dem empfindlichen Verbindungspunkt von Hals und Schulter.

Und für die nächsten Stunden hatte Mia dieser Aussage nichts entgegenzusetzen.

* * *

Nach dem Lärm und den Menschenmassen in Shanghai war die karge Landschaft der sibirischen Tundra geradezu beruhigend. Wäre es hier nicht so kalt, würde Saret den Besuch dieser abgelegenen Region im Norden Russlands wahrscheinlich genießen.

Aber es war kalt. Die Temperaturen hier, ein wenig oberhalb des arktischen Kreises, waren niemals warm genug für einen Krinar, nicht einmal an einem heißen Sommertag. Allerdings lagen sie heute unter dem Gefrierpunkt, und Saret kontrollierte noch einmal, dass auch wirklich jeder Zentimeter seines Körpers mit Thermobekleidung bedeckt war, bevor er sein Schiff verließ.

Das lange, graue Gebäude, welches sich vor ihm befand, war eines der hässlichsten Beispiele der sowjetischen Architektur. Stacheldrahtzaun und Wachtürme an jeder Ecke kennzeichneten das Gebäude als genau das, was es war – ein Hochsicherheitsgefängnis für die schlimmsten, gewalttätigsten Verbrecher ganz Russlands. Nur wenige Menschen wussten, dass dieser Ort existierte, was auch der Grund dafür war, weshalb Saret ihn für seine Experimente ausgewählt hatte.

Er näherte sich ganz offen dem Tor, ohne sich Sorgen darüber zu machen, von den Kameras oder Satelliten aufgezeichnet zu werden. Für diesen Ausflug trug er eine von vielen Verkleidungen, die er im Laufe der Jahre entwickelt hatte. Diese Verkleidungen änderten nicht nur sein Aussehen, sondern sogar die äußerste Schicht seiner DNA und machten es somit fast unmöglich, seine wahre Identität herauszufinden. Die Menschen wussten, dass er ein Krinar war, aber das war auch schon alles.

Als er nah genug herangekommen war, ging das Tor auf, und er ging hinein. Saret steuerte zügig das Gebäude an und wurde von dem Gefängnisdirektor begrüßt – einem dickbäuchigen Menschen mittleren Alters, der nach Alkohol und Zigaretten stank.

Ohne ein Wort zu sagen, führte ihn der Direktor in sein Büro und schloss die Tür.

»Und?«, fragte Saret den Russen, sobald sie allein waren. »Haben Sie die Daten, die ich bestellt habe?«

»Ja«, sagte der Direktor langsam. »Die Ergebnisse sind ziemlich … ungewöhnlich.«

»Inwiefern ungewöhnlich?«

»Seit Ihrem letzten Besuch sind sechs Wochen vergangen«, antwortete der Mensch, und seine Hände spielten nervös mit einem Stift. »Im letzten Monat gab es nicht einen einzigen Mord. In den letzten drei Wochen gab es keine Kämpfe. Ich leite diesen Ort seit zwanzig Jahren und habe so etwas noch nie erlebt.«

Saret lächelte. »Das glaube ich Ihnen ohne weiteres. Wie hoch war die Mordrate davor?«

Der Mann öffnete einen Ordner und nahm ein Blatt Papier heraus, welches er Saret reichte. »Schauen Sie selbst. Normalerweise passieren pro Monat zwei bis drei Morde und pro Tag ein Kampf. Wir bekommen nicht heraus, was passiert ist. Es ist, als ob alle Insassen eine Persönlichkeitstransplantation bekommen hätten.«

Sarets Lächeln wurde breiter. Wenn dieser Mensch nur die Wahrheit kennen würde. Zufrieden faltete er das Blatt Papier zusammen und steckte es in die Tasche seiner Thermohose. »Sie bekommen den Rest der vereinbarten Zahlung morgen«, sagte er zu dem Gefängnisdirektor und verließ den Raum. Er konnte es nicht erwarten, endlich wieder auf sein Schiff und raus aus der Kälte zu kommen.

3. KAPITEL

Die nächsten zwei Tage waren sehr ruhig. Mia verbrachte ihre Zeit im Labor und genoss die Abende mit Korum. Sie war trotz ihrer gelegentlichen Meinungsverschiedenheiten unglaublich glücklich. Sie zweifelte nicht mehr daran, dass er sie liebte – und das hatte alles verändert. Sie hoffte, ihn eines Tages davon überzeugen zu können, seine Sichtweise die Menschen betreffend zu ändern, ihn dazu zu bringen, sie nicht einfach nur als ein Experiment der Ältesten anzusehen. Für den Moment musste sie sich allerdings damit zufriedengeben, dass für ihre Familie vielleicht eine Ausnahme gemacht werden würde – etwas, wofür Korum zumindest hart kämpfte.

Die anderen Praktikanten waren immer noch abwesend, weshalb Mia oft allein im Labor arbeitete. Saret kam und ging, und manchmal erwischte sie ihn dabei, wie er sie mit einem rätselhaften Gesichtsausdruck anschaute. Sie tat es als ein eigenartiges Misstrauen seiner menschlichen Schülerin gegenüber ab, beendete ihren Bericht und sandte ihn zu Saret, in der Hoffnung, dass er ihr eine Rückmeldung dazu geben würde. Während sie darauf wartete, spielte sie mit der Simulation herum und probierte verschiedene Variationen des Prozesses aus, deren Daten sie sorgfältig abspeicherte.

Dieser Dienstag war in Lenkarda ein freier Tag, und es war gleichzeitig Marias Geburtstag. Das lebhafte Mädchen hatte ihr am Wochenende eine holografische Nachricht geschickt, in der sie sie offiziell zu der Strandparty am Nachmittag einlud. Und Mia hatte erfreut zugesagt.

»Ich werde also nicht mitkommen?« Korum lag auf dem Bett und sah ihr dabei zu, wie sie sich für die Party fertig machte. Seine goldenen Augen funkelten amüsiert, und sie wusste, dass er sich über sie lustig machte.

»Sorry, Süßer«, erklärte sie keck, während sie vor dem Spiegel herumwirbelte. »Cheren müssen draußen bleiben. Nur für Charl.«

Er grinste. »Das ist Diskriminierung.«

Sie trug die Kette, die er ihr gegeben hatte, und ein leichtes, fließendes Kleid mit einem Badeanzug darunter – für den Fall, dass sie während der Party auch im Meer schwimmen gehen würden.

»Ja, du weißt ja, wie das läuft«, entgegnete sie und grinste zurück. »Wir sind einfach zu cool für euch Krinar.«

Sie liebte es, dass sie ihn jetzt aufziehen konnte. Irgendwie war ihre Beziehung ganz unbemerkt ausgeglichener geworden. Er mochte es immer noch, die Kontrolle über alles zu behalten – und er konnte manchmal immer noch unglaublich dominierend sein –, aber sie merkte langsam, dass sie ihm gegenüber ihre eigene Meinung vertreten konnte. Dieses Wissen, dass er sie liebte und ihre Gedanken und Meinungen ihm wichtig waren, war sehr befreiend.

»Alles klar«, sagte sie und beugte sich hinunter, um ihm einen Kuss auf die Wange zu geben, »ich muss mich jetzt wirklich beeilen.«

Bevor sie sich von ihm zurückziehen konnte, hatte sich sein Arm um ihre Taille gewunden, und sie fand sich mit dem Rücken auf dem Bett liegend wieder, von seinem großen, muskulösen Körper nach unten gedrückt.

»Korum!« Sie wand sich und versuchte wegzukommen. »Ich bin schon spät dran! Du hast selbst gesagt, es sei eine Beleidigung, zu spät zu kommen …«

»Nur einen Kuss«, bat er und hielt sie ohne jede Anstrengung fest. Sie konnte die vertrauten Zeichen von Erregung in seinem Gesicht erkennen und spürte, wie sein Geschlecht immer härter gegen ihr Bein drückte. Ihr Körper reagierte sehr vorhersehbar, und ihr Innerstes zog sich voller Vorfreude zusammen, ihr Atem wurde schneller.

Sie schüttelte ihren Kopf. »Nein, wir können nicht …«

»Nur einen Kuss«, versprach er und senkte seinen Kopf. Sein Mund war heiß und zielstrebig, seine Zunge liebkoste die Innenseiten ihrer Lippen, und Mia spürte, wie sie auf der Stelle dahinschmolz und ein lustvoller Nebel ihre Gedanken einhüllte. Bevor sie sich jedoch völlig vergessen konnte, hörte er auf, hob seinen Kopf an und rollte vorsichtig von ihr herunter.

»Geh«, sagte er mit einem boshaften Lächeln in seinem Gesicht. »Ich möchte nicht, dass du zu spät kommst.«

Frustriert stand Mia auf und bewarf ihn mit einem Kissen. »Du bist gemein«, beschwerte sie sich. Jetzt war sie extrem erregt, würde ihn aber für die nächsten paar Stunden nicht sehen. Das Einzige, was ihr das Leid versüßte, war die Tatsache, dass es ihm nicht besser erging.

»Ich möchte nur, dass du schnell wieder zurück bist«, sagte er grinsend, und Mia warf ein weiteres Kissen nach ihm, bevor sie zur Tür herausstürmte.

Sie schaffte es zwar, nicht zu spät zu kommen, aber die anderen zwölf Charl waren schon da, als sie eintraf. In Marias Einladung hatte es geheißen, sie würden einschließlich Mia dreizehn Mädchen sein.

Irgendwo im Hintergrund spielte ein ungewöhnlicher Musikmix. Er war wunderschön, und Mia erkannte die Melodie wieder, die Korum manchmal im Haus laufen hatte.

Die Mädchen saßen auf schwebenden Stühlen, die in einem Kreis um ein großes, ebenfalls schwebendes Brett, welches als Picknicktisch diente, ausgerichtet waren. Der Tisch war mit allen möglichen köstlich aussehenden Früchten und verschiedenen exotischen Gerichten beladen.

Als sie Mia sah, winkte Maria ihr überschwänglich zu. »Hallo, komm, setz dich zu uns!«

Mia ging zu ihr und lächelte sie an. »Herzlichen Glückwunsch zum Geburtstag!«, sagte sie und überreichte Maria ein kleines, hübsch verpacktes Päckchen.

»Ein Geschenk! Aber das wäre doch überhaupt nicht nötig gewesen, meine Liebe!« Aber Marias Gesicht glühte vor Freude, und Mia wusste, dass sie genau das Richtige gemacht hatte, als sie Korum wegen des Geschenkes um Rat gebeten hatte.

Ungeduldig wie ein Kind zerriss Maria die Verpackung und öffnete das Päckchen, dem sie ein kleines, ovales Objekt entnahm. »Oh mein Gott, ist es wirklich das, was ich denke?«

»Korum hat es gemacht«, erklärte ihr Mia, die sich sehr über Marias Reaktion freute. Maria wusste offensichtlich genug von krinarischer Technologie, um zu verstehen, dass sie gerade einen Fabrikator bekommen hatte – ein Gerät, mit dem sie Nanomaschinen dafür benutzen konnte, alle möglichen Sachen aus individuellen Atomen herzustellen. Der Computer, den Korum in seinen Handflächen hatte, erlaubte ihm natürlich das Gleiche – ohne weitere Apparate – und auf einer viel höheren und komplexeren Ebene. Er war einer der wenigen, die aus dem Nichts ein ganzes Flugobjekt herstellen konnten. Instantfabrikation war eine relativ neue Technologie, die noch ziemlich teuer war, so dass nicht alle Krinar sich einen einfachen Fabrikator leisten konnten – so einen wie den, den Korum für Maria geschaffen hatte. Er war ein hochbegehrtes Objekt, hatte ihr Korum erklärt.

»Oh mein Gott, ein Fabrikator! Vielen herzlichen Dank!« Maria war fast außer sich vor Freude. »Das ist wirklich großartig – jetzt kann ich mir so viele Klamotten erschaffen, wie ich nur möchte!«

»Und auch andere Sachen«, sagte Mia grinsend. Der kleine Fabrikator konnte keine hochentwickelten Sachen herstellen, aber alle möglichen einfachen Gegenstände.

»Klamotten«, sagte Maria bestimmt. »Ich möchte hauptsächlich Klamotten.«

Alle am Tisch lachten über ihren entschlossenen Gesichtsausdruck, und ein rothaariges Mädchen rief: »Und Schuhe für mich!«

»Wo bin ich nur mit meinen Gedanken!«, rief Maria inmitten des Gelächters aus. »Ich habe euch ja noch gar nicht alle vorgestellt. Mädchen – das ist Mia, unser Neuankömmling. Wie ihr sehen könnt, ist sie unglaublich großartig. Mia, Delia kennst du ja schon. Die entzückende Dame zu ihrer Rechten ist Sandra, dann Jenny, Jeannette, Rosa, Yun, Lisa, Danielle, Ana, Moira und Cat.«

»Hallo«, sagte Mia und winkte den Mädchen zu. Die Flut der Namen war ein wenig zu viel für sie; sie konnte sie sich auf gar keinen Fall alle auf einmal merken. Normalerweise war sie bei gesellschaftlichen Anlässen, bei denen sie die Mehrheit der Anwesenden nicht kannte, sehr zurückhaltend, aber heute fühlte sie sich seltsamerweise sehr wohl. Vielleicht lag es daran, dass sie jetzt schon so viel mit den Mädchen gemeinsam hatte. Nur wenige Personen außerhalb dieser Gruppe konnten verstehen, wie es war, eine Beziehung zu jemandem zu haben, der im wahrsten Sinne des Wortes nicht von dieser Welt war.

Sie nahm auf dem noch freien schwebenden Sitz Platz und sah sich mit unverhüllter Neugier um. Alle diese

Mädchen waren genauso wie sie unsterblich. Bedeutete das, dass einige von ihnen älter waren, als sie aussahen? Hauptsächlich schienen sie jung und besonders schön zu sein, gehörten verschiedenen Rassen und Nationalitäten an. Ein paar von ihnen sahen jedoch auch durchschnittlich aus, und Mia fragte sich erneut, warum sich diese gottähnlichen Krinar überhaupt zu Menschen hingezogen fühlten. War es die Möglichkeit, ihr Blut zu trinken? Wenn sich das Nehmen des Blutes genauso anfühlte wie das Geben, dann konnte sie den Reiz verstehen.

Mia wandte ihre Aufmerksamkeit Delia zu und bedankte sich bei ihr dafür, ihr wegen der Party Bescheid gesagt zu haben.

»Gern geschehen«, sagte Delia. »Es freut mich, dass du kommen konntest. Wir hatten gehört, dass du letzte Woche nicht in Lenkarda warst; ansonsten hätte Maria dir die offizielle Einladung auch eher geschickt.«

»Das stimmt, ich war meine Familie in Florida besuchen«, erklärte Mia und sah, wie Delias Augenbrauen sich fragend anhoben.

»Korum hat dich dorthin fahren lassen?«, fragte sie, und ihre Stimme hörte sich leicht ungläubig an.

»Wir sind zusammen geflogen«, erzählte ihr Mia und schob sich eine Erdbeere in den Mund. Die Frucht war süß und saftig; die Krinar wussten auf jeden Fall, woher man die besten Früchte bekam.

»Oh«, sagte Delia, »Ich verstehe …« Sie schien durch diese Tatsache ein wenig irritiert zu sein.

»Besuchst du nie deine Familie?«, erkundigte sich Mia, ohne weiter darüber nachzudenken. »Lebt sie noch in

Griechenland?«

Delia lächelte und sah komischerweise leicht belustigt aus. »Sie lebt nicht mehr.«

»Oh, das tut mir wahnsinnig leid …« Mia fühlte sich furchtbar. Sie hatte nicht gewusst, dass dieses Mädchen eine Waise war.

»Das macht nichts«, meinte Delia ruhig. »Sie ist vor sehr langer Zeit verstorben. Ich habe nur noch eine sehr bruchstückhafte Erinnerung an sie. Es gab damals noch keine Fotos.«

Mia schwante etwas. »Wie lang ist diese lange Zeit?«, fragte sie, da sie ihre Neugier nicht zurückhalten konnte. Keine Fotos? Wie alt war Arus' Charl eigentlich?

»Oh, du kennst Delias Geschichte gar nicht?«, fragte der braunhaarige Charl, der rechts von Delia saß. »Delia, du solltest sie Mia erzählen …«

»Ich hatte noch keine Gelegenheit dazu, Sandra«, antwortete Delia dem Mädchen. »Ich habe Mia vor heute erst einmal getroffen.«

»Unsere Delia ist ein wenig älter, als sie aussieht«, sagte Sandra und konnte ihr Grinsen nicht zurückhalten. »Ich liebe es, dabei zuzusehen, wie die Neuankömmlinge reagieren, wenn sie ihr wahres Alter erfahren …«

Neugierig starrte Mia das griechische Mädchen an. »Wie alt bist du denn, Delia?«

»Meines Wissens werde ich dieses Jahr zweitausenddreihundertundzwölf.«

Mia verschluckte sich an der Erdbeere, die sie gerade aß. Hustend konnte sie gerade noch herauspressen: »Was?«

»Ja, du hast richtig gehört«, bestätigte Sandra lachend. »Delia ist nur ein klein wenig jünger als einige der Pyramiden …«

Und älter als Korum. »Du warst die ganze Zeit sein Charl?«, wollte Mia ungläubig wissen.

»Die ganze Zeit«, antwortete Delia und sah sie mit großen, braunen Augen an. »Ich traf Arus mit neunzehn Jahren an der Mittelmeerküste in der Nähe meines Dorfes. Er war damals viel jünger, kaum zweihundert Jahre alt, aber für mich war er der Inbegriff der Weisheit und des Wissens. Ich dachte, er sei ein Gott, besonders dann, als er mir etwas von ihrer wundervollen Technologie zeigte. An dem Tag, als er mich zu ihrem Schiff mitnahm, dachte ich, er bringe mich zum Olymp …«

»Und wo hast du die ganze Zeit gelebt? Auf Krina?« Mia war völlig fasziniert. Aus irgendeinem Grund hatte sie immer gedacht, die Krinar-Mensch-Beziehungen seien etwas Neues. Auch wenn ihr jetzt, als sie darüber nachdachte, auffiel, dass die Existenz der Worte Charl und Cheren in der krinarischen Sprache darauf hindeuteten, dass es diese Art von Beziehung schon seit längerem geben musste.

»Ja«, sagte Delia. »Arus nahm mich mit nach Krina, als er die Erde verließ. Wir lebten dort die ganze Zeit, bis die Krinar vor ein paar Jahren hierherkamen.«

Mia betrachtete sie und versuchte sich vorzustellen, wie schockierend und überwältigend es für jemanden aus dem antiken Griechenland gewesen sein musste, auf einem anderen Planeten zu landen. Selbst für Mia, die wusste, dass die Krinar überhaupt nicht übernatürlich waren, schien eine Menge von dem, was sie machten, magisch zu sein. Wie war das wohl für jemanden, der niemals ein Handy oder einen Fernseher gesehen hatte, der keine Vorstellung davon hatte, was ein Computer oder ein Flugzeug war?

»Wie bist du damit zurechtgekommen?«, wollte Mia wissen. »Ich kann mir überhaupt nicht vorstellen, wie das alles für dich gewesen sein muss.«

Delia zuckte anmutig mit ihren Schultern. »Das weiß ich ehrlich gesagt gar nicht. Ich kann mich heute kaum noch an die Anfangszeit erinnern … In meinem Kopf ist nur ein Nebel aus Bildern und Eindrücken. Ich kam mit der Reise nach Krina nicht gut zurecht, an so viel kann ich mich noch erinnern. Dein Cheren – der damals noch nicht geboren war – hat eine Menge dazu beigetragen, das intergalaktische Reisen sicherer und komfortabler zu gestalten. Damals war das sehr viel schwieriger. Mir ging es während der ganzen Reise unglaublich schlecht, weil das Schiff nicht auf menschliche Passagiere ausgelegt war, und ich brauchte ein paar Tage auf Krina, bis ich mich völlig davon erholt hatte.«

»Wolltest du mitgehen?« Mia konnte nichts gegen das Mitleid machen, das sie für die Neunzehnjährige fühlte, die von ihrer Familie und allem, was sie kannte, getrennt worden und an einen fremden und unbekannten Ort gebracht worden war.

Delia zuckte wieder mit ihren Schultern. »Ich wollte mit Arus zusammen sein, aber ich denke, ich hatte nicht völlig begriffen, was das bedeutete. Natürlich bereue ich jetzt nichts.«

»Gibt es Charl, die älter sind als du?«

»Ja«, antwortete Delia. »Es gibt zwei von ihnen. Einer ist der Charl des Biologieexperten, der den Prozess der Lebensverlängerung für die Menschen entwickelt hat. Er ist fast fünftausend Jahre alt. Und die andere ist nur etwa fünfhundert Jahre älter als ich. Sie ist ursprünglich aus Afrika.«

»Warte mal, hast du gerade *er* gesagt?« Das war das erste Mal, dass Mia von einem männlichen Charl hörte.

»Ja«, sagte Sandra und mischte sich in ihr Gespräch ein. »Ich war auch überrascht. Aber einige krinarische Frauen – und Männer – wählen einen menschlichen Mann als Charl. Es ist sehr viel seltener, aber es kommt vor. Sumuel – den man als den ersten Charl kennt – gehört sogar zu einem Paar.«

Mia blinzelte. »Ein Dreier?«

»Ja, genau«, sagte Sandra mit einem anzüglichen Grinsen auf ihrem Gesicht. »Es ist ein etwas ungewöhnliches Arrangement, aber es funktioniert bei ihnen. Die Tochter des Paares denkt, dass Sumuel ein drittes Elternteil ist.«

»Die Tochter des krinarischen Paares?«

»Ja, natürlich«, sagte Delia. »Wir können keine Kinder mit einem Krinar haben. Genetisch gesehen sind wir nicht ausreichend kompatibel.«

Obwohl Mia das gewusst hatte, bekam sie ein komisches Gefühl im Magen, als sie es Delia sagen hörte. In den letzten Tagen war Mia so glücklich gewesen, dass sie keine Gelegenheit gehabt hatte, sich Gedanken über die negativen Aspekte zu machen, die es gab, wenn man mit jemandem einer anderen Spezies zusammen war. Korum hatte ihr gleich am Anfang gesagt, dass sie von ihm nicht schwanger werden könne, und es gab auch keinen Grund für sie, daran zu zweifeln. Davon einmal abgesehen war sie auch mit anderen Sachen beschäftigt gewesen. Aber jetzt, da sich Mia sicher war, ihre Zukunft mit Korum zu verbringen, wurde ihr klar, was ihr weiteres Leben beinhalten würde – oder besser, was es nicht beinhalten würde: Kinder.

Mia fühlte kein dringendes Bedürfnis Mutter zu werden, zumindest nicht jetzt. Ein Kind zu haben hatte sie sich allerdings immer als Teil einer schönen, in weiter Ferne liegenden Zukunft vorgestellt. Sie hatte angenommen, dass sie die Uni beenden, dann ein weiterführendes Institut besuchen und dabei irgendwo einen netten Mann finden würde. Sie würden ein paar Jahre miteinander ausgehen, eine kleine, familiäre Hochzeit haben und, nachdem sie eine Zeit lang verheiratet waren, über Kinder nachdenken. Stattdessen war sie eine Woche, nachdem sie ihn getroffen hatte, der Charl eines Außerirdischen geworden, war jetzt unsterblich und hatte jede Möglichkeit, ein normales menschliches Leben zu führen, verloren.

Nicht, dass ihr das etwas ausmachen würde. Mit Korum zusammen zu sein, ihn zu lieben, war viel mehr als alles andere, was sie jemals zu hoffen gewagt hatte. Und wenn sie sich tief innen drin auch ein ganz klein wenig leer fühlte, weil sie ihr nicht existierendes Kind verloren hatte … dann konnte sie damit leben. Eines Tages könnte sie Korum vielleicht davon überzeugen, ein Kind zu adoptieren.

Also zauberte sich Mia wieder ein Lächeln aufs Gesicht und wandte ihre Aufmerksamkeit erneut Delia zu. Sie fragte sie über ihre Erfahrungen auf Krina aus und darüber, wie es war, so lange zu leben.

In der nächsten Stunde lernte Mia Delia und Sandra besser kennen, erfuhr ihre Geschichten und wie das Leben als Charl wirklich war. Im Gegensatz zu Delia war Sandra erst seit drei Jahren in Lenkarda. Sie war ursprünglich aus Italien und hatte ihren Cheren zufällig an der Amalfiküste getroffen. Delia und Sandra schienen größtenteils sehr glücklich mit ihrem Leben zu sein, auch wenn Mia den Eindruck hatte, dass Arus Delia als echten Partner ansah, während Sandras Cheren sie zwar über alles verwöhnte, sie aber nicht allzu ernst zu nehmen schien.

Nachdem das meiste Essen vom Tisch verschwunden war, forderte Maria die Mädchen zu einem Trinkspiel heraus, das so ähnlich wie Pflicht oder Wahrheit zu sein schien. Der Pflichtteil bestand darin, einen Tequila zu trinken.

»Mach dir keine Gedanken«, flüsterte Sandra ihr zu, »Du wirst keine Gelegenheit haben, dich zu betrinken – nicht einmal, wenn du fünf pro Stunde trinkst. Unsere Körper verarbeiten Alkohol jetzt sehr schnell.«

Mia grinste, da sie sich an das letzte Mal erinnerte, an dem sie getrunken hatte. Es wäre schön gewesen, wenn sie die ganzen Nanozyten schon damals in dem Klub gehabt hätte, dann hätte sie sich eine Menge Peinlichkeiten erspart.

Sie spielten etwa eine Stunde lang, und Mia trank

mindestens sechs Tequila, da sie die Pflicht den sehr intimen Fragen über ihr Sexleben vorzog. Andere Mädchen hatten keine solchen Skrupel, und Mia erfuhr, dass Moira eine Schwäche für schwarze Lederhosen hatte, Jenny eine Leidenschaft für Fußmassagen und dass Sandra einmal Sex in einem Rettungsboot gehabt hatte.

Schließlich war die Party zu Ende. Leicht angeschwipst ging Mia nach Hause und konnte es kaum erwarten, Korum wiederzusehen, um das zu Ende zu bringen, was sie am frühen Abend begonnen hatten.

* * *

Saret ging durch die Slums in Mexiko City und beobachtete leidenschaftslos den Abschaum der Menschheit um ihn herum. Er hatte das Gerät schon im Zentrum der Stadt aufgestellt, und sein jetziger Ausflug hatte keinen anderen Zweck, als seine Neugier zu befriedigen – und seine Überzeugung zu bestärken, das Richtige zu tun.

In der Ecke bedrohten ein paar Kriminelle eine Prostituierte mit einem Messer. Sie holte zögernd das Geld aus ihrem BH und beschimpfte sie gleichzeitig in einem sehr deskriptiven Spanisch. Saret ging extra geräuschvoll auf sie zu, und die Gangster ließen die Hure in Ruhe und flüchteten. Sie warf einen Blick auf Saret und rannte auch weg, da sie offensichtlich erkannte, was er war.

Saret grinste. *Dämliche Feiglinge.*

Es war schon nach Mitternacht, und diese Gegend war voll von allen Arten zwielichtiger Gestalten. Die

Drogenkriminalität in Mexiko war in den letzten Jahren nicht weniger geworden, und die Landesregierung hatte sich sogar schon an die Krinar gewandt und sie gebeten, ihr bei der Lösung dieses Problems zu helfen. Nach einigen Diskussionen hatte sich der Rat dagegen entschieden, da er sich nicht in menschliche Angelegenheiten einmischen wollte. Saret war insgeheim mit dieser Entscheidung nicht einverstanden gewesen, aber er hatte genauso gestimmt wie Korum: gegen die Einmischung. Es war nie eine gute Idee, sich öffentlich gegen seinen sogenannten Freund zu stellen. Davon einmal abgesehen ergab es auch keinen Sinn, den Menschen in einem so begrenzten Umfang zu helfen. Was Saret machte, war viel effektiver.

Er ging zu seiner Transportgondel zurück, als ein Dutzend Mitglieder einer Gang den tödlichen Fehler machten, ihm in die Quere zu kommen. Mit Maschinenpistolen bewaffnet und high von Koks, fühlten sie sich offensichtlich unbesiegbar genug, um einen Krinar anzugreifen – ein Fehler, für den sie augenblicklich bezahlten.

Die ersten Kugeln trafen Saret, aber keine der folgenden mehr. Hasserfüllt war er sich seiner Taten kaum bewusst und handelte rein instinktiv – und seine Instinkte sagten ihm, alles zu zerreißen und zu zerstören, was ihn bedrohte. Als Saret die Kontrolle über sich wiedererlangte, war die Straße von Körperteilen übersät, und es stank nach Blut und Tod.

Saret war angewidert von sich selbst – und den Idioten, die ihn angegriffen hatten – und ging zum Schiff zurück. Jetzt war er noch mehr als zuvor davon überzeugt, dass sein Weg der richtige war.

4. KAPITEL

Am nächsten Tag ließ Mia zum dritten Mal die Simulation durchlaufen und sandte die digitalen Resultate zu Saret. Sie hoffte, dass er sie sich bald anschauen würde. Ohne seine Rückmeldung – oder Adams Meinung – gab es wirklich nichts, was sie momentan noch tun konnte, um das Projekt weiterzuführen.

Es war erst elf Uhr, und sie war schon mit allem fertig, was sie im Labor hatte machen wollen. Natürlich konnte sie immer etwas über das Gedächtnis lesen oder sich Aufzeichnungen anschauen, aber das waren eigentlich Sachen, die sie außerhalb des Labors machte. Die Stunden im Labor waren für richtige Arbeit gedacht, und Mia hoffte, etwas zu finden, mit dem sie sich beschäftigen konnte, bis sie die nötige Rückmeldung für ihr laufendes

Projekt bekam.

Saret war wie immer irgendwohin gegangen, und die anderen Lehrlinge waren erneut in Thailand. Sie hatten sie allein im Labor zurückgelassen, was Mia als ein wahrscheinliches Zeichen für Vertrauen ansah. Sie bezweifelte, dass Saret jeden so einfach inmitten der komplexen Laborausstattung zurücklassen würde.

Sie stand auf und ging zu dem Gerät, welches die gemeinsamen Daten speicherte – ein Gerät, das jedem menschlichen Computer Lichtjahre voraus war. Mia begann gerade erst, alle seine Möglichkeiten zu verstehen, also entschloss sie sich dazu, ihre beschäftigungsfreie Zeit damit zu überbrücken, es ein wenig zu erkunden und sich über die Projekte der anderen Praktikanten auf den neuesten Stand zu bringen. Die Dateneinheit reagierte auf Sprachkommandos, was es Mia erleichterte, sie zu bedienen.

Die nächsten sechs Stunden schienen vorbeizufliegen. Sie war so in ihre Aufgabe versunken, dass sie kaum bemerkte, wie die Zeit verging, während sie über die regenerativen Eigenschaften der krinarischen Hirnmasse und über die Komplexität der geistigen Entwicklung von Kindern las. Sie machte eine kurze Pause, um mittagzuessen – sie bestellte sich bei dem intelligenten Laborgebäude ein Sandwich –, und las danach gleich weiter, da sie von dem, was sie lernte, völlig fasziniert war. Es sah so aus, als sei das Projekt der anderen Praktikanten, die dafür gerade verreist waren, noch interessanter als das, an dem Mia und Adam arbeiteten. Mia war ein wenig neidisch und beschloss, Saret zu fragen, ob sie irgendwie auch daran teilnehmen konnte.

Schließlich war es fünf Uhr. Obwohl Mia eigentlich immer länger im Labor blieb, entschied sie sich dafür, heute eine Ausnahme zu machen, da nichts weiter anlag. Sie verließ das Labor und flog nach Hause.

Als sie dort ankam, war sie nicht überrascht, Korum noch nicht vorzufinden. Seine Arbeitszeiten waren weitaus anstrengender als ihre, auch wenn es ihm natürlich half, dass er nachts nur ein paar wenige Stunden Schlaf brauchte. Er arbeitete wirklich eine ganze Menge, auch nachts oder am frühen Morgen, wenn Mia noch fest schlief.

Mia machte es sich auf dem langen, schwebenden Brett im Wohnzimmer bequem und beschloss, die Zeit dafür zu nutzen, bei Jessie anzurufen. Sie hatten vor Mias Flug nach Florida das letzte Mal voneinander gehört, und sie vermisste es, die übersprudelnde Stimme ihrer Freundin zu hören.

»Ruf Jessie an«, sagte Mia zu ihrem Armbandcomputer, und schon hörte sie die vertrauten Wähltöne, als der Anruf verbunden wurde.

»Mia?« Jessies Stimme klang vorsichtig.

»Ja, ich bin's«, bestätigte Mia grinsend. Sie wusste, dass ihre Anrufe auf Jessies Telefon als *unbekannte Nummer* angezeigt wurden. »Wie geht's dir? Ich habe seit über einer Woche nichts von dir gehört!«

»Oh, mir geht's gut«. Jessie hörte sich ein wenig abgelenkt an. »Wie geht's deiner Familie? Haben sie

Korum schon kennengelernt?«

»Das haben sie definitiv«, sagte Mia. »Es ist kaum zu glauben, aber sie lieben ihn. Bist du gerade beschäftigt? Ich kann dich auch später noch einmal anrufen …«

»Was? Oh nein, lass mich nur eben in ein anderes Zimmer gehen …« Nach einer kurzen Pause war sie zurück. »Okay, jetzt kann ich reden. Entschuldige bitte. Edgar und Peter sind nur gerade hier. Du erinnerst dich doch an Peter?«

»Natürlich«, sagte Mia. Peter war der Typ, den sie in dem Klub getroffen hatte – derjenige, den Korum fast umgebracht hatte, weil er mit ihr getanzt hatte. Mia erschauderte immer noch, wenn sie an diese furchtbare Nacht zurückdachte, in der sie befürchtete, Korum habe ihren Verrat herausgefunden und würde sie deshalb umbringen. Rückblickend war sie ein Idiot gewesen; sie hätte wissen müssen, dass er sie niemals verletzen würde. Aber damals war Korum noch ein Fremder für sie gewesen, jemand, der der geheimnisvollen und gefährlichen Rasse der Krinar angehörte, die fünf Jahre zuvor auf die Erde gekommen waren.

»Er fragt immer noch nach dir«, sagte Jessie – ein bisschen wehmütig, wie es Mia schien. »Edgar hat mir erzählt, er macht sich wirklich Sorgen …«

»Das ist nett von ihm, aber es gibt überhaupt keinen Grund, sich Sorgen zu machen«, unterbrach Mia sie, da sie die Richtung, in die das Gespräch ging, nicht wirklich mochte. »Ich bin ehrlich gesagt glücklicher, als ich es jemals zuvor in meinem ganzen Leben gewesen bin …«

Jessie war einen Augenblick lang ruhig, und dann hörte

Mia sie seufzen. »Also ist es sicher«, antwortete sie leise. »Du bist in den Krinar verliebt?«

»Das bin ich«, bestätigte Mia, und ein Lächeln breitete sich auf ihrem Gesicht aus. »Und er liebt mich auch. Ach Jessie, du kannst dir gar nicht vorstellen, wie glücklich er mich macht. Ich hätte mir niemals träumen lassen, dass es so sein könnte. Es ist wie ein Sechser im Lotto …«

»Mia …« Sie konnte hören, wie Jessie erneut seufzte. »Ich freue mich riesig für dich, wirklich … Aber denkst du, du wirst wieder nach New York zurückkehren?«

Mia zögerte einen Augenblick. »Ich denke schon …« Sie war sich nicht mehr so sicher wie vorher. Mit jedem Tag, der verging, erschienen ihr die Uni und alles, was damit zusammenhing, viel unwichtiger. Was hätte sie von einem menschlichen Universitätsabschluss, wenn sie weiterhin in Lenkarda leben und arbeiten würde? Sie lernte an jedem Tag im Labor mehr als in einem Monat an der NYU. Ergab es wirklich Sinn, weitere neun Monate damit zu verbringen, Hausarbeiten zu schreiben und an Examen teilzunehmen, nur um einen Abschluss zu bekommen? Und viel wichtiger, würde Saret sie nach einer so langen Abwesenheit wieder ins Labor zurückkehren lassen? Bei der hohen Geschwindigkeit, mit der sie hier forschten, würde sie nach einer neunmonatigen Abwesenheit fast wieder ganz von vorn anfangen müssen.

»Du hörst dich nicht wirklich überzeugt an«, meinte Jessie und hatte einen traurigen Unterton in ihrer Stimme.

»Ja, ich bin mir wohl auch nicht sicher«, gab Mia zu. »Korum ist einverstanden, aber ich weiß nicht, ob ich zu meinem Praktikum zurückkehren kann, wenn ich so lange wegbleibe …«

»Also gefällt es dir da? In der krinarischen Siedlung, meine ich.«

»Auf jeden Fall«, erklärte Mia. »Jessie, es ist so schön hier … Ich kann dir gar nicht sagen, wie unglaublich einige ihrer Erfindungen sind. Korum hat eine Null-G-Kammer in seinem Haus. Kannst du dir das vorstellen? Er hat einen Fußboden, der dir die Füße massiert, während du auf ihm entlanggehst.« Ganz abgesehen von der Tatsache, dass Mia so gut wie unsterblich war – aber darüber durfte sie außerhalb Lenkardas nicht reden.

»Ehrlich? Einen Fußboden, der die Füße massiert?« Jetzt hörte sich Jessie neidisch an.

»Ja, und ein Bett, das das Gleiche mit dem ganzen Körper macht. Ihre ganze Technologie ist fantastisch, Jessie. Und du kannst mir ruhig glauben, wenn ich dir sage, dass es ganz das Gegenteil einer Qual ist, hier zu sein.«

»So hört es sich auch an«, entgegnete Jessie, und Mia konnte die Resignation in ihrer Stimme hören. »Ich nehme an, ich vermisse dich einfach, das ist alles.«

»Ich vermisse dich auch«, sagte Mia. »Vielleicht komme ich dich ja in ein paar Wochen mal besuchen. Ich werde mit Korum darüber reden, und wir werden uns etwas einfallen lassen.«

»Das wäre echt schön!« Jessie hörte sich auf einmal viel besser an.

»Wir bekommen das hin«, versprach Mia lächelnd. »Ich sage dir Bescheid, wann wir kommen. Aber jetzt genug von mir … Erzähl mir lieber von dir und Edgar. Wie läuft es denn an der Front?«

Und die nächsten zehn Minuten erfuhr Mia alles über Jessies neuen Freund, seinen neuesten Auftritt und den Plüschpanda, den er im Vergnügungspark für sie gewonnen hatte. Es sah so aus, als würden sich die beiden immer näherkommen, und Mia freute sich, dass er Jessie so glücklich machte. Wenn es jemand verdient hatte, einen süßen und liebevollen Freund abzubekommen, dann war es ihre ehemalige Mitbewohnerin.

Schließlich musste Jessie zum Abendessen, und Mia verabschiedete sich von ihr. Dann ging sie sich schnell umziehen, damit sie fertig war, bevor Korum nach Hause kam. Er hatte erwähnt, nach dem Essen einen Strandspaziergang mit ihr machen zu wollen, und Mia wollte sichergehen, einen Badeanzug dabei zu haben.

* * *

»Wann, denkst du, wird der Rat letztendlich das Urteil über die Keiths fällen?«, fragte Mia und nahm einen Bissen von der mit Champignonreis gefüllten Paprika. »Sind die Untersuchungen schon abgeschlossen?«

Korum nickte und nahm ein Stück Champignon mit diesem zangenähnlichen Besteck auf, welches die Krinar anstelle von Gabeln benutzten. »Loris macht wie erwartet Probleme. Er hat einige der Ratsmitglieder auf seiner Seite und besteht darauf, Saur könne auf gar keinen Fall die Erinnerungen der Keiths ausgelöscht haben. Offensichtlich hat ihm jemand aus dem Labor auf Fidschi erzählt, dass die Lehrlinge keinen Zugang zu dieser Art von Apparaturen haben, die man dazu benötigt.«

»Wirklich? Also behauptet er immer noch, ihr, Saret und du, wärt dafür verantwortlich?«

»Ich denke, er hat die Idee, Saret zu beschuldigen, aufgegeben«, sagte Korum, und ein spöttisches Lächeln erschien auf seinen Lippen. »Er versucht jetzt, Beweise gegen mich zu sammeln.«

Mia sah ihn an und war besorgt über diese neuesten Entwicklungen. Der schwarz gekleidete Krinar, den sie in dem Prozess gesehen hatte, war ihr nicht wie jemand vorgekommen, den man unterschätzen sollte – und er hasste Korum von ganzem Herzen. »Denkst du, er könnte dich irgendwie in Schwierigkeiten bringen?«

»Nein, mach dir keine Sorgen, meine Süße«, antwortete Korum beruhigend, auch wenn dabei in seinen Augen etwas funkelte, was verdächtig nach Vorfreude aussah. »Er versucht nur, das Unvermeidbare hinauszuzögern. Er hat als Protektor versagt, und das weiß er auch. Wenn sein Sohn und der Rest dieser Verräter erst einmal verurteilt sind, wird er sein ganzes Ansehen verlieren, und damit auch seinen Sitz im Rat.«

»Und dich stört das nicht im Geringsten, stimmt's?«, stellte Mia fest und schaute ihn mit einem ironischen Lächeln an. Ihr Liebhaber hatte grundsätzlich die Tendenz, ziemlich rücksichtslos mit seinen Gegnern zu verfahren – ein persönlicher Charakterzug, der dazu führte, dass sie froh war, auf seiner Seite zu sein.

Korum zuckte mit den Schultern. »Es war Loris' Entscheidung, alles für seinen Sohn zu riskieren. Jetzt wird er die Konsequenzen tragen müssen. Und wenn das für mich bedeutet, einen weniger zu haben, der in meinem

Weg steht, dann freut mich das natürlich.«

Mia nickte und wandte ihre Aufmerksamkeit dann wieder dem Rest ihrer gefüllten Paprika zu. Sie konnte einfach nichts dagegen machen, ein klitzekleines bisschen Mitleid mit dem Protektor zu haben. Trotz allem verteidigte dieser Krinar doch einfach nur seinen Sohn. Sie nahm an, sie würde das Gleiche auch für ihr Kind tun – aber darüber musste sie sich ja nun keine Gedanken mehr machen, erinnerte sie sich sofort wieder. Sie schob diesen unangenehmen Gedanken beiseite, schaute stattdessen auf Korum und beobachtete ihn verstohlen, während er seine Paprika aufaß.

Aus irgendeinem Grund war es für sie immer noch schwierig, zu glauben, dass sie so glücklich miteinander waren. Nach krinarischem Recht gehörte sie Korum – eine Tatsache, die ihr überhaupt nicht gefiel. Als Charl hatte sie eine traurige Rechtsposition in der krinarischen Gesellschaft, um es einmal nett auszudrücken. Wenn sie ihn nicht so sehr lieben würde – und er sie nicht so gut behandeln würde, wie er das tat – könnte ihr Leben sehr leicht miserabel sein.

Aber sie liebte ihn. Und er liebte sie auch, mit der ganzen Intensität seiner Persönlichkeit. Aus diesem Grund versuchte er auch, seine angeborene Arroganz zu unterdrücken, da er wusste, wie wichtig es für sie war, als gleichberechtigt angesehen zu werden. Er musste zwar noch einiges dafür tun – die Unterschiede, ihr Alter und ihre Erfahrungen betreffend, waren einfach zu groß, um problemlos überwunden zu werden –, aber er strengte sich zweifelsfrei an.

Nachdem sie beide mit dem Essen fertig waren, stand Korum auf und bot ihr seine Hand an. »Lust auf einen Spaziergang, meine Süße?«, fragte er und lächelte sie voller Wärme an.

Mia grinste. »Na klar.« Sie liebte diese Verdauungsspaziergänge am Strand. In Florida waren sie fast jeden Abend nach dem Essen hinausgegangen, und sie hatte während dieser entspannten Zeit zu zweit viel über Korum erfahren.

Sie nahm seine Hand und ließ sich von ihm hinausführen.

Sie gingen ein paar Minuten lang in völliger Stille und genossen die leichte Abendbrise. Die Sonne ging gerade hinter den Bäumen unter, und ein orangefarbenes Glühen erleuchtete den Himmel und spiegelte sich auf dem Wasser, das in einiger Entfernung glitzerte.

»Weißt du eigentlich«, sagte Mia, die gerade an ihr erstes Treffen in New York gedacht hatte, »dass ich immer noch nicht deinen vollständigen Namen kenne? Du hast mir damals gesagt, ich sei nicht in der Lage, ihn auszusprechen, selbst wenn du ihn mir verraten würdest, aber ich habe auch nie mitbekommen, dass sonst irgendjemand dich anders als Korum genannt hat.«

Er grinste. »Unser vollständiger Name wird eigentlich nur zur Geburt und im Todesfall benutzt. Möchtest du ihn immer noch hören?«

»Natürlich.« Sie stellte sich etwas völlig Unaussprechliches vor. »Wie lautet er?«

»Nathrandokorum.«

»Das hört sich doch aber nett an«, sagte Mia überrascht. »Warum benutzt ihr ihn nicht häufiger?«

Er zuckte mit den Schultern. »Ich weiß nicht. Das ist einfach schon seit einer langen Zeit so bei uns. Der vollständige Name ist reine Formalität. Ich bezweifle, dass außer meinen Eltern überhaupt jemand weiß, dass ich Nathrandokorum heiße.«

Mia lachte und schüttelte ihren Kopf. Einige Aspekte der krinarischen Kultur waren wirklich eigenartig.

Sie gingen ein Stück weiter, und Mia erinnerte sich an die Unterhaltung mit ihrer ehemaligen Mitbewohnerin. »Denkst du, wir bekommen es vielleicht hin, bald mal einen Kurztrip nach New York zu machen?«, fragte sie. »Ich habe mit Jessie gesprochen, und es wäre wirklich schön, sie mal wiederzusehen …«

Korum lächelte und sah zu ihr hinab. »Natürlich. Wenn du möchtest, können wir an deinem nächsten freien Tag fliegen. Außer, du wolltest für länger hin?«

»Nein, ein Tag wäre perfekt. Ich glaube, ich vergesse einfach immer noch, dass wir problemlos schnell vorbeischauen können, wann immer wir möchten.«

Sein Lächeln verstärkte sich. »Das können wir – besonders jetzt, nachdem die meisten der Mitglieder des Widerstandes gefangen genommen worden sind.«

»Wo ist Leslie?«, fragte Mia, als sie sich an das Mädchen erinnerte, das sie in Florida angegriffen hatte. »Ist sie hier, in Lenkarda?«

Korum schüttelte seinen Kopf. »Nein, sie ist in unserer Siedlung in Arizona.«

»Ist sie … okay?« Mia hatte fast schon Angst vor der Antwort. Die Widerstandskämpferin hatte sich mit Saur – dem ehemaligen Lehrling aus Sarets Labor – zusammengetan, um Korum in Florida zu töten. Jetzt befand sie sich in krinarischer Gefangenschaft und sollte *rehabilitiert* werden. Von dem, was Mia über diesen Prozess verstanden hatte, war das Endziel, den Teil von Leslies Persönlichkeit zu verändern, der sie zu einer Gefahr für die Gesellschaft machte (oder eben für die Krinar). Rehabilitation – oder Bewusstseinsveränderung – war der fortschrittlichste Teil der krinarischen Neurochirurgie, und Mia hatte gerade erst angefangen, im Labor etwas darüber zu lernen.

»Ich nehme es an«, meinte Korum, und der Ausdruck auf seinem Gesicht wurde merklich kühler. Er hatte ganz offensichtlich die Tatsache, dass das Mädchen eine Pistole auf Mia gerichtet hatte, bevor diese fast von Saur getötet worden wäre, nicht vergessen.

»Könntest du das bitte für mich herausfinden?« Aus irgendeinem Grund fühlte Mia sich für das, was mit Leslie passierte, verantwortlich, auch wenn das Mädchen sie angegriffen hatte. Sie konnte auch Leslies Gesichtsausdruck nicht vergessen, als diese von den krinarischen Wächtern weggeführt wurde. Wie fehlgeleitet ihre Ziele auch waren, sie verdiente es nicht, zu leiden, und Mia hoffte, sie würde während der Rehabilitation keine Schmerzen empfinden.

Korum zögerte einen Moment und nickte dann kurz. »Einverstanden.« Allerdings spannte sich sein Kiefer an, und Mia konnte sehen, dass er wieder über diesen Vorfall am Strand nachdachte.

Um ihn abzulenken, drückte sie seine Hand und schenkte ihm ein strahlendes Lächeln. »Danke schön«, sagte sie. »Das bedeutet mir wirklich viel.«

»Gern geschehen, mein Liebling«, antwortete er, und seine Miene wurde sichtbar weicher. »Alles, was dich glücklich macht – das weißt du doch.« Er beugte sich hinunter, und seine Lippen berührten ihren Mund für einen flüchtigen Kuss.

»Was sind die Wächter überhaupt?«, wollte Mia wissen, als sie ihren Spaziergang wiederaufnahmen. »Sind sie so etwas wie unsere Polizei?«

»So in etwa«, erklärte ihr Korum. »Sie sind eine Mischung aus Soldaten, Polizei und einer eurer Geheimdienste. Sie schützen unsere Gesetze und wehren alle Arten von Bedrohungen durch die Menschen ab. Unsere Gesellschaft ist zum heutigen Zeitpunkt so homogen, dass wir auf Krina keine Kriege mehr haben, im Gegensatz zu euch hier auf der Erde. Es gibt zwar noch ein paar regionale Streitereien, und natürlich gibt es immer ein paar Verrückte, die mit dem, was die Regierung macht, nicht einverstanden sind, aber wir haben keine Auseinandersetzungen, zu deren Lösung man eine ganze Armee bräuchte.«

»Ihr habt also unseren Planeten ohne eine Armee übernommen?«

Korum lachte. »Wenn du das so sehen möchtest. Die meisten männlichen Krinar, die auf die Erde gekommen sind, haben eine Militärausbildung bekommen, weil wir Widerstand erwartet haben. Aber nein, wir kamen nicht mit einer riesigen Armee, um die Erde zu kontrollieren; alles was wir brauchten, war unsere Technologie.«

»Natürlich.« Mia versuchte, ihre Bitterkeit nicht durchkommen zu lassen. Korum so zu lieben, wie sie es tat, machte es einfach, zu vergessen, dass sie quasi mit dem Feind schlief – auch wenn dieser Feind dem Planeten keinen Schaden zufügen wollte. Nur wurde Mia während solcher Unterhaltungen unangenehm daran erinnert, dass die Krinar gewaltsam den Planeten übernommen hatten … und dem Mann, der sie liebte, nicht unbedingt die besten Interessen der Menschheit am Herzen lagen.

»Vertrau mir, Mia, es ist besser so«, sagte Korum, als könne er ihre Gedanken lesen. Eure Regierung hatte keine andere Wahl, als das Unabdingbare zu akzeptieren, was das Blutvergießen minimiert hat. Es wäre um einiges schlimmer gewesen, wenn es zu einem richtigen Krieg zwischen unseren Rassen gekommen wäre.«

Mias Mund verhärtete sich, aber sie wusste, er hatte recht. Es ergab keinen Sinn, sich über die technologische Überlegenheit der Krinar zu ärgern; sie hatte ihre Invasion überhaupt erst so schmerzfrei gemacht. Die Tatsache, dass sie die Erde überhaupt übernommen hatten, war natürlich ein ganz anderes Thema – allerdings hatte Mia weder genug Energie noch den Wunsch, diese spezielle Schlacht gerade in Angriff zu nehmen. Einmal mit dem Widerstand zusammenzuarbeiten war genug.

»Kann ich dich etwas fragen?«, wollte Mia wissen, als sie an diese verrückte Zeit zurückdachte, in der sie Korum ausspioniert hatte. »Ich verstehe eine Sache an den Plänen der Keiths nicht. Selbst wenn sie Erfolg gehabt hätten und alle Krinar die Erde verlassen hätten, wärt ihr dann nicht mit Verstärkung zurückgekommen? Ich weiß, du hast mir gesagt, sie hätten dich getötet, aber was ist mit all den anderen? Bist du der Einzige, der die Möglichkeit hat, zwischen Krina und der Erde hin und her zu reisen?«

Korum warf ihr einen belustigten Blick zu. »Nein, natürlich nicht. Meine Firma besitzt zwar die fortschrittlichsten Schiffe, aber die Krinar reisten schon zur Erde und zurück, da war ich noch gar nicht geboren. Ich denke, die Keiths hatten darauf gehofft, den Schutzschild zu kontrollieren.«

»Den Schutzschild?«

Er nickte. »Bis vor etwa zwölf Jahren war das Reisen im Weltall weitestgehend unreguliert. Jeder konnte überallhin fliegen, so weit ihn sein Schiff trug. Jetzt haben wir jedoch einen Schild aktiviert, der die Erde vor unerlaubtem Reisen schützen soll – die gleiche Art von Schild, die wir kürzlich um Krina eingerichtet haben.«

»Es gibt einen Schild um die Erde?« Mia schaute ihn überrascht an.

»Eigentlich ist es ein Schild um das Sonnensystem«, erklärte Korum. »Nicht wie eine Barriere, sondern eher eine Art Disruptorenfeld. Wenn es aktiviert wird, stört es die Überlichtgeschwindigkeit unserer Schiffe.«

»Warum erschafft ihr etwas, was eure Schiffe stört?«

»Aus Sicherheitsgründen. Wir wollten sichergehen, dass der Rat über jede Reise von und nach Krina unterrichtet ist. Falls es da draußen noch andere intelligente Lebensformen geben sollte, die eine ähnliche Technologie wie die unsere benutzen, werden unsere

Schilde uns außerdem auch vor ihnen schützen.«

Mia warf ihm einen ironischen Blick zu. »Also können sie mit euch nicht das Gleiche machen, was ihr mit uns gemacht habt?«

»Genau.« Er grinste sie an und sah so frei von Reue aus, dass Mia lachen musste.

»Okay«, meinte sie und kam wieder auf ihre Ausgangsfrage zurück, »also, was hatten die Keiths vor? Den Schutzschild zu nutzen, um die restlichen Krinar auszusperren?«

»Wahrscheinlich«, sagte Korum und lächelte immer noch. »Das ist zumindest das, was ich an ihrer Stelle getan hätte.«

Sie gingen noch ein paar Minuten, bevor sie am Ozean ankamen. Wie immer war dieser Strandabschnitt völlig einsam. Da in der costa-ricanischen Siedlung nur fünftausend Krinar lebten, gab es genügend Platz für alle, und der Großteil der Krinar tendierte sowieso dazu, sich von den *Territorien* der anderen fernzuhalten – so unsichtbar die Grenzen in der modernen Zeit auch sein mochten. Da Korum gerne an diesem bestimmten Teil des Strandes seine Abendspaziergänge unternahm, hielten die anderen Krinar respektvoll Abstand.

»Hast du Lust, schwimmen zu gehen?«, fragte Mia, ließ seine Hand los und stieß ihre Schuhe weg, um die Wassertemperatur mit ihren Zehenspitzen zu testen. Sie war perfekt – gerade kühl genug, um erfrischend zu sein.

Anstatt zu antworten, zog sich Korum sein T-Shirt aus und enthüllte seinen bronzefarbenen, muskulösen Oberkörper. »Auf jeden Fall«, erwiderte er, und seine

Augen wurden sekündlich goldener.

Lächelnd ging Mia ein paar Schritte nach hinten und zog sich langsam ihr Kleid aus. Sie liebte diese Art und Weise, wie sein Blick an ihr klebte, jede ihrer Bewegungen verfolgte. Sie konnte die Erektion in seinen Shorts sehen, die immer härter wurde, und ihre Nippel richteten sich als Antwort darauf auf, da ihr Körper sofort auf sein Verlangen reagierte. Die Tatsache, das bei ihm auszulösen, indem sie sich einfach bis auf ihren Badeanzug auszog, war erregend – und unglaublich schmeichelhaft.

»Ärgerst du mich gerade?«, fragte er, und seine Stimme war leise und gefährlich weich.

Ihr Herz klopfte vor Erregung, und Mia nickte. Sie sah, wie seine Augen sich bei ihrer Antwort zusammenzogen.

»Ich verstehe«, sagte er nachdenklich. Und bevor sie auch nur blinzeln konnte, war er schon bei ihr, nahm sie auf seine Arme und trug sie ins Wasser.

Mia lachte, als sie sicher von seinen Armen gehalten wurde, und genoss die Kühle des Wassers, in welches sie immer weiter hineingingen. »Ist das meine Strafe?«, fragte sie scherzhaft, als er kurz anhielt, um eine Welle vorbeizulassen, bevor er weiter hineinging.

»Ach, du möchtest bestraft werden?«, murmelte er und sah mit seinen erhitzt leuchtenden Augen auf sie hinab.

Grinsend schüttelte Mia ihren Kopf. »Nein …«

»Doch, ich glaube schon, dass du das möchtest …«, murmelte er sanft und veränderte ihre Position, so dass er sie jetzt nur noch mit einer Hand hielt. Bevor Mia irgendetwas antworten konnte, fuhr seine Hand unter ihren Badeanzug und drückte gegen ihr Geschlecht. Er fand problemlos ihre Klitoris und drückte sie mit zwei Fingern zusammen.

Sie bäumte sich wegen des unerwartet starken Gefühls auf, und er wiederholte dieses Zusammendrücken, während er dabei genau ihr Gesicht beobachtete. »Tut das weh?«, wollte er wissen, und seine Stimme klang wie rauer Samt. »Oder fühlt es sich gut an?«

Mia schnappte nach Luft, als seine Finger ihren Druck erhöhten. »Ich weiß nicht …«

»Ich denke, du weißt es«, flüsterte er. »Ich denke sogar, dass du es sehr gut weißt …« Seine Finger glitten in sie hinein und öffneten sie.

»Korum, bitte …« Sie fühlte, wie er einen seiner Finger in ihr krümmte und damit über ihren G-Punkt rieb.

»Du bist feucht«, murmelte er, »so nass, dass ich es sogar im Meer spüren kann. Am liebsten würde ich dich gleich hier und jetzt nehmen.«

»Dann tu es«, hauchte Mia und blickte zu ihm hoch. »Nimm mich.« Sie war schon kurz davor, zu kommen – alles was sie brauchte, war ein kleiner Stoß, und sie würde explodieren.

Seine Augen leuchteten noch heller. »Das werde ich auch …« Innerhalb weniger Sekunden war sie vollkommen nackt, und die zerrissenen Überbleibsel ihres Badeanzugs schwammen um sie herum. Seine Shorts ereilte das gleiche Schicksal, und dann stellte er sie auf ihre Füße, indem er sie an seinem Körper hinuntergleiten ließ. Mia schlang ihre Arme um seinen Hals und drückte sich an ihn. Ihre Brüste fühlten sich zart an, ihre Nippel überempfindlich, und sie rieb sie gegen seine Brust, um das schmerzhafte Bedürfnis nach ihm ein wenig zu lindern. Seine Erektion stieß dick und heiß gegen ihren Bauch, und ihr Geschlecht pulsierte vor lauter Verlangen, ihn endlich in sich aufzunehmen.

Mia beugte sich nach vorne, küsste seine Lippen und schmeckte das Salz des Ozeans und diese einzigartige, köstliche Essenz, die Korum ausmachte. Er stöhnte, küsste sie noch intensiver, und Mia saugte an seiner Zunge, liebkoste sie mit ihrer. Gleichzeitig griff sie unter das Wasser und umfasste sein hartes Glied mit ihrer Hand. Korum zuckte bei ihrer Berührung zusammen, schwoll noch weiter an und zog scharf die Luft ein. Dann hob er sie an und öffnete ihre Oberschenkel ganz weit. Eine Welle erwischte sie, Wassertropfen sprühten in Mias Gesicht, und sie schloss ihre Augen, hielt sich mit beiden Händen an Korums Schultern fest. Für einen kurzen Augenblick spürte sie seine Penisspitze an ihrem Eingang, und dann drang er mit einem kräftigen Stoß in sie ein.

Mia schnappte nach Luft, und ihre inneren Muskeln spannten sich an, als sie ihn so tief in sich hatte. Sie schlang ihre Beine um seine Taille und hielt ihn fest, genoss das fantastische Gefühl.

»Verdammt«, stöhnte er. »Du fühlst dich so … verdammt … gut an …« Er betonte jedes Wort mit einem kleinen, sanften Stoß, seine Scham rieb gegen ihre Klitoris, und Mia schrie auf, als sie plötzlich ein Orgasmus übermannte, der ihre Vagina dazu brachte, um seine Dicke zu krampfen. Er stöhnte erneut und drang weiter immer wieder in sie ein, schob sie in einem unnachgiebigen Rhythmus auf seinem Glied hoch und runter, bis sie noch einmal kam, nur ein paar Minuten nach dem ersten Orgasmus. Dieses Mal folgte er ihr, und sie konnte die warmen Entladungen tief in ihrem Bauch spüren. Und dann trieben sie einfach nur, ließen sich von den Wellen hin und her schaukeln.

5. KAPITEL

Am nächsten Morgen war Mia wieder allein im Labor. Saret war noch auf Reisen und hatte ihr keine Rückmeldung gegeben, also widmete sie sich wieder dem anderen Projekt, bis ihr Magen knurrte und sie daran erinnerte, dass es Zeit war, etwas zu essen.

Sie stand auf, streckte sich und bestellte sich zum Mittagessen einen beliebten krinarischen Eintopf. Das intelligente Laborgebäude hatte ihn fünf Minuten später fertig, und Mia setzte sich an eines der schwebenden Tischbretter, um zu essen.

Aus irgendeinem Grund kehrten ihre Gedanken immer wieder zu der Unterhaltung zurück, die sie gestern mit Korum geführt hatte, und somit auch zu der Widerstandskämpferin, zu deren Verhaftung sie beigetragen hatte. Leslie würde einer Bewusstseinsveränderung unterzogen werden, und Mia konnte nicht aufhören, sich zu fragen, wie sehr sie sich durch den Prozess verändern würde. Sie konnte sich nicht vorstellen, wie jemand ihre Gedanken, Gefühle und Erinnerungen manipulierte, und sie fühlte sich schlecht bei dem Gedanken daran, eine Person dieser Behandlung ausgesetzt zu wissen. Es gab bestimmt einen besseren Weg, Leslie von der Sinnlosigkeit ihres Kampfes gegen die Krinar zu überzeugen. Vielleicht könnte jemand mit ihr reden, ihr erklären, dass die Krinar keine finsteren Pläne mit der Erde hatten … Natürlich war es möglich, dass der Hass des Mädchens auf die Eindringlinge zu tief ging, um noch rational darüber nachdenken zu können.

Mit einem Seufzer beendete Mia ihr Essen und ging zurück zur Datenaufbewahrungseinheit. Sie wollte sich gerade wieder dem Projekt zur Entwicklung des kindlichen Verstandes widmen, als sie innehielt und sich an etwas erinnerte, was Adam ihr einmal gesagt hatte. Saur – der Krinar, der versucht hatte, Korum umzubringen – hatte einmal in diesem Labor gearbeitet und war angeblich sehr gut in der Manipulation des Gedächtnisses gewesen. Wenn einige seiner Projekte hier noch abgespeichert wären, könnten sie ihr vielleicht helfen, besser zu verstehen, was mit Leslie passieren würde.

Mia war plötzlich ganz aufgeregt und befahl dem Gerät, alle Daten zu finden, die Saur beigesteuert hatte. Es gab eine ganze Menge, aber sie hatte ja auch viel Zeit.

Sie machte es sich bequem und versank in den Feinheiten des manipulierten Verstandes.

Fünf Stunden später erhob sie sich und war völlig irritiert. Sie hatte erst an der Oberfläche dessen gekratzt, an dem Saur gearbeitet hatte, aber nichts davon hatte direkt etwas mit der Auslöschung des Gedächtnisses zu tun. Es gab eine Menge Aufzeichnungen zur Konditionierung des Verhaltens und zur Implantation von Erinnerungen – aber nur flüchtige Erwähnungen von ihrer absichtlichen Entfernung.

Wenn Mia das richtig verstand, hatte Saur niemals Simulationen zum Gedächtnisverlust gemacht, und noch weniger Versuche am lebenden Objekt.

Mia runzelte ihre Stirn und starrte, ganz verstört durch das, was sie herausgefunden hatte, die Dateneinheit an. Irgendetwas ergab für sie keinen Sinn. Wenn Saur nicht wusste, wie man Erinnerungen auslöschen konnte, hätte Saret dem Rat dann nicht etwas darüber sagen müssen? Ihr Chef wusste doch immer, wer an welchem Projekt arbeitete; er war derjenige, der die Anweisungen gab, die Projekte zuteilte.

Vielleicht täuschte sie sich auch. Vielleicht gab es noch ein weiteres Datenspeichergerät, von dem sie nichts wusste, und in dem andere Projekte aufbewahrt wurden. Das war möglich: Mia war immer noch dabei, sich hier zurechtzufinden.

Es war genauso gut möglich, dass Saur nicht alle seine Projekte in die allgemeine Datenbank eingefügt hatte. Adam hatte einmal erwähnt, der tote Praktikant sei ein wenig komisch gewesen – ein Einzelgänger, der mit niemand anderem zurechtkam. Es könnte gut möglich sein, dass es ihm schwergefallen war, den Abläufen im

Labor zu folgen.

Und trotzdem konnte Mia das komische Gefühl im Magen nicht ganz loswerden, dieses nagende Gefühl, irgendetwas in diesem Bild stimme nicht. Sie musste mit Korum reden, und zwar schnell.

Sie machte eine kurze Pause, um Korum die holografische Nachricht zu schicken, sie sei in wenigen Minuten zu Hause, und eilte auf eine der Ausgangswände zu.

Als sie gerade dabei war, hinauszugehen, und sich die Wand vor ihr schon auflöste, kam ihr Chef ins Labor.

»Hallo«, sagte Saret und sah lächelnd auf sie hinab. »Du bist noch nicht nach Hause gegangen? Ich hatte gehofft, du würdest unsere Abwesenheit in den letzten Tagen dazu nutzen, es mal ruhiger angehen zu lassen.«

Mia lächelte zurück und versuchte, sich ihre Nervosität nicht anmerken zu lassen. »Nein, ich habe mich über einige der anderen Projekte hier informiert«, antwortete sie und versuchte, so nah wie möglich bei der Wahrheit zu bleiben. »Das, an dem Aners arbeitet, ist wirklich sehr interessant. Das Projekt über die Entwicklung des kindlichen Verstandes. Weißt du, welches ich meine?«

»Selbstverständlich.« Sarets Lächeln veränderte sich – es wurde schon fast genüsslich, dachte Mia. »Das wäre ein großartiges Projekt für dich. Wir können später darüber reden, wenn du und Adam mit eurer derzeitigen Aufgabe fertig seid.«

»Großartig!« Mia packte eine angemessene

Begeisterung in ihre Stimme und versuchte zu ignorieren, dass ihre Handflächen anfingen zu schwitzen. »Ich freue mich wirklich schon darauf. Noch einmal danke schön dafür, dass du mir diese Chance gegeben hast.«

»Gern geschehen.« Sarets braune Augen leuchteten, als er ein paar Schritte auf sie zuging. Er blieb weniger als einen halben Meter von ihr entfernt stehen und sagte: »Es freut mich, dass es dir hier gefällt.«

Mia nickte und behielt weiterhin ihr strahlendes Lächeln bei. Vielleicht war sie ein Idiot, aber das, was ihr Chef heute ausstrahlte, löste eine Gänsehaut bei ihr aus. Sie wollte einfach nur noch nach Hause und Korum von dem erzählen, was sie heute erfahren hatte. Höchstwahrscheinlich gab es dafür auch eine gute Erklärung, aber falls doch nicht, wollte sie sich nicht länger als nötig im Labor aufhalten. Außerdem war es das zweite Mal, dass Saret sich so benahm … so eigenartig.

»Alles klar«, sagte sie strahlend und sah in sein dunkles, bronzefarbenes Gesicht. »Bitte schau dir den Bericht an, falls du die Zeit dafür hast, ich bin dann mal weg. Es sei denn, du brauchst mich.«

Saret lächelte wieder. »Ich brauche dich immer«, sagte er, und seine Stimme hatte dabei einen ungewöhnlich sanften Klang. »Aber du musst dich ausruhen, ich verstehe …« Mias Herz klopfte zum Zerspringen, als er sich noch weiter zu ihr hinüberbeugte, während sein Blick auf ihrer entblößten Schulter klebte.

»Okay …«, sagte sie im Weggehen, »… bis bald.« Sie drehte sich um und ging auf die Wand zu, die nach außen führte.

»Ist irgendetwas nicht in Ordnung, Mia?« Saret stand plötzlich vor ihr und versperrte ihr den Weg. »Du siehst so besorgt aus.«

Mia standen alle Haare zu Berge. »Tut mir leid«, log sie und zwang sich zu einem kurzen Lachen. Selbst für ihre eigenen Ohren hörte es sich falsch an. »Ich habe nur gerade daran gedacht, dass ich nach New York fliegen werde, um meine Mitbewohnerin zu besuchen, das ist alles.«

»Ach wirklich?« Saret legte seinen Kopf schief. »Und wann willst du das tun?«

»Ach, das wird kein langer Besuch.« Mia verfluchte sich selbst dafür, diese Information preisgegeben und damit die Unterhaltung verlängert zu haben. »Wir werden an einem meiner freien Tage fliegen …«

»Also, warum bist du dann so ängstlich?«, fragte Saret mit einem komischen Blick in seinen Augen. »Ist es, weil du etwas herausgefunden hast, was du nicht solltest?«

Mia schluckte, und ein kalter Schauer lief ihr über den Rücken. »Ich weiß nicht recht, worüber du redest …«

Saret lächelte – das gleiche freundliche Lächeln, das vorher dazu geführt hatte, dass sie ihn mochte. Jetzt machte es ihr stattdessen Angst. »Warum hast du heute in Saurs Aufzeichnungen geschaut?«, erkundigte er sich beiläufig. »Weißt du denn nicht, dass es gegen die Laborvorschriften verstößt, sich Zugang zu den Projekten der anderen Praktikanten zu verschaffen?«

Mia schüttelte ihren Kopf. Das hatte sie wirklich nicht gewusst. Als sie Saret anschaute, kam es ihr vor, als sähe sie ihn zum allerersten Mal. Er war Korums Freund. Warum machte er das? Warum hatte er alle getäuscht, was Saurs

Fähigkeiten anbelangte? Und, am wichtigsten von allem, wie hatte er vor, zu verhindern, dass Mia es allen erzählte?

Sie dachte verzweifelt nach und begriff, dass Abstreiten an diesem Punkt sinnlos wäre. Saret wusste aus irgendeinem Grund über Mias Entdeckung Bescheid. »Warum?«, fragte sie ihn stattdessen und konnte dabei ihre Stimme ruhig halten, obwohl ihre Hände schon anfingen zu zittern. »Warum hast du dem Rat nicht gesagt, dass Saur es niemals hätte tun können?«

Sarets Lächeln verstärkte sich. »Weil es mir sehr entgegenkam, sie in diesem Glauben zu lassen«, erklärte er ihr, und sein Blick wurde triumphierend. »Das war ursprünglich nicht beabsichtigt, aber es hat trotzdem funktioniert.«

Mit jeder Minute, die verging, wurde Mias Angst stärker, und sie trat einen Schritt zurück. Ihr Instinkt schrie ihr schon zu, hier so schnell wie möglich herauszukommen. Vielleicht gab es ja wirklich noch eine gute Erklärung für Sarets Verhalten, aber dieses Risiko konnte sie nicht eingehen. Mia schob alle Überreste von Höflichkeit beiseite und hob schnell ihr Armband zu ihrem Mund. »Ruf Kor…«

Aber sie kam nicht dazu, ihre Aufforderung zu Ende zu bringen. Seine Hand legte sich plötzlich um ihr Handgelenk und hielt es mit einem eisernen Griff fest. Starke Finger rissen das Gerät ab und zerstörten es im gleichen Schritt.

»Nein, nein«, sagte Saret sanft und zog sie an sich heran, bis sie flach an seinen muskulösen Körper gedrückt war. »Du wirst ihn nicht mehr anrufen, verstehst du das?«

Schockiert und verängstigt starrte Mia den Krinar an, der im letzten Monat ihr Chef und Mentor gewesen war. Seine Finger umschlangen ihr Handgelenk und verdrehten es derart, dass sie sich überhaupt nicht mehr bewegen konnte. Zu ihrem Entsetzen bemerkte sie seine Erregung, da seine Erektion sich bedrohlich in ihren weichen Bauch drückte.

»Was machst du?«, flüsterte sie, und heiße Galle stieg ihren Hals hoch. »Korum wird dich dafür umbringen, und du weißt das auch …«

Sarets Augen funkelten. »Wird er das, jetzt? Er ist herzlich eingeladen, dich hier zu suchen. Im Labor ist schon alles für seinen Empfang vorbereitet.«

»Wie bitte?« Mit Sicherheit meinte er nicht …

»Ich meine, dass ich eine kleine Überraschung für deinen Cheren habe, wenn er hier ankommt«, erklärte ihr Saret und lächelte sie zärtlich an. »Wie du siehst, meine Liebe, ist es an der Zeit für dich, die Wahrheit über deinen Liebhaber zu erfahren. Komm, wir gehen in mein Büro und reden.«

Und ohne dass sie etwas dazu zu sagen gehabt hätte, zog er sie zum Ende des Raumes und hielt dabei ihr Handgelenk immer noch fest umklammert. Als sie dort ankamen, löste sich eine der Wände auf, und ein Eingang zu dem Bereich entstand, den Saret für seine privaten Sachen nutzte.

Ihre Knie zitterten vor Angst, und Mia stolperte, als er sie durch die Öffnung zog, die sich hinter ihr wieder schloss. Bevor sie hinfallen konnte, fing Saret sie auf und hob sie auf seine Arme.

»Hier«, sagte er beruhigend und setzte sich mit ihr auf dem Schoß auf eines der schwebenden Bretter. »Ich hab' dich … Du musst keine Angst haben – dir wird nichts passieren«, fügte er hinzu, da er wohl das Zittern bemerkte, welches durch ihren Körper ging.

»Lass mich los«, flüsterte Mia und drückte sich mit all ihrer Kraft von ihm weg. Sie konnte etwas Hartes spüren, das gegen ihre Oberschenkel drückte, und ihr Magen krampfte sich vor Übelkeit zusammen. Ihre Stimme wurde hysterisch. »Lass mich los, sofort!«

Er reagierte nicht, und seine Augen wurden immer dunkler, als er sie anstarrte. Der Ausdruck auf seinem Gesicht war fast … wie verzaubert, begriff Mia mit Grauen. Aus irgendeinem Grund wollte er sie, und es gab nichts, was ihn aufhalten konnte, wenn er sich dazu entschloss, aus diesem Gefühl heraus zu handeln.

»Du hast gesagt, du würdest mir etwas über Korum erzählen«, erinnerte sie ihn verzweifelt mit schriller, panischer Stimme. »Was weiß ich nicht über ihn?«

Saret blinzelte, und sein Blick normalisierte sich etwas. »Ach ja«, meinte er, und ein selbstironisches Lächeln erschien auf seinen Lippen. »Wir wollten gerade reden, stimmt's? Hier, dann setz dich mal hin …« Er hob sie von seinem Schoß und setzte sie neben sich, umschloss allerdings weiterhin mit einer Hand fest ihren Arm.

Mia versuchte sofort, sich weiter von ihm wegzuschieben, aber sein Griff wurde noch stärker und verhinderte, dass sie sich fortbewegen konnte.

»Mia, hör mir zu«, sagte Saret, und er runzelte leicht seine Stirn, »Ich weiß, du verstehst jetzt gerade nicht, warum ich das tue, ich muss dir verrückt vorkommen. Aber glaube mir, wenn ich dir sage, alles hier ist nur zu deinem Besten – zum Besten der ganzen Menschheit. Was dein Cheren vorhat, ist nicht nett, und er muss gestoppt werden. Weißt du, wofür er gerade versucht, die Zustimmung der Ältesten zu bekommen?«

Mia schüttelte den Kopf, ihr Magen zog sich zusammen, als sich sein Griff um ihren Arm lockerte und sein Daumen begann, zärtlich ihre Haut zu massieren.

»Er will euch euren Planeten wegnehmen. Hat er dir das erzählt?«

»Nein«, konnte Mia gerade noch herauspressen. Ihr Herz schlug so hart, dass sie kaum noch denken konnte. Natürlich log Saret sie gerade an. Ganz bestimmt.

»Mein sogenannter Freund ist ein machthungriges Monster«, fuhr Saret fort, und sein Blick verhärtete sich. »Es hat ihm nicht gereicht, das höchste Ansehen auf Krina zu erlangen. Oh nein, liebste Mia, er musste seine Macht auch noch auf einen anderen Planeten ausweiten – auf euren Planeten. Wenn er nicht gewesen wäre, wären wir niemals auf die Erde gekommen. Er war derjenige, der den Rat davon überzeugte, es sei notwendig, euren Planeten zu kontrollieren, ihn für die zukünftigen Generationen von Krinar zu schützen. Und jetzt plant er, ihn euch ganz wegzunehmen. Verstehst du, was ich dir sage?«

Mia nickte, weil sie ihn weiterreden lassen wollte. Sie würde seinen Lügen so lange zuhören, wie es nötig war, wenn es ihr nur Zeit verschaffte. In ein paar Minuten würde Korum merken, dass sie nicht wie versprochen nach Hause kam. Würde er sie dann suchen kommen? In die

Falle laufen, die Saret für ihn vorbereitet hatte? *Bitte lass nicht zu, dass ihm irgendetwas passiert! Bitte lass nicht zu, dass ihm irgendetwas passiert!*

»Wie du siehst, Mia«, fuhr Saret fort, »ist alles, was ich möchte, das, was gut für dein Volk ist – was gut für die Mehrheit der intelligenten Lebewesen ist. Ich möchte die Erde befreien, sie von Korum und der Tyrannei des Rates erlösen. Ich möchte, dass ihr euren Planeten zurückbekommt.«

»Warum? Warum interessiert dich das?« War Saret einer der Keiths? Und falls ja, wie hatte er es geschafft, sich so lange der Entdeckung zu entziehen?

»Warum? Weil ich immer etwas Großartiges machen wollte.« Sarets Stimme war voll von kaum unterdrückter Aufregung. »Alle unsere Beiträge zur Gesellschaft, das Ganze hier ...«, er machte eine Handbewegung in Richtung Labor, »... verblasst im Vergleich zur Befreiung von Milliarden von intelligenten Lebewesen, zu der Tatsache, ihnen ein besseres Leben zu ermöglichen ... ein friedliches Leben ohne Schrecken. Ich möchte nicht, dass man sich an mich erinnert, weil ich einen weiteren Weg gefunden habe, das Gedächtnis zu steigern, Mia. Ich möchte derjenige sein, der der Erde Frieden bringt.«

»Der Erde Frieden bringt?« Das klang für sie völlig verrückt. »Aber wir befinden uns doch gar nicht im Krieg mit Krina ...«

»Nein, die Krinar loszuwerden ist ja auch erst der Anfang.« Saret lachte. »Weißt du, Mia, ich kann deiner Rasse auch ein besseres Leben ermöglichen. Ich kann verhindern, dass ihr eure wenigen, kurzen Jahrzehnte damit verbringt, euch vor Kriegen, Schüssen aus vorbeifahrenden Autos und Terroranschlägen zu fürchten … Ich kann euch das geben, wovon die Menschen seit dem Anbeginn der Zeit träumen: ein Leben ohne Angst und Gewalt. Würde dir das nicht auch gefallen, Mia? Würdest du dir das nicht für dein Volk wünschen?«

»Wovon redest du?« Gab es bei den Krinar Geisteskrankheiten? Saß sie hier mit einem Verrückten fest?

»Ich weiß, dass du das jetzt nicht verstehst, aber das wirst du noch – das verspreche ich dir.« Sarets Gesicht glühte regelrecht vor Leidenschaft. »Wenn eure Mordrate erst einmal auf null gesunken sein wird und Krieg etwas ist, was der Vergangenheit angehört, wird deine Welt wissen, dass eine neue menschliche Ära begonnen hat – und sie wird mir dafür dankbar sein.«

Mia starrte ihn an, und eine Minute lang war sie nicht in der Lage, zu verstehen, was er ihr gerade sagen wollte. Dann kam ihr ein schrecklicher und unwahrscheinlicher Gedanke. »Saret«, sagte sie langsam und sah auf den Krinar, der dafür bekannt war, einer der großartigsten Gedächtnisexperten zu sein, »redest du von einer Form der Gedankenmanipulation bei den Menschen?« *Bitte lass ihn lachen und mir sagen, dass ich mich irre. Bitte lass es nicht wahr sein.*

Saret schenkte ihr ein erfreutes Lächeln, und seine Hand streichelte ihren Arm, was eine Gänsehaut bei ihr verursachte. »Ja, liebste Mia, genau davon rede ich. Ich habe schon immer gewusst, dass du für deine Rasse sehr clever bist. In den letzten Jahren habe ich einen Weg entwickelt und perfektioniert, bestimmte neurale Impulse zu überwachen und gleichzeitig das Schmerz- und das Lustzentrum des Gehirns zu stimulieren.«

Mia schnappte nach Luft. »Willst du damit …« Ihre Stimme versagte einen Augenblick lang, und sie musste von vorne beginnen. »Willst du damit gerade sagen, du hast eine Art Gedankenkontrolle entwickelt?«

Jetzt lachte Saret, und seine braunen Augen funkelten vor Vergnügen. »Nein, natürlich nicht. Hoffentlich hast du bis jetzt genug gelernt, um zu wissen, dass wirkliche Gedankenkontrolle nicht möglich ist. Nein, meine Technik ermöglicht es mir, bestimmte Verhaltensweisen zu lenken – das Gehirn zu konditionieren, wenn du so möchtest. Jedes Mal, wenn jemand zum Beispiel einen gewalttätigen Gedanken hat, kann ich ihm Schmerzen zufügen lassen. Und jedes Mal, wenn er mir folgt – Lust. Stell dir das doch einmal vor: ein ganzer Planet voll von friedlichen Menschen … Würdest du das nicht auch wollen, Mia?«

Was Mia wollte, war, sich zu übergeben. »Aber wie? Wie kannst du so etwas auf diesem Niveau machen, mit so vielen Menschen meine ich?«

Saret grinste und genoss ganz offensichtlich ihre Reaktion. »Na ja«, sagte er, »das ist die Stelle, an der Rafor und der Rest der Keiths ins Spiel kommen. Wie du wahrscheinlich weißt, war Rafor, was technologische Entwicklungen anbelangt, niemals so gut wie dein Cheren, aber immerhin gut genug, um einen hohen Posten im Unternehmen seines Vaters zu besetzen. Nachdem Korum seine Konkurrenz allerdings aus dem Geschäft gedrängt hatte, war der arme Rafor völlig verloren. Verstehst du, da er sein Ansehen verloren hatte, wollte ihn niemand mehr als Designer einstellen, und er sah sich gezwungen, als *Dabbler* in verschiedenen Bereichen zu arbeiteten, die ihn nicht ansatzweise so sehr interessierten wie sein eigentliches Berufsfeld. Vor ein paar Jahren kam er sogar zu mir, um mich zu fragen, ob er hier im Labor ein Praktikum machen könne.

Das habe ich natürlich abgelehnt. Er war nicht einmal ansatzweise qualifiziert genug, um hier zu arbeiten. Das warst du als Mensch zwar auch nicht, aber wenigstens brachtest du Leidenschaft für dieses Feld mit. Er hatte nicht einmal die.« Saret lachte kurz auf. »Allerdings machte ich ihm das Angebot, mir bei einem privaten Projekt zu helfen. Er sollte die Nanozyten entwerfen, die ich brauchte, um meinen Plan durchführen zu können. Er verstand augenblicklich, was ich machen wollte – er hatte die gleichen, mit den Menschen sympathisierenden Ansichten – und leistete hervorragende Arbeit, sowohl bei der Erschaffung der Nanos als auch bei ihrem Verbreitungsmechanismus.«

Mia hörte ihm wie gebannt zu und traute sich kaum, zu atmen. Was er ihr gerade erzählte, war so unglaublich – so angsteinflößend –, dass sie Probleme hatte, das Gehörte zu verarbeiten.

»Rafor versagte natürlich kläglich bei dem ersten Teil des Plans, Korum zu töten«, fuhr Saret fort. »Er sollte Korum und den Rest von ihnen mit Hilfe des Widerstandes loswerden, aber stattdessen wurde er gefangen genommen.«

Mia schluckte, um die Trockenheit in ihrer Kehle wegzubekommen. »Also hast du ihre Erinnerungen gelöscht«, rief sie aus, und Saret nickte lächelnd.

»Das habe ich. Ich hatte keine andere Wahl. Das war der einzige Weg, mich und den Rest des Plans zu schützen. Außerdem hat es den Keiths eine Möglichkeit bei der Verhandlung eröffnet.«

»Also hatte der Protektor recht: du warst es die ganze Zeit ...«

»Er hatte teilweise recht.« Sarets Lächeln war strahlend und glücklich. »Er dachte, ich habe ihre Erinnerungen gelöscht, um Korum zu helfen, aber nichts ist weiter von der Wahrheit entfernt. Es erschwerte die Pläne deines Cheren ganz schön – ein netter, wenn auch nicht vollständig geplanter, Nebeneffekt dieser ganzen Sache.«

»Warum hasst du ihn so sehr? Er denkt, du seist sein Freund ...«

Der dunkelhaarige Krinar lachte und warf seinen Kopf nach hinten. »Natürlich denkt er das – da bin ich sichergegangen. Nur ein Idiot würde Korum zum Feind haben wollen. Ich habe gesehen, wie er diejenigen zerstört hat, die ihm im Weg standen, und habe diesen Fehler niemals gemacht.«

»Aber du machst ihn jetzt«, warf Mia vorsichtig ein und schaute an die Stelle, an der seine Finger immer noch ihren Arm umfassten. Wenn Korum hier wäre, wäre Saret schon tot. Wenn sie in den letzten Wochen eines gelernt hatte, dann war es, wie territorial krinarische Männer waren.

»Oh, weil ich seinen kostbaren Charl anfasse?«, fragte Saret, und seine Augen glänzten mit einer Mischung aus

Erregung und einer anderen, undefinierbaren Gefühlsregung. »Keine Angst, Mia, du wirst nicht mehr lange ihm gehören. Bald wirst du frei von ihm sein. Sobald er hier ist …«

Mias Blut gefror. »Hast du …« Sie musste einen Augenblick innehalten, da sie diese Worte nicht aus ihrer zugeschnürten Kehle pressen konnte. »Hast du vor, ihn umzubringen?«, brachte sie letztendlich heraus.

»Höchstwahrscheinlich.« Saret lächelte wieder – dieses gleiche freundliche Lächeln, bei dem Mia mittlerweile am liebsten schreien würde. »Das wäre wahrscheinlich am leichtesten. Natürlich könnte ich ihn auch gefangen nehmen und mit ihm das Gleiche machen wie mit Saur. Das wäre der Hauptgewinn: Korum in meiner Gewalt zu haben …«

»Saur? Du hast Saurs Gedanken kontrolliert?« Mia starrte ihn ungläubig und voller Grauen an. Hatte Saret seinen ehemaligen Lehrling dazu gebracht, sie in Ormond Beach anzugreifen?

»Nein.« Er sah über ihr Unverständnis sehr enttäuscht aus. »Nicht durch Kontrolle der Gedanken. Das habe ich dir doch schon gesagt. Konditionierung der Gedanken. Meine Technik wirkt sehr subtil. Sie verwandelt die Individuen nicht in gehirnlose Zombies, oder was auch immer du dir vorstellst …«

»Aber du hast Saur dahingehend manipuliert, Korum umbringen zu wollen?«

»Ja«, gab Saret mit einem stolzen Gesichtsausdruck zu. »Und glaub nicht, dass das einfach war. Alle Krinar haben Immunsystemschilde, welche die Nanozyten abwehren;

diese wurden vor Tausenden von Jahren entwickelt, nachdem jemand versucht hatte, medizinische Nanotechnologie zu Kriegszwecken zu benutzen. Ich konnte Saurs Abwehr erst nach Dutzenden von physischen Injektionen überwinden – und selbst dann war die Beeinflussung seiner Gedanken nur möglich, weil er schwächer war als die meisten anderen. Das ist auch der Grund, weshalb ich möchte, dass die Krinar die Erde verlassen: weil ich sie nicht effektiv kontrollieren kann. Bei den Menschen ist das viel einfacher. Ihr seid völlig schutzlos; alles was ich machen muss, ist, die Nanozyten in der Luft der dichtbevölkertsten Gebiete freizusetzen, und sie werden ihre geplanten Ziele erreichen.«

In Mias Kopf drehte sich alles. »Also, wenn ich das richtig verstehe ... versuchst du, deine eigene Rasse loszuwerden, damit du die Gedanken aller Menschen auf der Erde kontrollieren – bzw. beeinflussen kannst?«

»Wenn du es so ausdrückst, hört es sich verrückt an, nicht wahr?« Saret lächelte schief. »Aber ja, das ist in der Tat genau das, was ich zu tun versuche. Ich möchte deinem Volk Frieden bringen. Ist das so eine schlechte Sache? Denk doch mal eine Minute lang darüber nach. Würdest du nicht gerne in einer Welt leben, in der du nachts auf den Straßen entlanggehen kannst, ohne dir Sorgen darüber machen zu müssen, getötet oder vergewaltigt zu werden? In der Serienmörder nur in Horrorfilmen vorkommen, anstatt im wahren Leben? Keine Amokläufer in Schulen, kein Terrorismus oder Krieg ... Klingt das nicht wie etwas, was du möchtest?«

Mia starrte ihn an. Für einen Augenblick schien das

Bild, welches er entwarf, auf eine eigenartige Weise anziehend zu sein. »Natürlich«, sagte sie. »Aber wovon du redest, ist die Beherrschung unserer Gedanken. Du willst uns unseren freien Willen nehmen …«

»Freier Wille?« Saret hob seine Augenbrauen an. »Wie definierst du freien Willen? Die Menschen werden frei sein, so zu leben, wie sie es wollen, zusammen zu sein, mit wem sie wollen, zu tun, was immer sie tun wollen … Sie werden nur nicht mehr in der Lage sein, andere zu töten oder ihnen wehzutun, wenn sie der Drang danach überkommen sollte.«

»Und sie werden dich verehren, richtig?«, bemerkte Mia, und ihre Augen verengten sich. »Das ist es doch, was du eigentlich möchtest, stimmt's? Einen ganzen Planeten voller Marionetten, die jedem deiner Befehle Folge leisten werden.«

Saret lachte und schüttelte seinen Kopf. »So ausgedrückt hört es sich abscheulich an. Aber nein, Mia, ich sehe das nicht so. Deine Rasse wird mich verehren, das stimmt – aber nur deshalb, weil ich ihr Erlöser sein werde. Ich werde ihr Leiden beenden, ihren Planeten befreien und Frieden bringen.«

»Und was planst du mit dem Rest der Krinar zu machen, die sich hier befinden?«, wollte Mia wissen, der dieser Gedanke erst jetzt kam. »Korum vereitelte deinen Plan mit dem Widerstand, und die Krinar sind noch hier. Denkst du nicht, dass es ihnen auffallen würde, wenn alle Menschen auf einmal friedlich werden würden? Wenn die Mordrate über Nacht auf einmal auf null fällt?«

»Es würde nicht über Nacht passieren«, antwortete

Saret. »Eine komplette Konditionierung der Gedanken dauert Tage, wenn nicht sogar Wochen. Aber ja, irgendwann würden sie es schließlich bemerken – was auch der Grund dafür ist, weshalb ich jeden in den Siedlungen loswerden und sichergehen muss, dass das Schutzfeld jeden anderen davon abhält, hier in der nächsten Zeit vorbeizukommen.«

Mia atmete tief ein und kämpfte gegen den Drang an, sich zu übergeben. Er konnte mit Sicherheit nicht... meinen ... »Wie, alle loswerden?«

Er seufzte. »Indem ich sie umbringe, natürlich.«

Mias Gesicht verlor jede Farbe. »Du willst alle fünfzigtausend Krinar töten?«, flüsterte sie und war unfähig, zu verstehen, wie böse man wohl sein musste, um solche Massen zu ermorden.

Saret zuckte mit den Schultern. »Die Mehrheit von ihnen zumindest, ja. Einige von ihnen könnten überleben, aber die Mehrheit wird verschwinden.«

»Wie, verschwinden?« Mia konnte den hysterischen Ton in ihrer Stimme hören. »Wie kannst du nur so viele Lebewesen auf einmal umbringen?«

»Indem ich die gleichen Nanowaffen benutze, die Rafor und der Widerstand als Drohung benutzen wollten«, erklärte Saret und sah sie ruhig an. »Das Design, das Korum dir gegeben hat, war zwar fehlerhaft, aber es besaß genügend richtige Elemente, und deshalb konnte ich jemanden anheuern, der es perfektioniert hat. Jetzt ist der Apparat fast fertig; mein Designer arbeitet nur noch an den letzten Feinheiten.«

»Verstehe ich das richtig?«, fragte Mia und starrte den

Psychopathen an, der neben ihr saß, »Du willst fünfzigtausend Mitglieder deiner eigenen Rasse für deine Aufgabe ermorden, der Erde Frieden zu bringen? Und du kannst nichts Falsches daran finden?«

»Natürlich kann ich das.« Saret runzelte die Stirn. »Denkst du, dass ich diesen Teil des Plans genieße? Ich würde sie lieber nach Krina zurückschicken oder sie kontrollieren, wenn ich das könnte. Aber ich kann es nicht. Alles, was ich versuchen kann, ist, sie so schmerzfrei wie möglich verschwinden zu lassen. Ich weiß, das steht nicht gerade im Einklang mit meiner friedlichen Agenda. Aber verstehst du nicht, Mia? Das Gute für viele überwiegt das Bedürfnis von einigen wenigen. Wir hätten niemals auf euren Planeten kommen sollen; es war der endlose Ehrgeiz deines Cheren, der uns überhaupt erst hierhergebracht hat. Jetzt müssen wir für das büßen, was wir euch angetan haben; wir müssen für unsere Sünden gegen die Menschen bezahlen ...«

»Wirst du mich auch töten?« Mia spürte, wie ihre Angst wich und eine eigenartige Taubheit sich in ihr ausbreitete. Was er vorhatte, war so furchtbar, dass sie es einfach gar nicht vollständig verarbeiten konnte. »Oder machst du mich zu einer Marionette? Das ist der Grund dafür, dass du mir das alles gerade erzählst, stimmt's? Weil du dir keine Sorgen darüber machst, ich könnte es irgendjemandem erzählen?«

Saret grinste, ließ ihren Arm los und bedeckte stattdessen ihre Hand mit seiner Handfläche. Seine Berührung fühlte sich kochend heiß an, und sie bemerkte, wie eiskalt ihre Hände geworden waren. »Der Gedanke an dich als Marionette ist verlockend, muss ich zugeben«, sagte er, und seine Augen wurden wieder dunkler. »Und vielleicht werde ich das auch irgendwann einmal machen … Aber ich würde anfangs lieber nicht so viel an deinen Gedanken verändern. Ich mag dich eigentlich so, wie du jetzt bist.«

»Also, was wirst du dann mit mir machen?« Mia klang fast uninteressiert. »Vorausgesetzt, du willst mich nicht umbringen …«

»Ich werde dich nicht umbringen«, versicherte Saret ihr. »Ich werde einfach sichergehen, dass du dich nicht an diese Konversation erinnern können wirst – oder an irgendetwas anderes, was in den letzten Monaten passiert ist. Das wird für dich am besten sein, du wirst schon sehen … Ich weiß, wie sehr du an dem Monster hängst, und du würdest es wahrscheinlich vermissen, wenn es erst einmal weg ist. Aber auf diese Art und Weise wirst du für immer von seinem Einfluss befreit sein. Es wird so sein, als sei er niemals Teil deines Lebens gewesen.«

Mia starrte ihn an, und ätzende Wut begann, in ihrer Magengrube zu brennen. »Du wirst Korum töten und meine Erinnerungen auslöschen, damit ich ihn vergesse?«

»Nein, liebste Mia«, antwortete ihr Saret lächelnd. »So grausam werde ich nicht zu dir sein. Ich werde zuerst deine Erinnerungen löschen. Auf diese Weise wirst du nichts fühlen, wenn er stirbt. Ich möchte nicht, dass du ein derartiges Trauma verarbeiten musst. Schmerzhafte Erinnerungen sind am schwierigsten auszulöschen, und das Letzte, was ich möchte, sind unterbewusste Albträume bei dir …«

»Du bist verrückt«, sagte Mia, und ihre Wut wurde sekündlich stärker. Sie genoss dieses Gefühl, weil es den Nebel des Terrors, der sich in ihrem Kopf ausgebreitet hatte, verdrängte. »Denkst du wirklich, es sei eine Gnade, derartig in mein Gehirn einzudringen? Und warum machst du dir überhaupt Sorgen um mich? Du bist dabei, ohne größeres Nachdenken fünfzigtausend Krinar umzubringen, und ich bin bloß Korums Charl …«

»Weißt du, ich habe mir die gleiche Frage gestellt.« Sarets Stirn zog sich zu einem nachdenklichen Runzeln zusammen. »Du bist nur ein menschliches Mädchen – mit Sicherheit ein hübsches –, aber, um ehrlich zu sein, nicht wirklich außergewöhnlich. Zuerst habe ich nicht verstanden, wieso Korum so besessen von dir war. Aber dann passierte etwas Witziges, Mia …«, er beugte sich nach vorne, und seine Augen leuchteten dunkel, »… ich fing an, dich für mich selbst zu wollen.« Er hielt einen Augenblick lang inne und fuhr dann fort, ohne auf ihren entsetzten und angewiderten Gesichtsausdruck zu achten. »Glaub mir, ich bin durch die Hölle gegangen, dich die ganze Zeit zu sehen und zu wissen, dass ich nicht das Recht habe, dich zu berühren, dass er derjenige ist, der dich jede Nacht mit in sein Bett nimmt. Aber jetzt liegen die Dinge anders. Sobald du aufwachen wirst, wird es so sein, als hätte er niemals existiert … und du wirst mir gehören, genau so, wie es von Anfang an hätte sein sollen.«

Von Übelkeit übermannt, versuchte Mia ihre Hand wegzuziehen, während sie schon den Geschmack von Erbrochenem in ihrem Mund hatte. Er hielt sie noch einen Moment lang fest, bevor er sie losließ, und sah ihr lächelnd dabei zu, wie sie augenblicklich zurücksprang.

»Niemals«, fauchte sie und zog sich bis zur Mauer zurück. »Verstehst du mich? Ich weiß nicht, was du dir hier ausmalst, aber ich werde niemals freiwillig mit dir zusammen sein. Du kannst mich vielleicht dazu zwingen, aber das ist auch das Einzige, was zwischen uns jemals sein wird, mit oder ohne Erinnerungen …«

»Warum?«, fragte Saret und lächelte dabei immer noch. »Weil du denkst, du liebst ihn? Was weiß jemand mit einundzwanzig Jahren schon von der Liebe? Er hat dich verführt, Mia, das ist alles. Wenn er aus deinem Leben verschwunden sein wird, werde ich das Gleiche mit dir machen – und du wirst mich genauso lieben, wie du das bei ihm geglaubt hast.«

Mia lachte, da sie vor lauter Verzweiflung schon jede Vorsicht aufgegeben hatte. Der Gedanke daran, Korum zu vergessen und dazu gezwungen zu werden, das Bett des zukünftigen Massenmörders Saret zu teilen, war so abstoßend, dass sie dachte, sie würde lieber sterben. Vielleicht könnte sie ihn ja dazu bringen, sie zu töten. »Ach, wirklich?«, fragte sie verächtlich. »Ich finde dich nicht das kleinste bisschen anziehend, Saret. Du bist für mich so attraktiv wie ein Sack Hundefutter. Ich wollte Korum von Anfang an – von dem Moment an, an dem ich ihn das erste Mal sah. Aber dich nicht. Dich niemals. Verstehst du mich?«

Während sie sprach, konnte sie sehen, wie das Lächeln auf Sarets Gesicht verschwand, und sein Ausdruck hart wurde. »Das werden wir ja noch sehen«, erwiderte er, stand auf und kam auf sie zu. »Wenn deine Erinnerungen erst einmal weg sind, wirst du mir ganz andere Sachen erzählen, glaube mir.«

»Nein!« Mia schrie, als er nach ihr griff. Ihre Fingernägel waren wie Klauen und kratzten seine Arme auf, als er nach ihr griff. »Weg von mir, du krankes Arschloch! Nein!«

Saret ignorierte ihr Geschrei und ihre Gegenwehr, als er sie aus dem Büro trug. Seine Arme waren wie eiserne Bänder um ihren Körper geschlungen. Er ging mit ihr auf die andere Seite des Labors und setzte sie auf einem der schwebenden Bretter an der Wand ab. Die intelligente Oberfläche wickelte sich sofort um ihre Arme und Beine und hielt sie völlig bewegungslos, während Saret in die Wand griff und einen kleinen, weißen Apparat herausholte.

»Nein!« Mia versuchte ihren Kopf wegzudrehen, als er sich ihr wieder näherte. »Nein! Mach das nicht!«

Saret hielt kurz inne und blickte auf sie hinab. »Es tut mir leid, Mia«, sagte er sanft. »Ich wünschte, es wäre nicht notwendig. Wenn ich dich nur zuerst getroffen hätte … Aber es wird nicht wehtun, versprochen …« Und als er den kleinen Apparat an ihre Stirn hielt, schenkte er ihr ein zärtliches Lächeln. Dieses Lächeln war das Letzte, was sie sah, bevor ihre Welt in völliger Dunkelheit versank.

TEIL II

6. KAPITEL

Korum überprüfte erneut die Uhrzeit.

Mia sollte schon längst zu Hause sein. Er hatte ihre Nachricht vor zwanzig Minuten bekommen und sofort die Probesitzung mit seinen Designern verkürzt, da er dem Drang nicht widerstehen konnte, sie so früh wie möglich zu sehen.

Während er auf sie wartete, hatte er schnell das Abendessen zubereitet. Er hatte ihr ihr Lieblingsessen gekocht, Sharisalat und ein Champignon-Kartoffel-Gericht nach einem Rezept, welches ihm Mias Mutter gegeben hatte. Er hatte Ella Stalis danach gefragt, bevor sie aus Florida abgereist waren, damit er Mia eines Tages damit überraschen konnte. Er liebte es, wie ihr Gesicht vor Freude und Aufregung leuchtete, wenn er solche Sachen machte. Ihr Glück bedeutete ihm momentan alles.

Wo war sie?

Leicht genervt wies er seinen Computer an, ihren Aufenthaltsort zu bestimmen. Das komplexe Gerät in seiner Handfläche war vollständig mit seinen neuralen Bahnen synchronisiert – so sehr, dass seine Benutzung manchmal einfach nur eine andere Art zu denken zu sein schien. Nicht allen Krinar gefiel die Vorstellung, so eng mit Technologie verschmolzen zu sein, und viele blieben stattdessen bei den altmodischen Sprachkommandos und eigenständigen Geräten. Korum dachte, dass es idiotisch war, so misstrauisch zu sein, aber andererseits hatte er den Computer selbst entwickelt und verstand seine Grenzen und Fähigkeiten. Viele von seinen Mitkrinar verstanden nicht einmal, wie einfache menschliche Elektrogeräte funktionierten, und sie verspürten auch nicht den Wunsch, es herauszufinden – das war etwas, was er wohl niemals verstehen würde.

Sobald er die mentale Anfrage gesandt hatte, wusste er ihren Aufenthaltsort mit hundertprozentiger Sicherheit: das Labor. Sie war immer noch im Labor. Die Überwachungsapparate, die er damals in ihre Handflächen eingepflanzt hatte, stellten sich als sehr nützlich heraus, auch wenn sie jetzt nichts mehr mit dem Widerstand zu tun hatte.

Seine Lippen verzogen sich zu einem Lächeln, als er an ihre Reaktion dachte, wann immer dieses Thema, dass er sie bestrahlt hatte, aufkam. Mia war dann wie ein wütendes Kätzchen, mit kleinen Krallen und zerzaustem Fell. Er wollte sie dann immer gleichzeitig knuddeln und Sex mit ihr haben – eine verwirrende Gefühlsmischung, die sie schon immer in ihm hervorgerufen hatte.

Er nahm an, er sollte sich dafür schlecht fühlen, sie bestrahlt zu haben, und manchmal tat er das auch fast. Sie verübelte es ihm, immer ihren Aufenthaltsort kontrollieren zu können, und verstand nicht, dass ihm das einfach eine unglaubliche innere Ruhe verschaffte. Sie war so zerbrechlich, so menschlich … Wenn sie alles so machen würden, wie er das gerne hätte, würde sie niemals von seiner Seite weichen; er würde sie immer bei sich behalten, damit er sie beschützen konnte.

Aber er wusste, sie würde das nicht wollen. Ihr war es wichtig, ihre Unabhängigkeit zu haben, auf ihrem Gebiet ausgezeichnete Arbeit zu leisten und zur Gesellschaft beizutragen. Er verstand und respektierte das, aber das machte es ihm nicht einfacher. Als sie noch in New York gewesen waren – bevor er ihr die Nanozyten gegeben hatte, die sie weniger verletzlich machten – war das die einzige Möglichkeit gewesen, sie allein hinausgehen lassen zu können. Besonders in einer menschlichen Stadt, in der so etwas Dummes wie ein Autounfall sie ihr Leben kosten konnte. Das war auch der Grund dafür gewesen, sie damals von einem Wächter verfolgen zu lassen, der sich zu keinem Zeitpunkt mehr als hundert Meter von ihr entfernt aufhielt. Natürlich hatte sie das nie vermutet, und er hatte auch nicht vor, sie das jemals wissen zu lassen. Es war ja auch nur zu ihrer eigenen Sicherheit gewesen; selbst damals hatte er den Gedanken nicht ertragen, ihr könnte etwas zustoßen.

Er überprüfte erneut die Zeit und sah, dass

fünfundzwanzig Minuten vergangen waren. Warum war sie immer noch im Labor? War etwas passiert, was sie aufgehalten hatte? Wenn Saret sie wieder so lange arbeiten ließ, müsste er noch einmal ein ernstes Wörtchen mit ihm reden. Inzwischen hatte Mia schon bewiesen, wie nützlich sie war, und Korum war sich sicher, sein Freund würde ihr Arbeitsverhältnis auch dann nicht beenden, wenn sie weniger Stunden arbeiten würde.

Korum schickte eine weitere mentale Anfrage, um das Kommunikationsgerät zu erreichen, welches er für sie gefertigt hatte – das, was sie Computerarmband nannte. Zu seiner Überraschung und wachsenden Unruhe konnte er sich nicht damit verbinden; so als gäbe es dort, wo die digitalen Töne sein sollten, nur Leere.

Irgendetwas stimmte nicht.

Plötzlich war sich Korum dessen sicher. Er hob seinen Arm, blickte auf seine Handfläche und verfolgte mit seinen Augen die kleinen Lichtimpulse, die unter seiner Haut flackerten. Das war eine seiner Methoden, um sich zu konzentrieren, spezielle mentale Bahnen zu benutzen, die komplexer waren als diejenigen, die er für die einfachen, täglichen Aufgaben benutzte.

Dieser Weg war keiner, den er in den vergangenen Wochen genutzt hatte, nicht, seit der Widerstand abgewehrt worden war. Auch davon wusste Mia nichts, und Korum würde daran ebenfalls nichts ändern. Es war auch gar nicht notwendig, da er diesen Apparat ja nicht mehr benutzte, um sie zu überwachen. Der einzige Grund dafür, dass er sich immer noch in ihr befand, war der, dass es ziemlich schwierig war, ihn wieder zu entfernen – und weil ihm der Gedanke gefiel, ihn für den Notfall zu haben.

Seine Augen klebten an seiner Handfläche, und Korum sandte ein Signal, um das kleine Aufzeichnungsgerät zu aktivieren, welches unter Mias linkem Ohrläppchen versteckt war. Auf diese Art und Weise würde er alles hören können, was sich in ihrer unmittelbaren Nähe abspielte, und, viel wichtiger, er würde ihre Vitalzeichen überprüfen können.

Sobald sich der Apparat einschaltete, entspannten sich seine Muskeln ein wenig. Sie war in Ordnung, ihr Herzschlag war kräftig und ihre Atmung gleichmäßig.

Aber trotzdem … Korum runzelte seine Stirn und lauschte aufmerksam. Alles war still – zu still. Wenn sie noch arbeiten würde, müsste sie sich bewegen, mit demjenigen sprechen, der sie aufgehalten hatte. Stattdessen war es so, als würde sie gerade schlafen.

Schlafen … oder bewusstlos sein.

Sobald er an die zweite Möglichkeit dachte, wusste er, er war auf der richtigen Spur. Aber wieso sollte sie bewusstlos sein? Das ergab keinen Sinn. Und war das …? Er lauschte erneut. Waren das Bewegungen einer anderen Person, die er in ihrer Nähe hörte?

Sein ungutes Gefühl verwandelte sich in allergrößte Sorge.

Korum stand auf, ging schnell zur Wand und verließ das Haus. Er hielt einen Moment inne und sandte den mentalen Befehl, so schnell wie möglich eine Gondel zu erschaffen. Während die Nanomaschinen arbeiteten, rief er die Archive des Aufzeichnungsgerätes in Mia auf. Alle Aufzeichnungsapparate, die er entwarf, funktionierten so;

auch wenn sie nicht aktiviert waren, um Aufnahmen in Echtzeit zu machen, sammelten sie trotzdem alle Daten und archivierten sie.

Nach einer Sekunde hatte er Zugriff auf den Speicher des Gerätes und suchte nach der richtigen Stelle. Er begann bei genau dem Augenblick, als sie ihm ihre Nachricht geschickt hatte. Anstatt sich die Aufzeichnungen in normaler Geschwindigkeit anzuhören, ließ er seinen Computer ein Instantprotokoll erstellen, welches er innerhalb weniger Sekunden las.

Als Korum verstand, auf was er da gerade blickte, füllte sich jede Zelle seines Körpers mit vulkanischem Zorn.

Er konnte die Schwere dieses Verrats nicht einmal ansatzweise begreifen – genauso wenig wie diese pure Bösartigkeit, die von einem Mann ausging, den er die letzten zweitausend Jahre als einen Freund angesehen hatte. Und Mia … darüber konnte er nicht nachdenken. Zumindest jetzt nicht. Wenn sie alle überleben wollten, musste er sich jetzt konzentrieren, seine Wut und seinen Schmerz unter Kontrolle halten.

Korum setzte seine ganze Willenskraft ein, damit seine kalte und rationale Seite die Oberhand gewann, und begann, den besten Weg zu suchen, um die Situation in den Griff zu bekommen.

* * *

Saret sah ungeduldig dabei zu, wie Korum endlich das Haus verließ und seine Transportgondel erschuf. Jetzt würde sein Erzfeind kommen, nach Mia schauen und

111

hoffentlich – wenn überhaupt – nur ein kleines bisschen misstrauisch geworden sein.

Natürlich würde er ihn niemals unterschätzen. Der Bastard hielt für diejenigen, die das taten, immer unangenehme Überraschungen bereit. Aber Korum hatte ja keinen Grund zu denken, dass etwas Böses vor sich ging, und vor allem würde er nie denken, dass Saret versuchen würde, ihn umzubringen.

Es war Pech für Mia gewesen, heute auf die Aufzeichnungen zu stoßen. Saret hatte immer gewusst, jemand könnte herumschnüffeln und herausfinden, dass Saur gar nicht das Wissen besaß, Erinnerungen zu löschen, auch wenn er das immer so dargestellt hatte. Saret hätte die Aufzeichnungen entfernen müssen, aber jeder im Labor wusste, dass es verboten war, sich ohne Sarets explizite Erlaubnis Zugriff auf die Arbeit der anderen zu verschaffen.

Jeder, außer dem menschlichen Mädchen, wie sich jetzt herausgestellt hatte.

Auf der anderen Seite hatte vielleicht Saret auf einer anderen, nicht bewussten Ebene gewollt, dass sie es herausfand. Er hatte es genossen, ihr seinen Plan zu erklären und die Gefühlsregungen in ihrem kleinen, ausdrucksstarken Gesicht zu betrachten. Sie hatte natürlich nicht alles verstanden, sie war offensichtlich noch zu sehr in Korums Netz zu denken verstrickt.

Es hatte ihn wütend gemacht, als sie ihm sagte, sie fände ihn nicht anziehend. Aber natürlich hatte sie gelogen, um ihn dazu zu bringen, etwas Dummes zu machen. Er war ein krinarischer Mann in seiner vollen Blüte; er wusste ganz genau, wie sehr menschliche Frauen ihn begehrten. Und sie würde ihn auch wollen; das würde er sicherstellen.

Zuerst wäre er sehr zärtlich zu ihr, nicht so, wie Korum gewesen war, als sie sich kennengelernt hatten. Saret hatte einige Aufzeichnungen vom Beginn ihrer Beziehung gesehen, und die Art und Weise, wie Korum sie damals behandelte, hatte ihn wütend gemacht. Saret würde einen besseren Cheren abgeben, davon war er überzeugt

Aber wo blieb Korum denn jetzt?

Saret runzelte die Stirn und schaute wieder auf das Bild. Es schien, als sei sein Feind nicht gerade in Eile. Anstatt zum Labor zu fliegen, stand Korum neben dem Schiff und unterhielt sich entspannt mit einer Krinarin, die Saret niemals zuvor gesehen hatte. Es sah fast so aus, als würde er mit ihr … flirten? *Dieser dreckige Mistkerl betrog Mia.*

Na ja, auch egal. Korum würde schon bald hier eintreffen. Und sobald er das tat, würde eine kleine Überraschung auf ihn warten.

Keiner wusste, dass Saret die letzten Jahre damit verbracht hatte, aus seinem Labor eine Hochsicherheitsfestung zu machen. Alle krinarischen Gebäude waren widerstandsfähig, waren dafür ausgelegt, allem standzuhalten – von einer nuklearen Druckwelle bis hin zu einem Vulkanausbruch. Sein Labor übertraf das allerdings: die Wände waren bewaffnet – entwickelt, um jeden umzubringen, der versuchte, in das Gehäuse einzudringen, wenn Saret den Schutzmodus aktiviert hatte. An ihnen prallte auch jede Form der Nanotechnologie ab, da Saret die gleichen Schilde installiert hatte, die auch die Siedlungen beschützten.

Das war nicht einfach durchzuführen gewesen. Waffen gehörten nicht zu den Gütern, zu denen die Normalbevölkerung einen leichten Zugang hatte, besonders nicht die speziellen Nanowaffen, die sich in seinen Wänden befanden. Saret hatte sich gezwungen gesehen, eine Menge Gefallen einzufordern, und hatte außerdem eine ansehnliche Summe seines persönlichen Vermögens dafür ausgegeben, alles genau so aufzurüsten, wie er es wollte. Es hatte ihn aber noch mehr gekostet, das alles geheim zu halten.

Aber jetzt würde sich das alles auszahlen. In ein paar Tagen würden auch die Nanowaffen, die er an den Siedlungen anwenden wollte, fertig sein. Die Verbreitungsmaschinen mit den Nanozyten waren auch schon in den wichtigsten menschlichen Städten positioniert.

Jetzt musste er nur noch Geduld haben.

Nach weiteren zehn Minuten verlor Saret das Letzte, was von seiner Geduld noch übrig war. Warum zum Henker brauchte Korum nur so lange? Hatte Saret die Bindung seines Feindes zu dem Mädchen überschätzt? Es sah so aus, als würde der Bastard immer noch mit dieser Frau flirten. Da stand er, lachte und berührte ihren Arm. *Was zum Teufel ...?* Was war aus seiner Besessenheit mit Mia geworden? War sie die ganze Zeit über nur ein Spielzeug für ihn gewesen?

Aber Saret verwarf diesen Gedanken gleich wieder. Nein, da war etwas im Busch. Plötzlich war er sich sicher.

Hatte sein Feind vor, ihn auszutricksen? Wurde ihm sogar gerade ein falsches Bild übertragen? Es gab für ihn keine Möglichkeit, das herauszubekommen; die Personen, die Saret sah, schienen völlig echt zu sein. Allerdings wusste er auch genau, wie Aussehen täuschen konnte.

Er musste die Möglichkeit in Betracht ziehen, dass Korum herausbekommen hatte, dass irgendetwas nicht stimmte.

Saret handelte umgehend, bewaffnete sich und zog sich einen Schutzschild über, der sich über seinen ganzen Körper ausbreitete. Die Wände des Labors waren immer noch seine beste Verteidigung, aber er hatte auf jeden Fall vor, seinen Erzfeind hier gegenüberzutreten, da er einen Heimvorteil hatte. Er hatte keine Angst, auch wenn sein Puls vor Vorfreude auf den bevorstehenden Kampf raste.

Saret warf Mia einen Blick zu, um sicherzugehen, dass sie immer noch bewusstlos auf der schwebenden medizinischen Planke lag. Schon bald könnte sie aufwachen, und er hoffte, dann bereits alle Unannehmlichkeiten hinter sich gebracht zu haben.

Saret ignorierte das Adrenalin, welches durch seine Venen schoss, setzte sich neben sie und streichelte ihren Arm, genoss die Zartheit ihrer weißen Haut. Sie sah so schön aus mit ihren dunklen Wimpern, die fächerförmig ausgebreitet waren, und dem weichen Mund, der leicht offen stand. Wie hieß diese menschliche Geschichte für Kinder? Dornröschen? Eigentlich sah sie ja mit ihrer milchigen Haut und ihrem dunklen Haar eher aus wie Schneewittchen, fand Saret.

Er beugte sich hinunter und küsste sie auf die Lippen,

fuhr leicht mit seiner Zunge auf ihnen entlang. Wie er vermutet hatte, schmeckte sie köstlich; diese klitzekleine Kostprobe reichte aus, um sein Geschlecht vollständig hart werden zu lassen. Hätte er mehr Zeit, würde er sie jetzt und hier nehmen, bewusstlos oder nicht.

Aber er hatte keine Zeit. Er musste sich konzentrieren. So oder so würde Korum bald hier sein.

Saret stand auf und ging erneut zu der Darstellung hinüber. Jetzt war er sich ziemlich sicher, dass sie inszeniert war.

Wo war Korum?

Saret begann, hin und her zu gehen, zu erregt, um sich wieder hinzusetzen.

Als es zwei Minuten später begann, bekam er es anfangs gar nicht mit.

Ein tiefes, summendes Geräusch war die erste Warnung, dass etwas nicht stimmte. Der Lärm schien die Luft zu füllen und steigerte langsam seine Lautstärke, bis er für das empfindliche krinarische Gehör fast ein Getöse war.

Und dann begannen die Wände zu schmelzen. Saret hatte noch niemals so etwas gesehen: das Material, das entwickelt worden war, um einer nuklearen Druckwelle zu widerstehen, schien sich von oben nach unten zu verflüssigen, so als sei das Gebäude aus Wachs.

Jetzt schmeckte Saret Angst. Scharf und ätzend sammelte sie sich tief in seinem Magen. Das war nicht geplant. Er sollte hier sicher sein, in seiner sorgfältig errichteten Festung … aber das war er nicht. Saret kannte keine Waffe, die so etwas machen konnte – die die gleichen

Schilde durchbrechen konnte, die die Siedlungen beschützten –, aber seine Augen logen nicht. Die Wände um ihn herum schmolzen buchstäblich.

Es gab nur noch eine Sache, die er tun konnte: sich zurückziehen und überleben, um eines Tages weiterkämpfen zu können. Einen kurzen Moment lang erwog Saret, Mia mitzunehmen, aber sie würde ihn aufhalten, und das Risiko konnte er nicht eingehen. Er würde für sie zurückkommen müssen.

Saret warf einen letzten Blick auf das bewusstlose Mädchen auf der Planke, aktivierte den Notausgang und verschwand durch den Boden des Gebäudes.

7. KAPITEL

»Ich will, dass er gefunden wird. Mit allen Mitteln. Versteht ihr mich?« Korum war sich darüber bewusst, dass seine Stimme scharf war, aber er konnte diese eisige Wut, die durch seine Venen jagte, nicht länger unterdrücken.

Alir, der Anführer der Wächter, nickte. »Wir werden ihn zu Ihnen bringen«, versprach er, und seine schwarzen Augen blickten kalt und ausdruckslos.

»Gut«, antwortete Korum kurz.

Er drehte sich um und ging zum anderen Ende des Raumes, wo Ellet neben Mia saß und diagnostische Tests durchführte.

Als er sich ihr näherte, sah die Krinarin auf, und deutliche Zeichen von Anspannung waren auf ihrem schönen Gesicht zu erkennen. »Sie sollte bald wieder zu

Bewusstsein kommen«, sagte sie sanft. »Aber Korum, ich befürchte, der Schaden ist schon angerichtet.«

»Was sagst du da?« Er wollte das nicht glauben, konnte diese Möglichkeit nicht akzeptieren.

»Ich befürchte, dass der Scan Zeichen eines Traumas mit Gedächtnisverlust anzeigt. Es tut mir so leid …«

»Nein, du musst dich täuschen.« Seine Fäuste waren so stark zusammengeballt, dass seine Fingernägel in seine Haut eindrangen und er anfing zu bluten. »Es muss doch irgendetwas geben, was wir machen können …«

»Ich werde das überprüfen«, versicherte Ellet ihm und erhob sich aus ihrer sitzenden Position. »Aber leider ist diese Art der Auslöschung in der Regel nicht rückgängig zu machen.«

Korum machte einen Schritt nach vorne. »Ich will nicht, dass du das überprüfst, Ellet«, sagte er gefährlich ruhig. »Ich will verdammt nochmal, dass du alles, was du gerade machst, stehen und liegen lässt, und ihre Erinnerungen zurückbringst.«

Ellet legte ihre Stirn in Falten. »Du weißt, ich werde mein Bestes geben …«

»Gib noch mehr.« Korum wusste, er war gerade nicht rational, aber das war ihm egal. Er hatte sich noch nie so gefühlt – so wild und blutrünstig. Er wollte Saret zerfetzen, Stück für Stück zerreißen und ihn vor Schmerzen schreien hören. Er wollte diesen Mann ausweiden, den er einst als einen Freund angesehen hatte, und in seinem Blut baden, genauso wie es ihre Urahnen mit ihren Feinden getan hatten.

Unter seiner kochenden Wut und der Bitterkeit über

den Verrat lastete Schuld – schwer und furchtbar – unbequem auf seinen Schultern. Mia war verletzt worden – seinetwegen verletzt worden. Weil er versagt hatte, sie vor dem Monster in ihrer Mitte zu beschützen. Weil er viel zu leichtgläubig gewesen war. Ohne ihn hätte sie niemals diese Praktikumsstelle bekommen, wäre niemals Sarets kranken Gelüsten ausgesetzt gewesen.

Wenn er sie nicht nach Lenkarda gebracht hätte, wäre sie niemals in Gefahr gebracht worden.

Wieso war Korum das nicht schon früher aufgefallen? Wie konnte er so einen tiefen Hass nicht gespürt haben? Einer seiner engsten Freunde hatte sich als sein größter Feind erwiesen – und er hatte das nicht mitbekommen, bis es zu spät war.

Er konnte das Mitleid auf Ellets Gesicht sehen. Sie wusste, was er für Mia empfand, und konnte sich wahrscheinlich seine momentane psychische Verfassung vorstellen. »Das werde ich, Korum«, sagte sie beruhigend. »Ich verspreche dir, alles zu machen, was in meiner Macht steht, um ihr zu helfen.«

Korum atmete tief und beruhigend ein. Es war nicht Ellets Schuld, dass sein Freund sich als der übelste Psychopath in der modernen krinarischen Geschichte entpuppt hatte. »Danke«, sagte er leise.

Ellet lächelte und sah erleichtert aus. »Du kannst sie jetzt mit nach Hause nehmen, wenn du möchtest. Sie wird ganz von alleine in ein paar Stunden aufwachen, und das kann sie auch bei dir im Haus machen. Je weniger sie von uns am Anfang sieht, desto besser.«

Korum nickte. »Natürlich.« Er beugte sich über Mias

Planke, hob sie vorsichtig auf und drückte sie zärtlich gegen seine Brust. Sie fühlte sich in seinen Armen so leicht und zerbrechlich an. Die Erkenntnis, dass sie heute hätte getötet werden können, war wie Gift in seinen Adern, verbrannte ihn von innen heraus.

Saret würde für das, was er ihr angetan hatte, bezahlen – für das, was er mit ihnen allen vorgehabt hatte. Korum würde das sicherstellen.

* * *

Mia gab einen kurzen, verärgerten Laut von sich, rümpfte ihre Nase, und eine zierliche Hand griff nach oben, um eine dunkle Locke von ihrer Wange zu wischen. Ihre Augen waren immer noch geschlossen, auch wenn sie offensichtlich schon dabei war, ihr Bewusstsein wiederzuerlangen.

Korum saß auf der Bettkante und sah ihr dabei zu, wie sie langsam aufwachte. Er konnte seine Augen nicht von ihr abwenden. Theoretisch wusste er, dass sie nicht die schönste Frau war, die er jemals gesehen hatte, aber das war egal. Für ihn war sie perfekt. Er liebte einfach alles an ihr; jeder Teil ihres köstlichen, kleinen Körpers erregte ihn. Selbst jetzt, als sie in ihrem hell rosafarbenen Kleid dort lag, musste er den Drang unterdrücken, sie zu berühren, sie näher an ihn heranzuziehen und sich tief in ihr zu vergraben.

Diese beunruhigende Mischung aus Lust und Zärtlichkeit, die sie in ihm hervorrief, war anders als die Gefühle, die er vorher immer empfunden hatte. Wie viele

Krinar hatte Korum Sex immer als eine nette Freizeitaktivität betrachtet. Die meisten seiner vorangegangenen Beziehungen waren ungezwungene Affären gewesen, ähnlich wie sein kurzes Abenteuer mit Ellet vor ein paar Jahren. Er mochte Frauen und genoss ihre Gesellschaft auch außerhalb des Schlafzimmers, hatte aber nie dauerhaft mit einer zusammen sein wollen.

Bis Mia kam.

Aus irgendeinem Grund sprach dieses Mädchen seine dunkelsten, primitivsten Instinkte an. Das, was er für sie empfand, war mehr als nur sexuelle Lust, mehr als das Begehren ihres zarten Fleisches. Was er wirklich wollte, war, sie ganz zu besitzen. Sie sollte auf jede erdenkliche Weise ihm gehören.

Das war kein unbekanntes Phänomen unter den Krinar. In der Vergangenheit mussten die männlichen Krinar jagen und ihr Territorium verteidigen – und die Wahrscheinlichkeit, dass sie dabei effektiv waren, war um einiges höher, wenn sie eine starke Bindung zu ihren Partnerinnen hatten. Zu dieser Zeit war sie eine einfache evolutionäre Anpassung gewesen – diese obsessive Bindung an eine spezifische Frau. Tiefergehend als Lust und stärker als Liebe war sie eine kraftvolle Kombination dieser beiden Elemente, die sicherstellen würde, dass der Mann sein Leben geben würde, um seine Frau und seinen Nachwuchs zu beschützen.

Im Laufe der Jahre, als die krinarische Gesellschaft zivilisierter wurde, verlor diese Art der Verbindung an Wichtigkeit für das Überleben der Art, und die genetische Tendenz zu diesen starken Gefühlen wurde mit der Zeit immer schwächer. Manchmal passierte es natürlich noch, aber in der heutigen Zeit kam das eher selten vor – das war auch der Grund dafür, weshalb Korum erst nicht verstanden hatte, was mit ihm passierte, als er Mia getroffen hatte.

Er hatte sich nicht erklären können, warum er diese Gefühle für sie empfand. Alles, was er gewusst hatte, war, dass er sie wollte – und dass er sie haben musste. Selbst ihr anfänglicher Widerwille hatte nicht ausgereicht, um ihn aufzuhalten. Ihre Zurückhaltung hatte ihn fasziniert, hatte die Instinkte des Jägers in ihm ausgelöst, die er normalerweise problemlos unterdrückte.

Er war niemals zuvor jemandem so nachgelaufen; er war immer auf die Wünsche der Frauen eingegangen, aber bei Mia war er rücksichtslos gewesen. Er hatte sie mit der ganzen Intensität seines Charakters verfolgt, nicht mehr darauf geachtet, was richtig und was falsch war. In weniger als einer Woche hatte er bekommen, was er wollte: Mia war in seinem Bett, in seinem Apartment – sie war die seine, die er nehmen konnte, wann immer er wollte.

Er hatte um einiges länger gebraucht, um ihre Liebe zu gewinnen.

Bis zum heutigen Tage konnte er nicht verhindern, dass in seinem Magen Ärger brodelte, wenn er an ihre Verbindung zum Widerstand zurückdachte. Rational gesehen wusste er, dass er ihr keinen Vorwurf daraus machen konnte, zurückzukämpfen, ihm anfangs nicht zu vertrauen. Sie war ein Kind im Vergleich zu ihm; er hätte zivilisierter mit ihren Ängsten umgehen, sie geduldig verführen sollen, anstatt sie in eine Beziehung zu drängen.

Vielleicht hätte sie dann auch nicht die Lügen der Kämpfer geglaubt und ihn nicht hintergangen, wie sie es letztendlich getan hatte.

Aber er hatte keine Geduld gehabt. Die Stärke seiner Gefühle hatte ihn völlig überrumpelt, alles neben dem Verlangen, sie zu haben, verblassen lassen. Was als sexuelle Besessenheit begonnen hatte, war bald zu etwas Tiefergehendem geworden, und Korum hatte nicht gewusst, wie er damit umgehen sollte. Er hatte aus Hunger und Wut reagiert, sie zur Strafe dafür, ihn ausspioniert zu haben, gegen den Widerstand benutzt, anstatt ihr einfach alles zu erklären, damit sie seine Intentionen verstehen konnte.

Die Tatsache, dass sie ihn jetzt liebte, war ein Wunder – eines, für das er jeden Tag dankbar war. Falls sie sich nicht an ihn erinnern sollte, wenn sie aufwachte, dann würde er das als eine Möglichkeit für einen Neuanfang ansehen, als einen Weg, das wiedergutzumachen, was in der Vergangenheit geschehen war.

Auf jeden Fall würde Mia ihn wieder lieben, so oder so.

Die Alternative war undenkbar.

Endlich schlug sie ihre Augen auf. Sie blinzelte, sah verwirrt aus und starrte ihn dann schockiert mit offenem Mund an.

Korum streichelte zärtlich ihren Arm und lächelte. »Hallo, mein Liebling«, sagte er mit einer extra beruhigenden Stimme. Was er eigentlich wollte, war, sie in den Arm zu nehmen, aber das würde ihr Angst machen, falls sie wirklich ihr Gedächtnis verloren haben sollte und er jetzt ein Fremder für sie war.

Als sie erkannte, was er war, konnte er hören, wie ihr Herz schneller schlug und sich ihre Muskeln anspannten. Ihre kleine pinkfarbene Zunge kam ein Stück heraus und leckte unbewusst ihre Unterlippe mit dieser kleinen provokanten Bewegung, die ihn immer wahnsinnig machte. Er konnte die Angst in ihren Augen sehen ... und sie fühlte sich wie ein Messer in seinem Herzen an, der Schmerz war scharf und schneidend.

Sie zog ihren Arm weg und krabbelte auf die andere Bettseite. »Was mache ich hier? Wer sind Sie?«

Korum konnte die Panik in ihrer Stimme hören und zwang sich, ruhig zu bleiben, keine Bewegungen in ihre Richtung zu machen.

»Ich bin Korum«, sagte er stattdessen und achtete auf irgendein Zeichen von Wiedererkennen auf ihrem Gesicht. Aber da war keins. Er schob seine Enttäuschung zur Seite und fragte sie: »Was ist das Letzte, an das du dich erinnerst, meine Süße?«

Sie schluckte sichtbar und zog sich noch weiter zurück. »Ich war im Kurs«, flüsterte sie. »Ich habe gerade eine Klausur geschrieben ...«

»Was für eine Klausur, mein Liebling? In welchem Kurs warst du?« Wie viele Erinnerungen hatte Saret nur gelöscht?

»Mein ... mein Kurs über Kinderpsychologie«, antwortete sie, und ihre Stimme zitterte leicht.

Korum atmete erleichtert aus. »Also dein Frühjahrssemester.« Sie hatte nur ein paar Monate verloren, keine Jahre, wie er anfangs befürchtet hatte.

Sie nickte und sah immer noch völlig verängstigt aus. »Was wollen Sie von mir? Warum haben Sie mich hierhergebracht?« Er konnte hören, wie ihre Stimme immer hysterischer wurde.

Korum seufzte. Das würde schwierig werden. »Das ist kompliziert, Mia«, sagte er sanft. »Möchtest du, dass ich dir alles erkläre?«

Sie nickte erneut, und ihre blauen Augen waren weit aufgerissen und angsterfüllt.

»Dann komm her, und wir reden«, sagte er und sah, wie sie sich weiter anspannte. »Ich verspreche dir, dir auf keinen Fall wehzutun … Setz dich einfach hier hin, neben mich.« Er klopfte auf das Bett, musste sie einfach näher bei sich haben.

Sie zögerte, und er sah, wie sich ihre Gefühle in ihrem fein gezeichneten Gesicht widerspiegelten. Er konnte den genauen Augenblick bestimmen, in dem sie beschloss, dass sie nichts zu verlieren hatte, wenn sie der Bitte Folge leistete. Trotz allem war er ein Krinar und deshalb in ihrer nächsten Nähe nicht gefährlicher als drei Meter entfernt.

Ihr schlanker Körper zitterte, und sie bewegte sich langsam zurück in seine Richtung, ohne dabei ihren misstrauischen Blick von ihm abzuwenden. Als sie nah genug herangekommen war, streckte Korum seinen Arm aus und ergriff ihre Hand, um ihre kalte Haut zwischen seinen Händen zu wärmen.

Sie zuckte anfangs zurück, beruhigte sich dann aber und schaute ihm ins Gesicht.

Korum lächelte, und seine innere Anspannung ließ ein

wenig nach, da sie seine Berührung zuließ. »Wir sind ein Paar, Mia«, sagte er zärtlich und beobachtete ihre Reaktion. »Du erkennst mich nicht, weil du einen Teil deiner Erinnerungen verloren hast. Jetzt haben wir Juni, und wir befinden uns in Lenkarda, in unserer Siedlung in Costa Rica.«

8. KAPITEL

Mia starrte diesen umwerfenden Krinar an, der jetzt sanft ihre Hand rieb. Was er ihr gerade erzählt hatte, war völlig krank. Sie waren zusammen? Sie hatte ihre Erinnerungen verloren? In allen verrückten Szenarien, die sie gerade in ihrem Kopf durchgegangen war, war dieses nicht einmal ansatzweise eine der Möglichkeiten gewesen.

Spielte er mit ihr? Und falls ja, was war wirklich passiert? Mia versuchte, ihre Panik lange genug unter Kontrolle zu behalten, um nachdenken zu können, aber es schien, dass ein Teil ihres Gehirns völlig vernebelt war. Selbst Ereignisse, die in der unmittelbaren Vergangenheit lagen – Frühlingsferien, die Examen –, schienen undeutlich zu sein, so als seien sie vor einer längeren Zeit passiert und nicht in den letzten paar Wochen.

»Du glaubst mir nicht, stimmt's?«, fragte der Krinar, und seine bernsteinfarbenen Augen blickten sie mit einer beunruhigenden Wärme an.

»Nein, natürlich nicht.« Ihre Stimme war erstaunlich ruhig. Im Großen und Ganzen fühlte Mia sich, als würde sie das alles recht gut im Griff haben. Weder kreischte noch schrie sie, stattdessen unterhielt sie sich ernsthaft mit dem Außerirdischen, der sie höchstwahrscheinlich entführt hatte. Ein Außerirdischer, der eventuell sogar menschliches Blut trank – und der jetzt ihr Handgelenk auf eine Weise streichelte, durch die sich ihr Unterleib mit einer unbekannten Erregung zusammenzog.

Warum hatte sie nicht mehr Angst vor ihm? Alles, was sie von seiner Rasse wusste, riet ihr dazu, um ihr Leben zu fürchten.

Aber das tat sie nicht.

Sie hatte Panik, weil sie weder wusste, wo sie sich befand, noch wie sie hierhergekommen war – oder warum sie sich hier mit einem Krinar befand, der behauptete, ihr Liebhaber zu sein – aber sie hatte nicht wirklich Angst. Wenn überhaupt, fand sie seine Gegenwart eigenartigerweise tröstlich, seine Berührung beruhigend und elektrisierend. Hatte er etwas mit ihr gemacht, damit sie so auf ihn reagierte?

»Natürlich nicht«, wiederholte er und schenkte ihr ein verständnisvolles Lächeln. »Wie könntest du so etwas Verrücktes ohne jegliche Beweise glauben, richtig?«

Mia nickte und konnte ihren Blick nicht von diesem Lächeln abwenden. Das Grübchen in seiner linken Wange faszinierte sie; es war so jungenhaft und passte so gar nicht zum Rest seiner Erscheinung.

»Okay, mein Liebling.« Seine Stimme war beunruhigend zärtlich. »Lass mich dir Beweise zeigen.« Ohne ihre Hand loszulassen, machte er eine Handbewegung zur Seite, wo plötzlich eine dreidimensionale holografische Darstellung auftauchte.

Mia schnappte überrascht nach Luft, und dann bemerkte sie, dass das Bild sie selbst und den Krinar an ihrer Seite zeigte. Sie schienen am Strand entlangzugehen, zu reden und zu lachen. Der Krinar beugte sich nach unten, ergriff das Mädchen und hob es so mühelos hoch, als ob es aus Luft sei. Es lachte wieder, schlang dann seine Arme um seinen Hals und küsste ihn so leidenschaftlich, dass Mias Wangen sich erhitzten.

»Was ist das? Woher hast du dieses Video?« Mia fühlte, wie sie knallrot wurde, als der Krinar den Kuss des Mädchens erwiderte, sie mit einem Arm oben hielt und mit dem anderen unter ihr Kleid fuhr.

»Das ist nur eine Aufzeichnung von einem unserer Satelliten«, erklärte ihr der Krinar, der Korum hieß, und sah sie mit einem ungewöhnlichen goldenen Leuchten in seinen Augen an. Aus irgendeinem Grund merkte Mia, wie dieser Blick sie erregte, ihr Herz anfing, schneller zu schlagen, und ihre Nippel sich unter dem dünnen Stoff des Kleides verhärteten. Sie hoffte verzweifelt, der Krinar würde es nicht bemerken; es wäre peinlich – und potenziell gefährlich – wenn er wüsste, welche Wirkung er auf sie hatte.

Und dann begriff sie, was er gerade gesagt hatte. »Warte, eure Satelliten haben uns ausspioniert?«

»Unsere Satelliten nehmen die ganze Zeit alles auf«, erklärte er, und seine sinnlichen Lippen formten sich zu einem Lächeln. »Aber mach dir keine Sorgen, meine Süße, die Einzigen, die das zu Gesicht bekommen, sind unsere Computer. Außer, jemand fordert etwas Spezielles an – so wie ich das getan habe.«

Mias Puls wurde wieder schneller, diesmal allerdings vor Beunruhigung. »Sagst du mir gerade, dass wir niemals eine vor euch geschützte Privatsphäre haben?«

»Natürlich nicht«, sagte der Krinar beiläufig. »Die habt ihr vor eurer eigenen Regierung auch nicht. Das weißt du aber, oder etwa nicht?«

Mia blinzelte. Das wusste sie. GPS und Handys hatten es quasi unmöglich gemacht, sich zu verstecken, und sie wusste von verschiedenen Regierungsbehörden, die alle Mittel nutzten, die ihnen zur Verfügung standen, um Terroristen und andere Kriminelle aufzuspüren. Als gesetzestreuer Bürger hatte sie sich nie viele Gedanken über diese Tatsache gemacht, dass alle ihre Aktivitäten – vom Surfen im Internet bis zu einem Handyanruf –, falls nötig, überwacht werden konnten. Sie hatte es einfach als einen Teil des einundzwanzigsten Jahrhunderts akzeptiert. Aber die Vorstellung, von krinarischen Satelliten beobachtet zu werden, war aus irgendeinem Grund mehr als nur ein wenig beunruhigend.

Stirnrunzelnd begriff Mia, dass sie sich so verhielt, als wäre das, was ihr gezeigt wurde, real. Es gab dafür aber überhaupt keine Garantie; so fortschrittlich wie die Krinar waren, wäre es für sie bestimmt ein Kinderspiel, jede Art von Video zu erstellen, dreidimensional oder nicht.

»Woher weiß ich, dass das echt ist?«, fragte sie und machte eine Handbewegung in Richtung der Darstellung, in welcher das Paar sich jetzt einem voll entfalteten Liebesspiel hingab. Mias Röte vertiefte sich noch weiter und sie schaute weg.

»Das weißt du natürlich nicht«, sagte der Krinar. »Ich könnte mir das alles ausdenken, wenn ich wollte. Ich habe Hunderte anderer Aufzeichnungen, die ich dir zeigen könnte, und es wäre clever von dir, keiner davon zu trauen.«

Mia lachte nervös, von seiner Offenheit völlig überrascht. »Okay, aber wie kannst du mir dann irgendetwas davon beweisen?« Sie konnte gar nicht glauben, dass sie den Gedanken, dass das alles echt sein könnte, wirklich gerade durchspielte. Wie könnte eine rational denkende Person das überhaupt glauben? Und sie würde sich mit Sicherheit daran erinnern, wenn sie Sex mit diesem umwerfenden Außerirdischen gehabt hätte ... oder eben einfach überhaupt Sex.

Der Krinar lächelte wieder. »Da gibt es einige Möglichkeiten«, erwiderte er. »Lass uns mit der Tatsache beginnen, dass du mich verstehst, obwohl ich gerade auf Krinarisch mit dir rede.«

Mia starrte ihn entsetzt an. Sie hatte definitiv verstanden, was er sagte, auch wenn er den letzten Satz in einer Sprache gesagt hatte, von der sie sich sicher war, sie niemals zuvor gehört zu haben. »Warte, was?« Die Worte, die aus ihr herauskamen, waren in der gleichen Sprache. »Du sprichst mit mir auf Krinarisch?«

»Ja, und du antwortest mir auch auf Krinarisch«,

meinte er, und sein Lächeln wurde breiter. »Und jetzt rede ich auf Italienisch mit dir. Und du verstehst mich immer noch, stimmt's?«

Mia nickte, und ihr Kopf drehte sich von der Unmöglichkeit dessen, was sie gerade erlebte.

»Das ist so, weil du ein kleines Implantat hast, welches als Übersetzer arbeitet«, erklärte der Krinar, diesmal auf Englisch. »Ich habe es dir gegeben, als wir in Lenkarda ankamen. Es ermöglicht dir, jede bekannte Sprache zu sprechen und zu verstehen, sei sie menschlich oder krinarisch.«

»Aber …« Mia wusste nicht einmal, wo sie anfangen sollte. »Woher weiß ich, dass du es mir nicht gerade erst gegeben hast? Und warte, hast du mir vorhin gesagt, es ist Juni? Das Letzte, an das ich mich erinnere, war im März. Wie sollte ich denn einen Teil meiner Erinnerung verloren haben? Das ergibt keinen Sinn …«

Der Krinar seufzte und hob seine Hand, um ihr zärtlich eine Locke hinter ihr Ohr zu streichen. »Ich weiß, Mia«, sagte er sanft. »Ich weiß, dass es schwierig für dich sein wird, das Ganze zu akzeptieren. Lass mich dir eine kleine Geschichte erzählen, und danach werde ich dir beweisen, dass ich nicht lüge. Okay?«

»Okay«, stimmte Mia zu und war von dem warmen Ausdruck auf seinem wunderschönen Gesicht wie hypnotisiert. Konnte jemand, der so hinreißend war, wirklich ihr Liebhaber sein? Vielleicht war das Ganze auch nur ein ungewöhnlich realistischer Traum. Konnte sie vielleicht gerade fest schlafen und unbewusst diese umwerfende Kreatur erschaffen? Wenn er ernsthaft ihr

Liebhaber war, dann war sie das glücklichste Mädchen der ganzen Welt – auch wenn sie immer noch nicht begreifen konnte, wie so etwas möglich war.

»Gut«, sagte er, und seine goldenen Augen leuchteten. »Dann erzähle ich dir alles über uns und fange ganz von vorne an ...«

Die nächsten zwanzig Minuten hörte Mia entsetzt zu, als er ihr von ihrem ersten Treffen im April und der turbulenten Affäre berichtete, die daraufhin folgte. Als er begann, ihr von ihrer Mitwirkung beim Widerstand zu erzählen, klappte Mias Kinnlade einfach nach unten.

»Ich habe dich ausspioniert?« Wie in aller Welt hatte sie bloß diesen Mut aufgebracht? Auch wenn er jetzt sehr zärtlich mit ihr umging, hatte Mia das Gefühl, dieser spezielle Krinar könne sehr gefährlich werden, wenn man ihn provozierte. Generell war seine Spezies nicht gerade für ihre sanftmütige Art bekannt. Sie hatten ihre gewalttätige Natur ausreichend während der Kämpfe der Großen Panik bewiesen.

»Das hast du«, bestätigte der Krinar, und sein Kinn spannte sich ein wenig an. »Aber daran war ich auch schuld, weil ich wusste, was du machtest, und dir falsche Informationen zukommen ließ.«

Mia warf ihm einen ungläubigen Blick zu. »Und du behauptest, wir seien zusammen? Nach allem, was passiert ist?«

»Wir sind mehr als nur zusammen, Mia. Du bist mein Charl.«

»Charl?«

Er nickte. »Das ist unser Wort für das, was du für mich

bist. Das, was dem am nächsten kommt, wäre so etwas wie ein menschlicher Lebenspartner.«

»Wie eine Ehefrau?« Mia konnte hören, wie ihre Stimme ungläubig anstieg.

Er lächelte. »Nicht genau so, aber man könnte das so sehen, ja.«

Mia blickte ihn an. »Aber du hast gesagt, dass wir uns im April getroffen haben, und jetzt ist erst Juni. Wann hatten wir die Gelegenheit, zu heiraten?«

Er hielt kurz inne. »So funktioniert das nicht, mein Liebling. Es gibt keine formelle Zeremonie für eine Beziehung zwischen Charl und Cheren.«

»Also, wie funktioniert es dann? Wie unterscheidet es sich davon, einfach Freund und Freundin zu sein?« Nicht, dass sie sich diese wundervolle Kreatur überhaupt als ihren Freund vorstellen konnte. Aber als Ehemann? Ihr Gehirn schreckte vor diesem Gedanken zurück.

»Es ist anders, Mia, weil ich einer bloßen Freundin niemals das hätte geben können, was ich dir gegeben habe«, sagte er ruhig. »In dem Moment, als ich dich zu meinem Charl erklärt habe, habe ich dich vollständig in unsere Welt eingeführt, mit allem, was das mit sich bringt.«

Mias Herz begann, wieder schneller zu schlagen. »Und was bringt es mit sich?«

»Eine viel längere Lebenserwartung«, sagte er sanft. »Freiheit von Alter und Krankheiten. Unsterblichkeit, wie du es nennst.«

* * *

Korum konnte sehen, wie sich ihre Augen weiteten und in ihrem Gesicht Ungläubigkeit und Aufregung um die Vorherrschaft kämpften. Die Locke, die er gerade hinter ihr Ohr geschoben hatte, löste sich wieder und weigerte sich, eingeschränkt zu werden. Er liebte diese rebellische Strähne; sie lockte seine Finger regelmäßig an ihr Haar und brachte ihn dazu, diese weiche, dicke Masse anfassen zu wollen.

Eigentlich war er von ihrer Reaktion bis jetzt überrascht und freute sich darüber. Sie war von Natur aus vorsichtig, also hatte er mit Misstrauen gerechnet, aber sie hatte weitaus weniger Angst, als zu erwarten gewesen war. Sie zuckte nicht vor seiner Berührung zurück und schien auch nichts gegen seine Nähe zu haben. Trotz ihres Erinnerungsverlustes musste sie ihn immer noch auf irgendeiner Ebene erkennen und ihm vertrauen, ihr nichts antun zu wollen.

»Ihr könnt die Menschen unsterblich machen?«, fragte sie, und ein leichtes Runzeln überzog ihre Stirn.

Korum seufzte, weil er keine Lust hatte, schon wieder diese Diskussion zu führen. »Das können wir«, sagte er geduldig. »Aber nicht bei allen Menschen – nur bei denen, die Teil unserer Gesellschaft werden. Ich versuche allerdings gerade, eine Ausnahmegenehmigung für deine Eltern und deine Schwester zu bekommen ...«

»Du kennst sie?«, unterbrach sie ihn. »Du hast meine Familie kennengelernt?«

»Tue ich und habe ich«, bestätigte Korum und war froh, dass es so war. Es wäre um einiges schlimmer gewesen, wenn sie ihr Gedächtnis vor dem Urlaub in Florida verloren hätte. »Und deshalb wirst du auch erfahren, dass ich die Wahrheit sage, meine Süße. Du wirst einfach mit Marisa und deinen Eltern reden.«

Mia sah zuerst ein wenig irritiert über diesen Vorschlag aus, aber dann hellte sich ihr Gesicht auf. Korum kannte sie mittlerweile gut genug, um zu verstehen, dass er gerade ihre Befürchtungen darüber, von ihrer Familie getrennt worden zu sein, zerstreut hatte.

Ihre starke Bindung zu ihrer Familie war eine von Mias stärksten Schwachstellen, und Korum hatte nicht gezögert, diese in der Vergangenheit auszunutzen – um sie noch näher an sich zu binden. Es war erstaunlich einfach gewesen, ihre Eltern und ihre Schwester für sich einzunehmen. Er hatte vor dem Treffen genaueste Nachforschungen über sie angestellt, und sie hatten sich genauso verhalten, wie er gehofft hatte. Ihr anfängliches Misstrauen hatte sich in Wohlgefallen aufgelöst, als sie gesehen hatten, dass Mia glücklich war und geliebt wurde.

Und das wiederum hatte Mia noch glücklicher gemacht und ihre Verbindung noch enger.

Richtig oder falsch, Korum wusste, dass er alles machen würde, damit das auch so blieb. Sie mochte sich nicht an ihn erinnern, aber sie hatte ihn einst geliebt – und das würde sie wieder tun. Im Moment musste er ihr beweisen, weder verrückt zu sein noch ein falsches Spiel mit ihr zu spielen.

»Hier, benutze das«, sagte er und gab ihr einen neuen Computer für ihr Handgelenk, den er vor ein paar Stunden für sie geschaffen hatte. Diesmal hatte er auch visuelle

Möglichkeiten eingebaut, die es ihr noch leichter machen sollten, in Kontakt mit ihrer Familie zu bleiben. Er brauchte eine weitere Minute, um Mia zu erklären, wie sie das Gerät bedienen musste, und dann verband sie sich auch schon mit dem Skypeaccount ihrer Eltern.

Lächelnd ging Korum auf die andere Seite des Raumes, setzte sich in eine Ecke und gab den beiden Frauen etwas Privatsphäre. Er konnte trotzdem immer noch alles hören, was die beiden besprachen, und lauschte neugierig.

Wie immer schien sein kleiner Charl besonders darauf bedacht zu sein, seinen Eltern keine Sorgen zu bereiten. Anstatt ihnen zu erzählen, dass sie ihr Gedächtnis verloren hatte, plauderte Mia einfach über unwichtige und generelle Sachen, erkundigte sich nach der Gesundheit ihrer Eltern und fragte, wie es Marisa ging. Grinsend hörte Korum, wie Ella Stalis fröhlich von den neuesten Entwicklungen in Marisas Schwangerschaft berichtete (drei Pfund zugenommen!) und wie sehr sie es genossen hatte, Mia und Korum in ihrer Nähe gehabt zu haben.

Obwohl die Schwangerschaft ihrer Schwester ein Schock für sie sein musste, spielte Mia tapfer mit, reagierte in den richtigen Momenten mit den passenden Ahs und Ohs und verhielt sich so, als sei alles normal. Es gelang ihr sogar zu lachen und zu versprechen, sie bald wieder zu besuchen, genauso, als würde sie sich problemlos an die letzte Reise erinnern. Korum musste sie einfach dafür bewundern; er wusste, wie verloren und ängstlich sie sich gerade fühlen musste, und er war mehr als nur ein wenig beeindruckt von ihrer Selbstbeherrschung.

Schließlich beendete Mia die Unterhaltung und schaute

ihn an. »Möchtest du das hier zurückhaben?«, fragte sie ihn unsicher und zeigte auf das Gerät an ihrem Handgelenk, welches er ihr gegeben hatte.

»Nein, das ist für dich.« Korum stand auf und ging zu ihr. »Hat das geholfen? Glaubst du mir jetzt?«

»Ich weiß nicht«, flüsterte sie, und er sah den Schmerz und die Verwirrtheit auf ihrem Gesicht. »Wenn das alles stimmt, was ist dann passiert? Wie konnte ich nur so einen wichtigen Teil meines Lebens verlieren? Habe ich mir den Kopf gestoßen oder so?«

»Oder so.« Korum versuchte, die Gedanken an Sarets Verrat, die ihn so zornig machten, beiseitezuschieben. Das Letzte, was er wollte, war, sie jetzt auch noch zu ängstigen. Er hob seine Hand und gab seinem Drang nach, stattdessen ihre Wange zu streicheln, das vertraute Gefühl ihrer zarten Haut unter seinen Fingern zu spüren.

Sie blinzelte, und ihre dicken Wimpern bewegten sich wie dunkle Fächer nach oben und unten. Zu seiner enormen Befriedigung zuckte sie nicht unter seiner Berührung zusammen. Wenn überhaupt, schien sie sich eher in seine Richtung zu lehnen, so als würde sie sich auch nach körperlicher Nähe sehnen.

Unfähig, noch länger zu widerstehen, beugte Korum seinen Kopf nach unten und küsste sie, während er ihr Gesicht zärtlich in seinen Händen hielt. Nur einen Kuss, versprach er sich selbst, nur einen kleinen Kuss …

Zuerst blieb sie steif, ihr Mund verschloss sich gegen das Vordringen seiner Zunge. Er konnte ihr Herz fühlen, das wie wahnsinnig in ihrer Brust schlug, ihre momentane Panik spüren, bevor sich ihre Lippen entspannten und sich leicht öffneten. Ihre Hände legten sich auf seine Brust und drückten leicht dagegen, so als sei sie sich unsicher, ob sie ihn wegdrücken oder an sich ziehen sollte.

Als ihre Antwort auf ihn endlich kam, war sie viel vorsichtiger als sonst, aber sie reichte trotzdem, um ihn verrückt zu machen. Ihr Geschmack und ihr Geruch waren berauschend, wie eine Droge, die durch seine Venen floss. Er vertiefte seinen Kuss, ohne es zu bemerken, und seine Hand wanderte ihren Rücken hinunter, um sie enger an sich zu drücken. Sein Geschlecht war so hart, dass es sich anfühlte, als würde es jeden Moment explodieren.

Nur ihr leises Wimmern ließ ihn wieder zur Besinnung kommen. Korum hob seinen Kopf und schaute Mia an. Sein Atem ging immer noch schnell und unregelmäßig.

Ihre blassen Wangen waren errötet und ihre Lippen geschwollen. Er konnte ihre Lust riechen und die Hitze spüren, die ihre Haut ausstrahlte, und er wusste, dass sie nass und weit war. Würde er ihr jetzt zwischen die Beine greifen, wäre ihr Körper für ihn bereit. Aber ihr Kopf war eine andere Sache, begriff Korum, da er in ihren Augen Angst und Verwirrung erkennen konnte.

Sein eigener Körper kochte vor unbefriedigtem Verlangen, und Korum kämpfte um seine Kontrolle, von der er wusste, dass er sie jetzt dringender brauchte als jemals zuvor. »Es tut mir leid«, sagte er und zwang sich dazu, sie gehen zu lassen. »Ich wollte das nicht so schnell machen ...«

Sie zog sich ein paar Schritte zurück und blickte ihn an. Ihre zierliche Brust hob und senkte sich und zog seine Aufmerksamkeit auf ihre harten Nippel. Korum schluckte, da er sich an ihren blassen, pinkfarbenen Hautton erinnerte, ihren Geschmack in seinem Mund, und wie sie sich unter seiner Zunge mit Gänsehaut überzogen.

Nein, jetzt bloß nicht in diese Richtung denken. Er hob seinen Blick wieder auf ihre Gesichtshöhe und sagte: »Ich weiß, du bist dafür noch nicht bereit, meine Süße. Ich werde dir nicht wehtun, versprochen …« Und er meinte es ernst. Er würde lieber eine Gliedmaße verlieren, als irgendetwas zu tun, was sie in ihrem verletzlichen Zustand traumatisierte.

Sie biss sich auf die Lippe und nickte dann. Sie hatte ihre Arme über Kreuz um ihren Oberkörper geschlungen, eine Verteidigungshaltung, die schmerzliches Mitleid durch ihn hindurchjagte. Manchmal hasste er sie, diese alles verzehrende Lust, die ihn in ihrer Nähe immer überkam. Sie war so klein, so empfindlich, ihr Körper so ungeeignet für die harten Anforderungen, die er oft an ihn stellte. Es war egal, wie vorsichtig zu sein er versuchte, er wusste, dass er nicht immer der zärtlichste Liebhaber war, da sein überwältigendes Verlangen nach ihr seine Selbstkontrolle andauernd an ihre Grenzen brachte.

»Also, was ist passiert?«, fragte sie erneut und blickte ihn immer noch wachsam an. »Warum erinnere ich mich nicht an dich oder an die Tatsache, dass meine Schwester schwanger ist oder an andere Sachen? Wie konnte ich zwei Monate meines Lebens verlieren?«

Korum atmete tief ein und versuchte, seine Wut, die immer noch in seinen Adern kochte, wenn er an Saret dachte, unter Kontrolle zu bringen. »Jemand, den ich kannte und dem ich vertraute – ein Mann, der eine sehr lange Zeit lang vorgab, mein Freund zu sein –, hat das getan«, erklärte er ihr gefährlich ruhig. »Diese Person hat einen Teil deines Gedächtnisses ausgelöscht, um mich zu treffen … und weil er dich auch wollte.«

»Wirklich?« Ihre Augen weiteten sich. »Ein anderer Krinar?«

»Ja, ein anderer Krinar«, bestätigte Korum, bevor er die ganze Geschichte erzählte, beginnend bei Mias Praktikum und bis hin zu Sarets Verrat. Da er sie nicht überfordern wollte, spielte er den Teil darüber, was Saret letztendlich mit ihrer Rasse vorgehabt hatte, herunter, genauso wie einige der politischen Verwicklungen im Rat. Sie musste nicht alles auf einmal erfahren; er konnte sehen, wie ihr das Ganze jetzt schon fast zu viel wurde. Er wollte seine Arme um sie schlingen und sie festhalten, ihre Verzweiflung lindern, aber er wusste, dass sie es jetzt nicht wollen würde – nicht, nachdem er sie vorhin fast überfallen hatte.

Er beschloss, dass ihr Zeit zu geben das Beste sei, was er für sie jetzt tun konnte. Zeit und Raum, um über das alles nachzudenken, was sie erfahren hatte.

»Ich muss jetzt los«, sagte Korum, und sein Herz zog sich schmerzhaft zusammen, als er die Erleichterung auf ihrem Gesicht sah. »Es gibt ein paar Dinge, um die ich mich kümmern muss. Warum entspannst du dich nicht, lässt es erst einmal ruhig angehen? Ich werde in ein paar Stunden zurück sein, und dann können wir mittagessen. Falls du in der Zwischenzeit Hunger bekommst, sag dem Haus einfach laut, was du haben möchtest, und es wird es dir geben. Oder hast du jetzt schon Hunger?«

Sie schüttelte ihren Kopf, und ihre dunklen Locken

schwangen um ihre Schultern. »Nein danke, ich möchte nichts.«

»Gut. Erkunde ruhig das Haus, wenn du möchtest. Ich weiß, dass alles sehr fremd für dich sein wird, aber es ist alles ziemlich intuitiv, also sollte es nicht so schlimm werden.« Er lächelte, als er sich daran erinnerte, wie sehr Mia diesen Teil des Lebens in Lenkarda genossen hatte. »Alle Möbel sind intelligent, also erschrick nicht, wenn sie sich deinen Konturen anpassen. Das Haus ist auch intelligent, also frag es einfach, wenn du etwas zu essen oder irgendetwas anderes brauchst.«

»Okay«, sagte sie und lächelte ihn als Antwort leicht an. »Danke.«

Korum hielt sich noch einen Moment länger im Zimmer auf, um dieses Lächeln aufzusaugen. Dann ging er hinaus und ließ sie allein, damit sie all das verarbeiten konnte, was sie gerade erfahren hatte.

9. KAPITEL

Während er hinausging, kreierte Korum eine Transportgondel, mit der er zu dem kleinen runden Gebäude im Herzen der Siedlung flog – dem Ort für Routineversammlungen des Rates.

Er trat ein, begrüßte die anderen Ratsmitglieder und nickte Loris und einigen seiner anderen Gegner kühl zu. Obwohl eigentlich jeder virtuell an dem Treffen teilnehmen könnte, waren alle Mitglieder, die auf der Erde lebten, heute wegen der Wichtigkeit des Themas persönlich erschienen.

Korum setzte sich auf einen der schwebenden Plätze und betrachtete ganz genau die Gesichter der anderen Anwesenden, um die generelle Stimmung abzulesen. Das, was er mit Sarets Laborgebäude gemacht hatte, müsste sie verängstigt haben, ihren Glauben an die Unverwüstlichkeit der Verteidigungsmechanismen der Siedlungen zerstört haben. Einige der Ratsmitglieder konnten die Notwendigkeit für technischen Fortschritt nicht verstehen, hingen an Altbekanntem, anstatt mit der Zeit zu gehen.

»Willkommen, Korum«, begrüßte Arus ihn und drehte sich zu ihm um. »Ich freue mich, dass du heute kommen konntest. Geht es deiner Mia gut?«

»Ja, danke«, antwortete Korum und schätzte seine Sorge. Wenn irgendjemand seine Gefühle für Mia verstehen konnte, war das wahrscheinlich Arus, dessen Hingabe zu seinem Charl weithin bekannt war. Obwohl sie nicht immer gleicher Meinung waren, respektierte Korum den Botschafter und mochte ihn sogar ein wenig.

Arus nickte zur Antwort leicht. »Schön. Es freut mich, das zu hören. Delia hat sich große Sorgen gemacht, als sie hörte, was passiert ist.«

»Bitte richte Delia aus, dass sie mehr als willkommen ist, vorbeizuschauen«, erwiderte Korum ruhig und war sich dabei bewusst, dass der ganze Rat ihnen zuhörte. »Ich bin mir sicher, Mia könnte momentan einen Freund gut gebrauchen.«

Aus den Augenwinkeln sah Korum, wie Loris selbstgefällig grinste. Sein Langzeitfeind genoss diese Situation ganz offensichtlich. Korum hatte sich nicht nur in ein menschliches Mädchen verliebt, sondern war jetzt auch noch besonders von dem ganzen Debakel mit Saret betroffen. Giftige Wut strömte wieder durch Korums Adern, aber er zeigte nichts davon, sondern behielt seinen leicht amüsierten Gesichtsausdruck bei. Sollte Loris doch ruhig noch seine missliche Lage genießen; der sogenannte Protektor würde nicht mehr viel länger Teil des Rates sein, da die Schuld seines Sohnes jetzt schon so gut wie bewiesen war.

»Na dann. Wir haben heute eine Menge zu besprechen.« Das kam von Voret, dem ältesten Mitglied des Rates. »Die Wächter haben uns berichtet, dass alle Verstreuungsapparate von Saret lokalisiert und zerstört werden konnten, dank Korum, der uns rechtzeitig gewarnt hat. Es scheint, als seien sie alle dahingehend programmiert gewesen, sich gleichzeitig, in etwa zweiunddreißig Stunden, von jetzt an gerechnet, zu aktivieren. Wir haben auch den Designer der Nanowaffe ausfindig gemacht. Er war in Thailand und ist jetzt festgenommen worden. Die Waffe war schon vollkommen funktionstüchtig, und Alir denkt, Saret wollte sie kurz nach der erfolgreichen Verbreitung der gedankenkontrollierenden Apparate unter den Menschen nutzen. Arus, hast du mit den Vereinten Nationen gesprochen?«

»Ja. Ich habe allerdings das Ganze runtergespielt, als ich mit ihnen gesprochen habe«, antwortete der Botschafter. »Sie haben schon alle Hände voll zu tun, mit den militärischen Anführern fertigzuwerden, die der Widerstandsbewegung geholfen haben, und es besteht keine Notwendigkeit, sie jetzt zu verängstigen. Sie sollten nur wissen, dass Saret auf der Flucht ist, damit ihre Geheimdienste die Augen offen halten. Ich bin nicht in die Details gegangen, sondern habe sie nur wissen lassen, dass er ein gefährliches Individuum sei, welches schnellstmöglich ergriffen werden muss.«

»Sehr gut«, sagte Voret. »Du hast das Richtige gemacht. Sie vertrauen uns sowieso schon nicht, und wenn sie über die Geräte zur Gedankenkontrolle Bescheid wüssten, würden sie wahrscheinlich erneut in Panik ausbrechen.«

»Und diesmal aus gutem Grund«, meinte Korum, als er an Sarets kranken Plan dachte. »Wenn es ihm gelungen war, Saur dahingehend zu beeinflussen, mich anzugreifen, was hätte er dann nicht alles mit den menschlichen Gedanken machen können?«

»In der Tat«, sagte Voret, und Korum sah, wie er sich darauf vorbereitete, das Thema anzusprechen, welches heute für den Rat wahrscheinlich am interessantesten war. »Was jetzt die anderen Vorgänge des gestrigen Tages betrifft …«

»Ja?«, fragte Korum nach, als das andere Ratsmitglied den Satz unvollendet ließ. Er wusste ganz genau, worauf Voret hinauswollte, aber er wollte es ausgesprochen hören.

Voret blickte ihn unangenehm berührt an. »Also, Korum, wir haben alle die Aufnahmen der Ereignisse angeschaut, und einige der Sachen, die wir gesehen haben waren … beunruhigend, gelinde gesagt.«

Korum lächelte, kein bisschen überrascht. »Welcher Teil hat dich denn am meisten beunruhigt, Voret?«, fragte er. »War es die Tatsache, dass Saret uns alle in seinem Vorhaben, die Menschen mental zu vergewaltigen, auslöschen wollte? Oder die Tatsache, dass wir alle völlig ahnungslos waren?«

Voret runzelte seine Stirn. »Du weißt genau, dass ich mich auf die Art und Weise beziehe, mit der du die Schilde seines Labors zerstört hast. Wir werden uns mit dem ganzen Saret-Thema detaillierter beschäftigen, wenn wir erst einmal mehr Informationen von den Wächtern dazu bekommen haben. Zuerst müssen wir aber wissen, ob wir hier in den Siedlungen sicher sind. Hast du eine Waffe entwickelt, die unsere Schilde zerstören kann?«

»Das habe ich«, sagte Korum und genoss die schockierten und ängstlichen Gesichtsausdrücke einiger Ratsmitglieder. »Aber keine Angst – ich habe auch bessere Schilde entwickelt. Beides ist allerdings noch im experimentellen Stadium, was auch der Grund dafür ist, weshalb noch nie jemand davon gehört hatte.«

»Und du hast diese Waffe gestern benutzt?«, wollte Arus wissen und zog seine Augenbrauen hoch.

»Ja. Ich hatte keine andere Wahl, nachdem ich erfuhr, wie Saret sein Labor ausgerüstet hatte.«

»Und wie hast du das erfahren?« Das war wieder Voret.

»Indem ich das Laborgebäude gescannt habe. Als ich wusste, was Saret vorhatte, war es nicht besonders schwierig, sich auszumalen, dass er eine ziemlich gute Verteidigung haben musste. Was er auch hatte. Ich habe ihn abgelenkt, indem ich ihm eine Aufzeichnung von mir vorspielte, die schon drei Jahre alt war, und nutzte die Zeit, um die Waffe nach meinen experimentellen Entwürfen zu bauen.«

Vorets Stirnrunzeln vertiefte sich. »Und wann hattest du vor, uns von diesen neuen Entwicklungen deinerseits zu berichten?«

»Sobald sie zur Benutzung bereit gewesen wären«, sagte Korum mit ruhiger Stimme. Voret und die anderen

Ratsmitglieder vergaßen manchmal, dass Korum nicht verpflichtet war, dem Rat irgendetwas mitzuteilen. Er machte es zwar, da es für alle Krinar besser war, aber er hatte nicht vor, sich für jedes Projekt die Erlaubnis und Zustimmung des Rates einzuholen.

»Hatte jemand anders Zugang zu dieser Waffe?«, fragte Arus und konzentrierte sich damit auf den wichtigeren Teil dieser Angelegenheit. »Korum, bist du sicher, dass niemand anderes diese Entwürfe hat?«

»Ich bin der Einzige«, antwortete Korum, der die Besorgnis des Botschafters verstand. »Keiner meiner Entwickler war bis jetzt an diesem Projekt beteiligt, und niemand hat Zugriff auf diese Daten.«

»Nicht einmal dein Charl?« Diesmal war es Loris, der sprach, und seine Stimme tropfte vor Sarkasmus. »Bist du sicher, dass sie nicht die Daten klauen kann und damit zu ihren Freunden vom Widerstand rennt?«

Korum warf ihm einen sardonischen Blick zu. »Nein, Loris. Das kann sie nicht. Und außerdem, was sollte der Widerstand denn ohne deinen Sohn mit den Informationen anfangen? Wir alle wissen doch, wie nützlich er für ihn war ... und für Saret.«

Loris stand langsam auf, und sein Gesicht verdunkelte sich vor Wut. »Das waren Lügen! Niemand würde sie auch nur eine Sekunde lang glauben ...«

»Ist das so?«, fragte Korum kalt und schaute den schwarzhaarigen Krinar voller Verachtung an. »Wir haben alle die Aufzeichnung gesehen – und gehört, was Saret über Rafors Rolle in seinen Plänen gesagt hat. Dein Sohn ist genauso schuldig wie Saret selbst und wird dementsprechend bestraft werden.«

Loris' Hände ballten sich zu Fäusten, und seine Fingerknöchel wurden weiß. »Saret war dein Freund«, fauchte er und war offensichtlich nicht länger in der Lage, sich unter Kontrolle zu halten. »Nach allem, was wir wissen, bist du derjenige, der hinter dem Ganzen steckt, und jetzt wartest du nur auf den richtigen Moment, die neue Waffe gegen uns zu benutzen …«

»Loris, das reicht!« Arus Stimme zerschnitt die Luft wie ein Peitschenschlag. In der darauffolgenden Stille fuhr der Botschafter in einem ruhigeren Ton fort, »Wir verstehen, dass du deinen Sohn beschützen musst, aber leider wachsen die Beweise gegen ihn. Dank dieser neuen Information werden wir morgen einen weiteren Gerichtsverhandlungstag einlegen müssen. Es könnte die letzte Sitzung werden …«

Jetzt zitterte Loris' ganzer Körper vor Wut. »Du kannst mich mal, Arus. Ihr alle könnt mich mal. Rafor ist kein Verräter. Das …«, er deutete in Korums Richtung, »… ist der einzige Verräter hier, und ihr seid alle zu blind, um das zu sehen!«

»Die einzige blinde Person hier bist du, Loris«, entgegnete Korum ruhig und beobachtete, wie sein Feind vor seinen Augen außer Kontrolle geriet. »Und morgen, wenn der Rat die Keiths für schuldig erklärt, wird die ganze Welt über dein Versagen Bescheid wissen.«

Das war der letzte Tropfen, der das Fass zum Überlaufen brachte. Mit einem wütenden Schrei stürzte sich Loris auf Korum, nachdem er den ganzen Raum mit krinarischer Geschwindigkeit in einem Satz durchquert hatte.

Instinktiv drehte Korum sich um, mit dem Rücken zu seinem Feind, um seinen Kopf und seine Kehle zu schützen. Als Loris gegen ihn prallte, fing er die Wucht des Angriffs mit seiner Schulter ab und rammte seinen Ellenbogen in Loris Seite. Sie fielen zu Boden und rollten auf die Mitte des Raumes zu.

Durch den harten Boden, der seine Haut aufkratzte, fühlte Korum seine eigene Wut ansteigen, merkte, wie sich jede Zelle seines Körpers mit Blutlust füllte. Seine Finger formten sich zu Klauen, kratzten über Loris' Arm und rissen dabei ein Stück Muskel und Sehne heraus. Gleichzeitig schlang sich sein Arm mit einer der komplexeren Defrebsbewegungen um Loris' Nacken und brachte seine Kehle an Korums Zähne …«

»Genug! Das reicht!« Starke Hände trennten sie und zogen sie zu entgegengesetzten Seiten des Raumes. Da er immer noch rational genug war, um zu verstehen, was passierte, wehrte Korum sich nicht, als Arus und ein weiterer Krinar seine Arme festhielten und ihn daran hinderten, weiterzukämpfen. Loris dagegen hatte komplett die Kontrolle verloren, drehte und wendete sich und brüllte, als die anderen beiden Ratsmitglieder ihn gegen die Wand gedrückt hielten. Schließlich schien er keine Energie mehr zu haben, keuchte und starrte voller Wut auf Korum. Sein Arm war in einem üblen Zustand und begann gerade erst, zu heilen.

»Ihr könnt mich jetzt loslassen«, sagte Korum, und sein eigener Atem beruhigte sich langsam wieder, als er auf die beiden Männer schaute, die ihn immer noch in einem eisernen Griff hielten.

»Entschuldige bitte, Korum«, sagte Arus. Seine Lippen deuteten ein leichtes Lächeln an, als er Korums Arm losließ und einen Schritt zurückging. »Ich konnte nicht zulassen, dass du ihn hier umbringst.«

Voret folgte Arus' Beispiel und ließ Korums anderen Arm los.

»Das ist völlig in Ordnung«, meinte Korum und wischte sich seine blutige Hand an seinem Shirt ab. »Wir werden das in der Arena fortführen. Das war es doch, Loris, richtig? Eine Herausforderung?«

Der schwarzhaarige Protektor starrte ihn an, und seine Brust bewegte sich wütend. »Ja«, stieß er zwischen fest zusammengebissenen Zähnen hervor. »Das könnte man eine Herausforderung nennen.«

»Sehr schön«, erwiderte Korum und lächelte ein breites Raubtierlächeln. »Dann ist es also eine Herausforderung.« Er hatte seit längerem keinen guten Kampf mehr in der Arena gehabt und konnte spüren, wie sein Blut sich voller Vorfreude erhitzte.

»Loris, das ist keine gute Idee«, entgegnete Arus und ging ein paar Schritte auf den Krinar zu. Korum war von seiner Besorgnis nicht überrascht; Loris und der Botschafter kamen normalerweise sehr gut miteinander aus und taten sich häufig gegen Korum zusammen. Korum stellte sich vor, wie schwierig es gerade für Arus sein musste, die Seite seines ehemaligen Gegners einzunehmen und sich gegen den Mann zu stellen, den er als seinen Verbündeten betrachtete.

Loris lachte bitter auf. »Ach wirklich, Arus? Keine gute

Idee?«

Arus schaute ihn mit unterdrückter Wut an. »Er ist hervorragend in Defrebs. Wie lange ist es her, dass du das letzte Mal gekämpft hast?«

Loris Oberlippe verzog sich höhnisch. »Ja, du kannst mich auch mal, Arus. Denkst du, ich habe mich gehenlassen, bin weich geworden? Ich habe in der Arena mehr Gegner getötet, als dieser kleine Ficker Kämpfe hatte.«

»Dann ist die Herausforderung hiermit für gültig erklärt.« Voret trat nach vorne, und seine Stimme nahm einen formellen Tonfall an. »Da die Verhandlung morgen ist, wird der Kampf in der Arena den darauffolgenden Tag um zwölf Uhr mittags stattfinden.«

Und damit war die Ratsversammlung beendet.

* * *

Mia saß auf ihrem Bett und starrte ausdruckslos auf den grünen Wald außerhalb der durchsichtigen Wand. Sie war unsterblich und hatte einen krinarischen Freund – der so etwas wie ihr Ehemann war, aber nicht wirklich.

Das war so unglaublich, dass sie es kaum fassen konnte; ihre Gedanken drehten sich und gingen in eine Million verschiedener Richtungen.

Nachdem der Krinar gegangen war, hatte sie Marisa und Jessie angerufen, da sie zusätzliche Bestätigungen dieser unglaublichen Behauptungen brauchte, die er anstellte. Ihre Schwester und ihre Freundin hatten sich beide sehr gefreut, von ihr zu hören – und beide hatten

Korum im Verlauf der Unterhaltung erwähnt. Marisa hatte die ganze Zeit über ihre Schwangerschaft geredet und darüber, wie viel besser sie sich jetzt fühlte, seit Korum jemanden namens Ellet eingeschaltet hatte. Jessie hatte Mia gefragt, ob sie denn jetzt schon entschieden hätten, wann sie und Korum sie besuchen kommen würden.

Trotzdem sie sich immer noch in einer Art Schockzustand befand, bekam Mia es hin, Jessie vage zu antworten – sie müsse noch mit Korum reden – und hörte höflich zu, als ihre Schwester von den neuesten Ultraschallergebnissen berichtete. Zu ihrer Erleichterung schien keine von beiden zu vermuten, dass etwas nicht stimmte, dass die Mia, mit der sie heute gesprochen hatten, alles andere als normal war.

Sie wusste nicht, warum sie so zögerte, jemandem von ihrem wahren Zustand zu erzählen. Sie wollte nicht, dass sich ihre Familie und Freunde Sorgen machten, das stimmte schon, aber es war ihr auch einfach fast … peinlich.

Wie konnte ihr das passiert sein? Wie konnte ihre ganze Familie ihren außerirdischen Freund kennen, während er doch für sie wie ein Fremder war? Wie konnte sie vergessen haben, Liebe mit so einem außergewöhnlichen Individuum gemacht zu haben? Als er sie geküsst hatte, hatte ihr Körper auf eine Weise reagiert, die Mia nie zuvor erlebt hatte – oder an die sie sich zumindest nicht erinnerte. Das Ausmaß, in welchem sie die Kontrolle in seinen Armen verloren hatte, war schon fast beängstigend gewesen. Wenn er sie weiter geküsst hätte, anstatt damit aufzuhören, wie er es tat, wäre sie einfach mit ihm ins Bett gesprungen – sie, die sich nicht daran erinnerte, bei einem Jungen jemals weitergegangen zu sein als bis zum Kuss.

Ihre ungewohnten Reaktionen auf alles warfen sie weiterhin aus der Bahn. Er war ein Außerirdischer – jemand einer anderen Rasse –, und trotzdem war sie kaum ausgerastet, als er ihr erzählt hatte, sie seien ein Paar. Sie glaubte ihm jetzt sogar, nachdem sie ein paar Gespräche mit ihrer Familie und Jessie geführt hatte. Theoretisch könnte er sie immer noch anlügen; ihre Familie könnte bedroht werden oder einer Gehirnwäsche unterzogen worden sein. Sie könnten sogar durch irgendeine Art Roboter ersetzt worden sein, die so aussahen und sich so anhörten wie sie. Es war ja nicht so, als ob Mia nicht wüsste, wozu die Krinar wirklich fähig waren.

Und trotzdem … glaubte sie ihm. Irgendetwas in ihr erkannte ihn auf irgendeiner Ebene wieder, auch wenn sie sich nicht bewusst an ihn erinnern konnte. Sie hatte sich gefreut, als er gegangen war und sie allein gelassen hatte, um ihr Zeit zu geben, alles zu verarbeiten. Aber jetzt vermisste sie ihn schon, sehnte sich nach der Geborgenheit seiner Gegenwart. Es ergab logisch betrachtet keinen Sinn, aber es stimmte: sie schien diesen Fremden mehr zu brauchen als die Menschen, die sie ihr ganzes Leben lang gekannt hatte.

Alles, was er ihr bis jetzt erzählt hatte, war wie ein riesiges Durcheinander in ihrem Kopf. Der Widerstand, die Sympathisanten mit den Menschen unter den Krinar, dass sie ihn ausspioniert hatte – das alles hörte sich mehr nach einem Film an als nach etwas, was ihr wirklich widerfahren sein konnte. Warum sollte sie so etwas

Verrücktes tun? Wie hätte sie etwas anderes wollen können, als mit diesem umwerfenden Mann zusammen zu sein – außerirdisch oder nicht?

Mia atmete frustriert aus, sah auf ihre Hände hinunter und versuchte, Sinn in diese kranke Situation zu bringen. Warum hätte sie wohl dem Widerstand helfen sollen? Sie hatte niemals geglaubt, es würde Sinn ergeben, gegen die Krinar zu kämpfen. Nicht, nachdem sie die Kontrolle über den Planeten übernommen und die Menschen fast gänzlich in Ruhe gelassen hatten.

Und trotzdem hatte sie wohl gegen die Krinar gekämpft – oder zumindest denjenigen versucht zu helfen, die das taten. Laut Korum war es kein sehr erfolgreiches Unternehmen gewesen.

Aber vielleicht war es auch falsch von ihr, ihm zu vertrauen. Sicher, bis jetzt war er nett zu ihr gewesen, und ihre Familie schien ihn auch zu mögen, aber sie hatte keine Ahnung, wie er wirklich war. Was, wenn sie jemandem vertraute, dem sie nicht vertrauen sollte? Es war ja nicht so, als wisse sie, was die Krinar eigentlich von den Menschen wollten. Es gab außerdem diese Gerüchte, dass sie Blut tranken. Nach allem, was sie wusste, könnte es auch Korum gewesen sein, der ihr Gedächtnis ausgelöscht hatte, um sie etwas Schreckliches über ihn vergessen zu lassen.

Ihr Kopf begann von diesen ganzen Spekulationen zu schmerzen, also stand Mia auf und ging im Zimmer auf und ab. Ihre Umgebung war ihr fremd, und trotzdem fühlte sie sich hier wohl. Sie hatte schon den Rest des Hauses erkundet, und die intelligenten schwebenden Objekte bewundert, die als Tische, Stühle und Sofas dienten. Sie waren definitiv eine enorme Verbesserung den menschlichen Möbeln gegenüber. Ihr gefiel außerdem das ästhetische Aussehen des Hauses, mit den durchsichtigen Wänden und Decken und dieser sauberen, zenartigen Atmosphäre in den ganzen Räumlichkeiten.

Konnte ein böser Schuft in so einer wunderschönen und friedlichen Umgebung leben?

Sobald ihr dieser Gedanke in den Sinn kam, musste Mia laut auflachen, ohne dass sie es verhindern konnte. Sie verhielt sich lächerlich, und sie wusste es. Es gab überhaupt keinen Grund dafür, sich solche verrückten Verschwörungstheorien in den Kopf zu setzen. Bis jetzt war Korum einfach nur nett zu ihr gewesen.

Und eigentlich freute sie sich schon darauf, mehr Zeit mit ihm zu verbringen und alles wiederzuerlernen, was sie vergessen hatte.

Endlich, nach einer gefühlten Ewigkeit, hörte sie etwas im Wohnzimmer. Als sie aus dem Schlafzimmer kam, sah sie, dass der Krinar – oder Korum, wie sie ihn schon in Gedanken anfing zu nennen – gerade durch etwas eingetreten war, das wie eine Öffnung in einer der Wände aussah. Einen Moment später, während Mia die Wand immer noch anschaute, wurde die Öffnung kleiner und verschwand schließlich ganz, um wieder eine durchsichtige Fläche an der Stelle zurückzulassen, wo bis eben noch der Eingang gewesen war.

Als er sie sah, erhellte sich sein Gesicht mit etwas, was wie echte Freude aussah. »Hallo, meine Süße.« Er schenkte ihr ein strahlendes Lächeln, welches sein Grübchen auf der linken Wange zum Vorschein brachte. Mia wollte dieses Grübchen küssen. Und überhaupt wollte sie seinen ganzen Körper küssen und ablecken, einfach um zu sehen, ob seine glatte, goldfarbene Haut genauso köstlich war, wie sie aussah.

Wow, ich empfinde Lust. Sie schüttelte innerlich ihren Kopf über diese ganzen ungewöhnlichen Vorgänge und erwiderte sein Lächeln. »Hi.«

»Entschuldige bitte, dass ich so lange gebraucht habe«, sagte er und ging quer durch den Raum bis hin zur Küche. »Die Ratsversammlung war ereignisreicher, als ich erwartet hatte. Du musst doch schon am Verhungern sein ...«

»Mir geht es gut ...« Mia folgte ihm in die Küche. »Aber ich könnte definitiv etwas essen. Bestellst du etwas?« Sie starb fast vor Neugier darüber, wie sich die Krinar ernährten. Sie fand es auch ermutigend, dass er plante, etwas zu essen, anstatt etwas Gruseliges zu tun – wie menschliches Blut zu trinken. Sie musste ihn irgendwann wirklich dazu ausfragen; hoffentlich war das Ganze nicht mehr als ein komisches Gerücht.

»Ich wollte uns eigentlich etwas kochen«, antwortete er, »aber etwas zu bestellen geht wahrscheinlich schneller. Nimm Platz, während das Haus unser Essen zubereitet.«

Mia nahm behutsam auf einer der schwebenden Bretter Platz und machte es sich bequem. »Du kochst?«, fragte sie und betrachtete ihn fasziniert, als er sich ihr gegenüber hinsetzte.

Er lächelte. »Das mache ich. Das ist eines meiner

Hobbys.«

Sie erwiderte sein Lächeln, neugierig und erleichtert. Ihre früheren Vermutungen erschienen ihr jetzt noch dümmer. Bis jetzt war dieser Krinar so nah an einem Traummann, wie es überhaupt ging, und sie konnte es gar nicht erwarten, noch mehr über ihn zu erfahren. Sie hatte so viele Fragen, die ihr durch den Kopf schwirrten, dass sie nicht einmal wusste, wo sie überhaupt beginnen sollte.

»Hattest du die Gelegenheit, mit dem Rest deiner Familie zu reden?«, erkundigte er sich und betrachtete sie mit einem halbwissenden Schmunzeln.

»Ich habe mit Marisa und Jessie gesprochen«, gab Mia zu.

»Und? Glaubst du mir jetzt?«

Sie zuckte mit den Schultern. »Ich nehme an, du könntest diese ganzen Interaktionen irgendwie inszeniert haben, aber ich weiß nicht, warum du so weit gehen solltest. Die logischere Schlussfolgerung ist, dass du mir wirklich die Wahrheit sagst – auch wenn sie sich für mich immer noch verrückt anhört.«

Er grinste. »Ich weiß, meine Süße. Glaube mir, das ist mir klar.«

»Also, was machen wir jetzt?«, fragte sie und konnte ihren Blick nicht von diesem umwerfenden Gesicht abwenden. »Wohin führt unser Weg?«

»Wir lernen uns wieder kennen«, erklärte er ihr, und sein Ausdruck wurde ernsthafter. »Und in der Zwischenzeit suche ich nach potentiellen Möglichkeiten, deinen Gedächtnisverlust wieder rückgängig zu machen.«

Mias Herz klopfte vor Aufregung gleich stärker. »Gibt

es da eine Möglichkeit?«

»Im Moment weiß ich von keiner«, gab er zu. »Aber das heißt nicht, dass es keine gibt – oder dass wir sie mit der Zeit nicht entdecken werden.«

»Ich verstehe.« Mia kämpfte gegen ihre Enttäuschung an. »In diesem Fall … kannst du mir bitte ein wenig über dich erzählen? Ich würde wirklich gerne mehr über dich wissen …«

»Natürlich, mein Liebling, das mache ich sehr gerne«, sagte er sanft.

Und während ihres köstlichen Essens erfuhr Mia alles über die Rolle ihres Liebhabers in dem krinarischen Rat, seine Leidenschaft für technologische Entwicklungen und die Tatsache, dass er sehr viel älter war, als sie sich jemals vorstellen konnte. Während sie redeten, spürte Mia, wie er sie immer mehr in seinen Bann zog, wie sie der Versuchung seines Lächelns, seiner Berührung und der Wärme seines Blickes, wenn er sie anschaute, nachgeben wollte. Er war ein wunderschöner, faszinierender Mann, und sie konnte das Mädchen, welches sie gewesen war, nur beneiden – diejenige, die ihn von Anfang an gekannt hatte, diejenige, die er zu lieben schien. Erinnerung hin oder her, sie konnte verstehen, warum sie sich in ihn verliebt hatte – und sie konnte sich problemlos vorstellen, wie sich die Geschichte in diesem Fall wiederholen würde.

10. KAPITEL

Korum beobachtete während des Essens ihre lebhafte Mimik. Er liebte diese scheuen, bewundernden Blicke, die sie ihm während ihrer Unterhaltung zuwarf. Die Anziehung zwischen ihnen war so stark wie immer, und er zweifelte nicht daran, sie erneut verführen zu können. Eventuell sogar schon heute Nacht – obwohl, vielleicht war sie auch noch nicht so weit.

Ausnahmsweise hatte Korum nicht vor, Mia in sein Bett zu zwingen. Als sie sich das erste Mal getroffen hatten, war sein Verlangen nach ihr so groß gewesen, dass es ihn unvorbereitet getroffen hatte, und er genau solche Verhaltensweisen gezeigt hatte, die er normalerweise verurteilte. Er wollte nicht noch einmal die gleichen Fehler wiederholen, egal wie sehr sein Geschlecht darauf bestand, dass sie seine Mia war – zu ihm gehörte – und er das Recht hatte, sie zu nehmen, ihr Lust zu bereiten, wann immer er es wollte. Sehr bildliche sexuelle Handlungen spielten sich in seinem Kopf ab, als er ihr dabei zusah, wie sie ihr Essen genoss. Er stellte sich vor, wie ihr weicher, kleiner Mund an seinem Fleisch knabberte, anstatt an diesem Stückchen Obst, das sie gerade verspeiste.

Es war auch nicht gerade hilfreich, dass er wegen Loris' Angriff immer noch einen erhöhten Adrenalinspiegel hatte. Kämpfe führten häufig dazu, dass seine sowieso schon starke Libido noch weiter gesteigert wurde und sich die erhöhten Aggressionen in dem primitiven Drang äußerten, ficken zu wollen. So war das immer bei krinarischen Männern – wie auch bei menschlichen, soweit er das wusste. Gewalt und Sex waren schon seit jeher miteinander verflochten, da beide das gleiche männliche Bedürfnis ansprachen, zu dominieren und zu erobern.

Aber egal wie sehr sein Körper auch danach verlangte, Korum wollte sie nicht drängen. Sie schien so gut mit der ganzen Situation zurechtzukommen, schaute ihn neugierig und mit Verlangen an, anstatt mit Angst. Wenn er nur geduldig wäre, würde sie von sich aus kommen, von demselben Verlangen getrieben, welches auch ihn trieb.

Während des Mittagessens hielt Korum sich also an der kurzen Leine und berührte Mia auch besser nicht, damit sich seine guten Vorsätze auf keinen Fall in Luft auflösen konnten. Er erzählte mehr von den Nanozyten in ihrem Körper und zeigte ihr, wozu die krinarische Technologie fähig war, indem er einen silbernen Becher mit den Nanos erschuf und ihn dann auf dem gleichen Weg wieder auflöste. Er berichtete ihr außerdem von ihrem Praktikum und darüber, wie sie schon angefangen hatte, zu der krinarischen Gesellschaft beizusteuern. Ihre Augen leuchteten vor Freude über diese Tatsache.

Gegen Ende des Essens, als sie gerade bei ihrem Nachtisch waren – einem Teller mit frisch geschnittenen Mangoscheiben mit Pistaziensauce –, fiel Korum auf, dass Mia ein wenig nervös wirkte, so als ob sie etwas auf dem Herzen hätte. Unfähig, ihr noch länger zu widerstehen, griff er über den Tisch und nahm ihre Hand, um sie sanft mit seinem Daumen zu massieren.

»Möchtest du mich vielleicht etwas fragen, meine Süße?«, fragte er sie lächelnd und beobachtete, wie sich ihre Wangen knallrot färbten.

»Ähm, vielleicht …« Die Farbe ihres Gesichts vertiefte sich. »Du wirst jetzt bestimmt über mich lachen, aber ich muss das einfach wissen …« Sie schluckte. »Ist irgendetwas dran an den Gerüchten, dass ihr Blut trinkt?«

Auf ihre ungewollt provozierende Frage hin stöhnte Korum fast auf, und sein Glied wurde so hart, dass es schon schmerzte. Sie konnte natürlich nicht wissen, dass menschliches Blut und sexuelles Vergnügen für einen modernen Krinar untrennbar miteinander verbunden waren – und dass das Ansprechen dieses Themas genauso war, wie einen Krinar gleich direkt zu fragen, ob er Sex haben wolle. Selbst die allerbesten erotischen Erlebnisse verblassten im Vergleich zu dem Rausch, den die Kombination aus Bluttrinken und Sex auslöste.

»Es ist etwas Wahres dran«, sagte Korum vorsichtig

und war froh darüber, dass sie seinen zum Zerbersten angeschwollenen, steifen Penis nicht sehen konnte. »Anfangs war es für uns lebensnotwendig, aber das ist nicht mehr so.« Und um seinen unbändigen Drang, sie zu nehmen, zu unterdrücken, führte er sie durch die komplizierte Geschichte der krinarischen Evolution und das Aussäen der menschlichen Rasse.

»Also trinkt ihr Blut jetzt zu eurem Vergnügen?«, fragte Mia weiter und blickte ihn mit einem schockierten, aber dennoch faszinierten Gesichtsausdruck an.

»Ja.« Korum hoffte, sie würde dieses Thema bald fallen lassen, bevor er sich nicht mehr kontrollieren konnte.

Tat sie aber nicht. Stattdessen schaute sie ihn an, ihre Wangen erröteten, und ihre Augen leuchteten vor Neugier und etwas anderem. »Hast du …«, sie hielt inne und befeuchtete ihre Lippen, »… hast du jemals mein Blut genommen?«

Korum dachte, er würde gleich buchstäblich explodieren. Seine Gefühle schienen sich auf seinem Gesicht widergespiegelt zu haben, denn sie schluckte nervös und zog ihre Hand aus seinem Griff zurück. *Cleveres Mädchen.*

Es folgte ein Augenblick lang unangenehme Stille, und dann fragte sie zögernd: »Warum machen deine Augen das? Goldener werden, meine ich … Ist das etwas Krinarisches?«

Korum atmete tief und beruhigend ein. Als er sich ziemlich sicher war, dass er sich nicht auf sie stürzen würde, antwortete er: »Nein, das ist nur eine eigenwillige genetische Eigenheit. Sie ist sehr verbreitet unter denjenigen, die aus meiner Region auf Krina stammen. Meine Mutter hat es, und mein Großvater hatte es auch.«

»Dein Großvater?«

Korum nickte. »Er wurde in einem Kampf getötet, als meine Mutter etwa so alt war wie ich jetzt.«

»Was ist mit deiner Großmutter und deinen anderen Großeltern?«

»Meine Großmutter mütterlicherseits starb bei einem eigenartigen Unfall, als sie einen der Asteroiden in einem benachbarten Sonnensystem erforschte. Einige meinten sogar, es sei Selbstmord gewesen, da mein Großvater nur ein paar Jahre vorher umgebracht worden war. Und die Eltern meines Vaters trennten sich kurz nach seiner Geburt – eines der wenigen Paare, die das taten, nachdem sie Kinder hatten. Offensichtlich wollte meine Großmutter die Beziehung beenden, aber mein Großvater nicht – und das Ganze endete mit einem Kampf in der Arena mit dem Mann, den sie sich zum Liebhaber genommen hatte. Mein Großvater überlebte den Kampf nicht, und meine Großmutter nahm sich kurz darauf ihr Leben, weil sie offensichtlich zu große Schuldgefühle hatte. Das war keine fröhliche Geschichte.«

Ihre Augen waren voller Mitleid. »Das tut mir leid …«

»Das ist schon in Ordnung, meine Süße. Das alles passierte, bevor ich überhaupt geboren war. Es ist unglücklich, aber Tod ist eine Tragödie, die irgendwann jeden einmal trifft. Die Menschen sehen uns vielleicht als unsterblich an, weil wir nicht altern, aber wir sind immer noch Lebewesen – und wir können immer noch umgebracht werden, egal wie fortschrittlich unsere

Technologie ist oder wie schnell wir heilen. Das ist auch der Grund dafür, dass die Ältesten in unserer Gesellschaft so verehrt werden: weil es nahezu unmöglich ist, so lange zu leben, ohne dass einem ein tödlicher Unfall oder etwas anderes passiert.«

»Du hast die Ältesten schon einmal erwähnt.« Mia war völlig fasziniert. »Wer sind sie? Herrschen sie auf Krina?«

»Nein.« Korum schüttelte seinen Kopf. »Sie herrschen nicht in dem Sinne, dass sie in der Politik mitmischen oder anderweitig aktiv sind. Das ist die Aufgabe des Rates: sich mit aktuellen Angelegenheiten auseinanderzusetzen. Die Ältesten führen uns und geben die Richtung für uns alle vor.«

»Ich verstehe.« Einen Moment lang sah sie nachdenklich aus. »Also, wie alt sind sie?«

»Ich glaube, der jüngste ist über eine Million Erdenjahre alt«, antwortete ihr Korum und lächelte über die Verwunderung auf ihrem Gesicht. »Und der älteste ist um die zehn Millionen Jahre alt.«

Sie starrte ihn an. »Wow …«

»Ja, das ist wirklich wow«, stimmte Korum ihr zu und amüsierte sich über ihre Reaktion.

Als das Essen endlich beendet war, unternahmen sie einen langen Spaziergang zum Strand und redeten dabei weiter. Korum hielt sie an der Hand, während sie entspannt auf dem Sand entlanggingen, und genoss das Gefühl ihrer kleinen Finger, die ihn so vertrauensvoll drückten.

Anfangs hatte er sich Sorgen darüber gemacht, ihr

Gedächtnisverlust werde sie um Monate zurückwerfen und sie werde wieder Angst vor ihm haben. Aber stattdessen schien es, als gäbe es einen Teil von ihr, der ihn immer noch kannte – und ihn vielleicht sogar immer noch liebte. Es war überraschend, wie sie diese Situation so ruhig akzeptierte, aber auch ermutigend, besonders da es keine Garantie dafür gab, den Schaden, den Saret angerichtet hatte, jemals wieder rückgängig machen zu können.

Nach der Ratsversammlung hatte Korum Ellet besucht und gehofft, die Biologieexpertin habe Fortschritte gemacht, eine Lösung für dieses Problem zu finden. Obwohl ihr Spezialgebiet nicht das menschliche Gehirn war, hatte er sich gewünscht, sie hätte durch Berichte über Forschungen auf diesem Gebiet etwas herausfinden können. Doch zu seiner immensen Enttäuschung war Ellet auf nichts dergleichen gestoßen, obwohl sie sich an Dutzende krinarischer Wissenschaftler beider Planeten gewandt hatte. Sie hatte auch mit den Gedächtnisexperten der anderen Siedlungen gesprochen. Soweit diese wussten, gab es keinen Weg, diese Form der Gedächtnisauslöschung, die Saret benutzt hatte, rückgängig zu machen.

»Und wieso hast du dich dazu entschlossen, auf die Erde zu kommen?«, fragte Mia, als sie anhielten, um sich auf ein paar Felsen zu setzen. Vor ihnen floss eine kleine Mündung in den Ozean, die somit zwar ein Hindernis für den weiteren Weg darstellte, dafür aber einen sehr malerischen Anblick bot. »Ich weiß, du hast mir erzählt, ihr habt das Leben hier geplant und die Menschen erschaffen, aber warum seid ihr hierhergekommen und lebt jetzt bei uns? Nach allem, was du mir von Krina erzählt hast, scheint es ein schönes Fleckchen zum Leben zu sein. Warum solltest du ihn also verlassen?«

»Unsere Sonne ist ein älterer Stern«, erklärte Korum und wiederholte das, was er ihr schon einmal erklärt hatte. »Sie wird in etwa einhundert Millionen Jahren erlöschen. Zu dem Zeitpunkt werden wir einen anderen Platz zum Leben brauchen – und die Erde zieht uns aus offensichtlichen Gründen an.«

Sie blickte nachdenklich und legte ihre Stirn dabei auf eine Art in Falten, die er sehr niedlich fand. »Aber das ist noch so weit weg … Warum solltet ihr dann jetzt schon kommen? Warum nicht einfach noch neunzig Millionen Jahre oder so warten?«

Korum seufzte und erinnerte sich an ihre letzte Diskussion über dieses Thema. »Weil deine Rasse sehr zerstörerisch mit ihrer Umwelt umging, meine Süße. Wir wollten sichergehen, dass der Planet noch bewohnbar sein würde, wenn wir ihn bräuchten.« Das war zumindest die offizielle Version. Die ganze Erklärung dafür war komplizierter und nichts, was er jetzt schon mit Mia teilen wollte.

Ihr Stirnrunzeln verstärkte sich. Offensichtlich hörte sie das nicht gern – aber sein Charl war schon immer sehr verteidigend gewesen, wenn es um die Menschen ging. Er konnte ihr auch nicht wirklich einen Vorwurf daraus machen; sie war genauso loyal zu ihrer Rasse wie er zu seiner.

»Also werden alle Krinar auf die Erde kommen, wenn euer Stern anfängt zu erlöschen?«, fragte sie, und ihre

Augen zogen sich leicht zusammen.

»Höchstwahrscheinlich«, sagte Korum. Eigentlich hoffte er, dass das nicht der Fall sein würde, aber das konnte er ihr jetzt noch nicht sagen.

»Was würde dann aus uns werden? Aus den Menschen, meine ich? Habt ihr wirklich vor, Seite an Seite mit uns zu leben? Wäre der Planet dann nicht überbevölkert?«

Korum zögerte einen Moment. Sie stellte die richtigen Fragen, und er wollte sie nicht anlügen – aber er konnte ihr auch noch nicht die Wahrheit sagen. Das Letzte, was er im Moment gebrauchen konnte, war die Verbreitung von Gerüchten, die erneut Panik unter den Menschen ausbrechen ließen.

»Nicht unbedingt«, antwortete er ausweichend. »Und das ist ja auch nichts, worüber wir uns jetzt schon Sorgen machen müssten.«

Sie schaute ihn an und versuchte offensichtlich zu entscheiden, ob sie ihm vertrauen konnte. Korum konnte praktisch sehen, wie es in ihrem Kopf arbeitete. Er liebte das an ihr: ihre unverfrorene Neugier auf alles, die logische Art und Weise, auf die ihr Gehirn Informationen verarbeitete. Sie war jung und naiv, aber sie war auch sehr intelligent, und er hatte keinen Zweifel daran, dass sie eines Tages ihre eigenen Spuren in der Gesellschaft hinterlassen würde.

Zum jetzigen Zeitpunkt musste Korum sie allerdings erst einmal von dieser speziellen Richtung ihrer Fragen abbringen. Lächelnd griff er zu ihr hinüber und strich ihr ihre Haare aus dem Gesicht. »Also, was denkst du bis jetzt über Lenkarda? Hast du schon begonnen, dich wohler zu fühlen, oder ist das alles noch sehr fremd für dich?«

Sie lächelte ihn leicht an. »Ehrlich gesagt, keine Ahnung. Es fühlt sich nicht so fremd an, wie es eigentlich sollte. Ich erinnere mich an überhaupt nichts hier, aber es ist, als ob ich es auf einer bestimmten Ebene kenne. Und genauso ist es mit dir …«

»Ich bin dir genauso vertraut wie die Möbel?«, zog Korum sie auf und sah, wie sich ihr Lächeln in ein breites Grinsen verwandelte.

»Du bist …« Sie lachte reumütig. »Ich verstehe nicht, wie das alles funktioniert, aber du bist nicht ansatzweise so angsteinflößend, wie du sein solltest. Aus irgendeinem Grund sogar überhaupt nicht.«

Korum spürte, wie sich sein Brustkorb ausdehnte, um sich mit etwas zu füllen, was sich ziemlich nach Glück anfühlte. »Das ist schön, meine Süße«, sagte er und streichelte ihren weichen Hals. »Du solltest keine Angst vor mir haben. Ich würde dir nie wehtun. Du bedeutest mir alles; du bist mein ganzes Leben. Ich würde eher sterben, als dich zu verletzen. Glaube mir, es gibt keinen Grund, Angst zu haben …«

Während er sprach, konnte er sehen, wie ihr Lächeln verblasste und stattdessen ein eigenartig verletzlicher Ausdruck auf ihrem Gesicht erschien. »Kann es sein, dass …«, sie schluckte, und ihr schlanker Hals bewegte sich, »… dass du mich liebst?«

»Das mache ich«, antwortete Korum, ohne zu zögern. »Mehr als ich jemals eine andere Person in meinem ganzen Leben geliebt habe.«

»Aber warum?« Sie schien ernsthaft irritiert zu sein.

»Ich bin doch nur ein ganz normaler Mensch, und du bist …« Sie hielt inne, und ihre Wangen färbten sich wieder rötlich.

»Ich bin was?«, bohrte Korum nach, da er noch mehr von diesem hübschen Rot sehen wollte. Er wusste nicht genau, warum er es so anziehend fand, aber es erregte ihn jedes Mal. Andererseits erregte sie ihn schon durch einfaches Atmen, also war es nicht besonders überraschend, dass er ihr Erröten unwiderstehlich fand.

Die Färbung auf ihrem Gesicht wurde noch intensiver. »Du bist ein umwerfender Krinar, der seit dem Anbeginn der Zeit lebt«, sagte sie ruhig. »Was könntest du schon an mir finden?«

Korum lächelte und schüttelte seinen Kopf. Sein kleiner Liebling hatte seine Reize niemals verstanden, niemals begriffen, wie anziehend sie für die Männer beider Spezies waren. Alles an Mia, angefangen von den weichen, dicken Locken auf ihrem Kopf bis hin zu ihrer cremefarbenen Haut, schien dafür erschaffen worden zu sein, von einem Mann angefasst zu werden. Sie mochte vielleicht keine klassische Schönheit sein, aber auf ihre eigene, zerbrechliche Art war sie ziemlich umwerfend, mit diesen großen, blauen Augen und dem dunklen Haar.

Rückblickend hätte Korum es besser wissen müssen, als sie in der Nähe eines anderen, ungebundenen, männlichen Wesens arbeiten zu lassen. Er konnte Saret nicht wirklich einen Vorwurf daraus machen, etwas zu begehren, von dem er selbst so besessen war. Er wollte seinen ehemaligen Freund für das, was er getan hatte, in Stücke reißen, aber er verstand – zumindest teilweise –, warum Saret es getan hatte. Wenn Mia der Charl eines anderen gewesen wäre, hätte Korum nicht gewusst, wie weit er gegangen wäre, um sie für sich zu gewinnen; wie viele Tabus er für sein Vorhaben, sie zu besitzen, gebrochen hätte.

Natürlich war ihre körperliche Anziehung nur ein Teil des Ganzen. Korum lehnte sich erneut hinüber, um wieder nach ihrer Hand zu greifen. »Ich sehe in dir die Frau, die ich liebe«, sagte er, ohne auch nur zu versuchen, die Tiefe seiner Gefühle für sie zu verbergen. »Ich sehe ein wunderschönes, cleveres Mädchen, das süß ist und tapfer und den Mut hat, für seine Überzeugung einzustehen. Ich sehe jemanden, der für diejenigen, die er liebt, alles machen würde, der alles Erdenkliche tun würde, um diejenigen zu schützen, die ihm lieb und teuer sind. Ich sehe jemanden, ohne den ich nicht leben kann, jemanden, der jeden Augenblick meiner Existenz erleuchtet und mich glücklicher macht, als ich es jemals in meinem ganzen Leben gewesen bin.«

Mia zog Luft ein, und ihre Augen füllten sich mit Tränen. »Oh Korum …« Ihre schlanken Finger bewegten sich in seinem Griff. »Korum, ich weiß nicht einmal, was ich sagen soll …«

»Du musst gar nichts sagen«, unterbrach er sie und ignorierte den Schmerz über ihre ungewollte Zurückweisung. »Ich weiß, ich bin immer noch ein Fremder für dich. Ich erwarte auch nicht, dass du für mich das Gleiche empfindest wie vorher. Zumindest noch nicht …«

Sie nickte, und eine vereinzelte Träne rollte über ihr Gesicht. »Ich hasse das«, gestand sie, und ihre Stimme gab einen Moment lang nach. »Ich hasse es, einen so großen Teil meines Lebens einfach verloren zu haben, alles vergessen zu haben, was uns bis hierhergebracht hat. Ich brauche dich, aber ich kenne dich nicht, und das macht mich ganz irre. Ich habe dich auch geliebt, stimmt's? Obwohl so viel zwischen uns passiert ist, haben wir uns immer noch geliebt, nicht wahr?«

»Ja«, antwortete ihr Korum, und der Griff seiner Hand um ihre festigte sich. »Ja, wir waren sehr verliebt, mein Schatz.« Und unfähig, noch länger zu widerstehen, legte er zärtlich einen Arm um ihren Rücken und zog sie näher an sich heran. Sie vergrub ihr Gesicht an seiner Schulter, und er konnte die Nässe ihrer Tränen auf seiner Haut spüren. Ihr süßer Duft reizte seine Nasenlöcher, und ihre Nähe ließ sein Geschlecht wieder erhärten.

Sei nicht so ein Tier, sie braucht Zuwendung, ermahnte Korum sich selbst. Er ignorierte die Lust, die in ihm wütete, und ließ Mia weinen, da er wusste, sie musste diese Gefühle loswerden.

Nach einer Minute lehnte sie sich zurück und sah ihn durch ihre tränenschweren Wimpern an. »Es tut mir leid«, flüsterte sie, »ich wollte dich nicht vollheulen ...«

Korum lächelte und wischte die Nässe auf ihren Wangen mit seinem Handrücken weg. »Du kannst mich vollheulen, wann immer du möchtest.« Ihre Tränen waren genauso kostbar für ihn wie ihr Lachen. Er hasste es, sie traurig zu sehen, aber er mochte das Gefühl ihres schlanken Körpers in seinen Armen, genoss es, derjenige zu sein, der sie beruhigte, der ihren Schmerz vertrieb.

Auch wenn er selbst häufig der Grund für ihren

Schmerz gewesen war.

* * *

Sie verbrachten den Rest des Tages zusammen am Strand, und Korum erklärte Mia geduldig alles, was sie einst über die Krinar gewusst und jetzt vergessen hatte. Er erzählte ihr alles über die Abhängigkeit von Blut und den Xenos, der Feier zum siebenundvierzigsten Jahrestag und wie wichtig das Ansehen in der krinarischen Gesellschaft war. Sie hörte ihm aufmerksam zu und stellte Zwischenfragen, die Korum erfreut beantwortete, da er wusste, wie viel sie aufzuholen hatte.

»Spielt Geld eine Rolle bei euch? Wie funktioniert eure Wirtschaft?« Ihre Augen leuchteten und spiegelten ihre Neugier wider, als sie ihre Unterhaltung beim Abendessen fortführten.

»Ja, Geld spielt definitiv eine Rolle bei uns.« Korum unterbrach seine Erklärung, um eine Gabel von seinen Soba mit Erdnussgeschmack zu sich zu nehmen. »Wir arbeiten und werden danach bezahlt, inwieweit wir etwas zur Gesellschaft beitragen. Je mehr wir bewirken, desto höher fällt die Bezahlung aus, unabhängig davon, in welchem Bereich wir tätig sind. Trotzdem ist uns Reichtum nicht so wichtig wie den Menschen. Unsere Wirtschaft ist weder rein kapitalistisch noch staatlich gelenkt; es ist eine Art Mischung aus beidem. Jeder hat eigentlich das, was er zum Leben braucht. Es gibt weder obdachlose noch hungernde Personen auf Krina. Selbst der faulste Krinar lebt für menschliche Standards ziemlich gut.

Allerdings musst du produktiv sein – etwas zur Gesellschaft beitragen –, um mehr zum Leben zu haben als Essen, ein Dach über dem Kopf und die generellen Dinge des täglichen Bedarfs.«

Da Mia sehr interessiert aussah, beschloss Korum, einfach mit seiner Erklärung fortzufahren. »Die finanzielle Belohnung ist aber nur ein Grund dafür, warum die Krinar arbeiten. Die Hauptmotivation ist das Bedürfnis, respektiert zu werden, eine Anerkennung für das Geleistete zu erhalten. Nur einige wenige Individuen können ein Leben ertragen, in dem andere ständig auf sie herabblicken. Für uns bedeutet ein niedriges Ansehen in der Gesellschaft fast schon, ein Ausgestoßener zu sein. Jemand, der nie etwas Nützliches in seinem Leben getan hat, wird letztendlich von den anderen geringschätzig behandelt werden. Ein hohes Ansehen ist also viel wichtiger als Reichtum – auch wenn diese beiden Aspekte normalerweise Hand in Hand gehen.«

»Also haben reiche Krinar ein hohes Ansehen, und andersherum?«, wollte Mia wissen.

»Nein, nicht unbedingt. Jemand könnte auch durch Erbschaft oder Familie viel Geld haben, aber das bedeutet nicht, dass diese Person auch ein hohes Ansehen genießt. Rafor, Loris' Sohn, ist das Paradebeispiel dafür. Sein Vater hat ihm Reichtümer ohne Ende zur Verfügung gestellt, aber er konnte ihm kein hohes Ansehen verschaffen. Dieses kann einzig und allein durch persönlichen Einsatz verdient – oder verloren – werden.«

Mia sah irritiert aus. »Einen Augenblick bitte, wie kann man denn sein Ansehen durch seinen Einsatz verlieren?«

»Da gibt es eine Vielzahl von Möglichkeiten«, antwortete ihr Korum. »Ein Verbrechen zu begehen ist eine ganz einfache. Aber das Gleiche gilt, wenn man etwas Unehrenhaftes macht, wie zum Beispiel seinen Partner zu betrügen. Man verliert sein Ansehen auch, wenn man bei etwas Wichtigem versagt. Loris zum Beispiel ist dieses Risiko eingegangen, als er die Rolle des Protektors für seinen Sohn und die Keiths angenommen hat. Sobald sie schuldig gesprochen werden, wird sein Ansehen stark sinken, und er wird seinen Sitz im Rat verlieren. Das ist auch der Grund dafür, weshalb er mich heute zu einem Kampf in der Arena herausgefordert hat – weil er an einem Punkt angekommen ist, an dem er kaum noch etwas zu verlieren hat.«

Ihre Augen weiteten sich erstaunt. »Was meinst du mit er hat dich herausgefordert?«

Korum zögerte. Vielleicht hätte er das Mia gegenüber besser nicht erwähnen sollen, aber jetzt war es zu spät. »Erinnerst du dich an das, was ich dir vorhin über die Arena erzählt habe?«, fragte er sie.

»Du hast gesagt, es sei der Weg, um unlösbare Differenzen aus der Welt zu schaffen ...« Ihre Stirn legte sich leicht in Falten.

»Ja«, bestätigte ihr Korum, »das stimmt. Und genau das ist es, was Loris und ich haben: eine unüberbrückbare Meinungsverschiedenheit. Ich denke, sein Sohn ist betrügerischer Abschaum, und er sieht das anders.«

»Also hat er dich zu einem Kampf herausgefordert? Aber du hast mir doch erzählt diese seien gefährlich ...«

»Das sind sie auch.« Korum lächelte voller Vorfreude,

und vertraute Aufregung wanderte durch seine Adern. Er brauchte das ab und an: die Gefahr, das Adrenalin, die rohe körperliche Herausforderung, einen Gegner zu unterwerfen. So sehr er auch das Kämpfen beim Defrebs mochte, er war sich immer dessen bewusst, dass es sich nur um ein Spiel handelte, jeder zu jedem Zeitpunkt einfach weggehen konnte, mit nichts außer ein paar Kratzern und Schürfwunden. Eine solche Garantie gab es in der Arena nicht, und genau das machte es so aufregend.

»Du könntest also getötet werden?« Mias Augen füllten sich mit Tränen, und Korum bemerkte, dass sie diese Vorstellung mehr als nur ein wenig beunruhigend fand. Es wäre definitiv besser gewesen, wenn er dieses Thema noch nicht angesprochen hätte.

»Es gibt eine kleine Chance«, sagte er vorsichtig, da er sie nicht noch weiter erschrecken wollte. »Obwohl das Töten theoretisch illegal ist, wird es in der Regel nicht verfolgt, sollte es während der Hitze des Gefechts passieren. Aber du musst dir keine Sorgen machen, meine Süße. Ich kann auf mich aufpassen.«

Sie schien nicht besonders überzeugt davon zu sein. »Du hast mir erzählt, er hasst dich.« Ihre Stimme zitterte leicht. »Wird er dann nicht versuchen, dich umzubringen?«

»Das kann er gerne versuchen«, antwortete Korum, »aber ich werde das nicht zulassen. Es gibt nichts, worüber du dir Gedanken machen müsstest …«

»Ist er kein guter Kämpfer?«

»Doch, das ist er«, gab Korum zu. »Oder zumindest war er das mal. Ich kann seine derzeitigen Fähigkeiten nicht einschätzen.«

»Mach es nicht«, bat sie ihn und lehnte sich nach vorne, um nach seiner Hand zu fassen. »Bitte Korum, tritt diesen Kampf nicht an …«

»Mia …« Er seufzte und bedeckte ihre Hand mit seiner eigenen. »Hör mir mal zu, mein Liebling, wenn die Herausforderung erst einmal angenommen ist, kann sie nicht wieder zurückgenommen werden. Ich kann nicht einfach vor dem Kampf weglaufen, und Loris auch nicht. Wir haben uns beide verpflichtet, kannst du das verstehen?«

»Nein«, antwortete sie stur, »das kann ich nicht. Ich möchte nicht, dass du ein solches Risiko eingehst …«

»Das Risiko ist gar nicht so groß, wie du denkst«, erklärte ihr Korum. »Als er mich heute angegriffen hat, brauchte ich nur einige Sekunden, bevor ich seine Kehle vor mir hatte. Wenn das ein Kampf in der Arena gewesen wäre, hätte man ihn an diesem Punkt schon zum Verlierer erklärt.« Es war auch genauso gut möglich, dass Loris in diesem Fall tot gewesen wäre, aber das wollte er Mia nicht sagen. Menschliche Frauen und Gewalt vertrugen sich in der Regel nicht besonders gut – besonders dann nicht, wenn die betreffende Frau ein behütetes, junges Mädchen war.

»Wann soll der Kampf stattfinden?« Sie sah immer noch verstimmt aus.

Korum seufzte. Er hätte wirklich besser seinen Mund halten sollen. »Übermorgen«, sagte er. »Um zwölf Uhr mittags.«

11. KAPITEL

Mia stand in dem kreisförmigen Raum, der die Duschkabine darstellte, und ließ jeden Millimeter ihres Körpers von den Wasserstrahlen berieseln. Normalerweise würde sie diese neue Erfahrung, eine außerirdische Dusche zu benutzen, genießen. Wie alles in diesem Haus war auch die Dusche intelligent und passte sich ihren Bedürfnissen automatisch an. Alles, was Mia noch machen musste, war, dazustehen, während diese erstaunliche Technologie sie wusch, schrubbte, cremte und massierte. Es war wundervoll entspannend – oder wäre es gewesen, hätte sie einfach nur abschalten können und nicht darüber nachdenken müssen, was Korum ihr beim Essen erzählt hatte.

Er hatte die Gefahr des nahenden Kampfes abgetan,

aber Mia konnte sich nicht so gleichgültig verhalten. Als er Loris' Herausforderung erwähnt hatte, war ihr Blut gefroren, und grauenvolle Bilder verstümmelter Körper überschwemmten ihre Gedanken. Was, wenn Korum etwas zustieß? Er war nicht wirklich unsterblich; er konnte getötet werden, genauso wie sein Großvater.

Der Gedanke daran, dass Korum sterben könnte, war unerträglich. Es spielte keine Rolle, dass Mia ihn erst seit einem Tag kannte – oder sich daran erinnerte, ihn zu kennen.

Dieser Tag war der beste in ihrem bisherigen Leben gewesen.

Zeit mit Korum zu verbringen war einfach unglaublich. Niemals hatte sie so eine Verbindung zu jemand anderem gehabt, sich niemals so wunderbar lebendig in der Gegenwart eines Mannes gefühlt. Es war mehr als nur sexuelle Anziehung, mehr als einfaches körperliches Verlangen. Es schien, als würde sich jede Faser ihres Körpers danach sehnen, mit ihm zusammen zu sein, sein Wesen aufzusaugen. Sie wollte ihn mit einer Verzweiflung, die keinen Sinn ergab, mit einer Leidenschaft, die in ihrer Intensität schon nahezu beängstigend war.

Irgendwo in ihrem Hinterkopf wusste Mia, dass sie sich irrational verhielt, anders als sie selbst. Ein normaler Mensch in ihrer Situation hätte Korum gebeten, sie nach Hause zu bringen, zurück nach New York oder Florida, wo sie ihren Gedächtnisverlust bewältigen konnte und nach und nach wieder ihr normales Leben aufnehmen konnte – so wie es eben gerade war. Ihr Wunsch sollte nicht sein, an einem Außerirdischen zu hängen, sie sollte nicht so ruhig mit der Tatsache umgehen, in diesem Haus hier zu leben, getrennt von allen, an die sie sich erinnern konnte.

Und trotzdem wollte sie ihn nicht darum bitten, wollte nicht darüber nachdenken, ihn auch nur für einen Moment zu verlassen. Mia zweifelte nicht daran, dass ihre Kommilitonen in Psychologie einen interessanten Tag mit Feldforschung verbringen könnten, wenn sie ihre eigenartigen Reaktionen analysieren dürften, angefangen mit der Leichtigkeit, mit der sie das Unmögliche akzeptiert hatte, bis hin zu ihrer ungesunden Abhängigkeit von einem Mann, den sie erst eine so kurze Zeit kannte. Aber das war ihr egal.

Hatte Saret, ihr ehemaliger Chef, gewusst, dass es so sein würde? War ihm klar gewesen, dass die Löschung eines Teils ihrer Erinnerung nicht das zerstören würde, was sie und Korum verband? Irgendwie zweifelte Mia daran. Wenn das, was Korum ihr von Sarets Vorhaben erzählt hatte, stimmte, dann würde der Verstandesexperte von ihrer anhaltenden Verbindung zu Korum und ihrem mangelnden Interesse an ihm unangenehm überrascht sein.

Als sie mit dem Duschen fertig war, verließ Mia die runde Kabine und ließ das Wasser von sich auf das schwammähnliche Material auf dem Boden tropfen, das ihre Füße massierte. Korum hatte ihr erklärt, dass sie einfach nur dastehen müsse und die Technologie sich um alles andere kümmern würde. Und sie nahm ihn beim Wort.

Warme Luftströme trockneten ihren Körper, während ein kleiner Tornado die Gegend um ihren Kopf einzuhüllen schien, jede Strähne ihres Haares föhnte, während sich gleichzeitig in ihrem Mund ein frischer Geschmack ausbreitete. Als das Badezimmer mit allem fertig war, war Mia vom Kopf bis zu den Füßen trocken und hatte klar definierte, perfekt geformte Locken, so als käme sie gerade aus einem schicken Frisörsalon. Ihr Mund fühlte sich auch so an, als habe sie gerade ihre Zähne geputzt.

Nett.

Das Einzige, was sie jetzt noch machen musste, war, sich anzuziehen. Mia warf sich den dicken, flauschigen Bademantel über, den Korum ihr aufmerksamerweise zuvor gegeben hatte. Sie schaute in den Spiegel, der eine der Wände einnahm, und bemerkte das Funkeln in ihren Augen, ihre geröteten Wangen. Ihr Herz schlug voller Vorfreude, und ihr Magen fühlte sich an, als beherberge er eine ganze Schmetterlingskolonie.

Wenn auch nur die kleinste Möglichkeit bestand, Korum zu verlieren, dann war jeder Moment, den sie noch miteinander verbringen konnten, kostbar. So nervös Mia diese Vorstellung auch machte, sie wollte ihren Geliebten ganz kennen – das mit ihm erleben, was sie vergessen hatte.

Sie wollte von Korum verführt werden.

* * *

Korum saß auf der Bettkante und wartete darauf, dass Mia ihre Dusche beendete. Er war schon fertig und hatte sich mit seiner Hand vergnügt, um seine gröbste Lust zu befriedigen, um sein hartes Geschlecht loszuwerden, welches ihn den ganzen Tag gequält hatte.

So viel Zeit mit ihr zu verbringen, sie zu berühren, sie zu riechen, hatte ihn fast wahnsinnig gemacht. Unter normalen Umständen hätten sie ein paar Mal Sex am Strand gehabt, oder als sie vor dem Essen nach Hause gekommen waren. Stattdessen hatte er sich mit ein paar leichten Berührungen und Zärtlichkeiten zufriedengeben müssen, die seinen Hunger nur verstärkt, seine Haut kribbelig werden und sein Glied vor Verlangen anschwellen lassen hatten. Wenn er nicht unter der Dusche masturbiert hätte, wäre sie ernsthaft der Gefahr ausgesetzt gewesen, heute Abend von ihm angefallen zu werden. Korum war trotzdem immer noch ziemlich geladen und hoffte, einen Teil seiner überschüssigen Energie durch eine Runde Defrebs am nächsten Morgen loswerden zu können – oder eben in der Nacht, wie Menschen die Zeit zwischen drei und vier Uhr morgens einstufen würden.

Es war schon nach elf Uhr abends, die Zeit, zu der Mia normalerweise schlafen ging. Korum selbst war überhaupt nicht müde, wollte sie aber zudecken und sie umarmen, bis sie eingeschlafen war – auch wenn das für ihn eine Qual sein würde. Es war wichtig, dass sie sich an ihn gewöhnte, sich wirklich wohl mit seiner Berührung fühlte ... weil Korum nicht wusste, wie lange er es noch aushalten konnte, sie nicht zu nehmen.

Um sich abzulenken, schaute er auf seine Handfläche und sandte eine mentale Anweisung aus, um zu überprüfen, wie weit die Suche nach Saret vorangeschritten war. Die Wächter hatten in Deutschland

Spuren von Sarets Anwesenheit gefunden, aber dann wurde die Spur wieder kalt. Wie auch immer er sich bewegte, er schaffte es, nicht von den krinarischen Satelliten und anderen Spionageapparaten ausfindig gemacht zu werden – eine Tatsache, die Korum widerwillig bewunderte, auch wenn er bei dem Gedanken daran, dass Saret immer noch frei herumlief, rotsah.

»Was machst du da?« Mias leise Frage schreckte ihn aus seiner Versunkenheit in die Suche auf.

Korum blickte hoch und lächelte, als er sie dort stehen sah, mit ihren kleinen, nackten Füßen und ihrem schlanken Körper, der komplett in den Bademantel eingewickelt war. Ihre Hände waren ineinander verschlungen, eine Geste, die ihre Nervosität verriet. »Ich überprüfe nur ein paar Dinge«, sagte er ihr. »Wie war deine Dusche? Hat sie dir gefallen?«

Sie befeuchtete sich ihre Lippen und zog damit seine Aufmerksamkeit auf ihren Mund. »Sie war fantastisch«, gab sie zu. »Wie alles hier.«

»Schön«, sagte Korum und betrachtete sie eindringlich. Hatte sie Angst davor, mit ihm in der Nähe eines Bettes zu sein? Mit einer zärtlichen Stimme forderte er sie auf: »Komm, lass uns schlafen gehen, meine Süße. Du hast einen langen Tag gehabt. Du musst müde sein.«

Sie nickte unsicher und näherte sich ihm, ihre Bewegungen waren durchtränkt von einer unbewussten Sinnlichkeit, die genauso ein Teil von ihr war wie diese wunderschönen Locken. Korum veränderte seine Position und hob sein Knie dabei leicht an, um die Erektion zu verbergen, die erneut seine Hose anhob.

Als sie noch einen halben Meter von ihm entfernt war, hielt sie an, und er konnte ihren schnellen Herzschlag hören. Ein warmer, weiblicher Geruch erreichte seine Nase und sandte noch mehr Blut in seine Lenden.

Sie hatte keine Angst, begriff Korum. Sie war erregt.

Er traute sich kaum, zu atmen, streckte seinen Arm aus und nahm sich ihre Hand, um Mia nah zu sich zu ziehen, bis sie neben ihm auf dem Bett saß. Während er dies tat, konnte er hören, wie ihr Herzschlag sich weiter beschleunigte, und sehen, wie ihr Gesicht eine Mischung aus Besorgnis und Aufregung zeigte.

»Mia«, fragte er sanft, »bist du dir sicher?«

Sie nickte, und ihr weicher Mund zitterte. »Ja«, flüsterte sie. »Ich bin mir sicher …«

Sein Körper reagierte mit schmerzhafter Intensität, sein Geschlecht wurde noch härter und seine Hoden drückten sich gegen seinen Körper. Aber als er sich nach vorne beugte, um sie zu küssen, waren seine Lippen zärtlich und sanft – so wie ihr erstes Mal sein sollte.

Das andere erste Mal war sie auch zu ihm gekommen, aber sie hatte ihn herausgefordert, hatte es dazu genutzt, ihre Unabhängigkeit zu behaupten und ihn ein wenig zu ärgern. Damals war es ihm egal gewesen, er war einfach froh darüber gewesen, sie bei sich zu haben, in seinem Apartment, in seinem Bett. In seiner Hast, sie zu nehmen, hatte er ihr wehgetan, ihr Jungfernhäutchen mit der Sorgfalt eines brünftigen Tieres durchstoßen.

Das hier war seine Chance, es wiedergutzumachen. Sie

war wieder eine Jungfrau – nicht körperlich, aber in ihrem Kopf. Und Korum war fest entschlossen, sicherzustellen, dass diese Nacht keine Schmerzen für sie bereithielt, nur Lust.

Er küsste sie sanft, zuerst nur mit seinen Lippen, während er gleichzeitig ihr Haar und ihren Rücken mit sanften Bewegungen streichelte. Sie schmeckte frisch und süß, ihr Geruch war vertraut und erregend. Ihre kleinen Hände streckten sich in die Höhe, strichen um seinen Hals. Ihre Finger glitten in sein Haar und lösten bei ihm Lustschauer aus, die seine Wirbelsäule hinunterliefen. Da er seinen Kuss nicht intensivieren wollte, bewegte Korum seine Lippen zu ihrem Hals, unter ihr Kinn, und kostete die zarte Haut dort.

Sie stöhnte, warf ihren Kopf nach hinten und entblößte mehr ihrer weißen Kehle für seinen Mund. Korum küsste sie dort zwar, musste aber den Drang bekämpfen, gleichzeitig ihr Blut zu trinken. Das würde er auch wieder tun, aber nicht heute, nicht dieses Mal.

Um sie nicht zu erschrecken, zog er vorsichtig an ihrem Bademantel und öffnete ihn, während er sie weiterhin küsste, sein Mund sich zu ihrem Schlüsselbein bewegte und dann weiter nach unten.

Ihr Körper war wunderschön, schlank und kurvig an den richtigen Stellen, ihre Haut glatt und einladend, sie zu berühren. Korum ließ langsam seine Hand über ihre Brüste und ihren flachen Bauch gleiten und bewunderte, wie zierlich sie gebaut war. Seine Hand konnte fast ihren kompletten Brustkorb bedecken, und seine dunkle Haut setzte sich stark gegen die blasse Perfektion der ihrigen ab.

Er konnte sehen, wie ihr Puls schnell an ihrer Halsseite schlug, ihre beschleunigte Atmung hören, und er wusste, dass sie gleichermaßen verängstigt und erregt war. Als Korum seinen Kopf hob, ertappte er sie dabei, wie sie ihn anblickte. Ihr Gesicht war errötet, und ihre Lippen waren leicht geöffnet.

»Ich liebe dich, Mia«, flüsterte er und streckte sich, um ihr eine Locke aus ihrem Gesicht zu streichen. »Das weißt du, oder?«

Sie nickte scheu und beobachtete ihn mit ihren großen, blauen Augen. Diese Augen brachten ihn dazu, für sie Drachen töten zu wollen, jeden in Stücke reißen zu wollen, der es wagte, ihr wehzutun.

»Hab keine Angst, mein Liebling«, sagte er und schob einen Arm unter ihre Knie, den anderen unter ihren Rücken. Er hob sie an und legte sie vorsichtig in die Mitte des Bettes. »Ich werde alles tun, damit es schön für dich wird, versprochen …« Er nahm einen kurzen Augenblick lang Abstand von ihr, um sich sein Shirt und seine Shorts auszuziehen, wobei seine Erektion entblößt wurde.

Sie hatte gerade einmal die Gelegenheit einen kurzen, bewundernden Blick auf ihn zu werfen, bevor Korum auf ihr war und wieder so lange an ihrem Hals und ihren Schultern knabberte, bis sie ein leises Stöhnen hören ließ. Dann begann er langsam ihren Körper hinunterzuwandern und ignorierte das penetrante Pochen seines Geschlechts. Es würde Momente geben, in denen er sie hart und schnell nehmen konnte, aber dieser hier gehörte nicht dazu. Heute Nacht stand sie im Mittelpunkt.

Er bedeckte die runden Halbkugeln ihrer Brüste, genoss

ihre Festigkeit und die Art und Weise, in der ihre Nippel gegen seine Handflächen drückten. Ihre Brüste waren nicht groß, aber perfekt geformt, genau richtig für ihre zierliche Statur. Er beugte seinen Kopf hinunter und kostete ihren Nippel, liebkoste ihn mit seiner Zunge, bevor er kräftig an ihm saugte.

Sie stöhnte erneut, bog sich ihm entgegen, und er wiederholte das Gleiche bei ihrer anderen Brust und genoss es, wie ihre Nippel danach aussahen: ganz rosafarben und glänzend.

Ihr Bauch war als Nächstes an der Reihe. Er küsste die sanfte Haut dort, umspielte ihren Bauchnabel mit seiner Zunge und spürte, wie sich ihre Bauchmuskeln anspannten, als er sich nach unten bewegte. Ihre Beine waren geschlossen. Er spreizte sie und ignorierte den Aussetzer in ihrer Atmung, als er auf ihre feuchten Falten und das gelockte Dreieck darüber schaute. Wie ihr restlicher Körper war sie auch hier klein und empfindlich, süßer als alles, was er jemals geschmeckt hatte.

Korum senkte seinen Kopf, atmete ihren betörenden Geruch ein und leckte dann sanft die Fläche um ihre Klitoris, spielte mit ihr, ließ ihre Erregung langsam ansteigen. Als er damit fortfuhr, konnte er hören, wie sie jedes Mal, wenn sich seine Zunge ihrem empfindlichen Punkt annäherte, nach Luft schnappte, und er konnte fühlen, wie sich ihre Hüfte seinem Mund entgegenhob. Er wusste, dass sie sehr kurz davor war, zu kommen, aber er war nicht bereit, das zuzulassen. Zumindest noch nicht.

Er setzte seine Hand ein, benutzte seinen Mittelfinger, um langsam in sie einzudringen, in ihren feuchten Kanal zu gleiten und sie langsam zu weiten, sie auf ihn vorzubereiten. Sie war so winzig, dass sie sich sogar um seinen Finger eng anfühlte, und Korum musste ein gequältes Stöhnen unterdrücken, als sein Penis in schmerzhafter Erregung gegen die Laken drückte.

Sie schrie auf, als sein Finger tiefer in sie eindrang, gegen den Punkt rieb, der sie immer wahnsinnig machte, und dann merkte Korum, wie sie sich zusammenzog, ihre inneren Wände um seinen Finger zuckten, als sie kam.

Unfähig, noch länger zu warten, begab er sich wieder auf sie und hielt dabei ihre Beine mit seinem Knie gespreizt. Er stützte sich auf einen Ellenbogen, um die andere Hand dazu zu benutzen, sein Glied zu ihrer Öffnung zu führen, den Kopf in sie gleiten zu lassen und einen Augenblick zu warten, damit sie sich an seine Größe gewöhnen konnte.

Als er eindrang, atmete sie scharf ein, krallte sich an seinen Schultern fest und blickte dabei zu ihm auf. Korums ganzer Körper war durch die strenge Kontrolle, die er über sich ausübte, angespannt, als er sich langsam vorarbeitete, aber nur leichten Druck ausübte, um ihr nicht wehzutun. Als sein Geschlecht tiefer in sie glitt, bedeckte sich sein ganzer Körper mit einem Schweißfilm, und sein Atem ging schwerer und ungleichmäßiger. Sie war warm, nass und eng – und Korum dachte, er würde auf der Stelle buchstäblich explodieren.

Er wandte seinen ganzen Willen auf, um eine Pause einzulegen, als er vollständig in sie eingedrungen war, damit sie sich an das Gefühl gewöhnen konnte, ihn ganz in sich zu haben. »Ist alles in Ordnung bei dir?«, gelang es ihm, sie mit einem rauen Flüstern zu fragen, während er auf sie hinabschaute.

Sie leckte sich ihre Lippen. »Ja.«

»Schön«, hauchte Korum. Er war sich nicht sicher, ob er in der Lage gewesen wäre, aufzuhören, wenn sie ihm anders geantwortet hätte. Nur Sekunden vom Orgasmus entfernt, hatten sich seine Hoden eng an den Körper gepresst, und sein Rückgrat kribbelte in der vertrauten präorgastischen Anspannung.

Aber er wollte noch nicht kommen, nicht, bevor er die Gelegenheit gehabt hatte, ihr noch einmal Lust zu verschaffen. Er benutzte seine rechte Hand, um zwischen ihre Körper zu gelangen, die Stelle zu finden, an der sie vereinigt waren, und begann dann, ihre Klitoris mit seinen Fingern zu stimulieren. Gleichzeitig begann er, sich in ihr zu bewegen, sich ein Stück zurückzuziehen und dann erneut in sie einzudringen.

Sie stöhnte wieder, und ihre Finger verstärkten ihren Griff an seiner Schulter, ihre scharfen Nägel gruben sich in seine Haut. Er spürte die Hitze, die von ihrem Körper aufstieg, hörte, wie sich ihre Atmung änderte, und wusste, dass sie fast angekommen war. Endlich ließ er sich gehen und begann, sie mit erhöhter Geschwindigkeit zu penetrieren, stieg immer weiter und immer weiter zum Gipfel, und jeder Muskel in seinem Körper zitterte auf Grund der Stärke seiner Empfindungen. Plötzlich schrie sie auf, und ihre Muskeln krampften sich um ihn, brachten ihn zum Explodieren. Er stöhnte, und sein Samen schoss in mehreren kräftigen Ladungen aus ihm heraus.

Als es vorbei war, ließ sich Korum von Mia herunter auf

den Rücken rollen und zog sie auf sich, so dass sie teilweise auf seiner Brust lag. Sie atmeten beide schwer, ihre Körper waren schlaff und schweißbedeckt.

Korum wusste, dass er etwas sagen sollte, aber er schien seine Gedanken nicht sammeln zu können. Es gab Sex – und dann gab es das, was er mit Mia erlebte. Er hatte sich niemals vorstellen können, dass man eine Frau so stark begehren konnte, dass dieser simple sexuelle Akt so viel Lustgefühl bereiten könnte.

Es war nicht so, dass er keine Erfahrungen hatte – ganz im Gegenteil. In den Jahrhunderten seiner Existenz hatte er sexuelle Erfahrungen aller erdenklichen Arten mit den verschiedensten Partnern gesammelt. In der krinarischen Gesellschaft gab es weder Tabus noch wurden häufige Partnerwechsel verurteilt. Ungebundene Individuen wurden sogar dazu ermuntert, ihre Fantasien auszuleben.

Und trotzdem konnte Korum sich nicht daran erinnern, jemals diese völlige Zufriedenheit erlebt zu haben, die er mit Mia erlebte. Er hatte sich immer gewundert, wie gebundene Personen – oder diejenigen, die einen Charl hatten – ihr ganzes Leben lang treu bleiben konnten. Die Vorstellung, keine Abwechslung zu haben, war ihm fremd und unnatürlich erschienen. Zumindest bis er Mia getroffen hatte. Seit diesem Zeitpunkt konnte er sich nicht mehr vorstellen, jemals wieder eine andere Frau zu begehren. Sie war alles, was er wollte, die ganze Zeit, immer.

Als sich sein Atem langsam beruhigte, sah er auf den lockigen Kopf hinab, der auf seiner Brust lag. Er war glücklich, streichelte ihr Haar und grinste, als er ein leises

Gähnen hörte.

»Möchtest du dich kurz abduschen und dann schlafen gehen?«, flüsterte er und lächelte immer noch, als sie zu ihm hochblickte.

Sie sah zum Anbeißen schläfrig aus und gähnte erneut. »Auf jeden Fall, das wäre schön …«

Korum lachte leise, schlang seine Arme um sie und stand auf, um sie zur Dusche zu tragen. Er hielt sie immer noch, als er in die Kabine stieg und den Wasserkontrolleinheiten eine kurze, mentale Anweisung gab. Zwei Minuten später waren beide sauber und trocken, als Korum Mia zurück zum Bett trug und die vertraute Art und Weise genoss, in der sie sich die ganze Zeit an ihm festhielt.

Nachdem er sie auf dem Bett abgelegt hatte, legte er sich neben sie, schloss sie in seine Umarmung und legte seinen Körper um ihren Rücken. Vollständig entspannt, schloss er seine Augen und ließ sich von ihrem gleichmäßigen Atem in den Schlaf wiegen.

12. KAPITEL

Als Mia am nächsten Morgen langsam aufwachte, streckte sie sich und lächelte bei dem Gedanken an die letzte Nacht. Diese ganze Erfahrung war fantastisch gewesen, wie etwas, was sie sonst nur in Träumen erleben konnte. War Sex immer so? Oder war es nur der Sex mit Korum?

Nach dem ersten Mal hatte er sie irgendwann in der Nacht erneut genommen. Sie war davon aufgewacht, dass er in sie eindrang. Sie musste schon feucht gewesen sein und kam innerhalb weniger Minuten – etwas, von dem sie gedacht hatte, dass es schwierig sei, wenn man bedachte, wie befriedigt sie nach dem ersten Mal gewesen war.

Aber offensichtlich war sie genauso unersättlich wie ihr Liebhaber.

Mia stand grinsend wie ein Honigkuchenpferd auf, zog sich ein pfirsichfarbenes Sommerkleid über und machte sich im Badezimmer fertig. Korum war schon weg, also bat sie das Haus, ihr ein leckeres Frühstück zuzubereiten und machte es sich auf einer der Planken, die als Sofa dienten, gemütlich. »Etwas zu lesen, bitte«, verlangte sie und lachte, als das krinarische rasierklingendünne Tablet aus einer der Wände auf sie zugeflogen kam.

Gestern, als Korum ihr von ihrem Praktikum im Gedächtnislabor erzählte, hatte er erwähnt, sie habe auch Dokumente und Aufnahmen, die mit ihrer Arbeit zu tun hatten, auf diesem Gerät gespeichert. Mia war unglaublich neugierig darauf und versuchte sich vorzustellen, wie sie in einem krinarischen Arbeitsumfeld zurechtgekommen war, wenn man bedachte, wie wenig sie mit ihrer ganzen Wissenschaft und Technik vertraut war. Von dem, was Korum ihr berichtet hatte, war ihr eine ganze Menge an Wissen mit dem gleichen Prozess übertragen worden, der auch bei krinarischen Kindern angewandt wurde, und sie hoffte heimlich, einiges davon trotz ihres Gedächtnisverlustes behalten zu haben. Auf jeden Fall fühlte sie sich in Lenkarda wohler, als sie erwartet hatte, und sie war sich ziemlich sicher, dass sie mehr Dinge über das Gehirn wusste, als sie auf der Uni gelernt hatte.

Mit einem Sprachbefehl öffnete Mia einen der Ordner, machte es sich noch bequemer und begann mit ihrem Vorhaben, alles das wieder zu erlernen, was sie teilweise oder komplett vergessen hatte.

* * *

»Der Rat ist zu einer Entscheidung gelangt.«

Arus' Worte hallten durch den arenaähnlichen Saal, in dem die öffentlichen Teile der Gerichtsverhandlung abgehalten wurden. Fast jeder Krinar auf der Erde – und viele Residenten von Krina – waren virtuell oder persönlich erschienen.

Korum lehnte sich nach vorne und wartete darauf, die Worte zu hören, die das Schicksal der Verräter besiegeln würden. Ihm gegenüber konnte er Loris stehen sehen, ganz in schwarz gekleidet. Die Fäuste des Protektors waren geballt, die Fingerknöchel fast weiß, während er sich selbst umarmte, um das Urteil über seinen Sohn zu hören.

»Rafor, Kian, Leris, Poren, Saod, Kula und Reana«, sprach Arus deutlich, »der Rat erklärt euch für schuldig, mit der menschlichen Widerstandsbewegung zusammengearbeitet zu haben, um die krinarischen Siedlungen anzugreifen und somit das Leben von fünfzigtausend eurer Mitbürger in Gefahr gebracht zu haben. Ihr werdet auch für schuldig befunden, gegen die Nicht-Einmischungs-Anordnung verstoßen zu haben, indem ihr dieser Widerstandsbewegung krinarische Technologie zur Verfügung gestellt habt. Rafor, der Rat befindet dich außerdem für schuldig, dem als Saret bekannten gefährlichen Individuum bei der Ausführung seines Planes geholfen zu haben, Massenmord zu betreiben und illegal die menschlichen Gedanken zu beeinflussen.«

Der Protektor erblasste sichtlich, und die Keiths sahen aus, als hätten sie gerade einen Schlag in die Magengrube erhalten. Ein Murmeln rann durch die Menge und verstummte, als die Zuschauer ruhig wurden, um den Rest zu hören.

»Das Urteil für die genannten Straftaten ist völlige Rehabilitation.«

Korum lehnte sich zurück und lauschte dem Tumult im Publikum. In diesem Moment fühlte er ein ganz untypisches Mitleid für Loris, der gerade seinen einzigen Sohn verloren hatte. Welche Differenzen sie auch immer in der Vergangenheit gehabt haben mochten, es war nicht Loris' Schuld, dass Rafor sich als Versager und Krimineller erwiesen hatte. Korum konnte Loris auch keinen Vorwurf daraus machen, sein Kind verteidigen zu wollen, unabhängig davon, wie wenig das Kind es verdient hatte.

Was Korum jedoch überhaupt nicht bereute, war seine Rolle bei der Verurteilung. Rafor und seine Freunde hatten genau das bekommen, was sie verdienten. Sie waren zu gefährlich, um nur teilweise rehabilitiert zu werden, ihre Taten zu abscheulich, um vergeben werden zu können. Wenn es etwas gab, was Korum verachtete, war es jemand, der aus Habgier und Machthunger versuchte, sein eigenes Volk zu verletzen – so wie es diese Verräter getan hatten.

Das kurze Aufflackern von Mitleid, welches er für Loris empfunden hatte, erstarb sofort, als der Protektor sich herumdrehte und Korum einen hasserfüllten Blick zuwarf. Aus Loris' Gesicht war unter seinem bronzefarbenen Teint jede Farbe gewichen, und seine Augen funkelten mit etwas, das Wahnsinn zu sein schien. Es war der Blick von jemandem, der nichts mehr zu verlieren hatte. Korum erkannte, dass sein Widersacher alles in seiner Macht Stehende tun würde, ihn morgen in Stücke zerrissen zurückzulassen. Natürlich hatte Korum nicht vor, das zuzulassen. Er wollte Loris nicht töten, aber er würde das tun, was notwendig war, um sich selbst zu verteidigen.

Nachdem sich der Lärm der Menge gelegt hatte, wurden die Keiths abgeführt, und Korum stand auf, um sich zum Ausgang zu begeben. Was er jetzt wollte, war Mia, aber noch konnte er nicht nach Hause gehen.

Vorher musste er noch einmal Kontakt zu den Ältesten aufnehmen, um das Projekt voranzubringen – und wegen der Petition für Mias Eltern nachzufragen.

* * *

»Du hast einen Besucher, Mia.«

Irritiert durch die unbekannte weibliche Stimme sah Mia von ihrem Tablet auf. Durch die durchsichtige Wand konnte sie draußen eine junge, menschliche Frau erkennen. Mia atmete erleichtert aus, als sie verstand, dass die Stimme, die sie gerade vernommen hatte, nur Korums intelligentes Haus gewesen war, welches den Gast angekündigt hatte.

»Natürlich«, sagte Mia, so als hätte sie schon immer mit außerirdischer Technologie kommuniziert. »Kannst du sie bitte hereinlassen?«

»Ja, Mia.« Und schon löste sich die Wand vor dem Besucher auf, um einen Eingang freizugeben.

Mia stand von der schwebenden Planke auf und lächelte das dunkelhaarige Mädchen an, das anmutig durch die Öffnung trat.

»Hallo«, sagte Mia und wusste, dass sie wahrscheinlich

gerade jemanden begrüßte, den sie schon kannte.

»Hallo, Mia«, sagte das Mädchen und lächelte sie freundlich an. »Ich weiß, dass du dich nicht an mich erinnerst, aber ich bin Delia. Wir haben uns schon mehrmals getroffen. Ich bin auch ein Charl hier in Lenkarda.«

»Es freut mich, dich kennenzulernen, Delia.« Mia war froh, dass ihr Gast über ihren Zustand Bescheid zu wissen schien. »Ich entschuldige mich schon mal im Voraus dafür, dass ich dich nicht wiedererkenne …«

»Das ist nicht deine Schuld«, unterbrach Delia sie, und ihre großen, braunen Augen waren voller Sorge. »Wie kannst du dich überhaupt für so etwas entschuldigen? Ich bin gekommen, um zu sehen, ob es dir gut geht, nach dem, was passiert ist. Du musst doch am Boden zerstört sein, aufzuwachen und nicht zu wissen, wo du bist oder wie du dorthin kamst …«

Mia betrachtete das Mädchen und bemerkte ihre ruhige, aber doch strahlende Schönheit sowie ihre Reife, die ihre offensichtliche Jugend Lügen strafte. »Danke, Delia«, sagte sie. »Mir geht es eigentlich erstaunlich gut. Ich weiß nicht, warum, aber ich scheine mit allem ganz gut zurechtzukommen.«

»Und Korum?«

Mia warf ihr einen fragenden Blick zu. »Was soll mit Korum sein?«

»Ist er …« Delia zögerte einen Augenblick. »Ist er nett zu dir?«

»Natürlich.« Mia runzelte ihre Stirn. »Warum sollte er denn nicht? Er ist mein … Cheren, stimmt's?«

Delia schenkte ihr ein strahlendes Lächeln. »Natürlich. Ich war gerade auf dem Weg zu den Wasserfällen, an denen wir uns das erste Mal getroffen haben, du und ich. Hast du Lust, mit mir mitzukommen? Es ist wirklich ein wunderschöner Ort. Ich weiß nicht, ob Korum ihn dir schon gezeigt hat …«

»Hat er nicht«, antwortete ihr Mia. »Und ich würde sehr gerne mit dir mitkommen.« Sie war neugierig auf dieses Mädchen – diesen anderen Charl –, und sie hoffte, mehr über Lenkarda und ihr früheres Leben herausfinden zu können.

»Großartig«, sagte Delia und lächelte immer noch. »Dann lass uns los.«

Sie brauchten etwas mehr als zwanzig Minuten, um zu den Wasserfällen zu gelangen. Während sie durch den Wald gingen, fragte Mia Delia nach ihrer Geschichte und wollte wissen, wie sie ein Charl geworden war. Sie lauschte schockiert und gleichzeitig fasziniert, als das griechische Mädchen ihr davon erzählte, wie sie Arus vor fast dreiundzwanzig Jahrhunderten an der Küste des Mittelmeers getroffen hatte, und wie ihr Leben seitdem verlaufen war.

»Die erste Zeit, nachdem ich auf Krina angekommen war, wurden Menschen noch ganz anders behandelt als heute«, erklärte ihr Delia. »Vor zweitausend Jahren dachten viele Krinar, wir seien nur ein wenig besser als Primaten, da es uns an Technologie fehlte und wir einfache soziale Bräuche hatten. Einige wenige, so wie Arus, erkannten, dass wir uns gar nicht so sehr von ihnen unterschieden, aber die meisten weigerten sich, uns als gleichwertige intelligente Rasse zu sehen. Diese Tendenz besteht auch heute noch bis zu einem gewissen Grad, obwohl der schnelle Fortschritt der Menschen in den letzten Jahrhunderten viele Einwohner Krinas beeindruckt hat.«

»Sie dachten, wir seien wie Affen?« Mia blickte finster und mochte diesen Gedanken überhaupt nicht.

Delia nickte. »So etwas in der Art. Ich kann ihnen auch nicht wirklich einen Vorwurf daraus machen; trotz allem sind sie diejenigen, die uns erschaffen und zu dem gemacht haben, was wir heutzutage sind.«

»Wie haben sie das gemacht?«, wollte Mia wissen, da sie sich das schon eine ganze Weile fragte. »Ich meine, ein Krinar kann fast als Mensch durchgehen und umgekehrt. Vom Aussehen her ist es eher, als seien sie eine andere menschliche Rasse und keine völlig andere Spezies. Ich weiß, sie haben unsere Evolution gesteuert, aber das ist doch ein wenig verrückt …«

»Eigentlich ist das überhaupt nicht verrückt«, widersprach ihr Delia. »Sie haben Millionen von Jahren mit unseren Genen gebastelt, die Züge unterdrückt, die unser Aussehen von dem ihrigen unterschieden. Sie ließen einige kleine Unterschiede zu – wie Augen-, Haut- und Haarfarbe –, aber sie haben sichergestellt, dass wir ihnen ansonsten sehr ähnlich sein würden. Ich glaube, das war etwas, was die Ältesten so wollten.«

Mia schaute weg und dachte eine ganze Zeit lang darüber nach, während sie weiterhin durch den Wald gingen. »Also, was denkst du wollen sie jetzt von uns?«, fragte sie, als sie bei den Wasserfällen angekommen waren.

»Die Krinar?« Delia setzte sich auf ein mit Gras bewachsenes Stück Boden nahe am Wasser und drehte sich zu Mia um.

»Die Ältesten«, stellte Mia richtig und setzte sich neben sie.

»Wer weiß das schon?« Delia zuckte mit den Schultern. »Selbst der Rat kennt nicht alle Gründe der Ältesten. Sie sind für sie so etwas wie Götter, auch wenn die Krinar keine Religion im klassischen Sinne haben.«

»Ich verstehe.« Mia verarbeitete all die Informationen, die sie bis jetzt bekommen hatte. »Also, was denken die Krinar jetzt über uns? Korum hat mir erzählt, dass ich in einem ihrer Labore gearbeitet habe. Sie würden mich das ja aber mit Sicherheit nicht tun lassen, wenn sie denken würden, ich sei nur ein ungewöhnlich cleverer Affe. Davon mal ganz abgesehen, dass sie uns heiraten …«

»Uns heiraten?« Delia sah überrascht aus. »Was meinst du damit?«

»Ist es nicht genau das, was es bedeutet, ein Charl zu sein? Wie mit einem von ihnen verheiratet zu sein, nur ohne offizielle Zeremonie?« Das war der Eindruck, den Mia gestern durch ihre Unterhaltung mit Korum bekommen hatte.

Delia betrachtete sie mit nachdenklichen braunen Augen. »Ich denke, das könnte man so sehen«, sagte sie langsam. »Besonders dann, wenn man die Definition einer Ehe nimmt, wie sie in der Vergangenheit zutreffend war.«

»In der Vergangenheit?«

»Ja«, meinte Delia. »Vor deiner Zeit. Als eine Ehefrau vor dem Gesetz ihrem Ehemann gehörte.«

»Was meinst du mit gehören?«

»Nach dem krinarischen Gesetz gehört ein Charl seinem Cheren, Mia. Wir haben hier nicht wirklich Rechte. Hat Korum dir das nicht gesagt?«

Mia schüttelte ihren Kopf und fühlte eine unangenehme Enge in ihrem Brustbereich. »Willst du mir gerade sagen, dass wir ihre ... Sklaven sind?«

Delia lächelte. »Nein, bei den Krinar gibt es keine Sklaverei, besonders nicht so, wie sie zu meiner Zeit auf der Erde praktiziert wurde. Die meisten Charl werden sehr gut von ihren Cheren behandelt und sehr stark geliebt. Sie betrachten sie wirklich als ihre menschlichen Partner. Aber es ist nicht genau die ausgeglichene Beziehung, an die ein modernes Mädchen wie du gewöhnt ist.«

Mia starrte sie an. »Inwiefern?«

»Na ja, zum Beispiel braucht ein Krinar nicht deine Einwilligung, um dich zu seinem Charl zu machen. Arus hat mich gefragt, aber viele Cheren tun das nicht.«

»Hat Korum mich gefragt?« Mia wartete mit angehaltenem Atem auf eine Antwort.

»Ich weiß es nicht«, antwortete ihr Delia bedauernd. »Ich war mit den Einzelheiten eurer Beziehung nie sehr vertraut. Nach dem, was ich allerdings über Korum weiß – und nach der Tatsache, dass du damals dem Widerstand geholfen hast – würde ich denken, dass er nicht ganz so rücksichtsvoll mit deinen Gefühlen umgegangen ist, wie er das hätte tun sollen.«

Mia runzelte ihre Stirn. »Was meinst du mit was du

über Korum weißt?«

Delia schaute sie an, als würde sie entscheiden, ob sie weiterreden sollte oder nicht. »Dein Cheren ist ein sehr einflussreicher und ehrgeiziger Mann«, sagte sie schließlich. »Viele im Rat denken, dass die Ältesten auf ihn hören. Er ist auch dafür bekannt, mit seinen Gegnern ziemlich selbstherrlich und rücksichtslos umzugehen. Das ist auch der Grund dafür, weshalb ich mir anfangs Sorgen um dich gemacht hatte – weil ich nicht dachte, dass Korum ein besonders gefühlvoller Cheren sei. Aber ich denke, ich lag damit falsch. Soweit ich das beurteilen kann, schienst du vor dem Zwischenfall sehr glücklich mit ihm gewesen zu sein. Das letzte Mal, als wir uns getroffen haben, auf Marias Geburtstag, hast du regelrecht gestrahlt. Und selbst jetzt, wo sich die meisten Frauen verloren und verängstigt fühlen würden, sieht es so aus, als kämst du mit allem ganz gut zurecht – und das scheint Korums Verdienst zu sein.«

Mia betrachtete das Mädchen und fragte sich, ob es da noch etwas gab, was Delia ihr nicht sagte. »Du magst meinen Cheren nicht, stimmt's?«

»Ich kenne ihn nicht persönlich«, antwortete Delia ihr vorsichtig. »Ich weiß nur, dass Arus und er in der Vergangenheit mehrmals aneinandergeraten sind. Aber ich freue mich darüber, dass er dich gut behandelt. Als ich dich das erste Mal sah, schienst du so jung und verletzlich zu sein … und ich konnte nichts an meinen Sorgen um dich ändern. Jetzt erkenne ich allerdings, dass du stärker bist, als ich anfänglich dachte. Du könntest sogar einen guten Einfluss auf Korum haben. Arus meint, dein Cheren liebt dich wirklich – und das ist etwas, was ich niemals von ihm erwartet hätte.«

»Ich verstehe.« Mia atmete tief ein, schaute weg und versuchte zu verarbeiten, was sie gerade erfahren hatte. Vielleicht war ihre dumme Vorstellung von Korum als dem Bösewicht gar nicht so weit hergeholt, wie es den Eindruck machte. Nicht zum ersten Mal wünschte sie sich, sie könnte sich an die letzten Monate erinnern, damit sie die komplexe Beziehung, in der sie steckte, besser verstehen konnte. Was genau war Korum für sie? Was bedeutete es, sein Charl zu sein? Und welcher war der wirkliche Korum? Der zärtliche Liebhaber oder das rücksichtslose Ratsmitglied, welches Delia ihr gerade beschrieben hatte?

Vielleicht war er beides. Mia dachte einen Moment lang darüber nach. Ja, sie konnte definitiv sehen, wie das der Fall sein könnte. Korum hatte ihr ja schließlich auch erzählt, wie er sie in der Vergangenheit benutzt hatte, um den Widerstand zu zerstören. Aber trotzdem schien er sie wirklich zu lieben – Mia konnte nichts gegen das warme Gefühl machen, das sich in ihr ausbreitete.

Sie drehte sich wieder zu dem griechischen Mädchen und sah es an. »Delia«, sagte sie leise und kam auf ein Thema zu sprechen, das sie seit gestern beschäftigte, »weißt du, was bei den Kämpfen in der Arena passiert?«

»Ja.« Delia sah sie mitleidig an. »Du weißt über Loris' Herausforderung Bescheid?«

»Korum hat es mir gestern erzählt«, bestätigte Mia. »Hast du jemals einen dieser Kämpfe gesehen? Kommen sie häufig vor?«

»Sie sind nicht mehr so häufig, wie sie es vor langer Zeit

waren, aber sie kommen immer noch mit einer gewissen Regelmäßigkeit vor. Es gibt normalerweise ein paar Kämpfe pro Jahr, manchmal auch mehr.«

»Und wie gefährlich sind sie?«

Delia zögerte einen Moment. »Die Kämpfe in der Arena sind die häufigste Todesursache unter den Krinar«, antwortete sie letztendlich. »Gefolgt von verschiedenen anderen Unfällen.«

Mia fühlte sich, als hätte sie einen Schlag in den Magen bekommen. »Stirbt immer jemand bei den Kämpfen?«

»Nein, nicht immer. Manchmal kann der Gewinner sich auch genug beherrschen, um rechtzeitig aufzuhören. Aber generell haben die krinarischen Männer in der Hitze der Schlacht nicht die beste Kontrolle über ihre Instinkte.« Den griechischen Charl schien das allerdings nicht besonders zu stören.

Mia schluckte. »Ich verstehe.«

»Aber, um deine vorangegangene Frage zu beantworten: Ich denke, die krinarischen Verhaltensweisen gegenüber den Menschen ändern sich«, sagte Delia und kam wieder auf ihr eigentliches Thema zurück. »Vor zweitausend Jahren wäre die Vorstellung, einen Menschen in einem krinarischen Labor arbeiten zu lassen, undenkbar gewesen. Sie haben sich seitdem ein ganzes Stück weit verändert, und ich kann sehen, wie sich die Dinge täglich verbessern. Die Tatsache, dass sie hier auf der Erde unter uns leben, hat das Blatt auch gewendet. Sie sehen jetzt, dass wir wirklich ihre Schwesternspezies sind und wir das Potential haben, genauso viel zu erreichen wie sie.«

»Sie denken nicht länger, wir seien einfach clevere Äffchen?«, wollte Mia halb im Scherz wissen.

Delia lächelte. »Ich bin mir sicher, einige tun das immer noch. Aber das ist nicht mehr die generelle Ansicht. Und je mehr Beziehungen wie deine und meine es geben wird, desto höher wird die Akzeptanz der Menschen in der krinarischen Gesellschaft werden.« Sie machte einen Moment Pause. »Wie du siehst, Mia, muss man, um seinem Volk zu helfen, die Krinar nicht unbedingt bekämpfen. Man muss nur einen von ihnen dazu bringen, sich in einen Menschen zu verlieben.«

* * *

Fünftausend Kilometer entfernt stand Saret auf und lächelte das menschliche Mädchen an, das zusammengerollt zu einer kleinen, nackten Kugel in seinem Bett lag. Sie war zierlich, nicht größer als 1,50 Meter, und ihr dunkelbraunes Haar fiel in leichten Wellen um ihr schmales Gesicht. Abgesehen von ihren braunen Augen, sah sie Mia sehr ähnlich. Er hatte sie gestern in Paris gefunden.

Sie starrte ihn an, und er konnte die Angst und den Hass in diesem kleinen Gesicht erkennen. Leider war sie verlobt gewesen, als er sie getroffen hatte, und ihre Hochzeit war für den nächsten Monat geplant gewesen. Sie hatte seinen Avancen verständlicherweise widerstanden, und er hatte nicht die Zeit gehabt, sie angemessen zu verführen.

Es war natürlich falsch gewesen, sie mitzunehmen.

Saret wusste das. Aber im Moment machte das nichts. Alle sahen ihn sowieso schon als ein Monster, und sich einen Menschen zu stehlen war ein harmloser Streich, wenn man den ganzen Rest betrachtete. Er hatte sie während des Sex gebissen, deshalb wusste er, dass sie auch Lust mit ihm empfunden hatte. Sie war zwar nicht Mia, aber er hatte es trotzdem genossen, Sex mit ihr zu haben, sich vorzustellen, dieser schlanke Körper in seinen Armen wäre der, den er wirklich wollte.

Saret wusste, er konnte die Wächter nicht mehr lange täuschen; es war nur noch eine Frage der Zeit, bis sie ihn fangen würden. Jetzt, mit der Möglichkeit, ein wenig nachzudenken, hatte er auch begriffen, woher Korum gewusst hatte, was ihn erwartete. Es war wirklich einfach. Sein Feind musste seinen Charl gründlicher überwacht haben, als er Saret gegenüber zugegeben hatte. Zurückblickend hätte Saret so etwas erwarten sollen; es war seine eigene Schuld, Korums Besessenheit von Mia unterschätzt zu haben.

Nein, Saret wusste genau, er konnte sich nicht mehr viel länger verstecken. Er hatte verschiedene Verkleidungen benutzt, aber er konnte spüren, wie die Wächter näher kamen. Gestern war er ein Risiko eingegangen und hatte sich mit dem krinarischen Netzwerk verbunden. Er hatte versucht, seine Identität zu verschleiern, aber er war sich sicher, dass Korum irgendwann seine Spuren im Cyberspace entdecken würde. Trotzdem hatte Saret wissen müssen, was in Lenkarda passierte und ob der Rat von seinem Plan unterrichtet worden war.

Was er erfahren hatte, hatte ihn wütend gemacht und

gleichzeitig aufgeregt. Wütend – weil seine sorgfältig aufgestellten Nanoverbreitungsmaschinen schon entdeckt und neutralisiert worden waren. Und aufgeregt – weil er endlich wusste, wie er Korum ein für alle Mal loswerden würde.

Der Kampf seines Feindes würde sein letzter sein. Saret würde das sicherstellen.

13. KAPITEL

Das Erste, was Korum sah, als er das Haus betrat, war Mia, die zusammengerollt auf einer langen Planke lag und ganz vertieft in das war, was sie auf ihrem Tablet las.

Als er hereinkam, sah sie auf und lächelte ihn an, ihr Gesicht strahlte vor Freude. »Hallo«, begrüßte sie ihn. »Wie war dein Tag?«

Korum fühlte eine Welle von Zärtlichkeit in sich aufsteigen, auch wenn sein Körper wie immer anders auf ihre Nähe reagierte. »Hallo, meine Süße«, sagte er, ging auf sie zu und beugte sich hinunter, um ihr einen flüchtigen Kuss zu geben. Er hatte den ganzen Tag an sie gedacht, jeden Moment der vergangenen Nacht in seinem Kopf nochmal erlebt. Er konnte es kaum erwarten, sie erneut in die Freuden des Liebens einzuführen, ihren köstlichen

Körper immer und immer wieder zu probieren.

Er wollte es eigentlich auch dieses Mal wieder langsam angehen lassen, aber in dem Augenblick, als seine Lippen ihre berührten, ihre schlanken Arme sich emporstreckten und sich um seinen Hals schlangen, verpufften alle seine guten Vorsätze innerhalb einer Sekunde. Ihr Mund war weich und süß, als er seinen Kuss vertiefte, und ihr Geruch warm und weiblich. Er konnte hören, wie sich ihre Atmung beschleunigte, konnte ihr Verlangen riechen und spürte, wie sich ihr Körper ihm entgegenbog … und sein Blut kochte fast in seinen Adern.

Ohne sich dessen bewusst zu sein, wanderten seine Hände unter ihr Kleid, und der dünne Stoff zerriss unter seinen Fingern und legte das zarte Fleisch darunter frei. Sie sog hörbar Luft ein, und er fühlte, wie sich ihre Nägel in seinen Nacken bohrten, als er an der empfindlichen Stelle an ihrem Hals saugte. Ihre Herzfrequenz sprang in die Höhe, und sie stöhnte, als seine Hand ihre Schenkel erreichte und sich zwischen sie drängte, um zu ihrer engen Öffnung zu gelangen.

Sie fühlte sich um seine Finger heiß und feucht an, und Korum nutzte sein letztes bisschen Selbstkontrolle, um sie zum Orgasmus zu bringen, indem er seinen Daumen rhythmisch gegen ihre Klitoris presste. Sobald sie mit einem leisen Aufschrei zuckte, wusste er, dass er sich nicht länger zurückhalten konnte. Er riss sich seine eigenen Sachen vom Körper, griff sich ihre Beine und zog sie zu sich hin, bis nur noch ihr Oberkörper auf der Planke lag. Dann drang er mit einem kräftigen Stoß in sie ein.

Sie schrie auf, ihr Körper spannte sich an, und Korum

stöhnte, als ihre inneren Muskeln sich um sein Geschlecht zusammenzogen, ihn davon abhielten, weiter vorzudringen. Ihre Augen öffneten sich, sahen ihn an, und Korum hielt ihrem Blick stand, wusste, dass sie das dunkle Verlangen in seinem Gesicht erkennen konnte. Sein Glied pulsierte in ihrem engen Kanal, aber es reichte ihm nicht. Das Tier in ihm musste sie auf einer Ebene besitzen, die weit über die sexuelle hinausging, wollte sich in sie einbrennen, in ihren Körper und in ihren Kopf.

»Du gehörst mir«, flüsterte er rau und begriff kaum, was er da sagte. »Verstehst du mich?«

Sie blickte ihn einfach nur an, ihr Gesicht war gerötet, ihre Lippen leicht geöffnet, und Korum spürte, wie seine Temperatur anstieg. Eine Welle puren Besitzdrangs überrollte seinen Körper. Seine Pobacken spannten sich hart an, als er tiefer in sie eindrang, während er ihre Schenkel weit geöffnet hielt, um ihm seine Bewegungen zu erleichtern. Sie schnappte nach Luft, ihr Gesicht verzog sich, ließ eine Mischung aus Schmerz und Lust erkennen, und er konnte ihr schweres Atmen hören.

Er beugte sich nach vorne, ließ ihre Beine los, legte einen Arm unter ihren Rücken und zog sie zu sich heran. Seine andere Hand suchte sich ihren Weg in ihr Haar, hielt ihren Kopf leicht nach hinten und entblößte somit ihren schlanken Hals. »Sag es, Mia«, befahl er ihr, von dem primitiven Bedürfnis getrieben, sie einzufordern. »Sag, dass du mir gehörst.«

»Ich gehöre …« Sie schien ein Problem damit zu haben, diese Worte auszusprechen. Ihre blauen Augen waren von einem unbekannten Gefühl durchzogen, und sein Drang, sie zu beherrschen, wurde stärker. Er beugte seinen Kopf nach unten, küsste ihren Mund rau, und seine Hand wanderte zu ihren Falten hinunter, sein Daumen presste sich hart auf ihre Klitoris. Ihre inneren Wände zogen sich wie eine geballte Faust um seinen Penis zusammen, und sie stöhnte in seinen Mund.

»Du gehörst mir«, wiederholte er und zog sich für einen Moment zurück. Sie nickte und blickte mit geschwollenen, glänzenden Lippen zu ihm auf.

»Sag es.«

»Ich gehöre dir.« Ihr Flüstern war kaum zu hören, aber es befriedigte sein Bedürfnis in diesem Augenblick.

Er beugte sich erneut hinunter und küsste sie wieder. Dieses Mal allerdings zärtlicher, als er begann, sich langsam aber gleichmäßig in ihr zu bewegen. Seine Hoden pressten sich an seinen Körper, als reine, unverfälschte Lust durch seine Adern rann, und das alles dank dieses kleinen Mädchens in seinen Armen. Korum schloss seine Augen und ließ sich fallen, genoss ihren Geschmack, das Gefühl ihrer weichen Haut unter seinen Fingern … den engen Griff ihres Körpers um sein Glied.

Gerade als seine Lust zu intensiv wurde, fühlte er, wie sie sich mit einem leisen Schrei um ihn zusammenzog und ihn mit sich kommen ließ.

* * *

Einige Stunden später wachte Korum mit dem vertrauten Gefühl auf, dass Mia an seine Seite gekuschelt war. Ihr Atem ging ruhig und gleichmäßig, und er wusste, sie schlief tief und fest, erschöpft von seinem sexuellen Begehren. Er hatte es geschafft, diesmal nicht von ihrem Blut zu trinken, da er das erst vor kurzem getan hatte, aber er hatte sich nicht davon abhalten können, sie im Laufe der Nacht noch weitere Male zu nehmen.

Manchmal fragte er sich, ob es normal war, sie die ganze Zeit so zu begehren. Er hatte schon immer einen starken Sexualtrieb gehabt, aber er hatte noch nie den Drang danach verspürt, die gleiche Frau immer und immer wieder zu haben. Von Mia konnte er einfach nicht genug bekommen, und er war sich nicht sicher, diese Abhängigkeit von einem winzigen, menschlichen Mädchen zu mögen.

Seine Besessenheit von ihr beunruhigte ihn auf verschiedenen Ebenen. So glücklich sie ihn auch machte, die Tiefe seiner Gefühle für sie waren beängstigend. Wenn er sie jemals verlieren sollte … Korum konnte es nicht einmal ertragen, sich diese Möglichkeit überhaupt vorzustellen. Bei dem bloßen Gedanken daran zog sich seine Brust schmerzhaft zusammen.

Korum löste sich vorsichtig von ihr und versuchte so leise wie möglich aufzustehen, um sie nicht zu wecken. Sie brauchte viel mehr Schlaf als ein Krinar, und er sorgte immer dafür, dass sie ihn auch bekam. Selbst mit den Nanozyten in ihrem Körper war sie noch viel zu zerbrechlich und verletzlich für seinen Seelenfrieden. Wenn es nach ihm ginge, würde sie niemals irgendwo allein hingehen, sondern immer schön sicher an seiner Seite bleiben.

Aber Korum wusste, dass sie es hassen würde, wenn er

ihre Freiheiten derart einschränkte. Sie war ja schon mit den wenigen Sicherheitsmaßnahmen, die er ergriffen hatte, nicht einverstanden. Sie betrachtete die Überwachungsapparate als einen Weg, sie zu kontrollieren, als ein Eindringen in ihre Privatsphäre und verstand nicht, wie wichtig ihre Sicherheit und ihr Wohlbefinden für ihn waren.

Es war schon fünf Uhr morgens – für Korum ein später Start in den Tag. Normalerweise arbeitete er um diese Zeit schon, aber er war erst vor drei Stunden schlafen gegangen, da er so lange aufgeblieben war, um sein Verlangen nach Mia zu befriedigen. Er brauchte sie noch mehr als sonst, da er durch den bevorstehenden Kampf unruhig und angespannt war.

Er hatte keine Angst. Eigentlich erregte ihn die Aussicht auf Gefahr sogar. So war es schon immer gewesen; in seiner Jugend hatte er sogar einige Kämpfe provoziert, nur um diesen Adrenalinrausch zu bekommen. Mit dem Alter hatte er aber gelernt, diesen Teil seiner Natur zu unterdrücken und stattdessen Sport als ein Ventil für seine überschüssige Energie zu nutzen. Das war auch der Grund dafür, dass er – abgesehen von dem Kampf mit Saur in Florida – seit ganzen acht Jahren an keinem wirklichen Kampf teilgenommen hatte.

Er machte sich allerdings Sorgen darüber, Mia zu diesem Ereignis mitzunehmen. Die Arena würde überfüllt sein, da fast jeder Krinar auf der Erde persönlich bei dem Kampf anwesend sein würde. Diejenigen auf Krina würden virtuell zuschauen. Er fühlte sich unwohl bei der Vorstellung, sie nach allem, was vorgefallen war, der

Öffentlichkeit auszusetzen, auch wenn er wusste, dass die Gefahr für sie sehr gering war. Der Kampf fand in Lenkarda statt, während Saret sich irgendwo draußen in der menschlichen Welt befand.

Trotzdem hätte Korum sie davon ferngehalten, wenn das nicht gleichbedeutend damit wäre, sie in aller Öffentlichkeit zu beleidigen. Kämpfe in der Arena wurden als einer der wichtigsten und interessantesten Aspekte des krinarischen Lebens angesehen, und jeder – inklusive der Charl – wurde dort erwartet. Mia absichtlich auszuschließen würde so aussehen, als bestrafe Korum sie für etwas – was von der Wahrheit nicht weiter entfernt sein könnte.

Als er länger darüber nachdachte, beschloss er, Mia die ganze Zeit von zwei Wächtern bewachen zu lassen. Er würde auch dafür sorgen, dass sie neben Delia saß, falls sie von einer älteren, erfahreneren Freundin beruhigt werden musste. Dann müsste er sich während des Kampfes keine Sorgen um sie machen – und konnte sich somit einzig und allein auf seinen Gegner konzentrieren. Selbst ein einziger Moment der Ablenkung in der Arena konnte tödlich sein.

Er hatte noch ein paar Stunden Zeit, bis das Ereignis begann. Das Beste, was er jetzt machen konnte, war, sich bei seinen Designern auf den neuesten Stand zu bringen und sicherzugehen, dass sie an dem Prototyp der Schildtechnologie arbeiteten, den er kürzlich entwickelt hatte. Voret und der Rest des Rates waren verständlicherweise beunruhigt darüber, die alten Schilde weiterhin zu benutzen, weshalb dieses Projekt jetzt vorrangig behandelt wurde. Korum warf einen letzten

Blick auf seinen schlafenden Charl und verließ das Haus.

14. KAPITEL

Während Mia darauf wartete, von Delia abgeholt zu werden, klopfte sie nervös mit dem Fuß auf den Boden. Sie war schon fast krank vor Sorge wegen des Kampfes und froh darüber, den anderen Charl während des ganzen Ereignisses bei sich zu haben.

Um sich abzulenken, atmete Mia tief ein und blickte an sich hinunter auf das glänzende Material ihres Kleides. Korum hatte es heute Morgen für sie bereitgelegt, und sie nahm an, dass sie es für den Kampf tragen sollte. Im Gegensatz zu der normalerweise sehr leichten und fließenden Kleidung der Krinar war dieses Outfit aus einem steifen, ziemlich dicken Stoff gefertigt und saß eng an ihrem Körper. Es schien unterschwellig zu leuchten, genauso wie ihre Sandalen. Korum hatte ihr außerdem eine wunderschöne Kette gegeben, die sie tragen sollte. Wenn Mia es nicht besser wüsste, hätte sie gedacht, dass sie sich gerade für ihre eigene Hochzeit fertig mache.

Sie hatte Korum heute Morgen nicht mehr gesehen, aber er hatte angerufen und ihr versprochen, sie vor dem offiziellen Beginn des Kampfes in der Arena zu treffen. Während sie miteinander sprachen, hatte sie aus seiner Stimme kaum unterdrückte Aufregung herausgehört und gewusst, dass er sich auf dieses barbarische Ritual freute.

Sie fand es immer noch eigenartig, sich nach nur so wenigen Tagen derart an ihn gewöhnt zu haben, seine Stimmungen spüren und seine Gefühle lesen zu können. Sie war sogar in der Lage, einige seiner Reaktionen vorherzusagen. Als er letzte Nacht nach Hause gekommen war, hatte sie genau gewusst, was passieren würde, als sie ihre Arme um seinen Hals schlang und den unschuldigen Kuss in etwas mehr verwandelte. So sehr sie ihre erste Nacht zusammen genossen hatte, war ihr klar gewesen, dass er sich zurückhielt, versuchte, Rücksicht auf ihre Unerfahrenheit zu nehmen. Und obwohl sie seine Zurückhaltung zu schätzen wusste, war es ihr nicht genug gewesen. Letzte Nacht hatte sie ihn nicht süß und lieb gewollt, sondern wild und außer Kontrolle, seine wahre Natur zeigend.

Sein Besitzdrang hatte sie gleichzeitig verängstigt und erregt. Wenn sie ihn nicht so sehr wollen würde, hätte ihr seine Leidenschaft, sein Beharren darauf, sich ihm voll und ganz hinzugeben, Angst gemacht. Sie fragte sich, was wohl passieren würde, sollte sie ihn jemals verlassen wollen. Würde er sie gehen lassen oder sie davon abhalten, nach

Hause zurückzukehren? Könnte er sie aufhalten? Wenn sie Delia glauben konnte, hatten die Menschen sehr wenige Rechte innerhalb der krinarischen Siedlungen – eine Vorstellung, die Mia ziemlich stark beunruhigte.

Natürlich war nichts davon jetzt, angesichts des bevorstehenden Kampfes, wichtig. Mia schaute ungeduldig auf ihren Computer am Handgelenk und sah, dass der Kampf schon in zwanzig Minuten beginnen würde. *Wo blieb Delia nur?* Das Warten verschlimmerte Mias Ängste.

Zwei Minuten später sah sie endlich, wie die kleine Transportgondel draußen neben dem Haus landete. Delia stieg aus dem Luftschiff aus und winkte ihr zu. Mia, die froh war, das andere Mädchen zu sehen, lächelte erleichtert. Arus' Charl trug ein Kleid in dem gleichen Stil wie Mias und sah mit ihrem dunklen, glatten Haar, welches mit einem fremdartigen Schmuck durchwoben war, umwerfend aus.

Mia trat schnell aus dem Haus und ging auf das griechische Mädchen zu. »Danke fürs Abholen«, sagte sie, als sie näher bei ihr war.

»Gern geschehen«, antwortete Delia. »Ich wäre übrigens auch gekommen, wenn Korum nicht gefragt hätte. Du musst Angst haben.«

»Mehr als das«, gab Mia zu. »Ich fühle mich, als müsste ich mich bei dem bloßen Gedanken daran übergeben.«

Delia lächelte. »Das kann ich sehen. Steig ein, und wir fliegen schnell rüber.«

»War Arus jemals in einen dieser Kämpfe verwickelt?«, fragte Mia, folgte ihr in die Gondel und nahm auf einem der schwebenden Sitze Platz.

»Einige Male«, antwortete ihr Delia und warf ihr einen verständnisvollen Blick zu. »Und jedes Mal dachte ich, ich würde einen Herzschlag erleiden. Glaube mir, ich weiß genau, was du gerade durchmachst.«

»Für dich war es wahrscheinlich schlimmer«, meinte Mia. »Ich kenne Korum wenigstens erst seit ein paar Tagen.« Auch wenn es sich genauso gut um eine paar Jahre handeln könnte, wenn man die nahezu lähmende Angst betrachtete, die sie bei dem Gedanken daran, ihn zu verlieren, spürte.

Mia atmete tief ein und versuchte sich zu beruhigen, indem sie ihr Umfeld betrachtete. Sie war ja trotz allem noch nie in einem außerirdischen Flugobjekt gereist – oder zumindest erinnerte sie sich nicht an ein solches Erlebnis. Zu ihrer Überraschung bemerkte sie, dass die Inneneinrichtung der Gondel durch ihre hellen Farben, die durchsichtigen Wände und die schwebenden Stühle eine starke Ähnlichkeit zu der in Korums Haus aufzeigte. Es gab keine offensichtliche Technik, wie man sie normalerweise in der menschlichen Welt sah. Stattdessen schien alles einfach zu funktionieren, fast wie durch Magie.

Als das Flugzeug abhob, konnte Mia den Wald durch den durchsichtigen Boden erkennen. Weiter entfernt glitzerte das dunkle Wasser des Ozeans in der strahlenden Sonne. Es war ein wunderschöner Tag, und unter anderen Umständen hätte Mia diesen Flug sehr genossen. Jetzt gerade konnte sie aber nicht aufhören, über das nachzudenken, was gleich passieren würde.

Eine weitere Frage kam ihr in den Sinn, und sie schaute

auf, um Delia anzublicken. »Wie lange dauern diese Kämpfe denn in der Regel?«, wollte Mia wissen, die in Gedanken schon eine furchtbare ganztägige blutige Qual vor sich sah.

»Von ein paar Minuten bis hin zu einigen Stunden ist alles möglich«, antwortete ihr das griechische Mädchen. »Das kommt ganz darauf an, wie ausgeglichen die Konkurrenten sind. Es gibt außerdem eine kurze Zeremonie vor dem Kampf und eine lange hinterher, in der der Gewinner feiert.«

»Wie feiert er?«

Delia lächelte, und dabei hatte sie ein verschmitztes Funkeln in ihren braunen Augen. »Na ja, ein ungebundener Mann wird sich häufig eine mehr oder weniger ungebundene Frau suchen, und sie werden in einer Shatela – einem zeltartigen Bau in der Mitte der Arena – Sex haben. Gebundene Männer werden normalerweise das Gleiche mit ihrer Partnerin machen.«

Sex in der Öffentlichkeit? Meinte Delia das ernst? Mia spürte, wie ihr Gesicht seine Farbe verlor. »Und die, die einen Charl haben?«

Delia lachte. »Das kommt darauf an. Arus ist sehr rücksichtsvoll, was menschliche Empfindungen betrifft, und küsst mich normalerweise in der Arena nur. Er wartet mit der richtigen Feier, bis wir zu Hause sind. Andere behandeln ihren Charl in dieser Situation allerdings genauso wie eine krinarische Frau.«

»Also denkst du, Korum könnte Sex vor allen Leuten haben wollen, wenn er gewinnt?«

»Vielleicht«, meinte Delia grinsend. »Niemand wird

etwas sehen, da ihr in der Shatela seid. Sie könnten euch nur hören.«

»Ach großartig. Das macht es natürlich gleich viel besser«, brummelte Mia. Sie erinnerte sich an das, was Korum ihr über die Feier zum siebenundvierzigsten Jahrestag erzählt hatte, und wie froh sie gewesen war, als Mensch nicht an so einem exhibitionistischen Spektakel beteiligt sein zu müssen. Allerdings sah es diesmal so aus, als käme sie nicht darum herum – außer Korum respektierte ihre *menschlichen Empfindungen*. Eine Sache mehr, über die sie sich während des Kampfes Gedanken machen musste.

Bevor sie die Gelegenheit hatte, weiter darüber nachzudenken, landete ihre Transportgondel leise in einem Waldgebiet.

»Wir sind da«, ließ Delia sie wissen und stand auf.

Mia erhob sich auch und folgte ihr nach draußen. Es sah aus, als befänden sie sich mitten im Wald. »Wo genau ist *da*?«

Delia drehte sich zu ihr herum, und Mia war entsetzt, ein erregtes Leuchten in ihren Augen zu sehen. »Die Arena«, sagte sie und machte eine Geste in Richtung eines baumbewachsenen Hügels, der sich vor ihnen befand.

Mia hob ihre Augenbrauen, sagte aber nichts, als sie auf die Erhebung zugingen. Sie konnte aus der Entfernung ein dumpfes Rauschen hören, wie von einem riesigen Wasserfall etwa. Befand sich die Arena in Flussnähe? Sie bewegte sich vorsichtig und konzentrierte sich darauf, Käfern und anderem Getier, das im costa-ricanischen Dschungel krabbelte, auszuweichen. Ihre Sandalen mit den dünnen Sohlen waren nicht gerade wandertauglich, und Mia hoffte von ganzem Herzen, dass sie nicht gestochen oder gebissen werden würde, bevor sie ankamen. Wenn sie sich richtig erinnerte, waren Vogelspinnen eine der Gefahren in diesem Teil der Welt – auch wenn sie jetzt mit den Nanozyten, die in ihrem Körper umherwanderten und schnell jeglichen Zellschaden reparierten, eigentlich immun gegen solche Gefahren sein sollte.

Als sie den Hügel weiter hinaufstiegen, wurde Mia klar, dass das Geräusch, was sie hörte, das gedämpfte Gemurmel der Menge war. Irgendwo ganz in der Nähe hatten sich tausende Krinar versammelt, um den Kampf zu sehen. Offensichtlich ungeduldig, sich ihnen endlich anzuschließen, rannte Delia den Rest der Erhebung hinauf und bewegte sich dabei mit fast krinarischer Anmut. »Hier ist sie«, sagte sie, drehte sich zu Mia um und zeigte nach vorn.

Mia beeilte sich, um zu dem anderen Charl zu gelangen, ihr Herz klopfte und ihre Handflächen schwitzten. Als sie den Gipfel des Hügels erreichte, hielt sie abrupt an.

Das grüne Tal zu ihren Füßen war ein Anblick, der ihr noch niemals in ihrem ganzen Leben begegnet war. tausende – nein, zehntausende – Krinar hatten sich in der Arena versammelt. Groß und mit goldener Haut, trugen die Außerirdischen strahlend weiße Kleidung, die im Sonnenlicht glänzte. Während sich die Mehrheit von ihnen auf dem Boden aufhielt, gab es einige, die auf den schwebenden Sitzen Platz genommen hatten, welche kreisförmig um eine große Lichtung angeordnet waren. Das Ganze sah aus wie ein riesiges Fußballfeld, nur dass die

Zuschauer in der Luft schwebten, anstatt auf den Plätzen zu sitzen – oder eben eine Hightech-Version eines antiken römischem Amphitheaters. Letzteres war wahrscheinlich der bessere Vergleich, wenn man bedachte, was hier gleich stattfinden würde, dachte Mia.

»Mia! Da bist du ja!«

Als Mia sich nach rechts drehte, sah sie Korum auf sich zukommen. Im Gegensatz zu allen anderen hatte er seine normale Bekleidung an – ein Shirt und Shorts in einer hellen Farbe. Er kam näher, zog sie zu sich heran und küsste sie auf die Stirn. »Wie geht es dir, meine Süße?«, fragte er und blickte mit einem warmen Lächeln auf sie herunter.

Mia konnte spüren, wie ihr Herz in seiner Nähe schneller schlug. »Mir geht es gut. Bist du bereit für den Kampf?«

»Natürlich.« Er streichelte ihre Wange mit seinen Fingern und drehte sich dann zu Delia. »Danke schön, dass du Mia hierhergebracht hast«, sagte er und lächelte das Mädchen an. Sein Arm lag immer noch um Mia und drückte sie eng an sich.

»Es war mir ein Vergnügen«, antwortete Delia und nickte Korum königlich zu. »Ich lasse euch dann mal alleine. Mia, komm bitte zu mir, sobald du fertig bist. Wir sitzen dort drüben.« Sie zeigte auf eine Reihe schwebender Sitze, die sich der Lichtung am nächsten befanden.

»Ich werde sie in einer Minute zu euch bringen«, versprach Korum und sah über das gebieterische Verhalten des anderen Mädchens sichtlich amüsiert aus.

Sobald Delia in der Menge verschwunden war, beugte

er seinen Kopf nach unten und zog Mia für einen innigeren Kuss zu sich heran. Eine seiner großen Hände bedeckte ihren Hinterkopf, und die andere drückte ihre untere Körperhälfte an sich. Sie spürte die Härte seiner Erektion gegen ihren Bauch, die Stärke seiner Arme, die um sie gelegt waren, und Hitze durchflutete ihren Körper und sammelte sich in der empfindlichen Gegend zwischen ihren Beinen. Seine Lippen und seine Zunge spielten mit ihrem Mund, verwöhnten sie, konsumierten sie, bis sie auch die Menge um sich herum vergaß und sich komplett in einem Gefühlsnebel verlor.

Als er sie endlich Luft holen ließ, hing sie verzweifelt an ihm, ohne sich darum zu kümmern, dass dies ein öffentlicher Ort war.

»Mist«, fluchte er mit einem rauen Flüstern, hob seinen Kopf und sah mit leuchtend goldenen Augen auf sie herab, »jetzt kann ich es nicht mehr erwarten, dass dieser Kampf endlich vorbei ist. Manchmal treibst du mich in den Wahnsinn, weißt du das eigentlich?«

Mia leckte sich ihre Lippen und konnte ihn schmecken. Sie war so erregt, dass sie es kaum aushalten konnte, ihre Hüften bewegten sich von allein und versuchten, sich an ihm zu reiben. Und trotzdem gab es da etwas, was in ihrem Hinterkopf arbeitete und den Schleier des Verlangens durchbrach, der ihr Gehirn einhüllte.

Sie drückte gegen seine Brust, um ein wenig Abstand von ihm zu gewinnen und somit klarer denken zu können. »Delia hat mir gesagt ...« Mia zögerte, weil sie nicht wusste, wie sie es am besten formulieren sollte. »Delia hat mir erzählt, der Sieger feiert, indem, ähm ...«

»… er Sex hat?«, fragte Korum, und seine Augen füllten sich erneut mit einem goldenen Glanz. »Ist es das, was sie dir erzählt hat?«

Mia nickte, und ihre Wangen brannten.

Korum machte einen kleinen Schritt zurück, hielt sie aber immer noch nahe bei sich. »Das stimmt«, antwortete er ihr mit einer leisen und heiseren Stimme. »Wenn ich gewinne, würde man von mir erwarten, so zu feiern. Wäre das ein Problem?«

Mia blickte zu ihm auf. »Du meinst … du würdest es in aller Öffentlichkeit machen wollen?«

»Es ist nicht wirklich öffentlich, meine Süße«, sagte er, und einer seiner Mundwinkel ging nach oben. »Wir wären in einer Shatela – einem Bau, der genau zu diesem Zweck geschaffen wurde. Aber ja, ich würde nach dem Kampf sehr, sehr gerne Sex mit dir haben. Dein süßer Körper wäre meine Belohnung.«

* * *

Korum konnte sehen, wie sich ihre Pupillen weiteten und ihre Augen sich dunkler zu färben schienen. Ihre Atmung war ungleichmäßig, und ihre Wangen hatten eine hübsche rötliche Färbung. Sie war erregt, fast genauso stark wie er. Wenn der Kampf jetzt schon vorbei wäre, würde sie nicht protestieren, wenn er sie zu einer Shatela brachte, ihr das Kleid vom Körper riss und ihr sein Geschlecht zwischen die Beine rammte. Da war er sich sicher. Er mochte den Gedanken daran, sie vor allen Anwesenden einzufordern; es sprach etwas Urzeitliches tief in seinem Inneren an.

»Korum, ich …«

»Schscht«, unterbrach er sie und setzte seinen Finger in einer Geste, die er bei den Menschen gesehen hatte, auf ihre Lippen, »mach dir darüber jetzt keine Gedanken. Ich werde dich nicht dazu zwingen, irgendetwas zu tun, was du nicht möchtest.«

Und Korum meinte das auch so. Er hatte nicht vorgehabt, irgendetwas zu beweisen, als er Mia geküsst hatte, aber ihre Reaktion zeigte deutlich, wie empfänglich sie für ihn war. Trotz ihres Gedächtnisverlustes wurde sie genauso von ihm angezogen wie vorher – eine Erkenntnis, die ihn bis in seine Haarwurzeln mit männlicher Befriedigung erfüllte. Er würde sie niemals zwingen, aber wahrscheinlich müsste er das auch gar nicht. Er vermutete, dass sein kleiner Charl abenteuerlustiger war, als er es von sich selbst glaubte.

Sie schaute ihn immer noch misstrauisch an, also beugte er seinen Kopf hinunter und küsste ihren köstlichen Mund noch einmal. Diesmal war es nur ein kurzer Kuss, nicht mehr als ein Berühren ihrer Lippen mit den seinen. Sein Körper schrie danach, mehr zu tun, sie hier und jetzt zu nehmen, aber es war keine Zeit mehr dazu. Er musste sich für den Kampf fertig machen.

Aber selbst ein kleiner Kuss war jetzt schon genug, um sie abzulenken. Ihre Augen waren wieder sanft, gefüllt mit Begehren. Korum musste sich zwingen, wegzuschauen, um wieder die Kontrolle über sich zu bekommen.

»Komm«, sagte er rau, »Lass uns zu deinem Platz gehen. Ich muss jetzt weg, aber ich möchte sichergehen, dass du bei Delia bist, bevor ich dich verlasse.«

»Natürlich.« Sie schien wieder beunruhigt zu sein, und ein Teil ihrer Farbe verschwand aus ihrem Gesicht. »Beginnt es genau zwölf Uhr mittags?«

»Ja«, antwortete Korum, nahm ihre Hand und begann, sie durch die Menge zu führen. »Wir sind normalerweise pünktlich, also haben wir genau zehn Minuten, bevor die Zeremonie beginnt.«

Sie gingen jetzt vor der ersten Reihe entlang, in der Delia und Arus schon Platz genommen hatten. Nur ein schwebender Sitz neben Delia war noch frei, und genau dahin führte Korum Mia. Als sie sich näherten, teilte sich die Menge, um sie durchzulassen. Diejenigen, die er kannte, nickten ihm höflich zu, als sie vorbeigingen, während andere ihn und seinen Charl mit ungebremster Neugier anstarrten. Korum störte das überhaupt nicht. Als Ratsmitglied mit einem gewissen Ruf war er an derartige Aufmerksamkeit gewöhnt. Mia war durch die Gerüchte über ihre Beteiligung am Widerstand auch eine Person des öffentlichen Interesses. Die Krinar sahen Starren auch nicht als unhöfliches Verhalten an. Ganz im Gegenteil, es war ein Zeichen von Respekt, jemanden direkt anzuschauen.

»Oh, schön«, sagte Delia, als sie ihre Plätze erreichten. »Ich habe mir schon Sorgen gemacht, ihr würdet es nicht mehr vor dem Beginn des Kampfes schaffen.«

»Musst du nicht, wir sind ja jetzt da«, antwortete ihr Mia und errötete ein wenig. Korum unterdrückte ein Schmunzeln, da er wusste, wie unangenehm ihr solche Sachen in der Öffentlichkeit waren. Sein kleiner Liebling war immer noch so unschuldig; er mochte diese

Schüchternheit an ihr genauso gern, wie er sie gleichzeitig davon befreite.

Arus blicke Korum ruhig an. »Wir werden gut auf Mia aufpassen, versprochen. Du musst dir jetzt keine Gedanken um sie machen.«

»Danke«, sagte Korum und war froh darüber, dass das andere Ratsmitglied seine unausgesprochene Besorgnis verstand. Auch wenn er wusste, wie sicher es war, fühlte er sich immer noch unwohl dabei, sie in aller Öffentlichkeit allein zu lassen. Was mit Saret passiert war, hatte einen unauslöschlichen Eindruck in seinem Kopf hinterlassen, und er wusste, er würde sehr hart daran arbeiten müssen, seine Angst, sie zu verlieren, zu überwinden.

Um sie herum besetzten andere Krinar ihre schwebenden Sitze und leerten somit die Gänge und die Arena. Es waren noch weniger als fünf Minuten, bis die Zeremonie begann, und Korum musste sich immer noch geistig und körperlich auf das vorbereiten, was gleich passieren würde.

»Ich muss los«, sagte er widerwillig und sah, wie Mias Augen bei seinen Worten feucht wurden.

»Pass auf dich auf«, flüsterte sie und schaute zu ihm hoch. »Bitte, Korum, sei vorsichtig.« Sie schlang ihre Arme um seine Taille, drückte ihn und hielt ihn einige Augenblicke lang fest.

Berührt, erwiderte Korum ihre Umarmung und löste sich dann vorsichtig von ihr. »Ich liebe dich«, sagte er zu ihr und lächelte sie ein letztes Mal an.

»Und ich liebe dich«, flüsterte Mia, als er anfing, wegzugehen.

Korum hielt im Gehen inne und konnte seinen Ohren kaum trauen. Er drehte seinen Kopf und sah die unvergossenen Tränen in ihren Augen glitzern. Er wollte sie berühren, sie fragen, ob sie das wirklich so meinte, aber dafür war keine Zeit. Stattdessen schenkte er ihr sein breitestes Lächeln und ging dann weiter zu einem kleinen Bau auf der entgegengesetzten Seite der Arena.

Die Zeremonie war dabei, zu beginnen.

* * *

Mia nahm auf ihrem schwebenden Sitz Platz und fühlte sich, als würde ein Schraubstock ihr Herz zerquetschen. Trotz aller beruhigender Worte von Korum wusste sie, dass die reale Möglichkeit bestand, ihn gerade zum letzten Mal gesehen zu haben.

Der Gedanke daran war so schmerzhaft, dass Mia für einen kurzen Augenblick nicht atmen konnte.

»Mia? Mia, hör mir zu. Ihm wird nichts passieren, okay?« Es war Delia, die mit einer ruhigen und besänftigenden Stimme auf sie einredete.

Mia blinzelte und hatte Schwierigkeiten, sich auf den anderen Charl zu konzentrieren. »Ich weiß«, sagte sie mit einer Zuversicht, die sie nicht fühlte. »Natürlich weiß ich das.«

Der krinarische Mann, der neben Delia saß, lächelte sie auch beruhigend an. »Sie hat recht, Mia«, sagte er mit einer tiefen, ruhigen Stimme. »Dein Cheren ist sehr gut darin. Bis jetzt hat er noch nie einen Kampf verloren. Ich bin übrigens Arus. Wir haben uns noch nie persönlich getroffen.«

»Oh, hallo«, begrüßte Mia ihn und hielt ihm automatisch ihre Hand hin. »Ich freue mich, dich kennenzulernen.«

Arus' Lächeln verstärkte sich. »Das Schütteln deiner Hand ist leider nicht erlaubt«, antwortete er freundlich. »Ich möchte nicht als Nächster auf dem Feld gegen Korum antreten.«

»Oh, ja, richtig.« Mia zog leicht peinlich berührt ihre Hand zurück. »Es tut mir leid; das habe ich ganz vergessen. Korum hat mir gestern ein wenig über eure Gebräuche erzählt.«

»Es gibt nichts, was dir leidtun müsste«, widersprach ihr Delia. »Ich bin beeindruckt davon, wie schnell du alles wieder erlernst. Ich habe lange dazu gebraucht, mich so wohl zu fühlen, wie du das jetzt zu tun scheinst.«

»Ja, und ich weiß gar nicht, warum das so ist«, gab Mia zu. »Vielleicht erinnere ich mich auf einer unbewussten Ebene an bestimmte Sachen.«

»Du scheinst auch schon sehr starke Gefühle für Korum entwickelt zu haben«, bemerkte Arus, und seine dunklen Augen füllten sich mit so etwas wie Verwunderung, als er auf Mia schaute. »Mehr, als man das in dieser Situation erwarten könnte. Ich frage mich, warum. Ich bin kein Gedächtnisexperte, aber das scheint doch ziemlich ungewöhnlich zu sein.«

»Wirklich?« Mia zog verwundert ihre Stirn in Falten. »Ich dachte, der ganze Auslöschungsprozess des Gedächtnisses habe vielleicht doch nicht alle Erinnerungen beseitigt …«

»Das sollte er aber«, erklärte ihr Arus. »Wenn es eine Standardsäuberung der Erinnerungen war, solltest du genauso sein wie noch vor ein paar Monaten: mit keinerlei Wissen über unsere Welt oder Korum. Die Tatsache, dass du dich so schnell an alles gewöhnst, ist … interessant, um es untertrieben zu sagen.«

Mia betrachtete ihn und fragte sich, was das alles zu bedeuteten hatte. Seitdem sie in Lenkarda aufgewacht war, waren ihre Gefühle und Reaktionen eigenartig gewesen. Möglicherweise war es Saret doch nicht gelungen, ihre Erinnerungen komplett zu löschen?

Ein lauter Gong riss Mia aus ihren Überlegungen.

Die Zeremonie vor dem Kampf begann.

Ein großer, männlicher Krinar in einer ungewöhnlichen blauen Kleidung trat aus einem der kleinen Bauten an den Seiten der Arena und ging in die Mitte des Feldes.

»Das ist Voret«, flüsterte Delia Mia zu, während sie sich kurz zu ihr hinüberlehnte. »Er ist eines der ältesten Ratsmitglieder.«

Mia nickte, und ihre Augen hingen an dem Geschehen, das sich unten abspielte.

»Residenten der Erde und alle, die ihr jetzt von Krina aus zuschaut«, sprach Voret, und seine tiefe Stimme füllte das ganze Amphitheater. »Willkommen zu dem alten Ritual der Herausforderung in der Arena. Wie ihr alle wisst, findet der heutige Kampf zwischen zwei Ratsmitgliedern statt: Loris und Korum. Der Grund für diesen Kampf, wie bei allen anderen auch, ist eine unüberbrückbare Differenz, die nur mit Blut aus der Welt geschafft werden kann.«

Voret hob seinen Arm, und blaues Licht schien von seiner Fingerspitze auszuströmen, welches ein gigantisches, dreidimensionales Bild erschuf, das in der Luft schwebte. Es zeigte einen Wald mit grünen, gelben, roten und orangefarbenen Pflanzen. »Seit Generationen haben wir uns in der Arena versammelt, um der Ausräumung einer solchen Meinungsverschiedenheit beizuwohnen. Es begann nach dem Großen Krieg, als wir uns nach dem Niedergang der Lonar – der Quelle unseres lebensnotwendigen Blutes – fast selbst zerstörten. Damals war Gewalt eine Art, zu leben – und das wäre es immer noch, wenn es die Herausforderung in der Arena nicht gäbe.«

Das schwebende Bild veränderte sich, als ob eine Kamera in einen bestimmten Teil dieses fremden Waldes zoomen würde. Mia starrte fasziniert auf den männlichen Krinar, der jetzt gezeigt wurde. Er war mit braunen Stofffetzen bekleidet und sprang mit einer Geschwindigkeit von Baum zu Baum, die Tarzan neidisch gemacht hätte. Unter ihm wieselten kleine, menschenähnliche Kreaturen über den Boden, deren Körper mit nichts als hellblondem Haar bedeckt waren. Das mussten die Lonar sein, begriff Mia, als sie den raubtierhaften Blick auf dem Gesicht des männlichen Krinar sah, der sie von oben verfolgte. Er war nicht so schön wie die modernen Krinar, seine Gesichtszüge waren gröber, weniger symmetrisch, aber er hatte ihre typische Haarfarbe und die goldene Haut.

»Wir haben uns aus Jägern entwickelt. Aus Raubtieren.« Vorets Stimme hallte durch die Arena. »Wir brauchen Gewalt. Wir verlangen danach. Um als friedliche Gesellschaft zu funktionieren, brauchen wir ein Ventil – eine Art und Weise, die Unstimmigkeiten zu lösen, die ansonsten zu Kämpfen oder Kriegen führen könnten. Die Arena ist dieses Ventil.«

Der Krinar in der Darstellung sprang von den Bäumen hoch oben hinab und landete vor den unglücklichen Lonar. Sie schrien vor Angst, und ihre Schreie klangen komischerweise wie die von Affen. Sie drehten sich um, wollten wegrennen, aber es war zu spät. Einer von ihnen – eine Frau – war schon in der eisernen Umarmung des Krinar gefangen, und er schnitt mit seinen scharfen Zähnen ihren Hals auf. Leuchtend rotes Blut lief von der Wunde über ihre Brust an ihr hinunter, und seine Farbe setzte sich stark von ihrem hellen Fell ab.

»Die Ausrottung der Lonar hat uns fast zerstört. Die Tatsache, dass wir überlebten, bezeugt die heldenhaften Anstrengungen der Wissenschaftler, die inmitten von Chaos und Krieg den Blutersatz entwickelten.«

Das Bild veränderte sich wieder, zeigte nicht mehr den Wald oder den Krinar, der sich an der wehrlosen Frau nährte. Stattdessen wurden drei grobzügige, männliche Krinar gezeigt, deren strenge Gesichter eher den alten Jägern als den umwerfenden Zeitgenossen ähnelten, die Mia gerade umgaben.

»In der Arena ehren wir diejenigen, die vor uns kamen – und alle diejenigen, die nach uns kommen werden. Mit diesem Ritual der Gewalt ehren wir den Frieden – und die

Gesetze, welche ihn ermöglichten.«

Jetzt zeigte das schwebende Bild den gleichen farbenfrohen Wald wie zuvor – allerdings war er diesmal bewohnt, wie man an den blassen, länglichen Bauten erkennen konnte, die den modernen Krinar als Wohnraum dienten. Ein krinarisches Paar – Mann und Frau – in der hellen Kleidung, an deren Anblick Mia sich schon so sehr gewöhnt hatte, spazierte zwischen den Bäumen entlang. Die beiden sahen wunderschön und glücklich aus, während sie dort zusammen entlanggingen und sich an der Hand hielten. Das Bild blieb ein paar Minuten lang bestehen und verschwand dann, um Voret allein in der Mitte der Arena stehen zu lassen.

Er schwieg einen Augenblick lang, bevor seine Stimme erneut kraftvoll ertönte. »Jetzt ist es Zeit für die Kämpfer, zu mir zu kommen. Loris und Korum, bitte betretet die Arena.«

Mia hielt ihren Atem an, als die zwei Krinar herauskamen, Korum aus einem Bau auf Mias rechter und Loris aus einem Bau auf ihrer linken Seite. Statt der normalen krinarischen Bekleidung – oder der formaleren weißen Variante der Zuschauer – trug jeder von ihnen wadenlange Hosen, die die Farbe frischen Blutes hatten. Ihre Füße und ihre Brust waren nackt, abgesehen von Wirbeln roter Farbe, die ihre Arme und die Oberkörper schmückten.

Mia schluckte, um ihre trockene Kehle zu befeuchten, und starrte ihren Liebhaber fasziniert an. Er sah umwerfend aus – und völlig wild. Da sie in der ersten Reihe saß, konnte sie die gelbgoldene Farbe seiner Augen sehen, hell und hervorstechend vom bronzefarbenen Teint seiner Haut. Die Tatsache, dass er halb nackt war, unterstrich die Kraft seines Körpers; während er ging, spannten seine Muskeln sich an und traten hervor, seine Haltung war anmutig und gleichzeitig bedrohlich.

Der andere Krinar war ein paar Zentimeter größer und ein wenig massiger gebaut. Der Ausdruck seiner falkengleichen Gesichtszüge war dunkel und hasserfüllt.

Die beiden Kämpfer näherten sich der blaugekleideten Figur im Zentrum der Arena und hielten in einem respektvollen Abstand zu ihr an. Voret drehte sich zu Loris und sprach ihn an: »Loris, du hast entschieden, Korum heute herauszufordern. Ist das richtig?«

»Ja«, antwortete der Krinar, dessen Augen mit der gleichen Vorfreude funkelten, die Mia auch auf Korums Gesicht sehen konnte.

Voret nickte sichtlich zufrieden. Er drehte sich zu Korum, den er fragte: »Nimmst du Loris' Herausforderung an?«

»Das mache ich«, bestätigte Korum.

»Dann möge der Kampf beginnen.«

15. KAPITEL

Korum sah Voret dabei zu, wie er seine Arme hob – das Zeichen, zu beginnen. Gleichzeitig wurde das schwebende Brett unter Vorets Füßen aktiviert, und das Ratsmitglied wurde in luftige Höhe über die Arena transportiert. Das war der einzige Weg, um sicherzugehen, dass der Schiedsrichter – eine Rolle, die heute Voret einnahm – während des Kampfes in Sicherheit war.

Korum, dessen Augen an seinem Gegner klebten, begann, langsam um Loris zu kreisen, und hielt Ausschau nach der besten Möglichkeit, ihn anzugreifen. Er konnte fühlen, wie sein Herz schneller schlug und das Blut mit erhöhtem Druck durch seine Adern raste. Sein Kopf war kristallklar und sein Verstand messerscharf, als er sich einzig und allein auf seinen Feind konzentrierte. So war es jedes Mal für ihn in der Arena; das Adrenalin erhöhte seine Konzentration, verbesserte seine Reflexe. Irgendwo in seinem Hinterkopf war er sich dessen bewusst, gerade von Mia beobachtet zu werden. Er konnte ihren Blick auf seiner Haut spüren, und diese Tatsache trieb ihn noch mehr an als der bevorstehende Kampf allein.

Loris reagierte, indem er sich auch in einem langsamen Kreis bewegte, seine dunklen Augen brannten voller Hass. Korum lächelte ihn spöttisch an, um seine Wut noch zu verstärken. Das war eine der Weisheiten des Defrebs: der Kämpfer, der einen kühlen Kopf bewahrt, gewinnt. Als Loris ihn im Sitzungssaal angegriffen hatte, war es lächerlich einfach für Korum gewesen, ihn zu unterwerfen – teilweise deshalb, weil der Protektor komplett seine Kontrolle verloren hatte.

Ein Lächeln: so eine einfache Sache, aber sie wirkte. Loris' Kiefer spannten sich an, der Muskel neben seinem Ohr zuckte. Und dann griff er an, sein rechter Arm schlug zu, seine Finger waren derart gekrümmt, dass sie eine tödliche Waffe darstellten.

Korum wich diesem Schlag mit Leichtigkeit aus, indem er sich im letzten Moment wegdrehte. Gleichzeitig schnellte sein Fuß nach vorne und traf Loris' Knie mit einer solchen Wucht, dass er hören konnte, wie das Gelenk brach.

Loris schrie vor Schmerzen auf, stolperte zurück, und Korum sprang auf ihn, nutzte den Schwung seines Satzes, um den Protektor zu Boden zu werfen. Nahkampf war gefährlich, aber jetzt schon weniger, da sein Gegner teilweise – wenn auch nur für kurze Zeit – angeschlagen war. Seine Faust krachte in Loris' Gesicht, einmal, dann noch einmal und noch einmal, jede Bewegung mit Lichtgeschwindigkeit. Gleichzeitig schlug Korums Knie in Loris' Seite und verletzte dessen innere Organe.

Das würde kein langer Kampf werden.

Den Protektor zu unterwerfen war sogar so einfach, dass Korum es eigentlich schaffen sollte, ihn nicht umzubringen.

* * *

Zwei Reihen von Mia entfernt wartete Saret auf den perfekten Augenblick, zuzuschlagen, seine ganze Aufmerksamkeit galt den Kämpfern. Es war ein Risiko, sich so nah an der Bühne aufzuhalten, aber es maximierte seine Erfolgschancen – und brachte ihn in Griffnähe zu Mia, falls sich eine günstige Gelegenheit ergeben sollte.

Als er sich diesen Platz auswählte, hatte er natürlich nicht gewusst, dass Mia so streng bewacht werden würde. Sie saß nicht nur neben Arus, sondern wurde auch von mindestens zwei Wächtern beobachtet. Saret hatte sie schon entdeckt. Sie versuchten, in der Menge unterzugehen, aber ihre scharfen Blicke verrieten ihre wahre Aufgabe: sie waren hier, um Mia zu beschützen.

Saret fragte sich, ob Korum etwas vermutete, oder ob er einfach nur paranoid war, wenn es um Mias Sicherheit ging. Wie dem auch sei, es sah ganz danach aus, als befände sich Mia außerhalb Sarets Reichweite – zumindest solange Korum lebte. Wenn sein Feind erst einmal aus dem Weg geschafft sein würde, sähe die ganze Sache anders aus.

Solange kein anderer einflussreicher Krinar sie zu seinem Charl machte, würde sie nach Krina gebracht werden, wo Saret sie unter seiner anderen Identität für sich beanspruchen konnte.

Sarets Interesse daran, verschiedene Identitäten zu besitzen, hatte sich schon vor einigen Jahrhunderten entwickelt, lange bevor er angefangen hatte, seine Pläne für die Menschheit zu entwickeln. Er war damit betraut worden, einen Kriminellen zu rehabilitieren, der ein Meister der Verkleidungen war und vorgespielt hatte, gleichzeitig drei verschiedene Personen zu sein; das Ganze vollständig mit unterschiedlichen körperlichen Erscheinungen, legalen Dokumenten und intakten Lebensläufen. Saret war so fasziniert von ihm gewesen, dass er unzählige Stunden damit verbracht hatte, alles über das Handwerk dieses Mannes zu lernen. Der Kriminelle war mehr als glücklich darüber gewesen, alles preiszugeben, was er wusste, um im Austausch dafür eine schwächere Version der Rehabilitation zu erhalten als diejenige, zu der er ursprünglich verurteilt worden war.

Sarets zweite Identität hatte als ein Spaß begonnen, als ein Test, herauszufinden, ob er in der krinarischen Gesellschaft mit so etwas durchkommen würde. Und zu seiner großen Überraschung hatte er herausgefunden, dass er es konnte; alles, was er dazu brauchte, war der Zugang zu einigen Datenbanken der Regierung und ein paar Jahrhunderte, um eine überzeugende neue Persönlichkeit zu kreieren.

Saret – der Gedächtnisexperte – wurde jetzt als ein Krimineller angesehen. Juron dagegen war ein gesetzestreuer Bürger Krinas, der gerade allein eine Weltraumerforschung im krinarischen Sonnensystem unternahm. Es wäre Juron, der Mia als Nächstes als seinen Charl einfordern würde.

Alles, was Saret dafür noch tun musste, war, Korum jetzt und hier zu töten, und zumindest dieser Teil seines Planes würde erfolgreich sein. Danach konnte er wieder versuchen, der Erde Frieden zu bringen.

Seine momentane Verkleidung war eine weitere Identität, die er hier auf der Erde zu entwickeln begonnen hatte. Sie war nicht so wasserdicht wie Juron, aber gut genug, um die Sicherheitskontrollen zu passieren und für den Kampf nach Lenkarda zu gelangen. Niemand vermutete in dem Moment, dass der Mann, der so nah an der Bühne saß, der meistgesuchte Krinar im ganzen Universum war.

Saret blickte noch einmal zu Mia hinüber und schaute dann weg. Es wäre nicht gut, sie offen anzustarren, auch wenn viele andere das Gleiche taten. Sie selbst bekam von ihrer Umwelt nichts mit, ihre ganze Aufmerksamkeit galt dem Kampf. Saret fluchte unterdrückt. Es sah ganz so aus, als sei sein kleines Experiment komplett nach hinten losgegangen. Sie schien erneut starke Gefühle für diesen Bastard zu entwickeln.

Das war wirklich Pech. Damit wäre sie mehr als nur ein wenig verstört, wenn er starb.

Saret hob langsam seine Hand, zielte auf den Platz und wartete auf den perfekten Moment. Als Korum auf Loris sprang, wusste Saret, dass der perfekte Zeitpunkt gekommen war.

Er atmete tief ein und aktivierte die Waffe.

* * *

Korum hob seinen Arm für einen weiteren Schlag, und in diesem Moment erstarrte er.

Eine Welle von Schmerz durchflutete ausgehend von seinem Nacken seinen Körper. Seine Beine fühlten sich unkontrollierbar schwer an, seine Muskeln zitterten unter der Anstrengung, ihn auf den Beinen zu halten.

Eine einfache Betäubungswaffe. Korum war sich dessen plötzlich sicher. Die Scanner der Wächter waren dafür entwickelt worden, alles das zu bemerken, was gefährlich war, aber diese Arten von Betäubungswaffen nutzten eine ältere Technologie, die aus der Entfernung viel schwerer zu entdecken war.

Aus einem Reflex heraus griff Korum sich in den Nacken und merkte, wie er von Loris' Körper rutschte. Sein Rücken schlug auf dem Boden auf, und dort blieb er hilflos liegen, ein paar wertvolle Sekunden lang unfähig, sich zu bewegen. Für die Zuschauer würde es so aussehen, als hätte Loris ihm einen versteckten Schlag verpasst, eine Betäubung würde wohl keinem sofort in den Sinn kommen.

Trotz der Gefahr – oder vielleicht gerade deswegen – funktionierte Korums Kopf präzise, analysierte die ganze Situation in einem Augenblick. Es gab nur eine Person, die motiviert genug war, das Risiko einzugehen, so etwas zu machen.

Saret. Er war hier bei dem Kampf.

Korum war in seinen Nacken getroffen worden. Er wusste, wie sich eine einfache Betäubungswaffe anfühlte, weil er schon einmal diese Erfahrung gemacht hatte. Genau wie eine menschliche Pistole war sie eine Waffe, die von einem bestimmten Ort aus abgefeuert werden musste.

Eine Stelle, die trianguliert werden konnte.

Korum ignorierte den Schmerz und die Schwäche, die durch seinen Körper zogen, sandte einen mentalen Befehl an seinen inneren Computer ... und dann wusste er Bescheid.

Sein Feind befand sich nur wenige Schritte von Mia entfernt.

Angst, scharf und ihn innerlich zerreißend, schoss durch seine Adern, dicht gefolgt von einer Wut, die so intensiv war, dass sein ganzer Körper erzitterte.

Er konnte sich selbst gerade nicht retten, aber er wäre verdammt, wenn er wieder darin versagen würde, Mia zu beschützen.

Korum schloss seine Augen und konzentrierte sich darauf, Verbindung mit dem privaten Kommunikationsnetzwerk der Wächter aufzunehmen.

* * *

Mia unterdrückte einen Schrei, als sie Korum zucken und dann von Loris' Körper rutschen sah. Bis jetzt hatte er unbesiegbar gewirkt, die Situation war völlig unter seiner Kontrolle gewesen. Sie hatte sogar begonnen sich zu entspannen, und ein Teil ihrer Angst war verschwunden, als sie die Leichtigkeit gesehen hatte, mit der Korum sein

Können in der Arena zur Schau stellte.

Bis sich alles in einem Moment geändert hatte.

Was war passiert? Sie konnte sehen, wie Korum sich in den Nacken fasste, als ob ihn dort etwas gebissen hätte. Er schien benebelt zu sein, von etwas geschwächt zu werden.

Was zum Teufel war passiert?

Sie konnte sehen, wie Loris aufstand. Er bewegte sich schon wieder besser, da sein krinarischer Körper sich von den Verletzungen erholte, die Korum ihm zugefügt hatte.

Und Korum lag immer noch da, als könne er sich nicht bewegen. Sogar seine Augen waren geschlossen, weshalb er seinen Feind gar nicht sehen konnte.

»Nein!« Mia hörte ihren eigenen Aufschrei durch die Arena hallen. Delia griff nach ihrem Arm und hielt sie davon ab, von ihrem Sitz aufzuspringen, als Loris Korums schutzlosen Körper angriff.

Sie konnte das Leuchten auf dem Gesicht des anderen Mannes sehen, als er wieder und immer wieder zuschlug, konnte den metallenen Geruch des Blutes riechen, das ihre Körper in ein strahlenderes Rot färbte.

Es war Korums Blut.

»Nein!« Ein weiterer schmerzerfüllter Schrei entwich ihrer Kehle. Jetzt hörte sie das Übelkeit erregende Geräusch einer Faust, die immer wieder auf Fleisch traf. »Nein, stopp!« Mia entriss ihren Arm aus Delias Griff und sprang auf ihre Füße.

»Mia, nein! Du darfst nicht eingreifen …« Das griechische Mädchen versuchte erneut, sie zu fassen, aber Mia schüttelte sie ab wie eine Fliege, wollte verzweifelt in die Arena gelangen.

Sie schaffte es, zwei Schritte weit zu kommen, bevor ein Arm aus Stahl sich um ihre Taille legte und sie gegen einen harten, männlichen Körper presste. Mia kratzte diesen Arm, der sie trotz des Gemetzels vor ihren Augen festhielt. »Stoppt den Kampf! Das ist eine Falle! Könnt ihr das nicht sehen? Er kann nicht kämpfen! Das ist eine Falle!« Der Griff des Armes wurde nur noch fester. »Lass mich los. Lass mich jetzt endlich los, verdammt noch mal!«

Mia bekam kaum mit, dass sie sich aufführte wie eine Furie. Arus hielt sie fest, und sie kämpfte wütend gegen ihn an und versuchte, sich aus seinem Griff zu winden. Es war unmöglich, gegen einen Krinar zu gewinnen, aber das war ihr egal.

Mia hatte alle Rationalität schon abgelegt.

* * *

Korum konnte die Schläge von Loris' Faust spüren, sein Körper erzitterte vor Schmerzen, als die zu Klauen geformten Finger des Protektoren ein Stück aus seinem Fleisch rissen.

Von Korums offensichtlicher Schwäche ermutigt, nahm sich sein Feind die Zeit, ihn zu quälen, bevor er zum Todesstoß ausholte. Der Schmerz war erschütternd, Übelkeit erregend, aber Korum kämpfte gegen die Dunkelheit an, die ihn zu überkommen drohte, da er wusste, dass sonst alles verloren sein würde. Er bekam kaum mit, dass seine Niere und seine Milz verletzt, seine Rippen zersplittert und sein linkes Schlüsselbein gebrochen waren, aber das war auch nicht weiter wichtig, denn er merkte, wie die Wirkung des Betäubungsschusses nachließ.

Im Hintergrund konnte er Mia schreien und weinen hören, der Schmerz in ihrer Stimme zerriss ihm das Herz. Mit jeder Sekunde, die verging, verringerte sich die hinderliche Schwäche, die ihn so hilflos machte, und sein Körper begann, mit so etwas wie Normalität zu funktionieren.

Er musste noch eine Weile überleben. Nur ein bisschen länger, und er hätte eine Chance, anstatt hier wie ein Stück Fleisch zu liegen.

Jetzt gerade war er allerdings immer noch zu schwach. Sich jetzt zu wehren würde tödlich enden. Loris spielte mit ihm, unterhielt das Publikum, versuchte, sein Ansehen durch das Vorzeigen seiner Kampfkünste wiederzuerlangen – aber auf das kleinste Zeichen erneuten Widerstandes von Korum würde er direkt an seine Kehle gehen.

Also ließ Korum die Schläge auf sich niederprasseln und stöhnte nicht einmal, als Loris ihn immer wieder trat. Er ignorierte die Schmerzen, als seine Knochen brachen und seine Sehnen rissen, und konzentrierte sich einfach darauf, bei Bewusstsein zu bleiben.

Und als Loris schließlich an seine Kehle ging, sammelte Korum jedes bisschen Kraft, das er in seinem geschundenen und zerstörten Körper finden konnte … und ließ seiner kochenden Wut freien Lauf.

Sein linker Arm – die einzige Gliedmaße, die noch halbwegs funktionierte – schlang sich zu einem tödlichen Griff um Loris' Hals und zog den Protektoren nah zu sich heran. Bevor sein Gegner überhaupt reagieren konnte, sanken Korums Zähne tief in sein Fleisch, zerbissen die Wirbelsäule und verletzten die Verbindung zum Gehirn.

Blut spritzte überall hin: in Korums Augen, sein Haar, seinen Mund … Er war blutüberströmt, und dieser Geschmack und Geruch überwältigten ihn, verstärkten die blinde Wut, die durch seinen Körper floss. Er dachte nicht mehr nach, seine Vernunft war ausgeschaltet; er war die fleischgewordene Blutlust und verlangte nach immer mehr. Seine Zähne sanken erneut in Loris' Hals, zerrissen ihn, bis nichts mehr davon übrig war.

16. KAPITEL

Saret sah entsetzt und ungläubig dabei zu, wie Loris' abgebissener Kopf auf dem Feld entlangrollte. Die dunklen Augen des Ratsmitglieds waren geöffnet, ohne etwas zu sehen, sein Mund war entspannt und blutverschmiert.

Um ihn herum begann die Menge zu toben. Die Leute waren auf ihren Sitzen, in den Gängen, schrien und stampften mit ihren Füßen. Korums Name wurde immer wieder gerufen, was bei Saret eine starke Übelkeit auslöste.

Er musste raus hier. Jetzt, bevor es zu spät war. Er konnte sein Versagen später analysieren; alles, was in diesem Moment zählte, war, hier wegzukommen.

Er stand von seinem Platz auf und gesellte sich zu den schreienden Zuschauern auf dem Gang. Aus seinen Augenwinkeln konnte er Mia sehen, die gegen Arus ankämpfte, da sie zu ihrem Liebhaber wollte. Saret wünschte sich verzweifelt, dass er sie fassen und mit sich nehmen könnte, aber sie wurde zu stark beschützt. Er würde ein anderes Mal für sie zurückkommen müssen.

Saret drängte sich durch die Menge, ging langsam auf den Ausgang zu und versuchte dabei, möglichst keine Aufmerksamkeit auf sich zu ziehen. Er war schon fast angekommen, als er plötzlich einen Schlag durch seinen ganzen Körper fahren spürte.

Bewegungs- und hilflos fiel er auf den Boden und nahm kaum die Wächter um sich herum zur Kenntnis.

* * *

Korum wusste nicht, wie lange er sich in diesem bewusstlosen Zustand purer Wut befunden hatte. Es könnten Minuten, aber auch Stunden gewesen sein. Als er wieder zu sich kam, lag Loris' Kopf einige Meter von seinem Körper entfernt, seine Augen waren leer und sein Hals sah aus, als hätte sich ein wildes Tier an ihm vergangen.

Tot. Sein Gegner war tot.

Korums Körper war ein einziger Schmerz, und er merkte, wie die Dunkelheit ihn erneut übermannen wollte. Einzig das Wissen, dass es da noch etwas gab, was er brauchte, hielt ihn davon ab, sich dem süßen Vergessen hinzugeben.

Sein größter Feind war nicht derjenige, der dort auf dem Feld lag; er war derjenige, der sich unter den Zuschauern versteckte – und Mia war immer noch in

Gefahr.

Korum stöhnte vor Schmerzen und stützte sich mit vor Anstrengung zitternden Muskeln auf seine Hände und Knie auf. Er bekam schwach mit, dass die Menge ihm zujubelte und Voret ihn offiziell als Gewinner verkündete.

Nichts davon interessierte ihn in diesem Augenblick. Alles, was für ihn wichtig war, war Mia, und er wollte vor Saret zu ihr gelangen. Korums Körper heilte, allerdings nicht schnell genug. Er verfluchte sich, als sein zertrümmerter Oberschenkelknochen sein Gewicht nicht halten wollte, sein Bein unter ihm zusammenbrach, als er versuchte, sich auf die Füße zu stellen.

»Wir haben ihn. Es ist alles in Ordnung; sie ist in Sicherheit.« Starke Hände stützten ihn plötzlich, halfen ihm auf seine Füße. Sie gehörten zu Alir – dem Anführer der Wächter.

In Korums Kopf drehte es sich, und sein Magen zog sich vor Übelkeit zusammen, als sein verletzter Körper gegen diese neue aufrechte Position protestierte. »Wo ist er?«, gelang es ihm herauszupressen, und seine Stimme war rau und abgehackt.

»Dort.« Alir zeigte mit seiner linken Hand Richtung Ausgang, während er mit der rechten Korum abstützte.

Korum blickte mit zusammengekniffenen Augen in diese Richtung, da die Sonne ihn kurz blendete. Als sein Blick sich geklärt hatte, sah er einen unbekannten Krinar, der von drei Wächtern festgehalten wurde. Die Gesichtszüge des Mannes ähnelten denen von Saret nicht im Geringsten, seine Augen waren größer und sein Kinn markanter.

»Er ist hervorragend darin, sich zu verkleiden«, erklärte ihm Alir und beantwortete damit Korums unausgesprochene Frage. »Selbst die äußerste DNA-Schicht ist anders, weshalb wir seine Gegenwart auch nicht eher feststellen konnten. Allerdings stimmten die Koordinaten des Schützen, die du uns gesandt hast, perfekt mit dem Standort dieses Mannes überein, und eine innere DNA-Probe hat bewiesen, dass es sich hier wirklich um Saret handelt.«

Unglaubliche Erleichterung, die sich mit bitterem Bedauern mischte, hinterließen in Korum gemischte Empfindungen über den Verlauf der Ereignisse. Er hatte derjenige sein wollen, der Saret fängt, ihn dafür bestraft, was er Mia angetan hatte. Aber stattdessen befand sich sein ehemaliger Freund jetzt in den Händen der krinarischen Gesetzeshüter. Egal wie sehr Korum sich wünschte, ihn umzubringen, Saret würde jetzt leben und sich vor einem Gericht verantworten müssen.

»Korum!« Mias Stimme drang an seine Ohren und riss ihn aus seinen dunklen Gedanken. Als er aufschaute, sah er ihre schlanke Erscheinung auf das Feld zurennen, ihr dunkles Haar flog hinter ihr. Das Glück, das ihn erfüllte, als er sie sah, war so überwältigend, dass er Saret und seinen Verrat völlig vergaß und sich nur auf das Mädchen konzentrierte, welches er liebte.

Dann war sie auch schon neben ihm, und er erkannte, dass sie blass aussah und zitterte, ihr Kleid an einer Stelle zerrissen war. Ihr wunderschönes Gesicht war tränennass. Ein blasser Arm war in seine Richtung ausgestreckt, ihre Hand zitterte so, als sei sie sich nicht sicher, ob sie ihn berühren durfte. »Du lebst«, flüsterte sie, und er konnte den leichten Unglauben aus ihrer Stimme heraushören. »Oh mein Gott, Korum, du lebst …«

In diesem Moment wurde Korum klar, was genau sie gerade sah. Er war über und über mit Blut beschmiert, seinem und dem von Loris. Er konnte diese metallene Note auf seiner Zunge schmecken, der Geruch umgab ihn und er wusste, dass es in seinem Haar, seinem Gesicht und seinem Mund klebte.

Scheiße. Er musste wie etwas aus einem Albtraum aussehen, besonders an seinen schnell heilenden Körperteilen, aus denen Loris ganze Fleischstücke gerissen hatte.

Korum, der sich an ihre Reaktion auf Saurs Körperreste am Strand erinnerte, verfluchte sich innerlich dafür, zuzulassen, dass Mia ihn so sehen konnte. Unter anderem aus diesem Grund hatte er gehofft, Loris nicht töten zu müssen – weil er nicht wollte, dass sein kleiner Mensch dadurch traumatisiert werden würde, ihrem Liebhaber dabei zuzusehen, wie er jemanden brutal umbrachte. Das hätte ein einfacher Kampf werden sollen, einer, in dem er sich beherrschte, sich davon abhielt, den primitiven Instinkten seiner Rasse nachzugeben. Ohne Sarets Einmischung hätte er seinen Gegner problemlos unterwerfen, ihn besiegen, aber trotzdem großzügig am Leben lassen können. Stattdessen war er mehr als wild gewesen, wie ein in die Ecke getriebenes Tier.

Seine Beine fühlten sich schon besser an, weshalb Korum auf Alirs Hilfe verzichtete und sich vorsichtig nach Mia ausstreckte und sie zu sich heranzog. Er wusste, dass gerade die Möglichkeit bestand, dass sie ihn abstoßend finden könnte, aber er brauchte sie. Er musste ihre Weichheit fühlen, ihren sauberen, süßen Duft einatmen.

Zu seiner Überraschung schlang sie ihre Arme um ihn und hielt ihn so fest, dass seine halb verheilten Rippen schmerzten. Sie zitterte, und ihr schlanker Körper bebte in seiner Umarmung.

»Es ist alles in Ordnung, meine Süße«, murmelte er, und ein Teil seiner Anspannung verschwand, da sie keine Angst hatte, ihn anzufassen, wie ihm auffiel. »Es wird alles gut werden …«

»Ich dachte …« Mit ihrem gegen seine Schulter gekuschelten Gesicht war sie kaum zu verstehen. Ihre Hände fühlten sich auf der nackten Haut seines Rückens eiskalt an. »Ich dachte, er würde dich umbringen … Mein Gott, Korum, ich dachte, du seist tot …«

»Nein«, beruhigte er sie und genoss ihre offensichtliche Sorge um ihn. »Nein, mein Liebling, das hat er nicht. Jetzt ist es vorbei …«

Ein Schluchzen entwich ihr. »Er hat dich verletzt. Ich sah, wie er dir immer wieder wehgetan hat. Korum, er war dabei, dich umzubringen …«

»Das ist okay, mir geht es ja wieder gut«, flüsterte Korum, dessen Herz bei dem Entsetzen in ihrer Stimme schmerzte. »Alles wird gut werden. Es tut mir leid, dass du das sehen musstest. So war das nicht geplant, glaub mir …«

Sie atmete stockend ein und ging einen Schritt zurück, um ihn anzuschauen. Ihre Augen waren gerötet, ihre Wimpern dunkel und standen durch die Tränen spitz ab. »Was ist denn überhaupt passiert? Ich habe dich fallen sehen, und dann schien es so, als könntest du nicht mehr kämpfen. Hat Loris irgendwie betrogen? Hat er etwas mit dir angestellt?«

»Es war nicht Loris«, erklärte ihr Korum und versuchte, die Wut aus seiner Stimme zu halten. »Es war Saret. Er befand sich im Publikum, nur ein paar Sitze von dir entfernt. Er hat mich mit einer Waffe, die einem Betäubungsgewehr ähnelt, betäubt, und deshalb konnte ich mich eine Zeitlang nicht bewegen.«

Sie atmete hörbar ein. »Er hat versucht, dich umzubringen? Gab es deshalb die ganze Aufregung da drüben? Ich habe nicht wirklich darauf geachtet …«

»Ja«, antwortete Korum. »Ich habe ihm die Wächter auf den Hals gehetzt, sobald ich verstanden hatte, was vor sich ging.«

»Du hast die Wächter losgeschickt? Wie?«

»Erinnerst du dich an das, was ich dir über meinen eingepflanzten Computer erzählt habe?«, wollte Korum wissen.

Mia nickte und starrte ihn weiter an. Sie sah immer noch blass aus, obwohl das Zittern, welches sie erschütterte, abzuklingen begann.

»Ich konnte ihn benutzen, um die Wächter zu kontaktieren.«

Sie blinzelte, und er konnte sehen, dass sie nicht aufnahm, was er ihr sagte, da ihr Kopf immer noch dabei war, das zu verarbeiten, was gerade passiert war.

Alir trat vor sie und erinnerte Korum erneut an seine Gegenwart. »Die Siegeszeremonie fängt gleich an«, sagte der Wächter ruhig. »Können Sie daran teilnehmen?«

Korum dachte einen Moment lang darüber nach, während er Mia an seine Seite drückte, und nickte Alir dann kurz zu. »Das sollte gehen.« Er hatte immer noch Schmerzen, aber es waren die Schmerzen vom Heilen. Sein Körper reparierte sich von innen heraus, seine Zellen regenerierten sich selbstständig. In ein paar Minuten wäre er wieder fast der Alte.

Durch das, was alles passiert war, kam natürlich eine reguläre Zeremonie, in der er seinen Charl öffentlich einfordern würde, nicht in Frage. Obwohl sein sich erholender Körper schon begann, auf ihre Nähe zu reagieren, war sich Korum seiner derzeitigen Erscheinung völlig bewusst. Er war schmutzig, verschwitzt und blutverschmiert – nicht genau das, was ein menschliches Mädchen ansprach. Sie hatte auch gerade ein sehr schockierendes Erlebnis gehabt, und das Letzte, was sie brauchte, war, sich um die ungewollten sexuellen Annäherungen eines Mannes zu kümmern, den sie jetzt wahrscheinlich als primitiven Mörder betrachtete.

Alir neigte seinen Kopf als Geste seines Respekts und ging vom Feld. Seine große, breite Gestalt bewegte sich mit dem Gang eines Kriegers. Korum hatte in den letzten Jahren ein paar Male Defrebs mit dem Mann gespielt und mehr als einmal verloren. Die Wächter waren hervorragende Kämpfer, ihre Arbeit verlangte von ihnen, in perfekter Form zu bleiben, und Korum war froh darüber, dass nie einer von ihnen sein Gegner in der Arena gewesen war.

»Alles, was du machen musst, ist, jetzt bei mir zu bleiben«, erklärte Korum Mia, als Alir sich von ihnen entfernt hatte. »Der Umstände wegen wird die Zeremonie nach dem Kampf kurz sein.«

»Weil du verletzt bist?«, fragte sie, und er konnte die Anspannung in ihrer Stimme hören.

»Nein, ich werde in Ordnung sein. Aber du bist gerade nicht in der Verfassung für etwas wie eine Siegesfeier«, erklärte Korum ihr sanft. »Wir sollten nach Hause gehen.«

* * *

Als die Zeremonie begann, versuchte Mia, sich auf das Ereignis zu konzentrieren, aber ihre Gedanken kamen immer wieder auf die grauenvollen Bilder des Kampfes zurück.

Schnitt. Korum liegt auf dem Boden.

Schnitt. Blut spritzt überall. Diese furchtbare hämische Freude auf Loris' Gesicht.

Schnitt. Korum schlägt mit der Geschwindigkeit einer Kobra zurück. Das plötzliche Grauen auf dem Gesicht des anderen Krinar.

Schnitt. Mehr Blut.

Schnitt. Loris' Kopf ist von seinem Körper abgerissen.

Nein, halt es an! Mia wollte schreien, aber sie befanden sich in aller Öffentlichkeit, und sie konnte das nicht tun, konnte Korum nicht so beschämen. Er hielt jetzt ihre Hand, und sie standen auf einer großen schwebenden Planke in der Mitte der Arena. Der gleiche Krinar, der die Anfangszeremonie durchgeführt hatte, sprach auch jetzt wieder, sagte erneut etwas über die Geschichte des Kampfes in der Arena, aber seine Worte gingen an Mias

Ohren vorbei. Die Abläufe kamen ihr unwirklich vor; Mia fühlte sich wie in einem Traum – oder, passender, einem Albtraum.

Nur Korums Berührung fühlte sich real an. Sie wollte sich in seine Umarmung kuscheln und nie wieder herauskommen. Als er sie vorhin gehalten hatte, hatte sie gespürt, wie ein Teil ihres Schreckens verebbte, aber jetzt war ihr wieder kalt, ihre Zähne klapperten trotz der Hitze der strahlenden costa-ricanischen Sonne.

Er lebte. Mia konnte es immer noch nicht glauben. Es musste sich um ein Wunder handeln. Wie konnte jemand solche Verletzungen überleben? Sie hatte gewusst, dass die Krinar schnell heilten, aber Korum war buchstäblich fast auseinandergerissen worden. Es war so viel Blut geflossen. *Oh Gott, das Blut.*

Mia schluckte hart und versuchte, ihre Übelkeit zu unterdrücken. Wenn sie niemals wieder die Farbe Rot sah, wäre das immer noch zu früh. Kein Wunder, dass die Krinar im täglichen Leben helle Farben bevorzugten; wahrscheinlich brauchten sie diesen Kontrast nach der gewalttätigen Vorführung in der Arena.

Korum war heute fast gestorben. Ihr außerirdischer Geliebter – so stark, scheinbar so unbesiegbar – war fast durch einen Verrat gestorben. Ein paar dunkle Momente lang war Mia von seinem Tod überzeugt gewesen – und sie hatte auch sterben wollen. Es hatte sich angefühlt, als wäre ihr Herz auseinandergerissen worden, jeder Schlag auf Korums Körper hatte etwas tief in ihrer Seele zerstört. Sie hatte niemals zuvor solchen Schmerz erlebt.

Sie bekam kaum mit, dass Voret aufgehört hatte zu

reden, dass er jetzt Korum ansprach und ihn über die Feier befragte. Sie sah, wie Korum begann, verneinend seinen Kopf zu schütteln, und irgendetwas überkam sie. Sie handelte rein instinktiv, lehnte sich näher zu Korum und flüsterte ihm ins Ohr: »Ich will dich. Bitte, Korum, ich will dich.«

Er drehte seinen Kopf zu ihr, sein Ausdruck war ungläubig, und sie drückte seine Hand, sagte ihm ohne Worte, dass es in Ordnung war, er so feiern solle, wie seine Rasse das tat.

Richtig oder falsch, sie brauchte ihn jetzt und kümmerte sich um nichts anderes.

Mia konnte sehen, wie seine Pupillen sich weiteten, seine Iris goldener wurden. Bedeckt mit dem Blut und dem Dreck, sah er wie ein Wilder aus, wie einer dieser antiken Jäger, die Voret am Anfang der Zeremonie gezeigt hatte. Sie wollte ihn so sehr, dass es schmerzte. Ihrem Körper musste das Leben in seiner ursprünglichsten Form bestätigt werden.

Er zögerte eine Sekunde lang, blickte sie intensiv an und hob dann seine Hand, um damit ihre rechte Wange zu bedecken. »Mia …«

»Bitte, Korum.« Sie hielt seinen Blick, weil sie wusste, dass er in ihrem Gesicht sehen konnte, wie ernst ihre Absichten waren. Sie musste seine Berührung auf ihrer Haut spüren, brauchte ihn, damit er sie das Grauen der vergangenen Stunde vergessen ließ.

Seine Augen glitzerten, und er beugte sich nach vorne

und sagte sanft: »Du weißt nicht, um was du mich bittest, meine Süße. Ich kann gerade nicht … sanft sein.«

Mia schluckte, und ihre inneren Muskeln zogen sich bei seinen Worten zusammen. »Ich möchte auch nicht, dass du es bist.«

Er sah noch ein paar Sekunden länger auf sie hinunter, und sie konnte seinen Puls an seiner muskulösen Halsseite schlagen sehen. Dann, als könne er sich nicht helfen, beugte er seinen Kopf hinunter und küsste sie, schlang seine Arme um sie und zog sie auf seinen Schoß.

Im Hintergrund konnte Mia die Menge toben hören, die Zuschauer klatschten und stampften mit den Füßen auf, aber das interessierte sie nicht. Alles, auf was sie sich konzentrieren konnte, war die Hitze seines Mundes, der den ihren verschlang, der Druck seiner Erektion gegen ihre Pobacken und das Gefühl seiner starken Hände, die ihren Rücken hoch und hinunter fuhren. Sie nahm einen leicht metallenen Geschmack wahr, der sie eigentlich abstoßen sollte, aber stattdessen machte er sie nur noch heißer. Der Mann, der sie gerade küsste, war ein Raubtier, ein Killer – und sie wollte ihn genau so, wie er war, ohne Hemmungen.

Er hob seinen Kopf, blickte einen Augenblick lang auf sie hinunter. Sein Atem ging schwer, und seine Haut errötete unter all den Schmutz- und Blutschlieren. Um sie herum rastete die Menge aus, rief ihre Namen. Mia kam der plötzliche Gedanke, Rockstars müssten sich so fühlen, wenn sie von ihren schreienden Fans umgeben waren.

Wie eine Antwort darauf fing eine eigenwillige Musik an zu spielen, so tief, dass Mia die Vibration bis in ihre Knochen spüren konnte. Der Rhythmus war ungleichmäßig, fast ruckartig. Es sollte sich eigentlich unstimmig, unangenehm anhören, aber stattdessen verstärkte es die pulsierende Hitze zwischen ihren Beinen und machte, dass ihre Haut sich angespannter anfühlte und ihr Herz schneller schlug.

Korum reagierte ebenfalls darauf, sein Penis wurde noch härter, drückte sich in ihren weichen Hintern. Er stand mit ihr in seinen Armen auf und ging auf einen zeltartigen Bau in der Mitte der Arena zu. Er trug sie wie eine Kriegsbeute.

Mia hing an ihm, fühlte sich fast berauscht. In ihrem Kopf drehte sich alles, und alles schien surreal zu sein, so als würde es in einem Traum passieren. Die Psychologiestudentin in ihr erkannte darin die Reaktion ihres Gehirns auf ein Trauma. Sie konnte nicht klar denken, aber das war ihr egal. Sie starb vor Verlangen, und Korum war ihr Heilmittel für das, was sie plagte.

Sie kamen am Zelt an, und er stellte sie auf ihre Füße, drückte sie aber weiterhin gegen seinen Körper und wartete, anstatt in das Zelt hineinzugehen. Plötzlich schien sich der Bau zu bewegen und sich um sie herum aufzubauen, sie weitestgehend vor den Blicken der Menge zu verbergen. Mia registrierte unterschwellig die dünnen Wände und die tausenden neugierigen krinarischen Augen, die dieses Zelt gerade beobachteten, aber sie verarbeitete diese Information kaum. Sie hatten so etwas wie eine Privatsphäre, und das genügte ihr.

Sobald die Wände des Zeltes aufhörten, sich zu bewegen, trat Korum einen Schritt zurück, entließ sie aus seiner Umarmung. »Zieh das Kleid aus.« Seine Stimme war ungewöhnlich rau, und sie konnte die Anspannung in seinen muskulösen Schultern erkennen. Mit diesen strahlend gelben Augen sah er wild aus, eher wie ein Tier als ein Mann. »Zieh es aus, Mia.«

Sie gehorchte und pellte sich aus ihrem Kleid. Ihre Aufregung vermischte sich mit einem kleinen bisschen Angst. Er hatte sie nicht einmal angefasst, und sie konnte sehen, wie kurz er davor stand, die Kontrolle zu verlieren.

Bevor ihr Kleid überhaupt den Boden berührte, war er auch schon auf ihr, eine seiner Hände verschwand zwischen ihren Schenkeln und die andere griff nach ihrem Haar. Sein Mund legte sich auf ihren, und sein Finger stieß in ihre enge Öffnung. Er war grob, fast außer sich, und Mia verstand, dass er nicht gelogen hatte, als er sie vorhin gewarnt hatte, nicht zärtlich sein zu können. Sie war nass, aber ihre Muskeln spannten sich trotzdem unfreiwillig an, ihr Körper verweigerte diese aggressive Penetration.

Plötzlich entfernte er seinen Finger und benutzte die Hand, die ihr Haar hielt, dazu, sie auf ihre Knie zu drücken. Kleine Steinchen und Kies drückten sich in die weiche Haut ihrer Kniescheiben. »Nimm ihn in den Mund«, sagte er rau und riss seine Hosen oben auf. »Ich will jetzt sofort in deinen Mund.«

Seine Erektion schnellte ihr entgegen und strich ihre Wange entlang. Mia öffnete ihren Mund, ließ ihn herein, und er stöhnte, als sich ihre Lippen um seine Eichel legten. Er schmeckte salzig, da seine Spitze schon mit Lusttropfen überzogen war. Sie ließ ihre Zunge um seinen Penis kreisen und imitierte das, was sie einmal in einem Porno gesehen hatte. Ihm entwich ein Laut, der sich wie ein Knurren anhörte, und seine Hände verstärkten ihren Griff in ihrem Haar. Er hielt sie fest, während er begann, seine Hüften zu bewegen, ihren Mund mit seinem Schwanz zu ficken.

Mia konzentrierte sich darauf, flach zu atmen und nicht zu würgen, als er fast vollständig in ihren Mund eindrang, in ihren Rachen stieß. Er bewegte sich weiter, bis er mit einem rauen Stöhnen kam und sein Samen in warmen, salzigen Schüben aus ihm herausschoss. Als er fertig war, zog er langsam sein immer noch halb steifes Geschlecht aus ihrem Mund.

Mia schluckte, leckte sich die Lippen und sah zu ihm hinauf. Das, was gerade passiert war, hatte sie erstaunlicherweise erregt. Ihm auf diese Art Lust zu verschaffen machte sie an, fast so sehr, als wenn er sie angefasst hätte.

Er erwiderte ihren Blick, und sie konnte seine weiterhin strahlenden Augen sehen, den ungesättigten Hunger. Sein Glied bewegte sich erneut, versteifte sich unter ihrem Blick. Als er sie auf ihre Füße stellte, wurde ihr klar, dass dieser eine Orgasmus gerade einmal sein gröbstes Bedürfnis gestillt hatte.

Als er sie wieder berührte, war er sanfter, sein Verlangen kontrollierter. Seine Hände und sein Mund wanderten ihren Körper hinunter, streichelten und bewunderten jeden Millimeter ihrer Haut. Mia schloss ihre Augen, und ein leises Stöhnen entwich ihr, als die lustvolle Anspannung sich in ihrem Unterleib ansammelte. Dann kniete er vor ihr, sein Gesicht auf ihrer Hüfthöhe, seine Hände auf den weichen Kurven ihrer Pobacken. Er zog sie mit einer Hand zu sich heran und benutzte die andere, um mit einem Finger in sie einzudringen, diesmal allerdings sehr viel vorsichtiger. Gleichzeitig vergrub sich sein Mund in den Locken ihres Schambereiches, und seine Zunge suchte sich ihren Weg durch ihre Falten hindurch, um ihre Klitoris zu verwöhnen.

Mia zuckte, als die verschiedenen Gefühle auf sie einstürmten, und ihr gesamter Körper spannte sich an, als sein Finger den empfindlichen Punkt tief in ihr massierte. Sie konnte den wachsenden Druck spüren, ihre Knie begannen zu zittern, da ihre Knie plötzlich zu schwach waren, ihr Gewicht zu halten. Ohne seinen Finger in sich und seine Hand auf ihrem Po wäre sie zusammengebrochen, neben ihn auf den Boden gefallen.

»Komm für mich«, flüsterte er. Sein heißer Atem wehte über ihr Geschlecht, und seine Worte brachten sie dazu, sofort zu kommen, gaben ihr dieses bestimmte Etwas, von dem sie nicht einmal gewusst hatte, dass sie es brauchte. Alles in ihr spannte sich an und entlud sich, und die Lust war so stark, dass sie sich wie eine Explosion an ihren Nervenenden anfühlte.

Als das Pulsieren aufhörte, zog er seinen Finger aus ihr heraus und drückte sie wieder nach unten. Diesmal knieten sie beide auf dem harten Boden. Während er sie ansah, hob er seine Hand und leckte langsam seinen Finger – den, der gerade in ihr gewesen war. »Ich liebe deinen Geschmack«, murmelte er, und seine Augen erfüllten sich mit so einem Hunger, dass Mia einen trockenen Mund bekam. »Er bringt mich dazu, dich immer wieder nehmen zu wollen, nur um deinen Geschmack auf meiner Zunge zu haben.«

Mia atmete ruckartig ein, und ihr Unterleib zog sich voller Verlangen zusammen.

Bevor sie irgendetwas sagen konnte, lag er auf dem Boden, hob sie hoch und setzte sie breitbeinig über seine Oberschenkel. Sein Glied war wieder komplett steif und stand kerzengerade von seinem Körper ab. »Reite mich, Mia«, forderte er sie auf und sah sie mit halb geschlossenen Augen an.

»Ja«, flüsterte sie, »das mache ich.« Mia nahm sein großes, dickes Geschlecht in ihre rechte Hand, führte es zu ihrer Öffnung und schloss ihre Augen, als der riesige Kopf begann, in sie einzudringen. Sie ließ sich langsam hinuntergleiten, reizte sie beide und wurde mit einem leisen Stöhnen belohnt, das seiner Kehle entsprang.

Als er vollständig in ihr war, öffnete sie ihre Augen und traf auf seinen brennenden Blick. Mit seinem schmutzigen und blutverschmierten Gesicht sah er gefährlich aus – geradezu grausam. Sie ritt buchstäblich einen Tiger – ein Raubtier, welches sie in einem Augenblick in Stücke reißen konnte. Doch anstatt sie zu ängstigen, verstärkte dieser Nervenkitzel nur die Lust, die gerade durch ihren Körper strömte.

Als sie begann, sich zu bewegen, ließ sie ihn nicht mehr aus den Augen. Sie beobachtete, wie kleine Schweißtropfen auf seiner Stirn erschienen und ein Muskel an seinem Kiefer unter der offensichtlichen Anstrengung, sich zurückzuhalten, pulsierte. Seine Hände verstärkten ihren Griff an ihren Hüften, seine Finger bohrten sich in ihr weiches Fleisch, und dann hob er sie hoch und runter, drang mit jeder Bewegung tiefer in sie ein.

Die Anspannung in ihr baute sich wieder auf, Mia warf ihren Kopf nach hinten und ihr Mund öffnete sich in einem stummen Schrei. Ein mächtiger Orgasmus fuhr durch ihren Körper, auch dann noch, als Korum immer schneller wurde, um selbst zu kommen. Als er ihr folgte, verstärkten die reibenden Bewegungen ihre Nachbeben, ließen sie völlig geschafft zurück. Mia atmete schwer und fiel auf seine Brust, ihre Muskeln fühlten sich an wie schlaffe Nudeln, und ihr Kopf war von allen Gedanken befreit.

Sie war so entspannt, dass sie nicht einmal reagierte, als er sie höherzog und ihren Hals sich seinem Mund näherte. Erst als sie einen komischen, schneidenden Schmerz verspürte, wurde Mia klar, was passierte ... und ihre Welt verwandelte sich in einen ekstatischen Rausch aus Blut und Sex.

TEIL III

17. KAPITEL

Korum wachte wegen des ungewohnt harten Untergrunds unter seinem Rücken auf. Bevor er seine Augen öffnete, erinnerte er sich schon wieder an alles, was passiert war – einschließlich Mias freiwilliger Teilnahme an den Feierlichkeiten.

Er konnte ihr leichtes Gewicht auf seinem Arm spüren, hörte ihr gleichmäßiges Atmen und wusste, sie schlief tief und fest, erschöpft von der doppelten Belastung durch den Kampf und die Feier. Korum bewegte sich vorsichtig, befreite seinen Arm und legte ihren Kopf auf dem Boden ab. Dann stand er auf und stellte frische Anziehsachen für sie beide her. Eine Hose für sich und einen Bademantel für Mia – gerade genug, um sie zu bedecken, falls sich noch Zuschauer in der Arena befinden sollten.

Er hatte Hunger und Durst, aber davon abgesehen fühlte er sich großartig, sein Körper vibrierte geradezu vor Energie. Die Wissenschaftler behaupteten, wegen des genetischen Eingriffs bestehe kein körperlicher Bedarf für lonarisches oder menschliches Blut mehr, aber viele auf Krina dachten, eine Art psychologisches Verlangen sei bestehen geblieben. Korum war sich nicht sicher, ob er das glauben sollte, aber er fühlte sich selten so befriedigt wie jene Male, an denen er Mias Blut zu sich genommen hatte. Das wusste er genau.

Er hielt den Bademantel in seinen Händen, hockte sich neben sie und beobachtete sie einen Augenblick lang, genoss den Anblick ihres nackten Körpers. Selten hatte er die Möglichkeit, sie einfach nur zu betrachten; normalerweise war sein Verlangen nach ihr so groß, dass er den Anblick ihres nackten Fleisches nicht ertragen konnte, ohne sie sofort zu nehmen. Selbst jetzt, trotz des Sexmarathons der letzten Nacht, spürte er die warme Lust in sich aufsteigen – auch wenn das nichts war im Vergleich zu seinem sonstigen Verlangen.

Sie lag auf dem Rücken, ein schlanker Arm lag über ihrem Kopf, und der andere über ihrem Brustkorb. Von ihren Brüsten fasziniert, streckte Korum seinen Arm aus und streichelte den blassen Hügel und lächelte, als der Nippel sich unter seiner Berührung versteifte. Ihre Haut war das Weichste, das er jemals gespürt hatte, ihre seidige Textur war eine ständige Verlockung für seine Finger.

Er wickelte sie in den flauschigen Mantel und hob sie hoch. Sie bewegte sich nicht einmal, ihr Schlaf war so tief, dass er an Bewusstlosigkeit grenzte. Das war jedes Mal so, wenn er von ihrem Blut nahm: ihr menschlicher Körper musste sich von dem Überfluss der Empfindungen erholen.

Sein Körper tat das Gleiche, allerdings in einem viel geringeren Maße. Korum konnte verstehen, wie andere von ihrem Charl abhängig geworden waren; Mias Blut stellte eine große Versuchung für ihn dar, dessen Wirkung auf ihn stärker war als die aller Drogen. Er hatte immer gedacht, Blutabhängige seien schwach, aber jetzt fragte sich Korum, ob es wirklich einen großen Unterschied zwischen einer körperlichen und einer psychischen Abhängigkeit gab. Korum konnte sich nicht vorstellen, Mia noch mehr zu brauchen, als er das ohnehin schon tat.

Er trug sie aus der Shatela und ging zu dem grasbewachsenen Teil der Arena, wo er seine Transportgondel gelassen hatte. Er hatte keine Lust gehabt, sie verschwinden zu lassen, also wartete sie schon auf ihn.

Als er sich umsah, fiel ihm die komplett leere Arena auf. Es war schon früher Morgen, die Sonne begann gerade, aufzugehen. Grinsend erkannte Korum, dass er viel länger als gewöhnlich in der Shatela geblieben sein musste. Es war seine erste Feier mit einem Menschen und mit Abstand die beste von allen gewesen.

Sie kamen an dem Fluggerät an, stiegen ein, und Korum sandte einen kurzen Befehl, um sie nach Hause transportieren zu lassen. Schon eine Minute später betrat er mit der immer noch schlafenden Mia in seinen Armen das Haus.

Kaum waren sie eingetreten, ging Korum auch schon in Richtung Reinigungsraum – das Badezimmer, wie die

Menschen es nannten. Er war immer noch mit Dreck, getrocknetem Blut und Schweiß bedeckt, und ein Teil dieses Schmutzes war auf Mia abgefärbt, deren blasse Haut jetzt dunkle Schlieren aufwies.

Auf einen weiteren mentalen Befehl hin ging das Wasser an, und warme Strahlen massierten leicht ihre Körper und spülten alle Spuren der gestrigen Aktivitäten weg. Korum genoss dieses Gefühl; es war belebend und gleichzeitig beruhigend. Einige Minuten später waren er und Mia sauber und trocken. Er trug sie zum Bett, da er wusste, dass sie noch mehr Schlaf brauchte. Sie war so erschöpft, dass sie nicht einmal beim Duschen aufgewacht war.

Korum legte sie auf dem Bett ab, ließ das intelligente Material um sie herumfließen und bedeckte sie letztendlich mit einem weichen Laken, da er wusste, wie gerne sie das Gefühl der Decken mochte. Er küsste ihre Stirn, warf einen letzten Blick auf das Mädchen, das er liebte, und verließ dann das Haus, um seinen Tag zu beginnen.

* * *

»Er weigert sich, mit uns zu reden«, berichtete Alir Korum, als sie zur anderen Seite des Gebäudes gingen, in dem die Wächter untergebracht waren. »Er sagt, er wird nur mit Ihnen reden.«

»Wird er das tun?«, fragte Korum und versuchte gar nicht erst, den Sarkasmus aus seiner Stimme herauszuhalten. »Und was vermittelt ihm den Eindruck, er befände sich in der Lage, uns Befehle zu erteilen?«

Alir zuckte mit den Schultern. »Das weiß ich nicht. Aber er scheint davon überzeugt zu sein, Sie seien interessiert an dem, was er zu sagen hat. Er sagt, es habe etwas mit Mia zu tun.«

Korums Hände ballten sich bei der Erwähnung seines Charls zu Fäusten. Die Tatsache, dass Saret es wagte, ihren Namen ins Spiel zu bringen …

»Der Bericht für die Ältesten ist fertig«, sagte Alir und wechselte damit das Thema. »Würden Sie ihn gerne vorher sehen?«

»Ja«, antwortete Korum. »Schicke ihn mir bitte. Ich werde das mit dem Rat abklären.«

Alir nickte. »Das werde ich tun.«

Sie erreichten ihr Ziel, und Alir hielt an. »Möchten Sie, dass ich mitkomme?«

»Nein.« Da war sich Korum ganz sicher. »Ich möchte alleine mit ihm sprechen.«

»Dann gehört er Ihnen.« Alir drehte sich um, ging weg und ließ Korum somit allein.

Korum wartete, bis der Anführer der Wächter gegangen war, und ging dann einen Schritt nach vorne, auf die Wand zu, die seinen Feind vor seinem Blick verbarg. Die Wand löste sich auf, formte einen Eingang, und er trat ein.

Saret saß mit einem Ring für Kriminelle um den Hals auf einem schwebenden Brett. Korum lächelte über diesen Anblick. Er erinnerte sich daran, wie er vor einigen hundert Jahren eine Diskussion mit Saret über diese Ringe gehabt hatte, in der sein ehemaliger Freund versuchte, ihn davon zu überzeugen, dass diese Ringe erniedrigend und unnötig seien. Korum war da anderer Meinung gewesen. Er hatte geglaubt, die Schande, diese Ringe zu tragen, war ein Teil der Abschreckung für eventuelle Kriminelle.

Es war schön, Saret jetzt mit einem um den Hals zu sehen, besonders, weil er seine Meinung darüber kannte.

»Ich sehe, du bist jetzt nicht mehr verkleidet«, bemerkte Korum, der die vertrauten Gesichtszüge seines Feindes betrachtete. »Du hast dich ein wenig verrechnet, oder?«

Saret lächelte ihn kalt an. »Offensichtlich. Ich habe unterschätzt, wie sehr Loris dich hasste. Wenn ich gewusst hätte, dass er deine Tötung so lange hinauszögern würde, hätte ich zweimal auf dich geschossen.«

»Lerne aus deinen Fehlern«, entgegnete ihm Korum.

»Sagen das die Menschen?«

»Ja.«

In Sarets Augen funkelte etwas Dunkles.

Korum sah ihn spöttisch an, setzte sich auf einen anderen schwebenden Sitz und streckte seine Beine in einer respektlosen Geste aus. »Du wolltest mit mir reden«, sagte er kalt. »Also, rede.«

»Gerne«, antwortete ihm Saret. »Das werde ich. Wie geht es denn Mia überhaupt? Sie schien gestern ein wenig aufgebracht zu sein.«

Korum fühlte den Ärger in sich aufsteigen, behielt aber seinen ruhigen und belustigten Gesichtsausdruck bei. »Das war sie auch. Aber jetzt ist sie glücklich, wie du dir wahrscheinlich vorstellen kannst.«

»Natürlich ist sie das«, entgegnete ihm Saret. »Und sie hat sich auch so gut an das neue Leben gewöhnt, nicht wahr? Es ist fast so, als hätte sie niemals völlig ihr Gedächtnis verloren. Das kannst du doch auch bestätigen? Es fühlt sich an, als würde sie dich auf einer bestimmten Ebene noch kennen, dich vielleicht sogar noch lieben. Sie nimmt alles einfach so hin. Nichts belastet sie lange. Faszinierend, findest du nicht?«

Korum erstarrte einen Moment lang, und ein Schauer fuhr seine Wirbelsäule hinunter. Die einzige Erklärung dafür, weshalb Saret das wissen konnte, war …

»Ja«, bestätigte ihm Saret. »Ich sehe, du bist auf der richtigen Spur. Ich habe mich allerdings wieder verrechnet. Mia sollte eigentlich bei mir bleiben, nicht bei dir.«

»Was hast du mit ihr gemacht?«, fragte Korum leise, während sich seine feinen Nackenhaare aufstellten.

Saret lachte. »Nichts besonders Schlimmes, glaub mir. Ich habe nur sichergestellt, dass sie empfänglich sein würde. Sie ist immer noch sie selbst … zumindest größtenteils.«

»Was hast du gemacht?« Ohne sich dessen bewusst zu sein, fand sich Korum mit seinen Händen um Sarets Hals außerhalb seines Sitzes wieder.

Saret machte ein erstickendes Geräusch, seine Hand zog an Korums Fingern, und Korum zwang sich, ihn aus seinem Griff zu entlassen, einen Schritt zurück zu gehen. Er zitterte vor Wut, und er wusste, dass er Saret umbringen würde, wenn er nicht etwas Abstand zu ihm schaffen würde.

»Es heißt Sänftigung«, erklärte ihm Saret, während er sich seinen Hals rieb. Seine Stimme war rau, da Korum ihm seine Luftröhre halb zerdrückt hatte. »Es ist ein neues Verfahren, welches ich speziell für die Menschen entwickelt habe. Ein besänftigtes Gehirn fühlt nicht mehr so exakt. Es ist gleichzeitig offener für neue Eindrücke, neue Ideen.« Saret legte eine dramatische Pause ein. »Neue Bindungen. Ein solches Hirn sucht etwas – oder besser gesagt jemanden –, an den es sich binden kann.«

Korum starrte Saret an, während sich das Blut in seinen Venen zu Eis verwandelte.

»Und dieser Jemand kann jeder sein, verstehst du? Eigentlich hätte ich dieser Jemand sein sollen – aber stattdessen bist du es geworden.«

»Du lügst.« Korum wollte schreien, das leugnen, was er gerade erfahren hatte, aber er konnte es nicht. Das ergab alles zu viel Sinn. Das Mädchen, welches er in New York getroffen hatte, hätte das alles nicht so einfach akzeptiert, hätte ihn nicht nach nur einem Tag in ihr Bett gelassen. Sie wäre verängstigt und misstrauisch gewesen, und er hätte sich ihr Vertrauen und ihre Gefühle wieder ganz von vorne erarbeiten müssen. Stattdessen schien sie ihn zu lieben, ohne dass er viel dafür hatte tun müssen.

Nur, dass sie es eben nicht tat. Nicht wirklich. Ihre Gefühle für ihn waren nicht echt. Nichts von alledem war echt. Ihr Verhalten, ihre offensichtliche Bindung zu ihm – das war alles ein Ergebnis von Sarets Verfahren.

»Besitzt sie ihre Erinnerungen noch?« Korum vergrub seinen Schmerz tief in sich, wo er sein Denken nicht beeinflussen konnte. »Oder hast du sie trotzdem ausgelöscht?«

Saret grinste und freute sich ganz offensichtlich über

diese Frage. »Nein, ihre Erinnerungen sind weg. Es scheint nur so, als seien sie noch da, weil sie alles aufsaugt wie ein Schwamm. Sie lernt mit einer unglaublichen Geschwindigkeit. Sehr bald schon wird sie sich mehr an unsere Welt gewöhnt haben als vorher – wenn sie das nicht schon getan hat.«

»Kannst du das rückgängig machen?« Korum wusste, es war sinnlos, aber er musste einfach fragen.

»Was, die Sänftigung oder den Gedächtnisverlust?«

»Beides. Oder eins von beidem.«

Sarets Grinsen wurde breiter. »Das kann ich nicht. Und selbst wenn ich es könnte, würde ich es nicht tun. Es mag sein, dass du sie jetzt hast, aber du wirst sie nie wirklich haben. Du wirst nie wissen, ob das, was sie für dich fühlt, wirklich ehrlich ist – oder ob sie das Gleiche für jeden anderen Mann gefühlt hätte, der nach ihrem Erwachen bei ihr gewesen wäre.«

Korum blickte den Mann an, den er einst für einen Freund gehalten hatte. Erinnerungen aus ihrer gemeinsamen Kindheit, glücklich und sorgenfrei, blitzten in seinem Kopf auf, hinterließen einen bitteren Nachgeschmack. »Warum?«, fragte er ruhig.

»Warum ich dich hasse?« Saret hob seine Augenbrauen an. »Oder warum ich das alles gemacht habe?«

Korum blickte ihn einfach weiterhin an.

»Die Antwort auf beides ist identisch«, fuhr Saret fort und sein Grinsen erlosch. »Ich hatte genug davon, immer in deinem Schatten zu stehen. Es war egal, wie viel ich erreichte, wie hoch ich aufstieg, ich war immer noch einfach nur Korums Kumpel. Korum der Erfinder, Korum der Entwickler, Korum, der uns hier auf die Erde gebracht hat. Dein Ehrgeiz kannte keine Grenzen – und mein Hass auf dich auch nicht.«

»Und trotzdem hast du mich unterstützt«, bemerkte Korum. Der Schmerz über den Betrug war noch weit entfernt, hatte ihn noch nicht vollständig erreicht. »Im Rat warst du immer auf meiner Seite. Du hast mir dabei geholfen, mit den Krinar hierherzukommen, auf die Erde.«

»Das habe ich«, stimmte Saret zu. »Weil ich wusste, dass es dumm wäre, etwas anderes zu machen. Selbst die Ältesten tanzen im Moment nach deiner Pfeife, oder etwa nicht?«

Korum antwortete nicht darauf. Stattdessen warf er ihm einen verächtlichen Blick zu. »Also waren deine ganzen grandiosen Pläne für die Menschheit, dein angeblicher Wunsch nach Weltfrieden, alles reine Eifersucht?«

»Nein«, antwortete ihm Saret, und seine Augen verengten sich. »Ich habe eine Möglichkeit gesehen, Geschichte zu schreiben, und habe sie genutzt. Gibt es eine größere Leistung, als einem ganzen Planeten Frieden zu bringen? Denkst du etwa, irgendeine deiner technischen Spielereien könnte dagegen ankommen?«

»Eine Leistung, die den Tod von fünfzigtausend Krinar beinhaltet hätte.«

»Ja«, gab Saret zu und besaß die Frechheit, sogar einen Moment lang so auszusehen, als missfalle ihm dieses Detail. »Das wäre sehr bedauerlich gewesen. Unvermeidbar, aber bedauerlich.«

»Bedauerlich?« Korum konnte seinen Ohren kaum

trauen. »Was stimmt nicht mit dir, Saret? Wie konntest du nur so werden?«

Jetzt fing Saret an, wütend auszusehen. »Was mit mir nicht stimmt? Das fragst du mich, während du hier mit Loris' Blut frisch an deinen Händen vor mir stehst? Du denkst, etwas stimme nicht mit mir, weil ich ein besseres Leben für Milliarden erreichen wollte, indem ich ein paar Tausende umbrächte? Wie viele Krinar hast du in der Arena getötet? Zwanzig, dreißig? Und was ist mit den Menschen? Denkst du, ich wüsste nicht, wie gerne du tötest, genauso wie der Rest dieser verdammten Rasse?«

Korum starrte ihn an und versuchte diesen Mann zu verstehen, den er sein ganzes Leben lang gekannt hatte. »Du irrst dich«, sagte er ruhig. »Mir macht das Töten keinen Spaß. Ich wollte Loris gestern nicht töten – und hätte es auch nicht getan, wenn du dich nicht eingemischt hättest. Ich mag das Kämpfen als solches, nicht dessen Endergebnis. Und genau das ist es, wie unsere verdammte Spezies tickt, was du ganz genau wissen solltest, da du ja der Gedächtnisexperte hier bist. Wir lieben Gefahr und Gewalt – wir sehnen uns danach – aber wir müssen keine Mörder sein.«

»Und trotzdem sind wir es«, erwiderte Saret. »Du kannst es dir schönreden, so viel du möchtest, aber genau das sind wir. Wir kamen auf die Erde, und als Ergebnis starben Tausende von Menschen während der Großen Panik. Und das, was du jetzt erreichen möchtest, wird noch mehr Tote fordern. Sie wird dir das niemals vergeben, glaub mir.«

»Wird deine Behandlung sich nicht darum

kümmern?«, fragte Korum, und sein Mund verzog sich zu einem bitteren Lächeln. »Wird sie mich nicht einfach lieben, egal was passiert?«

Saret schüttelte seinen Kopf. »Nein, wenn sie genug provoziert wird, wird sich ihre Liebe in Hass verwandeln. Das wirst du schon sehen.«

18. KAPITEL

Mia erwachte schreiend, ihr Herz raste und ihre Haut war mit kaltem Schweiß bedeckt.

In ihrem Traum schwamm Korums zerfleischter, verstümmelter Körper in einem Fluss aus Blut. Sie hatte versucht, ihn aus diesem Fluss zu retten, ihn ans Ufer zu ziehen, aber es war umsonst gewesen. Die Strömung war zu stark gewesen, hatte ihn aus ihren Händen gerissen und ihn fortgetragen, hinunter zu den Wasserfällen, wo das Wasser so dunkel war wie getrocknetes Blut.

Mia setzte sich gerade auf und versuchte, ihre Atmung unter Kontrolle zu bekommen. Es war nur ein böser Traum. Korum hatte den Kampf gewonnen. Er war in Sicherheit.

In Sicherheit – und vollständig wiederhergestellt, der

gestrigen Feier nach zu urteilen.

Die Erinnerungen daran, wie gut in Form er gewesen war, ließen Mia sich sofort besser fühlen. Die Ausdauer ihres Liebhabers war im wahrsten Sinne des Wortes nicht von dieser Welt. Das Vergnügen, das er ihr bereitet hatte, war unglaublich gewesen, fast schon mehr, als sie ertragen konnte. Sie hatte noch nie so einen Rausch erlebt wie den, als er sie gebissen hatte; sie hätte sich nie vorstellen können, dass solche Empfindungen überhaupt existierten.

Lächelnd kletterte sie aus dem Bett und ging duschen. Der Kampf war vorbei, Saret war gefangen genommen worden und es gab nichts mehr, vor dem sie Angst haben musste.

Sie und Korum waren endlich sicher.

Vor sich hin summend, ließ Mia die Reinigungstechnologie ihre Arbeit erledigen, während sie einfach nur dastand und über ihren Liebhaber nachdachte – und die Tatsache, wie wichtig er ihr wieder geworden war.

Sauber und trocken ging sie in die Küche und ließ sich von dem Haus ein Frühstück zubereiten. Nach den Informationen auf ihrem Tablet müsste ihr Laborpartner Adam heute aus seinem einwöchigen Urlaub zurückkehren – was bedeutete, dass Mia alles das wieder erlernen könnte, was sie über ihr Praktikum vergessen hatte.

Das Labor würde wegen der neuesten Entwicklungen nicht geöffnet sein, aber sie hoffte, es gäbe für sie einen Weg, ihre Studien zum Gedächtnis fortzuführen. Dieses Thema faszinierte sie jetzt mehr denn je.

* * *

Korum ging ziellos am Ufer des Ozeans entlang und ließ das Tosen der aufschlagenden Wellen das Durcheinander in seinem Kopf wegspülen. Zum ersten Mal in seinem Leben fühlte er sich verloren. Verloren und ohne Hoffnung … und wütend.

Seine Wut war hauptsächlich auf sich selbst gerichtet, auch wenn eine ordentliche Portion davon für Saret reserviert war. Korum hatte nicht früher über den Betrug seines Freundes nachgedacht, da er zu beschäftigt mit Mia und ihrem Gedächtnisverlust gewesen war. Danach hatte der Kampf seine Aufmerksamkeit beansprucht. Jetzt aber gab es nichts, was ihn von der Tatsache ablenken konnte, dass der Mann, den er als einen Freund angesehen hatte, sich in seinen größten Feind verwandelt hatte.

Korum wusste, dass er generell nicht sehr beliebt war. Das war eine Tatsache, die ihn vorher nie gestört hatte. Er wurde respektiert und gefürchtet, aber es gab nur einige wenige Individuen, die er jemals als seine Freunde betrachtet hatte. Die meisten von ihnen waren auf Krina geblieben, zu beschäftigt mit ihrem Leben und ihren Karrieren dort. Saret war der Einzige von ihnen gewesen, der ihn auf die Erde begleitet hatte.

Selbst als er noch ein Kind gewesen war, war Korum sich selbst genug gewesen. Er hatte früh sein Interesse am Entwickeln entdeckt, und diese Leidenschaft hatte sein Leben bestimmt – bis Mia aufgetaucht war. Jetzt hatte er zwei Leidenschaften: seine Arbeit und das menschliche

Mädchen, welches sein Charl war. Er war kein Einzelgänger, aber er brauchte selten die Gesellschaft anderer. Im Gegensatz zu den meisten Individuen war Korum einfach mit sich selbst genauso glücklich – oder jetzt, wenn er Zeit mit Mia verbrachte – wie in der Gegenwart anderer.

Sarets Verrat war auf verschiedenen Ebenen schmerzhaft. Korum hatte Saret vertraut; hatte sich ihm jahrhundertelang geöffnet, seine Ziele und Träume mit ihm geteilt. Sie hatten als Kinder zusammen gespielt, sich als Teenager über ihre sexuellen Eroberungen ausgetauscht und oft als Ratsmitglieder auf gemeinsame Ziele hingearbeitet. Wann hatte Saret angefangen, ihn zu hassen? Oder war es schon immer so gewesen, und Korum war einfach zu blind gewesen, es zu erkennen? Konnte er überhaupt jemandem seiner Freunde vertrauen, oder waren sie alle so wie Saret und warteten einfach nur darauf, dass er ihnen den Rücken zudrehte, damit sie zuschlagen konnten?

Diese Gedanken waren gleichzeitig schmerzhaft und beunruhigend. Selbstzweifel lagen nicht in Korums Natur, aber er konnte nichts dagegen machen, sich zu fragen, ob er das vielleicht selbst zu verantworten hatte. Er wusste, er war manchmal barsch und arrogant – sogar rücksichtslos, wenn er seine Ziele erreichen wollte. Hatte er etwas getan, was einen derartigen Hass bei Saret auslösen konnte? Oder war es schlichte Eifersucht, so wie Saret das behauptet hatte?

Als er die Flussmündung erreichte, an der er mit Mia auf den Felsen gesessen hatte, zog sich Korum seine Sachen aus, ging in die Brandung und ließ sich vom Wasser abkühlen. Er hatte den Ozean schon immer als heilend empfunden. Die Kraft der Wellen zog ihn an, und er mochte es ganz besonders, wenn der Sog stark war, so wie jetzt bei der Flut. Er hob ihn an, trug ihn in tieferes Gewässer, und Korum tat nichts dagegen, ließ sich einfach treiben, bis er einige Kilometer weit vom Ufer entfernt war. Dann erst begann er zurückzuschwimmen, was die starke Strömung zu einer Herausforderung für ihn machte. Das gedankenlose Schwimmen half ihm, einen klaren Kopf zu bekommen, und als er schließlich aus dem Wasser kam, fühlte er sich ein winziges bisschen besser.

Er setzte sich auf die Felsen und ließ die Sonne auf seine nackte Haut herabscheinen, ließ sich von ihr aufwärmen. Das Schlimmste an Sarets Betrug war gar nicht das, was er Korum angetan hatte: es waren die Konsequenzen, die Mia zu tragen hatte. Sie hatte nicht nur ihre Erinnerungen verloren, sondern auch noch ihre Gedankenfreiheit. Was auch immer sie für Korum empfand, war unfreiwillig ein Nebenprodukt der »Sänftigung«, die Saret bei ihr durchgeführt hatte. Sein süßes, wunderschönes Mädchen war nicht mehr die gleiche Person, die sie einmal gewesen war; ihr Wesen war auf die unverzeihlichste Art und Weise verändert worden.

Korum erinnerte sich daran, dass sie zuvor immer Angst gehabt hatte. Als sie auf Lenkarda angekommen war, hatte sie gezögert, sich das Sprachenimplantat einsetzen zu lassen, da sie Angst davor gehabt hatte, außerirdische Technologie in ihrem Kopf zu haben. Korum hatte sich damals über sie amüsiert, aber so, wie die Sache jetzt stand, hatte sie recht gehabt, sich davor zu fürchten. Saret war die ganze Zeit über gefährlich gewesen.

Und Korum hatte darin versagt, sie zu beschützen. Dieser Gedanke nagte an ihm, fraß ihn von innen her auf. Er, der niemals vorher bei irgendetwas versagt hatte, war unfähig gewesen, die Person zu beschützen, die ihm am wichtigsten war. Könnte Mia ihm das jemals verzeihen? Und wenn ja, wie würde er wissen, dass ihre Gefühle echt wären? Wenn man Saret Glauben schenken konnte, würde sie jetzt fast alles mit Gleichgültigkeit akzeptieren, mit anderen Reaktionen als denjenigen, die sie vorher gezeigt hätte.

Korum stand auf, zog sich an und ging nach Hause. Es würde ein langer Spaziergang werden, aber er hatte es nicht eilig. Mia war dort, und zum ersten Mal konnte er es mehr als erwarten, sie zu sehen.

Er würde ihr sagen müssen, was er heute erfahren hatte. Sie würde es wissen wollen, um ihre eigenen Entscheidungen darüber treffen zu können, was als Nächstes zu tun sei.

Und sollte sie sich dafür entscheiden, ihn zu verlassen, würde er sie gehen lassen müssen.

Selbst, wenn ihn das umbringen würde.

* * *

Mia ging aus dem Haus und zu der Transportgondel, die schon auf sie wartete. Sie hatte Adam von ihrem Computerarmband eine Nachricht geschickt, und er war einverstanden gewesen, sich mit ihr zu treffen. Er hatte ihr sein kleines Flugobjekt geschickt, um sie abzuholen und sie zum Labor zu bringen.

Mia stieg ein, setzte sich auf einen der schwebenden Sitze und spürte, wie er sich an ihren Körper anpasste. Sie hatte sich derart an die krinarische Technologie gewöhnt, dass sie nicht einmal mehr darüber nachdenken musste, wie sie irgendetwas zu benutzen hatte – alles fing an, ganz natürlich für sie zu sein.

Sie war neugierig darauf, ihren ehemaligen Laborpartner zu treffen und wieder in diesen Teil ihres Lebens in Lenkarda einzutauchen. Sie hatte einige Aufzeichnungen gefunden, in denen Adam ihr etwas erklärte, und war beeindruckt gewesen; nicht nur wegen seiner Intelligenz, sondern auch wegen seiner Fähigkeit, komplexe Themen einfach zu erklären, so dass sie leicht zu verstehen waren.

Zwei Minuten später landete sie auf einer Lichtung vor einem mittelgroßen Gebäude, welches so aussah, als hätte es einiges mitgemacht. Die Wände waren teilweise verschwunden, so als ob sie von oben nach unten weggeschmolzen worden waren. Die Inneneinrichtung sah allerdings so aus, als sei sie in einem perfekten Zustand.

Adam stand dort und wartete auf sie. Als Mia aus der Gondel stieg, lächelte er sie an – ein strahlendes und ehrliches Lächeln, das sein hübsches Gesicht erstrahlen ließ. Er sah für Mia typisch krinarisch aus: dunkle Haare und Augen und diese wundervolle bronzefarbene Haut.

»Na, hallo Partner«, sagte er, und dabei erschienen attraktive Fältchen an seinen Augenwinkeln. »Ich habe gehört, unser Chef hat sich als Doktor Evil entpuppt und seine Künste an dir praktiziert.«

Mia grinste und mochte diesen Krinar sofort. »Ja, du hast richtig gehört. Du gehst für eine Woche weg, und dann passiert sowas.«

»Also erinnerst du dich jetzt gar nicht an mich?«, fragte er, und sein Gesichtsausdruck wurde ernster. »Wie viel hat er denn ausgelöscht?«

»Als ich hier vor ein paar Tagen aufgewacht bin, waren meine letzten Erinnerungen von März«, erklärte Mia ihm und beobachtete, wie sich das Kinn des Krinar anspannte.

»Dieser dreckige Bastard«, meinte Adam, und seine Stimme war wutgetränkt. »Das tut mir leid, Mia. Ich wünschte, ich wäre hier gewesen …«

Mia winkte mit ihrer Hand ab. »Ach Quatsch. Niemand hat irgendetwas vermutet; er war einfach zu gut. Er hat es sogar fertiggebracht, sich in den gestrigen Kampf zu schmuggeln und Korum fast zu töten.«

»Ja, davon habe ich auch gehört«, erklärte ihr Adam. »Ich habe mir heute Morgen die Aufzeichnung des Kampfes angesehen.«

»Oh, okay.« Mia versuchte, nicht zu erröten. Wenn Adam den Kampf gesehen hatte, dann könnte es gut sein, dass er sich auch die Feier danach angeschaut hatte.

»Möchtest du hineingehen?«, fragte Adam und zeigte auf das zerstörte Gebäude. »Ich denke, wir können hier eine ganze Menge Aufzeichnungen und Daten bekommen. Ich habe mit den anderen Praktikanten gesprochen, und sie sind einverstanden.«

»Sehr schön«, antwortete Mia schnell und war dankbar für den Themenwechsel.

Sie gingen zum Gebäude und kletterten durch eine zerklüftete Öffnung in einer der Wände. Der sonst geläufige Mechanismus, der die Wand auflöste, schien nicht mehr zu funktionieren – was bei dem generellen Zustand des Gebäudes auch nicht weiter verwunderlich war.

»Was wird jetzt aus dem Labor werden?«, wollte Mia wissen, als sie hineingegangen waren. »Was wäre denn die normale Vorgehensweise bei solchen Vorfällen?«

Adam zuckte mit den Schultern. »Es gibt keine normale Vorgehensweise. Dieses Labor gehört Saret, also eigentlich begehen wir gerade Hausfriedensbruch. Ich könnte mir allerdings vorstellen, dass es jetzt der Regierung gehört, wenn man Sarets Verbrechen bedenkt. Ich bin mir aber nicht sicher, wie diese Sachen funktionieren. Ich denke mal, ein Großteil der Informationen wird zu den anderen Zentren geleitet – oder vielleicht will ja auch ein anderer Gedankenexperte ein neues Labor hier in Lenkarda eröffnen.«

»Wie sieht es denn mit dir aus? Warum lassen sie dich nicht das Labor übernehmen?«

»Mich?« Adam hob seine Augenbrauen an. »Ich bin ihrer Meinung nach zu jung und unerfahren.«

»Bist du das?« Mia schaute ihn überrascht an. Er sah aus wie ein Mann in seinen besten Jahren, äußerlich Korum recht ähnlich. »Wie alt bist du?«

»Ach ja, ich hatte fast vergessen, dass du dich ja nicht erinnerst.« Adam lächelte. »Ich bin achtundzwanzig, nur ein paar Jahre älter als du. Ich bin auch erst neu hier in der Siedlung, ich bin nämlich bei einer menschlichen Familie aufgewachsen.«

»Ehrlich?« Mia bekam große Augen. »Wie ist das denn möglich?«

»Ich wurde adoptiert, als ich noch ein Kind war«, antwortete ihr Adam. »Also, warum gehen wir jetzt nicht durch einige von Sarets Aufzeichnungen und schauen, ob nicht etwas Nützliches dabei ist? Vielleicht können wir ja deinen Zustand ein wenig aufklären.«

Mia starb fast vor Neugier. Sie wollte Adam unbedingt noch weitere Fragen zu seiner Herkunft stellen, aber er schien nicht in der Stimmung zu sein, darüber zu reden. Also konzentrierte sie sich stattdessen auf die Aufgabe, die vor ihnen lag. Adam zeigte ihr, wie sie einige der Geräte des Labors zu bedienen hatte, und sie begannen, sich durch Berge von Informationen zu arbeiten, um etwas zu finden, was mit der Erinnerung zu tun hatte.

Sechs Stunden später stand Mia auf und rieb sich ihren Nacken. Ihr Gehirn fühlte sich an, als würde es von allem, was sie heute gelernt hatte, explodieren. Adam war noch genauso konzentriert wie die ganze Zeit. Ohne auch nur das geringste Anzeichen von Ermüdung zu zeigen, ging er weiterhin die Aufzeichnungen durch.

Als er hörte, dass Mia sich bewegte, sah er von dem Bild auf, welches er gerade betrachtete, und lächelte sie warm an. »Du solltest nach Hause fliegen, Mia. Es wird langsam spät. Ich werde noch ein wenig arbeiten und dann auch gehen.«

Mia zögerte. »Bist du sicher?« Sie war geistig erschöpft und hatte Hunger, aber sie fühlte sich schlecht dabei, Adam hier allein zu lassen.

»Natürlich«, antwortete ihr Adam. »Jetzt geh schon. Das war eine ganze Menge für heute.«

* * *

Korum ging im Wohnzimmer auf und ab, er war zu aufgedreht, um stillzusitzen. Als er vor einer Stunde nach Hause gekommen war, hatte er das Haus leer vorgefunden. Sein erster Gedanke war gewesen, Mia sei etwas zugestoßen – Saret habe doch noch einen Weg gefunden, sie zu bekommen.

Natürlich war das nicht der Fall. Eine schnelle Überprüfung hatte ihren Aufenthaltsort preisgegeben, und dann war es leicht gewesen, die Satellitenbilder zu bekommen, die zeigten, wie sie vor einigen Stunden mit Adam vor Sarets Labor gesprochen hatte. Trotzdem hatten ihn diese wenigen Sekunden, in denen er nicht gewusst hatte, ob sie sicher war, bis auf die Knochen erschreckt.

Jetzt kämpfte er gegen den Drang an, zum Labor zu gehen und Mia nach Hause zu holen. Er wollte sie im Arm halten, die Wärme ihres Körpers spüren, vielleicht zum letzten Mal. Wenn er ihr erst einmal die Wahrheit über ihren Zustand gesagt haben würde, wäre es mehr als gerechtfertigt, wenn sie ihn verließ. So furchtbar ihr Gedächtnisverlust auch war, die andere Prozedur war viel schlimmer, hatte ihr Gehirn auf eine Art und Weise verändert, die sie ihm wahrscheinlich nicht verzeihen könnte. Jetzt würde sie nie wissen, ob das, was sie für Korum fühlte – oder auch für alles andere – echt war oder ein Ergebnis dessen, was Saret ihr angetan hatte.

Eine dunkle Versuchung betörte Korum. Was, wenn er ihr nichts sagte? Was, wenn sie einfach in glückseligem Unwissen weiterlebte, glücklich mit ihrem Dasein, genau so, wie es war? Außer Saret und Korum kannte niemand die Wahrheit. Er könnte sie behalten, sie würde ihn lieben – und er wäre der Einzige, der wissen würde, dass es keine echte Liebe war.

Vor einigen Monaten hätte Korum nicht gezögert. Er hatte sie haben wollen und sie einfach genommen, ohne auf ihre Wünsche Rücksicht zu nehmen. Wäre er damals auf dieses Dilemma gestoßen, wäre ihm die Entscheidung leichtgefallen: sie behalten und nach ihm die Sintflut. Aber so konnte er nicht mehr mit ihr umgehen. Er konnte sie nicht wie ein Kind oder ein Haustier behandeln, so wie sie es ihm einst vorgeworfen hatte. Er wollte, dass sie blieb, aber sie musste es aus freiem Willen machen – auch wenn dieser freie Wille verändert worden war.

Nein, er musste es ihr sagen, und zwar bald.

Endlich sah Korum die Gondel vor dem Haus landen. Mia stieg aus, und das Flugzeug hob ab, flog dorthin zurück, von wo auch immer es hergekommen war.

Trotz seiner gedrückten Stimmung musste Korum einfach lächeln, als sie das Haus betrat. Sie hatte ein cremefarbenes Kleid an, welches den Großteil ihres Rückens frei ließ, und ihr dunkles Haar war zu einem dicken, unordentlichen Knoten hochgesteckt. Ihre Frisur war erstaunlich sexy, legte ihren zarten Nacken frei und zog seine Aufmerksamkeit auf ihren eleganten Hals.

»Schatz, ich bin zu Hause«, begrüßte sie ihn und grinste bis über beide Ohren.

Unfähig, sich zurückzuhalten, lachte Korum und hob sie für einen innigen Kuss hoch.

Als er sie wieder auf ihre Füße setzte, blendete ihr Lächeln ihn schon fast. Sie wirkte, als sei er ihre ganze Welt – und Korums Herz fühlte sich an, als würde es gleich in eine Million Teile zerspringen.

»Wie war dein Tag, meine Süße?«, wollte er wissen und hatte seine Hände immer noch auf ihrer Taille liegen.

»Er war großartig«, antwortete sie ihm, immer noch grinsend. »Ich habe Adam wiedergetroffen. Er ist sehr nett. Ich mag ihn richtig gerne.«

Korum fühlte eine Welle von Eifersucht aufsteigen, die er allerdings unterdrückte. Er weigerte sich, diesem Gefühl nachzugeben. Mia hatte ihren Partner schon immer gerne gemocht, aber soweit Korum wusste, waren ihre Gefühle rein platonisch. Davon einmal ganz abgesehen hatte der Krinar schon einen Menschen, von dem er besessen war; das hatte Korum bei einer Prüfung von Adams Hintergrund herausgefunden, die er machen ließ, kurz nachdem Mia angefangen hatte, mit ihm zu arbeiten.

»Wir haben uns ein ganzes Stück durch Sarets Aufzeichnungen gewühlt«, fuhr Mia fort, und ihre Augen leuchteten vor Aufregung. »Adam denkt, wir könnten auf diese Weise etwas Nützliches über meinen Zustand erfahren.«

In diesem Moment knurrte ihr Magen, weshalb ihre Wangen sofort knallrot wurden. Korum musste lachen. »Ich nehme an, da hat jemand Hunger«, zog er sie auf.

»Erwischt«, gab sie lachend zu.

Schmunzelnd ließ Korum sie los und ging in die Küche. Einige Minuten später saßen sie vor einer Mahlzeit aus gegrillten Gemüsesandwiches mit einem Miso-Avocado-Dip.

Mia verschlang in Windeseile alles, was sich auf ihrem Teller befand, und er stand ihr in nichts nach, da ihn das lange Schwimmen hungrig gemacht hatte. Zum Nachtisch ließ Korum das Haus einen Kiwi-Mango-Pie mit einer Kruste aus gemahlenen Macadamianüssen zubereiten – und einen Tee für Mia.

Während sie diese Süßigkeit genossen, griff Korum über den Tisch, nahm ihre Hand und streichelte ihre Handfläche mit seinem Daumen. »Mia«, sagte er ruhig, »es gibt da etwas, was ich dir sagen muss.«

Sie erstarrte einen Augenblick lang, da ihr offensichtlich die ernste Note in seiner Stimme nicht entging. »Und was?«

»Ich habe heute mit Saret gesprochen«, erklärte ihr Korum, und sein Griff um ihre Hand verstärkte sich. »Er hat nicht nur einfach deine Erinnerungen ausgelöscht. Er hat außerdem etwas mit dir gemacht, damit du … Sachen leichter akzeptierst.«

* * *

Mia starrte ihren Liebhaber an und konnte nicht glauben, was sie da gerade hörte. »Wie bitte? Was hat das zu bedeuten?«

»Er hat es ›Sänftigung‹ genannt«, erwiderte Korum,

und der Ausdruck auf seinem Gesicht war grimmig. »Es sollte offensichtlich dazu dienen, dich seinen Avancen zugänglicher zu machen. Falls er nicht gelogen haben sollte, was diesen Eingriff anbelangt, spürst du Angst nicht mehr so stark wie vorher ... und bist auch neuen Eindrücken gegenüber offener.«

Mia runzelte ihre Stirn. »Ich verstehe nicht ganz. Inwiefern hätte das Saret geholfen?«

»Weil du nicht nur neuen Eindrücken gegenüber offener bist – was deine hervorragende Eingewöhnung erklärt –, sondern auch empfänglich für neue Bindungen.« Korums Mund zog sich vor Wut zu einer schmalen Linie zusammen.

»Neue Bindungen?« Und dann dämmerte es ihr. »Er dachte, ich würde mich in ihn verlieben? Das ist krank!« Sie lachte und erwartete, dass er ihre Belustigung teilen würde.

Als Korum nicht reagierte, hörte sie auf zu lachen. »Warte mal kurz«, begann sie langsam. »Sagst du mir gerade das, von dem ich denke, dass du es mir sagst?«

»Es tut mir leid, Mia. Ich wünschte wirklich, es würde nicht stimmen.«

Mia schüttelte ohne nachzudenken ihren Kopf, zog ihre Hand aus seinem Griff und stand auf. »Aber das ist lächerlich«, protestierte sie. »Behauptest du gerade, dass ich nicht ich selbst sei? Dass alles, was ich denke und fühle, das Produkt eines Eingriffs ist, den ein Verrückter an mir durchgeführt hat? Dass das, was ich für dich fühle, nicht echt ist?«

Korum stand ebenfalls auf. »Das ist alles meine

Schuld«, sagte er, und seine Stimme war voller Schuldgefühle. »Ich hätte dort sein sollen. Ich hätte dich vor ihm beschützen müssen …«

»Nein.« Mia weigerte sich, das alles zu glauben. »Woher willst du wissen, dass er nicht gelogen hat? Würde es nicht zu ihm passen, zu lügen?«

»Das würde es«, stimmte ihr Korum zu. »Das würde auf jeden Fall hervorragend zu ihm passen. Und das ist auch der Grund dafür, weshalb ich dich im Gedächtnislabor in Arizona untersuchen lassen möchte. Wir werden morgen dorthin fahren.«

»Aber du denkst nicht, dass er lügt.«

»Nein.« Korum blickte sie schmerzerfüllt an. »Das denke ich nicht.«

»Warum nicht?«, flüsterte Mia, und ihre Stimme begann zu zittern.

»Weil du nicht ganz du selbst gewesen bist, meine Süße«, sagte er sanft. »Die Unterschiede sind ganz leicht, aber sie sind da. Du hast es auch bemerkt, stimmt's?«

Mia sog Luft ein. Das hatte sie. Natürlich hatte sie das. Sie hatte sich gewundert wie gut sie sich an diese neue Welt angepasst hatte, an das Leben in einer außerirdischen Kolonie mit einem Liebhaber, den sie gerade erst kennengelernt hatte. Einen Liebhaber, den sie mittlerweile genauso brauchte wie Essen und Luft.

»Könnte es dafür keine andere Erklärung geben?« Mia wusste, dass sie sich an Strohhalme klammerte, aber die Alternative war zu viel für sie. »Was, wenn die Erinnerungen nicht wirklich weg sind? Was, wenn sie immer noch tief in mir drin vorhanden sind? Das würde auch alles erklären: warum ich mich hier so wohl fühle, warum ich so schnell lerne, warum ich mich in dich verliebt habe …«

Korum schloss seine Augen für einen kurzen Augenblick. Als er sie öffnete, war sein Blick düster. »Das hast du nicht, Mia. Du hast dich nicht in mich verliebt. Du kennst mich kaum.«

»Aber wenn ich mich auf irgendeiner Ebene noch an dich erinnere …«

Er atmete tief ein. »Das tust du nicht, meine Süße. Ellet hat dich getestet, bevor du aufgewacht bist, und es gab Zeichen eines dauerhaften Gedächtnisverlusts. Ich wünschte wirklich, es wäre anders, glaub mir.«

Mia blinzelte und schluckte hart, um den wachsenden Knoten in ihrem Hals zu unterdrücken. Er dachte, sie sei beschädigt. Fehlerhaft. Unfähig, echte Gefühle zu empfinden. »Und was jetzt?«

»Das ist deine Entscheidung«, sagte Korum mit einer seltsam flachen Stimme. »Du kannst entweder bei mir bleiben oder zu deinem alten Leben zurückkehren.«

»Zu meinem alten Leben zurückkehren?« Sie konnte diese Worte kaum aussprechen. »Du … du möchtest, dass ich gehe?«

»Was? Nein!« Er sah aus, als überrasche ihn diese Idee. »Natürlich möchte ich nicht, dass du gehst. Du bist mein ganzes Leben, verstehst du das?«

Mia erschauderte vor Erleichterung. Er wollte sie immer noch, trotz des Schadens durch die Prozedur.

»Du bist ebenfalls mein ganzes Leben«, erklärte sie ihm. »Ich weiß, du denkst, dass das, was ich fühle, das Ergebnis dessen sei, was Saret mit mir gemacht hat, aber das glaube ich nicht. Ich habe dich davor geliebt, trotz allem was zwischen uns passiert ist, und ich habe mich in den letzten Tagen wieder in dich verliebt. Es mag sein, dass du glaubst, das sei nicht echt, aber ich kenne meinen eigenen Kopf. Ja, ich habe bemerkt, dass ich nicht so auf Dinge reagiert habe, wie ich es erwartet hatte, ja und? Ist es nicht gut, dass ich so schnell lerne? Dass ich mich in Lenkarda genauso wohl fühle, wie ich das vorher in New York getan habe? Selbst wenn dies das Ergebnis von Sarets Eingriff sein sollte, ändert das nichts an der Tatsache, dass ich jetzt so bin – dass ich jetzt so denke und fühle. Das schwächt meine Gefühle nicht – oder macht sie weniger echt.«

Während sie sprach, verschwanden die Falten, die sich durch die Anspannung um seinen Mund gebildet hatten. »Bist du sicher, Mia?«, fragte er, und seine Augen füllten sich mit der vertrauten, goldenen Hitze. »Möchtest du das wirklich?«

»Mit dir zusammen zu sein? Ja!« Mia war sich in ihrem ganzen Leben etwas noch nie so sicher gewesen. Der Gedanke, ihn zu verlassen, nach Hause zu gehen und ihn niemals wiederzusehen, war unerträglich. Als sie gedacht hatte, er sei tot, hatte sie auch sterben wollen. Ein Leben ohne Korum war nicht lebenswert.

»Dann wirst du bei mir sein.« Seine Stimme war rau und seine Hände beeilten sich, als sie nach ihr griffen und sie in seine Arme zogen.

Sein Mund war hungrig, als wenn er sie verschlingen wollte, und Mia antwortete ihm genauso, da sie den gleichen Hunger verspürte. Sie verzehrte sich nach seiner

Berührung, seiner Umarmung. Der schockierende Rausch ihres Sexmarathons nach dem Kampf hatte sie ausgelaugt, ihr alle Energien entzogen, und trotzdem wollte sie schon wieder mehr. Mehr von Korum, mehr von diesem Zauber.

Seine Hände bewegten sich wie außer sich auf ihrem Körper, rissen ihr das Oberteil weg und ließen es in Fetzen auf dem Boden landen. Seine Kleidung erwartete das gleiche Schicksal. Bevor sie blinzeln konnte, fand sie sich gegen die Wand gedrückt wieder, mit weit gespreizten Schenkeln. Er hob sie hoch und rieb seine Erektion gegen ihr nacktes Geschlecht.

»Fuck«, knurrte er. Sein Ausdruck war schmerzerfüllt, sein Atem ging schwer und ungleichmäßig. »Ich muss in dir sein, Mia. Jetzt.«

»Ja«, flüsterte sie und erwiderte seinen glühenden Blick. »Ja … bitte …«

Als ob er auf diese Bestätigung gewartet hätte, tauchte er in sie, unerträglich dick und groß, dehnte sie aus und füllte sie bis an ihre Grenzen. Mia schrie auf. Dieser Lustschmerz war genauso intensiv wie beunruhigend. Durch die Art, wie er sie hielt, war sie vollständig geöffnet, hatte keine Möglichkeit, die Tiefe seines Eindringens irgendwie zu kontrollieren. Er war so tief in ihr, dass sie ihn an ihrem Muttermund spüren konnte, und ihr Kanal verengte sich in dem sinnlosen Versuch, ihn hinauszudrängen.

Er machte eine kurze Pause, um sie zu Atem kommen zu lassen, und dann begann er, auf sie einzuhämmern, seine Stöße drückten sie gegen die Wand. Mia stöhnte, und ihr Körper wurde von den Empfindungen völlig überwältigt. Es baute sich nichts langsam auf, es gab keinen sanften Übergang von unangenehm bis lusterfüllt; stattdessen überraschte der Orgasmus sie, ihre inneren Muskeln krampften ohne Vorwarnung um seinen Penis.

Er stöhnte, wurde noch schneller, und schon kam sie erneut mit einem Schrei, unfähig, die hilflose Reaktion ihres Körpers zu kontrollieren. Ihre Haut war heiß, und sie keuchte, rang nach Atem, aber er war schonungslos, trieb sie innerhalb weniger Minuten von ihrem zweiten zu ihrem dritten Orgasmus.

Und gerade als Mia dachte, dass sie das nicht mehr ertragen konnte, kam er mit wildem Gebrüll, warf seinen Kopf nach hinten, und sein Geschlecht pulsierte tief in ihr.

* * *

Am nächsten Morgen wartete Korum ungeduldig, während Haron – der Gedächtnisexperte des Zentrums in Arizona – Mia gründlich untersuchte.

Sie lag mit geschlossenen Augen und einem entspannten Gesichtsausdruck auf einer schwebenden Liege. Damit ihr Gehirn tiefergehender untersucht werden konnte, war sie leicht betäubt worden. Haron strich ihr Haar nach hinten und legte somit mehr von ihrer Stirn frei, damit er seine Ausrüstung dort befestigen konnte.

Korum hatte dem anderen Mann die Erlaubnis erteilt, sie für die Untersuchung anfassen zu dürfen, aber er fühlte sich, als würde es ihn zerreißen. Er war genauso wütend darüber gewesen, zu erfahren, dass Arus sie während des Kampfes festgehalten hatte, auch wenn er genau wusste, dass es zu Mias eigenem Schutz gewesen war. Dieser territoriale Instinkt war sehr primitiv – und völlig irrational, wenn man die Umstände betrachtete –, aber Korum konnte nichts dagegen machen. Bei allem, was Mia betraf, war er auf dem Entwicklungsstand einer Amöbe.

Als die Untersuchung beendet war, hatte Korum schlechte Laune. »Und?«, fragte er, sobald Haron seine Ausrüstung zur Seite gelegt hatte.

Der Gedächtnisexperte zuckte mit seinen breiten Schultern. »Ich weiß es nicht«, antwortete er und sah Korum verblüfft an. »Ihr Hirn ist gesund, aber zeigt Zeichen einer kürzlichen Gedächtnisauslöschung. Es gibt auch noch etwas, was ich noch niemals zuvor gesehen habe.«

»Die Sänftigung«, erklärte ihm Korum. »Denken Sie, das könnte es sein?« Er hatte Haron von Sarets Behauptungen berichtet, und der Gedankenexperte hatte sehr fasziniert ausgesehen.

»Das könnte sein«, meinte Haron. »Mir ist so etwas wirklich noch nie untergekommen. Wenn Saret behauptet, er habe diese Prozedur erfunden, würde es Sinn ergeben.« Er hörte sich bewundernd an, was bei Korum den Drang auslöste, ihm etwas Gewalttätiges anzutun.

»Können Sie es reparieren?« Korum konnte sich die Antwort schon denken, aber er musste einfach fragen.

Haron schüttelte seinen Kopf. »Ich denke nicht, zumindest nicht ohne das Risiko, ihr Gehirn bei dem Versuch ernsthaft zu verletzen. Wenn wir hier neue Verfahren entwickeln, testen wir sie erst einmal gründlich in Simulationen, bevor wir mit lebenden Subjekten experimentieren. Ich könnte es natürlich versuchen, falls Sie das möchten ...«

»Nein.« Korum könnte dieses Risiko bei Mia niemals eingehen. »Vergessen Sie es.«

Als ihr Schiff sie wieder nach Lenkarda brachte, hielt Korum Mia auf seinem Schoß. Sie war wach, aber ein wenig fertig, und sie schien damit zufrieden zu sein, einfach nur dazusitzen, mit ihrem Kopf auf seinen Schultern. Er streichelte ihr Haar und genoss das Gefühl ihrer sanften Locken zwischen seinen Fingern.

Ihre Unterhaltung gestern war völlig anders verlaufen, als er befürchtet hatte. Mia war schockiert gewesen und hatte gar nicht glauben können, was Saret getan hatte, aber das, was sie am meisten verstört hatte, war die Vorstellung gewesen, ihn zu verlassen. Und Korum war froh gewesen; so unglaublich froh und erleichtert darüber, dass sie bleiben wollte. Er wusste wirklich nicht, was er getan hätte, wenn sie ihm gesagt hätte, sie wolle gehen. Er wollte denken, er hätte sie gehen lassen ... aber tief drin wusste er es besser. Der Gedanke daran, auch nur einen Tag getrennt von ihr zu sein, war unerträglich für ihn; wie hätte er dann ein ganzes Leben ohne sie überstanden?

Das hätte er nicht. So einfach war das. Er hätte es versucht, wenn es das gewesen wäre, was sie gewollt hätte, aber die Chancen, zu versagen, wären hoch gewesen. Korum machte sich darüber keine Illusionen. Er war nicht der altruistische Typ. Er hätte eine Weile gelitten – weil er sich schuldig fühlte, nicht verhindert zu haben, dass sie verletzt wurde, weil er gerne die Fehler der Vergangenheit wiedergutmachen wollte – aber er hätte sie wieder zurückgeholt.

Sie bewegte sich in seinen Armen und unterbrach seine Überlegungen. Sie hob ihren Kopf und schenkte ihm ein schläfriges Lächeln. »Wo sind wir gerade?«

»Zu Hause, mein Liebling«, antwortete ihr Korum, und alles, was von seiner schlechten Laune noch übrig gewesen war, verschwand, als er auf ihr wunderschönes Gesicht blickte. So sehr er auch Sarets Behandlung rückgängig machen und den Schaden beheben wollte, der diesem besonderen Wesen zugefügt worden war, er war trotz allem einfach glücklich, sie zu haben. Selbst wenn sie ihn jetzt nicht wirklich liebte, hoffte er trotzdem, dass sie im Laufe der Zeit ehrliche Gefühle für ihn entwickeln würde. Und Korum würde sicherstellen, dass sich ihre Liebe nicht in Hass verwandelte, sollte sie von seinen wahren Plänen erfahren.

19. KAPITEL

Der nächste Monat verging wie im Flug. Korum war beschäftigter als sonst, da seine Designer die neuen Schutzschilde für die Siedlungen zu Ende fertigten und der Rat versuchte, über Sarets Schicksal zu entscheiden.

Nach mehreren Sitzungen wurde beschlossen, dass eine Verhandlung wie bei den Keiths diesmal nicht funktionieren würde. Da Saret ein langjähriges Ratsmitglied gewesen war, war niemand völlig wertfrei, und die Gefühle waren am Kochen. Korum war nicht der Einzige, der Saret als einen Freund angesehen hatte. Der Gedächtnisexperte war mit seiner scheinbar entspannten und freundlichen Art generell beliebt gewesen. Die Größe seines versuchten Verbrechens war unglaublich, und selbst die vollständige Rehabilitation schien eine zu milde Strafe für das zu sein, was er vorgehabt hatte. Schließlich wandte sich der Rat mit der Bitte um Hilfe an die Ältesten – eine Initiative, die von Korum ausging, da er auch andere Dinge mit den Ältesten zu besprechen hatte.

Zwischen dem und seiner normalen Arbeit fand Korum kaum Gelegenheit zum Schlafen – da er auch so viel Zeit wie möglich mit seinem Charl verbringen wollte. Mias Bindung zu ihm schien täglich stärker zu werden, und Korum zweifelte nicht mehr an der Intensität ihrer Gefühle. Es war genau so, wie sie gesagt hatte: was auch immer Saret mit ihr gemacht hatte, sie war jetzt einfach so – und sie beide mussten das akzeptieren.

Der positive Aspekt des Ganzen, der Korum immer noch überraschte, war, wie gut sich Mia an alles anpasste … und wie unabhängig sie geworden war.

Vor ihrem Gedächtnisverlust hatte sie gezögert, allein in Lenkarda umherzuwandern, hatte Angst vor seinem Volk gehabt und war von einem Teil ihrer Technologie eingeschüchtert gewesen. Mia war lediglich zum Labor geflogen oder zu den Plätzen gegangen, die er ihr gezeigt hatte. Ansonsten war sie normalerweise mit ihm zu Hause geblieben. Ihre Freizeit war allerdings auch durch den engen Zeitplan, den Saret seinen Praktikanten auferlegt hatte, sehr viel eingeschränkter gewesen. Jetzt aber, da Adam und sie selbstständig forschten, entdeckte Korum, dass sein Charl recht abenteuerlustig war – und dem auch bei jeder Gelegenheit nachgab.

An einem Tag, an dem die Strömung ziemlich schwach war, ging sie im Ozean in der Nähe der Mündung schwimmen. Trotzdem gefror Korum – der sich angewöhnt hatte, einmal die Stunde ihren Aufenthaltsort zu überprüfen – das Blut, als er entdeckte, dass sie sich gut einen halben Kilometer vom Ufer entfernt befand. Er war sofort direkt zu ihr gegangen, nur um sie entspannt schwimmend vorzufinden, offensichtlich viel Spaß mit sich selbst habend. Als sie endlich aus dem Wasser kam, hatte er es schon geschafft, sich genug zu beruhigen, um mit ihr ein rationales Gespräch über die Gefahren dieses besonderen Ortes zu führen, und sie hatte ihm versprochen, in Zukunft vorsichtiger zu sein – allerdings war Korum noch Tage nach diesem Vorfall unruhig gewesen.

Ihre anderen Ausflüge waren weniger gefährlich gewesen. Sie hatte eine Schwäche für das Wandern entwickelt und filmte die lokale Flora und Fauna mit ihrem Armbandcomputer. Brüllaffen, Leguane und sogar einige große Insekten – sie nahm alles auf, um diese Bilder und Filme dann zu ihrer Familie zu schicken und auf diese Weise ihr neues Zuhause mit ihnen zu teilen.

Sie freundete sich auch enger mit Delia an, traf sie regelmäßig für Morgenspaziergänge am Strand. Korum unterstützte diese Freundschaft und war glücklich darüber, dass Mia andere Beziehungen in Lenkarda aufbaute. Maria kam auch manchmal vorbei, und Korum hatte sie und Arman auch ein paar Male zum Abendessen eingeladen.

Ihr größter Streitpunkt war immer noch Mias Status als Charl. »Verstehst du nicht, wie ich mich damit fühle, zu wissen, rechtlich dir zu gehören, einfach weil ich ein Mensch bin und du das so festlegst?«, fragte sie ihn einmal.

»Siehst du nicht, wie barbarisch das ist?«

Korum sah das gar nicht so. Ja, sie war sein Eigentum – Eigentum, welches er beschützte, liebte und verehrte. Sich einen Charl zu nehmen war eine ernsthafte, lebenslange Verpflichtung. Nach krinarischem Recht war er für Mias Verhalten verantwortlich. Falls sie sich jemals nicht an die Nicht-Einmischungs-Anordnung halten sollte, müsste er sich vor den Ältesten dafür rechtfertigen. Mia wäre nie wieder ein normaler Mensch, nicht mit den Nanozyten in ihrem System: selbst wenn sie ihn verlassen würde, müsste Korum sie weiterhin im Auge behalten und sicherstellen, dass sie den Menschen keine Informationen über die Krinar enthüllte, die nicht öffentlich waren. Ein Charl war weder ein Sklave noch ein Haustier, und die meisten Cheren sahen sie als ihre menschlichen Lebenspartner an – etwas, was Mia nicht zu verstehen schien.

»Wie kann ich dein Lebenspartner sein, wenn ich hier keine Rechte habe?«, beharrte sie stur und löste in Korum den Wunsch aus, sie über sein Knie zu legen und ihr ihren hübschen, kleinen Hintern zu versohlen. »Ich habe auch nie zugestimmt, dein Partner sein zu wollen – oder dein Charl –, stimmt's? Und davon ganz abgesehen können wir auch keine Kinder zusammen bekommen ...«

Korum konnte den letzten Punkt nicht abstreiten, und das Thema Charl blieb ungelöst, hing über ihren Köpfen und kam ab und an bei etwas heißeren Diskussionen auf – auch wenn diese seltener wurden, je länger ihre Beziehung bestand.

Als Korum sah, wie vertraut Mia mittlerweile mit der krinarischen Technologie geworden war, gab er ihr ihren eigenen Fabrikator – eine fortschrittlichere Version als die, die er als Geburtstagsgeschenk für Maria geschaffen hatte. Er war stark genug, um alles das herzustellen, was Mia im Laufe eines Tages brauchen könnte, einschließlich der Transportgondel.

Ihre Freude über dieses Geschenk war mehr als riesig gewesen.

»Danke schön! Oh mein Gott, vielen herzlichen Dank! Das ist ja fantastisch!« Er war unter ihren Küssen fast erstickt, ihre Augen hatten geleuchtet und ihr ganzer Körper vibrierte vor Aufregung. In den darauffolgenden Stunden hatte sie ununterbrochen mit dem Fabrikator gespielt, sich eine Sache nach der anderen erschaffen, während Korum ihre Freude genossen hatte.

Kurz danach hatte Mia beschlossen, nach New York zu fliegen – in einem Flugzeug, das sie selbst hergestellt hatte. Korum hatte ihr die Vorlage dafür gegeben; es war eine kompliziertere Maschine als die Gondel, die sie für die kurzen Wege innerhalb der Siedlung benutzte. Sie produzierte das Schiff, während er sie dabei lächelnd beobachtete, und stolz darauf war, wie viel sie schon gelernt hatte.

Sie flogen zusammen nach New York, da Korum Bedenken hatte, sie allein so weit weg zu lassen. Er wusste, dass es keinen logischen Grund dafür gab; sie hatte ja schließlich jahrelang in dieser menschlichen Stadt gelebt, bevor sie sich getroffen hatten, und es war ihr nichts Böses zugestoßen. Außerdem waren die Bedrohungen durch Saret und den Widerstand ausgeschaltet worden. Trotzdem konnte er diese irrationale Angst um ihre

Sicherheit nicht loswerden. Entweder er ging mit ihr mit, oder er müsste ihr verbieten zu fliegen, und Korum wusste ganz genau, dass sie Letzteres nicht wirklich gut aufnehmen würde.

Am Morgen ihrer Reise benutzte Mia den Fabrikator, um ihnen menschliche Anziehsachen zu erschaffen.

»Hmmm, mal schauen«, sagte sie und grinste schelmisch. »Wie wäre es denn mit einem rosafarbenen T-Shirt für dich?«

»Gerne.« Korum unterdrückte ein Lachen, als er ihren ungläubigen Gesichtsausdruck sah. »Ein rosafarbenes T-Shirt wäre super.« Seine Rasse verband keine Farben mit den Geschlechtern, und er selbst mochte Pastelltöne. Er wusste, dass sie gehofft hatte, er würde sich gegen das sträuben, was sie als ein feminines Outfit betrachtete, aber ihm war das völlig egal – solange sie ihn nicht dazu zwang, einen Rock zu tragen. Bei einem Rock wäre Schluss.

»Okay«, grummelte sie, »Das macht keinen Spaß mit dir.« Aber sie entwarf trotzdem ein rosafarbenes T-Shirt, das sich Korum ohne zu zögern überzog. Die Jeans, die sie ihm gab, waren glücklicherweise in einem ganz normalen Blauton.

»Weißt du was?«, meinte sie nachdenklich, während sie ihn betrachtete, als sie beide angezogen waren. »Rosa sieht an dir eigentlich ganz schön heiß aus.«

Korum lachte. »Oh, ich danke dir, meine Süße. Ich fühle mich geschmeichelt.« Sie sah selbst sehr sexy aus. Sie hatte sich gut sitzende Jeans, ein Paar hochhackige Ankle-

Boots und ein silberfarbenes Tanktop angezogen, welches ihre neu geformten Oberarme und Schultern betonte. Mit den Nanozyten in ihrem Körper hatte Mia jetzt erheblich mehr Ausdauer, was körperliche Aktivitäten betraf, und ihr neuestes Interesse am Wandern und Schwimmen hatte bei ihrem schlanken Körper Wunder bewirkt. Korum hatte sie schon immer unwiderstehlich gefunden, aber jetzt konnte er kaum seine Augen – und seine Hände – von ihr lassen.

»Hast du Jessie gesagt, dass wir auf ihrem Dach landen werden?«, fragte er, als sie das Schiff betraten.

»Ja. Sie weiß, dass wir kommen, und hat sogar die Erlaubnis des Hausbesitzers.«

Um Zeit zu sparen, hatten sie beschlossen, direkt zu Jessie zu fliegen, anstatt zu einem der Landeplätze, die den Krinar zugewiesen waren. Der Sinn dieser Plätze war, die Belästigung für die menschliche Bevölkerung der großen Städte möglichst gering zu halten. Selbst heute noch konnte allein der Anblick eines krinarischen Luftschiffes zu Autounfällen führen. Offensichtlich schienen verängstigte menschliche Autofahrer am Steuer eher abgelenkt zu sein. Als Ratsmitglied konnte Korum es sich allerdings erlauben, sich nicht an die Landevorschriften zu halten, auch wenn er in großen Städten wie New York normalerweise vorsichtig damit war.

Als sie landeten, begrüßte Jessie sie gleich auf dem Dach. Sie wartete dort schon mit einem jungen Mann, bei dem es sich nur um Edgar handeln konnte, ihrem neuen Freund. Korum erinnerte sich daran, ihn schon einmal gesehen zu haben, in dem Nachtklub, in dem er Mia dabei erwischt hatte, wie sie mit einem anderen Mann getanzt hatte. Dieser Zwischenfall gehörte nicht zu Korums liebsten Erinnerungen.

Trotzdem lächelte er Jessie und Edgar an und versuchte, nett zu sein. Er wusste, dass Mias ehemalige Mitbewohnerin sich einfach nur um Mia sorgte. Sie hatte den holprigen Anfang von Korums Beziehung zu Mia mitbekommen und mochte ihn deshalb immer noch nicht besonders gerne.

Mia lächelte auch, und er konnte sehen, dass sie sich wirklich darüber freute, ihre Freundin wiederzusehen. Sie war aber auch nervös, wie er an der Stärke, mit der ihre Finger seine Hand umklammerten, erkennen konnte. Aus irgendeinem Grund hatte sie ihren Freunden und ihrer Familie immer noch nichts von ihrem Gedächtnisverlust erzählt. Als Korum sie darauf angesprochen hatte, hatte sie ihm nur vage geantwortet, sie wolle nicht, dass sie sich Sorgen machten und er hatte sich damit zufriedengeben müssen.

»Mia!« Jessie flog ihr um den Hals, sobald sie aus dem Schiff gestiegen waren, und die beiden Mädchen umarmten sich lachend und kreischend.

Korum grinste, als er ihre überschwängliche Wiedervereinigung beobachtete, trat dann nach vorne und hielt Edgar seine Hand für einen menschlichen Gruß hin. »Hallo. Ich glaube, wir wurden einander nie offiziell vorgestellt.«

»Nein, das wurden wir nicht«, antwortete Edgar trocken und akzeptierte die ausgestreckte Hand. »Das letzte Mal, als ich dich sah, war deine Hand um den Hals meines Freundes Peter gelegt. Ich denke, das war kein guter Zeitpunkt dafür.«

»Das stimmt«, entgegnete ihm Korum, und seine Augen verengten sich ein wenig. Dieser Mensch traute sich, ihn an diesen Tag zu erinnern? Peter hatte Glück gehabt, dass Korum sich so gut beherrscht hatte. Jedes Mal, wenn Korum daran dachte, wie dieser Junge Mia küsste, sah er rot. *Sei nett*, erinnerte er sich – und setzte ein freundlicheres Gesicht auf. »Du bist also ein Schauspieler«, sagte er und lenkte das Gespräch in eine Richtung, die dem Menschen gefallen würde.

»Das bin ich.« Edgar schluckte den Köder. »Ich spiele in dieser neuen Produktion von CBS mit. Sie heißt *Die Vortex*. Vielleicht hast du davon gehört?«

»Ich habe alle Folgen gesehen«, antwortete ihm Korum. »Ich bin ein sehr großer Fan davon. Ich konnte gar nicht glauben, was Eva letzte Woche passiert ist – ich hätte niemals gedacht, dass ihre Schwester auf diese Weise wieder auftauchen würde.«

Edgars Augen leuchteten. »Das gibt's nicht! Du schaust dir die Serie an? Ist sie beliebt unter den Krinar?«

Sie war beliebt bei einem bestimmten Krinar, der sie sich als Vorbereitung auf diese Reise angeschaut hatte. »Klar«, meinte Korum. »Wir mögen gute Unterhaltung genauso gerne wie die Menschen.«

Mia war fertig damit, Jessie zu drücken, und ging jetzt auf Edgar zu. »Hallo, Edgar«, begrüßte sie ihn. »Es freut mich, dich wiederzusehen.«

Korum unterdrückte ein Lächeln. Kleiner Lügner. Sie erinnerte sich überhaupt nicht an diesen Typen, aber sie überspielte das fantastisch. Edgar war nicht der einzige Schauspieler hier.

»Hallo, Korum.« Das war Jessie. Sie hatte den vertrauten misstrauischen Ausdruck in ihrem hübschen Gesicht, und Korum seufzte innerlich. Von allen würde er diese spezielle Freundin Mias am schwersten für sich einnehmen können. Er konnte es an der sturen Haltung ihres Kinns erkennen, als sie ihn anschaute. Sie verübelte es ihm, ihr Mia weggenommen zu haben – und sein anfänglich selbstherrliches Verhalten.

Da kam es gelegen, dass Korum sich immer über Herausforderungen freute. »Hallo Jessie.« Er lächelte das menschliche Mädchen warm an.

Sie gingen hinein in das Apartment, welches Jessie sich mit Mia geteilt hatte. Korum wusste, dass viele Studenten der NYU wegen der Nähe zum Campus und der – für New York – günstigen Miete in diesem Gebäude lebten, aber er war schon immer der Meinung gewesen, dass dieser Ort unbewohnbar sei. Die Farbe in den Gängen löste sich ab, und er konnte den Moder in den alten, schimmeligen Wänden riechen. Als er Mia kennengelernt hatte, konnte er es kaum abwarten, sie endlich hier heraus und in sein gemütliches Penthouse zu holen.

Jessie hatte eine Platte mit vegetarischen Häppchen, Bier und ein paar Chips zum Snacken vorbereitet, und die vier setzten sich ins Wohnzimmer. Für später hatte Korum geplant, sie zum Essen in ein Restaurant einzuladen, aber für den Augenblick war dieser Ort zum Zeitverbringen genauso gut wie jeder andere.

Korum setzte sich absichtlich neben die Gastgeberin.

Mia setzte sich an ihre andere Seite, und Edgar machte es sich auf einem Sitzsack gegenüber von Korum bequem. Ein paar Bier später war jede Spur anfänglicher Verlegenheit verschwunden, und die Unterhaltung verlief sehr angeregt. Für ein Pärchen junger Menschen waren Mias Freunde wirklich ziemlich interessant, und Korum stellte fest, unerwarteterweise Spaß zu haben. Die Chemie zwischen Jessie und Edgar war mehr als stimmig. Sie machten viele Witze, zogen sich gegenseitig auf, und er konnte sehen, wie Mias anfängliche Anspannung verschwand, als niemand etwas von ihrem Gedächtnisverlust zu bemerken schien.

Als alle entspannt genug waren, begann Korum mit seiner Charmeoffensive auf Jessie. Er fing damit an, sich nach ihrem Sommer zu erkundigen, und hörte ihr dann aufmerksam zu, als sie ihm alles über ihr Praktikum in einem Pharmaunternehmen erzählte. Korum wusste das natürlich alles schon, da er vor seinem Trip nach New York Nachforschungen angestellt hatte. Er wusste aber auch, dass Menschen gerne über sich selbst redeten, also stellte er Jessie weiterhin Fragen. In der Zwischenzeit zeigte Edgar auf der anderen Seite des Raumes Mia die Poster seiner neuesten Serie.

»Ist dieses Unternehmen deine erste Wahl für eine Festanstellung?«, wollte Korum von Jessie wissen, und sie nickte, während ein hoffnungsvoller Blick auf ihrem Gesicht erschien.

»Es ist die erste Wahl für alle, die nicht direkt zur medizinischen Hochschule gehen«, erklärte sie ihm. »Da ich zuerst forschen wollte, wäre das der ideale Ort dafür.

Natürlich ist es hart umkämpft. Sie stellen zehnmal so viele Praktikanten ein wie Vollzeitassistenten für die Forschung im darauffolgenden Jahr, also ist ein absolviertes Praktikum keine Garantie für ein Jobangebot.«

Und so einfach wusste Korum, was er zu tun hatte. »Du solltest dir keine Sorgen machen«, sagte er freundlich. »Ich werde bei dem Management ein gutes Wort für dich einlegen.«

»Das würdest du machen?« Jessie schaute ihn völlig verwundert an. »Du kennst das Management von Biogem?«

»Ja«, antwortete Korum. Das war auch keine große Lüge, da er es ja jetzt bald kennenlernen würde.

»Oh, wow. Du musst das aber nicht machen, Korum«, wandte sie schwach ein, doch Korum konnte sehen, dass sie es nicht wirklich ernst meinte. Sie wollte diese Stelle unbedingt, und er präsentierte sie ihr auf einem Silbertablett.

»Ich möchte es aber«, sagte er bestimmt. »Offensichtlich hast du diese Chance verdient, und ich weiß, Mia würde wollen, dass du sie auch bekommst.«

Jessie lächelte unsicher. »Na, in diesem Fall: danke schön. Ich würde mich über jede Hilfe dahingehend freuen.«

Und schon war Operation Jessie erfolgreich abgeschlossen.

Als Bier und Snacks nicht länger reichten, gingen sie für ein zeitiges Abendessen hinaus. Korum führte sie in ein neues französisches Restaurant aus, welches von Kritikern hoch gelobt wurde – und das dafür bekannt war, traditionelle Fleischgerichte zu astronomischen Preisen zu servieren. Er selbst blieb wie immer bei seiner pflanzlichen Ernährung, aber Mia und ihre Freunde bestellten sich Gerichte aus dem Tierreich. Korum störte es nicht, wenn sie sich ab und an etwas gönnten. Die Krinar sorgten sich hauptsächlich um die Auswirkungen der menschlichen Essgewohnheiten auf die Umwelt, und gelegentlicher Fleischkonsum war nicht ansatzweise so schädlich für den Planeten wie das, was die Menschen in den entwickelten Ländern zuvor gemacht hatten.

Nach dem Essen gingen sie etwas trinken. Korum, der wusste, dass die Mädchen ein wenig Privatsphäre wollten, platzierte sich und Edgar unauffällig an das andere Ende der Bar und ließ Mia und Jessie allein am Fenster sitzen. Er hatte weiterhin ein Auge auf sie, um sicherzugehen, dass niemand sie belästigte, wandte aber ansonsten den Großteil seiner Aufmerksamkeit Edgar zu.

»Treibst du Sport?«, wollte er von Edgar wissen, als ihr Bier gebracht wurde. Das war eines der vielen Dinge, die die Krinar mit den Menschen gemeinsam hatten: Spiele, die körperliche Fähigkeiten und Können erforderten.

Der Schauspieler nickte. »Am College habe ich Fußball gespielt, und auch jetzt mache ich das noch ab und an, aber nur zum Spaß. Ich habe auch kürzlich mit Boxen angefangen, um mich für meine nächste Rolle in Form zu bringen.«

»Ach, wirklich?«, wollte Korum wissen. »Um was geht es denn?«

* * *

Mia lächelte innerlich, als sie Korum und Edgar am anderen Ende der Bar sah. Sie wusste genau, was er tat und warum: er wollte ihr und Jessie ein wenig Mädchenzeit geben.

»Wow, Mia«, meinte Jessie, nachdem der Barkeeper ihnen ihre Cocktails gebracht hatte. »Ich muss sagen, ich beginne zu verstehen, warum du dich in ihn verliebt hast. Er ist viel netter, als ich am Anfang dachte.«

Mia grinste. »Ja, er ist großartig.« Sie hatte keine Ahnung wie Korum gewesen war, als sie sich getroffen hatten, aber sie hatte Vermutungen wegen der Sachen, die er ihr erzählt hatte – und dem, was sie durch sein Verhalten anderen gegenüber in den letzten Monaten gesehen hatte. Die Liebe ihres Lebens war definitiv niemand, den sie sich jemals zu ihrem Feind machen wollte.

»Du hast dich auch verändert«, sagte Jessie. »Stärker, mit mehr Selbstvertrauen ... und sogar noch schöner. Was auch immer er für dich tut, es scheint zu wirken.«

»Er macht mich glücklich«, erwiderte Mia. »Er macht mich so unglaublich glücklich, Jessie. Ich hätte niemals gedacht, dass ich so verliebt sein könnte. Es fühlt sich an, als sei ein Märchen wahr geworden.«

»Ganz und gar, inklusive eines außerirdischen Märchenprinzen?«

Mia lachte. »Ja.« Korum war nicht wirklich ein Märchenprinz, aber sie hatte nicht vor, Jessie das zu erzählen. Sie mochte dieses neue, freundschaftliche Verhältnis zwischen ihrem Liebhaber und ihren Freunden und hatte nicht vor, es zu gefährden.

Nein, sie wusste, dass Korum alles andere als perfekt war. Sie liebte ihn, aber sie war seinen Fehlern gegenüber nicht blind. Er war extrem besitzergreifend, paranoid, wenn es um ihre Sicherheit ging – und manipulativ, wenn er es sein musste. Ihr war nicht entgangen, wie er extra Zeit mit Jessie verbracht hatte, um sie für sich zu erwärmen. Es hatte auch funktioniert; ihre ehemalige Mitbewohnerin schien jetzt eine viel bessere Meinung von ihm zu haben.

»Stört es dich nicht, dass er so viel älter ist als du?«, fragte Jessie sie, und ihre dunklen Augen leuchteten neugierig. »Edgar ist siebenundzwanzig und macht Witze darüber, dass ich jünger sei. Ich kann mir nicht einmal vorstellen, mit jemandem in Korums Alter auszugehen …«

»Für einen Krinar ist er nicht wirklich alt, glaub's mir«, meinte Mia lächelnd. »Da gibt es viel, viel ältere. Aber du hast recht, manchmal ist der Altersunterschied eine Herausforderung. Es gibt definitiv Zeiten, zu denen ich mich so fühle, als mache er sich über mich lustig. Er tut nichts, was mich mich dumm fühlen lässt oder so, aber ich weiß, er denkt, ich sei sehr jung.«

»Er behandelt dich nicht wie ein Kind?«

»Nein.« Mia schüttelte ihren Kopf. »Das macht er nicht. Er übertreibt es mit seinem Beschützerinstinkt, aber das ist auch schon alles.«

Jessie betrachtete sie nachdenklich. »Denkst du, das wird eine Langzeitbeziehung für dich?«, fragte sie, und ihre Stirn legte sich leicht in Falten. »Ich meine, Hochzeit und das ganze Zeug? Wie würde das überhaupt mit einem Krinar funktionieren, wenn sie im Gegensatz zu uns nicht altern?«

Mia nahm einen großen Schluck von ihrem Cocktail und musste husten, als er in ihre Luftröhre ging. »Ich bin mir nicht sicher, ob wir schon an diesem Punkt angekommen sind«, antwortete sie, als sie endlich wieder Luft bekam. Korum hatte ihr eingeschärft, dass niemand außerhalb Lenkardas etwas über ihre verlängerte Lebenserwartung wissen durfte. Das hatte etwas mit der Anordnung der Ältesten zu tun. Mia hasste diese Einschränkung, aber sie wusste, dass es besser war, diese Regel nicht zu brechen. Wie Korum ihr erklärt hatte, wurden bei Menschen, die zu viel wussten, die Erinnerungen ausgelöscht – und Mia wollte nicht, dass das bei ihren Freunden oder bei ihrer Familie passierte.

»Aber falls doch irgendwann?«, beharrte Jessie. »Hast du dir darüber schon Gedanken gemacht? Wenn ihr beide zusammenbleibt, was passiert dann, wenn du älter wirst? Und wie sieht das mit Kindern aus?«

Mia zuckte mit den Schultern. »Wir werden uns dann darum kümmern, wenn es so weit ist.« Sie wollte jetzt nicht über Kinder nachdenken. Das war einer der Punkte, der ihr garantiert ihre gute Laune verderben würde. Die Unterschiede in der DNA bei Krinar und Menschen waren zu groß, um biologische Nachfahren zu ermöglichen – eine Tatsache, die zwar Sinn ergab, aber schwer zu verdauen war.

»Wie dem auch sei«, sagte Mia, die das Thema wechseln wollte, »was ist mit Edgar und dir? Wie ernst ist es zwischen euch?«

Jessies Lächeln war so hell wie das Sonnenlicht. »Ich habe letzte Woche seine Eltern kennengelernt«, vertraute sie ihr an. »Und nächste Woche nehme ich ihn mit zu meinen.«

»Wow … Jessie, das ist ernst!« Soweit Mia wusste, war es das erste Mal, dass ihre Freundin jemanden mit zu ihren Eltern nahm, um ihn ihrer Familie vorzustellen. Obwohl Jessies Eltern schon seit vielen Jahren in Amerika lebten, hatten sie einige der chinesischen Sitten und Gebräuche beibehalten. Einen Freund mit nach Hause zu bringen war eine ernsthafte Angelegenheit, und der betreffende junge Mann musste bereit sein, einige sehr bohrende Fragen seine Karriere und seine Zukunftsplanung betreffend über sich ergehen zu lassen.

»Ja«, stimmte Jessie trocken zu. »Ich habe Edgar gewarnt, sie würden ihn löchern, aber das ist in Ordnung für ihn.«

Plötzlich bemerkte Mia eine leichte Berührung auf ihrem nackten Arm. »Darf ich den Damen ein Getränk ausgeben?«, fragte eine unbekannte, männliche Stimme. Mia drehte sich um und sah einen attraktiven dunkelhaarigen Mann, der Ende zwanzig zu sein schien.

»Wir sind mit unseren Freunden hier«, antwortete Jessie ihm schnell und hatte dabei einen leicht ängstlichen Unterton in ihrer Stimme.

»Alles klar, kein Problem«, sagte der Typ und verschwand in der Menge.

Mia schaute Jessie mit erhobenen Augenbrauen an. Ihre Freundin war gerade ungewöhnlich unfreundlich gewesen, und sie verstand nicht, warum. Bis sie sah, wohin Jessie blickte.

Korum starrte in ihre Richtung, sein Kiefer war stark

angespannt und seine Augen leuchteten gelb. Mia lächelte und winkte ihm zu, da sie die Situation entspannen wollte. Sie wusste, dass er es nicht mochte, wenn jemand sie anfasste, aber dieser Typ war nun wirklich harmlos gewesen.

»Er wird jetzt nicht wieder ausrasten, oder?« Jessie hörte sich verängstigt an.

»Was? Nein, natürlich nicht«, antwortete Mia automatisch, und erst dann erinnerte sie sich daran, dass Korum ihr einmal etwas über einen Zwischenfall in einem Nachtklub erzählt hatte, der ganz am Anfang in ihrer Beziehung passiert war. Er hatte ihr gesagt, sie und Jessie seien allein ausgegangen und jemand habe sie geküsst. Wenn sie Jessies Reaktion richtig deutete, hatte Korum seine Reaktion darauf etwas heruntergespielt.

»Ach ja?«, meinte Jessie zweifelnd.

»Das wird er nicht«, antworte ihr Mia überzeugt und schaute Korum direkt an. Sie wusste ganz genau, dass er sie hören konnte.

Er starrte sie an. Seine Augen hatten immer noch die gefährlichen goldenen Flecken, aber einer seiner Mundwinkel ging nach oben, und so etwas wie der Hauch eines Lächelns stahl sich auf sein Gesicht. Mia schaute ihn weiterhin an, ihre eigenen Augen verengten sich und das Lächeln wurde zu einem vollen Grinsen, welches seine Gesichtszüge von recht hübsch in ein Nicht-von-dieser-Welt-Sexy verwandelte. Dann drehte er sich weg und sprach weiter mit Edgar, als sei nichts passiert.

»Heilige Scheiße«, stieß Jessie mit geweiteten Augen hervor. »Du hast es getan! Du hast es verdammt nochmal getan, Mia …«

»Was getan?«

»Du hast einen Krinar gezähmt.«

20. KAPITEL

Zwei Wochen war ihr Ausflug nach New York jetzt schon her. Mia stellte fest, dass sie ihr neues Leben liebte … und beschloss, nicht zurückzugehen, um ihr letztes Jahr an der Uni anzutreten.

Lenkarda war so nah am Paradies, wie sie es sich nur vorstellen konnte. Sommer war die Regensaison in dieser Region Costa Ricas, was sonnige Vormittage und tropische Regenschauer am Nachmittag bedeutete. Als Folge des Regens war alles üppig und grün, die Wasserfälle und Flüsse waren bis zum Überlaufen gefüllt. Mia verbrachte ihre Vormittage damit, die nahegelegenen Wälder zu erkunden und Fotos von der hiesigen Natur zu machen. Die zweite Hälfte des Tages arbeitete sie mit Adam im Labor.

Haron, der Gedächtnisexperte aus Arizona, hatte sich bereit erklärt, für den Übergang Sarets Labor zu übernehmen, damit es weiterhin geöffnet bleiben konnte. Zu viel bedeutende Forschung war dort betrieben worden, um es einfach zu schließen. Mia hatte den Krinar schon auf ihrem kurzen Trip nach Arizona kennengelernt und war sich nicht sicher, ob sie ihn mochte. Sie hatte den Eindruck, dass er sie auf Grund ihres Zustandes als so etwas wie eine medizinische Rarität betrachtete. Er hatte aber nichts dagegen, sie weiterhin im Labor arbeiten zu lassen und ließ sie und Adam weitestgehend in Ruhe – was Mia sehr gelegen kam.

Mit jedem Tag, der verging, verwurzelte Mia weiter mit dem Leben in Lenkarda. Ihre Freundschaft zu Delia vertiefte sich immer mehr, und die beiden Mädchen gingen oft zusammen schwimmen oder schnorcheln – eine Tatsache, die beide Cheren beruhigte. »Dann kann Delia wenigstens Hilfe rufen, falls etwas passiert, und andersherum«, meinte Korum eines Abends, als sie im Bett lagen. »Sie weiß auch, welche Gebiete zu vermeiden sind.«

Korums übertriebener Beschützerinstinkt trieb Mia in den Wahnsinn. Als sie sich bei Delia darüber beschwerte, lachte das ältere Mädchen bloß darüber. »Gewöhne dich einfach daran. Arus ist genauso, glaub mir. Du würdest denken, er hätte nach einigen gemeinsamen Jahrhunderten verstanden, dass ich durchaus auf mich selber aufpassen kann, aber das ist nicht so. Wenn es nach ihm ginge, würde ich ohne ihn gar nicht das Haus verlassen.«

»Wie kommst du damit zurecht?«, fragte Mia und

schaute auf ihre Hände. Sie wusste über die Überwachungssender, die sich darin befanden, Bescheid und hasste sie von ganzem Herzen. Als sie das mit dem Bestrahlen herausgefunden hatte – nachdem sie Korum gefragt hatte, wie es kam, dass er immer genau wusste, wo sie sich gerade aufhielt –, war sie wütend gewesen und hatte darauf bestanden, dass er diese Apparate aus ihr entfernte. Er weigerte sich allerdings, da er sie in Sicherheit wissen wollte. Darauf folgte ein langer Streit, der damit endete, dass Korum sie ins Bett trug. Die Geräte waren im Moment immer noch in ihr, aber Mia hatte vor, sie bei der ersten sich bietenden Gelegenheit entfernen zu lassen.

Delia zuckte mit ihren schmalen Schultern. »Ich weiß es nicht«, sagte sie. »Ich weiß, Arus liebt mich und hat Angst, mich zu verlieren. Er braucht mich zum Leben genauso wie ich ihn – und ich versuche deshalb, Zugeständnisse zu machen. Mit der Zeit haben wir beide Kompromisse zu schätzen gelernt, und das werdet ihr auch.«

Mit Delia befreundet zu sein war, wie einen Mentor und eine Freundin in einem anmutig verschnürten Paket zu besitzen. Manchmal war sie so weise und geheimnisvoll wie eine Sphinx, aber an anderen Tagen einfach wie eine normale Frau in Mias Alter, die sich genauso verspielt verhielt wie ein Teenager. Diese ungewöhnliche Mischung der Persönlichkeiten war unter den Krinar recht weit verbreitet, fiel Mia auf. Sie lebten sehr lange, fühlten sich aber nie alt. Ihre Körper waren im Alter von zehntausend Jahren genauso wie mit zwanzig. Da alle um sie herum langlebig waren, kamen Verluste, wie sie ein ungewöhnlich langlebiger Mensch erfuhr, selten vor.

»Weißt du eigentlich, dass du überhaupt nicht in das Schema des grübelnden Unsterblichen passt?«, hatte Mia Korum einmal nach einer besonders spaßigen Spielzeit in der Null-G-Kammer gefragt. »Solltest du nicht eher nachdenken und das Leben hassen, anstatt es so sehr zu genießen?«

Als Antwort grinste Korum und zeigte seine strahlend weißen Zähne. »Wie könnte ich das Leben hassen, wenn ich doch dich habe?«, wollte er von ihr wissen, hob sie hoch und wirbelte sie durch den Raum.

Als er sie endlich wieder auf dem Boden abstellte, war Mia vor Lachen ganz außer Atem gewesen.

»Das Leben ist zum Genießen da, meine Süße«, erklärte er ihr, während er sie immer noch festhielt, und sein Gesichtsausdruck wurde unerwartet ernst. »Deshalb liebe ich dich so sehr. Ich genieße dich, Mia – du verbesserst jeden Moment meiner Existenz. Dein Lächeln, dein Lachen – sogar deine Sturheit – machen mich glücklicher, als ich es jemals zuvor gewesen bin. Selbst wenn wir gerade nicht zusammen sind, macht mich der Gedanke an dich glücklich, weil ich weiß, du wirst da sein, wenn ich nach Hause komme, ich dich halten und fühlen ...«, seine Augen wurden leuchtender, »... und Sex mit dir haben kann.«

Mia starrte ihn an, ihre Nippel versteiften sich, und ihre Haut prickelte vor Erregung.

»Ja«, sagte er mit rauer Stimme, »lass uns diesen letzten Teil nicht aus den Augen verlieren. Ich genieße es unglaublich, Sex mit dir zu haben. Ich liebe es, wie du stöhnst, wenn ich tief in dir bin, die Röte deiner Wangen, wenn du erregt bist … Ich liebe deinen Geruch und deinen Geschmack. Ich würde dich am liebsten wie einen Nachtisch verspeisen …« Er fasste zwischen ihre Beine, seine Finger teilten ihre Falten und streichelten sie, verteilten die Feuchtigkeit um ihre Öffnung. »Deine Muschi ist süßer als jede Frucht«, flüsterte er, sank auf seine Knie und hob ihr Kleid an, »und köstlicher als Schokolade …«

Und Mia kam schon fast in dem Moment, als seine Zunge sie berührte. Stöhnend vergrub sie ihre Finger in seinem Haar und hielt ihn fest, als sein geübter Mund sie zum Höhepunkt brachte, ihr Lust verschaffte, bis sie explodierte.

* * *

»Sag das noch einmal«, verlangte Korum und starrte Ellet dabei an.

»Ich denke ich habe jemanden gefunden, der Sarets Prozedur wieder rückgängig machen und Mias Gedächtnisverlust aufheben kann«, wiederholte Ellet und schlug ihre langen Beine übereinander. Sie saßen in Ellets Labor, dort, wohin Korum Mia auch gebracht hatte, nachdem er sie aus Sarets Klauen gerettet hatte.

»Wen?«

»Eine vielversprechende Praktikantin aus dem Labor in Baranil. Sie hat wohl gerade einen Weg gefunden, fast jede Veränderung am Gehirn rückgängig machen zu können. Das ist alles sehr geheim, weshalb wir auch nicht eher etwas

325

darüber erfahren haben. Du kannst dir ja die Auswirkungen eines solchen Verfahrens ausmalen. Jeder, der in irgendeiner Form Rehabilitation über sich ergehen lassen musste, wäre natürlich extrem an so etwas interessiert.«

»Das Labor in Baranil«, wiederholte Korum und blickte Ellet weiterhin an. »Auf Krina.«

»Ja.«

»Ich verstehe.« Korum stand auf und begann, im Raum hin und her zu gehen.

»Brauchst du es überhaupt noch?«, wollte Ellet von ihm wissen und sah ihn mit ihren großen, dunklen Augen an. »Mia scheint sehr glücklich zu sein … genauso wie du.« Ihre Stimme hatte eine leicht wehmütige Note.

Korum schaute sie scharf an. Obwohl sie Liebhaber gewesen waren, hatte er für Ellet niemals tiefere Gefühle entwickelt – und er war sich sicher gewesen, dass das andersherum genauso der Fall gewesen war.

Als ob sie seine unausgesprochene Frage beantworten wollte, lächelte Ellet. »Ich freue mich sehr für dich«, sagte sie sanft. »Wirklich. Was zwischen uns beiden mal war, ist schon lange vorbei. Ich hätte einfach niemals gedacht, dass ein menschliches Mädchen es schaffen würde, solche Gefühle in dir auszulösen.«

Korum seufzte und fuhr sich mit seiner Hand durch sein Haar. »Ich auch nicht, Ellet. Glaub mir, das ist für mich genauso schockierend.«

»Das glaube ich dir gerne«, antwortete ihm Ellet lächelnd. Sie war – objektiv betrachtet – wunderschön, aber ihr Aussehen ließ ihn mittlerweile kalt. Jede Frau, die er jetzt sah und mit Mia verglich, ließ etwas zu wünschen übrig – ein weiterer Nebeneffekt seiner Besessenheit von seinem Charl.

»Kannst du für mich bitte einen Kontakt zu der Praktikantin herstellen?«, fragte Korum und kehrte zu ihrem eigentlichen Thema zurück. »Ich würde gerne mit ihr sprechen.«

Korum verließ Ellet und ging in sein eigenes Labor, in dem seine Designer arbeiteten. Obwohl er seine ganze Arbeit auch aus der Ferne erledigen konnte, indem er sich mit ihnen in virtuellen Umgebungen traf, bewirkte körperliche Anwesenheit in der Regel das Vorantreiben kreativer Prozesse und verbesserte dadurch den Zusammenhalt des Teams sowie das Ergebnis der Projekte.

Als Korum das große, cremefarbene Gebäude betrat, begrüßte er Rezav, einen seiner führenden Designer, und ging in sein Büro, einem privaten Bereich, in dem er normalerweise am besten arbeitete. Die letzte Woche war sehr ruhig gewesen, und seine Angestellten entspannten sich nach dem Druck des letzten Monats, in dem sie die Schilde fertiggestellt hatten. Eigentlich wäre das jetzt die perfekte Zeit für Korum gewesen, um an seinen eigenen Entwürfen zu arbeiten – aber die letzten Wochen waren ja weit entfernt von normal gewesen.

Korum versicherte sich, dass niemand sein Büro betreten konnte, aktivierte den Knopf für die virtuelle Realität an seinen Schläfen und schloss die Augen. Als er sie wieder öffnete, stand er an einem großen Fluss und war umgeben von der vertrauten grünen, roten und goldenen Vegetation Krinas.

Die Sonne schien hell und sogar heißer als am Äquator auf der Erde. Korum konnte die Strahlen auf seiner nackten Haut spüren und genoss dieses schöne Gefühl. Er atmete tief ein und füllte seine Lungen mit der reinen, sauberen Luft und dem berauschenden Aroma der blühenden Pflanzen.

»Ganz schön anders als auf der Erde, nicht wahr?«, sagte eine tiefe Stimme zu seiner Rechten. Als Korum seinen Kopf drehte, sah er Lahur dort stehen, weniger als eineinhalb Meter von ihm entfernt. Er hatte nicht gehört, dass der Älteste gekommen war – aber es konnte sich auch niemand so leise bewegen wie Lahur. Dieser uralte Krinar war der personifizierte Jäger, seine Schnelligkeit und seine Stärke waren genauso legendär wie er selbst.

»Ja«, antwortete Korum nur. »Sehr anders.« Wenn es eine Sache gab, die er bei seinen letzten Kontakten zu den Ältesten gelernt hatte, dann war das, so wenig wie möglich zu sagen. Lahur – der älteste von allen – mochte die Stille und schien diejenigen zu verachten, die viel sprachen.

Die Tatsache, dass er mit Korum sprach, war unglaublich. Korum war für die Ältesten kein Fremder, da er sich mehrere Male wegen Ratsangelegenheiten an sie gewandt hatte. Allerdings waren alle seine vorangegangenen Unterhaltungen über die offiziellen Kanäle verlaufen, und außerdem trafen die Ältesten sich so gut wie nie mit einem Ratsmitglied persönlich – weder virtuell noch in der realen Welt. Als Korum also vor ein paar Wochen die Ältesten wegen Mia befragt hatte, war er nicht davon ausgegangen, dass seine Bitte so ernst genommen werden würde, schon gar nicht, dass es ein virtuelles Treffen geben würde.

Ein virtuelles Treffen, welches sich in den darauffolgenden Wochen als eine Serie von Befragungen entpuppt hatte.

Lahur blickte ihn mit dunklen und unergründlichen Augen an. Wie Korum war auch er natürlich gezeugt worden, nicht in einem Labor, und seine asymmetrischen Gesichtszüge ähnelten eher denen ihrer Vorfahren als denen der modernen Krinar.

»Wir haben über deine Bitte beraten«, ließ ihn der Älteste wissen und hielt seinen starren Blick weiterhin auf Korum gerichtet.

Der antwortete nichts, sondern neigte nur leicht seinen Kopf. Hier war Geduld der Schlüssel. Geduld und Respekt.

»Du wünschst dir eine Aufnahme der Familie deines Charls in unsere Gesellschaft. Du möchtest für sie die gleiche verlängerte Lebensdauer, die auch dein Charl bekommen hat.«

Korum blieb still und erwiderte Lahurs Blick.

»Wir werden deiner Bitte nicht nachgeben.«

Korum kämpfte darum, seine Enttäuschung zu verbergen. »Warum?«, fragte er ruhig. »Sie sind doch nur ein paar Menschen. Welchen Schaden würde es denn anrichten, sie nach Lenkarda zu bringen, um sie vollständig am Leben meines Charl teilhaben zu lassen?«

Lahurs Augen verdunkelten sich, wurden rabenschwarz. »Du kämpfst für sie?«

»Nein«, sagte Korum äußerlich ruhig und ignorierte

seinen ansteigenden Puls. »Ich kämpfe für Mia.«

Lahur blickte ihn an. »Warum? Warum ist eine dieser Kreaturen so wichtig für dich?«

»Weil sie es ist«, antwortete ihm Korum. »Weil sie für mich alles bedeutet.« Er wusste, er hatte Lahur quasi gerade seine entblößte Kehle dargeboten, aber das war ihm egal. Es war kein Geheimnis, dass Mia seine Schwäche war, und es war genauso sinnlos zu versuchen, das vor einem zehn Millionen Jahre alten Ältesten geheim halten zu wollen, wie mit seinem Kopf gegen eine Wand zu rennen.

Zu Korums Entsetzen erschien auf Lahurs Lippen ein leichtes Lächeln, und die groben Linien auf seinem Gesicht wurden weicher. »Sehr gut«, sagte der Älteste. »Du hast mich überzeugt – und ich werde dir die eine Möglichkeit einräumen, auch die anderen Ältesten zu überzeugen. Bring die Menschen hierher und lass sie für sich selber sprechen.« Er machte eine kurze Pause, um seine Worte auf Korum wirken zu lassen. »Ich würde deine Mia sehr gerne kennenlernen.«

21. KAPITEL

»Was ist los?«, fragte Mia, nachdem Korum das zweite Mal in Schweigen verfallen war, so als ob er tief in seine Gedanken versunken war.

Sie nahmen ein spätes Abendessen am Strand zu sich – ein romantischer Ausflug, den Korum am vergangenen Tag vorgeschlagen hatte. Mia hatte sich etwas Überwältigendes vorgestellt… und das war es auch. Um sie herum schwebten Hunderte kleiner Lichter in der Luft, die aussahen wie eine Mischung aus Sternen und Glühwürmchen. Die Sonne war bereits untergegangen, und diese Lichter zusammen mit dem sichelförmigen Neumond waren die einzigen Lichtquellen.

Zum Essen hatte Korum Dutzende kleiner Gerichte vorbereitet, hauptsächlich Fingerfood. Angefangen von kleinen Sandwiches mit einer köstlichen Artischockenpaste bis hin zu exotischen Früchten, die Mia niemals zuvor probiert hatte. Das war eine Auswahl für einen König. Mia hatte alles unwahrscheinlich genossen – bis sie Korums eigenartige Abwesenheit bemerkte.

»Warum denkst du, dass etwas nicht stimmt?«, wollte er von ihr wissen, und seine Lippen formten ein sinnliches Lächeln, aber Mia ließ sich nicht täuschen. Ihn beschäftigte irgendetwas.

»Denkst du nicht, dass ich mittlerweile merke, wenn du dir Sorgen um etwas machst?« Mia legte ihren Kopf auf eine Seite und blickte ihren Liebsten an. Manchmal war er ihr immer noch ein Rätsel, aber mit jedem Tag, der verging, lernte sie ihn besser kennen.

Er sah sie an, und sein Blick war fast … berechnend. »Du hast recht, meine Süße«, antwortete er ihr schließlich. »Es gibt da etwas, worüber ich mit dir reden muss.«

Mia schluckte. Das letzte Mal, als Korum mit ihr reden wollte, hatte sie erfahren, dass ihr Gehirn manipuliert worden war. Was könnte es diesmal sein?

»Es ist nichts Schlimmes«, beruhigte Korum sie, da er ihre Sorge offensichtlich nachvollziehen konnte. »Es sind sogar sehr gute Neuigkeiten.«

»Was ist es?« Mia konnte das ungute Gefühl nicht so einfach abschütteln.

»Wir haben jemanden auf Krina gefunden, der Sarets Prozedur rückgängig machen kann«, erklärte ihr Korum und beobachtete sie genau. »Sie kann alles das, was er mit dir gemacht hat, rückgängig machen – einschließlich des Auslöschens deiner Erinnerungen.«

»Oh mein Gott …« Mia wusste gar nicht, was sie sagen sollte. »Aber Korum, das ist ja großartig!«

Er lächelte. »Das ist es. Und es gibt da noch etwas.«

»Was?«

»Erinnerst du dich an meine Bitte an die Ältesten, deine Familie betreffend?«

Mia hörte fast auf zu atmen. »Darüber, sie genauso unsterblich zu machen wie mich?«

»Ja.«

»Natürlich erinnere ich mich daran«, antwortete ihm Mia, und ihr Herz fing an, aus einer Mischung aus Hoffnung und Besorgnis wild in ihrer Brust zu hämmern.

»Es besteht die Möglichkeit, dass sie der Bitte stattgeben.«

Diesmal konnte Mia einen freudigen Aufschrei nicht unterdrücken. Sie sprang auf ihre Füße und lachte, warf sich auf Korum, der gerade noch rechtzeitig aufstand. »Danke schön! Oh mein Gott, Korum, danke schön!«

»Warte noch kurz, mein Liebling«, sagte er sanft und schob sie vorsichtig von sich weg. »So einfach ist das nicht. Es verlangt etwas, was du vielleicht nicht machen möchtest.«

Mia sah ihn an, und ihre Euphorie legte sich. »Und was?«

»Wir müssten nach Krina fliegen und deine Familie auch mitnehmen.«

* * *

In dieser Nacht konnte Mia nicht schlafen. Sie wachte jede

333

Stunde auf, da ihr der Kopf von einer Million verschiedener Fragen und Bedenken schwirrte. Wie Korum ihr erklärt hatte, würde die Reise nach Krina gleich zwei Sachen dienen: Sarets Prozedur rückgängig zu machen und Mias Fall vor den Ältesten zu präsentieren. »Sie wollen dich kennenlernen«, hatte er ihr berichtet und sie damit zu Tode erschreckt.

Ein großer, warmer Körper drückte sich gegen ihren Rücken und riss sie aus ihren Überlegungen. »Du bist ja schon wieder wach«, murmelte Korum und zog sie in seine Arme. »Warum schläfst du nicht, mein Liebling?«

»Warum wollen die Ältesten das?« Mia konnte nicht aufhören, darüber nachzudenken. »Warum wollen sie uns sehen? Ich dachte, sie seien wie Götter oder so etwas. Was könnten sie von mir und meiner Familie wollen?«

Korum seufzte, und sie fühlte, wie sich sein Brustkorb bewegte. »Sie sind keine Götter. Sie sind Krinar, so wie ich – nur viel, viel älter. Und warum sie dich sehen wollen, das weiß ich auch nicht. Sie haben ein ungewöhnliches Interesse für meine Bitte entwickelt, haben sich verschiedene Male mit mir getroffen und mir jede Menge Fragen über dich und deine Eltern gestellt.«

»Aber sie haben dir nicht gesagt, sie würden deiner Bitte nachgeben, richtig?« Mia drehte sich in seinen Armen um, damit sie ihn anschauen konnte.

»Nein«, gab Korum zu, und das schwache Leuchten des Mondlichtes von der durchsichtigen Decke spiegelte sich in seinen Augen wider, »das haben sie nicht. Allerdings hat Lahur mir gesagt, sie würden uns eine weitere Möglichkeit geben – und er hat durchblicken lassen, auf unserer Seite zu sein.«

»Lahur ist der älteste?«

»Ja. Er ist derjenige, der schon seit über zehn Millionen Jahren lebt.«

Mia erschauderte, und eine Gänsehaut bildete sich auf ihren Armen.

»Kalt?« Korum zog sie näher zu sich heran und bedeckte sie mit einem Laken.

»Nein, nicht wirklich.« Sein nackter Körper war wie ein Ofen. Er produzierte so viel Hitze, dass ihr niemals kalt war, wenn sie neben ihm schlief. Die Temperatur in Korums Haus war auch immer angenehm warm – nachts kühler als tagsüber. Es war alles perfekt an ihre Bedürfnisse angepasst. Als Mia in Florida lebte, hatte sie Klimaanlagen immer verabscheut; die kalte Luft war zu abschreckend nach der Hitze draußen. Meistens waren sie für ihren Geschmack auch zu stark eingestellt. In Lenkarda hielten intelligente Strukturen die Räume innerhalb eines Gebäudes auf einer perfekten Temperatur und schafften klimatische Mikrozonen um jede Person.

»Wir müssen nicht fliegen, das weißt du.« Korum streichelte zärtlich ihren Rücken. »Wir können auch hierbleiben. Du hast dich so gut an alles gewöhnt. Wenn der Gedächtnisverlust dich nicht belastet, müssen wir nichts ändern …«

»Nein«, antwortete Mia ihm und kuschelte sich an seine Brust. »Wenn es nur das wäre, könnten wir uns überlegen, einfach hierzubleiben. Aber meine Eltern, meine Schwester … Wenn es auch nur die kleinste Möglichkeit gibt, dass sie länger leben können, müssen wir das machen.

Ich könnte mir sonst niemals wieder in die Augen schauen.«

»Ich weiß, mein Liebling«, erwiderte Korum sanft. »Das weiß ich.«

»Könnten wir die Ältesten virtuell treffen?« Mia rückte ein Stück ab, damit sie sein Gesicht sehen konnte. »So hast du dich mit ihnen getroffen, stimmt's?«

»Ja«, antwortete ihr Korum. »Aber sie denken an ein reales Treffen. Als Lahur mir gesagt hat, er wolle dich treffen, meinte er persönlich, im richtigen Leben.«

»Eher der altmodische Typ also«, kommentierte Mia trocken.

Korum lachte. »Das ist die Untertreibung des Jahrhunderts.«

Mia verstummte und dachte über die bevorstehende Reise nach. »Denkst du, dass wir schnell wieder zurück sein werden?«, wollte sie nach einigen Augenblicken wissen.

»Ich weiß es nicht«, antwortete ihr Korum. »Das kommt darauf an, was die Ältesten wollen.«

* * *

Am nächsten Tag sah Korum Mia dabei zu, wie sie am Haus ihrer Eltern klingelte. Er wusste, dass sie sich über diesen Teil Sorgen machte: ihrer Familie von der Fähigkeit der Krinar zu berichten, das menschliche Leben verlängern zu können, und sie davon zu überzeugen, mit nach Krina zu kommen.

Sie trug heute menschliche Kleidung, Shorts und ein T-

Shirt. So gern Korum sie auch in Kleidern sah, er musste zugeben, dass sie auch in Shorts gut aussah, da sie ihre wohlgeformten Beine betonten. Vielleicht solle er sie dazu bringen, sich häufiger so zu kleiden.

Mias Mutter öffnete die Tür mit einem strahlenden Lächeln auf ihrem leicht rundlichen Gesicht. »Mia! Korum! Ich freue mich so, dass ihr vorbeigekommen seid!« Sie umarmte zuerst Mia, und danach fand Korum sich in eine parfümierte Umarmung eingeschlossen.

Lächelnd küsste er Ella Stalis leicht auf die Wangen und betrat dann, den beiden Frauen folgend, das Haus. Mocha, der kleine Hund, den Mia einen Chihuahua genannt hatte, kam aus einem der Zimmer angerannt, bellte glücklich und versuchte, auf Korum zu springen. Der beugte sich hinunter und streichelte das kleine Tier, welches sich augenblicklich auf den Rücken rollte und ihm seinen Bauch entgegenstreckte – offensichtlich, damit dieser auch gerieben wurde.

»Wow, Korum, sie liebt dich«, stellte Mia verwundert fest. »Ich kann gar nicht glauben, dass sie sich bei dir so benimmt. Normalerweise ist sie so scheu bei Fremden …« Zum Beweis streckte Mia ihre Hand in Richtung Hund aus, der sich sofort umdrehte und wegrannte.

Korum grinste. Es sah so aus, als sei das kleine Lebewesen ganz vernarrt in ihn.

Mias Eltern besaßen ein schönes Haus – für ihn der Inbegriff von *menschlich amerikanisch*. Es hatte einen gemütlichen, belebten Charme, mit gepolsterten Sofas, die leichte Abnutzungserscheinungen aufzeigten, und vielen Fotos der Familie überall. Korum sah sich besonders gerne die von Mia als Kind an. Sie war ein niedliches Kleinkind gewesen, mit ihren langen Locken und ihren großen, blauen Augen. Für einen kurzen Augenblick bewirkten die Fotos, dass er sich nach einer eigenen Tochter sehnte, mit Mias Gesichtszügen – ein eigenartiger und unmöglicher Drang, den er niemals zuvor verspürt hatte.

Gerade als sie sich hinsetzten, kam auch Mias Vater ins Wohnzimmer. Mia sprang auf ihre Füße. »Papi!«

»Mia, Süße, ich freue mich, dich zu sehen!« Dan Stalis umarmte seine Tochter und küsste sie auf die Wange.

Korum stand auch auf und streckte seine Hand für eine menschliche Begrüßung aus. »Hallo Dan.«

»Korum, es ist auch schön, dich zu sehen«, antwortete Mias Vater und schüttelte seine Hand. Er war zurückhaltender als bei Mia, und Korum wusste, dass ihr Vater, was ihre Beziehung betraf, immer noch etwas reserviert war. Korum konnte ihm keinen Vorwurf daraus machen; wenn er an der Stelle dieses Menschen gewesen wäre, hätte er es nicht einmal ansatzweise so leicht akzeptiert, wenn ihm jemand seine Tochter wegnehmen würde.

»Wo ist Marisa?«, fragte Mia, als alle wieder saßen. »Kommt sie?«

»Ja, sie sollte gleich hier sein«, antwortete ihre Mutter und strahlte immer noch vor Freude darüber, ihre Tochter bei sich zu Hause zu haben. Mia strahlte auch. Als Korum sie beobachtete, war er noch überzeugter davon, das Richtige damit getan zu haben, sich an die Ältesten zu wenden. Sein Charl würde leiden, seine Eltern altern und sterben zu sehen und dabei die ganze Zeit zu wissen, dass es in Korums Macht stand, das zu verhindern.

»Kann ich dir etwas Tee anbieten? Vielleicht ein wenig Obst?«, fragte Ella Korum. »Seid ihr beiden hungrig? Ich habe gestern einen köstlichen Rote-Beete-Salat gemacht …«

»Nein danke, ich möchte nichts«, lehnte Korum ab und lächelte, um die Antwort netter wirken zu lassen. »Wir haben kurz bevor wir hierhergekommen sind gegessen.«

»Ich hätte gerne etwas Tee«, antwortete Mia. »Aber mach dir keine Umstände, Mama – ich kümmere mich selbst darum.« Sie stand auf, ging in die Küche und ließ Korum mit den beiden älteren Menschen allein zurück.

Ella und Dan Stalis sahen ihn komisch an, fast so, als würden sie etwas von ihm erwarten, und Korum hatte eine plötzliche Eingebung. Sie dachten, er und Mia hätten sich verlobt – und wahrscheinlich erwarteten sie jetzt, von ihm um ihre Erlaubnis gebeten zu werden, so wie die Menschen das traditionell machten.

Korum fühlte ein unerwartetes Aufblitzen von Bedauern darüber, sie enttäuschen zu müssen. Das war nicht der Grund für Mias Besuch heute, und außerdem war er bis jetzt noch nie auf diese Idee gekommen. Soweit er wusste, hatte noch nie ein Krinar einen Menschen geheiratet; das machte man einfach nicht. Dadurch, dass er Mia zu seinem Charl genommen hatte, hatte er sich ihr gegenüber schon verpflichtet – auch wenn sie das nicht genauso sah.

Zu seiner Erleichterung klingelte es in diesem Moment erneut, und der unangenehme Moment war vorüber. Beide Menschen standen auf und beeilten sich, zur Tür zu kommen, um ihre ältere Tochter und deren Ehemann hereinzulassen. Mia kam auch mit einem breiten Grinsen aus der Küche.

Korum stand auf, als sie hereinkamen, um sie zu begrüßen. Er küsste Marisa auf die Wange und schüttelte Connors Hand, ehrlich erfreut darüber, das junge Paar wiederzutreffen. Bei Mias Schwester zeigte sich langsam der Bauch, ihre Figur wurde durch das Baby runder, und sie strahlte glücklich.

Als sie die leichte Berührung seiner Lippen auf ihrer Wange bemerkte, errötete Marisa, da ihre helle Haut genauso empfindlich war wie Mias. Korum unterdrückte ein Grinsen. Er wusste, dass menschliche Frauen ihn attraktiv fanden, und er mochte diesen Effekt, den er auf sie hatte. Es war auf jeden Fall besser, als wenn sie vor Angst zurückschreckten, weil er ein Krinar war, so wie sie es auch manchmal taten.

Connor schien die Reaktion seiner Frau nicht zu stören, er lächelte genauso ruhig wie vorher. Korum konnte seine Gelassenheit nicht verstehen. Wenn Mia bei der Berührung eines anderen Mannes erröten würde, hätte dieser Mann nur noch eine Lebenserwartung von wenigen Minuten. Menschen waren definitiv entspannter, was solche Sachen betraf; manche Männer waren zwar ihre Frauen betreffend genauso besitzergreifend wie die Krinar, aber die Mehrheit nicht.

Mia begrüßte sie danach, bevor sie wieder alle in die Sofaecke gingen.

»So, kleine Schwester«, sagte Marisa, während sie auf dem Sofa Platz nahm. Ihr Ehemann zog sich einen Stuhl neben sie heran. »Jetzt sag schon, was los ist.«

Mia atmete tief ein, und Korum drückte ihr ermutigend die Hand. »Ich bin unsterblich«, platzte sie ganz direkt heraus. »Ich kann jetzt genauso lange leben wie Korum – und wenn ihr mit uns nach Krina kommt, könnt ihr das vielleicht auch.«

Einen Augenblick lang herrschte absolute Stille im Raum. Dann begannen alle auf einmal zu reden. In dem Durcheinander der Stimmen war es unmöglich, eine spezielle Frage herauszuhören. Nur Dan Stalis war ganz ruhig, lehnte sich gegen den Tisch und sah dem Geschehen mit einem leicht neugierigen Gesichtsausdruck zu.

»Du bist nicht überrascht«, stellte Korum fest und schaute Mias Vater an.

»Nein«, antwortete Dan. »Das bin ich nicht.«

»Warum nicht?«, fragte Korum.

»Weil es das Einzige ist, was einen Sinn ergibt«, erwiderte Dan Stalis. »Auf welche andere Art und Weise könnten du und Mia sonst zusammen sein? Sie hat niemals über eine Zukunft mit dir gesprochen, aber trotzdem schien sie niemals beunruhigt zu sein, wenn wir das Thema angesprochen haben. Wie konnte das sein, wenn sie dich doch liebt und mit dir zusammen sein möchte? Und davon mal ganz abgesehen, hast du meine Migräne mit einer einzigen kleinen Tablette geheilt. Da ist es kein weiter Sprung, sich vorzustellen, dass euer Volk auch andere Sachen heilen kann, wie Krebs oder Herzkrankheiten.« Er machte eine kurze Pause. »Vielleicht sogar den

Alterungsprozess aufhalten kann.«

Korum lächelte und war unfreiwillig beeindruckt von diesem Menschen.

»Dan, du hast mir nie etwas davon gesagt.« Ella hörte sich irritiert an. »Die ganzen Male, die wir über Mia gesprochen haben, hast du mir nie etwas von deiner Vermutung erzählt!« Ihre Stimme wurde am Ende lauter, und sie blickte ihren Ehemann mit zusammengekniffenen Augen an.

»Es war auch nie mehr als eine Vermutung«, sagte Dan beruhigend. »Ella, Liebling, ich wollte dir keine falschen Hoffnungen machen, falls ich falsch lag.«

»Also bist du jetzt ein Krinar?« Marisa sah ihre Schwester mit einem entsetzten Gesichtsausdruck an. »Trinkst du jetzt auch Blut?«

»Wartet«, warf Connor ein, »können wir noch einmal zu dem Teil zurückgehen, wo wir alle unsterblich werden können, wenn wir mit nach Krina fliegen?«

Mia öffnete ihren Mund, um zu antworten, als Korum wieder ihre Hand drückte. »Lass mich versuchen, es zu erklären, meine Süße«, unterbrach er sie, »und danach werden wir alle weiteren Fragen beantworten, die deine Familie eventuell noch hat.«

Alle verstummten und blickten ihn an, während er fortfuhr. »Wir haben die Mittel, etwas gegen Krebs zu tun – gegen das Altern und alle anderen Krankheiten, die die Menschen plagen könnten. Die Art und Weise, mit der das gemacht wird, ist das Einsetzten von Nanozyten – Nanomaschinen, die die Funktionen der Zellen im menschlichen Körper imitieren. Diese beseitigen alle vorhandenen Zellschäden und ermöglichen das schnelle Heilen von Verletzungen. Das ist alles, was sie machen; sie verwandeln keine Spezies in eine andere.

»Mia hat diese Nanozyten in ihrem Körper. Ich habe sie ihr vor ein paar Monaten gegeben. Und du hast recht, Dan. Das ist der einzige Weg, wie wir auf lange Sicht zusammenbleiben können.«

Korum machte eine Pause und blickte sich im Raum um. »Der Grund dafür, warum Mia euch nicht schon eher davon berichtet hat – und warum ihr vorher nie etwas darüber gehört habt –, ist etwas, was Nicht-Einmischungs-Anordnung heißt. Sie ist von unseren Ältesten in Kraft gesetzt worden. Wir dürfen nichts machen, was entscheidend in die normale menschliche Entwicklung eingreifen würde. Deshalb teilen wir auch unsere Technologie oder Wissenschaft nicht mit euch: weil es uns verboten wurde, das zu tun. Die einzige Ausnahme dieser Regel sind die Menschen, die wir Charl nennen: diejenigen wie Mia, mit denen wir eine ernsthafte Beziehung eingehen.«

»Aber warum?«, fragte Connor mit gerunzelter Stirn. »Warum gibt es diese Anordnung überhaupt?«

»Das weiß ich nicht«, gab Korum zu. »Es gibt viele Vermutungen darüber. Die am weitesten verbreitete ist, dass die Ältesten immer noch ihr Experiment durchführen, was eure Evolution betrifft. Sie waren da, um den Anfang eurer Spezies zu verfolgen, und sie wollen wissen, wie ihr euch mit nur einem minimalen Eingriff unsererseits entwickelt …«

»Was meinst du mit am Anfang? Wie alt sind diese

Ältesten denn?«, unterbrach ihn Dan und schaute Korum an.

»Alt«, antwortete Mia für ihn. »Sehr alt. Zehn Millionen Jahre alt.«

Mias Vater erblasste sichtbar. »Zehn Millionen Jahre alt?«

»Ja«, bestätigte Mia. »Als Korum gesagt hat, sie seien vom Beginn der menschlichen Rasse an dabei gewesen, hat er nicht gescherzt. Zwei der Ältesten waren sogar damals beauftragt, unsere Evolution zu kontrollieren. Richtig?« Sie sah zu Korum hoch.

»Ja, genau«, bestätigte der.

»Aber wenn die Anordnung besteht, warum erzählst du uns dann das Ganze?«, fragte Mias Mutter und sah etwas verwirrt aus. »Und was war das, was du vorher gesagt hast, darüber, nach Krina zu fliegen?«

»Ich habe euch betreffend eine Bitte bei den Ältesten eingereicht«, erklärte ihr Korum. »Damit ihr die gleiche Behandlung bekommt wie Mia. Sie haben nicht direkt zugestimmt, aber sie haben eine ungewöhnliche Sache gefordert: Mia und ihre Familie persönlich kennenzulernen.«

»Die Ältesten wollen uns kennenlernen?« Ella Stalis sah aus, als würde sie jeden Moment in Ohnmacht fallen.

»Ja«, bestätigte ihr Korum. »Sie möchten euch und Mia persönlich begegnen.«

»Warum?« Das war wieder Dan.

»Das weiß ich nicht«, antwortete Korum ehrlich. »Ich wünschte, ich könnte es euch sagen.«

»Also, um es kurz zusammenzufassen … Sie wollen,

dass wir nach Krina kommen, aber garantieren nicht, uns diese Nanozyten zu geben?«, fragte Connor, und die Falten auf seiner Stirn verstärkten sich. »Sie bitten uns, unsere Leben hier zu verlassen, für die eventuelle Möglichkeit, dass dies passieren könnte?«

»Ja.« Korum machte sich nicht die Mühe, diese Situation zu beschönigen.

»Was würde passieren, wenn man sich diesen Ältesten nicht beugt?«, wollte Marisa wissen, die ihre schlanken Hände ineinander verknotet hatte. »Wenn man die Nicht-Einmischungs-Anordnung missachten würde?«

»Das kommt darauf an«, antwortete ihr Korum. »Wenn es sich nur um einen kleineren Verstoß handelt, verliert man sein Ansehen – das ist so etwas wie euer guter Ruf –, und häufig gibt es Geld- und andere Strafen. Wenn es sich um etwas Ernsteres handelt, ist es ein kriminelles Vergehen, das mit Mord gleichgestellt ist.«

»Oh«, sagte Mia leise.

»Also habe ich das richtig verstanden?«, fragte Dan Stalis. »Ihr bietet uns die Möglichkeit, eine unbegrenzt lange Lebensdauer zu haben, aber nur, wenn wir mit dir auf einen anderen Planeten gehen?«

»Ja.«

»Und was passiert, wenn wir uns weigern?«, fragte Connor mit einem sturen Gesichtsausdruck. »Was, wenn wir nicht unser ganzes Leben aufgeben wollen, um ins Weltall zu fliegen?«

Korum zuckte mit den Schultern. Ehrlich gesagt wusste er nicht, was passieren würde, wenn sich einige von Mias Familienmitgliedern dafür entscheiden sollten, die

Einladung der Ältesten nicht anzunehmen. Normalerweise wurden bei Menschen, die etwas herausfanden, was sie nicht sollten, ein Teil ihrer Erinnerungen ausgelöscht. Das hier war allerdings anders, und er wusste nicht, wie in diesem Fall verfahren werden würde.

»Nein, Connor, du kannst nicht ablehnen«, meinte Mia und funkelte ihren Schwager an. »Verstehst du mich? Wenn die Ältesten unserer Bitte nachgeben, könnten du und Marisa – und euer Baby – Tausende von Jahren leben. Wie könntest du so etwas ablehnen? Und Mama und Papa, ihr würdet wieder jung sein. Wäre das nicht fantastisch?« Sie warf einen bittenden Blick in den Raum. »Bitte, lasst mich nicht dabei zusehen, wie ihr alle sterbt, nur weil ihr Angst habt. Korum bietet euch einen Versuch an, unsterblich zu werden. Wie könntet ihr das ablehnen?«

22. KAPITEL

Die nächsten zwei Wochen vergingen mit hektischen Vorbereitungen für die Abreise. Mias Eltern, Marisa und Connor hatten eine Beurlaubung von ihren Arbeitsstellen beantragt und ihre Finanzen geregelt. Von ihnen allen schien Connor am zögerlichsten zu sein, auch wenn Marisa ihn davon überzeugt hatte, zu gehen – und sei es nur für das Baby. Nach vielen Diskussionen entschieden sie, falls die Ältesten der Unsterblichkeit nicht zustimmen sollten, wieder in ihre alten Leben zurückzukehren – nachdem sie zuerst eine Erklärung unterschrieben hatten, keinerlei vertrauliche Informationen über die Krinar zu verbreiten. Falls der Bitte stattgegeben werden sollte, dann würde Lenkarda ihr neues Zuhause werden, genauso wie das bei Mia der Fall war.

Um alle Sorgen über das Reisen ihrer Schwester während der Schwangerschaft auszuräumen, sprach Mia mit Ellet, die Marisa ein letztes Mal untersuchte. »Sie ist völlig gesund«, versicherte Ellet ihnen, »und eine normale Weltraumreise sollte keinerlei Probleme aufwerfen. Wenn sie jetzt fremde Galaxien erkunden wollen würde, wäre ich besorgt, aber eine einfache Reise von der Erde nach Krina – das ist heutzutage eine sehr sichere Angelegenheit.«

Mia rief Jessie an und erklärte ihr, sie sei für eine Weile weg und werde nicht für das kommende Semester zurückkommen. Jessie war kein bisschen überrascht, obwohl sie weinte, als Mia ihr sagte, sie wisse nicht, wie schnell sie einmal wieder vorbeischauen werde. Da Mia Jessie nicht den wahren Grund der Reise nennen konnte, ließ sie sie glauben, wegen Korums Geschäften wegfliegen zu müssen.

»Kann Jessie nicht auch mitkommen?«, fragte Mia Korum nach dem herzzerreißenden Telefonat. »Ich weiß, du hast gesagt, nur die Familie, aber für mich ist sie wie Familie …«

»Nein, meine Süße«, antwortete ihr Korum bedauernd. »Die Ältesten hatten sogar Einwände gegen Connor. Ich musste sehr hart daran arbeiten, sie zu überzeugen, dass ein Schwager gleichbedeutend mit einem echten Verwandten ist. Wenn Connors Eltern noch leben würden, hätte es wahrscheinlich auch nicht funktioniert – das wären zu viele Menschen für eine Ausnahme gewesen.«

Mia schluckte. Sie hatte nie begriffen, wie nah sie daran gewesen war, ihre Schwester zu verlieren, die sich wahrscheinlich dafür entschieden hätte, mit ihrem Mann zurückzubleiben. Das war das erste Mal, dass Connors fehlende Familie auf irgendeine Art etwas Positives hatte. Mia hatte ihren Schwager immer bedauert, weil seine alleinerziehende Mutter vor sieben Jahren an Brustkrebs gestorben war … aber jetzt könnte diese Tatsache es für Mias Familie möglich gemacht haben, zusammenzubleiben.

Adam bereitete einen Stapel Aufzeichnungen vor, die sie mit in das Gedächtnislabor nach Krina nehmen sollte. »Und vergiss nicht, sie der Praktikantin zu geben«, schärfte er Mia ein. »Das ist alles, was ich in Sarets Akten über Gedächtnisverlust und Sänftigung finden konnte. Es ist nicht viel – den Großteil der Daten muss er zuvor vernichtet haben –, aber es könnte helfen, deinen Zustand besser zu verstehen.«

»Danke, Adam.« Mia lächelte den Krinar an. »Es war fantastisch, dich als Partner zu haben.«

Adam grinste und entblößte dabei weiße Zähne. »Gleichfalls, Partner. Lass mich wissen, wenn ihr angekommen seid und euch eingerichtet habt; ich würde liebend gerne erfahren, wie dein Treffen mit den Ältesten läuft.«

»Na klar«, versprach Mia ihm. Sie wusste, dass Adam einen sehr guten Grund dafür hatte, so interessiert an Korums Bitte zu sein: Seine Adoptivfamilie war menschlich – so wie seine geheimnisvolle Freundin, über die er nie sprach.

* * *

»Saret wird mit in unserem Schiff sein«, erzählte Korum Mia, als sie am Abend vor ihrer Abreise am Strand entlangspazierten. »Der Rat möchte ihn zurück nach Krina bringen, damit die Ältesten ihn verhören können.«

Mias Magen zog sich vor angsteinflößenden Erinnerungen zusammen. Sie hatte wegen des Kampfes in der Arena immer noch Albträume – schreckliche Vorstellungen, in denen Korum nicht als Sieger hervorging. Saret war viel zu nah daran gewesen, ihren Liebsten zu töten, und sie würde den Schmerz dieser Momente, in denen sie gedacht hatte, Korum verloren zu haben, niemals vergessen können.

Als ob er ihre Gedanken lesen könnte, meinte Korum: »Es gibt nichts, worüber du dir Sorgen machen solltest, meine Süße. Er wird die ganze Reise hindurch weggeschlossen sein.«

»Welche einige Wochen dauern wird, richtig?«, wollte Mia wissen.

»Ja«, bestätigte ihr Korum. »Das, was am längsten dauert, ist, weit genug von der Erde wegzukommen. Das hier ist ein sehr volles Sonnensystem, und wir müssen sicherstellen, dass nichts die Warp-Fähigkeiten des Schiffs stört.«

Mia lachte und vergaß Saret völlig für einen Moment. »Warp-Fähigkeiten? Wie die Warp-Geschwindigkeit in unserer Science-Fiction – das, was dich mit Überlichtgeschwindigkeit reisen lässt?«

»Ja«, antwortete Korum. »Es ist dem sehr ähnlich. Es beeinflusst die Raumzeit und ermöglicht es uns, fast augenblicklich von einem Punkt des Universums zu einem anderen zu gelangen.«

»Wie funktioniert das?«, fragte Mia fasziniert. Physik war nie ihr stärkstes Fach gewesen, aber sie wusste, dass in der Nähe der Lichtgeschwindigkeit komische Sachen passierten – und dass das Reisen mit Überlichtgeschwindigkeit bis zur Ankunft der Krinar als unmöglich angesehen wurde.

Korum lächelte und freute sich offensichtlich über ihr Interesse. »Ich kann es dir nicht genau erklären, ohne in komplizierte mathematische Zusammenhänge abzuweichen, aber ich kann dir einen groben Eindruck vermitteln«, antwortete er ihr. »Unsere Schiffe bilden eigentlich eine große Energieblase, die ein Zusammenziehen der Raumzeit vor ihnen auslöst – und eine Ausweitung der Raumzeit dahinter. Das befördert uns von einem Ort zum anderen – das Drücken und Ziehen der Raumzeit selbst. Wir müssen somit keine Lichtgeschwindigkeit erreichen; wir überspringen sie komplett.«

»Würde so etwas nicht eine ganze Menge Energie verlangen? Was für einen Antriebsstoff benutzt ihr?«

»Na ja, die Energieblase um unser Schiff nutzt eine Kombination aus positiver und negativer Energie«, erklärte ihr Korum. »Negative Energie ist etwas, was eure Wissenschaftler gerade erst erforschen. Und ja, du hast absolut recht: das Warpen der Raumzeit erfordert einen riesigen Energieaufwand. Zum Glück haben wir den im Überfluss. Wir benutzen außerdem Antimaterie als Antriebsmittel; damit fliegen unsere Schiffe, wenn sie nicht im Warp-Modus sind.«

Mias Augen wurden riesig. »Antimaterie?«

»Das ist die stärkste Energiequelle, die existiert«, erklärte ihr Korum.

Mia verstummte und dachte über das Ausmaß dessen nach, was sie vorhatte. Morgen würde sie für eine unbestimmte Zeit die Erde verlassen, mit einem Liebhaber, der nicht einmal menschlich war. Sie hatte das Schicksal ihrer kompletten Familie in seine Hände gelegt.

Das könnte ein beunruhigender Gedanke sein, war es aber nicht. Stattdessen war sie ganz außer sich vor Aufregung. Wie viele Menschen bekamen schon so eine Chance? Einen anderen Planeten zu sehen, nach Krina zu fliegen – dem Ursprung allen Lebens? Und die Ältesten der Krinar treffen … Das konnte sie immer noch nicht fassen. Sie, ein ganz normales menschliches Mädchen, würde die wirklichen Erschaffer der Menschheit treffen.

Das war genug, um jeden schwindelig werden zu lassen.

* * *

Am nächsten Morgen flogen sie nach Florida, um Mias Familie abzuholen, und Korum hatte zu diesem Zweck extra eine größere Gondel geschaffen. Sie hatten sich bereits alle mit ihren gepackten Koffern im Haus von Mias Eltern versammelt. Auch wenn Korum ihnen erklärt hatte, sie würden den Großteil ihrer Sachen nicht brauchen, hatten die Menschen darauf bestanden, ihre eigene Kleidung und andere Dinge, die sie für wichtig befanden, einzupacken.

Dieses Mal landete Korum mit dem Schiff direkt vor

dem Haus der Stalis'. Mia hatte ihm erklärt, dass ihre Eltern bereits allen ihren Nachbarn von der bevorstehenden Reise berichtet hätten (wenn auch ohne den Grund dafür zu nennen), und niemand würde zu überrascht sein, ein außerirdisches Schiff in der ruhigen Nachbarschaft zu sehen.

Mia und Korum stiegen aus, gingen zur Tür und klingelten. Um sie herum kamen langsam Menschen aus allen Häusern, neugierig über die Verbindung ihrer Nachbarn zu den Außerirdischen. Korum konnte ihr Flüstern, Kichern und ihr aufgeregtes oder angstvolles Einatmen hören. Ein älteres Ehepaar ein paar Häuser weiter war am Telefon mit seinen Kindern und beschwerte sich darüber, dass das *krinarische Böse* nach Ormond Beach gekommen sei. Wahrscheinlich dachten sie, dass er sie nicht hören könne, da sie nicht wussten, wie gut die Sinne der Krinar waren.

Nichts davon interessierte Korum. In der Vergangenheit war er immer bemüht gewesen, vorsichtig zu sein und sicherzustellen, durch seine Anwesenheit in dieser kleinen Stadt nicht zu viel Aufmerksamkeit auf die Familie seines Charls zu ziehen. Jetzt war das aber egal. Falls die Ältesten ihrer Bitte zustimmen sollten, könnten Mias Eltern und ihre Schwester sowieso nicht wieder in ihr altes Leben zurückkehren.

Marisa öffnete die Tür, um sie hineinzulassen. »Hallo Leute«, begrüßte sie sie fröhlich. »Kommt herein! Wir sind fast so weit.«

»Hervorragend!« Mia grinste breit, als sie das Haus betraten. »Bist du aufgeregt? Also, ich auf jeden Fall …«

»Wirklich, ob ich aufgeregt bin? Machst du Witze? Ich habe schon zwei Nächte lang nicht geschlafen …«

Korum lächelte und folgte den zwei Schwestern, die auf dem Weg zur Küche weiterredeten. Mias Eltern und Connor saßen schon dort und aßen Frühstück.

»Korum!«, rief Ella, und ihre Augen leuchteten auf. »Leistest du uns Gesellschaft? Ich habe Kartoffelpuffer mit frischer Beerenmarmelade gemacht.«

»Na klar«, antwortete Korum und setzte sich an den Tisch. »Ich hätte gerne ein paar Puffer.« Mia und er hatten erst vor einer Stunde gegessen, aber er war neugierig, dieses Gericht zu probieren, von dem Mia behauptete, es sei die Spezialität ihrer Mutter.

In diesem Augenblick stellte sich Mia hinter seinen Stuhl und küsste ihn auf die Wange. Ihre Haare kitzelten in seinem Nacken. »Hast du schon wieder Hunger?«, neckte sie ihn, und ihre Hände massierten sanft seine Schultern. Am liebsten hätte er sie für die Leichtigkeit, mit der sie ihre Gefühle zeigte, umarmt. Er hatte nicht gewusst, wie sehr er das von ihr brauchte, bis sie in den letzten Wochen damit angefangen hatte, ihn so zu berühren. Zuvor war er hauptsächlich derjenige gewesen, der bei körperlichem Kontakt die Initiative ergriffen hatte. Das betraf den Sex genauso wie die anderen Berührungen.

Natürlich wurde er sofort hart, da sie so dicht bei ihm war, aber dieses Übel nahm er gerne in Kauf. Korum veränderte seine Sitzposition leicht und hob sein Knie etwas an, falls einer der menschlichen Anwesenden zufällig unter den Tisch blicken sollte.

»Mia, Süße, was ist mit dir?«, fragte ihre Mutter.

»Möchtest du auch ein paar Puffer?«

»Sehr gerne, Mami, danke.« Mia ließ Korums Schultern los und setzte sich auf den Stuhl neben ihn. Korum streckte seinen Arm aus und nahm ihre Hand in seine, da er sich nach weiteren Berührungen sehnte.

»Ooooh, so verliebt«, bemerkte Connor, der einen Puffer aß. »Schau dir diese beiden an, Marisa.«

»Halt den Mund, Connor«, antwortete ihm seine Frau und ging Wasser aufsetzen. »Sie sind ja auch nicht so ein altes, verheiratetes Ehepaar wie wir.« Aber sie hatte ein strahlendes Lächeln auf ihrem Gesicht, als sie das sagte, und Korum wusste, dass sie nur einen Spaß machte. Soweit er das gesehen hatte, gingen Marisa und ihr Mann sehr liebevoll miteinander um.

Korum störte es nicht, dass Connor ihn aufzog; er liebte Mia und hatte nicht vor, seine Gefühle für sie vor ihrer Familie geheim zu halten. Sie konnten ruhig sehen, wie viel sie ihm bedeutete. Sie vertrauten ihm ja schließlich genug, um ihre Leben hinter sich zu lassen.

Er hoffte, die Ältesten würden ihnen die Nanozyten nicht verwehren. Er hasste die Vorstellung, Mias Familie zu enttäuschen – und Mia selbst. Irgendwie, fast ohne es zu bemerken, war Korum diese Familie ans Herz gewachsen. In den letzten zwei Wochen hatte er eine Menge mit jedem Mitglied von Mias Verwandtschaft zu tun gehabt, hatte ihre Fragen über Krina und darüber, was sie während der Reise erwartete, beantwortet – und ihm war aufgefallen, dass er sie wirklich mochte. Er sah Spuren von Mia in beiden Elternteilen und in ihrer Schwester. Außerdem amüsierte er sich häufig in Connors Gesellschaft. Wenn jemand Korum vor ein paar Monaten erzählt hätte, dass er derartige Gefühle für ein paar Menschen entwickeln würde, hätte er ihn ausgelacht. Aber seit er Mia getroffen hatte, war es mit seinem vorhersehbaren Leben vorbei.

Ella Stalis brachte die Puffer und legte jedem einen auf den Teller. Als Korum seinen probierte, musste er ihr sofort ein Kompliment dafür machen. Er liebte diese Kombination aus süßer Marmelade mit der würzigen Kartoffel. Sie strahlte vor Freude. In diesem Moment sah Korum, wie schön sie in ihrer Jugend gewesen sein musste – und nach dem Eingriff wohl auch wieder sein würde.

Schließlich war alles aufgegessen und die Teller abgeräumt. Korum half beim Aufräumen und packte die Teller in den Geschirrspüler. Menschliche Apparate hatten ihn aus irgendeinem Grund schon immer fasziniert; sie waren so schlicht und grob, aber trotzdem erledigten sie größtenteils ihren Job.

In diesem Moment kam der kleine Hund aus einem der Zimmer gerannt, bellte und versuchte immer wieder, an Korum hochzuspringen. Bevor er allerdings richtig loslegen konnte, hatte Marisa ihn schon vom Boden hochgehoben. »Mocha!«, schimpfte sie mit dem Hund. Sie drehte sich zu Korum um und lächelte ihn entschuldigend an. »Das tut mir leid. Wir haben sie im Schlafzimmer eingesperrt, damit sie uns während des Packens nicht stört, aber irgendwie ist sie wohl herausgekommen …«

»Das ist okay, sie stört mich nicht«, versicherte Korum ihr. Plötzlich kam ihm ein Gedanke. »Was macht ihr eigentlich mit dem Hund, wenn ihr fliegt?«

Marisa schaute ihn an. »Sie kommt natürlich mit uns

mit.«

Korum blinzelte. »Ich verstehe.«

»Das ist doch kein Problem, oder?«, fragte Marisa besorgt. »Ich glaube, meine Eltern würden eine Trennung von ihr nicht überleben ...«

»Nein, das ist kein Problem«, meinte Korum. Unerwartet, aber nicht problematisch. Er hätte wissen müssen, dass sie diese pelzige Kreatur mitnehmen wollen würden; Menschen hatten oftmals diese unnatürliche Bindung zu ihren Haustieren. Er müsste jetzt noch ein paar schnelle Anpassungen an dem Schiff vornehmen, um den Hund gut unterzubringen, aber das war keine große Sache.

Zwanzig Minuten später waren alle zum Abflug bereit. Korum hatte fünf große Koffer nach draußen getragen und lud sie in das Schiff ein, während er die starrenden Nachbarn ignorierte.

»Sei vorsichtig, sie sind schwer«, warnte Dan Stalis ihn, und Korum musste ein Lächeln unterdrücken. Mias Vater hatte offensichtlich nicht das ganze Ausmaß der Unterschiede zwischen krinarischen und menschlichen Körpern verstanden. Für ihn fühlte sich der Koffer nicht schwerer an als für Ella ihre kleine Handtasche. Trotzdem war Dans Besorgnis rührend.

Als sie vollständig in der kleinen Gondel waren, versicherte sich Mia, dass sie alle bequem auf den schwebenden Brettern saßen. Ihre Mutter hielt den Hund auf ihrem Schoß, und ihr fester Griff verriet, wie nervös sie war.

»Auf Wiedersehen, Ormond Beach. Auf Wiedersehen, Erde«, flüsterte Mia, als das Flugzeug abhob und sie nach oben trug, aus der Erdatmosphäre hinaus, wo das große Schiff für ihre interplanetare Reise auf sie wartete.

23. KAPITEL

Mia beobachtete die kleiner werdenden Gebäude und Orientierungspunkte unter ihr, als das Schiff immer weiter aufstieg. Die durchsichtigen Wände der Gondel boten einen spektakulären 360-Grad-Rundumblick. Innerhalb weniger Sekunden befand sich das Schiff über den Wolken, und das grelle Sonnenlicht strömte herein, weshalb Mia die Augen zusammenkniff, bis Korum das Licht dimmte.

»Wow«, hauchte Marisa und sprach damit aus, was auch Mia fühlte. »Das hat so gar nichts mit dem Fliegen in einem normalen Flugzeug gemeinsam …«

»Wir bewegen uns viel schneller als eure Flugzeuge«, erklärte ihr Korum. »Noch ein paar Minuten, und wir erreichen schon unser Ziel, welches sich gleich außerhalb der Erdatmosphäre befindet.«

Mia streckte sich zu ihm hinüber und drückte seine Hand. Ihre Herz raste vor Aufregung und Beklommenheit, und sie konnte sich nur schwer vorstellen, wie die anderen sich erst fühlen mussten. Ihr Vater sah ein wenig blass aus, und ihre Mutter drückte Mocha so fest, dass sich der kleine Hund schon herauswinden wollte. Sogar Connor war ungewöhnlich ruhig, und er sah etwas eingeschüchtert aus.

»Es wird alles gut werden, meine Süße«, beruhigte Korum sie und beugte sich hinüber, um sie auf die Schläfe zu küssen. »Alles wird gut werden.«

»Ich weiß«, antwortete ihm Mia ruhig. »Das Ganze ist nur so unglaublich, das ist alles.«

Er lächelte sie an und entblößte dabei dieses sexy Grübchen in seiner linken Wange. Dadurch sah er sogar noch umwerfender aus als normalerweise, und Mia wünschte sich verzweifelt, mit ihm allein zu sein, anstatt von ihrer Familie umgeben.

Als ob er ihre Gedanken lesen könnte, flüsterte Korum ihr zu: »Später.« Mia spürte die Hitze in ihren Wangen. Sein Lächeln veränderte sich, wurde anzüglicher, und sie kniff ihn als Antwort darauf in den Arm.

Er hob fragend seine Augenbrauen, und Mia warf ihm einen bösen Blick zu. »Nicht vor meinen Eltern«, formte sie lautlos mit ihrem Mund, und sein Lächeln verwandelte sich in ein breites Grinsen.

Mia, die fest entschlossen war, nicht zu erröten, sah nach unten und beobachtete mit kaum zurückgehaltener Begeisterung, wie sie sich immer weiter von der Erde entfernten. Als sie klein gewesen war, hatte sie immer davon geträumt, ein Astronaut zu werden, zu den Sternen zu fliegen und andere Galaxien zu erforschen. Wie die meisten Kinder war sie aus dieser Phase herausgewachsen und hatte sich einen realistischeren Beruf ausgesucht. Jetzt allerdings bot sich ihr die Möglichkeit, ihren alten Kindheitstraum zu erfüllen, und das war mehr als fantastisch.

Bald waren sie so weit entfernt, dass sie die ganze Erde sehen konnten – einen wunderschönen, blauen Planeten, der viel zu klein dafür aussah, um das Zuhause von Milliarden von Menschen zu sein. Als Mia auf ihn hinabblickte, begriff sie, wie verletzlich die gesamte Menschheit eigentlich war, an einen Ort gebunden zu sein, der in der Weite des Weltalls so wehrlos aussah.

»Worüber denkst du nach?«, wollte Korum wissen und beugte sich zu ihr, um ihr Knie zu streicheln.

»Ich habe gedacht, dass ich jetzt verstehe, warum die Krinar sich verteilen wollen«, antwortete ihm Mia, »warum ihr euer Überleben nicht von einem Planeten abhängig machen wollt. Er sieht so zerbrechlich aus von hier oben …«

»Ja, das ist er wirklich.« Korums Griff an ihrem Knie festigte sich. Als sie aufsah, bemerkte sie, dass er sie mit einem eigenartigen Gesichtsausdruck anschaute. Bevor sie ihn allerdings fragen konnte, was los sei, hörte sie ihre Mutter laut einatmen.

»Oh, wow, Korum!«, rief Ella Stalis aus. »Ist das dein Schiff?«

Mia schaute auf. Sie näherten sich einem Objekt, das wie eine große Gewehrpatrone aussah. Es hatte eine dunkle Farbe und sah erstaunlich schlicht aus, ganz anders als die

Raumschiffe, die sie immer in den Science-Fiction-Filmen gesehen hatte.

»Das ist es?«, fragte sie und versuchte, ihre Enttäuschung nicht durchklingen zu lassen. Die krinarischen Transportgondeln sahen moderner und futuristischer aus als dieses Schiff, welches sich mit Überlichtgeschwindigkeit fortbewegen konnte.

»Das ist es.« Korum lächelte. »Es sieht nicht so aus, wie ihr Menschen euch das vorgestellt habt, nicht wahr?«

»Nein, das tut es nicht«, gab Connor zu, der zum ersten Mal, seit die Gondel von der Erde abgehoben hatte, sprach. »Wie konnten da tausende Krinar hineinpassen? Es sieht so klein aus …«

»Das ist nicht das Schiff, welches uns hierhergebracht hat«, erklärte Korum. »Du hast recht; das andere ist viel größer. Dieses hier habe ich extra für unsere Reise gebaut, da wir diesmal nur etwa siebzig Personen für die Reise nach Krina sind; für so wenige müssen wir nicht das größere Schiff nehmen.«

»Ihr könnt das machen?«, fragte Mias Vater und blickte Korum ungläubig an. »Einfach so könnt ihr ein Schiff herstellen, das in eine andere Galaxie reisen kann?«

»Korum kann das«, antwortete ihm Mia, die verstand, weshalb ihr Vater so irritiert war. »Nicht jeder Krinar kann das. Er ist derjenige, der es konstruiert hat, nicht wahr?« Sie blickte zu Korum.

»Ja«, bestätigte dieser. »Diese spezielle Entwicklung ist von mir. Wir hatten natürlich vorher auch Schiffe, die mit Überlichtgeschwindigkeit reisen konnten, aber dieses hier ist die neueste Generation. Es ist sicherer und leichter zu steuern.«

»Ich verstehe«, meinte Dan und sah Korum mit einer Mischung aus Schock und Respekt an. Die gleichen Gefühle spiegelten sich auf Ellas Gesicht wider. Offensichtlich hatten Mias Eltern bis zu diesem Moment nicht das ganze Ausmaß von Korums technologischem Können verstanden.

Als sie sich dem Schiff näherten, konnte Mia sehen, wie sich eine seiner Wände auflöste, um sie hineinzulassen. Da die krinarischen Häuser die gleiche Technologie für Türen besaßen, blinzelte sie bei dem Anblick nur. Ihre Familie fand das allerdings sehr beeindruckend.

»Wie genau funktioniert dieses intelligente Zeug?«, fragte Marisa. »Denken die Wände wirklich alleine?«

»Nein«, antwortete ihr Korum. »Es gibt nicht wirklich eine künstliche Intelligenz, die ein Ich-Bewusstsein hat. Wenn ich intelligente Technologie sage, meine ich eigentlich, dass es sich um ein Objekt handelt, welches bestimmte Funktionen auf eine Art und Weise ausüben kann, die ein intelligentes Lebewesen imitiert. Also mein Haus kann zum Beispiel Essen kochen, eine Temperatur beibehalten, die für unsere Körper genau richtig ist, ungewollte Besucher draußen lassen und sich selbst reinigen. Es führt diese Aufgaben genauso gut aus, wie ein Mensch oder ein Krinar das machen würde – aber man kann sich nicht wirklich mit ihm unterhalten.«

»Das ist so cool«, bemerkte Connor. »Ihr habt wirklich Roboter, mit denen ihr sprechen könnt?«

Korum lächelte nachsichtig. »Ja, die waren vor einigen tausend Jahren recht beliebt, aber dann kamen sie aus der

Mode. Jetzt werden sie hauptsächlich dafür genutzt, kleine Kinder zu unterhalten, auch wenn es einige Erwachsene gibt, die sie ebenfalls mögen.«

Bevor Connor weitere Fragen stellen konnte, berührte ihre Gondel den Boden und war somit gelandet. Marisa klatschte. »Bravo! Das war wohl der sanfteste Flug schlechthin.«

Korum lachte und erhob sich von seinem Sitz. »Wir sind da«, sagte er. »Bis wir unser endgültiges Ziel erreichen, wird das hier erst einmal euer neues Zuhause sein.«

Nachdem sie ausgestiegen waren, führte Korum sie durch das Schiff. Trotz seines unspektakulären Äußeren war das Innere des Raumschiffes genauso schön eingerichtet wie Korums Haus. Helle Farben, schwebende Möbel, exotische Pflanzen – das Schiff besaß alles, an was sich Mia in Lenkarda gewöhnt hatte, und sie fühlte sich sofort wie zu Hause.

Mias Eltern waren mehr als beeindruckt. »Korum, das ist großartig«, wiederholte ihre Mutter ständig. »Und diese Aussicht! Meine Güte, diese Aussicht!«

Der Ausblick war wirklich atemberaubend. Die äußeren Wände des Schiffes waren von innen durchsichtig, genauso wie die meisten krinarischen Gebäude, und es gab viele Plätze, von denen aus man das All in seiner ganzen Pracht bewundern konnte. Ohne die Beeinträchtigung durch die Atmosphäre war alles schärfer, klarer, und die Sterne sahen strahlender aus, als Mia sie jemals von der Erde aus gesehen hatte.

Korum hatte spezielle Unterkünfte für Mias Familie vorbereitet, indem er sich sehr eng an die Inneneinrichtung des Hauses von Mias Eltern gehalten hatte. »Ich hoffe, das ist so in Ordnung für euch«, sagte er zu ihnen. »Falls nicht, kann ich es auch in etwas umgestalten, was euch lieber ist.«

»Ach nein, das ist perfekt so«, antwortete ihm Mias Vater und ging zum großen, gepolsterten Sofa, um sich hinzusetzen. »Dieses ganze schwebende Zeug schüchtert mich ein wenig ein, um ehrlich zu sein.«

»Schön, es freut mich, dass es dir gefällt.« Korum lächelte, und Mia hätte ihn am liebsten für seine Aufmerksamkeit geknutscht. »Ich habe auch einen speziellen Raum für Mocha eingerichtet, um sicherzustellen, dass sie herumrennen und dort auch ihr Geschäft erledigen kann.«

Die wenigen Krinar, auf die sie während der Reise trafen, waren besonders nett zu Mias Familie, da sie von Korum über ihre Anwesenheit unterrichtet worden waren. Sie starrten natürlich alle, aber Mia hatte sich schon daran gewöhnt. Zwei der Crewmitglieder schienen besonders fasziniert von dem kleinen Hund zu sein, den Mias Mutter überallhin mitnahm.

»Der ist so niedlich!«, rief eine von ihnen und streckte ihren Arm aus, um Mocha zu streicheln. »Ich habe noch nie einen davon aus dieser Nähe gesehen!«

Der Hund tolerierte die Berührung, aber Mia konnte sehen, dass es ihm nicht besonders gefiel. Es schien so, als sei Korum der einzige Krinar, den Mocha wirklich mochte.

Nach der Tour beschloss Mias Familie, sich erst einmal

auszuruhen. Ihre Schwester war besonders müde, völlig erschöpft von der ganzen Aufregung. »Zeit für ein Nickerchen«, meinte Connor und lächelte seine Frau an, die ein Gähnen unterdrückte.

Endlich waren Mia und Korum allein.

* * *

»Es sieht so aus, als seien nur noch wir übrig«, bemerkte Mia und lächelte Korum an. Sie waren gerade in ihren eigenen, privaten Räumen angekommen, die auch mit einem runden Bett, ähnlich dem in Korums Haus, ausgestattet waren.

»Da hast du recht.« Seine Augen begannen, mit dem vertrauten goldenen Licht zu glänzen.

Mia erwiderte seinen Blick, schob bedächtig ihre Daumen unter die Träger ihres Sommerkleides und ließ sie über ihre Schultern fallen. »Huch«, flüsterte sie. »Es sieht so aus, als würde ich es nicht ausziehen können. Ich könnte eventuell etwas Hilfe gebrauchen …«

Korums Nasenlöcher blähten sich auf, und sie konnte sehen, wie seine Muskeln sich anspannten. »Komm her«, knurrte er.

Mia schüttelte ihren Kopf. »Nein. Du kommst her.« Sie wusste genau, was sie wollte, und das beinhaltete diesmal nicht, dass Korum die Kontrolle übernahm.

Seine Augen verengten sich. Er sah jetzt gefährlich aus, wie ein wildes Raubtier, welches außer Kontrolle geraten war, und ihr Herz begann, schneller zu schlagen, da das, was sie vorhatte, sie erregte. »Komm«, wiederholte sie und krümmte ihren Finger, um ihn zu sich heranzulocken.

Er kam. Oder besser, er machte quasi einen Satz durch den ganzen Raum. Innerhalb einer Sekunde war er neben ihr, sein Körper groß und einschüchternd, und drückte sie gegen die Wand. »Du brauchst also Hilfe mit dem Kleid, ja?« Seine Finger zogen an den dünnen Trägern und zerrissen das dünne Material fast.

»Ja«, hauchte Mia und sah zu ihm hoch. »Das mache ich. Sei aber vorsichtig. Und sobald du es ausgezogen hast, möchte ich, dass du dich für mich ausziehst.«

Seine Augen wurden schon fast gelb. »Ist es so gut?«

»Das ist gut so«, antwortete Mia ihm. »Und dann möchte ich, dass du dich auf das Bett legst.« Ihr Herz schlug so hart, dass es sich anfühlte, als würde es gleich explodieren. Außerdem zerfloss ihr Körper gerade vor Verlangen. Sie wollte ihn so unbedingt … aber nach ihren Regeln.

Einen Augenblick lang dachte sie, er würde nicht folgen, aber dann trat er einen Schritt zurück. »Okay«, meinte er, und seine Stimme war ungewöhnlich rau. »Dreh dich um.«

Mia unterdrückte ein triumphierendes Lächeln, als er tat wie befohlen. Das Kleid, welches sie trug, war nach menschlichem Vorbild geschaffen, hatte einen Reißverschluss auf dem Rücken, und seine Finger fühlten sich auf ihrem Rücken heiß an, als er ihn vollständig öffnete. Sobald er fertig war, trat Mia zur Seite und ließ das Kleid auf den Boden rutschen. Darunter trug sie einen winzigen, blauen Stringtanga – den sie heute Morgen extra für Korum angezogen hatte.

Er zog seinen Atem ein. »Mia … Du kleines Luder …«

Sie hob ihre Augenbrauen an. »Magst du ihn nicht?« Sie vollführte eine kleine Drehung und gab vor, die explosive Hitze in dem Blick, mit dem er sie anstarrte, nicht zu sehen.

Ein Muskel pulsierte in seinem Kinn. »Quälst du mich gerade?«

»Ich weiß nicht«, säuselte Mia. »Mache ich das?« Sie drehte ihm ihren Rücken zu, beugte sich nach vorne und zog sich langsam den Tanga die Beine hinunter, so wie sie es immer in Filmen gesehen hatte. Dann trat sie aus ihm heraus. Als sie sich wieder zu Korum umschaute, sah er schon fast wild aus, seine Augen glitzerten, und seine Hände waren zu Fäusten geballt.

»Du bist dran«, sagte Mia und schaute ihn fasziniert an. Würde er die Kontrolle verlieren und sie sofort nehmen? Sie liebte es, wenn sie ihn in diesen Zustand versetzen konnte, in dem er außer sich vor Verlangen nach ihr war. Seine wilde Leidenschaft ängstigte sie nicht; stattdessen wollte sie ihn nur noch mehr.

Er atmete tief ein, und sie sah, wie sich seine Hände langsam entspannten. Während er sie weiterhin mit einem brennenden Blick anschaute, zog er sich sein T-Shirt über den Kopf, machte den Reißverschluss seiner Jeans auf und zog sie über die Hüften nach unten. Er trug keine Unterwäsche und war schon vollständig erregt, und seine Erektion stand aggressiv vom Körper ab.

Bei diesem Anblick bekam Mia einen trockenen Mund. Ihr Liebhaber war die personifizierte männliche Perfektion. Jeder Muskel in seinem kräftigen Körper war klar definiert, die Glätte seiner goldenen Haut wurde nur an wenigen Stellen von einem Hauch schwarzen Haars unterbrochen. Sie wollte auf ihn springen und ihn ablecken.

»Leg dich aufs Bett«, presste sie mit lustgeladener Stimme hervor.

Er tat, was sie verlangte, aber sie konnte erkennen, dass seine Selbstbeherrschung nicht mehr von Dauer sein würde. Plötzlich kam ihr eine Idee. »Meinen Fabrikator, bitte«, sagte sie laut und wusste, dass das intelligente Schiff verstehen würde, was sie wünschte. Und wirklich löste sich einige Sekunden später eine der Wände auf, und Korums Geschenk schwebte aus ihr heraus direkt in Mias Hand.

»Was machst du da?«, fragte Korum und sah sie misstrauisch vom Bett aus an, während sie ihn gefährlich anlächelte.

»Das wirst du gleich sehen.«

Sie hielt den Fabrikator in ihrer Hand und befahl dem Apparat: »Handschellen mit einem Schlüssel, bitte.« Dann wartete sie, bis die Nanomaschinen ihren Auftrag erledigt hatten.

Korum setzte sich auf und sah sie mit einem unleserlichen Gesichtsausdruck an. »Und was denkst du wirst du damit machen?«

Mia legte den Fabrikator weg und nahm sich die Handschellen. »Sie dir umlegen, natürlich.«

»Ach wirklich?«

»Ja, wirklich«, bestätigte Mia entschieden und kletterte neben Korum aufs Bett. »Jetzt gib mir deine Handgelenke.«

Er zögerte einen Moment lang, streckte dann aber seine

Hände nach vorne, und die Lust auf seinem Gesicht vermischte sich mit Belustigung. »Du denkst, dass diese mich halten werden?«

»Wahrscheinlich nicht«, gab Mia zu und legte ihm die Handschellen um. Jedes seiner Handgelenke war so dick wie ihre beiden zusammen, seine Unterarme waren muskelbepackt. »Aber darum geht es ja auch gar nicht, stimmt's?«

»Um was geht es denn dann, meine Süße?«, fragte er sanft und sah sie mit einem Schlafzimmerblick an. »Möchtest du etwas beweisen?«

Anstatt ihm zu antworten, stieß Mia ihn leicht an, so dass er flach auf dem Rücken lag und die in Handschellen gelegten Arme sich über seinem Kopf befanden. Dann kletterte sie auf ihn und spreizte ihre Beine, bis seine Erektion sich nur wenige Zentimeter von ihrer Öffnung entfernt befand. Sie beugte sich nach unten, stützte sich auf seiner Brust ab und flüsterte in sein Ohr: »Der Punkt ist, dass du mir gehörst und ich mit dir machen werde, was immer ich möchte.«

Er zog scharf die Luft ein, und seine Hüften bewegten sich, versuchten, sein Geschlecht näher an ihren Eingang zu bringen. »Und beinhaltet das, mich in deine kleine Muschi zu lassen?« Seine Stimme klang heiser, voller Verlangen.

»Oh ja.« Mia rutschte nach unten, bis er sich zwischen ihren feuchten Lippen befand und ihre Klitoris gegen seine Seite rieb. Die Haut, die sein Glied bedeckte, war weich, fast empfindlich, und sie schloss ihre Augen, genoss das Gefühl, sie an ihrem Geschlecht zu spüren.

»Mia …«, stöhnte er und zuckte unter ihr. »Lass ihn rein. Jetzt.«

Mia beschloss, ihn – und sich – nicht länger auf die Folter zu spannen, umfasste sein hartes Geschlecht mit ihrer Hand und führte es in sich. Sie biss sich wegen des weitenden Gefühls auf die Lippe und ließ sich dann langsam immer weiter nach unten gleiten, bis er fast vollständig in ihr war. Sie machte eine Pause, um sich an seine Größe zu gewöhnen, und ließ ihn noch tiefer in sich hinein, so lange, bis er sich vollständig in ihr befand.

Er stöhnte erneut auf, und seine Armmuskeln spannten sich unter der Anstrengung, nicht hier und jetzt nach ihr zu greifen. Sie spürte, wie sein Penis in ihr zuckte. Mia wusste, dass er es kaum aushalten konnte, nicht die Kontrolle zu haben, sie beide kommen zu lassen, und sie wunderte sich über seine ungewohnte Zurückhaltung.

Sie musste sich aber nicht lange wundern. Bevor sie sich erneut bewegen konnte, fand sie sich mit dem Rücken auf dem Bett wieder, und sein großer Körper presste sie in die Matratze. Seine Augen waren wild, sein Blick unkonzentriert. Er hatte die Metallringe, die die Handschellen zusammenhielten, auseinandergerissen. Seine Hände waren jetzt auf ihren Schenkeln und hielten sie weit für seine Stöße geöffnet.

Mia schrie auf, schlang ihre Arme um seinen Nacken und war kaum in der Lage sich an ihm festzuhalten, während er in sie hämmerte, nur von dem primitiven Instinkt getrieben, sich zu paaren. Ihr Körper rutschte mit jeder Bewegung seiner kräftigen Hüften auf der Matratze hin und her, und das intelligente Bett wurde weicher um sie herum, nahm die Struktur eines Kissens an, um sie vor Verletzungen zu schützen.

Der erste Orgasmus überrollte sie, und Mia schrie und zuckte in seinen Armen. Aber er kannte keine Gnade, war völlig unnachgiebig. Der zweite, einige Augenblicke später, ließ sie wortwörtlich Sterne sehen, aber er machte weiter, wild vor Verlangen.

Das war zu viel. Mia fühlte sich, als würde sie zerbrechen, einfach von der Intensität der Gefühle zerspringen. Ihr Körper gehörte nicht mehr zu ihr, ihr Kopf gehörte nicht mehr zu ihr. Es gab nur noch Hitze, Schweiß und seinen Körper. Über ihr, in ihr, um sie herum. Sie waren verschmolzen, verbunden durch die glühend heiße Ekstase ihrer Vereinigung.

Als er über ihr erschauderte, war Mia schon losgelöst, ihre Stimme von ihren Schreien ganz heiser, und ihr Körper zitterte durch die nicht endenden Lustwellen. Und als sie dachte, dass es endlich vorbei sei, fühlte sie seine Zähne über ihre Vene im Nacken fahren … und ihre Spirale drehte sich immer weiter.

24. KAPITEL

Wenn jemand Mia erzählt hätte, eine intergalaktische Reise sei so einfach wie auf eine Kreuzfahrt zu gehen, hätte sie laut aufgelacht. Aber trotzdem war genau das der Fall. Sie verbrachten fast eine Woche damit, ohne Lichtgeschwindigkeit von der Erde wegzufliegen – um keine Störungen beim Warpen der Raumzeit hervorzurufen – und dann aktivierten sie den Warp und landeten nach ein paar Tagen Flug auf Krina. Alles das geschah so reibungslos, dass Mia es überhaupt nicht merkte. Bis Korum ihr sagte, sie befänden sich jetzt in einer anderen Galaxie, hatte sie nicht einmal geahnt, dass das Schiff den Sprung schon gemacht hatte.

»Werden wir gleich zu den Ältesten gehen?«, fragte Mia, als sie am Vorabend ihrer Ankunft im Bett lagen. Da sie gerade weniger mit anderen Sachen beschäftigt waren, hatten sie während der Reise viel Zeit miteinander verbracht. Mia hatte eine Pause von ihrer Gedächtniserforschung eingelegt, und Korum musste sich um keine wichtigen Ratsangelegenheiten kümmern. Mia schlief also aus, verbrachte die Vormittage mit ihrer Familie und den Rest des Tages mit Korum – eine Tätigkeit, die unausweichlich in stundenlangem Sex endete.

»Nein«, antwortete ihr Korum. »Wir werden zuerst zu dem Verstandesexperten fahren, um dein Gedächtnis wiederherzustellen.« Und die Sänftigung rückgängig zu machen – aber diesen Teil ließ er unausgesprochen. Mia wusste, dass sie beide diese Prozedur zur Wiederherstellung ihres Gehirns kaum abwarten konnten, aber gleichzeitig fürchteten sie sich auch davor, da sie sich nicht sicher waren, wie viel – und was überhaupt – sich zwischen ihnen verändern würde.

Mia blickte auf die durchsichtige Wand ihres Schlafzimmers und konnte die unbekannten Sterne und Konstellationen am Himmel sehen. Sie befanden sich schon im krinarischen Sonnensystem, einem fremden und wunderschönen Ort mit zehn Planeten, die um einen Stern kreisten, der ungefähr anderthalbmal die Größe der Sonne der Erde hatte. Krina war der vierte Planet, wenn man den Abstand zu seiner Sonne betrachtete, und hatte eine bemerkenswerte Ähnlichkeit mit der Erde, was seine Größe, Masse und geochemische Zusammenstellung betraf. »Deshalb ist die Erde auch so wichtig für uns«, erklärte ihr Korum. »Sie ist näher an Krina als alles andere, auf was wir in all den Jahren, in denen wir das Universum erkundet haben, gestoßen sind.«

Der hauptsächliche Unterschied der beiden Planeten waren seine Monde. Die Erde hatte nur einen, während Krina stolze drei hatte – einen so groß wie den der Erde und zwei kleinere. »Wir haben spektakuläre Gezeiten«, erzählte Korum ihr. »Sie sind mehr wie kleine Tsunamis. In diesem Punkt ist die Erde besser; an den meisten Orten kann man gleich in der Nähe des Ozeans leben und muss sich keine Sorgen um mehr als den gelegentlichen Orkan machen. Auf Krina dagegen ist der Ozean sehr gefährlich, und wir haben keine Siedlungen, die nicht wenigstens dreißig Kilometer vom Meer entfernt liegen.«

Mia war überrascht, zu erfahren, dass Korum, wenn er vom Ozean auf Krina sprach, wirklich den Ozean meinte – eine einzige riesige Wasserfläche. Im Gegensatz zur Erde, wo der einstige Superkontinent Pangäa in verschiedene Teile zerfallen war, besaß Krina eine große Landmasse, auf der alle Krinar lebten. Tinara hatte Korum sie genannt.

Diese Tatsache erklärte auch etwas, was Mia schon vorher gewundert hatte: es fehlte beim Aussehen der Krinar die Vielfalt. Das Volk ihres Geliebten tendierte dazu, dunkelhaarig mit bronzefarbener Haut zu sein, und obwohl es Unterschiede in den Farbnuancen gab, existierten entscheidend weniger Unterschiede unter den Krinar als unter den Menschen der verschiedenen Rassen. Die Krinar waren einheitlicher – was Sinn ergab, wenn sie sich alle auf einem Kontinent entwickelt hatten.

»Aber warum hat deine Cousine Leeta rotes Haar?«, wollte Mia wissen. Sie hatte diese wunderschöne krinarische Frau seit ihrem Gedächtnisverlust einige Male getroffen. »Gibt es dafür ein Gen in der krinarischen Bevölkerung?«

Korum schüttelte seinen Kopf. »Nein, nicht wirklich. Einige von uns haben einen leichten rotbraunen Schimmer, aber nichts wie das, was Leeta gerade trägt. Sie hat die Struktur ihrer Haarmoleküle verändert, seit sie auf der Erde ist, wahrscheinlich, weil sie diese Farbe mag.«

»Und es gibt keine blauäugigen oder blonden Krinar?«

»Nein«, antwortete Korum. »Und auch keinen Krinar mit solchen Locken, wie du sie hast. Mit deinen Locken und den blauen Augen bist du auf Krina wirklich auffällig.«

»Großartig«, brummelte Mia. »Dann werde ich ja noch mehr angestarrt.«

Korum lächelte. »Ja, das wirst du. Aber das ist ja nichts Schlechtes.«

Mia zuckte mit den Schultern. Sie wusste, dass die Krinar Starren nicht als unhöfliches Verhalten betrachteten, aber sie fühlte sich, was diesen speziellen interkulturellen Unterschied betraf, immer noch nicht besonders wohl. »Und wann werden wir deine Familie treffen?«, fragte sie und wechselte das Thema. »Werden sie da sein, um uns zu begrüßen, wenn wir landen?«

»Nein. Ich habe ihnen gesagt, dass wir sie besuchen kommen werden, sobald dein Gedächtnis wieder da ist. Du hast meine Eltern ja schon einmal getroffen und wirst dich wahrscheinlich besser fühlen, wenn du dich an das erste Treffen erinnerst.«

Mia gähnte, drehte sich herum, kuschelte sich mit ihrem Rücken an Korums Brust und ließ sich von ihm umschließen. Er umarmte sie und zog sie näher an sich heran. »Schlaf schön, meine Süße«, murmelte er in ihr Ohr, und Mia schlief ein und fühlte sich warm und geborgen in seiner Umarmung.

* * *

»Oh mein Gott, ist er das? Ist das Krina?« Marisa erhob sich von ihrem Sitz und zeigte auf den Planeten, der vor ihren Augen immer größer wurde. Mia starrte ihn auch an, ihr Herz hämmerte vor Vorfreude und Aufregung.

»Ja«, bestätigte Korum und lächelte sie an. »Das ist Krina.«

Sie saßen gerade alle um einen schwebenden Tisch und frühstückten. Es war die letzte Mahlzeit, die sie vor ihrer Ankunft noch auf dem Schiff einnehmen würden. Connor war wieder ungewöhnlich ruhig, und Mia konnte sehen, dass ihre Eltern kaum etwas aßen, da sie offensichtlich zu nervös waren, um etwas herunterzubekommen.

Sie saßen in einem der Räume die eine Außenwand hatten – eine der Wände, die aus dem gleichen durchsichtigen Material waren wie die krinarischen Häuser. Korum hatte ihn extra ausgewählt, damit sie zuschauen konnten, wie sie sich zum ersten Mal Krina näherten.

Ihr Schiff bewegte sich unglaublich schnell, und bald konnten sie mehr von dem Planeten erkennen. »Wir kommen von der Seite Tinaras – dem Superkontinent«, erklärte Korum ihnen. »Das ist der Grund dafür, dass ihr gerade nicht viel Wasser seht, so wie das bei der Erde der

Fall ist.«

Das stimmte. Der Anblick vor ihnen unterschied sich stark von den Aufnahmen, die die NASA aus dem All von der Erde zeigte. Mia konnte nur einen kleinen, blauen Ring sehen, alles wurde von einer braunen Landmasse im Zentrum dominiert – dem Superkontinent. Als sie sich weiter annäherten, bemerkte sie, dass das, was sie für ein Braun gehalten hatte, in Wirklichkeit eine Kombination aus grünen, roten und gelben Farben war.

Kurz darauf traten sie in die Atmosphäre ein, und Mia bemerkte ein leichtes, rötliches Glühen um das Schiff. »Das sind unsere Kraftschilde, die uns vor Hitze und Reibung schützen«, erklärte ihr Korum. »Wir bewegen uns immer noch so schnell, dass wir ohne unsere Schilde sofort verbrennen würden.«

Nach und nach verblasste das Glühen, da das Schiff immer langsamer wurde. Als sie durch die Wolkendecke stießen, sah Mia einen großen Wald, der sich unter ihnen erstreckte. Er war erstaunlich bunt ... und ungewöhnlich unberührt. Wo man erwartet haben könnte, Städte und Wolkenkratzer zu sehen, gab es nur Bäume und noch mehr Bäume.

»Wir fliegen eine spezielle Landezone für intergalaktische Schiffe an«, sagte Korum, der offensichtlich ihre Fragen erahnte. »Sie ist ein gutes Stück von unseren Siedlungen entfernt.«

»Warum fliegen wir nicht mit einer kleineren Gondel nach unten, so, wie wir auch zum Schiff gekommen sind?«, fragte Mias Vater. »Warum landet ihr mit dem ganzen Schiff?«

»Gute Frage, Dan«, antwortete Korum. »Als wir auf der Erde waren, haben wir die Transportgondel benutzt, weil es keine guten Landemöglichkeiten für solche großen Schiffe gab. Das mag sich in Zukunft ändern, aber im Moment ist es am leichtesten, diese Schiffe im Orbit der Erde zu parken. Hier auf Krina sind wir darauf eingerichtet, und deshalb gibt es keinen Grund, nicht zu landen.«

Jetzt konnte Mia unter ihnen eine große Lichtung sehen, auf der sich Strukturen befanden, die aussahen wie riesige Pilze. Das musste die Landefläche sein. Ihr Schiff hielt auch direkt darauf zu, und ein paar Minuten später berührten sie schon den Boden.

Sie befanden sich jetzt offiziell auf Krina.

Als sie das Schiff verließen, fühlte Mia eine Hitzewelle, die sie an heißestes Floridawetter erinnerte. Sie hatte auch Schwierigkeiten, zu atmen, und ihr wurde schwindelig, als sie versuchte, mehr Luft zu bekommen. Sie griff nach Korums Hand und wartete darauf, dass dieser Schwindel verschwand.

»Geht es dir gut?«, fragte er und legte seinen Arm um ihren Rücken, um sie zu stützen.

»Ja«, antwortete Mia. »Ich denke, die Luft ist hier einfach dünner.« Sie hatte auch einen ungewöhnlichen, aber sehr angenehmen Duft, nach blühenden Blumen und süßen Früchten.

»Sie ist dünner«, bestätigte Korum. »Unsere Atmosphäre enthält generell weniger Sauerstoff, als ihr es gewöhnt seid, und dieses Gebiet hier ist außerdem höher gelegen. Mit deinen Nanozyten solltest du aber schnell damit zurechtkommen.«

Mia begann schon, sich besser zu fühlen, sorgte sich jetzt allerdings um etwas anderes. »Was ist mit meinen Eltern? Und Marisa und Connor? Wie werden sie sich anpassen?« Ihre Familie trat gerade etwa zehn Meter hinter ihnen aus dem Schiff.

»Die meisten Menschen vertragen die Atmosphäre problemlos, wenn sie sich erst einmal daran gewöhnt haben«, meinte Korum. »Aber mach dir keine Sorgen; ich weiß, die Gesundheit deiner Eltern ist nicht die beste, also habe ich sichergestellt, dass unsere Medizinexperten bereitstehen würden.« Er zeigte auf eine kleine Gondel, die gerade neben dem Schiff gelandet war. »Sie werden deiner Familie bei allen auftretenden Beschwerden helfen.«

In diesem Moment stiegen zwei krinarische Frauen aus der Gondel. Groß, dunkelhaarig und anmutig, kamen sie auf Korum zu und lächelten. »Ich bin Rialit, und das ist meine Kollegin Mita«, sagte die kleinere der beiden Frauen, die rechts stand. »Willkommen auf Krina.«

Korum neigte seinen Kopf. »Ich danke euch, Rialit und Mita. Es wäre schön, wenn ihr meinen menschlichen Begleitern helfen könntet. Meinem Charl geht es gut, aber ihre Verwandten könnten Hilfe gebrauchen.«

»Natürlich«, antwortete Rialit und drehte sich zu Ella und Dan um. Sie und Marisa sahen ein wenig blass aus, und Connor schien zu versuchen, so viel Luft wie möglich einzusaugen.

Die Medizinexperten eilten zu ihnen hinüber, hielten

kleine Geräte vor ihre Körper, und eine Minute später schienen sich alle wieder normal zu fühlen. Korum dankte den beiden Frauen, die sich von ihnen verabschiedeten und wenige Minuten später mit ihrer Gondel davonflogen.

»Wow«, sagte Mias Mutter und blickte auf das abfliegende Objekt, »ich kann gar nicht glauben, dass sie diese kleinen Geräte an uns gehalten haben, und jetzt können wir wieder atmen. Was haben sie mit uns gemacht?«

»Ich nehme an, sie haben ein kleines Sauerstofffeld um euch geschaffen«, antwortete Korum. »So werdet ihr eine graduellere Anpassung haben. Das Feld wird innerhalb der nächsten Tage verschwinden, aber das wird so langsam geschehen, dass eure Körper sich nach und nach daran gewöhnen werden, unsere Luft zu atmen.«

»Beeindruckend«, meinte Dan. »Einfach beeindruckend.«

Mia lächelte. »Das ist es wirklich, nicht wahr?«

Während sie redeten, hatte Korum begonnen, eine Transportgondel zu erschaffen, die sie zu ihrem endgültigen Ziel bringen sollte: seinem Haus. Mias Schwester atmete hörbar ein, als sich das Schiff zu formen begann, und Connor und ihre Eltern starrten einfach nur schockiert. Mia grinste über ihre Reaktionen. Es war noch gar nicht allzu lange her, da war ihr auch alles, was Korum ihr gezeigt hatte, wie ein Wunder vorgekommen. Jetzt konnte sie viele der Sachen selbst machen, auch wenn sie die Technologie dahinter nicht verstand. Allerdings verstanden die meisten Menschen ja auch nicht, wie Telefone und Fernseher funktionierten, konnten sie aber dennoch benutzen – genauso wie Mia ihren Fabrikator benutzen konnte.

Als die Gondel fertig war, stiegen sie alle ein und machten es sich in den schwebenden Sitzen bequem. »Ich liebe diese Dinger«, bemerkte Marisa, und ein glückseliger Ausdruck erschien auf ihrem Gesicht, als sich der Stuhl ihren Formen anpasste. Mia dachte sich, dass ihre Schwester wahrscheinlich schon anfing, erste schwangerschaftsbedingte Beschwerden und Schmerzen zu spüren, und sie nahm sich vor, mit den Medizinexperten darüber zu reden. Marisa war wahrscheinlich zu schüchtern, etwas von sich aus zu sagen.

Als ihre Gondel abhob, schaute Mia auf den durchsichtigen Boden hinunter, und ihr Atem stockte, als sie begriff, wirklich hier zu sein. Hier auf Krina.

Auf dem Planeten, der der Ursprung allen Lebens auf der Erde war.

25. KAPITEL

Der Flug zu Korums Haus dauerte keine zwei Minuten. Die Gondel flog zu schnell, um Mia mehr sehen zu lassen als verschwommene exotische Vegetation unter ihr. Sobald sie gelandet waren, sprang sie auf, da sie es kaum erwarten konnte, sich Krina aus der Nähe anzusehen.

»Warte, Süße«, sagte ihr Vater und hielt ihren Arm fest, als sie drauf und dran war, aus dem Schiff zu rennen. »Das ist ein fremder Planet. Du weißt nicht, was da draußen alles in den Wäldern lebt.«

»Er hat recht, mein Schatz«, stimmte Korum ihm zu. »Ich muss euch allen zuerst ein paar Sachen zeigen, um potentiellen Gefahren vorzubeugen. Bleibt nah bei mir und fasst nichts an.«

Er stieg zuerst aus dem Flugzeug und führte sie zu

einem elfenbeinfarbenen Gebäude, das man durch die Bäume scheinen sah.

Während sie gingen, bewunderte Mia diese wunderschöne Vegetation, die sie umgab. Obwohl die grünen Farben vorherrschten, gab es trotzdem mehr rote und gelbe Pflanzen, als man auf der Erde finden konnte. An manchen Stellen konnte sie sogar lilafarbene Blätter durch die breiten, abgerundeten Halme einer grasartigen Pflanze hindurchschimmern sehen, welche den Waldboden bedeckte. Hier und dort verbreiteten Blumen in allen Farben des Regenbogens eine fröhliche Atmosphäre. Sie schienen außerdem für den angenehmen Duft verantwortlich zu sein, den Mia bei ihrer Ankunft wahrgenommen hatte.

Die Baumstämme hatten auch verschiedene Farben. Braun war weit verbreitet, aber das Gleiche galt auch für Schwarz und Weiß. Ein Baum, den Mia besonders gerne mochte, hatte weiße Zweige und leuchtend rote Blätter mit gelben Mittelpunkten. »Der ist umwerfend!«, rief sie aus, und Korum lachte kopfschüttelnd.

»Diese besondere Schönheit ist giftig«, sagte er. »Was auch immer du machst, pass auf, den Saft des Baumes nicht auf deine Haut zu bekommen – er wirkt wie eine Säure.«

»Wirklich?« Mia betrachtete ihre Umgebung mit neu entdeckter Vorsicht. Ihre Eltern sahen verängstigt aus, und Connor legte schützend einen Arm um Marisa, um sie näher an sich heranzuziehen.

»Es gibt keinen Grund, sich zu fürchten«, sagte Korum. »Ihr müsst einfach nur wissen, dass ihr den Alfabra-Baum nicht anfassen dürft. Das Gleiche gilt für die Pflanze dort drüben …«. Er zeigte auf einen hübschen grünen Busch, der mit weißen und pinkfarbenen Blüten bedeckt war. »Der isst gerne alles, was auf ihm landet, und man sagt, er habe auch schon größere Tiere verschlungen.«

Etwas flog nah an Mias Ohr vorbei, und sie schlug automatisch danach, schnappte allerdings nach Luft, als sie plötzlich einen leichten Druck verspürte. Sie nahm ihre Hand nach unten und betrachtete sie ungläubig. »Oh Gott, Korum, was ist das?«

Eine blaugrüne Kreatur, mit Augen, die fast halb so groß wie ihr acht Zentimeter langer Körper waren, saß mitten auf ihrer Handfläche. Sie hatte zwar nur vier Beine, aber an jedem schienen Hunderte kleiner Finger zu sitzen, die sich alle in Mias Haut drückten. Sie besaß auch kleine Flügel, die allerdings nicht groß genug zu sein schienen, um sie durch die Luft zu tragen.

»Das ist eine Virta«, erklärte ihr Korum, hob das Tier vorsichtig von Mias Handfläche und warf sie in die Luft. »Sie ist harmlos – du hast sie nur erschreckt, und sie hat sich an dich geklammert. Sie ernähren sich von Blättern und manchmal von Mirat.«

»Mirat?«, fragte Connor.

»Ja, Mirat«, bestätigte Korum und deutete auf einen der braunen Baumstämme.

Als Mia genauer hinschaute, bemerkte sie, dass das, was sie für Holz gehalten hatte, in Wirklichkeit eine geleeartige Substanz war – die zuckte und sich bewegte, sich auf eine gruselige Art ausdehnte und zusammenzog.

»Mirat ähneln euren Bienen, auch wenn sie nicht stechen«, erklärte ihnen Korum. Sie sind soziale Insekten und bilden komplexe Bauten um Bäume. Unsere Wissenschaftler lieben es, sie zu erforschen. Es gibt eine Menge Diskussionen darüber, ob das kollektive Bewusstsein eines Miratstocks Zeichen höherer Intelligenz aufzeigt. Wir stören sie nie, und sie meiden uns und unsere Häuser in der Regel. Wenn man ihren Stock anfasst, wird einem schwindelig von dem Rauch, den sie ausströmen, und deshalb ist es das Beste, Abstand zu ihnen zu halten.

»Das ist verrückt«, meinte Marisa und sah besorgt aus. »Gibt es noch irgendetwas, von dem wir wissen sollten?« Sie hatte sich ihre Hand beschützend auf ihren Bauch gelegt.

»Ja«, antwortete ihr Korum. »Genau das hier …« er zeigte auf ein kleines insektenartiges Etwas auf dem Boden, »… ist auch etwas, vor dem ihr euch in Acht nehmen solltet. Es beißt und liebt es, sich unter der Haut zu vergraben. Sie sind nicht wirklich giftig oder so, aber es ist sehr unangenehm, wenn sie entfernt werden. Es gibt auch einige größere Raubtiere, aber es ist sehr unwahrscheinlich, hier in der Nähe auf sie zu stoßen. Sie haben Angst vor den Krina und machen eigentlich einen Bogen um unsere Territorien.«

Connor runzelte seine Stirn. »Korum, ohne dich beleidigen zu wollen, aber das ist eine ganze Menge Zeug, um das wir uns hier Sorgen machen müssen. Ich glaube nicht, dass wir verstanden hatten, mitten in einem außerirdischen Dschungel leben zu müssen.«

Korum schien überhaupt nicht beleidigt zu sein. »Unser Dschungel ist um einiges ungefährlicher als eure Städte, solange ihr nicht ohne zu schauen hindurchgeht«, antwortete er ruhig. »Und mein Haus ist völlig sicher und frei von Getier. In ein paar Tagen werdet ihr ganz genau wissen, worauf ihr zu achten habt, und dann könnt ihr problemlos ohne mich hinausgehen. Bis es so weit ist, werde ich euch überallhin begleiten, und ihr werdet keine Probleme haben.«

Connor öffnete seinen Mund, um etwas zu sagen, aber Mias Mutter unterbrach ihn, indem sie aufschrie: »Oh, wow, Korum, ist das dein Haus?«

Während sie geredet hatten, waren sie schon an dem elfenbeinfarbenen, länglichen Haus angekommen. Für Mia sah es so ähnlich aus wie Korums Haus in Lenkarda – ein Ort, der jetzt ihr Zuhause war und sich auch so anfühlte. Für die anderen sah es aber eigenartig und fremd aus.

»Ja«, antwortete Korum und lächelte sie an. »Das ist es.«

»Hast du keine Fenster oder Türen?«, fragte ihr Vater und betrachtete den Bau mit sichtbarer Neugier.

»Nein, Papa«, antwortete Mia. »Es hat intelligente Wände, genau wie das Schiff, das uns hierhergebracht hat. Wahrscheinlich ist es von innen durchsichtig. Stimmt's, Korum?«

»Das stimmt«, bestätigte Korum, und Mia grinste, da sie sich fühlte, als würde sie vor Aufregung explodieren. Sie war wirklich auf Krina.

Korum machte eine kurze Hausführung mit ihnen und zeigte ihrer Familie, wie sie alles bedienen mussten. Mias Eltern sahen ein wenig überfordert aus, also erschuf er ein abgetrenntes, vermenschlichtes Apartment für sie, genauso wie er es schon auf dem Schiff getan hatte. Ihre Schwester und ihr Schwager entschieden sich für den krinarischen Teil des Hauses, da sie diese Technologie der menschlicheren Einrichtung vorzogen.

»Ich liebe es.« Marisa lag ausgebreitet auf dem intelligenten Bett in ihrem Zimmer und sah wegen der Massage, die sie gerade bekam, einfach nur glücklich aus. »Ich will hier nie wieder raus.«

»Das kann ich gut verstehen.« Mia setzte sich neben ihre Schwester. »Das ganze Zeug, was sie haben, ist unglaublich fantastisch. Als ich zum ersten Mal in so einem Bett geschlafen habe, dachte ich, ich sei gestorben und im Himmel.«

»Aber wirklich.« Marisa schloss ihre Augen und stöhnte vor Wonne. »So unglaublich gut …«

»Dann lass ich dich mal mit ihm alleine«, meinte Mia grinsend. »Ruh dich ein wenig aus, ja?«

Marisa antwortete nicht, und Mia bemerkte, dass ihre Schwester schon am Einschlafen war, da ihr schwangerer Körper mehr Ruhe als normal benötigte.

Connor duschte sich, und ihre Eltern ruhten sich auch aus, also ging Mia Korum suchen. »Ich bin bereit«, ließ sie ihn wissen. »Wir können genauso gut gleich los.«

Er stand von seinem schwebenden Brett, auf dem er gesessen hatte, auf, und sein großer, muskulöser Körper bewegte sich so anmutig wie der eines Panthers. »Bist du sicher?«, fragte er, und sie konnte Besorgnis von seinem wunderschönen Gesicht ablesen.

»Ja«, sagte Mia und hob ihre Hand, um sich durch ihr

dickes, dunkles Haar zu streichen. »Ich bin mir sicher.«

Er hielt ihre Hand fest und führte sie zu seinen Lippen, um zärtlich jeden Knöchel zu küssen. »Dann lass uns los«, meinte er sanft. »Lass uns dein Gedächtnis und dein altes Ich zurückholen.«

* * *

Eine schlanke, braunhaarige krinarische Frau ging um Mia herum und befestigte kleine, weiße Punkte an ihrer Stirn, ihren Schläfen und in ihrem Nacken. Mia hatte erwartet, während dieser Prozedur, die Sarets Eingriff rückgängig machen sollte, bewusstlos zu sein, aber die Gedächtnisstudentin – Laira – sagte, dass Mia bei Bewusstsein sein müsse.

»So, jetzt bist du bereit«, stellte Laira zufrieden fest. »Alles fertig. Jetzt setz dich bitte hin. Das kann auch auf Korums Schoß sein, wenn du das möchtest.« Sie zwinkerte, und Mia musste lachen. Sie mochte diese Krinarin. Laut Korum war Laira jung, weniger als zweihundert Jahre alt, und wurde schon jetzt als ein Star auf dem Gebiet der Gedächtnisforschung angesehen.

Korum lächelte und zog Mia auf seinen Schoß. »Sicher, ich halte sie gerne.«

»Das kann ich mir gut vorstellen.« Laira grinste. »Das ist ja auch ein niedlicher Charl, den du da hast.«

»Entschuldige bitte«, unterbrach Mia und legte besitzergreifend einen Arm um Korums Schultern. »Das ist ein hinreißender Cheren, den ich hier habe.«

»Das stimmt«, antwortete ihr Laira lachend. Dann

wurde ihr Gesichtsausdruck ernster. »Also, Mia, auf das musst du dich jetzt einstellen: es wird sich anfühlen, als würde dein Kopf ganz leer werden. Danach wirst du einen Rausch aus Bildern und Eindrücken fühlen, wenn deine Erinnerung zurückkommt und das Verfahren rückgängig gemacht wird. Sobald die Erinnerungen kommen, möchte ich, dass du dich immer nur auf eine konzentrierst, um sie langsam aufzunehmen. Das ist auch der Grund dafür, weshalb du wach sein musst, auch wenn ich weiß, dass es für dich unangenehm werden wird.«

»Wird sie Schmerzen haben?«, fragte Korum, und seine Arme hielten Mia fester.

»Nein, sie wird sich wie gesagt nur unbehaglich fühlen«, antwortete Laira. »Bist du bereit, Mia?«

»Ja.« Mia umarmte sich.

»Dann los.«

Zuerst fühlte Mia eine angenehme Mattigkeit über sich kommen, und sie schloss ihre Augen. Ihre Gedanken schienen wegzudriften, und sie dachte, sie sei dabei, einzuschlafen. Sie hatte ein seltsam leeres Gefühl, als sei da nichts.

Plötzlich fühlte sie sich, als würde eine Bombe in ihrem Kopf explodieren, eine Mischung aus Farben, Gefühlen und Formen, alles erschien auf einmal. Mia zog die Luft ein, und ihre Finger krallten sich in Korums Arm, während sie versuchte, mit dem Ansturm fertigzuwerden. Es war zu viel, wie ein 3D–IMAX–Film mit zu vielen Spezialeffekten, der direkt in ihrem Kopf abgespielt wurde.

Irgendwo weit entfernt konnte sie Korums Stimme hören. Sie war wütend, fordernd. »Halt es an! Halt das sofort an! Kannst du nicht sehen, dass sie Schmerzen hat?«

»Sie wird das überstehen …« Das war Lairas Stimme, sanft und beruhigend. Mia klammerte sich daran fest, suchte einen Halt in dem Durcheinander, das ihren Kopf füllte.

Zuerst war es unerträglich, und sie schrie lautlos auf, zu überwältigt, um ein wirkliches Geräusch zu machen. Laira hatte nicht gelogen. Da war kein Schmerz; es war nur eine Qual. Es fühlte sich an, als würde Mias Gehirn bis zum Anschlag gefüllt werden, ihr Schädel sich ausdehnen und erweitern, um alles aufnehmen zu können.

Und als sie dachte, ihr Kopf würde wirklich explodieren, gingen die Qualen zurück, die Farben und Formen lösten sich zu Bildern auf, diese Bilder und Gefühle verwandelten sich in spezielle Ereignisse. Erinnerungen begannen sich zusammenzufügen und nahmen eine nach der anderen Gestalt an, bis sie sie greifen konnte, sie zu dem hinzufügen konnte, was sie schon wusste und an was sie sich erinnerte.

Da gab es die Party Ende März, kurz bevor sie Korum getroffen hatte. Jessie hatte sie dorthin mitgeschleppt, und Mia hatte sich letztendlich nach ein paar Drinks gut amüsiert. Sie hatte mit ein paar Typen getanzt, sogar Telefonnummern mit einem ausgetauscht, aber daraus war nie etwas geworden. Wenn sie nur damals schon gewusst hätte, auf welche eigenartige Weise sich ihr Leben danach verändern würde.

Die Erinnerung an ihr erstes Treffen mit Korum blitzte in ihrem Kopf auf, und Mia erlebte erneut das starke Gefühl der Angst, die sich mit dem ersten Aufflackern von

Verlangen mischte. Der Mann, der sie gerade so liebevoll hielt, hatte sie am Anfang erschreckt, seine Arroganz und seine selbstverständliche Missachtung ihrer Wünsche hatten dazu geführt, sie das Schlimmste von seiner Spezies denken zu lassen.

Weitere Erinnerungen … Ihr erstes Mal und Korums Bett, John, der ihr erklärte, was ein Charl ist, der Zwischenfall in dem Nachtklub, bei dem Korum Peter fast getötet hatte … Korum, der sie umarmte, während sie weinte, Mia, wie sie ihn zum ersten Mal ihren Eltern vorstellte … Das Gute, das Böse, das Hässliche – sie erinnerte sich an alles, und es war, als würde sich eine Leere in ihr füllen, das Davor und Danach kollidieren, und zum ersten Mal, seit Saret sie angegriffen hatte, fühlte sie sich wieder vollständig.

Saret! Mia erinnerte sich auch wieder an ihn. Sie hatte ihn gemocht, ihn als ihren Chef und Mentor angesehen. Er war derjenige gewesen, der ihr das Sprachenimplantat eingesetzt und sie auf Korums Bitte hin in seinem Labor eingestellt hatte. Mia erlebte erneut die Aufregung, die sie gefühlt hatte, als Korum ihr von dieser Möglichkeit erzählte, den Nervenkitzel, das zu lernen, von dem tausende menschliche Wissenschaftler nur träumen konnten.

Und dann kam ihre letzte Erinnerung des Davor: Saret, der ins Labor kam. Mia erinnerte sich an ihre Angst, ihren Schock, als sie erfuhr, was er mit der Menschheit vorhatte … ihren Ekel, als er ihr gestand, sie zu wollen, die Übelkeit in ihrem Magen, als er ihr von seinen Plänen mit den Krinar berichtete … Und die furchtbare Dunkelheit, die sie überkam, als er ein großes Stück ihrer Erinnerungen und ihres Lebens auslöschte, ihr Gehirn manipulierte.

Jetzt waren Gegenwart und Vergangenheit wieder vereint. Mia spürte Korum, der ihr das Haar streichelte, zärtliche Küsse über ihr Gesicht rieseln ließ. Sie hielt ihre Augen geschlossen und erlebte noch einmal die letzten Ereignisse, angefangen von ihrem Erwachen in Korums Bett bis hin zu ihrer Reise nach Krina. Sie versuchte, ihre Gefühle der Vergangenheit mit den aktuellen zu vergleichen – und die Art und Weise, wie sie immer gewesen war, mit der jetzigen.

Saret hatte nicht gelogen. Als Mia ohne ihre Erinnerungen aufgewacht war, war sie nicht völlig sie selbst gewesen. Sie hatte wirklich Sachen schneller hingenommen, war offener für neue Erfahrungen gewesen. Das konnte sie jetzt erkennen. Aber es war eine gute Sache gewesen. In seinem Vorhaben, sich Mia zugänglicher zu machen, hatte Saret ungewollt die perfekten Voraussetzungen dafür geschaffen, den Schmerz und die Verwirrung des Gedächtnisverlusts besser verarbeiten zu können. Anstatt zu leiden, hatte Mia sich angepasst. Anstatt sich Sorgen zu machen, hatte sie gelernt.

Und anstatt wieder Angst vor Korum zu haben, hatte sie sich in ihn verliebt. Sie hatte sich wirklich richtig in diesen wunderschönen, zärtlichen Krinar verliebt, der für sie dagewesen war, als sie aufwachte. Der Korum der letzten Monate war nicht mehr der gleiche, den sie im April im Park getroffen hatte; seine Arroganz war durch Sorge gezähmt worden, und seine Gleichgültigkeit ihren Wünschen gegenüber hatte sich in den Wunsch verwandelt, sie glücklich zu machen. Er liebte sie, daran zweifelte Mia jetzt überhaupt nicht mehr. Er liebte sie mit der gleichen Intensität und Verzweiflung, mit der sie ihn auch liebte.

Als sich die Gegenwart und die Vergangenheit verbanden, taten das auch Mias Gefühle. Ihre Gefühle für ihn waren jetzt intensiver, gestärkt durch die Belastungen und Probleme der letzten Monate. Mia öffnete ihre Augen und lächelte ihren krinarischen Liebsten an.

26. KAPITEL

Korum erschauderte erleichtert, als er sie lächeln sah.
»Mia, meine Süße, geht es dir gut?« Die letzten zehn
Minuten war sie steif wie ein Brett gewesen, ihr Gesicht
blass und selbst ihre Lippen farblos. Sie hatte auf nichts
reagiert, und er hatte gedacht, dass sie in ein Koma gefallen
sei.

»Es geht ihr gut. Stimmt's, Mia?« Laira trat näher heran
und beugte sich nach vorn, um auf Mias Gesicht zu
schauen, während Korum seinen Drang unterdrückte, die
Praktikantin zu erwürgen. Sein Charl hatte offensichtlich
Schmerzen gehabt, und er wusste, er würde das Laira
niemals verzeihen können.

»Mir geht es wieder gut«, sagte Mia leise, als ob sie seine
Gefühle lesen konnte. Sie hob ihre Hand und strich ihm

über seine Wange, eine Geste, die einen Teil seines Ärgers verschwinden ließ.

»Erinnerst du dich wieder an alles?«, unterbrach Lairas Stimme sie erneut.

»Ja«, antwortete Mia und sah zu ihr auf. »Ich erinnere mich wieder an alles. Vielen Dank dafür.«

Sie erinnerte sich. Sie erinnerte sich an alles. Korum fühlte sich, als könne er endlich wieder atmen, das furchtbare Schuldgefühl in ihm wurde zum ersten Mal, seit er von Sarets Betrug erfahren hatte, schwächer.

»Was ist mit der Sänftigung?«, wollte er von Laira wissen, und seine Arme verstärkten ihre Umarmung um das Mädchen auf seinem Schoß.

»Die sollte auch rückgängig gemacht worden sein«, antwortete Laira. »Mia, fühlst du dich denn diesbezüglich anders?«

»Ich weiß nicht«, meinte Mia, und ihre Stirn runzelte sich leicht. »Ich kann sehen, dass mein Verhalten, nachdem ich in Lenkarda aufwachte, ein wenig anders war als vorher, aber ich fühle mich jetzt nicht anders.«

»Tust du nicht?«, fragte Korum, und Mia lächelte.

»Nein«, sagte sie mit einem warmen und weichen Blick. »Das mache ich nicht.«

Ein weiteres Gewicht löste sich von Korums Schultern, und er fühlte sich leichter als Luft. Bis zu diesem Moment hatte er nicht gewusst, wie sehr er sich vor der Antwort auf diese Frage gefürchtet hatte. Mia hatte ihn vor ihrem Gedächtnisverlust geliebt, das hatte er gewusst, aber ein Teil von ihm hatte sich immer noch Sorgen gemacht, ihre Gefühle nach Sarets Eingriff seien nicht wirklich echt gewesen – und die Umkehrung der Prozedur zerstöre die ganze Liebe, die sie für ihn zu fühlen glaubte.

Mia versuchte aufzustehen, und er zwang sich, sie gehen zu lassen, auch wenn er sie am liebsten für immer festgehalten hätte.

Er erhob sich ebenfalls, drehte sich zu Laira um und nickte ihr zum Dank kühl zu. Auch wenn die Behandlung erfolgreich war, konnte Korum nicht vergessen, wie gequält Mias Gesicht während dieser furchtbaren zehn Minuten ausgesehen hatte. Er hatte sich so hilflos gefühlt, da er nichts machen konnte, um ihr Leiden zu mindern, und das würde er nicht so schnell vergessen.

Laira grinste ihn an und ließ sich von seinem offensichtlichen Unmut nicht das geringste bisschen stören. »Es sieht ganz so aus, als hättest du deinen Charl gesund und munter zurück.«

»Ja«, bestätigte Korum und legte stützend einen Arm um Mia, die immer noch sehr blass aussah. »Das sieht ganz so aus.«

Sie brauchten zwanzig Minuten für ihren Rückflug nach Hause, da Lairas Labor einige tausend Kilometer von seiner Heimatregion Rolert entfernt war. Korum sah Mia völlig fasziniert aus der Transportgondel schauen und befahl dem Schiff, langsamer und näher an der Oberfläche zu fliegen, damit sie einen besseren Ausblick hatte.

Er versuchte, Krina so zu sehen, wie sie das wahrscheinlich machte, und musste zugeben, dass sein Heimatplanet wunderschön war. Die riesige Landmasse

Tinara war das Zuhause einer unglaublichen Vielfalt von Pflanzen und Tieren, und aus der Luft sah die Vegetation aus wie ein farbiger Teppich, der hauptsächlich grün war, mit einigen Rot- und Goldtönen. Es gab große Seen und Flüsse, einige so blau und klar wie die Karibik, andere in einem tiefen Blaugrün.

Die krinarischen Siedlungen waren weit verstreut und lagen hauptsächlich an diesen Wasserflächen. Es gab keine richtigen Städte, sondern nur Zentren, die als Mittelpunkte für den Handel und die Geschäfte dienten. Die Mehrheit der Krinar lebte außerhalb und kam nur zum Arbeiten und für andere Aktivitäten dorthin.

Korums eigenes Haus befand sich in der Nähe von Banir – einem mittelgroßen Zentrum in der Region Rolert, welche sich fast in der Mitte des Superkontinents, nahe am Äquator befand. Als Korum Mia und ihre Familie am Morgen dorthin gebracht hatte, war allen aufgefallen, wie heiß das Wetter war – sogar heißer als im Sommer in Florida. Die Hitze störte zwar Korum nicht, aber er wusste, dass Menschen empfindlicher darauf reagierten, weshalb er sich beeilt hatte, sie schnell in das Haus zu führen. Am Abend, wenn die Temperaturen sich abkühlten, wollte er mit ihnen zum Schwimmen zu einem nahegelegenen See gehen und ihnen ein wenig der hiesigen Fauna und Flora zeigen.

»Das ist Viarad«, erklärte Korum Mia, als sie gerade über eine besonders große Siedlung flogen. »Sie ist so etwas wie die Hauptstadt unseres Planeten. Hier ist das Zentrum unserer Forschung und Entwicklung. Außerdem finden hier auch die Kämpfe in der Arena sowie andere wichtige

Versammlungen statt.«

Mia schaute mit strahlenden und neugierigen Augen zu ihm hinauf. »Eure Städte ähneln unseren überhaupt nicht«, bemerkte sie. »Ich sehe keine große Anzahl von Gebäuden und noch weniger Wolkenkratzer oder so etwas.«

»Die gibt es aber«, versicherte Korum ihr. »Keine Wolkenkratzer, aber eine Menge großer Gebäude für verschiedene geschäftliche Zwecke. Du kannst sie wegen der ganzen Bäume nicht aus der Luft sehen. Der Wald, der Viarad umgibt, besitzt einige der höchsten Bäume auf Krina, und viele von ihnen überragen ein zwanzigstöckiges Gebäude.«

Ihre Augen wurden riesig. »Zwanzig Stockwerke?«

»Mindestens«, antwortete ihr Korum. »Vielleicht auch mehr. Diese Bäume sind sehr alt; einige von ihnen existieren schon seit mehr als hundert Millionen Jahren.«

»Das ist unglaublich.« Ihre Stimme war voller Bewunderung. »Korum, dein Planet ist unglaublich.«

Er lächelte und freute sich über ihre Begeisterung. »Das ist er wirklich.«

Auch mit verringerter Geschwindigkeit erreichten sie wenige Minuten später sein Haus, und Korum führte Mia hinein. Ihre Familie schien sich immer noch von der Reise auszuruhen. »Ich mache uns etwas zu essen«, sagte er zu ihr. »Du kannst dich gerne ein wenig hinlegen, wenn du möchtest. Du hast heute eine Menge mitgemacht.«

»Mir geht es gut«, antwortete ihm Mia, und er konnte sehen, dass sie nicht log. Sie hatte wieder eine gesunde Gesichtsfarbe und schien sich vollständig von den vorangegangenen Strapazen erholt zu haben. »Ich werde zu meinen Eltern gehen, wenn dir das recht ist.«

»Natürlich ist es das, viel Spaß«, meinte Korum. »Und bis gleich.«

* * *

Das Abendessen, welches Korum vorbereitet hatte, war wie immer köstlich. Es bestand aus einer Mischung lokaler Samen, Früchte und Gemüsesorten, die von ihm kreativ zubereitet worden waren. Mia, genau wie jedes andere Mitglied ihrer Familie auch, entdeckte etwas Neues, das sie riesig genoss.

Eines der Gerichte bestand aus einem Gemüse, das die Form einer Träne und eine lilafarbene Haut hatte. Es schmeckte wie eine Mischung aus Tomate und Zucchini und war mit einem Getreide gefüllt, welches nussig schmeckte und eine perlende Konsistenz besaß. Mias Vater liebte dieses Essen und nahm sich gleich zweimal nach. Mia und Marisa dagegen waren verrückt nach dem Kalfani-Eintopf mit seinem kräftigen, herzhaften Geschmack, während ihre Mutter und Connor nicht aufhören konnten, das exotische Obst zu essen, das es als Dessert gab. »Dieses ganze Essen kann problemlos von Menschen verzehrt werden«, erklärte Korum ihnen. »Nicht alles auf Krina kann von euch gegessen werden, aber ich habe mich versichert, dass diese speziellen Lebensmittel für euer Verdauungssystem kein Problem darstellen.«

Nach dem Abendessen ging Korum mit ihnen zu dem

See in der Nähe seines Hauses. Die Sonne ging gerade unter, und Mia konnte sehen, wie die drei Monde am Himmel aufgingen, obwohl es noch sehr hell war.

Auf ihrem Weg zum Wasser zeigte er ihnen verschiedene Pflanzen und Insekten, über die er ihnen auch gleich mehr erzählte. »Das hier ist ein Nooki«, sagte er und zeigte auf ein großes, gelbes, spinnenähnliches Tier, welches etwa hundert Beine zu haben schien. »Sie ziehen sich Nährstoffe aus dem Boden, fast so, wie Pflanzen das machen. Unsere Kinder spielen gerne mit ihnen, weil sie so lustige Sachen machen, wenn man sie erschreckt.« Er klatschte neben der Kreatur in die Hände, und sie blähte sich auf, jedes ihrer Beine verdreifachte sein Volumen und ihr Körper wurde leuchtend rot. »Es ist völlig harmlos, und ihr braucht keine Angst davor zu haben.«

Mia lächelte und streckte sich zu dem kleinen Lebewesen aus, da sie neugierig war, ob sie es wohl berühren konnte. Es rannte weg und sah dabei aus wie ein unbeholfener, greller Ball.

Korum grinste sie an, und Mia lachte und war in diesem Moment unglaublich glücklich. Sie stellte sich auf ihre Zehenspitzen, legte ihre Hände auf seine Wangen und zog sein Gesicht zu sich heran, um ihm einen schnellen Kuss auf die Lippen zu geben. »Ich liebe dich«, sagte sie und blickte ihm in die Augen. Ihr Herz machte einen Sprung, als sie diese pure Liebe in ihnen sah.

»Hey ihr beiden Turteltäubchen, schaut euch das mal an!«, schrie Connor, und Mia hätte ihn am liebsten für diese Unterbrechung geschlagen.

Korum schenkte ihr ein bedauerndes Lächeln und ging

hinüber, um zu sehen, was Connor meinte. Mia folgte ihm und war dabei immer noch sauer auf ihren Schwager. Sobald sie dort ankam, vergaß sie ihren Ärger allerdings. »Oh, wow«, hauchte sie, »was ist das?«

Auf einem Ast, nur ein paar Zentimeter über dem Waldboden, teilweise hinter Zweigen versteckt, war eine kleine, pelzige Kreatur, die aussah wie eine Mischung aus einem Lemur und einem Kätzchen. Ihr Fell war braun, und sie hatte riesige, blaue Augen und einen kurzen, flauschigen Schwanz.

»Das ist ein Babyfregu«, erklärte Korum ihnen leise. »Sie sind sehr niedlich, aber manchmal beißen sie, also versucht nicht, ihn anzufassen.«

»Fregu?« Dieses Wort kam Mia aus irgendeinem Grund bekannt vor. Dann fiel es ihr wieder ein. »Hey, du hast mir einmal gesagt, ich würde dich an sie erinnern!«, sagte sie Korum und brach dann in Lachen aus, weil sie selbst die Ähnlichkeit erkennen konnte.

Der Fregu war nur ihre erste Begegnung mit der krinarischen Tierwelt. Es gab Vögel mit vier Flügeln, Insekten, die so groß waren wie ein kleiner Vogel, und Pflanzen, die sich eher wie Tiere verhielten. Einmal trat Connor fast auf eine schlangenartige Kreatur, die ihn anschrie und dann wegrollte. Ihr Körper bewegte sich dabei wie ein Nudelholz.

Schließlich kamen sie am See an. Es handelte sich dabei um eine recht große Wasserfläche, die wahrscheinlich einige Kilometer lang und auch breit war. Das Ufer des Sees war mit feinem, grauem Sand und kleinen, schwarzen Steinen bedeckt. Das Wasser selbst sah dunkel und geheimnisvoll aus.

»Ist es sicher, darin zu schwimmen?«, fragte Marisa, zog sich ihre Sandalen aus und hielt einen Zeh ins Wasser, um die Temperatur zu testen.

»Ja«, antwortete ihr Korum. »Es leben ein paar gefährliche Raubtiere in ihm, aber davon kommen keine nah ans Ufer heran. Dieser See ist sehr tief, und es gibt alle möglichen Arten von Lebewesen, die ihn bevölkern, aber normalerweise nicht in das flache Wasser kommen. Macht euch bitte trotzdem diese hier um.« Er gab ihr ein dünnes, durchsichtiges Armband, welches er vor einigen Augenblicken hergestellt hatte. »Es wehrt die Wassertiere ab, indem es Töne produziert, die sie sehr abstoßend finden.« Mia und die anderen bekamen von ihm die gleichen Armbänder, und dann gingen sie alle schwimmen und genossen es, der Hitze zu entkommen.

27. KAPITEL

Mia wachte am nächsten Morgen mit einem unguten Gefühl in ihrer Brust auf. Aus irgendeinem Grund träumte sie immer wieder von Saret und diesem Tag im Labor. In ihrem Traum berührte Saret sie, und ihre Haut juckte vor Ekel, aber sie konnte sich nicht wehren, da sie gelähmt und somit bewegungsunfähig war. Das Einzige, was sie machte, war, in Gedanken lautlos zu schreien.

Zu aufgedreht, um weiterschlafen zu können, stand Mia auf und ging duschen. Korum war irgendwo hingegangen, und Mia wusste nicht, ob ihre Familie noch schlief oder schon wach war. Dem Sonnenstand nach zu urteilen musste es noch sehr früh am Morgen sein.

Während sie unter den Wasserstrahlen stand, gähnte sie und fühlte sich ungewöhnlich müde. Vielleicht hätte sie doch noch nicht aufstehen sollen. Der dumme Traum spukte immer noch in ihrem Kopf herum, und sie schrubbte sich gründlich ihre Haut und versuchte, ihn wegzuwaschen. In Wirklichkeit hatte Saret sie kaum berührt, und deshalb wusste sie auch nicht, weshalb ihr Unterbewusstsein sie diese Nacht überhaupt dorthin geführt hatte.

Um auch die letzten Überreste des Traums aus ihrem Kopf zu entfernen, ging sie noch einmal die wirklichen Ereignisse des betreffenden Tages durch, angefangen von dem Augenblick, in dem sie auf ihrem Weg nach draußen in Saret rannte. Er war so glücklich gewesen, ihr von seinen Plänen zu erzählen, ihr alles zu beschreiben, was er mit den Menschen und seinen krinarischen Mitbürgern vorhatte. Mia konnte sich vorstellen, dass es nicht einfach für ihn gewesen war, sich niemals jemandem anzuvertrauen, immer zu versuchen, eine Rolle zu spielen und seine wahre Natur zu verheimlichen. Da er gedacht hatte, dass sie sich niemals an diese Unterhaltung erinnern könne, hatte er sich sicher gefühlt und die Maske, die er normalerweise trug, fallen gelassen.

Zurückblickend war sein Vorhaben fast lächerlich gewesen, seine ganzen verrückten Reden darüber, wie er der Erde den Weltfrieden bringen werde und somit der Retter für ihr Volk sei. Er hatte sogar versucht, sie davon zu überzeugen, dass Korum irgendwelche bösen Pläne hatte, die Erde zu übernehmen. Das war so abwegig, dass Mia lachen musste. Hatte er wirklich gedacht, sie könnte seine Pläne unterstützen? Dass sie den gleichen Fehler erneut begehen und das Schlimmste von Korum denken würde, nur weil sie das schon einmal getan hatte?

Mia trat aus der Dusche und ließ die Technologie das Abtrocknen übernehmen. Danach fühlte sie sich ein ganz klein wenig besser und ging zurück ins Schlafzimmer, um ihren Fabrikator zu holen und sich anzuziehen.

Zu ihrer Überraschung war Korum dort und saß auf dem Bett. Er trug die typisch krinarischen hellen Shorts und ein ärmelloses T-Shirt. Aus irgendeinem Grund hatte er nasses Haar.

»Du bist ja schon wach«, sagte er und betrachtete ihren nackten Körper mit dem vertrauten sinnlichen Leuchten in seinen Augen. »Ich bin zum See schwimmen gegangen, weil ich dachte, du würdest noch eine ganze Weile schlafen. Warum bist du so früh schon auf?«

»Ich habe schlecht geträumt.« Mia setzte sich neben ihn. Seine Hände legten sich sofort auf ihre Brüste und drückten sie leicht, so als könne er es einfach nicht lassen, sie zu berühren.

»Warum, meine Süße? Was für einen denn?« Sein wunderschönes Gesicht sah besorgt aus, auch wenn seine Hände weiterhin mit ihren Brüsten spielten und seine Daumen ihre Nippel auf eine Art und Weise streichelten, die eine Hitzewelle durch ihren Körper jagte.

Mia konnte kaum klar denken, wenn er das mit ihr machte. »Ähm … einfach diese Sache mit Saret …« Ihr Kopf fiel nach hinten, und ihr Hals streckte sich ihm entgegen, als er sich hinunterbeugte, um die sensible Stelle an ihrem Schlüsselbein zu liebkosen.

»Was für eine Sache denn?«, murmelte er, und eine seiner Hände schlüpfte zwischen ihre Schenkel, streichelte ihr erregtes Geschlecht.

»Nur diese … Unterhaltung …« Mia schnappte nach Luft, als sein Finger in sie glitt und ein Daumen auf ihre Klitoris drückte, während seine andere Hand weiterhin mit ihrem Nippel spielte.

»Was ist damit?«, flüsterte er. Sein heißer Atem strich über ihren Hals und rief auf ihrem ganzen Körper Gänsehaut hervor.

»Ich … ich weiß nicht«, bekam Mia noch heraus, und ihre inneren Muskeln zogen sich um seinen Finger zusammen, als eine erneute Hitzewelle durch sie hindurchfuhr. Sie war so nah dran … so nah …

Korum zog seinen Finger aus ihr heraus, drückte sie nach unten, bis sie flach auf dem Rücken lag und ihre Beine über eine Bettkante hingen. Er kniete sich auf den Boden, legte ihre Beine über seine Schultern und zog sie zu seinem Mund heran.

Als seine warme, feuchte Zunge ihre Klitoris berührte, explodierte Mia. Ihre Entladung war so gewaltig, dass sie sich vom Bett hochbog und ihre Augen ganz fest zusammendrückte, während Lustwellen in alle Fasern ihres Körpers eindrangen.

Bevor dieses Gefühl verebben konnte, war er schon in ihr. Seine Shorts waren vorne zerrissen, und sein dicker Penis steckte vollständig in ihrem engen Kanal. Mia holte bei seinem plötzlichen Eindringen hörbar Luft und hielt sich an ihm fest, während er begann, sich hinein- und herauszubewegen, ihre vom Orgasmus noch empfindlichen Nervenenden erneut zu stimulieren. Keuchend öffnete sie ihre Augen und traf auf seinen goldenen Blick.

Er sah sie mit intensiven, hungrigen Augen an und beugte seinen Kopf für einen wilden Kuss nach unten, wütete mit seiner Zunge in ihrem Mund, während er unten weiterhin in sie stieß. Eine seiner Hände hielt ihr Haar fest und machte es dadurch für sie unmöglich, ihren Kopf zu bewegen. Seine andere Hand glitt währenddessen zwischen ihren Körpern hinab zu der Stelle, an der sie sich vereinigten, und berührte ihre Falten. Sein Finger streichelte ihren Eingang, um die Flüssigkeit zu sammeln, bevor er sich zwischen ihren Backen vergrub und in die andere Öffnung eindrang.

Von ihren Gefühlen überwältigt, stöhnte Mia hilflos auf. So, wie er sie festhielt, konnte sie nichts machen, außer sich dem hinzugeben, was sie spürte. Er war auf ihr, in ihr, überall um sie herum, und sie konnte nicht atmen. Ihr Herzschlag schnellte empor, als sich die Anspannung in ihr immer höherschraubte. Sein Finger in ihrem Po schien unglaublich lang, störend, und trotzdem fühlte sie auch eine dunkle Lust, ein ungewöhnliches Gefühl der Fülle, die zu den anderen Empfindungen beitrug.

Ohne Vorwarnung zog sich alles in ihr zusammen und krampfte, Mias Körper wandte sich schaudernd in seinen Armen, als sie kam. Er stöhnte, rieb sich an ihr, versuchte, noch weiter in sie einzudringen, und sie spürte, wie er tief in ihr zuckte, als er sich entlud.

Nach ein paar Minuten zog er sich langsam aus ihr zurück. »Alles in Ordnung?«, fragte er leise, und Mia nickte, zu schwach und entspannt, um sich zu bewegen.

Er lächelte, hob sie hoch und trug sie für eine erneute

kurze Dusche ins Badezimmer. Danach zogen sie sich an und waren bereit für das Frühstück mit ihrer Familie.

Beim Frühstück hatte Mia Schwierigkeiten, sich zu konzentrieren, da ihre Gedanken immer wieder auf die Unterhaltung mit Saret zurückkamen. Nachdem sie ein paar Minuten darüber gebrütet hatte, erkannte sie, was sie beschäftigte.

Warum hatte Saret versucht, Korum schlechtzumachen? Waren es Wahnvorstellungen oder dachte er, Mia würde so einfältig sein und seinen Lügen glauben? Und warum sollte er sich überhaupt die Mühe machen, sie anzulügen, wenn er sowieso vorhatte, ihr Gedächtnis auszulöschen? Sie versuchte, sich an seine genauen Worte zu erinnern, irgendetwas darüber, dass Korum ihnen ihren Planeten wegnehmen wollte. Was zum Teufel sollte das überhaupt bedeuten? Die Krinar waren doch schon auf der Erde und lebten Seite an Seite mit den Menschen – was sie, wie Korum gesagt hatte, ja auch vorgehabt hatten.

Und trotzdem konnte Mia dieses beunruhigende Gefühl nicht einfach so abschütteln. Sie wusste, dass ihr Liebhaber eine rücksichtslose Seite hatte – und sie wusste auch, dass er seiner Rasse gegenüber loyal war. Konnte diese Loyalität so weit gehen, eine ganze Spezies loswerden zu wollen, um eine wertvolle Ressource zu bekommen? Korum hatte ihr selbst erzählt, dass die Erde einzigartig sei und Krina von allen Planeten, die sich dort draußen befanden, am besten imitiere. Und jetzt, da Mia hier war, konnte sie sehen, dass das wirklich der Fall war; sollte der Erde jemals irgendetwas zustoßen, wären die Menschen mehr als glücklich, auf Krina zu leben.

Mia legte ihr zangenähnliches Besteck zur Seite und schaute ihrem Liebsten dabei zu, wie er sich mit ihrer Familie unterhielt und Spaß mit ihr hatte. Es schien unmöglich zu sein, dass sich unter diesem wunderschönen Äußerem und dem warmen Lächeln etwas Düsteres verbarg. Konnte er sie lieben und gleichzeitig ihr Volk zerstören wollen? Wie weit gingen seine Ambitionen?

Mia nahm einen Bissen und versuchte, rational über das Ganze nachzudenken. Natürlich würde sie wissen, wenn sie sich in ein Monster verliebt hätte. Niemand würde solche Dunkelheit lange geheim halten können. Korum war zwar kein Engel – und er hatte auch nicht die allerhöchste Meinung über ihre Artgenossen –, aber er würde niemals so weit gehen, ihnen den Planeten wegzunehmen.

Oder doch?

Das Essen, welches sie gerade hinuntergeschluckt hatte, lag ihr schwer im Magen. Sie entschuldigte sich und ging ins Badezimmer, um sich frisch zu machen. Sie spritzte sich etwas Wasser ins Gesicht, blickte in den Spiegel und sah die schlecht verborgene Panik in ihren Augen.

Sie musste mit Korum reden – und zwar jetzt, bevor die alten Zweifel und Verdächtigungen die Möglichkeit bekamen, ihre Beziehung wieder zu vergiften. Wenn es irgendetwas gab, was Mia aus dem Desaster mit dem Widerstand gelernt hatte, war es die Dummheit, voreilige Rückschlüsse zu ziehen und das Schlimmste anzunehmen.

Sie war nicht länger das Mädchen, welches Angst davor hatte, mit ihrem krinarischen Geliebten zu reden, weil sie sich davor fürchtete, ihre Rasse zu verraten. Korum gehörte jetzt genauso zu ihr wie sie zu ihm – und sie würde die Wahrheit so oder so erfahren.

Das Frühstück schien ewig zu dauern. Mia lächelte und unterhielt sich mit ihrer Familie, während sie innerlich vor Ungeduld fast platzte. Sie konnte sehen, wie Korum ihr ab und an fragende Blicke zuwarf, und sie wusste, dass er ahnte, dass irgendetwas nicht stimmte, da ihr Lächeln künstlich war.

Endlich war es vorbei. Marisa ging zu ihrem Zimmer zurück, um sich nach dem Frühstück ein wenig auszuruhen – das machte sie neuerdings, um ihrer Schwangerschaftsmüdigkeit entgegenzuwirken –, und Connor leistete ihr Gesellschaft, da er nicht von seiner Frau getrennt sein wollte. Mias Eltern zogen sich auch in ihr Zimmer zurück, da sie ein wenig lesen und sich einige Sendungen über Krina anschauen wollten, die Korum für sie zusammengestellt hatte.

»Hast du Lust, spazieren zu gehen?«, fragte Mia, sobald ihre Eltern außerhalb ihrer Hörweite waren.

Seine Augenbrauen hoben sich. »Ist es dir dafür jetzt nicht zu heiß?«

»Das geht schon.« Mia hatte keine Ahnung, ob das gehen würde oder nicht, aber sie wollte aus dem Haus herauskommen – und aus der Hörweite ihrer Familie.

»Okay, einverstanden.« Korum stand so geschmeidig

auf, wie das nur ein Krinar konnte. »Lass uns los.«

Die Hitze erschlug Mia, sobald sie aus dem Haus traten. Es war ungefähr elf Uhr morgens, und die Sonne an dem wolkenlosen Himmel war unglaublich grell. Um sie herum konnte Mia das Zirpen und Singen von Insekten, Vögeln und anderen Kreaturen hören – einige wahrscheinlich bekannt, andere fremd und exotisch.

Sie gingen ein paar Minuten lang in Richtung See und folgten dem gleichen Pfad, den sie auch gestern genommen hatten. Im Tageslicht sah die Umgebung noch schöner und beeindruckender aus als bei Sonnenuntergang, aber Mia konnte sich jetzt nicht darauf konzentrieren. Ihr Magen war verkrampft, und ihr war schlecht, als ob sie etwas gegessen hätte, was ihr nicht bekommen war.

»Also, Mia ...« Korum hielt an einer schattigen Stelle an, als sie den See erreichten, und zog sie nach unten, damit sie sich neben ihn auf einem dicken Teppich grasartiger Pflanzen setzte. »Was ist los, meine Süße? Was hast du denn nur heute Morgen?«

Mia blickte den Mann an, den sie mehr liebte als ihr Leben. »Ich möchte wissen, ob an dem, was Saret gesagt hat, etwas Wahres dran ist.«

Sein Blick war fest, und er blinzelte nicht. »An welchem Teil?«

»Dem Teil ...«, ihre Stimme brach mitten im Satz ab, »... dem Teil darüber, dass du uns die Erde wegnehmen möchtest.«

Einen Moment lang war da nur Stille, und sie starrten sich gegenseitig an. Dann sagte er sanft: »Wir wollen euren Planeten mit euch teilen. Das habe ich dir schon gesagt.«

»Und warum hat Saret dann behauptet, du möchtest ihn uns wegnehmen?« Irgendetwas stimmte da nicht. »Leidet er völlig unter Wahnvorstellungen oder gibt es da etwas, was ich wissen sollte? Was hast du wirklich vor, Korum? Wie genau wirst du denn unseren Planeten mit uns teilen, wenn eure Sonne letztendlich stirbt?«

Er war wieder einige Augenblicke lang still, sein Gesicht war hart und unleserlich. »Du vertraust mir doch, oder nicht?«, wollte er schließlich von ihr wissen. »Nach allem, was passiert ist, denkst du immer noch, ich sei der Bösewicht?«

Mia atmete zitternd ein, und das ungute Gefühl in ihrem Magen wurde stärker. »Nein, Korum. Das denke ich nicht. Ich möchte das nicht denken. Ich möchte einfach nur die Wahrheit wissen. Die ganze Wahrheit.« Er sah immer noch unnachgiebig aus, also fügte sie hinzu: »Korum, bitte … Wenn ich dir wirklich etwas bedeute, dann erzähle mir bitte alles.«

28. KAPITEL

»Okay.« Seine Stimme war so kalt, wie sie sie schon seit langem nicht mehr bei ihm gehört hatte. »Denk bitte daran, meine Süße, dass niemand außer dem Rat und den Ältesten etwas von dem weiß, was ich dir jetzt sage. Du kannst dieses Wissen mit niemandem teilen.«

Mia nickte und hielt ihren Atem an.

»Wir werden euch die Erde nicht wegnehmen«, sagte er ihr. »Wir nehmen den Mars. Und dann werden wir den Menschen die Möglichkeit geben, sich dort anzusiedeln, sobald wir die passenden Lebensbedingungen geschaffen haben.«

Mia blickte ihn überrascht an. »Bitte? Mars? Aber … der ist doch nicht bewohnbar.«

»Er ist jetzt noch nicht bewohnbar«, antwortete ihr

Korum. »Wenn wir erst einmal mit ihm fertig sind, wird er wie das Paradies sein. Der Planet besitzt schon Wasser in Form von Eis. Wir werden es erwärmen und ein magnetisches Feld um den Mars errichten, um die Sonneneinstrahlung abzuschwächen und die Atmosphäre davon abzuhalten, ins All zu entweichen. Selbst der Unterschied in der Anziehungskraft kann ausgeglichen werden; unsere Wissenschaftler haben gerade eine Methode gefunden, die Oberflächenanziehung zu verstärken und sie somit der Erde und Krina anzugleichen.«

»Aber …«, Mia war sprachlos. »Warte, also wollt ihr den Mars und nicht die Erde?«

Korum seufzte. »Nein, Mia. Wir wollen einen Platz, an dem unsere Spezies weiter gedeihen kann, wenn unsere Sonne erst einmal erlischt. Es ist ein Unglück, aber wir können unseren Stern nicht vor dem Erlöschen bewahren. Vielleicht werden wir eines Tages einen Weg finden, auch das zu verhindern, aber im Moment planen wir für den schlimmsten Fall. Die Erde wäre unsere zweite Wahl nach Krina, und der Mars wäre die dritte.«

»Also wollt ihr die Erde?« Mia hatte den Eindruck, dass ihr irgendetwas entging.

»Ja.« Sein bernsteinfarbener Blick war kühl und unbeweglich. »Natürlich wollen wir sie. Zumindest ihre wärmeren Gebiete. Aber wir werden dafür keine Menschen umbringen, oder was auch immer Saret impliziert haben mag. Wir werden deinem Volk die Möglichkeit geben, entweder auf der Erde zu bleiben oder im Austausch für Reichtum und andere Leistungen auf den neu eingerichteten Mars umzusiedeln.«

»Ihr wollt die Menschen bestechen, die Erde zu verlassen?« Mia schaute ihn ungläubig an.

»Ja.« Ein leichtes Lächeln erschien auf seinen Lippen. »So könnte man das nennen. Es gibt viele Gebiete auf der Erde, in denen Armut herrscht, in denen das tägliche Überleben ein Kampf ist. Wir werden diesen Menschen anbieten, an einen Ort zu ziehen, der wie das Paradies ist, an dem alle ihre Grundbedürfnisse erfüllt werden und sie wie Könige leben könnten. Denkst du nicht, dass so etwas für die Bewohner ländlicher Gegenden in Indien oder Zimbabwe reizvoll sein könnte?«

Mia blinzelte. Sie konnte die Logik dahinter erkennen – aber auch die große Frage das betreffend, was er da sagte. »Aber wenn der Mars so großartig ist«, sagte sie langsam, »warum würden dann die Krinar nicht selber auf diesem Planeten leben wollen und uns in Ruhe lassen?«

»Einige von uns werden das wahrscheinlich auch machen«, antwortete ihr Korum. »Es ist auch nicht ausgeschlossen, dass wir beide eines Tages dorthin ziehen werden. Aber es wird immer diejenigen geben, die sich mit dem, was sie als künstliche Natur ansehen, nicht anfreunden können, diejenigen, die lieber auf einem Planeten leben, der Milliarden Jahre natürlicher Evolution erlebt hat – selbst wenn er von den Menschen verschmutzt und geschädigt wurde.«

»Also werden sie kommen und mit uns – mit den Menschen, meine ich – auf der Erde leben?«

»Ja«, antwortete ihr Korum. »Genau. Wir werden mehr Siedlungen auf der Erde bauen, damit einige Krinar dort leben können. Und im Austausch für die Gebiete, die die Menschen uns überlassen, werden wir ihnen ein viel luxuriöseres Umfeld auf dem Mars bieten. Das ist ein Gewinn für beide Spezies.«

»Und wenn die Menschen diese Gebiete nicht freigeben möchten?«

Seine Augen zogen sich zusammen. »Warum sollten sie das nicht? Denkst du ernsthaft, ein unterernährter Bauer in Ruanda würde etwas dagegen haben, nie wieder arbeiten zu müssen? Seine Familie jeden Tag mit leckerem und nahrhaftem Essen versorgen zu können? Wer auch immer auf den Mars zieht, wird kostenlose medizinische Versorgung, Ausbildung und Unterkunft bekommen … was auch immer er braucht. Wir haben nicht vor, das mit deinem Volk zu machen, was die Europäer den amerikanischen Ureinwohnern angetan haben. Das ist nicht unsere Art.«

»Du hast nicht wirklich auf meine Frage geantwortet«, entgegnete Mia ihm langsam. »Wenn die Menschen nicht weggehen möchten, werden sie dann gewaltsam zum Mars gebracht? Werdet ihr ihnen auf jeden Fall ihr Land wegnehmen?«

»Wir werden das machen, was nötig ist, um das Überleben – und die anhaltende Blüte – unserer beider Rassen zu sichern, Mia«, antwortete er ihr mit Augen, die unter seinen Wimpern dunkel leuchteten. »Genau so, wie ihr das machen würdet.«

Ein Schauer lief über Mias Wirbelsäule. »Ich verstehe.«

»Was hast du denn erwartet, zu hören, mein Herz?« Sein Ton war leicht spöttisch. »Wolltest du von mir angelogen werden, von mir hören, wir würden niemals das nehmen, was wir brauchen, wenn wir es sonst auf keine andere Art und Weise bekommen könnten?«

»Nein«, meinte Mia. »Ich wollte nicht von dir angelogen werden. Ich wollte niemals von dir angelogen werden.« Sie stand auf, stellte sich ans Wasser und schaute mit leerem Blick auf die dunkelblaue Oberfläche. Sie wusste nicht, was sie denken sollte, wie sie anfangen sollte, mit dieser Situation umzugehen.

Was Korum ihr gerade beschrieben hatte, hörte sich ziemlich harmlos an, sogar großzügig im Vergleich zu dem, was die menschlichen Eroberer im Laufe der Geschichte alles getan hatten. Und trotzdem wusste Mia, dass es nicht leicht werden würde. Die Krinar waren vor ein paar Jahren auf die Erde gekommen und hatten eine größere Panik ausgelöst, die zur Gründung einer Widerstandsbewegung und infolgedessen zu tausenden Toten geführt hatte. Es war verrückt, zu denken, es würde nicht wieder das Gleiche passieren, wenn die Menschen erfuhren, welche Pläne die Krinar mit dem Mars hatten. Selbst wenn die Krinar diejenigen umsiedelten, die freiwillig gingen, wäre die breite Bevölkerung immer noch misstrauisch – und wahrscheinlich auch aus gutem Grund. Wenn die Außerirdischen erst einmal einen Ort gefunden hatten, an den sie die Menschen mit gutem Gewissen bringen konnten, was würde sie dann noch davon abhalten?

Korum kam hinter sie, legte seine Arme um ihren Oberkörper und zog sie zu sich heran, so dass die Oberkante ihres Kopfes sich unter seinem Kinn befand.

»Es tut mir leid, Mia«, sagte er ruhig. »Ich wollte nicht unfreundlich zu dir sein. Natürlich hast du das Recht, das alles zu wissen – und ich sollte dir keinen Vorwurf daraus machen, dass du mir nicht traust, wenn man bedenkt, wie du mich kennengelernt hast. Ich möchte deiner Spezies keinen Schaden zufügen. Das möchte ich wirklich nicht – besonders nicht, nachdem ich mich in dich verliebt und deine Familie kennengelernt habe. Wir werden unser Bestes geben, um einen reibungslosen Ablauf sicherzustellen, eure Regierungen über alles informieren, was vor sich geht. Niemand muss verletzt werden. Wir werden uns versichern, in dieser Angelegenheit nur Gewinner zu haben.«

Mia wollte in seiner Umarmung dahinschmelzen, sich von ihm einreden lassen, alles würde schön werden, aber sie war kein Vogel Strauß, der einfach seinen Kopf in den Sand stecken konnte. »Wann werdet ihr das machen?« Ihre Stimme klang flach und leer. »Wann werdet ihr den Mars anpassen?«

»Bald«, antwortete ihr Korum, und seine Arme verstärkten ihren Druck um sie. »Ich habe von den Ältesten gerade die letztendliche Zustimmung für das Projekt bekommen.«

»Aber warum der Mars?« Das war der Teil, den Mia nicht verstehen konnte. »Warum nehmen sich die Krinar nicht einfach irgendeinen anderen Planeten in einem anderen Sonnensystem? Wenn ihr solche Veränderungen vornehmen könnt ...«

»Terraformieren«, meinte Korum. »Es heißt terraformieren.«

»Okay«, sagte Mia. »Wenn ihr den Mars terraformieren könnt, warum macht ihr das Gleiche nicht einfach mit einem anderen Planeten? Warum muss er sich so nah an der Erde befinden?«

»Weil die Nähe zur Erde das Projekt vereinfacht«, erklärte er ihr geduldig. »Wir haben noch niemals zuvor etwas in dieser Größenordnung getan, und wir werden eine Basis brauchen, von der aus unsere Wissenschaftler und die anderen Experten operieren können. Die Erde kann im Moment als Basis dienen. Das wird keine einfache Aufgabe sein. Es wird Jahre – vielleicht sogar Jahrzehnte – dauern, den Mars bewohnbar zu machen, und es wird gut sein, unsere Siedlungen auf der Erde für den Notfall in der Nähe zu haben. Wenn wir erst einmal alle Schwierigkeiten dieses Prozesses gefunden und ausgeräumt haben, können wir weitere Planeten terraformieren, die sich in bewohnbaren Zonen in verschiedenen Galaxien befinden.«

»Weitere Planeten neben dem Mars und der Erde?« Mia drehte sich in seinen Armen um, und ihre Blicke trafen sich. Zum ersten Mal verstand sie die volle Reichweite seines Ehrgeizes – und es erschütterte sie bis ins Mark. »Du baust ein ganzes Reich auf, nicht wahr?«, hauchte sie. »Ein echtes intergalaktisches Reich … Erde, Mars und diese anderen Planeten – die Krinar werden in der Zukunft über sie herrschen, oder nicht?«

»Ja.« Seine Augen leuchteten hell. »Das werden wir.«

* * *

Korum konnte den Schock auf ihrem Gesicht sehen und besänftigte seinen Ton. »Wäre das denn so schlimm, meine Süße? Euer Volk wird doch auch davon profitieren. Wenn der Erde irgendetwas zustoßen sollte, würde die Menschheit an unserer Seite weiterbestehen.«

Er konnte die Anspannung in ihrer zarten Gestalt fühlen und verfluchte Saret dafür, ihr an jenem Tag Zweifel in den Kopf gesetzt zu haben. Korum hatte vorgehabt, Mia alles zu seiner Zeit zu erzählen und ihr sein Vorhaben auf eine möglichst beruhigende Weise zu schildern. Er wusste, dass die Möglichkeit bestanden hatte, dass ihre Zweifel an ihm mit ihren Erinnerungen zurückkommen konnten, aber er hatte seine eigene Reaktion auf ihre Fragen falsch eingeschätzt. Ihr Misstrauen, ihr Hang dazu, das Schlimmste von ihm zu denken – das erinnerte ihn alles viel zu sehr an den Anfang ihrer Beziehung, als sie ihn für den Widerstand ausspioniert und verraten hatte. Die Wunden dieser Zeit waren noch zu frisch für ihn, um so ruhig und entspannt zu bleiben, wie er das vorgehabt hatte.

»An eurer Seite – und unter eurer Kontrolle, stimmt's?« Sie machte eine Bewegung, um sich aus seiner Umarmung zu befreien, und Korum ließ seine Arme fallen, ging einen Schritt zurück und gab ihr ein wenig Freiraum. Er machte sich nicht die Mühe, auf ihre Frage einzugehen; die Antwort war ja offensichtlich.

Ein intergalaktisches Reich … Eigentlich dachte er darüber nie auf diese Weise, aber es war keine schlechte Beschreibung für das, was er hoffte, in seinem Leben zu erreichen. Seit er denken konnte – schon als er ein kleines Kind gewesen war –, hatte Korum davon geträumt, andere

Planeten zu erforschen und die Krinar darauf anzusiedeln. Er sah das als ihre Bestimmung an. So schön Krina auch war, er war nur ein kleiner Planet unter Abermilliarden – ein Stück Felsen, der von seinem Stern abhängig war und verletzlich verschiedenen kosmischen Unglücken gegenüber.

Die Erde hatte ihn schon immer fasziniert, mit ihren Krina sehr ähnlichen Charakteristika und einer Bevölkerung, die den Krinar sehr nachempfunden war. In seiner Jugend hatte Korum, wie viele andere auch, die Menschen als minderwertig angesehen, mit ihren schwachen, zerbrechlichen Körpern und ihrer primitiven Art, zu leben. Bis zu diesem Jahrhundert hatte er nicht verstanden, dass diese Lebewesen genauso intelligent und erfinderisch waren wie sie selbst. In der Vergangenheit wären Mias Ängste berechtigt gewesen. Der Korum von vor tausend Jahren hätte nicht gezögert, ihrem Volk die Erde einfach wegzunehmen. Jetzt aber wollte er den Menschen ihren Planeten nicht vorenthalten.

Ihm war nie aufgefallen, besonders ehrgeizig zu sein, auch wenn er andere kannte, die genau das von ihm dachten. Selbst sein eigener Vater schien Korums Drang manchmal beängstigend zu finden und verstand nicht, dass er für seine Spezies einfach nur das Beste wollte. Eine Gruppe von Planeten, die von den Krinar bevölkert und beherrscht wurden, war der nächste logische Schritt in ihrer Evolution, und Korum konnte an diesem Ziel nichts Falsches erkennen.

Jetzt musste es ihm nur noch gelingen, seinem Charl diese Perspektive zu vermitteln. »Mia, hör mir bitte zu«, sagte Korum und sah sie eindringlich an. »Ich weiß, du hast Angst, aber ich lüge dich gerade nicht an. Ich habe dir vorher nichts davon erzählt, weil es geheime Informationen sind – und nicht, weil ich etwas Böses vor dir geheim halten wollte. Ich habe gerade erst die endgültige Zustimmung der Ältesten für den Mars bekommen, und als Nächstes werden wir uns mit euren Regierungen in Verbindung setzen und sie über unser Vorhaben informieren. So können sie die Bevölkerung angemessen auf alles vorbereiten und gefährliche Gerüchte gleich im Keim ersticken. Niemand muss dabei verletzt werden – und wir werden alles dafür tun, dass es wirklich nicht passiert.«

Ihre kleine, sexy Zunge kam heraus, um ihre Lippen zu lecken und er bemerkte, dass sein Blick an ihren Lippen hing, während er sich vorstellte, dass sie etwas völlig anderes lecken würde. *Verdammt, konzentriere dich!* Unter Anstrengungen hob Korum seinen Blick, um ihren zu treffen, und ignorierte seinen steifen Penis. Jetzt war nicht der richtige Moment, um an Sex zu denken; er musste sie davon überzeugen, weder ihre Rasse ausrotten noch ihren Planeten stehlen zu wollen.

»Schwörst du das?« Ihre Stimme war leise, zitterte, und er konnte die Hoffnung, vermischt mit Zweifeln, auf ihrem Gesicht erkennen. Sie wollte ihm vertrauen, aber sie brauchte noch mehr Bestätigung. »Schwörst du, dass du nicht vorhast, den Menschen irgendeinen Schaden zuzufügen? Dass der Bau deines Reiches nicht auf Kosten des Wohlergehens meiner Rasse geschehen wird?«

»Ja, mein Liebling«, antwortete ihr Korum. »Ich

schwöre es. Solange die Menschen uns nicht angreifen, werden wir ihnen nichts zuleide tun. Diejenigen, die sich bereit erklären, die Erde zu verlassen, erhalten eine großzügige Entschädigung, und wir werden friedlich neben deiner Spezies leben, auf der Erde, dem Mars und allen anderen Planeten, die wir noch besiedeln sollten. Es wird nichts Schlimmes passieren, meine Süße. Das verspreche ich dir.« Damit machte er einen Schritt auf sie zu, zog sie wieder in seine Umarmung und atmete erleichtert aus, als er spürte, wie ihre Arme sich auch um seine Taille legten.

29. KAPITEL

Mia legte sich die Schimmersteinkette um, die Korum ihr gegeben hatte, und betrachtete sich kritisch in dem dreidimensionalen Spiegel, der sich im Schlafzimmer befand. Sie hatte formelle krinarische Kleidung an, ein glänzendes weißes Kleid, welches dem ähnelte, das sie während des Kampfes getragen hatte. Ihr Haar war nach oben gesteckt und mit einem silbernen Netz bedeckt, welches zu den Sandalen an ihren Füßen passte. Sie sah feierlich aus – und bereit, den Ältesten gegenüberzutreten.

Eigentlich sollte sie nervös sein. Sie war ja schließlich im Begriff, die ältesten noch lebenden Krinar zu treffen, deren Namen unter den Krinar legendär waren und deren Anordnungen unter anderem das Schicksal der Menschheit bestimmten. Die Krinar, die über die

Lebensdauer ihrer Familie entscheiden würden. Sie war aber komischerweise ruhig, so als könne sie gerade nichts berühren.

Ihr Kopf war immer noch mit der morgendlichen Unterhaltung mit Korum beschäftigt und ging sie wieder und wieder durch. Mars, Erde und ein ganzes intergalaktisches Reich … Der Ehrgeiz ihres Geliebten war wirklich grenzenlos. Mia zweifelte nicht daran, dass Korum letztendlich sein Ziel auch erreichen würde – und dass er an der Spitze des Reiches stehen würde, welches er gerade aufbaute.

Und sie wäre an seiner Seite. Ihr Kopf drehte sich bei diesem Gedanken. Sie, die nie mehr gewollt hatte als ein ruhiges, normales Leben zu führen, würde dabei sein, wie ein krinarisches Reich Formen annahm, an der Seite – und in dem Bett – des Mannes, der diese Entwicklung realisierte.

Machte sie das nicht zu einem Verräter ihrem Volk gegenüber? Oder war es so wie Delia meinte, und sie hatte der Menschheit schon damit mehr geholfen, dass er sich in sie verliebte, als der Widerstand das jemals hätte tun können?

Sie glaubte ihm, wenn er ihr versprach, dass die Krinar den Menschen nicht absichtlich Gewalt antun würden. Er hatte immer alle seine Versprechen ihr gegenüber gehalten. Sie war sich nur nicht sicher, wie sich alles entwickeln würde, wenn die Menschen erst einmal von den Plänen der Krinar mit dem Mars erfuhren. Würde es eine neue antikrinarische Bewegung geben? Würden die Menschen in Panik geraten und versuchen, die

Eindringlinge anzugreifen und dadurch die Gegenwehr der Krinar auslösen? Mia wäre am Boden zerstört, sollte das geschehen.

Aber der Gedanke daran, Korum zu verlassen, war unerträglich. Sie konnte nicht ohne ihn leben, so einfach war das. Sie liebte ihn mit Haut und Haar, und sie wusste, dass er nicht anders fühlte. Vielleicht machte sie das zu einem Verräter … oder aber zur glücklichsten aller Frauen. Das würde sich nur mit der Zeit zeigen.

Jetzt musste sie sich erst einmal mit den Ältesten treffen.

»Es ist am besten, wenn ich den Großteil des Redens übernehme«, meinte Korum, als sie sich der Lichtung in der Mitte des Waldes näherten. »Sie mögen keine unnötigen Worte.«

»Natürlich«, antwortete ihm Mia. »Wir werden nichts sagen.«

»Es könnte aber sein, dass ihr das müsst«, entgegnete Korum. »Wahrscheinlich werden sie auch direkt mit dir und deiner Familie reden wollen – für diesen Fall empfehle ich dir, auf jeden Fall ihre Fragen so ehrlich und präzise zu beantworten, wie du kannst.«

Mia nickte zustimmend. Aus ihrem Augenwinkel konnte sie sehen, dass sich ihre Eltern während des Gehens an den Händen hielten. Ihre Mutter war blass, und ihr Vater schaute grimmig, so als würde er zu einer Exekution gehen. Marisa und Connor gingen hinter ihnen und sahen gleichzeitig nervös und aufgeregt aus.

Im Gegensatz zu Mia hatten die anderen menschliche Kleidung angezogen. Es war ihre Wahl gewesen. »Was soll ich mich denn in meinem Alter noch in so etwas hineinquetschen?«, meinte ihre Mutter, als sie Mias enganliegendes und rückenfreies Kleid sah. Korum hatte keine Einwände geäußert; da niemand von ihnen sein Charl war, wurden sie nicht als Teil der krinarischen Gesellschaft angesehen und konnten deshalb tragen, was immer sie wollten. Ihr Vater hatte sich für einen Anzug und eine Krawatte entschieden, genauso wie Marisas Ehemann. Ihre Mutter und Marisa trugen halbwegs festliche Kleidung und Absatzschuhe. Mia hoffte, dass sie sich nicht allzu unwohl dabei fühlten, so angezogen in der Hitze durch den Wald laufen zu müssen.

Die Tatsache, dass die Ältesten sie in der freien Natur sehen wollten – anstatt in einem Gebäude – überraschte Mia nicht im Geringsten. Die Krinar waren extrem naturverbunden, und Korum hatte ihr erzählt, dass einige der Ältesten künstliche Bauten grundsätzlich mieden und wie ihre primitiven Vorfahren lebten: in hohlen Stämmen riesiger Bäume oder in höhlenartigen Gesteinsformationen in den Bergen. Sie bewachten auch eifersüchtig ihr Territorium und erlaubten es keinem, sich auf mehr als zwanzig Kilometer ihren ausgewählten Gebieten zu nähern. Dieser Fleck im Wald wurde als neutraler Ort betrachtet, ein Platz, an dem sich die Ältesten häufig trafen, um verschiedene Themen zu besprechen oder um einfach nur Zeit miteinander zu verbringen.

»Sehr wenige Krinar genießen jemals das Privileg, die Ältesten persönlich zu sehen, so wie ihr das jetzt tun werdet«, erklärte ihnen Korum, als sie vor der Lichtung anhielten. »Das ist so ziemlich die größte Ehre, die es gibt.«

Mia atmete tief durch und versuchte, ihre leicht zitternden Finger still zu halten. Jetzt, da sie wirklich hier waren, hatte ihre vorangegangene Ruhe sie verlassen, und ihr Herz raste in ihrer Brust. Was, wenn sie ungewollt etwas machte oder sagte, was die Ältesten verärgerte? In diesem Fall könnten sie Korums Bitte ablehnen oder sogar schlimmere Sachen tun. Sie hatte keine Vorstellung davon, wozu diese uralten Krinar alles in der Lage waren.

»Bist du bereit, meine Süße?«, fragte Korum. Sie nickte zustimmend und legte ihre Hand in seine. Dann betraten sie zusammen die Lichtung, und Mias Familie folgte ihnen.

An der verabredeten Stelle warteten schon neun Krinar auf sie, drei Frauen und sechs Männer. Sie alle blickten mit völlig ausdruckslosen Gesichtern auf Mia und ihre Familie. Körperlich schienen sie in ihren besten Jahren zu sein, nicht älter als Korum oder jeder andere Krinar, den Mia jemals getroffen hatte. Alle Männer waren kräftig gebaut, und selbst die Frauen schienen stämmiger zu sein als normal. Die kleinste der ältesten Frauen war wahrscheinlich über 1,80 Meter groß, und ihr ganzer Körper war mit schlanken, wohlgeformten Muskeln überzogen. Zu Mias Überraschung trugen sie alle moderne krinarische Kleidung, deren helle Farben einen Kontrast zu dem Bronzeton ihrer Haut bildeten.

Während die Frauen alle wie wunderschöne Kriegerprinzessinnen aussahen, unterschieden sich die

Männer recht stark voneinander. Besonders einer der männlichen Krinar ähnelte den ursprünglichen Krinar der Aufzeichnung um einiges mehr als den moderneren Exemplaren. Obwohl seine derben, rauen Gesichtszüge eine gewisse Attraktivität besaßen, sah er zu grob aus, um als schön bezeichnet zu werden. Mia fragte sich, ob einer der Ältesten einen Partner hatte oder ob sie Millionen von Jahren überlebt hatten, ohne tiefere Verbindungen einzugehen.

Korum ließ Mias Hand los und neigte seinen Kopf respektvoll, ohne etwas zu sagen. Mia folgte seinem Beispiel und blickte die Ältesten die ganze Zeit über an. In der krinarischen Kultur wurde es als unhöflich angesehen, bei einer Autoritätsperson nach unten oder gar wegzuschauen; direktes Anstarren war gefragt.

Eine der Frauen trat mit weichen und fließenden Bewegungen nach vorne. Sie ging zu Mia und strich ihr mit den Knöcheln ihrer Hand über die Wangen, um sie auf die krinarische Weise unter Frauen zu begrüßen. Mia lächelte und erwiderte diesen Gruß in der Hoffnung, damit nichts Falsches zu tun. Dem zustimmenden Aufblitzen in Korums Augen nach zu urteilen hatte sie genau das Richtige getan.

Nachdem die Frau Mia begrüßt hatte, drehte sie eine Runde um die anderen Menschen und betrachtete sie mit unverhohlener Neugier. Sie sagte nichts und unternahm keinerlei Versuche, sie anzufassen oder anderweitig Kontakt zu ihnen aufzunehmen, aber Mia konnte die Schweißtropfen auf der Stirn ihres Vaters sehen. Er musste sehr angespannt sein, da er normalerweise trotz der Hitze nicht sehr stark schwitzte.

Immer noch stillschweigend ging die Frau zurück zu den Ältesten und nahm ihren ursprünglichen Platz neben den anderen beiden Frauen ein. Dann schauten die neun dunklen Augenpaare sie einfach nur an, beobachteten sie mit einer kühlen, tiefgründigen Intelligenz, die entschieden übermenschlich zu sein schien.

Mia schaute zu ihnen zurück und versuchte herauszufinden, welche die beiden waren, die an der Leitung der menschlichen Evolution beteiligt gewesen waren. Auf eine gewisse Art und Weise traf sie gerade echte Götter, die Schöpfer der menschlichen Rasse. Dieser Gedanke war so irrwitzig, dass sie gar nicht so sehr darüber nachdenken wollte, um nicht zu einem zitternden Haufen zusammenzubrechen. Am besten wäre, wenn sie die Ältesten einfach nur als eine ältere Version Korums ansehen würde, dachte Mia. Außerdem gab es für eine Einundzwanzigjährige nicht wirklich einen riesigen Unterschied zwischen jemandem, der zweitausend Jahre alt war und einem, der zwei Millionen Jahre alt war. Beide waren unglaublich alt – zumindest redete sie sich das ein.

Schließlich, nach einer gefühlten Stunde, trat der männliche Krinar mit den derben Gesichtszügen vor und näherte sich Mia und Korum. »Das ist also dein Charl«, sagte er mit seiner leisen und außergewöhnlich tiefen Stimme. Er hatte schlanke Muskeln, die Intensität eines Raubtiers, und sein Gang ähnelte dem eines Löwen, schoss es Mia durch den Kopf.

Korum beugte seinen Kopf. »Ja.«

»Ungewöhnlich«, sagte der Älteste und legte seinen

Kopf zur Seite, um Mia zu betrachten. »Sehr ungewöhnlich.«

Mia unterdrückte den Drang, unter seinem durchdringenden Blick zurückzuweichen. Sie fühlte sich, als ob der uralte Krinar sie durchleuchtete, er alle ihre Ängste und Schwachstellen erkennen konnte.

»Warum meinst du, dass wir für deine Familie eine Ausnahme machen sollten, Mia?«, fragte der Älteste plötzlich und sprach sie damit direkt an.

Mia schluckte, um den Knoten in ihrem Hals wegzubekommen. Sie war psychisch auf eine Art Befragung eingestellt gewesen, aber fühlte sich trotzdem unvorbereitet. Als sie sprach, war ihre Stimme aber erstaunlich ebenmäßig und ließ ihre innere Nervosität nicht erkennen. Adrenalin schoss durch ihre Adern, schärfte ihre Konzentration, und die Worte, die aus ihrem Mund kamen, waren ungewöhnlich deutlich und klar.

»Ich meine nicht, dass Sie für mich und meine Familie eine Ausnahme machen sollten«, antwortete sie und sah den Ältesten dabei an. »Ich meine, Sie sollten ihre Technologie mit der gesamten menschlichen Rasse teilen. Wenn Sie das aus irgendeinem Grund nicht machen möchten, dann denken Sie doch bitte über Folgendes nach: Dadurch, dass ich mit Korum zusammen bin, teile ich jetzt seine Lebenserwartung. Ohne die Nanozyten in meinem Körper würde ich altern und in ein paar Jahrzehnten verscheiden, während Korum der gleiche bleiben würde – und das wäre für uns beide unerträglich, da wir uns lieben.« Sie hielt inne und atmete tief ein. »Und für mich wäre es genauso unerträglich, denjenigen, die ich liebe …«, sie zeigte auf ihre Familie, »… dabei zuzusehen, wie sie krank werden und sterben.«

Der uralte Krinar blickte sie immer noch an, und sie konnte auf seinem Gesicht eine leichte Belustigung erkennen. Es machte seine Züge ein wenig weicher, und er schien gleich ein winziges bisschen weniger einschüchternd zu sein. Mia wollte mehr sagen, erinnerte sich aber an Korums Warnung, Fragen kurz und präzise zu beantworten, und entschied sich stattdessen, es dabei zu belassen. Sie hatte alles gesagt, was zu sagen war; außer ihre Punkte zu wiederholen und an ihre Ethik und Moral zu appellieren gab es nichts weiter hinzuzufügen.

Der Älteste starrte sie ein paar weitere Sekunden an und drehte sich dann weg. Mia konnte eine Art lautlose Kommunikation zwischen ihm und den anderen spüren, bevor er sich wieder Mia und Korum zuwandte.

»Wir werden unsere Entscheidung bald treffen«, sagte er und sprach dieses Mal Korum an.

Dann kehrte er zu den restlichen Ältesten zurück, und sie verschwanden wieder im Wald und ließen Korum, Mia und ihre Familie allein auf der Lichtung zurück.

* * *

»Das war Lahur«, erklärte Korum seinem Charl auf ihrem Weg nach Hause. »Er ist derjenige, von dem ich dir schon erzählt habe – der älteste aller lebenden Krinar. Die Frau, die zu dir und deinen Eltern kam, ist Sheura; sie ist eine Evolutionsbiologin und war von Anfang an an diesem menschlichen Projekt beteiligt.«

433

»Dann ist es ja auch kein Wunder, dass sie so interessiert an uns war! Was denkst du, werden sie tun? Denkst du, sie werden zustimmen?« Mia saß auf dem Sitz neben ihm, und ihre Augen leuchteten vor Aufregung. Korum wusste, dass sie wahrscheinlich noch den Rausch von dem Treffen mit den Ältesten verspürte, und er lächelte sie an, stolz darauf, wie sie sich den Ältesten gegenüber verhalten hatte. Ihm war natürlich bewusst, wie nervös sie war, aber sie hatte die ganze Zeit über Haltung bewahrt – besser als viele Krinar das an ihrer Stelle getan hätten.

»Das weiß ich nicht, meine Süße«, antwortete er ihr ehrlich. »Niemand kann voraussagen, was die Ältesten tun werden. Ich hoffe, sie haben heute das gesehen, was sie sehen wollten. Alles, was wir jetzt tun können, ist abwarten.«

»Müssen wir auf Krina bleiben, bis sie eine Entscheidung getroffen haben?«, fragte Mias Mutter, und Korum konnte sehen, wie viel ruhiger sie jetzt aussah, darüber erleichtert, diese Qual hinter sich zu haben.

»Ja«, antwortete ihr Korum, »das wäre wahrscheinlich das Beste. Sie haben ja gesagt, sie würden bald zu einem Ergebnis kommen, also sollte es nicht zu lange dauern. Außerdem habt ihr ja meine Eltern noch gar nicht getroffen. Ich weiß, dass sie es kaum erwarten können, euch alle kennenzulernen.« Korum hatte noch einen weiteren Grund dafür, Mias Familie weiterhin auf Krina haben zu wollen, aber jetzt war nicht der richtige Zeitpunkt, darüber zu reden.

»Wir würden uns auch sehr freuen, sie

kennenzulernen!«, rief Ella aus. »Wäre das nicht großartig, Dan?«

»Natürlich wäre es das«, antwortete Mias Vater. »Wir würden sie wirklich sehr gerne treffen.«

»Schön«, meinte Korum. »Dann werde ich alles dafür vorbereiten.«

30. KAPITEL

Mia summte vor sich hin, zog sich an und machte sich fertig, um zum Haus von Korums Eltern zu gehen. Sie erinnerte sich daran, Riani und Chiaren während ihres virtuellen Treffens gemocht zu haben, und freute sich darauf, sie wiederzusehen. Sie vermutete, dass ihre Eltern sie auch mögen würden, selbst wenn sie wahrscheinlich über deren Jugend und Schönheit erstaunt wären.

Wenn die Ältesten die Erlaubnis erteilten, würden Mias Eltern auch bald ihre Jugend wiedererlangen. Sie wollte das unbedingt. Sie hatte Fotos ihrer Mutter und ihres Vaters gesehen, als sie in Mias Alter gewesen waren, und sie hatten ein hübsches Paar abgegeben. Ihr Vater war groß und gut aussehend, ihre Mutter hübsch und sorgenfrei. Sie wollte sie gerne wieder so sehen, gesund und kräftig, ohne die verschiedenen Zipperlein und Schmerzen, die ab dem mittleren Alter kamen.

Als sie gerade dabei war, sich ihr Kleid überzuziehen, kam Korum herein. Er sah noch umwerfender aus als sonst, und sein Gesicht glühte von einem unbekannten Gefühl. Er kam zu Mia herüber und beugte seinen Kopf nach unten, um ihr einen flüchtigen Kuss auf die Lippen zu geben. »Du siehst wunderschön aus, meine Süße«, bemerkte er sanft und strich ihr eine ihrer Locken hinters Ohr.

»Danke schön.« Mia strahlte ihn an. »Du aber auch.«

»Ich habe eine Kleinigkeit für dich und würde mich freuen, wenn du sie tragen würdest«, sagte er zu ihr und sah sie mit einem geheimnisvollen Lächeln an. »Ein weiteres Schmuckstück.«

»Klar, gerne.« Mia hatte sich schon ihre Schimmersteinkette für das Treffen mit seinen Eltern umgelegt, aber es machte ihr nichts aus, stattdessen etwas anderes zu tragen – oder etwas Zusätzliches. Die Benutzung von Accessoires war noch nie ihre starke Seite gewesen, auch wenn sie immer vorgehabt hatte, zu lernen, wie man das machte. Sie war schon besser darin geworden, sich modisch anzuziehen; Schmuck war der nächste Schritt.

Zu ihrem großen Entsetzen machte Korum einen Schritt zurück und ging vor ihr auf die Knie. In seiner Hand hielt er eine kleine, schwarze Box. Als sie daraufstarrte, öffnete er die Box, und zum Vorschein kam der schönste Ring, den sie jemals in ihrem ganzen Leben gesehen hatte. Er war klein, zierlich und schien aus dem gleichen schillernden Material angefertigt zu sein wie ihre Kette. In seiner Mitte befand sich ein großer, runder Schimmerstein.

»Mia«, sprach Korum ruhig und sah sie mit diesen unglaublichen bernsteinfarbenen Augen an, »ich weiß, die Dinge zwischen uns sind nicht immer einfach gewesen, und ich kann dir nicht versprechen, dass keine Schwierigkeiten mehr vor uns liegen. Aber ich weiß eines. Ich will dich, jetzt und für immer, mehr als ich jemals jemanden in den ganzen Jahren, die ich existiere, gewollt habe. Ich möchte dich in meinem Leben, meinem Bett und an meiner Seite, solange wir beide leben. Ich möchte dich verwöhnen und beschützen; ich möchte dir die Welt zu Füßen legen. Ich möchte, dass dein Gesicht das Erste ist, was ich sehe, wenn ich aufwache, und das Letzte, bevor ich schlafen gehe. Ich möchte dich so glücklich machen, wie du mich. Mia, meine Süße, ich bin hoffnungslos in dich verliebt. Würdest du mir die Ehre erweisen und meine Frau werden?«

Mia öffnete ihren Mund, aber es kamen keine Worte heraus. Stattdessen konnte sie ein eigenartiges Brennen in ihren Augen spüren. »Du … du möchtest, dass ich dich heirate?«, flüsterte sie schließlich, da sie Angst hatte, sich verhört zu haben. »Aber …«, sie schluckte, »… du bist ein Krinar! Du kannst keinen Menschen heiraten!« Ihre Stimme stieg gegen Ende ungläubig an.

»Ich kann machen, was immer ich möchte«, antwortete ihr Korum, und sie konnte bei der arroganten Note in seiner Stimme ein Lächeln nicht unterdrücken. Selbst auf seinen Knien hörte er sich an wie der König der Welt. »Nur weil niemand anders es bis jetzt gemacht hat, heißt das nicht, dass ich das nicht tun kann. Ich möchte, dass du wirklich zu mir gehörst – vor den krinarischen und menschlichen Gesetzen. Mein Liebling, möchtest du mich heiraten?«

Das Brennen in ihren Augen verstärkte sich, und eine Träne entwich ihnen, rollte ihr Gesicht hinunter. »Ja«, antwortete sie fast unhörbar, und ihr Blick wurde von der Flüssigkeit ganz verschwommen. Ihre Brust fühlte sich eng an, und es schien so, als könne sie nicht atmen. »Ja, meine Liebster, ich werde dich heiraten.«

Das Lächeln, mit dem er ihr antwortete, war so strahlend wie die krinarische Sonne. Er stellte sich wieder hin, griff nach ihrer linken Hand und steckte ihr den Ring an den Finger. Er passte perfekt und schimmerte in allen Farben des sichtbaren Spektrums.

»Oh Korum … Er ist …«, Mia weinte nun hemmungslos, Glückstränen liefen ihre Wangen hinunter. »Er ist wunderschön …«

»Nicht so schön wie du«, sagte er zärtlich und zog sie in seine Umarmung. »Nichts ist so schön wie du.« Er bedeckte ihr Gesicht mit seinen großen Händen und küsste ihre Tränen mit seinen sanften und ehrerbietigen Lippen vom Gesicht.

* * *

Sie einigten sich darauf, die Neuigkeit Mias Eltern dann zu verkünden, wenn beide Familien sich zusammen versammelt hätten, und Korum beobachtete belustigt, wie

Mia ihr Bestes gab, ihre linke Hand in den Falten ihres Kleides zu verstecken, als sie zum Haus seiner Eltern flogen. Er hatte ihr gesagt, sie könne den Ring doch für diesen kurzen Zeitraum abnehmen, aber das hatte sie umgehend abgelehnt. »Was ist, wenn ich ihn verliere?«, hatte sie mit einem entsetzten Ton gefragt, und Korum hatte dem nichts entgegenzusetzen gehabt. Er mochte es, das Schmuckstück an ihrem Finger zu sehen, mochte es, dass es dort ein sichtbares Symbol ihrer Verbindung gab.

Er war sich nicht sicher, wann er sich in die Idee verliebt hatte, sie auf die menschliche Art zu heiraten. Während des Besuchs im Haus von Mias Eltern hatte sich dieser Gedanke in sein Gehirn geschlichen und dort während der letzten Monate gegärt. Er wusste, dass Mia sich immer noch unwohl damit fühlte, sein Charl zu sein; so wie sie das sah, hatte er das ganze Sagen in der Beziehung. Es war ein immer wiederkehrender Streitpunkt zwischen ihnen, und Korum wusste, dass sie niemals völlig glücklich wäre, wenn sie sich fühlte, als habe sie bei seinem Volk keine Rechte.

Je länger Korum über dieses Problem nachgedacht hatte, desto sicherer war er sich gewesen, dass eine Hochzeit die Lösung für dieses Problem sein könnte. Wenn er Mia öffentlich auf Krina heiratete, würde er ihr Ansehen in seiner Gesellschaft erhöhen. Sie wäre nicht länger nur ein Charl, ein Mensch, der zu ihm gehörte; sie wäre gleichbedeutend mit einem Partner, lange vor der Feier zum siebenundvierzigsten Jahrestag.

Sie würde auch in den Augen ihres Volkes offiziell zu ihm gehören. Korum mochte diesen Gedanken auch recht gerne. Wenn irgendein männlicher Mensch es wagen würde, sie anzuschauen, sähe er den Ring an ihrem Finger und würde wissen, dass diese Frau bereits vergeben ist. Diese Ringe waren ein cleverer Brauch, wie Korum kürzlich aufgefallen war. Sie ermöglichten es einem Mann, auf sehr zivilisierte Weise sein Territorium zu markieren. Mia war jetzt seine Verlobte, und sehr bald schon würde sie seine Frau sein – daran gab es keinen Zweifel.

Diese Hochzeit würde natürlich auch Mias Eltern Seelenfrieden bringen. Obwohl die Familie Stalis diese Beziehung akzeptiert hatte, wusste Korum, dass sie weitaus glücklicher wären, wenn sie ihn nicht nur als den Freund ihrer Tochter bezeichnen könnten. Jetzt wäre er ihr Schwiegersohn, eine in ihren Augen viel stärkere Verbindung, und sie wären beruhigter, da er offiziell Verantwortung für seine Beziehung zu Mia übernahm.

Ihre Transportgondel landete vor dem Haus seiner Eltern, und er führte Mia hinein. Ihnen folgten ihre Eltern, ihre Schwester und ihr Schwager. *Seine menschliche Familie,* dachte er trocken. Das alles war so unerwartet für ihn gekommen, dass er es immer noch nicht glauben konnte. Diese Menschen waren wichtig für Mia – und wurden auch immer wichtiger für ihn.

Riani und Chiaren warteten schon auf sie. Als Korum das Haus betrat, sah er zuerst seine Mutter, die ein breites Lächeln auf ihrem Gesicht hatte, und danach die ernstere Gegenwart seines Vaters direkt hinter ihr. Sie waren zuerst überrascht gewesen, als er ihnen von Mia erzählt hatte, aber gleichzeitig hatten sie sich für ihn gefreut. Korum fragte sich manchmal, ob seine Eltern schon davon ausgegangen waren, dass er niemals in seinem Leben Liebe finden würde.

Er trat nach vorne, umarmte Riani und begrüßte seinen Vater mit der formelleren Berührung seiner Schulter. Dann drehte er sich zu Mias Familie um und stellte sie seinen Eltern vor.

Zu seiner Überraschung verstanden die zwei Elternpaare sich fast augenblicklich fantastisch. Innerhalb weniger Minuten unterhielten sie sich angeregt und tauschten Geschichten über die »Heldentaten« ihrer Kinder aus, als diese noch klein gewesen waren. »Oh mein Gott, das ist so peinlich«, flüsterte Mia in Korums Ohr und errötete, während Ella lachend von der Angewohnheit ihrer kleinen Tochter erzählte, sich aus den Windeln zu befreien und in ihrem Garten herumzukrabbeln, um Eichhörnchen zu jagen.

»Was sind Eichhörnchen?«, fragte Riani neugierig, und Mias Vater erzählte ihr alles über dieses kleine Säugetier mit dem buschigen Schwanz.

Marisa und Connor, die sich das Ganze amüsiert angesehen hatten, kamen und setzten sich neben Korum und Mia, die sich auf die andere Seite des Zimmers zurückgezogen hatten. »Wow, die kommen echt gut miteinander aus, oder?«, meinte Marisa zu ihrer Schwester, und Mia lachte mit vor Glück leuchtenden Augen.

Es schien der perfekte Moment für die Bekanntgabe zu sein.

Korum stand auf und zog Mia auf ihre Füße. Alle Augen richteten sich augenblicklich auf sie. »Es gibt da etwas, das wir euch mitteilen möchten«, sagte Korum und sah sich im Raum um. Seine Eltern schienen irritiert zu sein, während die Menschen ihn mit kaum verborgener Freude anschauten. »Ich habe Mia gebeten, meine Frau zu werden, und sie hat zugestimmt.«

Mia grinste und hob ihre linke Hand, um den Schimmersteinring zu zeigen.

Der Raum explodierte. Lachen, Schreien und Glückwünsche füllten die Luft. Alle schienen jemanden zu umarmen, und seine Eltern spielten die Freude einfach mit, auch wenn Chiaren weiterhin fragende Blicke in seine Richtung warf. Wie Mia gesagt hatte, war es noch niemals vorgekommen, dass ein Krinar eine menschliche Frau geheiratet hatte, und das Konzept der Ehe war ihnen unbekannt. Die Vereinigung eines Paares an seinem siebenundvierzigsten Jahrestag war das, was diesem Ereignis am nächsten kam. Korum nahm sich vor, seinen Eltern später seine Beweggründe zu erklären; für jetzt war es genug für sie, zu wissen, wie sehr er seinen Charl liebte.

Nachdem die erste Freude verklungen war, sagte Korum zu Mias Eltern: »Ich war mir nicht sicher, ob ich euch zuerst um Erlaubnis bitten sollte oder nicht. Soweit ich das verstehe, wird diesem Brauch in den modernen Zeiten kaum noch Folge geleistet. Ich hoffe, ihr habt nichts dagegen ...«

»Dagegen?«, rief Ella aus. »Natürlich haben wir nichts dagegen!« Ihre Augen glänzten tränennass, und Korum fragte sich, weshalb die menschlichen Frauen bei Hochzeiten so emotional reagierten.

Den Rest ihrer gemeinsamen Zeit verbrachten sie damit, in Frage kommende Daten für die Hochzeit zu besprechen – Korum bestand darauf, spätestens nächste Woche zu heiraten –, den Ort – Mia mochte den See in der Nähe des Hauses – und die Logistik einer menschlichen Hochzeit auf einem Planeten, der sich so weit weg von der Erde befand.

»Brauchen wir nicht jemanden, der euch trauen kann?«, fragte Connor. »Einen Priester, einen Rabbi, einen Richter, irgendjemanden? Und wenn es auch zu Hause rechtsgültig sein soll, müsst ihr euch dann nicht irgendwo auf der Erde registrieren?«

Korum hatte auch an diese Hürden schon gedacht. »Ein Charl auf Krina war Richter in Missouri«, ließ er alle wissen. »Ich habe sie schon um ihre Hilfe gebeten. Was die Registrierung betrifft, werden wir unsere Unterschriften elektronisch dem zuständigen Beamten des Gerichts von Daytona Beach übertragen. Ich bin sicher, er wird unter diesen Umständen eine Ausnahme für uns machen.«

* * *

Für Mia vergingen die nächsten fünf Tage wie im Flug. Sobald sich die Neuigkeit ihrer Verlobung verbreitete, fanden sich in Korums Haus endlose Besucherströme ein, da alle Mia und ihre Familie kennenlernen wollten.

Es handelte sich dabei um Korums Freunde, Bekannte, Angestellte, Geschäftspartner und sogar Ratsmitglieder … Mia traf während ihrer kurzen Verlobungszeit so viele Krinar, dass sie den Überblick über die Namen und Gesichter verlor. Zu ihrer Überraschung merkte sie, wie der Respekt, den sie Korum gegenüber zeigten, sich auch

444

in dem Verhalten ihr gegenüber widerspiegelte. Unterschwellig zwar, aber durchaus zu bemerken. Sie wurde häufiger nach ihrer Meinung gefragt, und sie sprachen sie direkt an, häufig, ohne sich zuvor an Korum zu wenden. Nachdem sie sich einige Tage lang darüber gewundert hatte, wurde Mia klar, dass sie jetzt eher wie Korums Partnerin als wie sein Charl behandelt wurde. In ihren Augen war sie nicht mehr nur ein Mensch, der einem von ihnen gehörte; sie wurde jetzt ein wirklicher Teil ihrer Gesellschaft.

Mia mochte besonders gerne Jalet und Huar, die seit Ewigkeiten Korums Freunde waren. Wie Korums Eltern war Jalet ein Dabbler, jemand, der sich, was seinen Beruf betraf, auf nichts spezialisiert hatte. Intelligent und lustig, schien er alles Erdenkliche zu wissen, und Mia liebte es, seinen Geschichten über das Leben auf Krina zuzuhören. Huar dagegen war ruhig und ernsthaft. Er war ein Experte für die Erforschung des Ozeans. Huar und Jalet waren beide auch mit Saret befreundet gewesen, und sie waren schockiert, als sie von seiner wahren Natur erfuhren.

»Wir vier waren wie eure Musketiere«, erzählte Jalet ihr und bezog sich damit auf die klassische Geschichte von Dumas. »Wir waren in unserer Jugend in viele Abenteuer verwickelt. Ich hatte auch darüber nachgedacht, Saret und Korum auf die Erde zu begleiten, aber ich steckte gerade in einem Projekt fest und konnte es zeitlich nicht einrichten.«

»Wahrscheinlich war das auch besser so.« Korum grinste seinen Freund an. »So wie es aussieht, hätte er wahrscheinlich auch versucht, dich umzubringen.«

»Weißt du«, meinte Huar nachdenklich, »jetzt, wo ich

darüber nachdenke, finde ich es gar nicht so erstaunlich, dass Saret hinter dir her war, Korum. Er war sehr ehrgeizig, aber hielt das ziemlich geheim. Du hast immer gewusst, was du wolltest, und es öffentlich verfolgt, aber Saret mochte es, in seinem stillen Kämmerlein zu planen und zu manövrieren, damit niemand wusste, was er vorhatte. Ich habe vermutet, er könnte neidisch auf dich sein, aber ich habe nie erkannt, wie stark seine Eifersucht war.«

»Niemand von uns wusste, wie er wirklich war«, meinte Korum. »Saret hat es geschafft, jeden zu täuschen, ganz besonders mich.« Mia konnte die Bitterkeit in seiner Stimme hören, und es tat ihr im Herzen weh. Er sprach nie viel darüber, aber sie wusste, dass er sich immer noch Vorwürfe machte, sie in Gefahr gebracht zu haben.

»Mein Liebling, du weißt aber, dass er wahrscheinlich ein Psychopath war, oder etwa nicht?« Sie legte beruhigend eine Hand auf sein Knie und sah ihn ernst an. »Er war clever genug, es zu verbergen, aber letztendlich war er es. Eine charmante Oberfläche – und die völlige Abwesenheit von Reue darunter. Er war auch intelligent, intelligent genug, jahrhundertelang eine Maske zu tragen.« Mia erinnerte sich an das, was sie in ihren Unikursen über Psychopathen gelesen hatte, und musste zugeben, dass sie wirklich faszinierend waren. Sie wusste nicht, ob Saret genau mit der Beschreibung in den Büchern übereinstimmte – oder ob die Krinar überhaupt wirkliche Psychopathen im medizinischen Sinne sein konnten –, aber er wies mit Sicherheit einige ihrer Züge auf, einschließlich des riesigen Selbstwertgefühls.

Korum lächelte zur Antwort und zog sie zu sich heran,

aber sie konnte sehen, dass es noch lange dauern würde, bevor die Wunden, die Sarets Verrat ihm zugefügt hatte, verheilen würden.

Neben den ganzen Besuchern hatten sie auch viel mit der Vorbereitung der Hochzeit zu tun. Dank der virtuellen Hilfe von Korums Cousine Leeta erschuf sich Mia ein wunderschönes weißes Kleid, welches Elemente beider Kulturen beinhaltete. Sie fertigte außerdem sehr hübsche Kleidung für ihre Familie an, die weitestgehend im krinarischen Stil gehalten war, aber ihre persönlichen Geschmäcker berücksichtigte.

In der Zwischenzeit errichtete Korum eine enorme Festhalle, die über dem See in der Nähe seines Hauses schwebte. Mit ihrer Größe eines olympischen Stadions war sie dazu geeignet, über hunderttausend Gäste unterzubringen – eine Zahl, bei der Mia ganz schwindelig wurde, wenn sie darüber nachdachte.

»Wie groß wird diese Hochzeit werden?«, stieß sie hervor, als sie diesen riesigen Bau erblickte.

»So groß, wie sie sein muss«, antwortete ihr Korum und sah sie entschlossen an. Mia begriff, dass er ein öffentliches Statement abgeben wollte. Indem er sie vor ganz Krina heiratete, zeigte er, dass die Menschen offiziell angekommen waren. Sie waren nicht länger eine niedere Spezies, die nur im Schatten der krinarischen Gesellschaft existieren konnte. Korum machte damit seinen Standpunkt, ihre Sorgen über ihren Platz in seiner Welt betreffend, klar.

31. KAPITEL

Am Tag vor der Hochzeit trafen die Ältesten ein Urteil über Saret. Sobald Korum diese Neuigkeiten hörte, ging er seinen ehemaligen Freund besuchen, da er das komische Bedürfnis verspürte, ihn ein letztes Mal zu sehen.

Saret wurde in Viarad festgehalten, in einem streng bewachten Gebäude, in welchem gefährliche Kriminelle auf ihre Verhandlung warteten. Die letzten Monate waren ihm nicht gut bekommen. Wenn Korum es nicht besser gewusst hätte, hätte er gedacht, dass Saret irgendwie gealtert sei. Sein Blick war stumpf und leer, und seine Haut sah eigenartig aschfarben aus. Es schien, als hätte er alle Hoffnung verloren, und einen kurzen Moment lang hatte Korum Mitleid mit seinem Feind, als seine Gedanken zu ihrer gemeinsamen Kindheit zurückwanderten.

Dann erinnerte er sich allerdings daran, was Saret mit Mia gemacht und was er mit ihnen allen vorgehabt hatte – und sein Mitleid verschwand. Korum hatte niemals den wirklichen Saret gekannt; die guten Zeiten, die sie zusammen gehabt hatten, waren genauso ein Schwindel wie Sarets Freundschaft.

»Willst du dich an meinem Unglück weiden?«, unterbrach Sarets Stimme die Stille. »Ich vermute, du hast mein Urteil gehört?« Seine Lippen verzogen sich verbittert, und seine Finger zogen automatisch an dem Ring für Kriminelle, der um seinen Hals lag.

»Nein«, antwortete Korum ehrlich, »Ich bin nicht gekommen, um mich zu weiden.«

»Und warum bist du sonst hier?«

»Ich weiß es nicht«, gab Korum zu. »Ich denke, ich wollte abschließen.«

»Abschließen?« Saret lachte, ein schrilles Geräusch, welches Korum in den Ohren schmerzte. »Inwiefern abschließen?«

Korum zuckte mit den Schultern und war sich nicht sicher, was er darauf antworten sollte.

»Jalet und Huar haben mich gestern besucht«, erzählte Saret, und seine Augen hingen an Korums Gesicht. »Sie haben mir alles über deine kleine menschliche Braut erzählt und über deine Hochzeit, das größte Ereignis des Jahrtausends. Glückwunsch. Ich denke, du hast ihr eine bessere Gehirnwäsche verpasst, als ich das jemals gekonnt hätte. Selbst nachdem Laira, diese Schlampe, meine Prozedur rückgängig gemacht hat, will Mia dich. Hast du ihr erzählt, was du mit ihren Mitmenschen vorhast?«

»Ja«, antwortete Korum ihm. »Ich habe ihr alles erklärt. Sie hat es verstanden. Ich habe nie vorgehabt, ihrer Art etwas Böses anzutun, ich wollte auf ihrem Planeten lediglich Platz für uns schaffen.«

»Ja, klar.« Saret sah ihn sarkastisch an. »Denkst du, ich erinnere mich nicht daran, wie du die Menschen einst gesehen hast? Wie du gesagt hast, die Erde sollte eigentlich uns gehören?«

Korum starrte seinen ehemaligen Freund ungläubig an. »Hast du wirklich gedacht, ich würde immer noch so denken? Saret, das war vor über tausend Jahren! Seitdem hat sich alles verändert. *Ich* habe mich seitdem verändert …«

»Ach wirklich? Und was hat dich verändert? Eine enge, kleine Muschi und ein Paar großer, blauer Augen?«

Korum fühlte den starken Drang, Saret gegenüber gewalttätig zu werden, aber hielt sich im letzten Moment zurück. »Nein«, antwortete er und hielt seine Stimme ruhig. »Ich habe gesehen, wie schnell sie sich entwickeln und immer mehr wie wir werden. Ich habe vor Jahrhunderten verstanden, mich geirrt zu haben, was sie betraf – wie so viele von uns. Aber das wusstest du ja sicher.«

»Nein, das wusste ich nicht«, antwortete ihm Saret. »Oder vielleicht wusste ich es auch, konnte es aber nicht glauben. Das ist ja jetzt auch egal, oder etwa nicht? Nach heute existiere ich nicht mehr. Das ist der Grund dafür, weshalb du mich besuchen gekommen bist, stimmt's? Um mich sterben zu sehen?«

»Du wirst nicht sterben«, sagte Korum ruhig. »Sie

haben dich zu einer neuen Form der vollständigen Rehabilitation verurteilt, die Laira selbst kürzlich entwickelt hat. Im Gegensatz zu der alten kann diese nicht rückgängig gemacht werden.«

Saret lachte bitter. »Richtig. Wie ich gesagt habe, nach diesem Eingriff gibt es mich nicht mehr.«

»Auf Wiedersehen, Saret.« Korum warf einen letzten Blick auf seinen ehemaligen Freund und ging hinaus – und beendete dieses Kapitel seines Lebens.

Als er nach Hause kam, wartete Mia schon mit einem besorgten Gesicht auf ihn. »Wie ist es gelaufen?«, fragte sie und stand von dem schwebenden Brett auf, auf dem sie gesessen und gelesen hatte. »Konntest du mit ihm reden?«

»Ja.« Korum zog sie zu sich heran, um sie zu umarmen. Das vertraute Gefühl von ihr in seinen Armen war beruhigend und ließ den Stress und die Anspannung von ihm abfallen. So ungern Korum es auch sich selbst gegenüber zugab – Saret heute zu sehen war sehr schmerzhaft gewesen. Trotz seines Verrats. Korum hatte sein ganzes Leben lang gedacht, dass er sein Freund sei, und er konnte nichts daran ändern, diesen Verlust zu betrauern.

Sie schlang ihre Arme um seine Taille und hielt ihn fest, und ihre kleinen Hände strichen über seinen Rücken. Irgendwie wusste sie, dass er Trost brauchte; dieser Tage wusste sie immer, was er brauchte.

Nach einigen Minuten zog sie sich zurück und sah zu ihm mit mitleidvollen, blauen Augen hinauf. »Wann werden sie es machen?«, fragte sie ruhig. »Wann werden sie die Prozedur durchführen?«

»Heute Nachmittag«, antwortete ihr Korum und strich ihr eine Locke von der Wange. »In wenigen Stunden schon.«

»Und was dann? Was passiert mit denjenigen, die so rehabilitiert wurden?«

»Er wird in eine spezielle Rehabilitationseinrichtung kommen, wo den Rehabilitierten beigebracht wird, wie sie wieder produktive Mitglieder der Gesellschaft werden können. Er wird natürlich seine alte Identität kennen, aber er wird die Möglichkeit bekommen, neu anzufangen, sich ein anderes Leben aufzubauen.«

»Und er wird völlig verändert sein? Er wird nicht wieder die gleichen Dinge machen wollen?«

»Höchstwahrscheinlich nicht«, antwortete Korum. »Außerdem wird er für die nächsten Jahrhunderte unter Beobachtung stehen. Bei dem kleinsten Anzeichen für kriminelle Energien wird die Prozedur wiederholt werden.«

Sie befeuchtete ihre Lippen, und Korum starrte auf ihren Mund. Seine Gedanken drehten sich plötzlich um Sex. »Denkst du, wir werden ihm jemals wieder begegnen?«, wollte sie von ihm wissen. »Wenn er nach seiner Rehabilitation erneut in die Gesellschaft integriert wird, denkst du, wir sehen ihn dann wieder?«

Korum versuchte seine Gedanken von der Vorstellung seines Geschlechts in ihrem Mund abzulenken. »Wahrscheinlich«, gelang es ihm zu sagen. »Aber mach dir keine Sorgen – er wird ein völlig anderer Mann sein.«

Trotz der Ernsthaftigkeit ihrer Unterhaltung konnte er spüren, wie sein Glied wie immer auf ihre Nähe reagierte und sich versteifte.

Zweifellos fühlte Mia den Druck gegen ihren Bauch, lächelte ihn wissend an und schmiegte sich näher an ihn, um ihre Brüste an seinem Oberkörper zu reiben. Korum zog scharf die Luft ein und konnte ihre Nippel durch die zwei Lagen Kleidung spüren, die sie trennten. Ihre Augen wurden dunkler, ihre Pupillen weiteten sich und ein Hauch von Farbe stahl sich auf ihre Wangen. Sie wurde erregt; das konnte er sehen … und fühlen und riechen. Ihr warmer, sinnlicher Geruch war für ihn wie ein Aphrodisiakum, sandte Blut durch seine Adern und bewirkte, dass sein Geschlecht vor Verlangen pochte.

Sie sah ihn immer noch mit einem verführerischen Lächeln an und leckte sich noch einmal über die Lippen, diesmal langsam. Das Geräusch, welches ihm entschlüpfte, war schon fast ein Knurren. Sie wusste mittlerweile genau, was sie zu tun hatte, wie sie ihn in der kürzesten Zeit zum Wahnsinn treiben konnte.

Voll Verlangen, sie zu schmecken, beugte Korum sich nach unten, küsste sie und genoss die Art und Weise, wie sich ihre Zunge um seine wand, sie in seinem Mund streichelte und liebkoste. Sie war jetzt geübt, was das Küssen betraf, weit entfernt von der Jungfrau, die er in New York in sein Bett gezwungen hatte. Ihre Finger suchten sich ihren Weg in sein Haar, ihre Nägel kratzten sanft über seinen Kopf, und er stöhnte fast, wippte seine Hüften vor und zurück, drückte seine Erektion in ihren Bauch.

Seine Haut fühlte sich heiß an, und ihre Kleidung beengte sie, stand zwischen ihnen. Korum zog das Oberteil ihres Kleides herunter, hielt ihre Arme in dem Stoff gefangen und legte ihre Brüste für seinen Blick frei. Sie waren weiß, fest und perfekt gerundet. Ihre Nippel waren wunderschön rosafarben. Unfähig, dieser Versuchung zu widerstehen, ließ er sich auf die Knie fallen und zog die kleinen, harten Nippel an seinen Mund, saugte erst an dem einen, dann an dem anderen. Sie stöhnte, lehnte sich zu ihm. Ihre Hände hielten sich an seinem Hinterkopf fest, und Korum ließ eine Hand unter den Rock ihres Kleides gleiten, um die Nässe ihrer Locken zwischen den Schenkeln zu spüren.

»Korum, bitte«, flüsterte sie, und er wusste, dass sie mehr wollte, genau wie er. Er leckte immer noch ihre Nippel und stieß gleichzeitig einen Finger in sie hinein. Als er die warme Feuchtigkeit ihres inneren Kanals fühlte, pressten sich seine Hoden wie kleine, harte Bälle an seinen Körper. Er wollte, dass sie kam, aber gleichzeitig wollte er sie weiter quälen, wollte, dass sie vor Lust in seinen Armen schrie. Sein Daumen drang zwischen ihre Falten, fand ihre kleine Klitoris und übte einen leichten Druck auf sie aus, so leicht, dass sie ihren Höhepunkt nicht erreichen konnte. Sie streckte sich ihm entgegen, und Korum wiederholte sein Spiel, da er diese hilflosen kleinen Schreie liebte, die ihr entwichen. Sein Geschlecht schien zu explodieren, aber er drang weiterhin mit seinem Finger in sie ein, fühlte bei jeder Bewegung einen frischen Erguss von Feuchtigkeit.

Süß, sie war für ihn so unglaublich süß. Er zerriss ihr Kleid, legte ihren Bauch und das dunkle Dreieck zwischen ihren Beinen frei, und sein Mund verließ ihre Brüste, um jeden Millimeter ihrer freigelegten Haut zu küssen. Es gab so viel, was er mit ihr anstellen, so viele Arten, auf die er sie nehmen wollte, und das würde er auch machen, aber alles zu seiner Zeit. Jetzt gerade musste er es langsam angehen lassen, sie langsam in die Welt der Lust einführen. Sie zitterte in seinen Armen, ihre empfindlichen inneren Wände pochten um seinen Finger, und er stieß einen zweiten Finger in sie, dehnte sie aus, während sein Daumen immer noch sanft mit ihrer Klitoris spielte.

»Korum …« Ihr gequältes Stöhnen war Musik in seinen Ohren, und er lächelte triumphierend, bevor er leicht mit seinen Zähnen über die zarte Haut ihres Bauches fuhr. Er verletzte die Haut nicht, aber sie zog bei diesem Gefühl trotzdem die Luft ein, und er fühlte, wie sich ihre Vagina um seinen Finger zusammenzog und sie mit noch mehr Feuchtigkeit bedeckte.

»Ja …«, murmelte er, »ja, jetzt kannst du für mich kommen …« Und das tat sie auch. Sie warf ihren Kopf mit einem Schrei nach hinten, und das Pulsieren ihrer inneren Muskeln erregte ihn noch mehr.

Korum zog seine Finger aus ihr, leckte sie ab, um ihren Geschmack zu genießen, und zog Mia dann neben sich auf den Boden. Das intelligente Material um sie herum fühlte sich weich an und massierte ihre Knie und Knöchel mit kleinen fingerähnlichen Fortsätzen, aber Korum bemerkte dieses angenehme Gefühl kaum, konzentrierte sich nur auf die Frau in seinen Armen.

Mia zitterte immer noch, ihr Atem war schnell und ungleichmäßig nach ihrem Orgasmus, und Korum rückte ihren weichen Körper so zurecht, dass sie auf ihren Händen und Knie stand, mit dem Gesicht von ihm abgewandt. Ihr perfekt geformter Po war eine unwiderstehliche Versuchung. Er konnte die nassen, geschwollenen Falten ihres Geschlechts sehen und die kleine Rose ihrer anderen Öffnung, und er wollte in beiden sein, sie auf jede erdenkliche Art nehmen.

Er stieß seinen Daumen in ihren feuchten Kanal, sammelte ihre Nässe und nutzte sie als Gleitmittel, um den gleichen Finger in ihren Po zu drücken. Sie schrie auf, ihre Muskeln wehrten sich gegen sein Eindringen, und er machte eine Pause, damit sie sich an das Gefühl gewöhnen konnte, bevor er sich langsam in ihre enge Öffnung hineinbohrte. Als er ganz in ihr war, legte er seine andere Hand auf ihre Hüfte und versenkte seinen Penis tief in ihr.

Sie bog sich, stöhnte, und Korum zog seinen Atem ein, als sein Daumen durch die dünne Wand, die die beiden Öffnungen voneinander trennte, die Bewegung seines Geschlechts in ihr fühlte. So unglaublich süß. Das Lustgefühl war unglaublich, nahezu unerträglich. Unfähig, noch länger zu warten, nahm Korum sie, ohne sich zurückzuhalten. Er fühlte, wie sich ihre inneren Muskeln um ihn zusammenzogen und ihn so fest drückten, dass er sich fühlte, als müsse er explodieren.

Das machte er dann auch und warf seinen Kopf dabei mit einem tiefen Gebrüll nach hinten. Sie schrie auch und erschauderte. Korum fühlte sich, als würden ihre inneren Muskeln ihn melken, jeden Tropfen Samen aus seinem Körper pressen.

Keuchend sank er auf den Boden, immer noch tief in

ihr vergraben. Nach ein paar Minuten entfernte er seinen Daumen und zog ihren nackten, zitternden Körper zu sich heran. Sie atmete genauso schwer wie er, und er küsste ihre zarte Ohrmuschel, weil er wusste, dass sie Zärtlichkeiten brauchte, nachdem er sie so wild genommen hatte. »Ich liebe dich«, flüsterte er, und sie drehte sich lächelnd zu ihm um – mit dem Lächeln einer Frau, die gerade vollständig befriedigt worden war.

»Und ich liebe dich«, erwiderte sie sanft, während sie sein Gesicht mit ihren Fingern streichelte.

Sie lagen einfach eine Weile so beieinander, hielten sich in den Armen und genossen dieses Gefühl von Haut an Haut. Dann hörte Korum, wie Mias Magen knurrte.

Sie errötete leicht und er grinste. »Duschen und essen?«

»Ja, bitte«, antwortete sie lachend, als er sie schon hochhob und ins Badezimmer trug.

* * *

Die Wächter kamen Saret am Nachmittag holen. Alir war unter ihnen, seine Augen waren kalt, und sein Blick ausdruckslos.

Als sie nach ihm griffen, schüttelte Saret ihre Hände ab und ging allein aus dem Raum, um ihnen in die Bestrafungskammer zu folgen.

Laira wartete schon auf sie und sah, der Situation angemessen, düster aus. Saret war ihr einmal zuvor begegnet und hatte sie auf Anhieb nicht gemocht. Sie erinnerte ihn an Korum. Die gleiche hohe Intelligenz und der gleiche rücksichtslose Ehrgeiz. Sie hatte sich vor ein paar Jahrzehnten auch bei seinem Labor beworben, bevor sie als neuer aufgehender Stern auf diesem Gebiet bekannt geworden war. Nach einem kurzen Bewerbungsgespräch hatte Saret sie abgelehnt und den niedergeschmetterten Ausdruck auf ihrem Gesicht genossen, als er ihr sagte, sie sei nicht qualifiziert genug.

Es war eine perverse Ironie, dass gerade sie heute seine Bestrafung ausführte.

Sie banden ihn an einem schwebenden Brett fest und kontrollierten auch noch einmal, dass er für das, was ihn erwartete, fest genug gehalten wurde. Saret wehrte sich nicht. Was hätte das auch für einen Sinn? Die Wächter waren bis auf die Zähne bewaffnet, und auch wenn sie es nicht wären, waren sie immer noch sehr geübte Kämpfer. Er hätte keine Chance. Alles, was Saret zu diesem Zeitpunkt noch wollte, war, mit Würde zu sterben.

Und ein Tod war es auf jeden Fall. Auch wenn sein Körper leben würde, sein Kopf – das, was ihn zu Saret gemacht hatte – wäre weg, vollständig ausgelöscht. Er würde nie wieder er selbst sein; seine Erinnerungen, seine Persönlichkeit, sein Wesen – das wäre alles weg.

Laira näherte sich ihm und hielt einen kleinen Apparat in ihrer Hand. Saret erkannte ihn wieder. Er hatte einen baugleichen erst vor ein paar Monaten bei Mia benutzt.

»Es tut mir leid«, sagte Laira und drückte den Apparat gegen seine Stirn. »Es tut mir wirklich leid.«

Ihr Gesicht war das Letzte, was Saret sah, bevor seine Welt in der Dunkelheit verschwand.

32. KAPITEL

Der Morgen ihres Hochzeitstages war frisch und klar.

»Mia, Süße, du siehst …«, ihre Mutter wischte sich die Tränen weg, »du siehst so großartig aus …«

»Danke schön, Mami«, antwortete Mia leise. »Du und Marisa, ihr seht auch wunderschön aus.« Das war die Wahrheit. Ihre Schwester sah umwerfend aus in diesem cremefarbenen Kleid mit den weichen Falten, die gekonnt ihren leichten Babybauch verbargen. Ihre Mutter dagegen sah in dem pfirsichfarbenen Etuikleid, welches ihrer rundlichen Figur schmeichelte, unglaublich jung aus. Ihr Vater und Connor trugen auch krinarische Kleidung und sahen erstaunlich elegant aus mit den weißen, engen Hosen, Stiefeln und strukturierten ärmellosen Shirts.

»Ich kann gar nicht glauben, dass meine kleine

Schwester heiratet«, schniefte Marisa, und ihre Augen wurden feucht. Das war allerdings nicht ungewöhnlich; Mias Schwester weinte im Moment andauernd.

»Und dann auch nichts Geringeres als einen Krinar«, warf Connor mit einem breiten Grinsen auf seinem Gesicht ein. »Dan, hast du das jemals von deiner jüngsten Tochter erwartet?«

»Nein«, antwortete ihr Vater trocken. »Mit Sicherheit nicht.«

Mias Familie saß in einem privaten Zimmer in dem riesigen Hallenbau und sah Mia dabei zu, wie sie die letzten Handgriffe an ihrem Haar tat. Als Hochzeitsgeschenk hatte Leeta ihr das Design für ein wunderschönes Haaraccessoire geschickt, welches Mia gerade auf ihrem Kopf befestigte. Es war aus glitzernden Metallen und leuchtenden weißen Steinen gefertigt, die ihr ganzes Haar umfassten und sich durch jede Locke zogen. Mia sah aus wie eine Prinzessin aus einem Märchen.

Ihr Kleid verstärkte diesen Eindruck noch. Es war so lang, dass der weite Rock ihre Füße bedeckte, und hatte ein trägerloses Oberteil mit einem Herzausschnitt, der ihre Brüste nach oben drückte und ihren schlanken Oberkörper betonte. Es wäre ein klassisches Hochzeitskleid gewesen, wenn nicht Mias Rücken völlig unbedeckt gewesen wäre, so wie das bei normaler krinarischer Bekleidung in der Regel der Fall war. Da das Kleid lang war, beschloss Mia, High Heels zu tragen und sich dadurch zehn Zentimeter größer zu machen – wodurch sie fast an die Größe der kleinsten krinarischen Frauen heranreichte.

»Korum hat dich noch nicht gesehen, oder?«, fragte ihre Mutter besorgt, und Mia schüttelte, über diesen Aberglauben lächelnd, ihren Kopf.

»Das hat er nicht, Mami, entspann dich.«

Mia wusste, dass sie selbst nervös sein sollte. Rasteten Bräute nicht immer aus, wenigstens ein kleines bisschen? Und Mia hatte mehr Grund dazu als die meisten, wenn man die Größe ihrer Hochzeit und die Tatsache, dass die gesamte krinarische Rasse diesem beispiellosen Ereignis entweder virtuell oder persönlich zuschauen würde, betrachtete.

Aber sie hatte nicht den kleinsten Anflug von Nervosität. Alles, was sie fühlte, war das warme Glühen von Glück. Korum hatte sich um die ganze Logistik gekümmert, die kompletten Hochzeitsvorbereitungen mit der gleichen ruhigen Sicherheit vorgenommen, mit der er auch sonst alles machte, weshalb sie sich auch darüber keine Gedanken machen musste. Was ihre gemeinsame Zukunft betraf, wusste sie, dass es nicht immer einfach sein würde, aber ihre Liebe war stark genug, echt genug, um alle Hindernisse, die noch vor ihnen lagen, überwinden zu können.

Ein Teil von ihr konnte immer noch nicht glauben, dass sie wirklich gerade im Begriff war, den Krinar zu heiraten, den sie einst gefürchtet und als ihren Feind angesehen hatte. Obwohl nur wenige, kurze Monate vergangen waren, hatte sich in ihrem Leben so viel verändert – und in Korums Leben. Sie beide hatten Kompromisse zu schätzen gelernt und auch, die Sichtweise der anderen Person zu betrachten. Mia war stärker und selbstsicherer geworden, während Korum seine natürliche Arroganz und seinen Kontrollzwang gemildert hatte. Er war natürlich immer noch lächerlich beschützend, aber Mia hoffte, dass sich das mit der Zeit abschwächen würde, wenn die Erinnerungen an Saret langsam verblassten. Korums besitzergreifende Art war ein anderer Punkt, aber sie vermutete, dass dieser Teil seiner Persönlichkeit sich nicht ändern würde.

»Du weißt, du wirst zu Hause eine berühmte Persönlichkeit sein«, meinte Marisa nachdenklich und sah Mia an. »Meine kleine Schwester – der erste Mensch, der einen Krinar heiratet! Wenn die Medien das mitbekommen, wirst du in allen Nachrichten sein …«

»Ich weiß.« Mia erschauderte innerlich bei diesem Gedanken. Sie und Korum hatten diese beunruhigende Möglichkeit schon besprochen. »Wenn wir auf die Erde zurückkehren, werden wir wahrscheinlich in Lenkarda leben, also wird es für uns nicht so schlimm werden. Für euch dagegen … Ihr könntet euch allerdings überlegen, auch nach Lenkarda zu ziehen, ganz unabhängig davon, was aus der Petition wird.« Sie sprachen nicht extra darüber, dass Mias Familie auf jeden Fall in den Siedlungen leben müsste, falls ihnen die Unsterblichkeit zugestanden werden würde, genau wie ein Charl.

Mia warf einen letzten Blick in den Spiegel, drehte sich um und lächelte alle an. »Ich bin bereit.«

∗ ∗ ∗

Korum trug einem weißen, menschlichen Smoking und wartete am Altar. Als die ersten Töne des menschlichen

Hochzeitsmarsches erklangen, schoss sein Puls erwartungsvoll in die Höhe. In wenigen Minuten würde Mia vor den Altar treten, und er könnte endlich seine menschliche Braut sehen.

Vor zwei Stunden hatten ihre Eltern sie weggeführt und ihn streng davor gewarnt, sie bis zur Zeremonie zu sehen. Das brachte Unglück oder so etwas Lächerliches. Korum hatte das gar nicht gepasst, da er Mia beim Ankleiden helfen – und vielleicht vor der langen Feier noch einen Quickie einschieben – wollte, aber Ella Stalis war unerbittlich gewesen, und Korum hatte widerwillig nachgegeben. Sich mit seiner zukünftigen Schwiegermutter zu streiten hatte nicht ganz oben auf seiner Prioritätenliste für den heutigen Tag gestanden.

Während die Musik weiterspielte, blickte er sich schnell in der Halle der Feier um. Sie war in weißen und silbernen Farbtönen dekoriert und zum Bersten gefüllt. Neben Korums Familie, Freunden und verschiedenen Bekannten nahmen auch viele Persönlichkeiten der krinarischen Elite persönlich an diesem Ereignis teil. Der Rest Krinas – und die krinarischen Residenten auf der Erde – erlebten es virtuell. Alle betrachteten ihn mit unverhohlener Neugier, und Korum wusste, dass sie sich gerade fragten, warum er das tat, warum er seinen Charl heiratete. Selbst Arus war verwundert gewesen. »Ist das nicht überflüssig?«, wollte er von Korum nach einem Ratstreffen, an welchem er neulich teilgenommen hatte, wissen. »Du und Mia, ihr seid doch schon so gut wie verheiratet. Sie ist dein Charl.«

Korum hatte nur gelächelt und sich nicht die Mühe gemacht, seine Gründe zu erklären. Mia war in der Tat sein

Charl, und jetzt würde sie auch seine Frau sein.

Er konnte in der Entfernung ihre Schritte hören. Ihr Vater führte sie, um sie ihm zu übergeben, genauso wie es der alte Brauch vorschrieb. Korum grinste innerlich. Er würde sie gerne aus seinen Händen nehmen.

Als sie auf der anderen Seite des Ganges erschien, am Arm ihres Vaters, verschlug es Korum die Sprache. Sie strahlte, schöner als jede Frau, die Korum jemals gesehen hatte. Sie glühte fast schon, ihre blauen Augen leuchteten vor Glück und ihre Lippen lächelten breit. Das Kleid betonte ihre schlanke Taille, hob ihre köstlichen, runden Brüste an und zog seine Aufmerksamkeit auf ihr Dekolleté. Sie so zu sehen löste bei ihm den Wunsch aus, sie zu nehmen, zum Bett zu tragen – und sie für die nächsten paar Stunden dortzubehalten.

Bald, versprach Korum sich und gab sein Bestes, alle Gedanken an Sex aus seinem Kopf zu verbannen. Das war aber unmöglich, weil er seinen Blick einfach nicht von ihr abwenden konnte. Als sie auf den Altar zuschritt, bemerkte er, wie er hungrig jeden ihrer Schritte beobachtete, sich an der Zartheit ihrer Gesichtszüge weidete, den eleganten Linien ihres Halses und der Schultern. Ihr Hals sah so zart aus, lud zum Anfassen ein, und Korums Finger zuckten aus dem Drang heraus, sie zu berühren, sie zu streicheln.

Dann war sie da, stand neben ihm, und die Musik erreichte ihr Crescendo, bevor sie leiser wurde. Korum nahm Mias Hand und drehte sich zu der blonden, menschlichen Frau um, die die Zeremonie durchführen würde. Einst ein Richter in Missouri, war Lana Walters jetzt ein Charl und lebte auf Krina. Sie fühlte sich geehrt,

Teil eines solchen historischen Ereignisses zu werden.

»Liebe Freunde, Familie, alle hier Anwesenden und Zuschauer«, sagte Lana mit einer rauen Stimme, »wir haben uns heute alle hier versammelt, um der Hochzeit von Nathrandokorum und Mia Stalis beizuwohnen. Dieses ist das erste Mal, dass eine solche Vereinigung überhaupt stattfindet.« Sie machte eine Kunstpause. »Korum, nimmst du Mia zu deiner rechtmäßig angetrauten Ehefrau, wirst du sie lieben, achten und ehren an allen Tagen deines Lebens, in guten und in schlechten Zeiten, in Krankheit und Gesundheit, bis dass der Tod euch scheidet?«

»Ja, ich will«, antwortete Korum und schaute dabei Mia an. Bei seinen Worten wurde ihr Lächeln unglaublich strahlend und blendete ihn mit seiner Schönheit.

»Und du, Mia? Nimmst du Korum zu deinem rechtmäßig angetrauten Ehemann, wirst du ihn lieben, achten und ehren an allen Tagen deines Lebens, in guten und in schlechten Zeiten, in Krankheit und Gesundheit, bis dass der Tod euch scheidet?«

»Ja, ich will.« Ihre Stimme war kräftig und klar, ohne auch nur den Hauch eines Zögerns.

»Hiermit erkläre ich euch zu Mann und Frau. Du darfst die Braut jetzt küssen.«

Korum musste nicht lange dazu ermuntert werden. Er zog Mia zu sich heran, beugte seinen Kopf nach unten und küsste sie. Ihr köstlicher Geschmack sandte Blutwallungen direkt in seine Lendengegend. Er musste seine ganze Willenskraft aufbringen, nach einer Minute aufzuhören. Als er ihre Lippen gehen ließ, schaute Mia ihn mit einem leicht geschwollenen Mund und lusterfüllten, blauen

Augen zärtlich an.

Plötzlich stand die Menge auf und begann als krinarische Version des Klatschens mit den Füßen zu stampfen. Der Boden bebte, als hunderttausend Gäste rhythmisch stampften und sie bejubelten. Korum nahm Mias Hand und hob ihre vereinigten Handflächen in die Luft, was bei der Menge noch größeren Jubel auslöste.

Es war Zeit, zu feiern.

* * *

Mia konnte nicht aufhören zu lachen, als ihr Ehemann sie ohne Anstrengungen über die Tanzfläche wirbelte, so als sei sie eine Puppe. Um sie herum tanzten auch andere krinarische Paare, deren Bewegungen so komplex und fließend waren, dass Mia niemals in der Lage sein würde, sie eigenständig nachzumachen. Ihre Familie schaute vom Rand aus zu und sah genauso ehrfürchtig aus, wie Mia sich durch den übermenschlichen Anmut und die athletischen Bewegungen der Tänzer fühlte.

Trotz der menschlichen Hochzeitszeremonie war die Party danach entschieden außerirdisch. Sie erinnerte Mia an die Vereinigungsfeier Leetas in Lenkarda. Alles, angefangen bei der exotischen Musik bis hin zu den Tanzflächen in den Ecken des Saales, war rein krinarisch. Es wimmelte nur so von schwebenden Sitzen, reflektierenden Wänden und schimmernden Dekorationen.

Mia konnte sehen, dass ihre Eltern von dem ganzen Glitzer und der umwerfenden Menge um sie herum überwältigt waren. Marisa und Connor dagegen schienen es einfach nur zu lieben. Mias Schwager probierte sogar eines der lokalen alkoholischen Getränke. »Starkes Zeug«, meinte er anerkennend, nachdem seine Augen aufgehört hatten zu tränen. Mia und die anderen blieben bei dem erfrischenden, pinkfarbenen Fruchtcocktail und wollten nichts probieren, was einen Krinar betrunken machen konnte. Nach einer Weile gesellten sich Korums Eltern zu Mias Familie, und alle unterhielten sich, während Korum Mia zur Tanzfläche entführte.

Nach einer Stunde ausgelassenen Tanzens bettelte Mia um Gnade. »Du weißt, ich bin nur ein Mensch, oder?«, fragte sie Korum lachend und hielt an, um nach Luft zu schnappen.

In diesem Moment kam ein großer, krinarischer Mann auf sie zu. »Herzlichen Glückwunsch«, sagte er und lächelte sie an. »Ich bin Kellon, Ellets Cousin.«

Korum erwiderte sein Lächeln, und sie tauschten die traditionelle krinarische Begrüßung aus, indem sie jeweils die Schulter des anderen berührten.

»Ich habe ein Hochzeitsgeschenk für euch«, erklärte ihnen Kellon, »von Ellet.«

»Ach?« Korum hob seine Augenbrauen, und Mia schaute den Krinar gespannt an. Was wollte die Expertin für menschliche Biologie ihnen geben?

»In den vergangenen Jahren hat Ellet an einem sehr ehrgeizigen Projekt gearbeitet«, erklärte ihnen Kellon, »und letzte Nacht hatte sie endlich den großen Durchbruch. Es geht dabei um etwas, was für euch beide von ganz besonderem Interesse ist – deshalb hat sie mich gebeten, heute während eurer Hochzeit auf euch zuzukommen.«

»Was ist es?«, fragte Mia, die die Neugier nicht mehr aushielt.

»Sie hat versucht, einen Weg zu finden, wie Menschen und Krinar zusammen biologischen Nachwuchs bekommen können … und sie denkt, endlich eine Lösung gefunden zu haben.«

»Eine Lösung?«, flüsterte Mia und konnte ihren Ohren kaum glauben. »Sprichst du gerade von menschlich-krinarischen Babys?« Ihr Ehemann schien versteinert zu sein und starrte den anderen Krinar einfach nur schockiert an.

»Ja«, bestätigte Kellon ihr. »Das Verfahren ist bei weitem noch nicht perfekt, und Ellet muss noch eine Menge Hindernisse beseitigen, aber sie war in der Lage, herauszufinden, wie die DNA beider Spezies so kombiniert werden kann, dass lebensfähiger Nachwuchs entsteht. In ein paar Jahren könntet ihr ein Kind haben – natürlich nur, falls ihr das auch möchtet.«

»Ist sie sich sicher?« Korums Stimme war ruhig, aber seine Augen waren fast gelb von der Stärke seiner Gefühle. »Ist sich Ellet da hundertprozentig sicher? Wenn es sich dabei nur um eine Simulation handelt, die sie durchgeführt hat …«

»Nein«, antwortete Kellon, »sie ist sich sicher. Sie hat mindestens hundert Simulationen durchgeführt, und jede einzelne hatte das gleiche Resultat. Zum ersten Mal wird es für Charl und Cheren möglich sein, Kinder zusammen zu haben.«

»Ich danke dir, Kellon«, sagte Mia mit belegter Stimme, »und bitte richte auch Ellet unseren Dank aus. Das … ist das beste Hochzeitsgeschenk, was wir jemals bekommen konnten.« Sie fühlte sich, als würde sie jeden Moment in Tränen ausbrechen. Sie schaute weg und blinzelte angestrengt, um die Flüssigkeit zurückzuhalten, die sich in ihre Augen drängte. Ein Kind mit Korum! Das übertraf ihre wildesten Träume.

»Ja«, sagte Korum leise, »Bitte danke Ellet von ganzem Herzen von uns. Wir werden ihr das nie vergessen.«

Kellon neigte respektvoll seinen Kopf, ging davon und verschwand in der Menge.

Sobald er gegangen war, drehte Mia sich zu ihrem Ehemann um. »Ein Baby! Oh mein Gott, Korum, ein Baby!« Sie griff nach seiner Hand und drückte sie aufgeregt zwischen ihren.

»Ein Baby«, wiederholte er und hatte dabei einen eigenartigen Ausdruck auf seinem Gesicht. »Unser Baby.«

Ein Teil von Mias Freude verschwand. »Du … du möchtest doch auch ein Kind, oder etwa nicht?«, fragte sie unsicher. »Ich meine, ich weiß, es wäre zum Teil menschlich und so …«

»Ob ich eins möchte?« Er starrte sie an, als sei ihr gerade ein zweiter Kopf gewachsen. Als er wieder sprach, war seine Stimme tief und voller Gefühl. »Mia, meine Süße, ich liebe dich. Ein Kind, das ein Teil von mir und ein Teil von dir wäre? Wie könnte ich das nicht wollen?« Er bedeckte ihre Hände mit seiner anderen Handfläche und zog sie mit leuchtenden Augen zu sich heran. »Ich möchte das sehr, sehr gerne.«

Mia strahlte ihn an und fühlte, wie ihr Herz vor Glück überfloss. »Wenn wir eine Tochter bekämen, könnten wir sie Ivy nennen. Ich habe diesen Namen schon immer geliebt. Was meinst du?«

»Ich denke, ich finde ihn wunderschön«, murmelte er, senkte seinen Kopf und küsste sie innig und leidenschaftlich.

Sie beschlossen, ihren Familien diese guten Nachrichten erst nach der Hochzeit mitzuteilen. Es waren einfach gerade zu viele Leute anwesend, um so eine wichtige – und private – Angelegenheit zu verkünden. Und trotzdem konnte Mia an nichts anderes als an Ellets Geschenk denken.

»Denkst du, das Verfahren wird perfektioniert sein, bis ich dreißig bin?«, fragte sie Korum, als der sie wieder zurück auf die Tanzfläche führte. »Ich wollte immer ein Baby haben, bevor ich dreißig bin …«

»Dreißig?« Ihr Ehemann lachte. »Mia, mein Schatz, dein Alter ist jetzt völlig irrelevant. Unser Kind könnte geboren werden, wenn du dreißig bist – oder fünfhundertdreißig. Das ist wirklich egal …«

»Für meine Eltern nicht«, antwortete Mia ruhig. »Ich möchte, dass sie ihre Enkelkinder noch sehen, sie kennenlernen, solange sie noch leben.« Das war etwas, was ihr Sorgen machte: die Tatsache, immer noch keine Antwort von den Ältesten erhalten zu haben.

Korum wollte gerade etwas antworten, als die Musik plötzlich verstummte. Der Lärm versiegte, und aus dem Nichts heraus herrschte tödliche Stille. Alle schienen versteinert zu sein und starrten zum Eingang.

»Was ist los?«, flüsterte Mia und trat näher an Korum heran.

»Ruhig, meine Süße«, erwiderte er leise und legte ihr beschützend einen Arm um den Rücken. »Es sieht so aus, als sei Lahur hier.«

Mia konnte kaum ein Keuchen unterdrücken. Nach dem, was Korum ihr erzählt hatte, trafen sich die Ältesten niemals zum Spaß mit anderen Krinar und nahmen schon gar nicht an öffentlichen Ereignissen teil. Sie waren grundsätzlich Einzelgänger, die sich von der normalen Bevölkerung fernhielten. Und jetzt war Lahur, der älteste von ihnen, auf ihrer Party?

Die Menge teilte sich langsam, und Mia konnte sehen, wie der mächtige Mann sich seinen Weg zu ihnen bahnte. Als er sich ihnen näherte, erkannte sie die harten Gesichtszüge des Ältesten wieder, mit dem sie im Wald gesprochen hatte. Er trug wie alle anderen Gäste formelle krinarische Kleidung, aber das schicke Outfit konnte seine Raubtiernatur nicht verbergen. Selbst unter anderen Krinar wirkte er irgendwie wilder, wie ein Panther inmitten von Hauskatzen.

»Willkommen, Lahur«, sagte Korum ruhig und nickte dem Neuankömmling zu. »Wir freuen uns, dass du kommen konntest.«

»Ich danke dir.« In Lahurs tiefer Stimme klang leichte Belustigung mit. »Ich werde nicht lange bleiben. Ich bin gekommen, um euch ein Hochzeitsgeschenk zu überreichen. Das ist ein Brauch bei euch, nicht wahr, Mia?«

Mia blickte den Ältesten entsetzt an. »Ja«, presste sie heraus. »Das ist ein Brauch bei menschlichen Hochzeiten.«

Sie war überrascht, mit einem so stark schlagenden Herzen überhaupt sprechen zu können.

»Na dann«, fuhr Lahur fort, ohne seine dunklen Augen von ihr abzuwenden, »möchte ich dir mitteilen, dass deiner Bitte stattgegeben wurde. Deiner Familie werden alle Rechte und Privilegien derer zugestanden, die wir Charl nennen.«

Ein erstauntes Raunen ging bei seinen Worten durch die Menge, und Mia zog scharf Luft ein, während sich ihre Augen mit Glückstränen füllten. »Danke schön«, flüsterte sie und schaute auf das dunkle Gesicht des zehn Millionen Jahre alten Außerirdischen, der vor ihr stand. »Vielen, herzlichen Dank …«

»Ja«, sagte Korum, und sein Griff um Mias Rücken verstärkte sich. »Vielen Dank für das wunderschöne Hochzeitsgeschenk. Meine Frau und ich wissen das wirklich zu schätzen.«

Lahur nickte mit seinem Kopf und nahm so ihren Dank an. Danach drehte er sich um und ging, und die Menge teilte sich erneut, um ihn durchzulassen.

Die Musik begann wieder zu spielen, und die Party ging weiter. Marisa kam angerannt und umarmte weinend vor Freude Mia und Korum. Mias Eltern umarmten sich mit tränennassen Gesichtern. Connor schüttelte Korums Hand, und Mia konnte sehen, dass die Augen ihres Schwagers auch glänzten.

Zum ersten Mal in der Geschichte würde einer ganzen menschlichen Familie die Unsterblichkeit ermöglicht werden – ein Geschenk, welches wertvoller war als alles, was sie sich jemals hätten vorstellen können.

Mia sah zu ihrem Ehemann auf – ihrem wunderschönen krinarischen Liebsten – und lächelte durch ihre Tränen. »Ich liebe dich«, sagte sie leise zu ihm. »Ich liebe dich so sehr.«

»Und ich liebe dich«, antwortete er ihr und schaute sie mit einem warmen, bernsteinfarbenen Blick an. Ihr Glück war perfekt.

EPILOG

Lahur stand auf der Lichtung im Wald und spürte die warme Luft auf seinem Gesicht. Die anderen hatten sich um ihn versammelt, ihre Gesichter waren ihm so vertraut wie sein eigenes. Diese Krinar – die die Ältesten genannt wurden – waren einige der wenigen, deren Gesellschaft Lahur länger als zehn Minuten ertragen konnte.

»Und jetzt?«, fragte Sheura und betrachtete ihn mit ihrem stillen, dunklen Blick.

Lahur blickte sie an. »Was meinst du?«

»Ich denke, es ist Zeit«, antwortete sie ruhig. »Ich denke, wir müssen es machen.«

»Das denke ich auch.« Diese Worte kamen von Pioren, Sheuras Partner bei diesem Experiment. »Wir können nicht länger danebenstehen und beobachten. Das Projekt hat sich viel zu gut entwickelt. Sie sind wie wir. Unsere

Besten und Hellsten suchen sich ihre Partner unter ihnen.«

»Ja«, stimmte Lahur zu, »das tun sie.« Das menschliche Mädchen mit den Locken an Korums Seite stehen zu sehen war eine Erleuchtung gewesen. Sie war nicht der erste Mensch, den er jemals getroffen hatte, aber irgendetwas an ihr hatte ihn berührt, hatte die Eisschicht durchbrochen, die ihn in der letzten Zeit umgab. Einen Moment lang hatte Lahur die starke Bindung zwischen ihr und ihrem Cheren gespürt und sich in der Liebe gesonnt, die sie füreinander empfanden.

Von allen jungen Krinar, fand Lahur, war Korum einer der interessantesten, wahrscheinlich, weil er ihn an sich selbst erinnerte, als er noch jung war. Der gleiche Antrieb, die gleiche Bereitschaft, das zu tun, was notwendig war, um Ziele zu erreichen. Lahur hatte keinen Zweifel daran, dass Korum sein Ziel, ein krinarisches Reich aufzubauen, erreichen und sie alle auf eine unbekannte Reise mitnehmen würde.

Eine Reise, die Korum mit einem menschlichen Mädchen an seiner Seite zu unternehmen gedachte.

Es konnte kein deutlicheres Zeichen dafür geben, dass sie das Experiment einstellen mussten.

»Lasst es uns machen«, sagte Lahur. »Ihr habt recht. Es ist Zeit. Wir müssen unsere Technologie mit ihnen teilen, ihnen allen das geben, was bis jetzt nur einigen Auserwählten zugänglich gewesen war. Ihre Evolution ist abgeschlossen.«

Und als er sich auf der Lichtung umschaute und das Einverständnis auf ihren Gesichtern sah, hatte Lahur nur einen Gedanken: Nichts würde jemals wieder so sein wie vorher.

LESEPROBEN

Vielen Dank, dass Sie *Gefährliche Erinnerungen*, das dritte Buch der Krinar Chroniken, gelesen haben! Ich würde mich sehr über eine Buchkritik von Ihnen freuen, weil sie mir beim Schreiben hilft und andere Leser durch sie meine Bücher eher entdecken.

Auch wenn die Geschichte von Mia & Korum jetzt abgeschlossen ist, gibt es andere Bücher, die in demselben Universum spielen. Sie können *Die Gefangene des Krinar*, einen abgeschlossenen Roman, dessen Protagonisten Emily und Zaron sind, überall erhalten. Außerdem sollten Sie einen Blick auf *Swept Away – Mitgerissen*, ein Kurzroman darüber, wie sich Arus und Delia im altertümlichen Griechenland kennengelernt haben, und *Der X-Klub*, eine erotische Kurzgeschichte, in der eine

Journalistin einem Krinar begegnet, werfen.

Ich schreibe ebenfalls dunkle, sexy, zeitgenössische Romane. Sollten Sie Noras & Julians Geschichte noch nicht gelesen haben, kann ich Ihnen die *Trilogie Verschleppt* empfehlen. Zu ihr gibt es eine parallele, ebenfalls dunkle Romanreihe mit Lucas & Yulia, die *Ergreife Mich* heißt, und deren gesammelte Ausgaben sie in einem praktischen Set erhalten können.

Wenn Sie gerne benachrichtigt werden möchten, sobald ein neues Buch erscheint, tragen Sie sich bitte auf http://annazaires.com/series/deutsch/ für meinen Newsletter über Neuerscheinungen ein.

Sollten Sie Hörbücher mögen, interessiert es Sie bestimmt, dass diese Serie und weitere unserer Bücher ebenfalls als Hörbuch erhältlich sind.

Auf den nächsten Seiten finden Sie einige Auszüge aus *The Krinar Captive – Die Gefangene des Krinar, Twist Me – Verschleppt, Capture Me – Ergreife Mich* und weiteren meiner Werke. Viel Spaß damit!

AUSZUG AUS THE KRINAR CAPTIVE – DIE GEFANGENE DES KRINAR

Anmerkungen der Autorin: *The Krinar Captive – Die Gefangene des Krinar* ist ein abgeschlossener Roman, der ungefähr fünf Jahre vor der Trilogie *Die Krinar Chroniken* spielt.

* * *

Emily Ross hatte in keinem Moment erwartet, ihren tödlichen Absturz im costa-ricanischen Dschungel zu überleben, und mit Sicherheit hatte sie nicht damit gerechnet, in einer eigenartig futuristischen Unterkunft aufzuwachen und von dem schönsten Mann gefangen gehalten zu werden, den sie jemals gesehen hatte. Einem

Mann, der mehr als menschlich zu sein scheint ...

Zaron befindet sich auf der Erde, um die krinarische Invasion vorzubereiten – und die schreckliche Tragödie zu vergessen, die sein Leben zerstört hat. Als er den verletzten Körper des menschlichen Mädchens findet, ändert sich allerdings alles. Zum ersten Mal seit Jahren fühlt er mehr als nur Wut und Trauer, und Emily ist der Grund dafür. Sie gehen zu lassen, würde seine Vorhaben verraten, aber sie zu behalten, könnte ihn erneut zerstören.

* * *

Ich will nicht sterben. Ich will nicht sterben. Bitte, bitte, bitte, ich will nicht sterben.

Diese Worte wiederholten sich in ihrem Kopf, ein hoffnungsloses Gebet, das nie erhört werden würde. Ihre Finger rutschten weitere Zentimeter auf dem hölzernen Brett entlang, und ihre Nägel brachen ab, als sie versuchte, nicht den Halt zu verlieren.

Emily Ross krallte sich – im wahrsten Sinne des Wortes – an einer kaputten, alten Brücke fest. Hunderte Meter unter ihr rauschte das Wasser über die Felsen, da der Gebirgsbach durch die jüngsten Regenfälle angeschwollen war.

Diese Regenfälle waren zum Teil verantwortlich für ihre derzeitige Notlage. Wäre das Holz auf der Brücke trocken gewesen, wäre sie vielleicht nicht ausgerutscht und hätte sich auch nicht den Fuß dabei verdreht. Und sie wäre mit Sicherheit nicht auf das Brückengeländer gefallen, das unter ihrem Gewicht zerbrochen war.

Allein ihr verzweifeltes Zugreifen in der letzten Sekunde hatte verhindert, dass Emily nach unten in den Tod stürzte. Während des Fallens hatte ihre rechte Hand einen kleinen Vorsprung an der Seite der Brücke zu fassen bekommen, so dass sie jetzt einige hundert Meter über den harten Steinen in der Luft hing.

Ich will nicht sterben. Ich will nicht sterben. Bitte, bitte, bitte, ich will nicht sterben.

Das war nicht fair. Das hätte nicht passieren dürfen. Das waren ihre Ferien, ihre Zeit, wieder zu sich zu finden. Wie konnte sie jetzt sterben? Sie hatte noch nicht einmal begonnen zu leben.

Bilder der letzten zwei Jahre gingen Emily durch den Kopf, wie die PowerPoint-Präsentationen, mit deren Erstellung sie so viele Stunden verbracht hatte. Jedes Arbeiten bis spät in die Nacht, jedes Wochenende, das sie im Büro verbracht hatte – das alles war umsonst gewesen. Sie hatte ihren Job während der letzten Entlassungswelle verloren, und jetzt war sie kurz davor, ihr Leben zu verlieren.

Nein, nein!

Emily ruderte mit den Beinen und grub ihre Nägel tiefer in das Holz. Sie hob den anderen Arm in die Höhe und streckte ihn nach oben zur Brücke aus. Das würde nicht geschehen. Das würde sie nicht zulassen. Sie hatte zu hart gearbeitet, um sich von einem blöden Dschungel alles kaputtmachen zu lassen.

Blut lief an ihrem Arm hinunter, als sie sich an dem rauen Holz die Haut ihrer Finger abschürfte. Ihre einzige

Hoffnung, doch noch zu überleben, war, zu versuchen, mit ihrer linken Hand die andere Seite der Brücke zu ergreifen, damit sie sich wieder hochziehen konnte. Es gab hier niemanden, der ihr helfen konnte, niemanden, der sie retten konnte, wenn sie sich nicht selbst rettete.

Die Möglichkeit, dass sie allein im Regenwald sterben könnte, war ihr nicht in den Sinn gekommen, als sie diese Reise angetreten hatte. Sie ging häufig wandern und zelten. Und trotz der Hölle, die ihr Leben in den letzten zwei Jahren gewesen war, war sie immer noch gut in Form, kräftig und durchtrainiert vom Laufen und den ganzen anderen Sportarten, die sie an der Highschool und an der Uni ausgeübt hatte. Costa Rica wurde durch seine niedrige Kriminalitätsrate und seine touristenfreundliche Bevölkerung als ein sicheres Reiseziel angesehen. Und ein billiges – ein wichtiger Aspekt bei ihrem schnell schwindenden Sparguthaben.

Sie hatte diese Reise schon vorher gebucht. Bevor die Börse erneut eingebrochen war, bevor eine neue Entlassungswelle kam, die Tausende von Menschen, die an der Wall Street arbeiteten, ihre Jobs gekostet hatte. Bevor Emily am Montag zur Arbeit gegangen war, übernächtigt von der ganzen Wochenendarbeit, nur um am gleichen Tag das Büro mit einem kleinen Karton zu verlassen, in dem sich alle ihre privaten Habseligkeiten befanden.

Bevor ihre Beziehung nach vier Jahren zerbrochen war.

Ihr erster Urlaub in zwei Jahren, und sie war kurz davor, zu sterben.

Nein, das darfst du nicht denken. Das wird nicht passieren.

Aber Emily wusste, dass sie sich selbst belog. Sie konnte spüren, wie ihre Finger weiter abrutschten und ihr rechter Arm und ihre Schulter von der Anstrengung brannten, das Gewicht ihres ganzen Körpers halten zu müssen. Ihre linke Hand war nur noch einige Zentimeter davon entfernt, die andere Seite der Brücke zu erreichen, aber diese Zentimeter hätten genauso gut Meter sein können. Ihr Halt war nicht stark genug, um sich mit nur einem Arm hochzuziehen.

Tu es, Emily! Denk nicht lange darüber nach, tu es einfach!

Sie nahm ihre ganze Kraft zusammen, schwang ihre Beine in die Luft und nutzte die Schwungkraft, um ihren Körper für den Bruchteil einer Sekunde etwas in die Höhe zu ziehen. Ihre linke Hand ergriff das hervorstehende Brett, hielt sich daran fest … und das schwache Holzstück zerbrach. Die überraschte Emily schrie entsetzt auf.

Ihr letzter Gedanke, bevor ihr Körper auf dem Boden aufschlug, war, dass sie hoffentlich augenblicklich tot sein würde.

* * *

Der vollmundige und kräftige Geruch der Dschungelvegetation umspielte Zarons Nase. Er atmete tief ein, damit die feuchte Luft seine Lunge füllen konnte. Dieses winzige Fleckchen Erde hier war so sauber, so unverschmutzt wie sein Heimatplanet.

Genau das brauchte er gerade. Er brauchte die frische Luft, die Isolation. In den letzten sechs Monaten hatte er versucht, vor seinen Gedanken wegzulaufen, nur den Augenblick zu leben, aber das war ihm nicht gelungen. Selbst Blut und Sex reichten ihm nicht mehr. Er konnte sich zwar während des Fickens ablenken, aber der Schmerz kam danach sofort zurück, genauso stark wie immer.

Schließlich war ihm das alles zu viel geworden: der Schmutz, die Menschenmengen, ihr Gestank. Sobald er nicht von einem Nebel der Ekstase umgeben war, wurden seine Sinne von der vielen Zeit, die er in menschlichen Städten verbrachte, überreizt. Hier, wo er Luft holen konnte, ohne Gift einzuatmen, wo er Leben anstatt Chemikalien riechen konnte, war es besser. In einigen Jahren würde alles anders sein, und er könnte vielleicht erneut versuchen, in einer menschlichen Stadt zu leben, aber jetzt noch nicht.

Nicht, bis sie sich nicht vollständig hier niedergelassen hatten.

Das war Zarons Aufgabe: die Niederlassung zu überwachen. Er hatte jahrzehntelang Nachforschungen über die Flora und Fauna der Erde durchgeführt, und als der Rat ihn um seine Hilfe bei der anstehenden Kolonisation gebeten hatte, hatte er nicht gezögert. Alles war besser als zu Hause zu sein, wo die Erinnerungen an Laritas Gegenwart überall waren.

Hier gab es keine Erinnerungen. Trotz seiner Ähnlichkeiten mit Krina war dieser Planet fremd und exotisch. Sieben Milliarden Menschen auf der Erde – eine unglaubliche Anzahl –, und sie pflanzten sich mit einer schwindelerregenden Geschwindigkeit fort. Wegen ihrer kurzen Lebensspanne fehlte ihnen allerdings ein gewisses Langzeitdenken, und sie verbrauchten die Ressourcen ihres Planeten, ohne auch nur das kleinste bisschen an die Zukunft zu denken. Auf eine gewisse Weise erinnerten sie ihn an die Schistocerca gregaria – eine Spezies der Grashüpfer, die er vor einigen Jahren untersucht hatte.

Natürlich waren die Menschen intelligenter als Insekten. Einige Individuen wie Einstein ähnelten den Krinar in einigen ihrer Denkweisen sogar. Das überraschte Zaron nicht besonders; er hatte immer angenommen, dass das die Absicht des großen Experiments der Ältesten gewesen war.

Während er durch den costa-ricanischen Wald lief, dachte er über seine Aufgabe nach. Dieser Teil des Planeten war vielversprechend; er konnte sich leicht vorstellen, dass essbare Pflanzen von Krina hier gedeihen würden. Er hatte den Boden ausgiebigen Tests unterzogen, und jetzt hatte er einige Ideen, wie er ihn für die krinarische Flora noch verbessern könnte.

Der Wald um ihn herum war saftig und grün, roch nach blühenden Helikonien, und Zaron konnte das Rauschen der Blätter und das Gezwitscher der einheimischen Vögel hören. In einiger Entfernung ertönte der Schrei eines Alouatta palliata, eines in Costa Rica heimischen Mantelbrüllaffen, und etwas anderes.

Zaron runzelte seine Stirn und hörte genauer hin, aber das Geräusch wiederholte sich nicht.

Neugierig eilte er in die Richtung, aus der es gekommen war, da seine Jagdinstinkte in Alarmbereitschaft versetzt worden waren. Eine Sekunde lang hatte das Geräusch ihn an den Schrei einer Frau erinnert.

Zaron, der mit Leichtigkeit die dichte Vegetation des Dschungels durchdrang, begann zu rennen, wobei er über einen kleinen Bach und einige Büsche sprang, die sich in seinem Weg befanden. Hier draußen, weit entfernt von menschlichen Augen, konnte er sich wie ein Krinar bewegen, ohne sich Sorgen machen zu müssen, dabei gesehen zu werden. Nach einigen wenigen Minuten nahm er einen durchdringenden, metallischen Geruch wahr, durch den sein Mund wässrig und sein Schwanz steif wurde.

Blut.

Menschliches Blut.

Als er sein Ziel erreichte, blieb Zaron stehen und starrte auf den Anblick vor ihm.

Vor ihm befand sich ein Bach, ein Gebirgsbach, der wegen der jüngsten Regenfälle angeschwollen war. Und auf den großen schwarzen Steinen in der Mitte, unter einer alten Holzbrücke, die über den Bach führte, befand sich ein Körper.

Der gebrochene und verdrehte Körper eines menschlichen Mädchens.

* * *

The Krinar Captive – Die Gefangene des Krinar wir in Kürze erhältlich sein. Bitte besuchen Sie meine Homepage http://annazaires.com/series/deutsch/, um mehr zu erfahren und sich für meinen Newsletter zu Neuerscheinungen einzutragen.

AUSZUG AUS
TWIST ME – VERSCHLEPPT

Anmerkungen der Autorin: Dieses Buch gehört zu einer Reihe von Büchern, die auf Grund ihres sexuellen Inhalts definitiv als Lektüre für Erwachsene gedacht sind. Bewahren Sie deshalb dieses Buch am besten außerhalb der Reichweite von Kindern im lesefähigen Alter auf. Es unterscheidet sich außerdem von meinen anderen Büchern, da die Hauptperson diese Geschichte erzählt. Alle drei Bücher der Trilogie *Verschleppt* sind jetzt erhältlich.

* * *

Entführt und auf eine einsame Insel verschleppt

Ich hätte niemals gedacht, dass mir so etwas passiert. Ich hätte mir niemals vorstellen können, dass eine zufällige Begegnung kurz vor meinem achtzehnten Geburtstag mein Leben völlig umkrempeln würde.

Jetzt gehöre ich ihm. Julian. Dem Mann, der genauso rücksichtslos wie gutaussehend ist – dem Mann, dessen Berührungen mich brennen lassen. Ein Mann, dessen Zärtlichkeit ich verstörender finde als seine Grausamkeit.

Mein Entführer ist ein Rätsel für mich. Ich weiß nicht, wer er ist, oder warum er mich verschleppt hat. In ihm ist eine Dunkelheit – eine Dunkelheit, die mir genauso Angst macht, wie sie mich anzieht.

Mein Name ist Nora Leston, und das ist meine Geschichte.

* * *

In dem Moment, als die achtzehnjährige Nora Leston die Aufmerksamkeit von Julian auf sich zieht, verändert sich ihr Leben komplett. Sie wird verschleppt und auf eine einsame Insel im Pazifischen Ozean gebracht, wo sie die Begierden ihres sadistischen Entführers befriedigen muss – einem dunklen, geheimnisvollen Mann, der genauso grausam wie gut aussehend ist …

Hinweis: Dieses Buch ist dunkle Erotik, kein Liebesroman. Es bietet: eine junge und unberührte Heldin, beunruhigende Szenen mit dubiosem Inhalt,

Gefangenschaft, Machtspiele und sehr viel Sex, bei dem die Blümchen vor der Tür bleiben.

* * *

Jetzt ist schon Abend. Mit jeder Minute, die vergeht, werde ich ängstlicher bei dem Gedanken daran, meinen Peiniger wiederzusehen.

Ich kann mich nicht länger auf den Roman konzentrieren, den ich gerade gelesen habe. Ich lege ihn weg und drehe Runden in dem Zimmer.

Ich habe die Sachen an, die Beth mir vorhin gegeben hat. Es ist keine Kleidung, die ich mir selber ausgesucht hätte, aber sie ist besser als ein Bademantel. Ein sexy Spitzenhöschen und einen dazu passenden BH als Unterwäsche. Ein hübsches blaues Sommerkleid zum Vornezuknöpfen. Alles passt mir verdächtig gut. Hat er mich schon eine ganze Weile verfolgt? Hat er alles über mich herausgefunden, einschließlich meiner Kleidergröße?

Mir wird schlecht bei dem Gedanken daran.

Ich versuche, nicht darüber nachzudenken, was noch alles passieren kann, aber das ist unmöglich. Ich weiß nicht, warum ich mir so sicher bin, dass er heute Nacht zu mir kommen wird. Es ist natürlich möglich, dass er einen ganzen Harem voller Frauen hier auf dieser Insel festhält und jede nur einmal die Woche besucht, wie das die Sultane damals taten.

Und trotzdem weiß ich irgendwie, dass er bald hier sein würde. Die letzte Nacht hatte lediglich seinen Appetit angeregt. Ich weiß, dass er noch nicht mit mir fertig ist, noch lange nicht.

Endlich geht die Tür auf.

Er kommt herein, als würde ihm dies alles hier gehören. Was es natürlich auch tut.

Und wieder bin ich von seiner männlichen Schönheit beeindruckt. Mit so einem Gesicht hätte er ein Model oder ein Filmstar sein können. Wenn es auf dieser Welt Gerechtigkeit gäbe, wäre er klein oder hätte einen anderen Makel, der von seinem Gesicht ablenken würde.

Hat er aber nicht. Sein Körper ist groß und muskulös, mit perfekten Proportionen. Ich erinnere mich daran, wie es ist, ihn in mir zu haben, und fühle ein unwillkommenes Aufflackern von Erregung.

Er trägt wieder Jeans und T-Shirt. Diesmal ein graues. Er scheint eine Vorliebe für schlichte Kleidung zu haben, und das ist clever von ihm. So kommt sein Aussehen am besten zur Geltung.

Er lächelt mich an. Mit diesem Lächeln, das ihn wie einen gefallenen Engel aussehen lässt – dunkel und verführerisch. »Hallo Nora.«

Ich weiß nicht, was ich ihm sagen soll, also platze ich mit dem ersten heraus, das mir in den Sinn kommt. »Wie lange wirst du mich hier festhalten?«

Er legt seinen Kopf leicht zur Seite. »Hier in diesem Raum? Oder auf der Insel?«

»Beides.«

»Beth wird dir morgen die Umgebung zeigen und mit dir schwimmen gehen, falls du Lust dazu hast«, sagt er und kommt dabei immer näher. »Du wirst nicht mehr eingesperrt sein, außer du machst Dummheiten.«

»Wie zum Beispiel?«, frage ich und mein Herz klopft, als er neben mir stehen bleibt und seine Hand hebt, um mein Haar zu berühren.

»Versuchen, dir oder Beth etwas anzutun.« Seine Stimme war sanft und sein Blick hypnotisierend, als er zu mir hinuntersieht. Die Art und Weise, wie er mein Haar berührt, war sonderbar entspannend.

Ich zwinkere, um seinen Zauber zu brechen. »Und was ist mit der Insel? Wie lange wirst du mich hier festhalten?«

Seine Hand streichelt jetzt mein Gesicht und fährt an meiner Wange entlang. Ich erwische mich dabei, wie ich mich seiner Berührung hingebe, wie eine Katze, die gekrault wird, und versteife augenblicklich.

Seine Lippen verziehen sich zu einem wissenden Lächeln. Dieser Bastard weiß genau, welche Wirkung er auf mich hat. »Eine lange Zeit, hoffe ich«, sagt er.

Aus irgendeinem Grund bin ich nicht überrascht. Er würde sich nicht die Umstände gemacht haben, mich bis hierher zu bringen, wenn er mich nur einige Male ficken wollte. Ich habe Angst, aber bin nicht wirklich verwundert.

Ich nehme all meinen Mut zusammen und frage die nächste logische Frage. »Warum hast du mich entführt?«

Das Lächeln verschwindet aus seinem Gesicht. Er antwortet nicht, sondern schaut mich nur mit einem undurchschaubaren melancholischen Blick an.

Ich fange an zu zittern. »Wirst du mich töten?«

»Nein, Nora, ich werde dich nicht töten.«

Seine Verneinung beruhigt mich, auch wenn er mich gerade anlügen könnte. Ich bin ein kleines bisschen ruhiger, aber es gibt da noch eine weitere Sache, die ich unbedingt wissen muss. »Wirst du mir wehtun?«

Einen Moment lang antwortet er wieder nicht. Etwas Dunkles flackert kurz in seinen Augen auf. »Wahrscheinlich«, sagt er ruhig.

Und dann beugt er sich hinunter und küsst mich, mit seinen warmen Lippen weich und zärtlich auf meine.

Eine Sekunde lang stehe ich stocksteif da, ohne irgendeine Reaktion. Ich glaube ihm. Ich weiß, dass er mir die Wahrheit sagt, wenn er behauptet, dass er mir wehtun wird. Er hat etwas an sich, was mir Angst macht – was mir schon von Anfang an Angst gemacht hat.

Er ist überhaupt nicht wie die Jungs, mit denen ich Verabredungen hatte. Er ist zu allem fähig.

Und ich bin ihm völlig ausgeliefert.

Ich denke darüber nach, mich zu wehren. Das wäre das Normale, was man in meiner Situation machen würde. Das wäre mutig.

Und trotzdem mache ich es nicht.

Ich kann die dunklen Abgründe in ihm fühlen. Irgendetwas stimmt mit ihm nicht. Seine äußere Schönheit verbirgt etwas Grauenvolles im Inneren.

Ich möchte diese Dunkelheit nicht entfesseln. Ich weiß nicht, was passieren wird, wenn ich es tue.

Also stehe ich bewegungslos in seiner Umarmung und lasse mich von ihm küssen. Und als er mich aufhebt und zum Bett trägt, versuche ich überhaupt nicht, etwas dagegen zu machen.

Stattdessen schließe ich meine Augen und gebe mich den Empfindungen hin.

* * *

Alle drei Bücher der Trilogie Verschleppt sind jetzt erhältlich. Um mehr darüber zu erfahren, besuchen Sie bitte meine Seite http://annazaires.com/series/deutsch/ und tragen Sie sich für meinen Newsletter zu Neuerscheinungen ein.

AUSZUG AUS
CAPTURE ME – ERGREIFE MICH

Anmerkungen der Autorin: Dieser Ausschnitt wird aus Yulias Perspektive erzählt. Für alle diejenigen, die die *Twist Me – Verschleppt* Reihe kennen: diese Szene spielt sich zu dem Zeitpunkt in Moskau ab, als Lucas und Julian sich dort mit den russischen Funktionären treffen.

* * *

Sie fürchtet ihn von dem Moment an, in dem sie ihn das erste Mal sieht.

Yulia Tzakova kennt gefährliche Männer. Sie ist mit ihnen aufgewachsen. Sie hat sie überlebt. Aber als sie Lucas Kent trifft, weiß sie, dass dieser ehemalige Soldat der gefährlichste von allen sein könnte.

Eine Nacht – das sollte alles sein. Eine Gelegenheit, um einen verpatzten Auftrag wiedergutzumachen und Informationen über Kents Boss, einen Waffenhändler, zu bekommen. Sobald das Flugzeug abstürzt, sollte alles vorbei sein.

Stattdessen fängt es gerade erst an.

Er will sie von dem Moment an, in dem er sie zum ersten Mal sieht.

Lucas Kent hatte schon immer eine Schwäche für Blondinen mit langen Beinen und Yulia Tzakova ist ein besonders schönes Exemplar. Die russische Übersetzerin mag versucht haben, seinen Boss zu verführen, aber landet stattdessen in Lucas' Bett – und er hat definitiv vor, sie erneut dort zu haben.

Dann stürzt sein Flugzeug ab und er erfährt die Wahrheit.

Sie hat ihn verraten.

Jetzt wird sie dafür bezahlen.

* * *

Er betritt mein Apartment sobald sich die Tür öffnet. Er zögert nicht, er grüßt nicht — er tritt einfach ein.

Überrascht weiche ich zurück und der kurze, enge Flur fühlt sich plötzlich bedrückend klein an. Ich hatte ganz vergessen wie groß er ist, wie breit seine Schultern sind. Für eine Frau bin ich groß — groß genug um so zu tun als sei ich ein Model, falls es für einen Auftrag nötig ist — aber er überragt mich um einen Kopf. Mit der schweren Daunenjacke die er trägt, nimmt er fast den ganzen Flur ein.

Immer noch schweigend schließt er die Tür hinter sich und kommt auf mich zu. Instinktiv trete ich noch weiter zurück, da ich mich wie eine in die Ecke getriebene Beute fühle.

»Hallo Yulia«, murmelt er und hält an, als wir aus dem Flur treten. Sein blasser Blick ruht auf meinem Gesicht. »Ich habe nicht erwartet, dich so zu sehen.«

Ich schlucke und mein Puls rast. »Ich habe gerade gebadet.« Ich möchte ruhig und selbstsicher wirken, aber er hat mich völlig aus dem Konzept gebracht. »Ich habe keine Besucher erwartet.«

»Das kann ich sehen.« Ein leichtes Lächeln erscheint auf seinen Lippen und die harte Linie seines Mundes wird weicher. »Und trotzdem hast du mich hineingelassen. Warum?«

»Weil ich mich nicht weiter durch die Tür hindurch unterhalten wollte.« Ich atme beruhigend ein. »Kann ich dir einen Tee anbieten?« Es ist dumm das zu fragen wenn man bedenkt weshalb er hier ist, aber ich benötige noch einen Augenblick um mich zu fangen.

Er zieht seine Augenbrauen in die Höhe. »Tee? Nein, Danke.«

»Kann ich dir deine Jacke abnehmen?« Offensichtlich kann ich nicht damit aufhören die Gastgeberin zu spielen, da ich mit der Höflichkeit meine Angst überspiele. »Sie sieht ziemlich warm aus.«

Ein Hauch von Belustigung flackert in seinem eisigen Gesichtsausdruck auf. »Gerne.« Er zieht seine Daunenjacke aus und reicht sie mir. Er trägt einen schwarzen Pullover und eine dunkle Hose, die er in schwarze Winterstiefel gesteckt hat. Die Jeans sitzt eng an seinen muskulösen Oberschenkeln und kräftigen Waden, und an seinem Gürtel sehe ich eine Waffe in einem Holster.

Ungewollt atme ich bei seinem Anblick schneller und muss mich anstrengen, damit meine Hände nicht zittern während ich ihm die Jacke abnehme und sie in meinen winzigen Kleiderschrank hänge. Es ist keine Überraschung, dass er eine Waffe trägt — ich wäre entsetzt wenn das nicht der Fall wäre — aber die Waffe erinnert mich deutlich daran, wer Lucas Kent ist.

Was er ist.

Das ist keine große Sache, sage ich mir um meine angespannten Nerven zu beruhigen. Ich bin an gefährliche Männer gewöhnt. Ich wuchs unter ihnen auf. Dieser Mann ist nicht anders. Ich werde mit ihm schlafen, so viele Informationen herausholen wie ich kann und dann wird er aus meinem Leben verschwunden sein.

Genauso wird es sein. Je schneller ich es hinter mich bringe, desto eher wird das ganze vorbei sein.

Ich schließe die Schranktür, setze mein geübtes Lächeln auf und drehe mich herum um ihn anzuschauen, da ich endlich bereit bin, in die Rolle der selbstsicheren Verführerin zu schlüpfen.

Aber er befindet sich bereits neben mir, da er offensichtlich lautlos den Raum durchquert hat.

Mein Puls rast erneut und ich verliere meine neuerrungene Fassung. Er steht so dicht neben mir, dass ich die grauen Schlieren in seinen blassblauen Augen erkennen kann, so nahe bei mir, dass er mich berühren könnte.

Und eine Sekunde später tut er es auch.

Er hebt seinen Arm, um mit seinem Handrücken über mein Kinn zu streichen.

Ich blicke ihn an und werde von der augenblicklichen Reaktion meines Körpers überrascht. Meine Haut erwärmt sich, meine Nippel werden hart, und meine Atmung beschleunigt sich. Es ergibt keinen Sinn, dass mich dieser harte, rücksichtslose Fremde so sehr erregt. Sein Chef sieht besser aus, und trotzdem reagiert mein Körper auf Kent. Er hat nur mein Gesicht berührt. Das sollte mir nichts bedeuten, aber trotzdem geht es mir nahe.

Es geht mir nahe und verwirrt mich.

Ich schlucke erneut. »Herr Kent — Lucas — bist du sicher, dass ich dir nichts zu trinken anbieten kann? Vielleicht einen Kaffee oder —« Meine Worte enden damit, dass ich nach Luft schnappe als er nach dem Gürtel meines Bademantels greift und so selbstverständlich daran zieht, als würde er ein Paket auspacken.

»Nein.« Er sieht dabei zu, wie der Bademantel zu Boden gleitet und meinen nackten Körper freigibt. »Keinen Kaffee.«

Und dann berührt er mich wirklich, bedeckt meine Brust mit seiner großen, harten Handfläche. Seine Finger sind schwielig und rau. Und kalt, da er gerade von draußen kommt. Sein Daumen streicht über meinen harten Nippel und ich spüre tief in mir ein Ziehen, ein wachsendes Bedürfnis, das sich genauso fremd anfühlt wie seine Berührung.

Ich kämpfe gegen meinen Drang an, zurückzuweichen, und befeuchte meine trockenen Lippen. »Du bist sehr direkt.«

»Ich habe keine Zeit für Spielchen.« Seine Augen blitzen auf, als sein Daumen erneut über meinen Nippel streicht. »Wir wissen beide, warum ich hier bin.«

»Um Sex mit mir zu haben.«

»Ja.« Er gibt sich keine Mühe die Dinge zu beschönigen, mir etwas anderes als die brutale Wahrheit zu sagen. Er bedeckt meine Brust immer noch so mit seiner Hand, als hätte er das Recht dazu, mein nacktes Fleisch zu berühren. »Um Sex mit dir zu haben.«

»Und wenn ich nein sage?« Ich weiß nicht einmal, warum ich ihn das frage. So war das Ganze nicht geplant. Ich sollte ihn verführen und nicht versuchen, ihn vom Sex abzubringen. Trotzdem wehrt sich etwas in mir gegen seine selbstverständliche Annahme, dass er mich einfach so nehmen kann. Andere Männer sind auch davon ausgegangen und es hat mich nicht ansatzweise so sehr gestört. Ich weiß nicht, was dieses Mal anders ist, aber ich möchte, dass er zurücktritt und aufhört mich zu berühren. Ich möchte es so sehr, dass sich meine Hände an meinen Seiten zu Fäusten ballen und sich meine Muskeln anspannen, da ich den Drang verspüre, gegen ihn anzukämpfen.

»Sagst du nein?« Er fragt ruhig während seine Daumen über meine Brustwarze kreist. Als ich nach einer Antwort suche, fährt er mit seiner anderen Hand in mein Haar und umfasst besitzergreifend meinen Hinterkopf.

Ich blicke ihn an und atme stockend. »Und wenn ich es tun würde?« Zu meinem Missfallen klingt meine Stimme dünn und verängstigt. Es ist, als sei ich wieder eine Jungfrau, die von ihrem Trainer in der Umkleidekabine in die Ecke getrieben wird. »Würdest du gehen?«

Einer seiner Mundwinkel verzieht sich zu einem halben Lächeln. »Was denkst du?« Seine Finger verstärken ihren Griff in meinem Haar und ziehen genau so fest, dass ich einen Hauch von Schmerzen verspüre. Seine andere Hand, die auf meiner Brust liegt, ist immer noch zärtlich, aber das bedeutet nichts.

Ich weiß meine Antwort bereits.

Als seine Hand meine Brust verlässt und meinen Bauch hinunterfährt, wehre ich mich nicht. Stattdessen öffne ich meine Beine und lasse ihn meine glatte, frischgewachste Muschi berühren. Als sein harter, direkter Finger in mich stößt, versuche ich nicht, mich wegzubewegen. Ich stehe einfach nur da und versuche meine abgehackte Atmung zu kontrollieren, versuche mich davon zu überzeugen, dass sich dieser Auftrag nicht von den anderen unterscheidet.

Aber er tut es.

Ich möchte nicht, dass es so ist, aber genau das ist der Fall.

»Du bist feucht«, murmelt er und betrachtet mich, während er seinen Finger tiefer hineinschiebt. »Sehr feucht. Wirst du immer so feucht bei Männern, die du nicht begehrst?«

»Warum denkst du, dass ich dich nicht begehre?« Zu meiner Erleichterung ist meine Stimme diesmal fester. Meine nächste Frage hört sich sanft an, fast amüsiert, während ich seinen Blick erwidere. »Ich habe dich hineingelassen, oder etwa nicht?«

»Du hast dich ihm angeboten.« Kents Kiefer spannt sich an und seine Hand auf meinem Hinterkopf bewegt sich, greift nach einem Büschel meiner Haare. »Vor einigen Stunden hast du ihn gewollt.«

»Das habe ich.« Diese Darstellung typisch männlicher Eifersucht macht mich sicherer, da ich mich durch sie auf vertrauterem Terrain befinde. Meine Stimme wird noch sanfter, noch verführerischer. »Und jetzt möchte ich dich. Stört dich das?«

Kents Augen verengen sich. »Nein.« Er zwängt einen zweiten Finger in mich und drückt gleichzeitig seinen Daumen auf meine Klitoris. »Überhaupt nicht.«

Ich will etwas Intelligentes sagen, eine knackige Antwort geben, aber ich kann nicht. Die Lust überkommt mich durchdringend und überraschend. Meine inneren Muskeln ziehen sich zusammen, umschlingen seine rauen, eindringenden Finger und ich kann nichts Anderes tun, als wegen der Gefühle die mich überkommen laut aufzustöhnen. Ungewollt hebe ich meine Hände an und greife nach seinem Unterarm. Ich weiß nicht, ob ich versuche ihn wegzudrücken oder möchte, dass er weitermacht, aber das ist auch unwichtig. Der Arm unter der weichen Wolle seines Pullovers ist voller stahlharter Muskeln. Ich kann seine Bewegungen nicht kontrollieren — alles was ich tun kann, ist, mich an ihm festzuhalten während er mit diesen harten, gnadenlosen Fingern immer tiefer in mich eindringt.

»Das gefällt dir, nicht wahr?«, murmelt er, schaut mir in die Augen und ich ziehe scharf Luft ein als er beginnt, mit seinem Daumen über meine Klitoris zu streichen, von links nach rechts, von oben nach unten. Er krümmt seine Finger in mir und ich unterdrücke ein Stöhnen, als er einen Punkt berührt der eine noch schärfere Lustwelle durch meine Nervenbahnen jagt. Eine Spannung beginnt sich in mir aufzubauen, die Lust wird stärker und intensiver, und mit Entsetzen wird mir klar, dass ich kurz vor einem Orgasmus stehe.

Mein Körper, der normalerweise sehr langsam reagiert, pocht mit schmerzhafter Begierde nach der Berührung eines Mannes, der mir Angst macht — eine Entwicklung, die mich erstaunt und mich verunsichert.

Ich weiß nicht, ob er das von meinem Gesicht ablesen kann oder ob er die Anspannung in meinem Körper spürt, aber seine Pupillen weiten sich und seine blassen Augen werden dunkel. »Ja, genau so.« Seine Stimme ist ein leises, tiefes Grollen. »Komm für mich, meine Schöne« — sein Daumen drückt fest auf meine Klitoris — »jetzt.«

Und ich komme. Mit einem unterdrückten Stöhnen ziehe ich mich um seine Finger zusammen und die harten

Kanten seiner kurzen, stumpfen Fingernägel bohren sich in mein kontaktierendes Fleisch. Mein Blick verschwimmt, meine Haut prickelt heiß als ich auf einer Welle aus Gefühlen reite, bevor ich zusammensacke und nur von seiner Hand in meinen Haaren und seinen Fingern in meinem Körper gehalten werde.

»Na bitte«, sagt er belegt und als ich meine Umwelt wieder wahrnehmen kann, sehe ich, dass er mich eindringlich betrachtet. »Das war doch nett, oder nicht?«

Ich kann nicht einmal nicken, aber er scheint meine Bestätigung auch nicht zu benötigen. Und warum auch? Ich kann die Feuchtigkeit in mir fühlen, die Nässe, die diese rauen männlichen Finger bedeckt — Finger, die sich langsam aus mir zurückziehen, während er die ganze Zeit mein Gesicht anschaut. Ich will meine Augen schließen oder mich wenigstens von seinem stechenden Blick abwenden, aber ich kann nicht.

Nicht, ohne dass er bemerken würde, wie viel Angst er mir macht.

Anstatt meinem eigentlichen Bedürfnis nachzugeben, betrachte ich ihn ebenfalls und sehe Zeichen von Erregung auf seinen starken Gesichtszügen. Sein Kiefer ist angespannt, während er mich anblickt und ein kleiner Muskel neben seinem rechten Ohr pulsiert. Selbst durch den sonnengebräunten Teint seiner Haut kann ich die rötlichere Farbe auf seinen flügelartigen Wangenknochen erkennen.

Er will mich unbedingt — und dieses Wissen gibt mir den Mut zu handeln.

Ich fasse nach unten und bedecke die harte Ausbeulung im Schritt seiner Jeans mit meiner Hand. »Es war nett«, flüstere ich und sehe zu ihm hoch. »Und jetzt bist du dran.«

Seine Pupillen werden noch größer und seine Brust weitet sich durch ein tiefes Einatmen. »Ja.« Seine Stimme ist voller Begehren, als er seine Hand in meinem Haar dazu benutzt, mich näher an ihn heranzuziehen. »Ja, ich denke das bin ich.« Und bevor ich darüber nachdenken kann, ob es clever war ihn so unverhohlen zu provozieren, beugt er seinen Kopf hinunter und nimmt meinen Mund mit seinem in Besitz.

Ich schnappe nach Luft, meine Lippen öffnen sich überrascht und er nutzt diese Tatsache sofort aus, um den Kuss zu vertiefen. Sein Mund, der so hart aussieht, fühlt sich erstaunlich weich an, seine Lippen sind warm und glatt als seine Zunge hungrig meinen Mund erforscht. In diesem Kuss verbinden sich Können mit Selbstsicherheit; es ist der Kuss eines Mannes der weiß, wie er einer Frau Lust verschaffen kann, wie er sie mit nichts weiter als der Berührung seiner Lippen verführen kann.

Die Hitze, die in mir glüht, verstärkt sich und die Anspannung in mir nimmt zu. Er hält mich so nahe bei sich, dass meine nackten Brüste gegen seinen Pullover drücken und die Wolle gegen meine aufgestellten Nippel reibt. Ich kann seine Erektion durch das raue Material seiner Jeans spüren. Sie drückt sich in meinen Unterbauch und lässt mich erkennen, wie sehr er mich will, wie schwach seine vorgespielte Kontrolle in Wirklichkeit ist. Ich bekomme kaum mit, dass der Bademantel von meiner Schulter geglitten ist und ich jetzt komplett nackt bin, aber ich vergesse die Tatsache sofort wieder, als in seiner Kehle ein knurrendes Geräusch ertönt und er mich gegen die Wand stößt.

Der Schreck über die kalte Oberfläche an meinem Rücken lässt mich einen Moment lang zu klarem Verstand kommen, aber er öffnet bereits den Reißverschluss seiner Jeans, seine Knie zwängen sich zwischen meine Beine, spreizen sie und er hebt seinen Kopf um mich anzublicken. Ich höre das Geräusch einer Folie die geöffnet wird und dann nimmt er meine Pobacken in seine Hände und hebt mich hoch. Mit rasendem Herzen halte ich mich instinktiv an seinen Schultern fest, als er mir rau befielt: »Schlinge deine Beine um mich« — und mich auf seinen steifen Schwanz hinabsinken lässt, ohne auch nur einen Moment lang seinen Blick von mir abzuwenden.

Sein Stoß ist hart und tief, da er komplett in mich eindringt. Mein Atem stockt wegen der Gewalt dieses Eindringens, seiner kompromisslosen Brutalität. Meine inneren Muskeln ziehen sich um ihn zusammen und versuchen erfolglos, ihn nicht hineinzulassen. Sein Schwanz ist so groß wie sein restlicher Körper, so lang und dick dass er mich bis zu einem Punkt ausdehnt, der schmerzhaft ist. Wäre ich nicht so feucht, hätte er mich zerrissen. Aber ich bin nass und nach einigen Augenblicken gibt mein Körper nach und gewöhnt sich an seine Dicke. Unbewusst hebe ich meine Beine an und umschlinge seine Hüfte, genauso wie er es befohlen hat. Diese neue Stellung lässt ihn noch tiefer in mich hineingleiten und ich schreie wegen der überwältigenden Sensation auf.

Jetzt beginnt er sich zu bewegen und seine Augen funkeln, als er mich betrachtet. Jeder Stoß ist genauso hart wie derjenige, der uns vereinigt hat, aber mein Körper versucht nicht länger, sich dagegen zu wehren. Stattdessen gibt er mehr Feuchtigkeit ab, um seinen Weg zu erleichtern. Jedes Mal wenn er in mich stößt, drückt seine Lende gegen mein Geschlecht, presst sich auf meine Klitoris, und die Anspannung tief in mir ist wieder da, wächst mit jeder Sekunde die vergeht. Fassungslos wird mir klar, dass ich mich meinem zweiten Orgasmus nähere … und dann ist er auch schon da. Die Anspannung erreicht ihren Höhepunkt und ich explodiere so stark, dass ich nicht mehr denken kann, sondern nur noch meine geladenen Nervenbahnen spüre.

Ich fühle mein eigenes Pulsieren, spüre, wie sich meine Muskeln immer wieder abwechselnd um seinen Schwanz zusammenziehen und ihn freigeben. Ich bemerke, dass sein Blick abschweift und er gleichzeitig aufhört zuzustoßen. Ein raues, tiefes Stöhnen entweicht seiner Kehle als er sich in mir reibt und ich weiß, dass er ebenfalls gekommen ist, ihn mein Orgasmus mitgerissen hat.

Meine Brust hebt und senkt sich schwer während ich zu ihm hochblicke um dabei zuzusehen, wie sich seine blassblauen Augen wieder auf mich richten. Er ist immer noch in mir und plötzlich kann ich diese Intimität nicht mehr ertragen. Er ist niemand für mich, ein Fremder, und trotzdem hat er mich gefickt.

Er hat mich gefickt und ich habe es zugelassen, weil es mein Job ist.

Ich schlucke, drücke gegen seine Brust und meine Beine geben seine Hüfte frei. »Bitte, lass mich runter.« Ich weiß, ich sollte ihn umschmeicheln und sein Ego polieren. Ich sollte ihm sagen wie unglaublich es war, und dass er mir mehr Lust bereitet hat als jemals ein anderer Mann zuvor. Das wäre nicht einmal gelogen — ich bin noch nie zweimal hintereinander gekommen. Aber ich kann das nicht tun. Ich fühle mich zu verwundet, zu überfallen.

Bei diesem Mann verliere ich die Kontrolle und dieses Wissen macht mir Angst.

Ich weiß nicht, ob er das spüren kann oder ob er einfach nur mit mir spielen will, aber ein ironisches Lächeln erscheint auf seinen Lippen.

»Es ist zu spät um es zu bereuen, meine Schöne«, murmelt er und bevor ich etwas erwidern kann, setzt er mich ab und nimmt seine Hände von meinem Po. Sein erschlaffendes Geschlecht gleitet aus meinen Körper als er zurücktritt und ich sehe ihm ungleichmäßig atmend dabei zu, wie er beiläufig das Kondom abnimmt und es auf den Boden fallen lässt.

Aus irgendeinem Grund erröte ich deshalb. Etwas an diesem Kondom, das hier liegt, ist falsch und schmutzig. Vielleicht ist der Grund dafür, dass ich mich wie dieses Kondom fühle: benutzt und weggeworfen. Ich sehe meinen Bademantel auf dem Boden und bewege mich um ihn aufzuheben, aber Lucas Hand auf meinem Arm hält mich davon ab.

»Was tust du?«, fragt er und blickt mich dabei an. Es scheint ihn überhaupt nicht zu stören, dass seine Jeans immer noch einen geöffneten Reißverschluss haben und sein Schwanz heraushängt. »Wir sind noch nicht fertig.«

Mein Herz setzt einen Schlag aus. »Sind wir nicht?«

»Nein«, sagt er und tritt näher an mich heran. Entsetzt bemerke ich, dass er sich schon wieder aufrichtet, da er meinen Bauch berührt. »Wir sind noch lange nicht fertig.«

Und damit führt er mich an meinem Arm zum Bett.

* * *

Capture Me – Ergreife mich ist jetzt erhältlich. Falls Sie mehr darüber erfahren möchten, besuchen Sie bitte meine Homepage http://annazaires.com/series/deutsch/.

AUSZUG AUS DIE GEDANKENLESER - THE THOUGHT READERS

Anmerkung des Autors: Wenn Sie etwas anderes ausprobieren möchten – ganz besonders, wenn Sie Urban Fantasy und Science-Fiction mögen – sollten Sie einen Blick in *Die Gedankenleser* werfen, dem ersten Buch der Serie *Gedankendimensionen*, einem Gemeinschaftsprojekt mit meinem Mann Dima Zales. Ich muss Sie allerdings warnen, dass es in dem Buch kaum um Liebe oder Sex geht. Statt Sex gibt es Gedankenlesen. Das Buch ist jetzt bei den meisten Händlern erhältlich.

* * *

Alle denken, ich sei ein Genie.
Alle liegen falsch.

Sicher, ich habe Harvard im Alter von achtzehn Jahren abgeschlossen und verdiene jetzt eine unglaubliche Menge Geld mit einem Hedgefonds. Der Grund dafür ist allerdings nicht, dass ich besonders clever bin oder wie verrückt arbeite.

Ich betrüge.

Ich besitze eine einzigartige Fähigkeit. Ich kann die Gegenwart verlassen und in meine eigene persönliche Version der Realität eintauchen – den Ort, den ich die Stille nenne – an dem ich meine Umgebung erkunden kann, während die restliche Welt innehält.

Eigentlich dachte ich immer, ich sei der Einzige, der das tun kann – bis ich sie getroffen habe.

Ich heiße Darren, und das ist die Geschichte, wie ich herausgefunden habe, dass ich ein Leser bin.

* * *

Manchmal denke ich, dass ich verrückt bin. In diesem Moment sitze ich an einem Kasinotisch, und jeder um mich herum ist bewegungslos, so wie eingefroren. Ich nenne das die Stille, so als würde es das Ganze realer machen, wenn es einen Namen hätte – so als würde der

Name die Tatsache ändern, dass alle Spieler um mich herum wie Statuen sind. Sie sitzen einfach nur da, und ich gehe um sie herum, schaue mir die Karten an, die sie gerade erhalten haben. Hört sich das verrückt an?

Das Problem an der Theorie, ich sei verrückt, ist, dass auch wenn ich die Welt »entfriere«, so wie ich es gerade getan habe, die Karten, welche die Spieler aufdecken, immer noch dieselben sind. Wäre ich verrückt, sollten die Karten dann nicht vermischt sein? Außer natürlich, ich bin schon so verrückt, dass ich mir auch die Karten auf dem Tisch einbilde.

Aber selbst dann gewinne ich. Sollte das auch Einbildung sein – sollte der Stapel Chips neben mir auf dem Tisch nur eingebildet sein –, dann könnte ich auch gleich alles in Frage stellen. Vielleicht heiße ich auch gar nicht Darren.

Nein. So kann ich nicht denken. Wenn ich wirklich so verwirrt sein sollte, dann möchte ich gar nicht aus diesem Zustand herausgeholt werden – weil, wenn das passiert, werde ich höchstwahrscheinlich in einer psychiatrischen Anstalt aufwachen.

Außerdem liebe ich mein Leben, verrückt oder nicht.

Meine Psychiaterin denkt, die Stille sei eine Erfindung, um die inneren Vorgänge meines Genies zu beschreiben. Das hört sich für mich verrückt an. Es könnte auch sein, dass sie mich begehrt, aber das steht außer Frage. Sie befindet sich komplett außerhalb der Altersgruppe, mit der ich ausgehe. Ihre Erklärung würde sowieso nicht helfen, da sie nicht auf die Art und Weise zutrifft, mit der ich Dinge weiß, die selbst ein Genie nicht erahnen könnte – wie den genauen Wert des Blattes der anderen Spieler.

Ich sehe dem Croupier dabei zu, wie er eine neue Runde eröffnet. Außer mir befinden sich noch drei weitere Spieler am Tisch. Der Cowboy, die Großmutter und der Professionelle, wie ich sie in Gedanken nenne. Ich kann die jetzt fast spürbare Angst fühlen, die mit dem Hineingleiten einhergeht – das ist der Name, den ich dem Prozess gegeben habe: in die Stille hineingleiten. Meine Sorge, ich könne verrückt sein, hat das Hineingleiten schon immer vereinfacht. Angst scheint diesen Prozess zu begünstigen.

Ich gleite hinein, und alles ist still. Daher der Name für diesen Vorgang.

Selbst jetzt finde ich das noch unheimlich. In diesem Kasino ist es normalerweise sehr laut. Betrunkene Menschen, die sich unterhalten. Spielautomaten, das Läuten bei Gewinnen, Musik – nur in einem Klub oder bei Konzerten ist es lauter. Und trotzdem, genau in diesem Moment könnte ich wahrscheinlich eine Stecknadel fallen hören. Es ist so, als sei ich gegenüber dem Chaos um mich herum taub geworden.

So viele eingefrorene Menschen um mich herum zu haben macht das Ganze nur noch eigenartiger. Hier ist eine Kellnerin, die mitten im Schritt mit ihrem Tablett auf dem Arm angehalten hat. Eine Frau, die gerade dabei ist, eine Münze in einen Spielautomaten zu schmeißen. An meinem eigenen Tisch ist die Hand des Croupiers erhoben, und die letzte Karte, die er gezogen hat, hängt unnatürlich in der Luft. Ich gehe von der Seite des Tisches auf sie zu und nehme sie in die Hand. Es ist ein König, der für den Professionellen bestimmt ist. Als ich die Karte loslasse, fällt sie auf den Tisch, anstatt weiter in der Luft zu schweben, wie sie es vorher getan hat. Ich weiß allerdings genau, dass sie sich wieder dort befinden wird, in genau der Position, in der sie war, als ich sie genommen habe, sobald ich mich aus diesem Zustand zurückziehe.

Der Professionelle sieht genau so aus, wie ich mir immer Menschen vorgestellt habe, die mit Pokerspielen ihr Geld verdienen: ungepflegt, Schatten unter den Augen und generell ein wenig eigenartig. Er hat sein Pokerface das ganze Spiel über perfekt im Griff gehabt – es hat nicht ein einziges Mal ein Muskel gezuckt. Sein Gesicht ist so unbeweglich, dass ich mich frage, ob ihm vielleicht Botox dabei hilft, eine so steinerne Miene aufrechtzuerhalten. Seine Hand befindet sich auf dem Tisch und bedeckt beschützend die Karten, die ihm gegeben wurden.

Ich bewege seine schlaffe Hand zur Seite. Das fühlt sich normal an. Also gewissermaßen. Seine Hand ist schweißnass und haarig, weshalb es unangenehm ist, sie zur Seite zu legen. Es ist anormal, das zu tun. Der normale Teil des Ganzen ist, dass seine Hand eher warm als kalt ist. Als ich noch ein Kind war, erwartete ich, dass sich die Menschen in der Stille kalt anfühlen würden, wie Statuen aus Stein.

Nachdem ich die Hand des Professionellen zur Seite gelegt habe, nehme ich seine Karten auf. Zusammen mit dem König, der gerade in der Luft hängt, hat er ein hübsches hohes Blatt. Gut zu wissen.

Ich gehe zur Großmutter hinüber. Sie hält ihre Karten in der Hand. Dadurch, dass sie sie wie einen Fächer ausgebreitet hat, kann ich es vermeiden, ihre faltigen und fleckigen Hände zu berühren. Das ist eine Erleichterung, da ich in der letzten Zeit meine Probleme damit habe, in der Stille Menschen anzufassen – genauer gesagt Frauen. Falls ich es tun müsste, würde ich das Berühren von Großmutters Hand rational als harmlos ansehen – oder es zumindest nicht gruselig finden –, aber es ist trotzdem besser, es möglichst zu vermeiden.

Auf jeden Fall hat sie ein niedriges Blatt. Ich fühle mich schlecht für sie. Sie hat heute Nacht eine ganze Menge verloren. Ihre Chips gehen zur Neige. Vielleicht sind ihre Verluste, zumindest teilweise, der Tatsache zuzuschreiben, dass sie kein gutes Pokerface aufsetzen kann. Schon bevor ich einen Blick auf ihre Karten geworfen hatte, wusste ich, dass sie nicht gut sein würden. Ich konnte sehen, dass sie nicht glücklich mit dem war, was sie in der Hand hielt, sobald sie ihre Karten bekam. Ich habe sie außerdem vor einigen Runden bei einem fröhlichen Aufblitzen ihrer Augen ertappt, als sie ein Dreierpaar hatte, welches gewann.

Pokern ist zu einem Großteil eine Übung, um Menschen besser lesen zu können – eine Fähigkeit, die ich gerne besser beherrschen würde. Auf meiner Arbeit wurde mir gesagt, ich sei großartig darin, Menschen zu lesen. Aber das bin ich nicht. Ich bin einfach nur gut darin, die Stille zu verwenden, um ihnen das vorzumachen. Ich möchte aber trotzdem lernen, es wirklich zu können.

Was mich am Pokern eher weniger interessiert, ist das Geld. Mir geht es finanziell gut genug, um nicht auf den Gewinn durch das Spielen angewiesen zu sein. Mir ist es egal, ob ich gewinne oder verliere, auch wenn das

Verfünffachen meines Geldes an dem Black-Jack-Tisch Spaß gemacht hatte. Dieser ganze Ausflug zum Spielen findet überhaupt nur deshalb statt, weil ich es mit einundzwanzig endlich darf. Ich war nie ein Freund von falschen Ausweisen, und deshalb ist das wirklich ein Meilenstein für mich.

Ich verlasse die Großmutter und gehe hinüber zum Cowboy. Ich kann seinem Strohhut nicht widerstehen und setze ihn mir auf. Ich frage mich dabei, ob ich dadurch Läuse bekommen könnte. Da ich noch nie leblose Objekte aus der Stille zurückbringen konnte und auch anderweitig die Welt nicht nachhaltig beeinflusst habe, denke ich, dass ich auch keine lebenden Viecher mit mir zurücknehme. Ich lege den Hut zurück und schaue auf seine Karten. Er hat einige Asse – eine bessere Hand als der Professionelle. Der Cowboy könnte auch ein Professioneller sein. Soweit ich das beurteilen kann, hat er ein gutes Pokerface. Es wird interessant werden, die beiden in der nächsten Runde zu beobachten.

Dann schlendere ich zum Kartenstapel und schaue mir die obersten Karten an, um sie mir einzuprägen. Ich überlasse nichts dem Zufall.

Als ich meine Aufgabe in der Stille abgeschlossen habe, gehe ich zurück zu mir. Ach ja, habe ich erwähnt, dass ich mich selbst dort sitzen sehen kann? Genauso eingefroren wie alle anderen? Das ist der verrückteste Teil. Es ist so wie eine außerkörperliche Erfahrung.

Ich nähere mich meinem eingefrorenen Ich und schaue es an. Normalerweise vermeide ich das, weil es so beunruhigend ist. Weder sich selbst unzählige Male im

Spiegel zu sehen noch sich Videos mit sich selbst auf YouTube anzuschauen kann einen auf den Anblick des eigenen Körpers in 3D vorbereiten. Das ist nichts, was dafür gedacht ist, es zu erleben. Außer vielleicht, man ist ein eineiiger Zwilling.

Es ist kaum zu glauben, dass ich diese Person bin. Sie sieht eher wie ein ganz normaler Typ aus. Vielleicht nach ein wenig mehr. Ich finde diesen Typen sehr interessant. Normalerweise ist für mich das Aussehen anderer Männer nicht interessant, aber ich bin neugierig, wie mein eingefrorenes Ich aussieht. Oder um ganz ehrlich zu sein: Ich mag es, wie mein eingefrorenes Ich aussieht. Es sieht cool aus. Es sieht clever aus.

Ich denke, Frauen könnten es als gut aussehend bezeichnen, auch wenn es nicht bescheiden von mir ist, das zu behaupten.

Ich bin nicht gut darin, die Attraktivität von Männern zu bewerten – das war ich noch nie –, aber einige Dinge sind allgemeingültig. Ich kann erkennen, wenn ein Typ hässlich ist, und mein eingefrorenes Ich ist es nicht. Ich weiß auch, dass generell ein symmetrisches Gesicht als schön angesehen wird – und meine Statue hat so eines. Ein starkes Kinn ist auch nichts Schlechtes. Das habe ich. Breite Schultern zu haben ist gut, und groß zu sein wirklich hilfreich. Diese Punkte decke ich auch ab. Ich habe blaue Augen – was ein Pluspunkt zu sein scheint. Mädchen haben mir gesagt, dass sie meine Augen mögen, auch wenn sie an meinem gefrorenen Ich jetzt gerade ein wenig angsteinflößend wirken – glasig und glänzend. Sie sehen aus wie die Augen einer Wachsfigur. Leblos.

Als mir auffällt, dass ich mich zu lange bei diesem Thema aufhalte, schüttele ich meinen Kopf. Ich stelle mir vor, wie meine Psychiaterin diesen Moment analysieren würde. Wer würde diese Selbstbewunderung schon als Teil der psychischen Erkrankung sehen? Ich sehe sie vor mir, wie sie Worte wie »Narzisstisch« notiert.

Genug. Ich muss die Stille verlassen. Ich hebe meine Hand und berühre mein eingefrorenes Ich auf der Stirn. Sobald ich meinen derzeitigen Zustand verlasse, kehren die Geräusche zurück.

Alles ist wieder normal.

Der König, auf den ich noch vor einem Moment schaute – der König, den ich auf dem Tisch liegen ließ – befindet sich wieder in der Luft und folgt der Bahn, die ihm vorherbestimmt war. Er landet neben der Hand des Professionellen. Die Großmutter betrachtet immer noch enttäuscht ihre gefächerten Karten, und der Cowboy hat seinen Hut wieder auf, auch wenn ich ihn in der Stille abgenommen hatte. Es ist alles genau so wie in dem Augenblick, bevor ich in die Stille hineinglitt.

Auf einer bestimmten Ebene hört mein Gehirn nie auf, über diese Unterschiede zwischen der Stille und außerhalb überrascht zu sein. Es ist fast vorprogrammiert, die Realität in Frage zu stellen, wenn solche Dinge passieren. Als ich versuchte, meine Psychiaterin am Anfang der Therapie auszutricksen, las ich einmal ein ganzes Lehrbuch über Psychologie während unserer Sitzung. Ihr ist das natürlich nicht aufgefallen, da ich es in der Stille tat. Das Buch handelte davon, dass Babys, auch wenn sie erst zwei Monate alt sind, schon überrascht darüber sind, wenn sie etwas Ungewöhnliches sehen – wenn zum Beispiel eine Sache gegen die Regeln der Schwerkraft zu verstoßen scheint. Kein Wunder, dass mein Gehirn Schwierigkeiten damit hat, mit diesen Vorgängen zurechtzukommen. Bis ich zehn war, war alles normal, aber dann begannen die eigenartigen Dinge, um es vorsichtig auszudrücken.

Ich blicke hinab und stelle fest, drei Gleiche in der Hand zu halten. Das nächste Mal werde ich mir meine Karten anschauen, bevor ich hineingleite. Wenn ich so ein starkes Blatt habe, kann ich es auch darauf ankommen lassen und fair spielen.

Die Partie verläuft wie erwartet, weil ich ja die Karten sämtlicher Mitspieler kenne. Schließlich gibt die Großmutter auf. Sie hat offensichtlich genug Geld verloren.

In diesem Moment sehe ich sie zum ersten Mal.

Sie ist heiß. Mein Freund Bert von der Arbeit behauptet, ich hätte einen bestimmten Frauentyp. Er hat ihn mir sogar beschrieben, nachdem er einige der Mädchen, mit denen ich ausgegangen war, gesehen hatte. Ich lehne dieses Konzept eines »Frauentyps« generell ab. Ich mag es nicht, von mir selbst zu denken, ich sei oberflächlich oder berechenbar. Allerdings könnte das schon ein wenig auf mich zutreffen, da dieses Mädchen genau in das Beuteschema passt, welches Bert mir beschrieben hat. Und ich bin, milde ausgedrückt, extrem interessiert an ihr.

Große, blaue Augen, deutlich erkennbare Wangenknochen, ein schmales Gesicht mit einem Hauch Exotik. Lange, extrem wohlgeformte Beine, die zu einer

Tänzerin gehören könnten. Dunkles, gewelltes Haar, das, wie ich es mag, zu einem Pferdeschwanz gebunden ist. Kein Pony – sehr gut. Ich hasse Ponys und kann mir auch nicht erklären, wie manche Mädchen sich so etwas antun können. Auch wenn die Abwesenheit des Ponys in Berts Beschreibung meines Frauentyps nicht vorkam, gehört dieses Kriterium definitiv dazu.

Ich starre sie weiterhin an. Mit den hohen Absätzen und dem engen Rock wirkt sie an diesem Ort overdressed. Oder vielleicht bin ich mit meiner Jeans und dem T-Shirt auch einfach underdressed. Wie dem auch sei, es interessiert mich nicht. Ich muss versuchen, mit ihr ins Gespräch zu kommen.

Ich denke darüber nach, in die Stille einzutauchen und mich ihr anzunähern. Auf diese Weise könnte ich etwas Unheimliches tun, wie sie aus nächster Nähe anstarren oder sogar ihre Taschen zu durchwühlen. Irgendetwas, das mir dabei hilft, mit ihr zu reden.

Ich entscheide mich dagegen.

Dieser Verstoß gegen mein gewöhnliches Verhalten, falls man das überhaupt so nennen kann, ist sehr eigenartig. Und da ich gerade von voreiligem Handeln spreche – ich stelle mir die folgende Handlungskette vor: Sie stimmt zu, sich mit mir zu verabreden, es wird ernst zwischen uns und, weil wir diese tiefe Verbindung haben, erzähle ich ihr von der Stille. Sie erfährt, dass ich etwas Unheimliches tue, bekommt Angst und verlässt mich. Es ist natürlich lächerlich, sich so etwas auszumalen, bevor wir überhaupt miteinander gesprochen haben. Möglicherweise hat sie einen IQ von unter 70 oder besitzt die Persönlichkeit eines Holzstücks. Es könnte zwanzig verschiedene Gründe dafür geben, weshalb ich mich nicht mit ihr treffen möchte. Und außerdem hängt das ja auch nicht von mir ab. Sie könnte mir genauso gut zu verstehen geben, sie in Ruhe zu lassen, sobald ich versuche, mit ihr zu sprechen.

Die Arbeit mit sicheren Geldanlagen hat mich allerdings gelehrt, mich abzusichern. So verrückt diese Entscheidung, nicht in die Stille einzutauchen, auch ist, ich bleibe bei ihr. Ich weiß, dass es so höflicher ist. Aus dem gleichen Grund beschließe ich außerdem, in dieser Pokerrunde nicht zu schummeln.

Sobald die Karten ausgegeben sind, denke ich darüber nach, wie gut es sich anfühlt, so ehrenvoll gehandelt zu haben – auch wenn das niemand weiß. Vielleicht sollte ich häufiger versuchen, die Privatsphäre meiner Mitmenschen zu achten. *Ja, richtig.* Ich muss auch realistisch bleiben. Ich wäre nicht dort, wo ich heutzutage bin, wenn ich diesem Rat gefolgt wäre. Ich würde sogar innerhalb weniger Tage meinen Job verlieren, sollte ich anfangen, die Privatsphäre anderer Menschen zu respektieren – und damit auch die ganzen Annehmlichkeiten, an die ich mich gewöhnt habe.

Ich mache es dem Professionellen nach und bedecke meine Karten, sobald ich sie bekomme, mit meiner Hand. Ich bin gerade dabei, einen Blick auf sie zu werfen, als etwas Ungewöhnliches passiert.

Die Welt um mich herum wird still, so, als würde ich gerade eintauchen … aber diesmal habe ich nichts gemacht.

Einen Augenblick später sehe ich sie – das Mädchen,

welches mir am Tisch gegenübersitzt, das Mädchen, an das ich gerade gedacht habe. Sie steht neben mir und zieht ihre Hand von meiner weg. Oder genauer gesagt, der Hand meines eingefrorenen Ichs – ich stehe ja daneben und schaue sie an.

Allerdings sitzt sie auch noch mir gegenüber am Tisch, eine eingefrorene Statue wie alle anderen auch.

Mir kommt nicht einmal der Gedanke, das zweite Mädchen könne ihre Zwillingsschwester oder etwas Ähnliches sein. Ich weiß, dass sie es ist. Sie tut das Gleiche, was ich vor einigen Minuten getan habe. Sie geht in der Stille umher. Die Welt um uns herum ist eingefroren, aber wir sind es nicht.

Sie sieht schockiert aus, als ihr das Gleiche klar wird. Mit einer Hand greift sie über den Tisch und berührt ihre eigene Stirn.

Die Welt wird wieder normal.

Sie starrt mich schockiert mit ihren großen Augen und dem blassen Gesicht an. Ich kann sehen, wie ihre Hände zittern, während sie aufspringt. Ohne ein Wort zu sagen, dreht sie sich um und geht weg.

Als sie anfängt zu rennen, zögere ich nicht. Ich stehe auf und folge ihr. Das ist nicht sehr clever. Sie würde sich wohl kaum mit einem unbekannten Typen verabreden, der hinter ihr herrennt. Aber über diesen Punkt bin ich schon hinaus. Sie ist die einzige Person, die ich jemals getroffen habe, die das Gleiche kann wie ich. Sie ist der Beweis dafür, dass ich nicht verrückt bin. Sie könnte das besitzen, was ich mehr als alles andere möchte.

Sie könnte Antworten haben.

* * *

Wenn Sie mehr über unsere Fantasy- und Science-Fiction-Bücher erfahren möchten, besuchen Sie bitte Dima Zales' Seite http://www.dimazales.com/series/deutsch/ und tragen Sie sich für seinen Newsletter zu Neuerscheinungen ein. Sie können ihn auch bei Facebook, Google Plus, Twitter und Goodreads finden.

ÜBER DIE AUTORIN

Anna Zaires ist eine New-York–Times- *und* USA-Today-Bestsellerautorin in den Genres Science-Fiction-Liebesromane und zeitgenössische dunkle Liebesromane. Sie hat sich bereits im zarten Alter von fünf Jahren in Bücher verliebt, in dem ihr ihre Großmutter das Lesen beibrachte. Kurz darauf schrieb sie auch schon ihre erste Geschichte. Seitdem lebt Anna neben der realen Welt ständig in einer Phantasiewelt, in der nur ihre eigene Vorstellungskraft ihr Grenzen setzen kann. Zurzeit lebt die glücklich verheiratete Anna mit ihrem Ehemann Dima Zales (einem Science-Fiction- und Fantasyautor) in Florida, wo die beiden eng an allen ihren Werken zusammenarbeiten.

Um mehr zu erfahren, besuchen Sie bitte die Seite http://annazaires.com/series/deutsch/.